2018春夏卷

陈思和　王德威　主编

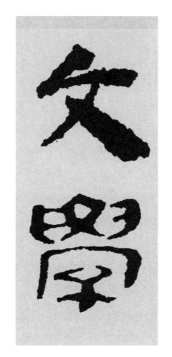

复旦大学出版社

目录

声音

·重绘青年文学版图·

文学豆瓣：互联网时代的趣味社交与写作责任　文／李泽坤　　…3

写作在别处　文／王辉城　　…12

王占黑《阿祥的故事》读记　文／张业松　　…19

北京城里的蝙蝠侠

——读大头马的短篇小说　文／蕨弦　　…25

评论

中国新文学建构中的康有为因素　文／李振声　　…35

巴别之后：华语语系文学（Sinophone Literature）的

策略性及声音问题　文／山口守　　…80

·听觉经验与新感觉派·　主持／康凌　　…113

上海新感觉派小说中的声音景观　文／郭诗咏　　…115

刘呐鸥与《持摄影机的男人》：隐喻性声音、

节奏性运动与跨文化之跨媒介性　文／张泠　　…136

黑婴的异域情歌　文／安德鲁 F. 琼斯（Andrew F. Jones）　译／夏小雨　　…169

I

对话
"在美丽的书写中劝谕自己,修正自己,提升自己" 对话 / 阿 来 木 叶 …181

谈艺录
《亨利四世》:一部彰显英格兰民族精神的历史剧 文 / 傅光明 …197

著述
《伊菲革涅亚》,或文学的意外 文 / 吴雅凌 …267
阿里斯托芬的爱欲与自然
——柏拉图《会饮》189a1—193e2 讲疏 文 / 肖有志 …283

书评
执着的身影:张新颖的沈从文传 文 / 李松睿 …303
"热情"及其背后的"力":《柒》 文 / 张新颖 …311
那些普通人的爱情与命运:《明星与素琴》 文 / 陈 昶 …315
美学国族主义的兴起与中国风的衰落:
《十八世纪英国的中国风》 文 / 徐 曦 …322

作者简介
…328

声音

· 重绘青年文学版图 ·

文学豆瓣：
互联网时代的趣味社交与写作责任

写作在别处

王占黑《阿祥的故事》读记

北京城里的蝙蝠侠
——读大头马的短篇小说

【编者按】 这些年来,我有幸主持复旦大学中文系"望道"讨论小组,和十数位学生一起,研读新人新作,评点文坛新现象。我曾经推荐学生读文学期刊上推出的新人专辑,学生普遍的反映是不满意,认为这并不代表他们心目中同龄人的创作标高。我很好奇,反过来请他们推荐阅读对象,于是我听到了大头马、王占黑、陈志炜等名字……我渐渐意识到,学生们心目中"青年文学"的版图和我的完全不一样。

李泽坤在《文学豆瓣:互联网时代的趣味社交与写作责任》中指出,豆瓣业已形成一整套写作、阅读、评价机制,其间"慵懒的随意性""消极的自由",以及"超越市场商业氛围的共同体情感"已然培育出对于生活和文学的另一种想象。王辉城在《写作在别处》一文中介绍了豆瓣、韩寒的"ONE·一个"等写作或阅读平台。我特别想提醒大家注意聚集在"押沙龙短篇小说奖"周围的写作群体,在任何娱乐至死的时代里,都会有热爱、虔敬文学的青年人以各种形式抱团取暖、"坚韧地生存"。而我们对这些年轻人创作的考察,必须与流行视野拉开一段距离,薇弦对于大头马的评论是一篇出色的示范。在大头马反讽叙述(反讽是我们这个时代最具魅惑力的文学姿态,被传统写作、流行文化和社交网络等所共享)的间隙,会有"意义从现实虚无的地平线上涌起的瞬间",尽管一闪而过,但只有感知到了这样宝贵的瞬间,我们才能看到一位年轻的创作者从困顿中起步,"呼唤着匿迹的意义再度显形,并且,不在凌驾于现实残骸的无限性之中,而在我们惨淡经营的世俗里"。

李敬泽先生打过一个很形象的比喻:"80年代的变革是要抢麦克风,这个麦克风要拿到。现在就是,行了,这个麦克风你把着吧,我不要了,我另外拉一个场子去讲。"今天的研究者纷纷抱怨青年写作暮气沉沉,这未必不是有的放矢,但也许这样的悲观判断只是受限于研究者自身过于"传统"或"主流"的视野。而那些最具探索精神的青年人很可能正在"另外一个场子"里风生水起、载歌载舞,我们这个专辑"重绘青年文学版图",提请大家关注的是这些青年人的写作。

金理

文学豆瓣：互联网时代的趣味社交与写作责任

■ 文／李泽坤

我们这个时代，一切触手可及的现象印证着波德莱尔关于"现代性"的判断：转瞬即逝、短暂性、意义的灵光乍现与随即而来的永恒消逝。正如现代性本身所具有的异质性一样，我们时代光怪陆离的"现象"恰似散落一地的余光，折射出的反而是时代精神中难以捕捉的复杂面相。因此，捕捉本身即为形塑：如何使这种"形塑"朝向现实本身，而不是将其遮蔽，甚至是真正介入现实？这是无比重要的。

豆瓣在近年来越来越成为一个"现象"，尽管其中有更多可以归于当代繁杂趣味之下的异质性，即其用户的组成极难简单定义为某个通常意义上的群体，但这么多差异极大的人能够在这里聚集在一起，反而暗示着这个看似分散、没有什么向心力的兴趣社区实际上具有一种对特定群体的吸引力和凝聚力。当然，与其说豆瓣是一个透视我们所处的时代的视点，倒不如说它本身就是一个折射诸种社会文化场域变动过程和趋向的广角镜。各种"力量""趣味""认同""关系"在这里形成一个充满张力又相互交织的场域。于是，谈论豆瓣本身就是一种理解互联网时代的尝试，尤其对于理解互联网时代的中国文学来说。

一、豆瓣：互联网时代的"趣味共同体"

豆瓣从最初单纯定位于个人搜寻书影音讯息、记录、写作的博客式社交网站，发展成为今天这样一个复杂的空间场域，这其中有值得观察和思索之处：为什么偏偏是豆瓣？豆瓣与当代在哪种深层意义上产生关联？这种关联就豆瓣本身而言如何体现出来？其实，豆瓣内部从来无法统合，也并不存在一个在趣味、观念和身份认同上统一的豆瓣，豆瓣上最统一的行为就是反对主流性、捍卫私人立场、个人趣味和独立见解。换言之，无论外界对豆瓣作何种评价，在豆瓣真正核心的圈子里，可能对此都是不屑一顾的。豆瓣本身是去中心的，当然也拒斥来自任何"中心"的定义、对象式的研究、夹带规训收编的虚伪高尚姿态，甚至仅仅是描述。这正是谈论和评价豆瓣的困难之处。豆瓣上的活跃用户通过这样一个平台强化着对自身趣味的认同，这一认同留下的痕迹又勾勒描画了其原本模糊的阶层归属。

豆瓣用户的主体主要分两类：一是高校师生，主要包括中青年教师和本科生、研究生；二是都市白领，主要是编辑、公司职员等。这两个群体之间的界限其实也不十分明晰，因为很多本科生、硕士研究生甚至博士研究生毕业后就会直接成为都市白领。总之，豆瓣上最活跃的用户主体是生活在一二线城市、拥有相对较高的知识储备水平和生活审美标准，同时在其专业领域都还尚未取得主导话语权、经济上也只是刚好能过得去或还略显拮据的学生与年轻上班族。在这个基础上，他们朝向各自的知识领域、审美趣味和业余消遣而彼此分化。十分重要的一点是，这些人逐渐从无意识的趣味引导聚集走向对自身生存状况的意识和反思，并开始以各自的"趣味"来抵抗现代生活中的强大制度惯性和职业伦理，在这个层面上，他们开始具备自觉的、超越的反思判断力。可以说，豆瓣表面上各自为营、鸡犬之声相闻直至老死不相往来的特立独行之下隐藏的就是这样一种阶层归属与认同，而这则是今天豆瓣引起关注的一个重要原因。

当然，这只是第一个层面。这样来观察豆瓣，无非是一种流行的文化左派解读。然而这背后存在一个问题，即论者倘若以身份政治来探察豆瓣，实际上无异于赋予了豆瓣一种责任，即对抗那个强大的同时又无处不在的制度。这一制度随着全球化，借由20世纪末的互联网普及也将中国社会纳入其中，其最典型的表现就是今天这样一种职业社会的出现，以及无数大都市里的年轻白领构成的新工薪阶层。在今天的中国互联网上，豆瓣的确是个异类，它最广为人知的形象就是酸腐的文艺青年、慵懒的生活节奏、漠视主旋律（不仅仅是通常意义的"主旋律"，尤其是日常生活观念的主旋律，即结婚、努力工作、生子、顺从长辈意见、听领导的话、正能量等等）。但这都只是戴上有色眼镜以后所看到的，而在豆瓣的核心用户群体里，实际上对此都不以为意，因为对他们而言这既不像有的人认为的那样是矫情、刻意扭捏姿态，也不像有的人认为的那样代表了一种抵抗，而就是一种他们看来舒适的生活方式，或者用一个更浅白的词说，是一种豆瓣内部广泛认可的"三观"。所以这完全可以从另一面来看，即豆瓣用户并不是带着想要改变什么的意愿来示人以某种面貌的，而是追求一种"消极的自由"，这本身可以从两方面去评价：一方面可以说这是一种"躲进小楼成一统"；另一方面，却不得不承认，这种不被干扰、不接受外人"苦口婆心"的"教导、指引"的自由，正是现代人最基本的自由，对这种最低限度自由的捍卫恰恰是最有力的。只要别人不来打扰他们的生活、不给他们添堵，他们也不会去随意进入他人生活，而一旦别人闯入他们的生活，那么他们一定会毫不犹豫起来以一种"誓死力争"的态度抗争到底。在豆瓣上不成文的交往惯例就最充分地说明了这一点，即彼此避忌询问对方现实生活中的身份、生活。这恰恰与抵抗姿态无关，而在于是否敢于真正在个体选择与公共生活的质量冲突时团结在一起。

　　至此，恐怕还是要先把豆瓣的"抵抗性责任"搁置起来，而把第一个层面的问题谈清楚，即豆瓣的"无身份"，以及这种"无身份"作为一种特殊的"身份"，还有二者对当代中国新阶层的"形塑"作用。21世纪第一个十年见证了MSN、博客、论坛、贴吧的兴衰，第二个十年则是微博、知乎、豆瓣等社区各领风骚。豆瓣在趣味、机制和网站生态上是极不同于微博和知乎的。豆瓣不存在对信息源的仰视，豆瓣的机制也不会产生大V吸粉的强大效果，因为豆瓣的核心不在于解答问题，而是记录分享、发现推荐、会友交流，也就是品味系统（读书、电影、音乐）和表达交流系统（广播、日记、评论、我读、我看、我听、友邻、小组、同城）的建立与运行。在这样一种机制的引导下，豆瓣不是走向一元化与大V的强大号召力归属，而是构建不同趣味、喜好、风格各占自己所在的层面，自得其乐而互不干扰。甚至可以说豆瓣是个多层的平行世界，不同趣味的人很少有可能了解对方究竟在做什么，而相似趣味的人则慢慢通过品位系统和表达交流系统找到彼此。用之前网友的话说，"豆瓣社交网络的去中心化程度，豆瓣社区的'半开放性'，豆瓣用户群体的复杂性与异质性，各个豆瓣群体之间的区隔与井河不犯，没有可以通吃全站用户的红人，没有像知乎那样'一处大V，处处大V'的影响力加持。这使得豆瓣是一个更加平等、理性的社交网络，豆瓣用户更加的独立思考，不迷信盲从权威。"①

　　而且，豆瓣的社区精神带有一种慵懒的随意性，不同取向和趣味往往能够做到相互宽容对待，做插画的、搞写作的、做设计的、作学术的、搞摄影的，甚至段子手、新闻搬运工，都在各自的层面相安无事地分享、推荐、交流。于是，一个分层并不断

---

① 张远：《再评豆瓣：成也精神角落，败也精神角落》，钛媒体 http：//www.tmtpost.com/1508162.html.2016-2-25。

叠加的豆瓣便以一种"现象"的形式出现在外界面前。在这之中影响最大的群体应该是阅读者和写作者,一方面有一个广泛的外围圈子,就是普通用户,他们往往在生活中有过阅读、观影体验后上来随手标记一下,了解对作品的评价,另一方面则是由老用户(这部分人往往是在豆瓣最初成立的几年里率先注册豆瓣并已经在自己的主页上形成了鲜明独特的个人品位、读写痕迹,并通过品味系统和表达交流系统形成了一定的圈子,彼此以同好的方式相互传递资源、交流心得、撰写评论,成为比较有影响力的用户)组成的松散的核心圈子。在今天,共识的消弭达到了前所未有的程度,这带来的影响是两面的:一方面不存在统一的权威,不同的观点、趣味都有其合理性;另一方面自然也导致坚固性的丧失,生活变得充满不确定性。豆瓣整体具有一种气质,就是对现代职业伦理的怀疑、不认可,在豆瓣上随处可见的不是讨论工作、加班、奋斗、对进步生活的向往,而是私人趣味、吐槽、自嘲,对"干货"、勤奋赚钱、听长辈话、结婚养家这类权威话语的嘲讽,其实就是毫不遮掩现代生活中的焦虑。

二、社区生态:友爱的传播机制与多元的价值认同

豆瓣的两大系统,包括作为核心创意部分的书影音趣味系统,与作为社区的表达交流系统。就这两个方面而言,实际上分别形成了其友爱的传播机制与具有多元价值的情感认同。豆瓣作为社区的功能主要是通过广播、友邻、小组、同城活动以及对豆列的整理与收藏等一系列机制体现出来的,而借这些社区功能体现出来的则是社区的开放性与用户群体对多元价值的认同。这主要可以从广播与转播、独特的"友邻"关系以及所谓"豆瓣红人"的产生几个方面来看待。

首先是广播和转播。实际上围绕原"广播"和众多"转播"之间产生了一个公共讨论的场域,一条见解独到、用语精辟的广播要么精确传达了作者的情绪或认识,要么是对时事、作品、现象等的深刻观察,要么是关于某个问题、某种感受、某些现象的断片式想法,而很多时候一些原创作者的精彩文章就是从这些断片式的广播充实发展出来的。其他友邻对原广播的转播形成了对话,也就由此容纳了各种不同意见的表达。当用户的关注者重合较多时,自己的时间线上就会不断出现围绕一条广播的讨论,这也是豆瓣与微博的差异之处,即主要角色不是各种大V明星,而是自己和自己关注的内容。广播和转播机制由此而言对于塑造用户的主体性意义重大,也保证了社区氛围的开放活跃。

其次是独特的"友邻"关系与豆瓣气质。在豆瓣,用户相互之间不会称作"好

友",也不会称关注自己的人是自己的"粉丝",或者自己是被关注者的"粉丝",而是一个非常舒适而且生活化的称呼:"友邻"。这种称呼方式既没有刻意营造一种标榜你我之间关系多好的,也没有"粉丝"那种关注与被关注双方之间森然的高下等级感,没有太近也没有太远,而是像传统乡土或日常生活中那样的一种邻里关系,互不相扰,却依旧鸡犬之声相闻。更有意思的是,在豆瓣上互动关系极好的友邻,如非必要绝不会问及任何有关对方现实生活的问题。这样,豆瓣就提供了这样一个避开现实生活的居所。一个典型的豆瓣用户在现实生活中最难以想象的惊吓就是你的上级、长辈、老师或室友、同事、同学突然走过来对你说出你的豆瓣 ID 名字。同样,可能两个人在现实中就是同一个办公室对桌的同事,但是他们彼此都不了解,即使了解也不会点破,双方原来是豆瓣上相互关注的友邻。

第三,所谓"豆瓣红人"的产生。在豆瓣本地产生的通过为书影音添加条目信息或具有某项专长如摄影、翻译、绘画、读书并撰写精彩书评影评而积攒起人气的老用户,对于豆瓣用户来说这些才是真正值得关注的。一个例子是豆瓣官方最近新建了"豆瓣时间"栏目,邀请众多名人入驻豆瓣开办公开课,比如北岛、白先勇、朴树、杨照、易中天等,但众多用户并不买账,他们还是更喜欢也更习惯于本身就经常上豆瓣并与友邻有更多日常互动的草根老用户。与此同时,"豆瓣红人"一词中并没有更多敬畏,更多的是一种调侃或自嘲的专用词汇。

豆瓣读书、豆瓣电影和豆瓣音乐作为品味系统可以说是豆瓣的核心所在,而在这之中,读书本来是最重要的。围绕着读书形成了一个链条,即作者在豆瓣上写作或翻译外文著作,通过豆瓣与出版产生关联,出版社在新书发行前先将样书拿给比较知名的豆瓣用户试读并顺便做前期宣传,新书出版后读者在豆瓣上标记"想读""在读""读过"并给予评价。单纯将这个过程描述出来其实并没有什么特别之处,但这样的描述并不能展现出豆瓣在阅读写作事业上的独特性,即,围绕着阅读、写作,在豆瓣上形成了一种超越市场商业氛围的共同体情感,这种情感笼罩着作者(译者)、读者、出版者,超出了单纯的商业利益和盈利计算,在共同体成员间形成了一种亲密感。这种亲密感又不是简单的日常人际关系应酬那样具有明确的利益导向,而是为了书而聚在一起、为了探讨写作和阅读而聚在一起的一种十分纯粹的感情。此外,在豆瓣上的作者十分清楚自己的读者是专业而挑剔的,这更促使他们认真对待自己的工作,一旦有抄袭或翻译上的低级错误,作者、译者难免被读者在新书页面评分和广播里炮轰。

随着电影产业越来越成为资本围猎的场地,豆瓣读书受到的关注日渐低于豆瓣电影,另一方面,豆瓣读书的评价机制日益显示出其计算样本太少的问题,这就不同于电影,很少的人标记过一本书就会产生评分,这也就给水军刷新书的评分留下了空子。不过这并不妨碍真正具有原创性的作者与能做好书、具有眼光的出版编辑以及挑剔的读者之间联结成为亲密的共同体。由此,我们的观察可以更进一步审视豆瓣上的写作者及其写作。

三、非职业写作:自传体、非虚构与亲民性

豆瓣上的写作拥有相比纯文学圈子更活跃、传播范围更广的圈子,比普通网络文学更高水准保证的评价机制,比商业消费环境目的更单纯也更挑剔的读者群体,因此,豆瓣上文学生产的传播更加活跃、广泛,而门槛却并未因此而降低。这在很大程度上又是由用户质量决定的。这里姑且举几个例子。

青年作家邓安庆在众多作者中可以说是引人注目的,他的书写带有浓重的个人印记,各种现实生活中的粗粝与无奈都跃然纸上。在他这里,写实并不必然带有控诉的愤激,他的行文字里行间都透露出一个根在泥土深处的人对大地温和的热爱与宽容,这在《柔软的距离》①中具有非常鲜明的表现。邓安庆的作品所展现的是宽厚者的直观。读邓安庆的小说,看到那些乡村与城市之间的徘徊与隐忍,是极易产生代入感的。邓安庆的写作带有一种意绪,既离不开,又落不下,小人物的百态和灵魂深处的尴尬、局促表征的正是我们所生活的时代。他的笔触不在于批判的锋芒,而在于感触的柔软,而且柔软中又透着坚韧。如果拿他的写作同英国工业革命时期的"工业小说"来对比,并由此比对两个不同时代的社会现实背景、乡村与城市之间漂泊游离的人的处境和心境,一定是件有意思的事。

另一个值得关注的作家是大头马。大头马的中篇小说《谋杀电视机》②颇值得一读,这篇小说也曾经获得过第二届豆瓣阅读征文大赛小说组首奖。大头马的写作在叙事上流畅可读,技法几乎无可指摘,语言中带着机灵幽默,引人玩味。大头马的写作不是直接关乎现实社会的议题、城乡关系的紧张等切近的事物,而是更接近于一种哲学上的对现代人处境的反思,同时又不是枯燥严肃地搬弄理论,而是带着一种调侃,这一点在《谋杀电视机》里表现得比较明显。

至于郝景芳,其代表作《北京折叠》③已经显示了其个人才华,其实故事本身并

---

① 邓安庆:《柔软的距离》,上海:上海人民出版社,2013年。
② 大头马:《谋杀电视机》,成都:四川文艺出版社,2015年。
③ 郝景芳:《孤独深处》,南京:江苏凤凰文艺出版社,2016年。

没有让人眼前一亮的感觉,但该作品笔法圆熟,其中的隐喻也不过是将魔幻般的现实以魔幻的方式写出来,但其中散发着对当代阶层区隔、社会发展不平衡的关注和思考,这也足以见得郝景芳是位值得期待的青年作家。

以上提到的几位只是豆瓣上比较具有代表性的几位青年作家,还有许多具有潜力的作家,就不再一一列举。豆瓣上的写作者一个较大的共同点是其写作保持着对现实的关注和热情,这当然是优秀作家必然具备的洞察力。豆瓣写作者们相比纯文学圈子而言形成了一个独立的圈子,很多人并非专职写作,他们在日常生活中有各自的本职工作,但在生活中的所见所闻使其产生书写的欲望,他们游走于城市、乡村及城乡之间,虽然笔触大多仍显青涩,却显露出其非凡的感受力。其书写既然关注现实,也就必然带有严肃文学的印记,又天然散发着对大众的亲近感,没有拒人千里之外。当然这并不意味着对其评价与普通网络文学持平,毕竟在豆瓣上更引人注目的写作,不论虚构写作还是某种程度上带有自传色彩、非虚构色彩的写作,其水准比起普通网络文学都有更强的保证,这一点尤其体现在语言的锤炼和叙事技巧的打磨上。豆瓣上的写作者正在严肃与通俗之间寻找属于他们的位置,时代感和网站评价机制的激励给予他们的将不只是未来的时间。

四、"我无用,我自豪":豆瓣的"责任"与定位焦虑

豆瓣是一个公共空间,豆瓣的书影音评分是一人一票平等计算出来的,豆瓣业已形成了一整套写作、阅读、评价机制,豆瓣用户可以自行完善、修改条目,同时由于网站设计,用户之间的关系遵循"君子之交",私人空间得到尊重,这一切都彰显了一种类似自治空间的社区旨趣。而最近几年围绕豆瓣产生的争议性事件无不与两端有关:豆瓣形成评价和讨论的公共性,以及豆瓣老用户对个人品位、独立见解的坚守同资本、权力引领大众舆论的格格不入。这就使豆瓣自身就陷入了一种困境:是顺从政治权力和商业资本的双重绑架,从一个由具有自我判断、良好品位的高质量老用户群体对各类作品给出平等的评价而形成的书影音评价体系,走向大量普通用户涌入进行大众式的"平等"参与评价,从而具有更高的受商业和政治权力影响风险的傀儡评价体系,还是在从安静的角落被迫拉向前台时,依然坚守最初的旨趣,继续不合时宜地,却毫无退路地守住书影音以及一直在贡献条目和评价的老用户这块阵地。最近几年的一系列事件,每一次的被推上风口浪尖,都越来越凸显出豆瓣在定位上的焦虑。

最近的两个例子是2016年底《中国电影报》、《人民日报》客户端和央视电影

频道《中国电影报道》炮轰豆瓣和猫眼"恶评伤害电影产业",以及今年新浪微博CEO王高飞的言论:"中文网站圈里面最没有价值的两群用户莫过于豆瓣和Acfun的用户群,一边拿爱绑架网站运营者,一边故步自封疯狂喷新人,还不断地搞小圈子破坏社区积极氛围,把网站带到万劫不复的'丧'之中去,这群家伙只是想要借Acfun维持自己的优越感罢了,他们才不会真正关心网站的生死。"这两个例子背后代表的观念正是我们时代的症候。尽管"恶评伤害电影产业"事件最后以《人民日报》评论部发表《中国电影,要有容得下一星的"肚量"》①最后平息,但资本为了票房不惜悍然打压独立真实的评价这种行为还是显示了豆瓣处境的艰难。至于王高飞的言论,更是将资本的思维彻底暴露出来:不能变现,不产生消费和流量,用户群就是没有"价值"的。而这一观点很快也遭到豆瓣用户的反击:"价值"究竟该怎样定义?甚至马上就有用户做了表情包,鲜明表示"我无用,我自豪""欢迎来到豆瓣,发现毫无价值的你""豆瓣,汇集一亿无价值用户的丧气""豆瓣,想怎么丧,就怎么丧",更有用户结合豆瓣友邻在公共领域内维权、推动社会法律完善、积极发声推动现实改变的例子予以反击:"微博CEO今天说豆瓣网友是互联网最没有价值的群体,不知道豆瓣友邻在揭发恋童癖、挺李银河、捍卫豆瓣电影公正评分的时候,微博在干嘛?卖热搜、卖粉、封杀和禁言用户吗?是挺有价值的。"②

那么,这种"责任"究竟是不是豆瓣所能担负得起的呢?这本身其实就是一个无解的困境。今天我们谈论对巨大无形的资本、制度的抵抗,谈论个体自由被整合进技术、工作伦理、权力的网罗中,由此寄希望于某种拯救性力量,六十年代在欧美左翼那里是"人民",后来即使这种被期盼的救赎力量被更换成别的词汇,其本质依然没有变化,理查德·罗蒂也曾经指出过为何文化左派难以变成行动的政治左派,很大程度上就是在于文化左派采取运用理论谈论"制度"本身而避免谈论具体的实践。而在情况更为复杂的中国,豆瓣是否担得起成为新的抵抗力量呢?这很显然不可能。"豆友"们身上就体现了这样一种焦虑:对现实处境的不认可,以及无力改变这种现状的失落感。而我们的观察是不是说看到这种焦虑并将之揭示出来就足够了呢?这种焦虑是什么造成的?当然不是由这种不认可现状却无力改变造成的,这不是问题的根本,而还是属于表征。根本问题在于,这些人没有掌握话

---

① 张凡:《中国电影,要有容得下一星的"肚量"》,人民日报评论。
② 豆瓣网友"无非"的广播(2017-7-24 14:49:21),详见无非的广播,https://www.douban.com/people/1473794/status/2017641097/?dt_ref=02B380E3F459AA448E530105625086E91195684E56F41F43B05736AA2FDB8736&dt_platform=com.douban.activity.weibo&dt_dapp=1。

语权。因此,豆瓣用户对自身定位的焦虑是可以得到理解的,他们属于我们这个时代的"多余人",或者,借用奥尔巴赫引用雨果的话说,"The man who finds his homeland sweet is still a tender beginner; he to whom every soil is as his native one is already strong; but he is perfect to whom the entire world is as a foreign land"①,豆瓣正是这样一种"视此世界为异乡者"的存在。对豆瓣而言,在可能与不可能之间,本身就是个颇具悲剧性的无解。

在历史面前,或者说置身于当代之中,一旦豆瓣意识到这一点,那么不论是豆瓣官方,还是豆瓣用户——读者、作者、出版者,在各个"精神(病)角落"里自得其乐的各种游夫走卒,或许都需要再具有更多一点的想象力:在这第二个十年,直至下一个十年,豆瓣将会成为什么?豆瓣应该承担起什么吗?一个产生出这种焦虑的时代,答案不应该从焦虑当中去寻找。

---

① 转引自 Edward. W. Said, *Orientalism*. (New York: Vintage, 1979), p.259.

写作在别处

■ 文／王辉城

传媒技术的革新，总会对写作产生深刻的影响，正如 19 世纪欧洲报业繁盛推动了连载小说的发展，没有哪个时代会像现在这样，涌现出大量甚至是过量的写作或阅读平台。移动互联网的出现，让人们随身携带着一个广袤的、充满诱惑的世界。

阅读正在碎片化，写作的神圣性逐渐被稀释。还在二十年前，一位才华横溢的年轻人想要自己的作品得到大众的认可，需要经过严格的筛选。编辑的初审、主编的终审，甚至可能更隐蔽的审核。他需要反复地修改、打磨作品，最终才能允许在报纸杂志上刊登。这个颇具仪式感的过程，强化了写作的神圣性。

谁又能预料到，短短的二十年，写作忽而进入了大众时代。随手打开手机一看，各大新闻客户端、微博、豆瓣、知乎、ONE、简书、每天读点故事等 APP 或公众号，总是会在第一时间向你推送信息。尤其是微信公众号，几乎让每一个拥有写作梦想的人走上职业或兼职写手之路。有人升级为自媒体专业，有的人默默耕耘。过载的信息，让人应接不暇，甚至成为生活的负担。有人为明星娱乐八卦而声嘶力竭，有人对粗鄙的文字、粗浅的观点趋之若鹜。似乎，我们正在不可避免地滑向庸俗的、娱乐的时代。

然而，一个毋庸置疑的事实却是：虽然进入大众写作、大众阅读时代，但真正能写的年轻人毕竟是凤毛麟角。所谓"真正能写"，便是拥有创作完整的、具备文学价值的作品。他们表达属于自己的观点，虚构属于自己的故事，创造属于自己的文本。他们在网络上崭露头角,身影出没于各个写作平台,然后又向传统文学刊物蔓延。

七年前,我在偶然间得知豆瓣网。这个创办于2005年的网站,聚集了大量的文艺青年,而今正逐渐走向巅峰。数千万的豆瓣用户,在"我们的精神角落"(豆瓣宣传语)里记录着自己的所读、所看和所听。作为一个文艺网站,自然而然,一批优秀的作者便会脱颖而出,如沈书枝、邓安庆、风行水上、赵志明、沈善书、方悄悄、苏枕书、有鹿、远子、李唐等。拥有得天独厚优势的豆瓣,趁势在2014年推出"豆瓣征文阅读大赛",开始尝试商业化的运营。

豆瓣作者的气质是明显的:一是对故乡的追忆,一是对城市的书写。意外却又情理之中的是,少有作者会同时涉及两个主题。以沈书枝、风行水上、邓安庆为代表的作家们,或纪实或虚构,深情款款地回望自己的故乡。沈书枝的《八九十枝花》《燕子最后飞去了哪里》、风行水上的《世间的盐》、邓安庆的《山中的糖果》《柔软的距离》等,皆是其中代表。

以沈书枝为例。沈书枝,原名石延平,安徽南陵人,生于1984年。谈起"80后"一代的写作,"新概念大赛"几乎是绕不过去的文学记忆。韩寒、郭敬明、刘莉娜等这些由新概念所催生的作者,"都是那时班上爱好语文的同学口中津津乐道的名字"(《燕子最后飞去了哪里》)。

"新概念大赛"催生了一群年轻的作家。在市场上呼风唤雨的韩寒、郭敬明自不必说,其他如张悦然、周嘉宁、张怡微、颜歌、王若虚、夏茗悠、八月长安等,依托于《萌芽》杂志,从而虏获各自的读者。中学阶段写作风格处于作文风格的沈书枝,"新概念大赛"是一个遥远的、缥缈的梦。也许,"新概念"会给年轻的作者带来许多关注,但同时我们也发现,许多参赛者长期以来却困囿于青春文学。这是文学的不幸。从这个意义而言,沈书枝远离"新概念",却是幸运。

与众多青年作家相比,沈书枝写作算是比较晚。她是完全依托于豆瓣这个平台野蛮生长起来的。2009年5月19日,沈书枝在豆瓣上发表第一篇日记《第二只橡皮》。这篇日记并非文学创作,而是一段简短的生活记事。整个2009年,她都在记录着自己生活里的琐事,书写日常生活的喜乐。这也是沈书枝一以贯之的主题。从2010年起,沈书枝摆脱了"记事"体,进入了严谨的文学创作。也是从这个时候起,她开始将自己书写的对象对准了自己的故乡南陵芜湖的一草一木以及成长过程中的点点滴滴。在豆瓣里,沈书枝渐渐地累积了一些读者,进而成为平台上的大V。及至2015年第二届豆瓣阅读征文大赛,沈书枝以《姐姐》一文获得非虚构组冠军,已为豆瓣以外的读者所知。2014年,再获"紫金·人民文学之星"散文佳作奖。那时,《人民文学》等主流杂志已经接纳了这位来自豆瓣的写作者。

沈书枝作品并不多,迄今为止只出版过两本散文集。《八九十枝花》出版于2013年4月。这是我个人极其喜爱的散文集。出于个人的成长经历,我在沈书枝的文字里找到了深深的情感共鸣。她所叙述的南陵乡村,她所走过的道路,她所看过的田野,像极了我所成长的乡村。

故乡。是的,这种深沉的情感是故乡。改革开放以来,乡村被纳入了一个更加广阔的市场体系之中。城市化运动轰轰烈烈,乡村里的青壮劳动力离开土地,奔赴城市。依赖于土地的生活方式,逐渐瓦解。乡村空心化日益严重。除了春节,哪里还能看到青年啊?望眼过去都是老人、妇女和儿童。在《姐姐》这篇长篇散文之中,沈书枝记录了家庭与个人成长的苦涩。当传统的生活方式再也不能支持家庭的开支,母亲毅然赶往了南京、上海这些城市。姐姐们成家立业之后,生活各有苦处。

一种生活方式在消亡,田野在远逝。当我们身处庞大而又喧嚣的城市时,回望记忆之中的淙淙流水、依依白云与徐徐山风,希冀找到一丝慰藉。古典文学出身的沈书枝,文字雅致,带着干净的、从容的哀愁。然而,当我们从城市中离开,再次回到乡村驻足,才蓦然察觉到记忆与现实的巨大鸿沟。无可奈何,又无计可施。

几乎与沈书枝同时出现在豆瓣上的作者,还有邓安庆、赵志明、风行水上等人。这些成长于乡村的青年作家们,对书写故乡都怀着巨大的激情。赵志明的小说集《我亲爱的精神病患者》对苏北乡村进行了细致乃至残忍的叙述。其中《还钱》一文,更是把乡村人的窘迫刻画得入木三分。这部短篇小说集一度让我想起胡安·鲁尔福的《燃烧的原野》。

作为文艺青年汇聚地的豆瓣,自然希冀挖掘更多作者,或留住作者。在我印象之中,2014年是豆瓣阅读动作最大的一年。豆瓣不但推出了豆瓣阅读写作大赛,还推出专栏、连载、电子书、豆瓣阅读等产品。豆瓣阅读作文大赛在摸索了几年之后,纯文学的气息逐渐剔除,奖项设置走向了类型的、易于向商业转化的道路上。

对于城市的书写,当然,我不打算单单讲豆瓣,因为"流水的平台,铁打的作者"。事实上,优秀的作者会在各个平台上出现。对于众多怀揣文学梦想的作者而言,韩寒的"ONE·一个"APP的出现,真是一件激动人心之事。这款具备强烈的理想主义色彩的APP,以及韩寒本身所携带的强大号召力,使其在孕育之时,便聚拢了青年写作者的目光。

"ONE·一个"APP 于 2012 年 10 月 8 日在苹果商店上线。不到 24 小时,就冲上了苹果商店免费榜首位,一时风头无两。"复杂的世界里,有一个就够了",每天推送一篇文章一张图,让读者与作者趋之若鹜。

相对于豆瓣而言,"ONE·一个"的运作方式与传统杂志并无多大的差异。有编辑部,作者来稿需要专业的编辑审核,只不过发表的载体由纸质变成手机里的 APP。

"ONE·一个"运营五年以来,荞麦、大冰、张皓宸、张晓晗、姬霄、陈谌、南极姑娘、里则林、老王子、曹畅洲等作家进入大众的视野。尤其是大冰、张皓宸更是百万级别的畅销书作者。张晓晗的《女王乔安》成功地影视化,张皓宸也趁着 IP 大风,准备把作品搬上大屏幕。相对在商业化道路上苦苦探索的豆瓣,"ONE·一个"更早地就实现了商业上的成功。而这,也让"ONE·一个"备受"鸡汤"的诟病。

事实也如此,大冰、张皓宸、陈谌他们的书即使卖得再好,我们亦无法去讨论文本中的文学价值。他们的小说(或者,称之为故事更为合适?),投年轻读者所好。"大理""民谣歌手"与"流浪"火了,那么就炮制一篇故事吧;睡前小故事,正是姑娘们的心头好,那么就进行流水线生产吧。没有苦痛,没有思考,只有矫饰的情绪与"睿智"的金句。也许,这就是青春所独有的标志吧。

想要探讨"ONE·一个"的作者对城市的书写,一个尴尬的事实却是,必须跳开平台。荞麦、方悄悄、老王子、张晓晗、大头马等作者,都不是在"ONE·一个"上完成读者的最初积累与创作的开始。在"ONE·一个"写作之前,她们已经成名已久。张晓晗是《萌芽》杂志的当红作者;荞麦是某个影视公司的编剧,出过好几本书;方悄悄的爱情轻喜剧在豆瓣上大受欢迎,老王子在《独唱团》上一鸣惊人,大头马得过豆瓣阅读写作大赛小说奖,作品常常出现在传统期刊上。

"爱情"在当下,已然成为"显学"。发生在爱情里的甜蜜、窘迫、背叛、不安,都会被反复地咂摸。而爱情故事,也只有放置在繁华的、广阔的、复杂的城市里,才能让读者心悦诚服与信任。在这个时代,没有人相信灰扑扑的乡镇里会诞生爱情,因为那里只有相亲与日常的琐碎。在张晓晗的短篇《交欢》《摇晃》中所展现的爱情,夹裹着青春的惨烈,直面自身的身体欲望。而另外一个"ONE·一个"的作者米玉雯,在《余小姐的蓝颜知己》里,对情欲的书写更是坦然。余小姐有一位男闺蜜,两人的情感是友情之上、恋情未到。两位年轻人迷恋对方的身体,却又无法给予彼此安稳的承诺。

爱情是作者们观察、理解城市的切入口,而最终他们只却痴迷于叙述身体的、情感的不安。至少在两到三年前,荞麦出现在"ONE·一个"上,她那轻巧的、俏皮的、独立的、带着现代女性意见的小说,令我兴奋。我痴迷过一段她的文字,在微博、豆瓣上去追寻她的影踪。到了今天,我已经淡忘了她笔下的故事,只记得一个俏皮的、戏谑的句子:这个世界的一切都是瘦子的。

为什么而写作?文学是什么?一千个写作者有一万个答案,或真或假,或崇高或现实。网络平台来了,所写的文章更容易被读者所阅读。文学被置于庞大的超市里,被细分、被垂直、被标志。文字即商品。这一点,在微信公众号中体现得尤为明显。

一种更加隐秘的写作,仍坚韧地生存着。一个名叫"押沙龙短篇小说奖"的比赛,在 2014 年 7 月 31 日开启了。赛事组织者是一群年轻的、普通的写作者,包括《青春》文学编辑陈志炜、《扬子江诗刊》编辑熊森林、青年作家徐小雅以及我本人等。首届"押沙龙短篇小说奖",是我们怀着对传统刊物审美的微小叛逆,进行的一个轻巧的"玩笑"。我们更想通过比赛,认识更多年轻的写作者。我们没有料到,至 2014 年 11 月 14 日截稿日,这项"并无物质奖励"的征文,在短短三个半月时间,竟然收到稿件五十余万字。

这让我们意识到"押沙龙短篇小说奖"不能只是轻巧的"玩笑",而可能成为是严肃的"玩笑"。因此,从第二届开始,为了对文学的重视,我们几个人凑足了 5 000 元以作奖金。而奖金的分配,完全体现出年轻人不谙世事的随意以及对商业文学的批判。(一等奖 1 元,但最终作品未能达到评委预期,一二三等奖均分了 5 001 元。其中,1 元由首届一等奖获得者索耳所捐赠。第三届一二等奖各得 2 000 元,最具潜力奖得 1 000 元。)

2016 年,第三届"押沙龙短篇小说奖"已经收到至少 200 万字的稿件(具体多少份,未统计),影响力亦不限于南京、上海,还波及北京、广州等地文艺青年圈。三届大赛共产生了索耳、角男、伽蓝、大头马、杜梨、郑纪鹏、魏儾、吴泽、桑圆园九位获奖者,其中索耳有十数短篇小说陆续见于《山花》《作品》《芙蓉》《长江文艺》《小说选刊》等杂志上,已为评论家所注意。

索耳,广东湛江人,生于 1992 年,武汉大学比较文学与世界文学硕士毕业。在 2014 年冬天,我初次在南京见到索耳,那时他还是一名刚刚入学的研究生,身上带着腼腆般的自信。在获奖小说《蜂港之午》之中,索耳把离婚而萌生死志的画家、相依为命的姐弟(弟弟脑瓜不正常)、小店老板、乡村医生汇聚在蜂港。一宗强奸案(医生强奸了姐姐),让蜂港的午后变得滞重而压抑。在这篇小说里,索耳显现出对叙述游戏的痴迷。不停地变换叙述者,让人想起福克纳经典的《喧哗与骚动》。毋宁说,《蜂港之午》正是索耳向福克纳致敬的作品。往后的日子里,在《南方侦探》《显像》等短篇小说中,索耳尽情地挥洒着叙述的才情,怪诞的、戏谑的、现实的等元素融为一体。

大头马是另一位值得注意的作者,获奖小说为 Ordinary People。在这个万余字的短篇小说中,大头马创造了一个焦虑的、狂妄的、自卑的,充斥着伪装的激情的剧作家。在某个夜晚,他进行了一场马拉松长跑。大头马叙述结构颇为精巧,随着马拉松进程,以独白方式剖析着这个"一个和两千万普通人一起,住在北京的蝙蝠侠"。

事实上,大头马并不需要"押沙龙短篇小说奖"为自己的履历增添光彩。2014年,她以中篇小说《谋杀电视机》获得"豆瓣阅读写作大赛"小说佳作奖。此后,在2017年又出版了《不畅销小说指南》以及在"ONE·一个"上连载长篇小说《潜能者们》(已出版同名小说)。在《谋杀电视机》中,大头马以庄严的玩笑对现代传媒、娱乐与生活方式进行消解与戏谑。一场处心积虑的谋杀电视机的行动,最终却是"楚门的世界"。所有人都在演戏,只有主人公在认真生活。生活是一场黑色幽默的游戏,最终走向无聊。

"押沙龙短篇小说奖"并没有我们想象中的重要,这是毋庸置疑的。它既不挖掘、培养作家,又不进行商业运作。即使停止举办,生活还是"太阳照常升起"。我们希冀通过她来认识年轻的作者,可事实上我们这群生长在20世纪80年代末、90年代前的写作者,学习写作之初就已经认识。我与陈志炜、徐小雅、熊森林(诗人)、王苏辛、林为攀、李姗姗、吴清缘等,认识已经将近十年。我们曾彼此交换作品,相互学习、相互促进。对于彼此的写作,多少都会有所了解与判断。徐小雅对女性生存状态的关注,林为攀夹裹着青春激情追随着故乡,李姗姗用奇巧而轻盈的文字书写着城市与青春,吴清缘对科幻与围棋小说情有独钟。

陈志炜是我所认识的作者之中天赋与才华最好的(基于个人的判断)。他的写作极其独特,在某个时刻,会让人恍惚觉得他是另一位朱岳。成长于港口城市宁波的他,童年所见是巨轮、炼油厂与潮起潮涌的海水。海洋的、工业的气质,始终贯穿在他的小说中。

密集的意象、天马行空的想象,在"轻盈"与"厚重"之间自由地游走,这是陈志炜的写作。在《恋爱的犀牛》《猛犸》《卡车与引力通道》《少女与她的飞船》等短篇小说里,陈志炜构筑了一个令人眼花缭乱的、诗意的未来世界。

《猛犸》中,患有"精神不济的病症"的"我"(这种病会导致"逻辑与道德构成的星空在脑海中化为乌有"),与朋友在海上灯塔观察了、参与了一场进化的灾难。朋友们都退化成猴子,猴子进化成原始人,"整座高塔仿若DNA双螺旋"。而逃离这场巨大的"我",还在隐约地惦记着打字机。这是陈志炜的迟疑与幽默感。在一则"通俗"的小说《恋爱的犀牛》(其实并不"通俗",只是在陈志炜的作品中,算是比较好理解的),陈志炜表现出孩童式的天真与纯粹。

  王苏辛的《白夜照相馆》短篇小说集出版于2016年底。此后,加印了好些次。在我认识王苏辛之初,她对家乡的叙述很是热衷,构造了许多坚硬的、冷峻的传奇故事,即该书中后记所言"通过不断回到童年来安抚自己"。在短篇小说《白夜照相馆》里虚构了一座移民城市"驿城",生活在其中的"每个人心照不宣地创造历史"。白夜照相馆的生意,就是帮助人制造虚假的记忆。一种时代困境摆在作者面前,当人们离开故乡,来到庞大的、川流不息的城市,身体与情感将会安放何处?王苏辛的"驿城"是灰色的、仓促的、冷峻的,而现实又比这好多少呢?在《战国风物》里,我惊讶于王苏辛大胆与直接(父亲对女儿追问:恁俩,没出去住吧?)。在妻子与第三者之间徘徊不断的父亲与女儿,进行一次漫长而又艰难的旅程。父母悬置的离婚问题,没有答案。父女之间的关系,仿若皱褶。没有缓解,没有恶化,问题被悬置下来。生活就像是吊桥,挂在半空之中,飘摇而紧张。而女儿的逃离,这种小反抗,最终也会无疾而终。

  手机上阅读平台林立,乃至于泛滥成灾,似乎每一个人,都想从"文学"这里吃下一块肉。没有商业眼光,对文字怀有敬畏的作者,想要获得认可,并不是一件容易之事。虽然传统文学杂志已经不再辉煌,但对于作者来说仍是最重要的渠道。在没有关注的平台里,顽强地发出属于自己的声音。在这阅读大众、文学小众时代,这既浪漫又悲壮。

  当作者们想以"文字"安身立命之时,却发现一个更紧迫的现实横在眼前,不可逾越。

  是的,这就是生活。当年一起写作的朋友们,因生活里的种种原因,放下了手中的笔——即使是没有放弃,笔耕不辍,但当你看到编剧的收入远远高于小说创作,经营微信公众号一年收入可达百万,心中是否摇摆不定?

  毕竟没有人喜欢灰暗的、窘迫的生活,不是么?

王占黑《阿祥的故事》读记

■ 文／张业松

偶然的机会，我在一次"研究生方法论"课前读到了短篇小说《阿祥的故事》，全文9 700字，首发于网刊 *ONE*，即韩寒主编的《一个》，算是最"当代"的当代小说了。读过之后觉得很有意思，觉得完全可以通过这篇作品，看一看"当代文学"如何读，从中能够得到什么，以及由此扩展开去，"当代文学批评"应该如何进行，其目的、功用、基本方法和相关准备分别应该是怎样的，或可能是怎样的。遂做了尝试，把这篇小说拿到课堂上去讲了一遍。以下便是基于讲课笔记，对前一部分内容所做的整理，算是通过一篇小说，认识一位作家，见证一种可能的当代生活。

一

《阿祥的故事》讲一个早点铺子的主人阿祥的故事。上来先介绍这家铺子的位置，说是位于"丁家桥和秀水街的口子上"，"面朝的秀水街"，"丁家桥并非一座桥，路名罢了，其间纵横盘绕着天后弄、救火弄和彩虹街"。这些地名看起来都很熟悉，好奇的读者可能会想知道是上海地名吗？丁家桥，上海有的。秀水街？好像是北京的地名。天后弄在香港吗？救火弄？彩虹街？按图索骥一个个找下去，会发现跟现实的城市地理根本对不上的，然而熟悉感仍然强烈存在，挥之不去。这就是"似真性"的营造，文学上的"现实主义成规"的入门技巧。

作品通过细节描写，如阿祥早点铺的招牌，传达出时代背景信息。阿祥早点铺的招牌旧了,"阿"字没了"口","祥"变成了"羊","早点"的"奌"是早年的写法,底子也褪了色。这些信息在表明阿祥的铺子是名副其实的老字号,招牌本身就透出了浓厚的历史感。

阿祥做生意的原则是三个字:本地人。这样的做生意原则靠的是熟人社会,以诚实可靠来吸引顾客。本地人也信得过阿祥,称赞他做的早点"清爽",这是上海话,是干净、真材实料的意思。凭这点,阿祥的生意越做越好。

随后作品通过倒叙,讲述了阿祥如何一步一脚印在街区站稳脚步。缘起于1995年阿祥夫妇下岗,自谋出路,决定做早饭摊。最初是流动摊贩,"打游击"。不到一年,生意稳定下来,阿祥就在秀水街租下一间店面。

第三节的重点是阿祥的招牌早点——茶叶蛋。作品对色香味俱全的茶叶蛋从制作过程到使用方式的细节描述可谓栩栩如生,细节的逼真程度使读者不得不相信阿祥早点铺的成功。

在作品的第四节,叙述者"我"出现了。当时的"我"还是个小学生。作者通过"我"的视角对阿祥的形象和个性做了描述。阿祥长得很瘦,被形容为"薄皮棺材"。阿祥对小孩非常好,总让"我"赊账,所以"我"每天路过都可以吃到茶叶蛋,直到被奶奶发现为止。

有一个细节值得注意:"我"问阿祥汤水为什么那么好喝,阿祥说是靠香烟灰来"吊鲜头"的。这里涉及了味觉和记忆的养成。作品写道,许多年后,每当"我"闻着香烟灰的味道,就仿佛回到了那一个阿祥早点铺的黄金年代,当然也是"我"的纯真年代。

第五节从"阿祥待小孩这样好,我不晓得是什么道理"入手,牵出孩子问题。人们道听途说,阿祥老婆生不出孩子,或太忙没有时间生孩子。后来人们知道阿祥有个女儿,有说去上海读书,有说是去北京。由于阿祥本人不置可否,人们越发觉得阿祥的女儿很了不起,要求自己的孩子以阿祥的女儿为榜样,向她学习。由此,阿祥的谜一样的女儿成了社区居民口耳相传的传奇人物。

小说的叙述到这里已经算是一个高潮。渐渐走高之后必然会有一个转折或波折。这个转折出现在千禧年农历大年初一,"我"和姑妈出去找阿祥买早点,碰巧遇到从外地回来的阿祥的女儿,她的名字叫海华。作品着意突出了海华的形象——她长得又高又壮又黑,和阿祥夫妇一点都不像。外表上的"不像"一望可知,内里呢?由后文可知,海华外表上的粗鲁,代表的是另外一种野蛮生长的力量,恰与阿祥夫妇的为人和追求构成对照。阿祥生意要做"本地人""老字号",追求的是人际、社区、声誉和人品上的"熟成",不仅与所置身的社会打成一片,而且还要成为其中的正向构成,为自己构筑"存在的家"。海华却是这个熟成社会的"入侵者"和"野蛮人",拒绝规训,另有所是。海华的故事是另一个故事,一个从熟成社会走偏、最终被其排斥,而不得不在另外的世界和规则下艰难求存的故事。这里没有展开,但留下了伏笔,会继续在阿祥的故事中发挥作用。往后我们会看到,这将是一种致命毒化作用。

当时叙述者"我"还是个小孩,搞不清楚状况,通过姑妈的转述,才知道事情的来龙去脉。原来海华正和一个刚出狱的青年相好,这一次回来是为了征求阿祥夫妇的同意让他们结婚。由于社会对"吃过牢饭"的人有成见,阿祥坚决不同意他们结婚。最后是海华跪下磕头,向阿祥夫妇行诀别之礼,感谢他们的领养之恩。

这是一出人伦悲剧。就阿祥的绝情表现来看,我们会发现他和他所属的社群对出狱者的歧视和厌弃,缺乏对犯错者的宽容,没有给予他们更充分的重回社会的机会。这样一种社会态度和社会构成,背后当然有其历史特定性。作品没有就此展开,而是采取了留白的处理方法。

另一方面,当街坊邻居得知海华是阿祥夫妇领养的孩子,出现这样的忤逆结局,普遍表现出惊讶和惋惜,替阿祥夫妇不值,认为领养的孩子是白养。这种看法与传统社会重视血缘关系的观念是一脉相承的,在现代社会也算是偏见之一种。

作品第七节,"自那以后,阿祥的黄金早饭摊就变味了。不是做得不对,而是人们尝出来的味道不一样了"。味觉的主观性进一步体现出来。不是食物客观上变味了,而是主观上的变化。人们看待阿祥的眼光、在阿祥早点铺前的心绪和态度不一样了。小孩的话题再没有人在阿祥夫妇面前提起,却在背后议论不休,衍生出多种版本。人们总结下来的经验教训是:一,领养的孩子不如亲生的;二,没有孩子,赚了钱要留给谁?一是人伦关系,一是生存意义,二者合在一起,构成对阿祥夫妇的奋斗和努力的意义的质疑。一个人一生的努力会因为没有后代而化为乌有,生存意义只能寄托在血缘的传承上吗?"这桩事传到东传到西,人们讲下来最统一的,还是那两句总结的道理,领养来的小孩总归没有亲生的感情好。还有一句是,小孩都跑了,钞票要赚来留给谁啊。"

作品写道:"但阿祥早点照旧一天不落地开门关门。"

这是另一处强有力的留白。作品中的阿祥没有用语言表白什么,只是行动着。他的行动基于什么样的内心呢?或许是对无意义的无声抵抗,或许是社会观念认同之下的平静承担,留下想象和理解的空间。

千禧年之后,丁家桥周围要拆迁,居民一个个搬走了,阿祥的生意一落千丈。由于早年买下了店铺,街区拆迁恰好把他的铺子划在红线外使阿祥吃了个闷亏。

大家搬走前都来和阿祥道别,显示了熟人社会的人情犹在。

人们离开前都劝阿祥也一起搬走,阿祥却选择留下,显示了其个性和处境。一方面是安土重迁,一方面是坚持和执着?其实更重要的,恐怕是他无处可去。周边拆迁前顶下门面实际上是被人"精算",半世积蓄投入进去,不被拆迁,就只有困守一隅、坐以待毙。2008年,随着丁家桥最后几条弄堂出空,阿祥早点铺的黄金时代结束了。

当然阿祥既不是轻易放弃,也不是不知权变的性格。在"下坡路"上,照样走得堂皇正当。

后来阿祥都是做过路客的生意,老顾客都会向新来的顾客介绍,阿祥的老字号还是有一定的号召力。在这个部分,作品突出了阿祥和他老婆在性格上的转变:前者越来越沉默,后者倒是不太介意自嘲没有孩子的事。作品也再次写出了阿祥做生意的哲理,即赚钱不是他做生意的唯一目的,人家饿着肚子找不到包子吃才是最要紧的事。

之后附近起高楼,工地飘来灰尘,再也没有人愿意光临阿祥早点铺了。人们嫌弃阿祥的铺子受污染。为了适应环境的变化,阿祥改作批发生意。生意每况愈下,人们劝阿祥退休,阿祥却说,路要修好了,老字号吃香,生意也会好起来,还要雇个帮手呢!阿祥坚信老字号的市场价值。然而,过完又一个年,叙述者"我"却看到阿祥做回了二十年前的老行当——流动摊贩。

作品的倒数第二节(第十一节)交代了阿祥的局面急转直下的原因。原来是海华的儿子即阿祥的外孙回来了。这时海华已病逝,留下的儿子又欠了一屁股的债。外孙威胁如果阿祥夫妇不帮还债,他就跳楼。就这样,阿祥夫妇交出了现金,抵押了店铺。阿祥照旧不响,阿祥老婆却心里好受一些,就像是自己欠的债,现在终于还上了。

最后一节,阿祥早点铺大结局。顾客眼中菜场门口作为流动摊贩的阿祥的形象,是一个油腻、邋遢、随地吐痰、乱弹烟灰不讲卫生的老头。但在阿祥的自我认知中,却仍然是体面、正宗、有底气的,"好像附近还会有邻居的小孩厚着脸皮问他讨一点东西吃,然后大人怒气冲冲地过来付钱。好像电视台记者就在路上了,他们要让他说说,自己是如何在早饭界混出名气的。他心里肯定早就想好了几句响亮的回答,等着记者夸他宝刀未老。还有他那蹩脚的普通话,肯定也会把自己的名字错叫成'阿强'。"

小说结束在对阿祥几十年如一日的行为的描述中:"他从不吆喝,只是等饿肚子的人过来,等着老主顾们过来。"

二

  总结来说，小说讲述了社会巨变中的渺小的个人卑微的一生，塑造了一个勤劳善良、有所追求、有所固执的小人物的形象。人物的性格具有成长性，随着故事的展开渐次显现，是老到的圆形人物塑造法。叙述的节奏掌握得很好，是近乎无事中推进情节的缓降法。笔法细腻，有明显的底层关怀，有戏剧性，但没有强烈的冲突或情感呈现，一切经由日常琐事体现出来，或以转述避免戏剧性场景的直接刻画，体现了出色的叙事掌控能力。这是一篇情感内敛，信息含量和留白空间巨大的作品，对当代生活的把握和呈现达到了一定的高度。作品包含了年轻一代作者对自己所置身的社会的观察和思考，也寄托了对一种更为合理的生活的想象和期待，其中所透露的信息，非常值得注意。

  人遇事而成性格，性格塑造命运，命运就是故事所讲述的历史。小说通过阿祥的小历史，串联了近二十年社会变迁和城市改造的大历史，个人命运的起伏与社会形态的变化息息相关。其中牵涉的一系列社会和价值观问题，足以启人深思。不仅仅是偶然与必然、乡土观与卫生学、知觉与记忆之类抽象玄妙的问题，而是还有更直接、紧迫的人文关怀需要叩问。

  诸如，阿祥老了，不可改变。那么，他的命运是否不可避免？

  可以说，这篇小说颠覆了好人有好报、勤劳致富一类正面价值观，对于小说人物被社会巨变打败发出了一声叹息。有点"阿祥再要强，也强不过命运"的意思在里面。"他那蹩脚的普通话，肯定也会把自己的名字错叫成'阿强'"的细节，在这里拨响一个和弦。但这也不是一个完全悲观的故事。阿祥总是怀着希望，只是偶然和命运以恶意的力量这样一种形式介入，导致了阿祥在社会变化之下变得落魄。

  "恶意的力量"包括与海华的收养关系。这种关系没有被恰当掌控。若能恰当掌控，比如在决裂时有一个正式的脱离关系的手续，随后黑社会就没法通过控制养外孙来介入并影响他的生活了。无法掌控的局势导致阿祥夫妇被抛到宛如没有法律的荒原，即丛林社会，而自生自灭。阿祥的悲剧可以说是由于社会救助功能的系统性缺位以及由此显出的"天地不仁"（无情）而造成。作品发出的与其说是一声叹息，不如说是一种对于丛林社会个人困境的抗议。

  另一方面，阿祥一直对"老字号"怀有遐想，如果社区管理者恰当介入，他应该能更妥善地经营他的生意。

  由此，问题最终落实为：如何避免使人成为社会巨变中的孤独个体？"要让公平正义像太阳一样光辉",理念如何落实?

　　带着类似的疑问思考作品,意味着"介入的阅读",把自己放进去,与人物、与作品、与作者同呼吸。只有在这个意义上,当代文学才会成为进入文学和文学所在的社会的很好的入口。

三

　　近些年因困于其他杂事,当代作品读得少,一斑窥豹,是否真的看到了一点值得注意的东西,不敢曰必。因此这里也就不再做进一步的扩展和引申,只补充一点关于作者的信息:《阿祥的故事》的作者王占黑是一位年轻的作者,数年来默默地在写她的《占黑故事集》,目前发表的作品有如下几篇,都很值得一看:

《她在捉些什么》(阿明的故事),发表于 *ONE* 2016 年 10 月 11 日;

《阿祥早点铺》(阿祥的故事),发表于 *ONE* 2016 年 10 月 21 日;

《美芬的故事》,发表于 *ONE* 2017 年 1 月 29 日;

《春光的故事》,发表于《芙蓉》2016 年第 6 期;

《老马的故事》,发表于《山花》2017 年第 5 期;

《小官的故事》,发表于《湖南文学》2017 年第 6 期。

2016 年 10 月 25 日讲,2017 年 5 月 31 日写

北京城里的蝙蝠侠
——读大头马的短篇小说

■ 文／薮　弦

　　一名痛恨电视的男子被真人秀节目偷偷相中，在饰演队友的工作人员的引导下，撬门逾墙，砸烂电视，甚至企图潜入电视台制造爆炸，最后关头，他被告知此前种种不过是节目组的策划，震惊之余依然选择了实施计划。一位毫无文学天赋和经验的男子意外入选写作大师班，奔赴某座南方海岛接受荒诞不经的培训，课程结束后还被要求提交一篇习作，以供评委考核，消极怠工的他直到截稿前十分钟才发现比赛奖金高达3 000万元，慌乱之中将这段离奇的经历写成了小说。

　　以上是大头马的两部小说集《谋杀电视机》（2015）和《不畅销小说写作指南》（2017）的同名短篇所讲述的故事，在其中，影视与文学被以一种态度暧昧的方式逼至绝境，或濒临毁灭，或堕入彻底的空虚。考虑到作者的身份———一名"自幼喜爱文学和电影"的职业编剧和业余作家，她的颠覆不能仅仅被解读为无伤大雅的玩笑，而隐约透露出其对待创作及生活的立场。假若我们暂时抛开对时下粗疏的代际划分方式的过分警惕，大头马的姿态颇能说明青年一代作家———尤其是生于20世纪90年代的小说家们（1989年出生的大头马也戏称自己为"泛90后"）———当前的处境：经历了近三十年倍数播放的历史后，曾经坚固的事物都已烟消云散，对崇高的想象力亦随之告罄，但迎面扑来的现实巨兽仍在急剧膨胀，新鲜、异质的经验尚未充分沉积，唯有借助后见之明才能被真正把握。对置身于历史迷雾中的一代而言，在众声喧哗里寻求稳固的位置，自然要比见招拆招来得困难，因此百无聊赖和玩世不恭构成了最普遍的心态。而大头马的小说恰好记录了作者,乃至整个代际的写作者,在类似的虚无中领受的自由和遭遇的危机。

小说《不畅销小说写作指南》里,大头马将整个文学建制微缩成海岛上的一场比赛,以漫画式的笔法勾勒出小圈子的众生相:故作高深的大师班导师牛某,性情古怪的网络言情写手李恒,善于逢迎的青春小说作家耿小路,性感撩人的文艺圈名媛郑梦,年过半百的儿童文学作者"知心姐姐",以及其他勾心斗角的"文人"。某些描摹确实入木三分,但究其内核,想必不是"文坛现形记"般的"谴责",因为"谴责"首先意味着有所确信。而作为一位"小学三年级开始在媒体发表作品",但直到"2012年世界没末日之后"才逐渐在豆瓣等平台上创作小说并找到读者群的作家,大头马可谓游走于主流的"刊物—学院"秩序之外,对传统的上升途径和资源分配模式并无太大兴趣。因此,她选择以王德吾这样的局外人身份介入一场"文学盛事"。作为参赛者的王德吾不过一具空壳,他的诗人角色只是临时编造的产物,但一旦占据这一主体位置,就立即在机制中运转起来,为他人的奉承与攻讦所裹挟,也适时地拿腔作调,加入表演,甚至在夸张的3 000万奖金的激励下,还能文不加点地写就一篇小说。在此,大头马倒没有打算以类似朗西埃的态度书写一个印证"智识平等"的寓言,她要做的,是以戏谑的语调和近乎流水账的形式回顾一篇小说的诞生,同时也是创作这篇小说本身,并在此过程中架空了写作——王德吾的奋笔直书实则动摇了我们的文学认知。以这样一篇小说来统领这部姑且可算作"中国套盒"体的作品,不仅是为了交代后续数篇小说的由来,也奠定了全书的基调。

相比于《不畅销小说写作指南》里曲折的取缔,《谋杀电视机》则选择直接的屠戮。大头马在文中策划的爆炸之所以强劲,不是因为她赋予这一行为崇高的意义,恰恰相反,而在于她抽空了"谋杀"的合法性基础,从而凸显出破坏的物理属性。大头马借小说人物之口表达了对电视观众的费解:"我确实不懂,互联网已经发明几十年了,什么人还会守在电视机前看一部中途会插播牛奶广告的恐怖片"[1];更反复调侃企图为谋杀计划提供凭据的"批判理论"的陈词滥调:"我们破坏电视与任何你们现在给出的解释都无关,既不是什么批判庸俗文化,也不是反对传播媒体,还有什么……企图掀起第四次科技革命"[2];她坚称叙述者"我"是一个纯粹的

---

[1] 大头马:《谋杀电视机》,四川文艺出版社,2015年,第53页。
[2] 同上书,第136页。

电视厌恶者:"我们破坏电视只是因为我们讨厌电视"①——然而根据小说内容,叙述者如此痛恨电视着实不合情理,他从索要赔偿到加入犯罪团伙的转变若不出于游戏心理,实在缺乏逻辑必然性。于是,叙述者变得吊诡起来:他憎恶电视,又预防性地消解了他人对电视的批判,也不提供任何建设性的方案。站在更高视角,大头马甚至撇清了小说与"楚门的世界"式的故事的联系:"当然不了,又不是《楚门的世界》。"②因此,叙事者的袭击无法被视为电影和小说中司空见惯的对生命之虚妄的毅然揭露。简言之,既有的价值都被他拒之门外。然而,这重重的否定游戏,未能打开上升之路,却只标记出一个空洞的立场,一座游移不定的空中楼阁:叙述者似乎与坚定、明确的信念绝缘。最终,他只能将否定诉诸最粗暴的毁灭,以终结整场闹剧。如我们所见,小说的结尾停顿在了爆炸前的片刻:"10,9,8,7,6,5,4,3,2,1。"歇斯底里到镇静的叙述者默念:"这才是真正的倒计时。"③当然,考虑到我们不同程度地分享了叙述者的情境,这也为我们的生活按下倒计时——当一切根基均被"谋杀",我们将迫降在何处?

虽然反讽这一概念牵连出的思想线索过于驳杂,且以之为切入口的文学研究早已不胜枚举;但是,借助它来讨论大头马的小说依然行之有效。在以上两部作品里,反讽均是最基本的运作方式,当代文学建制的昏庸陈腐、电视节目的枯燥贫瘠以及某些流行文化批判者们的刻奇心理等现象,经由大头马对不同群体的话语的反讽性运用,徐徐铺展开来,又自行瓦解。将自己摆放在一个旁观的反讽者的位置,确实为叙事者赢得了绝对的逍遥,可是这种姿态并非毫无风险。如果说王德吾尚能选择在适度保持距离的前提下,与荒诞的现实共舞,故而为自己预留了一席之地;那么,在《谋杀电视机》的主角那里,情况远为复杂:这位无所用心的破坏者贯彻了近乎"无限的绝对的否定性",哪怕他因真人秀节目而获益,也仍要践行蓄谋已久的自杀式袭击,但超越性的救赎则未曾兑现。从这个意义上说,《谋杀电视机》或许算是《不畅销小说写作指南》逻辑的继续演进,它在消解各式现象的同时,也完成了对自身的否定,与其说"我"谋杀了电视机,毋宁说"我"谋杀了自己。

有关中国当代小说的反讽问题,恐怕无法绕开杨小滨的著作。在探究新时期先锋小说的叙事时,杨小滨指出,余华、徐晓鹤、残雪、马原、格非等作家凭借对主流

---

① 大头马:《谋杀电视机》,四川文艺出版社,2015年,第136页。
② 同上书,第142页。
③ 同上书,第147页。

话语的修辞和结构的反讽式重写或戏仿,揭示了其中潜在的精神分裂,解构了这种典型的宏大叙事。具体到理论层面,他将反讽的谱系一直延展至阿多诺意义上的"否定辩证法",进而视反讽为20世纪80年代先锋小说的后现代性的根源。① 相较于杨小滨,黄平近年的工作辐射的时间维度更广:他以"形式层面的'反讽'"和"思想层面的'虚无'"为线索,串联起王朔、王小波、韩寒这几位游离于当代文学史主线叙事之外的畅销型"边缘作家"。② 这种文学版图的重新勾描颇为及时,也相当准确,因为伴随着宰制者的主人话语被更为复杂且隐蔽的准则所取代,以及黄平所谓的"参与性危机"——即青年无力介入社会、历史的现状——成为定局,"反讽传统"无疑已是笼罩着一代写作者的整体氛围。换句话说,这条传统延伸进最近十年后,不复是可以被选择性忽视的一支,而成为不容回避的写作面相,乃至分化出错综复杂的水系。就其具体样态而言,除了传统的写作出版模式或新兴的网络文学机制催生的作品外,也包括社交网络上涌现的种种无明确文体规定性的断片,后者里已为网友熟知的进展就有网络"严肃文学""特师"大咕咕咕鸡的"锤片"。2016年年中,新浪微博上大咕咕咕鸡与阿乙之间爆发的一场多少有些"事件"意味的对决,曾无意中暴露了"主流文学"遭遇网络书写时的震惊和错愕。大咕咕咕鸡正是采取一种标准的虚无立场和反讽话术——几乎原封不动地复制他人微博,但指向截然相反的意思——戳破了阿乙正义信念中的偏执和理解能力上的困顿,乃至使他陷入"语言机能紊乱"的境地。

  不论是基于对大头马小说文本的阅读,还是对其出场轨迹的追溯,都有理由将她接续到这一"反讽传统"的延长段上。她的首部小说集里的几个短篇,诸如《你爷爷也一样》《在期待之中》,明显沾染有大咕咕咕鸡的文风(倒不是说大头马在效仿他的文风,而是大咕咕咕鸡准确把握了我们普遍的汉语感受),熟练地调度社交寒暄、职场套话、政治宣传中对年轻一代可谓语言暴力的修辞进行言说,游刃有余地穿行于尴尬的现实场景,却不为之束缚。至于多以"某某指南"为题的第二部小说集,据我推测,灵感来源应是《克罗诺皮奥与法码的故事》一书里的"指南手册"(Manual de instrucciones),尤其以《道歉指南》和《米其林三星交友指南》在形式上最贴近科塔萨尔。不过,大头马的指南折射出的心境,却有别于科塔萨尔在重新认知哭泣、恐惧、上楼梯、上发条等日常事件时显露的创造性的天真。她总是后撤到

---

① 参见杨小滨:《中国后现代:先锋小说中的精神创伤与反讽》,愚人译,上海三联书店,2013年,第六章。
② 参见黄平:《反讽者说》,上海文艺出版社,2017年。

足够安全和自由的反讽之中,看似劳心地出谋划策,却暗中肢解了情感的严肃性,譬如她对道歉关键点的归纳:"问题不在所要克服的心理障碍和所要掌握的技术细节上,而在于正确认识对方将要未要接纳之际,内心所洋溢起的赢家情绪。"① 此类观察固然洞若观火,有毒舌却精辟的一面,但不得在行事时效法,它更多地落足于体验超然事外的快感,以及把捉尚未定型的理想之物——这恰是反讽者的意图所在,也不无可取之处。

但是,让我们回想一下《谋杀电视机》最后的爆炸场景。大头马剥洋葱般的层层否定,是否也可能只得出虚无的空心?在她积极地自我推翻所廓清的空地上,究竟该如何重建稳固之物?仔细考察,大头马的笔下那些富有喜剧色彩的角色大致可以分为两类:一类是被揶揄的存在,是作者试图消解的对象,其"理型"应是微秃、乏味、迂腐、别扭的中年男性,譬如《在期待之中》里的老王;另一类则是表面上玩世不恭的游戏者或反讽者,负责揭开虚幻的价值,他们往往也担任故事的叙述者,例如《婚礼偷心指南》里的偷情客。但二者之间并非泾渭分明,对前者的描摹,有时其实暗含着作者的自嘲。至于后者,哪怕他们确是作者的部分意志的化身,也不完全等同于作者,某些时刻,我们甚至能看到大头马暗中将矛头对准这些不完全可靠的第一人称叙述者自身的问题(《谋杀电视机》即一个例证),这是否意味着,她对于反讽孕育的空虚同样有所关注?黑格尔对德国浪漫派的批判,或许可以借来描述大头马面临的难题:一方面,当"自我"通过反讽使"一切有事实根据的,道德的,本身有真实意蕴的东西"都显得虚幻时,他本身的主体性也因此变得空洞无聊;另一方面,不满足于自我欣赏的"自我"又渴望找到"一些坚实的,明确的,有实体性的旨趣",殊不知他根本不可能从空虚中抽身。② 对于黑格尔所说的这种"精神上的饥渴病",大头马又将如何解决?

有意思的是,在两部小说集的部分章节或片段,我们确乎见证了与上述反讽式的观看不同的姿态,即,企图着手修复其间的罅隙。那些意义从现实虚无的地平线上涌起的瞬间,尽管一闪而过,但带着内蕴的激情,展露出新一代作家在应对外部刺激时多元的方式:他们不仅能像克尔凯郭尔说的,"把自己从日常生活的连续性对他的束缚中解脱了出来","无所顾忌一身轻"③;同时,也可以秉持某一信念,介

---

① 大头马:《不畅销小说写作指南》,湖南文艺出版社,2017 年,第 181 页。
② 黑格尔:《美学》第一卷,朱光潜译,商务印书馆,2012 年,第 83 页。
③ 索伦·奥碧·克尔凯郭尔:《论反讽概念》,汤晨溪译,中国社会科学出版社,2005 年,第 220 页。

入悖谬的世界，或是从这片瓦砾里，发掘新的可能性。比起上一代人曾经的进退失据，这种从容的出与入，可能有赖于更圆融的心智。

由一位剧作家夜跑时的回忆和沿途景象交织而成的小说 Ordinary People，就还原了一个覆灭的价值重生的过程。小时候，母亲的区别对待令他怀恨患有阿斯伯格综合征的高智商哥哥；成年后，数学天赋过人的哥哥沦为落魄的剧评人，而他却成了四处招摇撞骗、但风光无限的剧作家；于是，他加倍地放纵自己，享受虚浮的成功，只为了刺激作为假想敌的哥哥；直到他突然意识到，自己对哥哥的仇恨不过是因一场误会而生的魔障。小说即将收尾时，终于解开心结的剧作家突然插入了一个乍看之下与前文全然断裂的故事：涉世未深的男孩为了换取城里唯一的作家继续给他讲故事，独自前往幽暗的森林捡拾柴火，不料竟在林中遇到了神明。神告诉男孩，他自己才是真正的作家，并指引他向北走去。由此，男孩开启了跌宕的人生，先是承受了战乱、流浪之苦，短暂的婚姻之后，又迎来了丧偶、丧子之痛。当他垂死的女儿躺在床上请求父亲的慰藉时，他讲起了自己的一生……这则嵌套在小说中的故事占据了相当大的篇幅，且有缭绕的宿命之感，令读者不得不试着构筑它与整体的联系，纵使有过度阐释之虞：如果说，剧作家迄今为止的人生始终表现为主体性的匮乏——他被哥哥的阴影所笼罩，或是企图窃取哥哥的身份（伪装成阿斯伯格综合征患者），或是从哥哥的角度凝视自我（向他炫耀自己的成功）；那么，小男孩的故事则翻转了这一状态——只有独立寻找故事的人才会成长为真正的故事，哪怕只是一个与家人分享的私人故事。后者具备一种不依靠给定的标准，也不流于犬儒，而是从纯然的虚无中重建微小神迹的决绝。这似乎遥遥回应了黄平提出的"参与性危机"，即使是渺小无力的个体，如小故事里蒙受厄运的主人公，也有义务完成自我。大头马的另一篇小说《评论指南》，曾抛出过一个令人费解的公式："评论从来就是模仿。"①别误会，这不是对批评家们轻佻的嘲弄，而关乎人同周遭事物的关联。评论，至少依通行之见，涉及价值判断。大头马的意思或许是，不应从对象中跳脱出来，指手画脚，评论的要义在于，"从细节入手"，深入对象，跟随万事万物（她明确指出，"评论"包罗万象）而运动。

Ordinary People 结束于一个大头马小说中鲜见的值得信赖的形象。她让跌倒的剧作家重新起步，留给读者陡然放大的背影：

> 于是我再次跑在了这条全中国乃至全世界最宽阔的马路上，感到内啡肽

---

① 大头马：《不畅销小说写作指南》，第247页。

像一万个宇宙一般占据了全身,我想我的脸上应该挂着睥睨众生的微笑,我宽大的 T 恤被风吹得扩开来,影子投射在地上。我感到自己像一个英雄,一个蝙蝠侠。一个和两千万普通人一起,住在北京的蝙蝠侠。①

将此置于蝙蝠侠/小丑的对立结构中看,叙述者终究没有滑向小丑所标示的虚无的一侧,用一句"Why so serious?"质诘并撼动我们业已破败不堪的世界,结尾油然而生的萧索的使命感,瞬间将读者拉回蝙蝠侠的阵营,当然,那是孤身一人的阵营。北京,这国家的心脏和喉舌,光鲜与肮脏的共生体,这座《〈风的安全法〉补充资料一编》影射的魔幻都市,也和哥谭(Gotham)一样,有待"黑暗骑士"从暗夜深处挺身而出。这是身为两千万居民之一的大头马秉持的隐秘的英雄主义。

第二部小说集的最后,在讲完八个风格各异的故事之后,大概是为了避免读者的误解或偏信,大头马特地补充了一篇别有深意的后记。"我曾见过人类难以置信的景象"(I've seen things you people wouldn't believe),出自《银翼杀手》(*Blade Runner*)里罗伊·巴蒂(Roy Batty)的赛博朋克版"岘山之叹"的起句,遥应了原作对有限生命之境遇的体察。大头马从"跌入万丈虚无"开始,一步步向意义的峰顶攀爬。诚如作者所言,这份高度诗化的自白,无疑是"最接近真相的作者后记",它除了提示出夏加尔、克尔凯郭尔、拉赫玛尼诺夫等写作时的精神奥援之外,更镌刻下作者多年来变幻的内在纹路。在漫长的流转中,她曾扮演过困惑的求索者,聪明的放纵者,顽固的怀疑者,虚脱的绝望者,但现在,一切似乎都有了答案:

> 我将告知你我所知晓的一切真理:如果海水曾经被分开,它必将再一次被分开。如果虚无曾经被意义所击碎,它不得不终生屈服于意义的又一次显像。如果发明词语者曾经发明了未来,那么未来将永无止境地在灵魂之间流传。
>
> 我但愿你在永恒的沉默中能回想起曾经听见过一个无能者笃定地告诉你,她曾领略美的奥义,洞悉真的魔法。②

从先知摩西出埃及的无畏,到诗人马雁"发明词语者/发明未来"的果敢,大头

---

① 大头马:《谋杀电视机》,第 29 页。
② 大头马:《不畅销小说写作指南》,第 263 页。

马如同"大隐隐朝市"的当代巫师,呼唤着匿迹的意义再度显形,并且,不在凌驾于现实残骸的无限性之中,而在我们惨淡经营的世俗里。这一意义上,作为维系作家和世界的纽带,写作的使命也得以界定:是的,它必将朝向"美的奥义"和"真的魔法"。

2017 年 10 月 6 日

评论

中国新文学建构中的康有为因素

巴别之后：
华语语系文学（Sinophone Literature）的策略性及声音问题

·听觉经验与新感觉派·

上海新感觉派小说中的声音景观

刘呐鸥与《持摄影机的男人》：
隐喻性声音、节奏性运动与跨文化之跨媒介性

黑婴的异域情歌

中国新文学建构中的康有为因素

■ 文／李振声

1927年3月31日,康有为在青岛遽然发病去世。前此二十六年的1901年间,康门高弟梁启超即曾替乃师作传,推崇其为以其思想精神推挽中国近代历史转型的第一等人物:"若夫他日有著二十世纪新中国史者,吾知其开卷第一叶,必称述先生之精神事业,以为社会原动力之所自始。"①后来钱穆撰写学术史,也将康有为安置在近三百年(明末清初至清末民初)中国思想学术"殿军"的坐标②。前者着眼点在"瞻前",张扬康有为思想学术"横空出世""引领"及"开拓"新路径和新的可能性的意义;后者着眼在"顾后",强调康有为与布罗代尔"长时段"意义上的那些思想资源和学术脉络之间的承接和关联;两相综合,康有为在中国近现代这一转型时代的思想学术史上所具有的承前启后、继往开来的意义和地位,均十分关键,这一点似乎应该无有疑义。

史学家吕思勉则在一篇漫谈性的长文中指出,经学家,无论今文经学还是古文经学,都须具备一手考据之学的过硬本事,如果以此作为衡量标准,那么,康有为似乎无法与章太炎角力抗衡:"康长素其实算不得经学家,不过以意立说,而以经说为之佐证,如陆子静所谓'六经皆我注脚'而已。"这一说法应该也是学界较为普遍的

---

① 梁启超:《南海康先生传》第一章"时势与人物",原载1901年12月《清议报》第100册,转引于见夏晓虹编:《追忆康有为》,页3,中国广播电视出版社,1997年。
② 钱穆:《中国近三百年学术史》第十四章。

看法。陈寅恪便曾感慨"有清一代经学号称极盛,而史学则远不逮宋人",并认定史学不振是清代学术的一大遗憾,对其间成因,他也有所分梳,认为史学"材料大都完整而较备具,其解释亦有所限制,非可人执一说"而"无从判决其当否",换句话说,史学有较为完备的史料可作依据,凭史料说话,作为学术,相对可信和较易确定;经学则非是,"材料往往残阙而又寡少,其解释尤不确定";正因为经学中可供直接佐证的材料少之又少,遂不免导致以下两种偏颇:或过于拘泥,以"谨愿之人而治经学,则但能依据文句各别解释,而不能综合贯通";或过于放纵,以"夸诞之人而治经学,则不甘以片断之论述为满足。因材料残阙寡少及解释无定义之故,转可利用一二细微疑似之单证,以附会广泛难征之结论",于是也便难免有虚妄凿空、"奇诡悠谬"的弊病,一如"图画鬼物,苟形态略具,则能事已毕,其真状果肖似与否,画者与观者两皆不知也。"①在陈寅恪心目中,康有为的经学研究,无疑将被归入后一类。

不过,吕思勉话锋一转,又说,好在"康、梁、章三位先生,对于史学上的功绩,并不在于考据上。康长素本来不是讲考据的人。"②也就是说,在吕思勉看来,他们三人各有其长,并非适合只用一把尺度较衡,无法一概而论。倘若依照吕思勉心目中的"真正的大文学家"的标准,即是否能用"最雅训的语言,表达出现代的思想来",那么康有为和章太炎,便都"可以算作近代最伟大的文学家",而梁启超则只能算"自郐以下",因为梁启超在"雅训"方面还稍差火候。吕思勉进而推测,梁启超的文字"另成一种新气体",这种文字体势或将盛行于未来,从这个意义来说,梁启超无疑又具备开山之功。不过虽然如此,基于史学家的立场,凡事须以史实说话,不能用有可能如何的推测,去代替已然如此的事实,故而史家吕思勉在这里还是采用一种特别审慎的语气,说:"所以梁任公在文学史上的位置,究竟如何,只可俟新发展的事实来解答。"相对于似可确证无疑的"近代最伟大的文学家"康、章二位,对梁,吕氏心中似乎还保留着一份有待继续观察的余地。在吕思勉看来,章氏文字的"雅训",虽然在近代文学家中不作第二人想,没有人能与之争锋,但倘若衡之以"才力",那么康有为又似乎要比章太炎胜出一头:

---

① 陈寅恪:《陈垣明季滇黔佛教考序》,陈美延编:《陈寅恪集·金明馆丛稿二编》,生活·读书·新知三联书店2001年版,第272页。
② 吕思勉:《从章太炎说到康长素梁任公》,《吕思勉论学丛稿》,页400,上海古籍出版社,2006年。

以雅训论,太炎在近代的文学家中,可称第一,但其才力,则远不如康长素的伟大。康长素代表着阳刚之美,章太炎则代表阴柔之美,在文学家中,阳刚之美,较诸阴柔之美,实觉物稀为贵……康、章二人的才力大小,将其诗比较之,尤为易见。所以论现代的文学家,当以康长素为第一,而章太炎次之。①

"阳刚""阴柔"云云,表明吕思勉的上述看法,还未能完全摆脱他与清代桐城派文学,尤其是其集大成者姚鼐有关范畴界分思路之间的干系②,这在文章向来格外推崇魏晋之风的章太炎,一定不能令其诚服,几乎可以说是自不待言的。

　　如上所述,吕思勉对康有为的晚清今文经学家的身份是颇表怀疑的,倒是"五四"新文化、新文学运动的发起人之一的胡适,对康有为的这一身份却素来并无异议。梁启超的《清代学术概论》自序里,开宗明义便交代了他撰写此书,本是接受了胡适的建议和催促的结果:"胡适语我:晚清'今文学运动',与思想界影响至大。吾子实躬与其役者,宜有以纪之。"胡适之所以会有这样的建议和催促,理由说来也是再简单平常不过的:作为晚清"今文学运动"的推波助澜者,由梁启超自己执笔写下这段史实,自然要比旁人或后人更多一份亲历亲为的历史现场感。这里的"吾子",翻译成现代语,即是"您老人家"。我想,这份明显带有亲近口吻的尊称中,理应是包括康有为在内的。在拜门康有为之前,梁启超还是个因闱场得意而不免沾沾自喜,虽对时流所推重的训诂辞章之学并不陌生,却于真正的思想学术门径几乎茫然无知的少年举人。在《三十自述》里,他对自己第一次与同为学海堂天才神纵的少年陈千秋一同前去拜谒康有为的情景,曾作有如下的生动记述:

　　于是乃因通甫(即陈千秋)修弟子礼,事南海先生。时余以少年科第,且于时流所推重之训诂词章之学,颇有所知,辄沾沾自喜。先生乃以大海潮音,作狮子吼,取其所挟持之数百年无用旧学,更端驳诘,悉举而摧陷廓清之。自辰入见,及戌始退。冷水浇背,当头一棒,一旦尽失其故垒,惘惘然不知所从事。且惊且喜,且怨且艾,且疑且惧,与通甫联床,竟夕不能寐。明日再谒,请为学方针。先生乃教以陆、王心学,而并及史学、西学之梗概。自是

---

① 吕思勉:《从章太炎说到康长素梁任公》,《吕思勉论学丛稿》,页404—405,上海古籍出版社,2006年。
② 见姚鼐:《复鲁絜非书》、《登泰山记》。

> 决然舍去旧学,自退出学海堂,而间日请益南海之门。生平知有学问自兹始。

梁启超与学海堂同窗陈千秋因为受到康氏杂拌西方政教与中土今文经学以抨击中国传统政学的思想学术路数的当头棒喝,心理和精神上大起震动,这才决意改换门庭,进入万木草堂师从康有为,并迅速协助康有为撰成《新学伪经考》一书,从而于晚清"今文学运动",开始"实躬与其役"的。

梁启超还曾以诸如飓风、火山喷发和地震这类令人惊骇的自然奇观,比喻、称道康有为所撰《新学伪经考》《孔子改制考》及《大同书》等著作在当时中国思想学术界所产生的巨大震撼和冲击性影响:

> 《伪经考》既以诸经中一大部分为刘歆所伪托,《改制考》复以真经之全部分为孔子托古之作,则数千年来共认为神圣不可侵犯之经典,根本发生疑问,引起学者批评的态度。

不必再去翻搅那些有关著作权的陈年公案,诸如康有为《新学伪经考》《孔子改制考》的构想、思路里,到底有没有、或者究竟有多少剿袭自廖平《今古学考》"辟刘篇""知圣篇"的成分?或诸如此类的问题①,我只是想说,像《孔子改制考》这样,第一卷便是石破天惊的"上古茫昧无稽考",对从来就是神圣不容置疑的古史,明确地持以疑义,实际上是给儒学经典、礼教规范及其政经体制的"合法性"来源来了个"釜底抽薪",抽去了它们赖以成立的基石,而此一对传统经典、体制的神圣性质予以解构和祛魅的气度、勇气、态度和立场,既是后来胡适在北大课堂上,将中国哲学史"破天荒"地从史料上可以坐实的《诗经》时代讲起的所谓"截断众流"这一非凡气魄的重要精神来源之一,同时也是对与胡适谊兼师友的顾颉刚辈们全面质疑中国古史"层累地造成"的建构性质,从而发起声势浩大的"古史辨"运动,起了"导夫先路"的引领作用。

---

① 对此,作为康氏弟子,梁启超也直言不讳:"今文学运动之中心,曰南海康有为。然有为盖斯学之集成者,非其创作者也。有为早年,酷好《周礼》,尝贯穴之著《政学通议》,后见廖平所著书,乃尽弃其旧说。……其人(廖平)固不足法,然有为之思想,受其影响,不可诬也。"(《清代学术概论》)今人朱维铮更具体指摘康氏《新学伪经考》不仅思路汲取廖平学说、材料亦多袭取乾嘉以来著作。见朱维铮:《康有为和朱一新》,《中国文化》1991年第五期;《重评〈新学伪经考〉》,收入《求索真文明——晚清学术史论》,上海古籍出版社,1996年。

《顾颉刚日记》1961年12月24日条,记述他与童书业的一段问答,对康有为之于顾颉刚的决定性影响,以及此一影响得以形成的因缘,有较明确的说明:

> 予询丕绳(童书业):'我所受影响孰为最:郑樵、朱熹、阎若璩、姚际恒、崔述、康有为、胡适?'丕绳答曰:'康有为。'予亦首肯。盖少年时读夏曾佑书,青年时代上崔述课,壮年时代交钱玄同,三人皆宣传康学者也。

顾颉刚高扬"古史辨"旗帜、影响如日中天的"壮年时代",与他意气相投的钱玄同,正如顾氏日记中所记述的,同样也是康有为思想学术坚定的拥趸人之一。尽管其时钱穆已撰就《刘向歆父子年谱》,对康有为所谓清儒尊崇的儒家经传大多系刘歆编造的伪经,就连乾嘉学者服膺的汉学,也并非孔子真传,其中的微言大义,早已经由刘歆蓄意变乱云云,言之凿凿地一一予以了"证伪",这也不足以遮断、阻拦和校正顾颉刚,尤其是钱玄同,他们之于康有为《新学伪经考》一书那份深藏于内心的敬重和服膺,以及始终不愿捐弃的眷念和缅怀。另外我还想说的是,鲁迅在他的新文学开山之作《狂人日记》中,借"狂人"之口发出的对历史、对现实的质疑:"从来如此,便对么?"同样也不难从中辨认出其与康有为《新学伪经考》《孔子改制考》对传统、对经典所持的怀疑精神之间,存在着属于同一思想谱系的印记,前者俨然处在后者的延长线上,一定程度上,不妨看作是其悠长回声之一。

康有为截断众流、大胆疑古、一意推倒千年经学史架构的所谓今文学的学术路数,他那异常开阔的"世界主义"视野与始终立足于人类整体的悲悯情怀,以及一意诉诸"公理"的"一元论"思维方式,与后起的新文化、新文学之间,并非真的如新文学的开山及其后继们所认为的那样,彼此没有任何交集,根本不存在任何关联。无论中国新文学家们是否愿意,也无论他们能否清晰地意识到,康有为始终是其思想与精神的先导性的存在。经由必要的历史还原与文脉梳理,他们之间或隐或显的知识关联和彼此的精神连续性,将不难得以分辨与确认。

一、围绕《新学伪经考》,几个新文学家的态度

在梳理中国现代学术思想史谱系时,人们往往会把钱穆归入所谓"文化保守主义"一系,即便是钱穆高弟余英时,在钱穆去世后所撰写的那几篇悼念兼具辨析的文章中,虽因学界人云亦云,将乃师归入晚近数十年间、在海外开拓了新领域的"新

儒家"的门户①，而颇表异议，认定"新儒家"云云，既不足以涵盖钱穆学术思想所具有的气象与规模，并且两造之间的"学术途辙截然异趣"，但还是在行文中频频致意钱穆"一生为故国招魂"，即殚精竭虑于以他的学术，回应现代中国人能否在西方文化强烈冲击下继续保持原有的文化认同等重大问题②。如此看来，学界有人将钱穆归入"新儒家"，也并非纯然一厢情愿。应该说，钱穆身上，尤其是他晚年思想学术，确实有着不少容易引导人将其归入"新儒家"一脉的因素。不过，综观钱穆一生，他的思想和学术也并非铁板一块，一成不变，至少早年一度曾与"新文化""新文学"走得很近。在辗转执教于无锡、苏州的中小学校的那段日子里，他与上海出版（如商务印书馆相关出版物）的新文化、新文学著述间，曾多有声气相求、互为激荡的关联，如"逐月看《新青年》"③，关注1923年那场科学与人生观的论战，并在《时事新报》"学灯"栏刊文表示赞赏科学而批评张君劢等人所代表的"玄学派"，甚至表示"科学家可以担当得下宋明理学的人格"，只是对丁文江等人代表的科学派相对忽视文学、艺术等精神层面而略致不满④。翻翻他早年所著《国学概论》一书的最后一节，再看看他如是评价章太炎《国故论衡》："太炎深不喜西学，然亦不满于中学，故其时有《国粹学报》，而太炎此书特持《国故》，此'国故'两字，乃为此下提倡新文学运动者所激赏。……'论衡'者，乃慕效王充之书。太炎对中国以往二千年学术思想文化传统，一以批评为务。所谓'国故论衡'，犹云批评这些老东

---

① 唐君毅、牟宗三、徐复观诸人推崇熊十力，精神上受其感召，1949年后辗转香港、台湾，甘当孤臣孽子，以维系中国文化命脉为己任，并于1958年元旦，加上方东美，四人联名发表《中国文化与世界宣言》，虽当时未引起关注，日后却被视为开创当代新儒家的代表性文献。《宣言》认为：中国文化有自己的"道统"，道德心性具正面价值；"学统"有所不足，须吸纳西方客观的学术；"政统"更是匮乏，须吸纳西方民主的架构。西方文化也有局限，可向中国文化学习、吸收。倡议：（1）"当下即是"之精神与"一切放下"之襟抱；（2）圆而神的智慧；（3）温润而恻怛或悲悯之情；（4）使文化悠久的智慧；（5）天下一家之情怀。近年西方知识界盛行多元文化主义（multi-culturalism），由现代到后现代（post-modern），重新肯定前现代的某些智慧。宣言由本土立场吸纳若干普世价值，拒绝一切追随西方，似可谓得风气之先。参见刘述先：《论儒家哲学的三个大时代》，香港中文大学出版社，2008年。
② 余英时：《犹记风吹水上鳞——敬悼钱宾四师》《一生为故国招魂——敬悼钱宾四师》《钱穆与新儒家》，均收在其所著《钱穆与中国文化》一书中，上海远东出版社，1994年。
③ 钱穆：《八十忆双亲·师友杂忆》，页96，生活·读书·新知三联书店，1998年。
④ 钱穆：《旁观者言》；收入张君劢、丁文江等著，汪孟邹编：《科学与人生观》下册，上海，亚东图书馆，1932年。

西而已。"①便不难了解,当时的钱穆,其实与"新文化""新文学"颇为投缘,远不是后来越来越有意识地与"新文化""新文学"分道扬镳,终至壁垒森严、难以通约的那个样子。情况就像余英时所说的那样:

> "五四"时人所最看重的一些精神,如怀疑、批判、分析之类,他无不一一具备。他自己便说道,他的疑古有时甚至还过于顾颉刚。……许多人往往误会他是彻底反对"五四"新文化运动的。事实上,他对于所谓"科学精神"是虚怀承受的,不过不能接受"科学主义"罢了。……更值得注意的是在东西文化的争论上,他并不同情梁漱溟的武断,反而认为胡适的批评"足以矫正梁漱溟氏东西文化根本相异之臆说"。②

王汎森在讨论钱穆与时代的学风相辩证的历程时,也曾对当年本身便是广义上的"新文化""新文学"运动的一份子的钱穆作过一番考察,认为钱穆早年便是敏感于时代变化,被江南古镇上的人们视为得风气之先的新派人物,他早年在商务印书馆等处所出版的受人关注的几本小书,"多是能以新说治旧学,而又超出前贤之处",即往往是援用新学研治旧学,从而比前人胜出一筹,如研治墨子时,钱穆先是对孙诒让所著《墨子间诂》降心惊服,继而又意识到,若能得到严复翻译的穆勒《名学》的襄助,似还可以获得新的进境;而钱穆出版的第一本书《论语文解》,就更是直接征用《马氏文通》的文法观念重新解析《论语》的一份收获。不过,殊不可解的是,王汎森在作出这些考察的同时,却又认定"相对于晚清民初的新文化而言,他(钱穆)自始即是一位保守主义者",即又明显地将钱穆的学思历程视为高度同质的铁板一块,没有前后变化,这样的说法与他上述的观察殊不相称,扞格难合,似乎也有须加另行"辩证"的必要。③

1929年夏,顾颉刚由广州中山大学北上转赴燕京大学,途经苏州留家小住,与其时正执教于苏州中学的钱穆初相过从,因匆匆翻阅过《先秦诸子系年》的书稿,便竭诚向中山大学举荐,以便能为钱穆争取到一个更适合其学术志向、跻身于一线

---

① 钱穆:《太炎论学述》,收入钱穆:《中国学术思想史论丛》卷八,页341—342,安徽教育出版社,2004年。
② 余英时:《一生为故国招魂——敬悼钱宾四师》;收入余英时:《钱穆与中国文化》,页25。
③ 王汎森:《钱穆与民国学风》,收入王汎森:《近代中国的史家与史学》,复旦大学出版社,2010年。

思想学术的环境和氛围,并主动告知钱穆,他在中山大学的讲义主要依托的是康有为今文经学,此次转赴燕京,仍将继续讲述,另兼有编辑《燕京学报》之职,敦请钱穆能为《燕京学报》撰稿。钱穆欣然接受了顾颉刚的提议。钱穆日后在中国现代学术史上,尤其是史学方面卓然成一大家,应该说,这是至为关键的契机之一。钱穆晚年所撰《师友杂忆》中,对这段交往中顾颉刚所披露出的襟怀依然感念不已,并有意识地将其提升到不是一己知遇所能涵盖的、真正体现了以学术为天下之公器的学术气度的水准来予以表彰:

> 余在苏中(引按:苏州中学),函告颉刚,已却中山大学聘。颉刚复书,促余第二约,为《燕京学报》撰文。余自在后宅,即读康有为《新学伪经考》,而心疑,又因颉刚主讲康有为,乃特草《刘向歆父子年谱》一文与之。然此文不啻特与颉刚争议,颉刚为命意,既刊余文,又特推荐余至燕京任教。此种胸怀,尤为余特所欣赏。固非专为余私人之感知遇而已。①

据顾颉刚《古史辨》第一册自序,他是因为受到胡适中国哲学史讲义"截断众流"(即把所谓的上古传统悬搁在一边,从可以证实的时代开始)气魄的很大影响,于是开始信服起了康有为来的。"长素先生受了西洋历史家考定的上古史的影响,知道古史的不可信,就揭出了战国诸子和新代经师的作伪的原因,使人读了不但不信任古史,而且要看出伪史的背景,就从伪史上去研究,实在比较以前的辨伪者深进了一层。"受到康有为今文经学"疑古惑经"的启发,顾颉刚开始怀疑经书,进而辨析古史,意欲拨开古史"茫昧无稽"的迷雾,恢复古史的本来面目。而据王汎森观察,"《古史辨》一开始就带有全盘'抹煞'上古信史的精神——在还没有逐步的检视每一件史事(或大部分重要史事)前,就先抹煞古书古史。而这个精神主要便是承清季今文家的历史观而来的。"②进而言之,即是直接承传自与他们最为贴近的康有为的《新学伪经考》和《孔子改制考》。

钱穆将其新撰就的、足以证实康有为《新学伪经考》立论多为无据的考证性长文《刘向刘歆王莽年谱》寄给顾颉刚时,便已清楚地意识到,"不啻特与颉刚争

---

① 钱穆:《八十忆双亲·师友杂忆》,页152。
② 王汎森:《古史辨运动的兴起:一个思想史的分析》,页217,台北:允晨文化实业股份有限公司,1987年。

议"①。"发古人之真态",是钱穆撰著此谱的"嚆矢":"实事既列,虚说自消。……凡近世经生纷纷为今古文分家,又伸今文,抑古文,甚斥歆莽,偏疑史实,皆可以返"②。《年谱》依据史实编撰,将当时五经异同、诸博士意见分歧一一加以梳理,原原本本地辨认出各家各派所师承的家法以及各经师论学的关键,对两汉经学史作了清晰的勾勒:"缕举向歆父子事迹,及新莽朝政,条别年代,证明刘歆并未窜改群经,《周官》《左氏传》二书皆先秦旧籍,而今古学之分在东汉以前犹未彰著。列举康氏之说不可通者二十八端"③,澄清清代今文学,尤其是康有为《新学伪经考》一书相关指责的武断失据。

就是这样一篇与自己针锋相对的考证性长文,顾颉刚却不以为忤,他信守前嘱,将其改题为《刘向歆父子年谱》④,亲手刊发在1930年6月出版的《燕京学报》第七期,后又将它收入自己主编的《古史辨》第五册中。与此同时及稍后,顾颉刚也正在忙于撰写他的学术长文《五德终始说下的政治和历史》,他也从不讳言自己在撰写该文时得益于钱穆的地方:"我很佩服钱宾四先生(穆),他的《刘向歆父子年谱》寻出许多替新代学术开先路的汉代材料,使我草此文时得到很多的方便。"⑤该文刊于1930年《清华学报》第六卷第一期,与钱穆《刘向歆父子年谱》(以下称《年谱》)几乎同时刊布,但写作时间则要比钱氏《年谱》略晚几个月。

顾氏《五德终始说下的政治与历史》与钱氏《年谱》之间,始终存在着一道无从弥合的裂痕。对钱《谱》缕举条别证实刘歆并未窜改群经这一"发古人之真态"的努力,顾颉刚似乎视而不见或者根本无动于衷,他所抱持的思路,基本上依然是晚清今文经学及康有为《新学伪经考》的路径。《五德终始说下的政治和历史》刊出后,顾颉刚随即商请钱穆评议,钱穆也便毫不讳言,批评顾文的缺失,盖因未能摆脱

---

① 钱穆:《八十忆双亲·师友杂忆》,页152。
② 钱穆:《〈刘向歆父子年谱〉自序》,收入钱穆:《两汉经学今古文平议》,页6—7,商务印书馆,2001年。
③ 青松:《评〈刘向歆父子年谱〉》,收入《古史辨》第5册,页249,上海古籍出版社,1982年。
④ 该文原题《刘向刘歆王莽年谱》,参钱穆《评顾颉刚〈五德终始说下的政治与历史〉》,《大公报》第170期,1931年4月13日;另可参后文引述的《钱玄同日记》;顾潮也曾证实,在顾颉刚遗物中所发现的钱穆手稿,原题即是《刘向刘歆王莽年谱》,今题应系经顾颉刚之手所改。顾潮:《历劫终教志不灰》,页139,华东师范大学出版社,1997年。
⑤ 顾潮:《历劫终教志不灰》,页138—139。

清代今文学家学说的纠缠。① 钱穆也清楚,毕竟时代已有很大变化,顾颉刚的沿用康有为旧说,并非纯粹是受今文家法的束缚和拘囿:"至于顾先生的古史辨,所处时代早已和晚清的今文学家不同,他一面接受西洋新文化的刺戟,要回头来辨认酒文化的真相,二为一种寻根究源的追讨,以免又采取了近代西洋史学界上种种新起的科学的见解和方法,来整理本国的旧史料,自然和晚清的今文学未可一概而论。……顾先生的古史剥皮,比崔述还要深进一步,决不肯再受今文学那重关界阻碍,自无待言。"钱穆引述并认可此前收在《古史辨》第一集中胡适《古史讨论的读后感》一文,将顾颉刚与康有为一辈人所主张的今文学区而别之,认为顾颉刚已远远胜出晚清今文学的说法,但接着钱穆又表示,顾颉刚所区别于和胜于晚清今文学的,其实并不像胡适估计的那么明显和巨大,钱穆的估值指数显然要远低于胡适:

> 不过顾先生传说演进的古史观,一是新起,自不免有几许罅漏,自不免要照几许怀疑和批评。顾先生在此上,对晚清今文学家那种辨伪疑古的态度和精神,自不免要因为知己同调。所以《古史辨》和今文学,虽则尽不妨分为两事,而在一般的见解,常认为其为一流,而顾先生也时时不免根据今文学派的态度和议论来为自己的古史观张目。

他不满意顾因为过于笃信康有为和今文学的说法,而未能贯彻、或者说干脆放弃了自己所擅长的传统演进的观点和方法。胡适原先所看到并赞赏的,只是顾颉刚与康有为及晚清今文学之间的"异",而钱穆所看到并为之颦蹙的,却是顾颉刚与康有为及晚清今文学之间仍然存续着的那份"同"。钱穆认为正是这份"同",致使

---

① 钱穆:《评顾颉刚〈五德终始说下的政治与历史〉》;原刊《大公报》"文学"副刊第170期,1931年4月13日;后收入《古史辨》第五集。该文还这样批评今文学家和顾颉刚的论证方法:"今文学家遇到要证成刘歆伪作而难说明处,则谓此乃刘歆之巧,或遇过分矛盾不像作伪处,便说是刘歆之疏或拙。""今文学家先存一个刘歆伪造的主观见解,一见刘歆主张汉应火德,便疑心到汉初尚赤是刘歆的伪造,再推论到秦人初祠白帝也是刘歆伪造了;又见刘歆说五帝有少昊,便疑心到凡说到少昊的书尽是刘歆伪造,便从此推及《左传》、《国语》、《吕览》、《淮南》、《史记》全靠不住了。""何以今文学家定要说刘向云云尽是刘歆假托,而把刘向以前的一切证据一概抹杀,要归纳成刘歆一人的罪状呢? 遵守今文家法的人如此说,考辨古史真相的为何也要随着如此说呢?"顾门弟子之一杨向奎晚年《论"古史辨派"》一文中的意见也与之相类近,认为顾颉刚未能在"层累地造成的古史说"的基础上再前进一步,"它只是重复过去的老路,恢复到今文学派康有为的立场,又来和刘歆作对……是经今文学的方法,一切委过于刘歆。"(《中华学术论文集》,页32,中华书局,1981年)

"古史辨"运动在其发展的途程上,不免"要横添许多无谓的迂回和歧途",而《五德终始说下的政治与历史》即是一个例证。待钱穆将写就的批评交与顾颉刚,顾颉刚当即便附上一段跋语,仍然坚持己见:

> 钱宾四先生写好了这篇文字,承他的厚意,先送给我读,至感。他在这篇文中劝我研究古史不要引用今文家的学说,意思自然很好,但我对于清代今文家的话,并非无条件的信仰,也不是相信他们所谓的微言大义,乃是相信他们的历史考证。……他们揭发西汉末年一段骗案,这是不错的。

如前所述,顾颉刚对钱穆的奋力识拔,以及顾在明知钱穆有关刘向刘歆父子著述事实考证的长文与自己的见解和思路存在根本歧异的情况下,依然毫不犹豫地在第一时间里将其发表在《燕京学报》上,这显然不是一般学者所能拥有的胸襟,理应成为中国现代学术史上的一段佳话,而这样做也并不妨碍他们在学术意见相左时,又会在第一时间里毫不掩饰地说出自己的意见。钱穆的文稿经由顾颉刚亲手编发,并不意味着顾颉刚便接受了钱穆的看法,顾颉刚并没有改变自己原有的想法,他坚持他的思路,同时及稍后又写就他自己的那篇《五德终始说下的政治和历史》的名文。在学术研究中始终坚持价值中立的立场,我虽不赞成你的意见,但我坚决支持你发表意见的权利,最能见出作为学者和编者的顾颉刚,如何自觉恪守现代学术理念的境界和气象。

只是此番顾颉刚对于钱穆批评所作的回应,在当时格外器重他的老师胡适那儿,却第一个便被打了回票。最先认定在这个问题上,钱穆是对的,顾颉刚是错了的,不是别人,恰恰是这位之前启导过顾颉刚而其时又极为欣赏顾颉刚发起的"古史辨"运动的胡适。胡适读过《年谱》后,当即表示自己已被钱穆用史实说话的考订工作所说服。《胡适日记》1930年10月28日条,即记有胡适对钱穆《刘向歆父子年谱》、顾颉刚《五德终始说下的政治与历史》这两篇关涉经古今文之争的学术长文的评语。对钱穆《刘向歆父子年谱》,胡适作有这样的评述:

> 钱《谱》为一大著作,见解与体例都好,他不信《新学伪经考》,立二十八事不可通以驳之。

钱著《年谱》"以史实破经说",排比关键史实,力证今文经学所谓刘歆作伪说法的无据,胡适表示信服。与此同时,自己青睐的弟子顾颉刚,在明明已读过钱著《年谱》的情况下,不仅未能及时捐弃今文经学和康有为旧说,反而还在那儿兜着圈子竭力回护,依然坚持今文经学、康有为所力主的刘歆作伪说为不可移易,胡适深表失望之余,颇觉不可思议:

> 顾说一部分作于曾见钱《谱》之后,而墨守康有为、崔述之说,殊不可晓。①

在胡适看来,刘向刘歆父子有无作伪篡乱古籍的嫌疑,钱穆长文已经说得够清楚了,既然已有钱穆这篇可作定谳的有关刘向刘歆父子著述活动的考证长文在先,并且还是你顾颉刚最先读到并拿去刊发在《燕京学报》上的,那你何以还要继续纠缠在今文经学及康有为的无端臆说的泥淖里喋喋不休呢?这不是研究的无谓浪费,思想和学术的倒退,又能是什么?胡适在意的是,你顾颉刚完全没有意识到,你那饶舌辩解的背后,是你依然拘囿于晚清今文经学思路及门户之中的事实,只是你自己不曾或不愿察觉这一事实罢了。在这个问题上,胡适希望顾颉刚对钱穆的长文考证能够真正地输诚服膺,以史实之马首是瞻,抛却门户之见。说白了,胡适希望顾颉刚能够借助这一机会,好好清算一下自己之于晚清今文经学及康有为辈之间的那份纠缠不清的关系,并与之彻底做个了断。而当时正忙于主持史语所的筹建,凭恃其才情和霸气以及与胡适亦师亦友的那份亲近,在北大文史学科建设和人事安排上掌有操控实权的傅斯年,也因为激赏钱著《年谱》,事实上还成了力邀钱穆转赴北大执教的主事人,尽管嗣后不久两人便遽告分道扬镳。据钱穆晚年所撰《师友杂忆》:"孟真屡邀余至其史语所。有外国学者来,如法国伯希和之类,史语所宴客,余必预,并常坐贵客之旁座。孟真必介绍余乃《刘向歆父子年谱》之作者。孟真意,乃以此破当时经学界之今文学派,乃及史学界之疑古派。"②近年余英时在挽悼乃师的几篇长文中,谈及这篇在钱穆学术生涯中至关重要的长文时,也格外措意于该文为晚清以来经学史上一段公案画一句号的作用,认定《年谱》力辟晚清今文家说,"尤其痛驳康有为的《新学伪经考》,震撼了当时的学术界,使人从康有为《新学伪经考》的笼罩中彻底解放了出来",并得以让"晚清以来有关经今古文学的争论告一结束"③。余英时的这一说法,似乎也颇能从当事人钱穆《师友杂忆》的忆

---

① 《胡适日记》(手稿本)第十册。
② 钱穆:《八十忆双亲·师友杂忆》,页168。
③ 余英时:《〈犹记风吹水上鳞〉序》《一生为故国招魂》《〈周礼〉考证和〈周礼〉的现代启示》,见余英时著:《钱穆与中国文化》,页239、24、134。

述里获得相应的印证。据钱穆回忆,当时北平"各大学本都开设经学史及经学通论诸课,都主康南海今文家言。余文出,各校经学课遂多在秋后停开。"①也就是说,钱著《年谱》一经刊布,便宣告对今文学及康有为的清算一举取得了压倒性的胜利。事情似乎早已有了分晓,孰胜孰败,一目了然。不过,实际情况和上述说法还是有些偏差,历史并非那么整齐划一,事实上还是有例外存在的。首先,如上所述,当时名声显赫、如日中天的"古史辨"派主将顾颉刚,便并没有放弃他所"固执"的经今文及康有为辈的"旧见",钱著《年谱》并未能让他折服,为此还招致了本来很器重他的胡适在日记中的不满。而顾颉刚未能或者说不愿折服,应该说,某种程度上,很可能是基于他本人也未必清楚地意识到的隐在心结,即"古史辨"之于"疑古惑经"的康有为和今文学,在学思系谱上,存在着一脉相承的关联,钱穆说自己的动机,本来是"想为顾先生助攻那西汉今文学家的一道防线(其实还是晚清今文学家的防线),好让《古史辨》的胜利再展进一程。"孰料他这么做,在顾颉刚那里,恰恰是在痛挖"古史辨"方法论的墙根,是在摧毁他学说的立足基地,所谓"投鼠忌器",这当然是顾颉刚所不愿意的。

至于另一位"古史辨"派的核心人物钱玄同,这个说话行事向来唯恐不够特立独行的人,更是对当日由钱著《年谱》所引发的主张清算晚清今文经学及其康有为,并将这份思想遗产视若陈年之刍狗的思想潮流和学术趋向,按捺不住地表示了他的反感和不以为然。钱玄同的思路显然并不像胡适那样泾渭分明、非此即彼:是拘守今文经学的门户之见?还是唯历史事实之马首是瞻?比起在这两者之间作出明确的选择,毋宁说,钱玄同的考虑,似乎还要更为复杂些。或者也可以这么说,钱玄同不愿意顺从20世纪30年代初期的学界风气,也不愿意断然清算晚清今文经学及康有为的那份思想遗产,并非是逞性使气使然,而实在是基于另外一番"情怀"的缘故。

那么,对钱穆《刘向歆父子年谱》一文,钱玄同的反应又是如何的呢?《钱玄同日记》1930年1月14日条:

> 午至燕大授课,近日将本学期结束矣。课毕,访颉刚……他示我以钱穆之《刘向刘歆王莽年谱》,意在证明伪经之说不足信,古文可靠耳。真堪与毛西河、洪良品作伴侣也。

---

① 钱穆:《师友杂忆》,页160,生活·读书·新知三联书店,1998年。

钱玄同在顾颉刚处看到的，当是经顾颉刚之手，准备编入《燕京学报》的原稿。该文刊出时，题为《刘向歆父子年谱》，无"王莽"部分。日记泄露了钱玄同当时的心态，那便是对钱穆的考证根本不以为意，觉得不屑、不值得认真对待，连正面瞅上一眼都不情愿。

钱著《年谱》的发表，显然触发了钱玄同不少想说的话。一年过后，北平文化学社准备印行方国瑜标点的康有为《新学伪经考》，钱玄同说："这真使我欢喜赞叹，不能自已。我因为二十年来曾将这书粗读数过，又得先师崔君的指导，不自揣量，妄谓对于这书的好处和坏处都能够有些了解，所以便不辞'人之患在好为人序'之讥，自告奋勇，来写这一篇序。"因为有话积郁在心，按钱玄同的脾性，不说出来是很不痛快的，现在有了这么个机会，正好可以一吐为快。又因为有话要说，钱玄同便一改平日的散漫①，投入了很专注的精神，很快便把这篇序文写了出来。

《钱玄同日记》1931 年 10 月 28 日条：

> 午后回孔德做《〈新学伪经考〉序》，做了二十多张（每张二百格），止起了个头，未做毕，做到晚一时，甚累……

当天写下四千来字，只是开了个头，大有打算洋洋洒洒、一气呵成之气概。接下来的日子，除了各处授课，日记上留下的，便都是正在续写"某文"的记述。《日记》11 月 6 日条记述初稿完成：

> 下午北大，四时毕，回孔德，将某文了完。尚须修改一过夜。

接下来是修改，日记中随处都有诸如"午回府改某文""五时回孔德，灯下改某文"的记述。《日记》1931 年 11 月 16 日条：

> 午后回孔德，直至更深，将某文全改完了，约三万字。

---

① 翻阅《钱玄同日记》，不时会遇到诸如此类的记述：头晕脑胀，手中本打算去做或本该做成的事，不得不因此而搁置，于是废然兴叹云云。这固然与纠缠了他一生并最终促成了他早逝的高血压有关，也与他勤于思而慎于行的潇洒飘逸个性相关。思想异常活跃、闪现脑际的问题意识纷至沓来、络绎不绝，以至实施解决的方案难以一一落实。

11月22日条:

> 晚,在孔德抄康氏《重刻伪经考》后序,给方国瑜也。

原打算将该文刊发在师大《国学丛刊》上,但一来可能多少有些看不上师大《丛刊》的水准,二来也是因为《丛刊》稿挤,故临时改变主意,拿去给了北大《国学季刊》。事见《日记》1931年12月14日条:

> 回孔德查师大《国学丛刊》第三期稿,太糟糕了,好在他们只能出七十种页,已有邵之某文,印了十页,只要六十页就行,这些糟糕稿子大约够六十页也。故拙文决计送给《国学季刊》了。

1932年北大《国学季刊》第3卷第2号刊出该文时,文末附有钱玄同的按语:

> 方君标点本的《新学伪经考》,由北平文化学社出版。出书以后,我又将此序大大的增改了一番。此篇即系增改之本,故与印在书上的不同。

用作方国瑜标点本序文时,约为三万字,至《国学季刊》刊出时,题名《重论经今古文学问题》,则已增扩至五万三四千字的篇幅,钱玄同在日记里所说的"大大的增改了一番",看来并非虚言。如此篇幅的单篇论文,在钱玄同思想学术生涯中,也是绝无仅有,于此也颇可见出该文之于钱玄同的分量。

康有为《新学伪经考》1891年始一刊行便极为风行,随后即被清廷三度降旨毁版(分别是光绪二十年,即1894年,甲午;光绪二十四年,1898年,戊戌;光绪二十六年,1900年,庚子)。风行的原因,钱玄同认为大致有这么几个原因:一是当时正赶上喜好今文经学、公羊学的翁同龢、潘祖荫诸人得势当道,康有为这部书里的材料和议论正好可被用以投其所好,"作他们干禄幸进的取资",这是最低一等的原因;比这略高一等的,则是出于猎奇心喜的动机,见这书"力翻二千年来的成案,觉得新奇可喜";还有稍高一层的,便是基于敬重,对国势危殆之际挺身而出、建言变法维新的康有为其人,深表佩服,因敬重其人,进而敬重他的著作。但不管哪个层面,促成他们趋鹜于这部书的,均是书之外的原因,并非书本身的价值,即便是后一类人,即政治主张上对康有为极表认同的,对这部书的学术、考证价值,也并不以为然,多半认定它是"凭臆武断"而已。真正尊信它学术、考证价值的,钱玄同说,"以我所知,唯有先师崔觯甫(适)先生一人"。自日本留学返国之后,小学上钱玄同始终宗奉他东京时代的老师章太炎,经学上却并非如此,他更佩服的则是今文经学家崔适。与章太炎一样,崔适也曾受业于俞樾门下。康有为的《新学伪经考》,崔适最初便是从俞氏处读到的,一读之下,大感佩服,以为"字字精确","古今无比",而崔适的著述,如《史记探源》《春秋复始》《论语足征记》《五经释要》这几种,便基本上都是处在康有为思路的延长线上,只是让康有为的说法更加完型和周密些罢了。钱玄同最初邂逅《新学伪经考》,应该是在他拜门崔适之后。据钱自述:"自一九一一(辛亥)至一九一三(民国二),此三年中,玄同时向崔君请益;一九一四年(民国三)二月,以札问安,遂自称'弟子'","始得借读《新学伪经考》,细细籀绎,觉得崔君对于康氏的推崇实不为过。"时隔二十余年后,直至1931、1932年,钱玄同对《新学伪经考》所谓的学术考证价值,依然推重有加,态度未见有丝毫改变,比之于当年的崔适,可以说有过之而无不及。钱玄同在《重论》里便这样重申:

> 我以为康氏政见之好坏,今文经说之然否,那是别一问题。就《新学伪经考》这书而论……,全用清儒的考证方法——这考证方法是科学的方法……他这书证据之充足,诊断之精核,与顾炎武、阎若璩、戴震、钱大昕、段玉裁、王念孙、王引之、俞樾、黄以周、孙诒让、章太炎(炳麟)师、王国维诸人的著作比,决无逊色,而其眼光之敏锐尚犹过之;求诸前代,惟宋之郑樵、朱熹,清之姚际恒、崔述,堪与抗衡耳。古文经给他那样层层驳辨,凡来历之离奇,传授之臆测,年代之差舛,处处都显露出伪造的痕迹来了。于是一千九百多年以来学术史上一个大骗局,至此乃完全破案:"铁案如山摇不动,万牛回首丘山重",《新学伪经考》实在当得起这两句话。……
>
> 所以我说康氏这部《新学伪经考》是极重要极精审的辨伪专著,是治国故的人们必读的要籍。至于康氏尊信今文家言和他自己的"托古改制"的经说(如他的《春秋笔削大义微言考》《论语注》《孟子微》等),还有他那种"尊孔"的态度,其为是为非,应与《新学伪经考》分别评价;《新学伪经考》在考证学上的价值,决不因此而有增损。

康有为出版于光绪十七年(1891)的《新学伪经考》,断言古文经皆系刘歆一手伪造,目的是要湮灭孔子大义,助王莽篡汉。刘歆既以伪《周礼》及由《国语》篡改而成《左传》作为新朝改制的依据,故而"刘(歆)之篡经可等同于王(莽)之篡汉,此即何以康(有为)称经古文为新学之故。"至于刘歆一手篡造的伪经何以能够蒙骗世人长达二千年之久,据康有为揭秘,实因有为数甚众的儒学经师直接参与其间、或推波助澜、协同作案的缘由在,内中细故委曲,则大致如晚近史学家汪荣祖所勾勒的那样:"而新学之所以能取代真经,迷惑千古,实因后汉大儒如贾逵、马融、许慎、郑玄等,不惜激扬刘歆余焰之故。贾以帝师之尊尊古文,马为伪经作注,郑则以古文总结经今古文之争。……以伪代真,以是遮非,其间宋儒所用,亦无非都是伪经。"①孔子的真精神以及中国政教体制的真谛既已为刘歆的伪经湮灭达二千余年之久,并最终导致中国历史停滞不进的严重后果,故而戮力揭发刘歆作伪这桩千年公案,借助公羊经今文以恢复孔子的真精神,便成为康有为实施其救亡图存、重建政教秩序的政治想象的第一步。

其实,康有为在这个问题上并无太多原创性的见解,某种意义上,他也仅仅沿袭的是刘逢禄的思路和说法而已。在刘逢禄看来,孔子《春秋》所记述的乃是一个脱离循环的新的历史时期的开始,从而视孔子为后世的创制人,并奉孔子为后王,而刘逢禄这一说法,根本上是要与刘歆针锋相对,是为了抗衡、解构和颠覆伪造《周礼》并视周公为儒教创始人的刘歆的所作所为。

继《新学伪经考》之后,康有为又推出了他的《孔子改制考》②,其间时隔五六年的工夫。翻开《改制考》第一卷,突入眼帘的标题即为"上古茫昧无稽考",这等于是在直截了当地宣布,六经之前并无可信的文字记载,秦之前也无详尽的信史可言,三代(夏商周)的事迹根本难以稽索,至于所谓的五帝,那就更是太古茫昧,漫汗无际得根本无从捉摸了。于是,康有为便随手将相关的中国上古史记述,与"泰西之述亚当、夏娃,日本之述开国八神"并置排列,等量齐观,认定其不过也只是属于《圣经》神话或日本神武传说之类,"皆渺茫不可考者也"。正因为上古茫昧无从考索、不可信据,康有为推断自宋代以降,一茬又一茬的学者,经由辨伪存真的功夫,试图坐实上古史的信实可据的所有努力,最终都难免悬虚架空之讥:"谯周、苏辙、胡宏、罗泌之流乃敢于考古,实其荒诞。崔东壁乃为《考信录》以传信之,岂不谬哉?"随后,康有为便下一转语:"夫三代文教之盛,实由孔子推托之故。"原来如此,有关上古三代的良法美制,并非实有其事,它们都只是孔子创制的结果,是孔子

---

① 汪荣祖:《康有为论》,页50—51,中华书局,2006年。
② 《新学伪经考》初刻于光绪十七年(1891)。《孔子改制考》则为上海大同译书局光绪二十三年(1897)冬首次刊刻,翌年初始行问世。据《康南海自编年谱》光绪十八年条:《改制考》"始属稿"于光绪十二年丙戌(1886),但较为系统的编纂实际始于1892年,酝酿与编次均用时较久。《改制考》自序称:"……乃与门人数辈朝夕钩撢,八年于兹,删除繁芜,就成简要,为《改制考》三十卷。"

托古改制的重要贡献。由此看来,伪造与否,并非检验真理的唯一标准,是否真理,是否值得认可,关键要看究竟由谁伪造。由刘歆一手捏造,则断断不可。刘歆乃是出于辅助王莽篡汉的目的,以周公取代孔子,湮灭孔子光彩,致使儒教在嗣后二千年间的中国趋于式微,本可用以节制君统的师统就此一蹶不振,从而置人民于专制酷政淫威之下,不仅不识太平之治、大同之乐之为何物,并且还得备受异族入侵、以夷变夏等诸多纷扰与苦难。① 至于生于晚周衰世的孔子,则是出于匡时救世之心而托古改制,是承周统而创制,目的是要为万世立法垂范。二者之间,自有霄壤之别。

断言二千余年中国政教体制一直处在伪经影响的阴影下,无论是刘歆为湮灭孔子真相而篡改伪造经典,还是孔子为给后世立法而伪托上古三代的改制创制,无论是用心险恶还是出于悲悯,经典的无法信据,经典的基于伪造,在这一点上,刘歆也好,孔子也罢,两者之间并没有什么实质性的不同。而这实际上是开启了"五四"新文学新文化运动对整个古典传统持怀疑态度,视经典的权威性于蔑如,以及直接喊出"打倒孔家店"口号的先声。事情确实有如列文森所观察到的那样,康有为的公羊学及其对儒学的重新解释,这种"今文学派的确于攻击时尚的经典之际,成为文化的破坏者,开了文化流失之门;因为经典既然可以怀疑,任何东西都可怀疑。"(英文本,pp.519-521)

顾颉刚在《古史辨》第一册的"自序"里坦言:"自从读了《孔子改制考》的第一篇之后,经过五六年的酝酿,到这时始有推翻古史的明了的意识和清楚的计划。"

钱玄同念兹在兹的,其实也正是这个。他无法忘怀自己及自己所属的那个时代曾经受惠于康有为的一面,正是康有为在《新学伪经考》和《孔子改制考》中对整个古典传统的根本怀疑,视经典的权威性于蔑如,给近代中国思想学术带来了巨大的冲击和前所未有的解放感,这是康有为留给世人的一份极为重要的思想遗产。正因为格外珍重这份遗产,对于"新文化""新文学"一代(其实他们正是在康有为思想的催化下得以生成的)之于康有为的遗忘,他们身上弥散着的那种"数典忘祖"式的绝情,对于仅仅才时过境迁了十余年,维新变法运动的领袖康有为辈便已

---

① 康有为:《孔子改制考·序》:"新歆(按:新莽、刘歆)遽出,伪《左》(按:《左传》)盛行,古文篡乱。于是削移孔子之经而为周公,降孔子之圣王而为先师,公羊之学废,改制之义湮,三世之说微,太平之治,大同之乐,暗而不明,郁而不发。我华我夏,杂以魏晋隋唐佛老词章之学,乱以氐羌突厥契丹蒙古之风,非惟不识太平,并求汉人拨乱之义亦乖刺而不可得,而中国之民遂二千年被暴君夷狄之酷政,耗矣哀哉!"

在一意求新求变的"五四"一代的心目中沉沦为陈年之刍狗的事实,钱玄同在内心深处是非常不愿意予以认同的。俨然骨鲠在喉,不吐不快,钱玄同在最短的时间里急着赶写出这篇洋洋洒洒的长文,此种一反常态之举,事实上,是在以某种貌似有意违拗及冒犯"新文学""新文化"立场的方式,向康有为致意,传递缅怀之情,他希望能以自己的这一举措,给沉湎在狂飙突进的"新文化""新文学"者们提个醒,不该将自己曾经沾溉过他们恩泽的那一代人物及其历史,这么轻易淡薄地说遗忘便遗忘了。

看来,这才是我们从钱玄同这篇即便是放在他一生著述中也是写得极为少有的认真,并且如此的晓晓不休,不惮费辞,一气写出了五六万字篇幅的文字背后,所当窥见的那番隐在的心思,那份深隐在文字后面的内心纠结,那份有可能是他不便也不愿直白说出的心结:康有为曾是有恩于"新文化"和"新文学"的重要人物之一,对于他,我们这些受惠者自当始终心存感念才是,"新文化"和"新文学"者们如果非得那样绝情不可的话,那么,除了让人慨然浩叹"情何以堪"之外,夫复何言?!他自己绝不会这么做,也见不得别人这么做,这才有了在最短的时间里,欲罢不能地写就了终其一生仅有的这篇长文。"予岂好辩哉?予不得已也欤!"

这么看来,钱玄同所格外看重的那份属于《新学伪经考》的学术价值,与他同时代,如亟亟致力于中国现代学术规范建设和确立的胡适等人,同时也和我们这些后人所认同和共同分享的所谓学术范式①的价值,并非可以等同视之物。与其说钱玄同所看重的今文经学及康有为的价值,是胡适当年所汲汲于建立以及我们今天仍在不遗余力地呼吁和维护着的那种学术价值,毋宁说,他更看重的是学术的这样一种资历,即是否参与了时代重大精神思想的建构,是否给时代带来了思想与精神的巨大解放,如果是,那理所当然便是有价值的,如果不是,便没有什么价值。他所不愿意也不忍心看到的,是那些宣布就此断弃和清算康有为之于清末民初思想学术的那层血脉相关的精神联系的做法,不管这么做是基于何等理由。作为亲历亲为、目睹了康有为之于时代带来过空前的精神和思想解放的场景的见证人之一,作为时代之子,钱玄同清楚地意识到,自己的思想学术,其基本思路或者说方法论,即有着直接萌生、形塑自康有为的诸多因素。所谓知恩图报,所谓饮水思源,曾经受惠于今文经学和康有为的钱玄同,对康有为始终怀有难以割舍的敬重珍惜之情,并由此引发了他对那些准备清算康有为并与之彻底了断的人和事,深感难以接受,甚至痛心疾首的心理反应,正可以说是再自然不过的了。

---

① 参见陈平原所作相关梳理;陈平原:《中国现代学术之建立》,北京大学出版社,1998年。

二、"世界主义"的视野

康有为对同时代及后世的影响,其所带来的巨大精神解放及其冲击力,除了前面已述及的《新学伪经考》《孔子改制考》之外,其次,便要数是其浓缩、集中在《大同书》思想构架中的那份"世界主义"的精神视野了。

康有为"世界主义"最初的衍生及其传授的路径,即康有为的"世界主义"意识,到底是如何经由被他作了特殊理解和发挥的今文经学的"三世说"而推衍、生成以及传授给他的及门弟子并影响整整一代世人的,其间的过程和步骤,我以为,还是得推举康门大弟子梁启超的概述,最得要领,也最为简扼:

> 次则论三世之义。《春秋》之例,分十二公为三世:有据乱世,有升平世,有太平世。据乱、升平,亦谓之小康;太平亦谓之大同。其义与《礼运》所传相表里焉。小康为国别主义,大同为世界主义;小康为督制主义,大同为平等主义。凡世界非经过小康之级,则不能进至大同;而既经过小康之级,又不可以不进至大同。孔子立小康义以治现在之世界,立大同义以治将来之世界,所谓六通四辟,小大粗精,其运无不在也。小康之义,门弟子皆受之,而荀卿一派为最盛。传于两汉,立于学官;及刘歆窜入古文经,而荀学之统亦篡矣。宋元明儒者,别发性理,稍脱刘歆之范围,而皆不出于荀学之一小支。大同之学,门弟子受者盖寡,子游、孟子稍得其崖略。然其统中绝,至本朝黄梨洲稍窥一斑焉。先生乃著《春秋三世义》、《大同学说》等书,以发明孔子之真意。①

康有为的"世界主义"意识,本是其所鼓吹和发挥的今文经学"三世说"的衍生物。《春秋》三传《左氏》《公羊》《穀梁》,《左氏》属古文经学,《公羊》《穀梁》属今文经学。《左氏》则被康有为《新学伪经学》归入清除、扫荡之列。依照公羊学的说法,《春秋》主旨即在所谓的"三世说",即《春秋·隐公元年》中所说的"所见异辞,所闻异辞,所传闻异辞",指的是"所见""所闻""所传闻"这"三世"。董仲舒将之解释为春秋这段历史的三个阶段,同时也是孔子认知、解读这段历史的重要线索。西汉末年的何休则在其所著《春秋公羊传解诂》中将之作了普世化的解释和推衍,

---

① 梁启超:《南海康先生传》第六章"宗教家之康南海",原载 1901 年 12 月《清议报》第 100 册,转引于夏晓虹编:《追忆康有为》,页 13—14。

于是"三世"说随之摇身一变,成为足以涵盖和描述中国历史文化、甚至整个世界历史文化发展的基本认知框架:"于所传闻之世,见治起于衰乱之中,用心尚粗觕,故内其国而外诸夏";"于所闻之世,见治升平,内诸夏而外夷狄";"至所见之世,著治太平,夷狄进至于爵,天下远近大小若一。"到康有为这里,又进而将"三世说"与近代的进化论扯上了关系,并以"三世说"定位人类社会进化的阶段及层面:

> 人道进化,皆有定位,自族制而为部落,由部落而成国家,由国家而成大统。由独人而渐立酋长,由酋长而渐至君臣,由君臣而渐为立宪,由立宪而渐为共和;由独人而渐为夫妇,由夫妇而渐定父子,由父子而兼锡尔类,由锡类而渐为大同,于是复为独人。盖自据乱进为升平,升平进为太平,进化有渐,因革有由,验之万国,莫不同风。……孔子之为《春秋》,张为三世,……盖维进化之理而为之。①

康氏还糅杂公羊学"三世说"与《礼运》的"小康""大同"说,将"据乱""升平"比附为"小康","太平"比附为"大同";又认定居于"据乱""升平"的"小康"为"国别主义",即民族主义阶段,"太平"也即"大同"为"世界主义"阶段;而中国社会乃至整个人类社会的最高境界,自然是彻底打破"九界"障蔽,以"世界主义"为唯一情怀和视野的"大同"世界。

康有为万木草堂的讲学镕新旧于一炉,内容"以孔学、佛学、宋明理学为体,西学为用"。据保存至今的他的几种讲义的笔录,康氏讲述中国古代学术演变,即援引西方事例,并突出公羊学说,变法思想自然贯穿其间。及门弟子日后这样追记乃师当年万木草堂讲学的气魄和魅力:

> 先生每日辄谈一学,高坐堂上,不设书本,而援古今,诵引传说,原始要终,会通中外,比列而折从冲之。讲或半日,滔滔数万言,强记雄辩,如狮子吼,如黄河流,如大禹之导水。闻者挢舌,见者折心,受者即以耳学,已推倒今古矣。②

康有为的视野与气度,不仅充分呈现于打破古今这一时间性的隔阂,更呈现于

---

① 康有为:《论语注》,页28,中华书局,1984年。
② 陆乃翔、陆登骙:《南海先生传(上编)》第十章"康南海为教育家",万木草堂,1929年;转引于夏晓虹编:《追忆康有为》,页68。

力求拆除横亘于中外之间的空间性障壁。寻求属于全人类、普遍适用于全世界的"实理公法",是此期的他所倾心致思的方向,也是其时的他之所以能在弟子们心目中显得精神魅力非凡的一个很重要的因素。康有为周游列国,刻有"维新百日、出亡十六年、三周大地、经三十一国、行六十万里"的小印。戊戌政变后康有为流亡国外,1902年在印度大吉岭开始结撰《大同书》一书。据汪荣祖、朱维铮等人研究,《大同书》中所体现的中国式乌托邦设计,其实在之前的《实理公法全书》一著中,便早已有"直捷明诚"的初始表述。① 而作为《大同书》最初的雏形和演草,《实理公法全书》的编撰形式,又完全是在模拟《几何原本》。由此也就不难解释,康有为在他的自传《我史》中,记及1885至1887这几年的行状时,何以要如此屡屡提及当时他手头正在从事的《实理公法》和《康子内外篇》的著述,并不由自主地流溢出他之于这两种早年著述的异乎寻常的钟爱了。这是因为日后的《大同书》,这部他自己最为看重的著述的基本构想,便是在这两部初始性的著述中初露端倪和崭露头角的。或者说,其思想特征及理路依据,直接间接地便都是衍生自这两种初始性著述。

就如同萧公权在论及《康子内外篇》"人我篇"时所观察到的那样,"他(引按,指康有为)与整个人类认同,宣称以天为家"。与《康子内外篇》同属康氏早年著作的《实理公法》,萧氏则明确指出,这部著述的主题,便是其鲜明的"世界化"倾向:

> 《实理公法》中所述大都来自他阅读西书后所获致的欧洲思想……不过,康氏不认为他自幼采用的进口思想是外来的,而是属于普及有效的真理。……因康氏在此并不关心保存或维新中国传统,而是要建立超越地域或国界的社会思想。……他真正相信有效的原则是放逐四海而皆准的。在他看来,"世界化"并不是一种方法上的设计,而是一种思想上的信念……"世界化"已是康氏一八八五——一八八七年间所撰《实理公法》一书的主题。书中提出人类和谐地生活在一起,说共同语言,在同一政府治理之下。为了打破由不同政治和宗教制度而产生的特殊性,康氏非议任何圣人或贤君生辰为纪年的历法,而主张采用全世界人共用的立法。②

---

① 朱维铮:《从〈实理公法全书〉到〈大同书〉》,载《中华文史论丛》第四十九辑,上海古籍出版社,1992年;汪荣祖:《康有为论》第八章,页121—140,中华书局,2006年。
② 萧公权:《康有为思想研究》,页406—407,台北:联经出版事业公司,1988年。

而谈到《大同书》,萧氏更是直截了当地指出:

> 一如书名所指出的,康氏在此并不关注维护中国价值或移植西方思想,而是要为全人类界定一种生活方式,使人人心理上感到满足,在道德上感到正确。在此,他的社会思想中的"世界化"阶段表露无遗。①

《大同书》不仅批评传统中国制度,也批评他所了解的西方制度,康有为所谴责的造成诸般痛苦的基本制度,诸如国家、家庭和私有财产等等,并无中、西畛域的分别,而为中西、也即整个人类所共有;他对科技发展则抱有天真信心,认定它必将带来可供全世界分享的诸多福祉,并可让全人类借以摆脱苦境,将其带入极乐之境。即便是在赞美孔子的时候,正像萧公权所敏锐地留意到的那样,《大同书》所采取的,也完全是世界主义的思路和视野:

> 康氏所赞美的孔子并非中国传统中的孔子。康氏在《大同书》以及其他著作中,显然将孔子世界化了,孔子不再是中国的至圣先师,而是全人类大同理想中的先知。②

以下所引,为《大同书》"绪言篇"里的部分文字:

> 康有为生于大地之上,……当大地凝结百数十万年之后,幸远过大鸟大兽之期,际开辟文明之运,居于赤道北温带之地,国于昆仑西南、带江河、临太平洋之中华,游学于南海滨之百粤都会曰羊城,乡于西樵山之北曰银塘,得氏于周文王之子曰康叔,为士人者十三世,盖积中国羲农黄帝、尧舜禹汤、文王周公、孔子及汉唐宋明五千年之文明而尽吸饮之。又当大地之交通,万国之并会,荟东西诸哲之心肝精英而酣饫之,神游于诸天之外,想入于血轮之中,于时登白云山摩星岭之巅,荡荡乎其骛于八极也。已而强国有法者吞据安南,中国救之,船沉于马江,血蹀于谅山;风鹤之警误流羊城,一夕大惊,将军登陴,城民走迁,穷巷无人。康子避兵,归于其乡。……康子曰:吾既为人,吾将忍心而逃人,不共其忧患焉?……如逃之而弃其国,其国亡种灭而文明随之隳坏,其

---

① 萧公权:《康有为思想研究》,页411,台北:联经出版事业公司,1988年。
② 同上书,页415。

负责亦太甚矣。生于大地,则大地万国之人类皆吾同胞之异体也,既与有知,则与有亲。凡印度、希腊、波斯、罗马及近世英、法、德、美先哲之精英,吾已嚼之饮之,藉之枕之,魂梦通之;凡万国之元老硕儒、名士美人,亦多执手接茵,联袂分羹而致其亲爱矣;凡大地万国之宫室服食、舟车什器、政教艺乐之神奇伟丽者,日受而用之,以刺触其心目,感荡其魂气。其进化耶则相与共进,退化则相与共退,其乐耶相与共其乐,其苦耶相与共其苦,诚如电之无不相通矣,如气之无不相周矣。

你看,在康有为的心目中,个人也好,国家也罢,都不再是可以完全封闭起来的独立、孤立的存在,它们的一举一动,始终是与外部彼此关涉的。

梁启超的思考和论述又何尝不是如此?1890 年梁启超从京师"下第归,道上海,从坊间购得《瀛寰志略》读之,始知有五大洲各国"①。光绪二十三年(1897)为其门生徐勤所著《春秋中国夷狄辨》作序曰:

> 孔子作《春秋》,治天下也,非治一国也。治万世也,非治一时也。故首张三世之义,所传闻世,治尚粗疏,则内其国而外诸夏;所闻世治进升平,则内诸夏而外夷狄;所见世治致太平,则天下远近大小若一,夷狄进至于爵。②

在 1901 年发表的《中国史叙论》,梁启超特意将中国历史分为"中国之中国""亚洲之中国"和"世界之中国"这三个层面。梁启超的心思同样始终不忘设想未来全人类应共有、分享同一个"新文化"系统,谈论中国的问题时,始终不忘中国境域之外的世界。欧战结束时,梁氏偕诸青年友人游历欧洲,写下《欧游心影录》,上篇所提及的诸如"近来西洋学者,许多都想输入些东方文明"的话头,虽不免有几分夸张,并且和他之前曾激烈否定"东方文明"的语调大相径庭,尽管人们早已熟悉其"不惜以今日之我与昔日之我战"的思想立论做派,但还是不免会对他此番观察的客观有效性心存疑窦,以致早在当日及后世,便一直因此而备受各方面的质疑和攻讦。不过,暂且先撇开相关争执不谈,单就梁氏此番言论的思路和思维方式而言,显然仍不脱以整个世界作为其立足点的基本致思框架。他在这里将中国文明提升到了对第一次世界大战前后、西方文明正在遭遇颠沛阻厄之际的整个世界的

---

① 梁启超:《三十自述》;《饮冰室合集·文集之十一》,页 16,中华书局,1989 年。
② 《饮冰室合集·文集二》,页 48,中华书局,1989 年。

文明秩序的恢复和重建可以提供助益的位置,着眼的依然是整个世界,而非仅仅是中国一隅,他将中国经验视为世界史之一部分,人类共同计议之一部分,思考的覆盖面并非止于中国,而是延及整个人类世界,故而在《欧游心影录》下篇《中国人之自觉》的开篇第一节《世界主义的国家》中他这样说道:"我们的爱国,一面不能知有国家不知有个人,一面不能知有国家不知有世界。我们是要托庇在这个国家底下,将国内各个人的天赋能力尽量发挥,向世界人类全体文明大大的有所贡献。"而至最后一节《中国人对于世界文明之大责任》,他又特意这样提醒:"人生最大的目的,是要向人类全体有所贡献。"①现在横在中国面前的一个"绝大责任",就是"拿西洋的文明来扩充我的文明,又拿我的文明去补助西洋的文明,叫它化合起来成一种新文明"。也就是说,梁启超心目中的新文明,以世界主义为其归宿,既不是单独西方的,也不是单独中国的,而肯定是属于全人类的。

在康德普世主义的道德原则那里,坚持每个人都是自我完足的主体,人就是他自己的立法者。个人参与公共事务是尽责任、尽义务,不是被胁迫,也非出于功利目的。人的道德义务不受国族疆界的限制,人之所以善待他人,纯粹是基于人与人之间最为基本的关系。个人始终与世界主义的"普遍权利"关联在一起,人最基本的权利,即是与任何他人平等共享的权利。这里边便包含了人之所以为人、人之所以因为自己是人类的一员而感到自尊的价值观。人与人之间的普遍共性超越同族疆界,全体人类的休戚相关,不仅是他们的共同利益,更是他们可赖以不断自我完善的共同人性。"人"的身份要高于所有外加于人的局部的诸种意义,如种族、民族,如政治、社会的身份,等等。整体"人类"应是每个人思想和行为的出发点。

康有为和他的弟子梁启超,便总是这样地把个人和中国深深地嵌入世界文明、文化中去加以观察和体认,一提到中国,便势必要求你非得同时去关注和留意于中国之外的更为广阔的地域不可,你若是无法说清楚那些更为广阔的外部的话,那么也便意味着其实你就连中国也都无法说明得了。他们始终强调的是以普世情怀、以世界公民的身份来应对人类世界,在异常广袤的世界里有所分享并有所贡献,他们强调的是不同文化之间的可通约性,这种通约绝不是万般无奈之下所不得不做出的被动选择,恰恰相反,完全基于主体性,彼此相通是因为他们本身便都是普遍人性的产物,早已具有相互通融的内质和关联。任何以文化差异作为借口的优越感和排斥、并以此役使他者的意念和行为,毫无疑问,都是与人类文明的整体性质相背离的。这一基于中国"大同"思想谱系的"世界主义"想象,根本上是与西方近

---

① 梁启超:《欧游心影录》,页31—52,商务印书馆,2014年。

代理性启蒙思想相应和的,由此也确证了,在整个世界的近代和现代思想原则及道德情怀的建构过程中,中国思想是如何建设性地注入了它的重要维度的。

　　康、梁以整个世界为担当的思路并非孤拔峭立、突兀而起的神来之思,它实际上也是近代中国思想界所共同分享的一种精神氛围。寻踪溯源,中国古代儒家源远流长的"大同"学说自不待言,稍近的,则有明末徐光启辈,更近者,则有龚自珍、魏源,甚至包括林则徐,以及注重、推挽洋务事业的曾国藩、李鸿章辈,事实上,他们也都是康、梁"世界主义"视野的重要的渊源。而嗣后的梁漱溟辈,在《东西文化及其哲学》中所思考、辨证及亟望解决的问题,即不仅仅是关乎中国如何在现代世界中生存,而且还关乎中国如何为现代世界提供它的文明价值的抱负等等,尽管诸如此类的思考在"五四"新文学家们眼中不免显得不切实际的迂腐,但这并不妨碍在致力于将自己的贡献纳入世界及人类精神总体中去的宏大视野上,他们与他们所看不起的梁漱溟之间,其实有着颇多可以共同分享的层面。

　　始终着眼于如何积极地融入世界,将自己的贡献汇入人类精神创造的总体中去,如果我们能够从一种连续性的框架或观点来加以考察的话,将不难看出,康、梁并非先知先觉,不过,论及基于人类文明整体性原理的"世界主义"胸怀和视野,那显然又不得不推举康有为及其弟子为得风气之先者。严复《天演论》一纸风行,由此衍生成为晚清思想主旋律的社会达尔文主义,其所强调的是每个群体的命运只能由其自身来负责,而康有为则在《大同书》中提出了另一种向度的、极富挑战性的想象,引领人们意识到中国问题的解决方案,须得从整个世界文明秩序中去加以理解和设定,当务之急并非埋头自强一途,更要紧的是要从根本上改造世界体系的构架。也就是说,中国面临的不仅仅是中国"自身"的"问题",它们其实也是整个"世界"的"问题"的一部分。把具有民族、国家身份的"中国",纳入到近、现代世界版图中加以观察和考量,大胆构想出能够促成作为民族、国家的中国从中获得彻底解放的宏大乌托邦方案,这不能不说是康有为提示给近代中国思想的一份最有分量的方案了。

　　毫无疑问,"世界主义"情怀和视野也始终是中国新文学的精神基因之一。《新青年》杂志创刊号上陈独秀所撰《敬告青年》一文,郑重标举出的"新青年""新文化"的六大精神指标(所谓"特陈六义")中,"世界主义"视野一项即赫然在列:

> 一,自主的而非奴隶的;二,进步的而非退守的;三,进取的而非退隐的;四,世界的而非锁国的;五,实利的而非虚文的;六,科学的而非想象的。

刊发胡适《文学改良刍议》时,陈独秀同期推出予以高调声援的《文学革命论》一文,高揭甚至远比胡适要来得激进的"文学革命"主张,则是略知新文学史实的人们所熟知的一段典故和文字:

> 文学革命之气运,酝酿已非一日,其首举义旗之急先锋,则为吾友胡适。予甘冒全国学究之敌,高张"文学革命军"大旗,以为吾友之声援。旗上大书特书吾革命军三大主义:曰,推倒雕琢的阿谀的贵族文学,建设平易的抒情的国民文学;曰,推倒陈腐的铺张的古典文学,建设新鲜的立诚的写实文学;曰,推倒迂晦的艰涩的山林文学,建设明瞭的通俗的社会文学。
>
> ……际兹文学革新之时代,凡属贵族文学,古典文学,山林文学,均在排斥之列。以何理由而排斥此三种文学耶?曰,贵族文学,藻饰依他,失独立自尊之气象也;古典文学,铺张堆砌,失抒情写实之旨也;山林文学,深晦艰涩,自以为名山著述,于其群之大多数无所裨益也。其形体则陈陈相因,有肉无骨,有形无神,乃装饰品而非实用品;其内容则目光不越帝王权贵,神仙鬼怪,及其个人之穷通利达。所谓宇宙,所谓人生,所谓社会,举非其构思所及,此三种文学公同之缺点也。此种文学,盖于吾阿谀夸张虚伪迂阔之国民性,互为因果。今欲革新政治,势不得不革新盘踞于运用此政治者精神界之文学,使吾人不张目以观世界、社会、文学之趋势及时代之精神……

显然,在陈独秀的心目中,是否放眼世界,是否以世界为情怀,乃是新文学之与旧文学的根本分野之一,对之持肯定态度,是新文学最基本的立场、原则,旧文学既无这样的视野和胸襟,并且只会一味窒厄、阻碍这样的视野和襟怀的生成和获得,故而理应归入必须痛加"排斥"的一类。

阐释"五四"新文学精神,既有胡适、陈独秀、钱玄同等一行急先锋攻城略地、摧枯拉朽在先,继而则有周氏二兄弟、即鲁迅与周作人,相继奉献出其沉潜深思的小说写作和切实分明的理论建构。直至20世纪30年代初,新文学业已全面确立了支配性地位,并忙于纂修谱系,以便进一步确证和加固自身的正当合法性时,在为《中国新文学大系》建设理论集撰写的导言里,胡适依然对周作人当年发表的《人的文学》啧啧称道不已,推重其为"一篇最平实伟大的宣言……把我们那个时代所要提倡的种种文学内容,都包括在一个中心观念里"。就在这篇新文学理论宣言中,周作人曾将胡适眼中大可作为新文学在白话文方面的取资范本的《西游记》《水浒》《七侠五义》等白话旧小说,因为弥漫着"非人"的价值观而断然加以排斥。

可资利用的本土文学资源既然如此贫乏,周作人不得不建议说:"还须介绍译述外国的著作,扩大读者的精神",目的呢?则是为了"眼里看见了世界的人类,养成人的道德,实现人的生活"。

20世纪30年代围绕在施蛰存主编的《现代》杂志周边的一批诗人、小说家,从施蛰存、戴望舒等人一直到刚出道的"二十岁诗人"徐迟,俨然以"现代"作为诉求和趋附的指标,声称自己是世界文学中现代派的"同代人",是最关注世界各地最新、最先锋的文学动向的一拨人。他们对当时整个世界范围内的"现代""先锋"态势如数家珍的熟谙程度,甚至令半个世纪后从美国专程来访踏勘20世纪30年代上海"文学现代主义"地图的李欧梵都为之惊讶不已。李欧梵在他的《上海摩登》一书中,特别强调了施蛰存这批"现代"诗人、小说家的"世界主义感",并注意到在其影响下,围绕《现代》杂志,在外国文学的译介和编辑上所具有的"文化斡旋"性质,以及依托1930年前后上海作为中国最具"现代性"的通商口岸环境,他们是如何在各自的文学创作层面上,建构他们对于现代主义的文学、文化想象的。[①] 据李欧梵在该书中的转述,施蛰存曾将20世纪30年代活跃在上海的新文学家,按他们的教育背景归类划分为三块:一块为英文团体,是在英美或著名的教会大学如燕京、清华或圣约翰大学受过教育的一批人;一块是法德文团体,如施蛰存本人,在震旦这样的天主教大学学过法文,或像戴望舒,曾在欧洲(法国、西班牙)留学游历过;还有一块则是日文团体,主要为左翼人士,如鲁迅、冯雪峰及创造社诸君的郭沫若、郁达夫、成仿吾等人。前二者推崇法国象征主义、日本"新感觉"派小说等,后者译介了不少苏俄、日本左翼的革命理论,而他们之间所起的纷争和冲突,则既由意识形态、政治文化立场上的差异所致,也有基于所掌握的外国语文,即"文化资源"的不同等原因。在这些甚至极为激烈的纷争和冲突的背后,又有着相当趋同的心理动机,那便是对在世界上拥有广泛影响的新颖的思想和文学资源,迫切、主动地予以吸纳的开放胸怀。而即便是同时期及嗣后不久,坚持认定欧美的现代主义思潮并不适合中国当时所处时代的社会和现实需要的一批新文学家们,他们或更热衷于与苏俄的所谓"社会主义现实主义"文学之间保持畅达的交流通道,非常热烈地拥抱马克思主义有关社会和阶级的分析及历史唯物主义的解释,认为那才是"科学"解释现实的"客观"原理。而前后致力于民族抗战的中国新文学家,更是与世界反法西斯的各国作家们形成了国际同志的情谊,像奥登对战时中国的勘踏和

[①] 李欧梵著、毛尖译:《上海摩登:一种新都市文化在中国1930—1945》第9章"上海世界主义",页287—300,牛津大学出版社,2000年。

声援,并留下了在中国激动了以穆旦等人为代表的西南联大诗人群的诗心和文心的《战地纪行》,不过是其中一个带有象征意味的实例罢了。

钱锺书无疑是20世纪中国学问最为渊博的文史大家之一,同时又曾是新文学最具反讽性睿智的创作巨擘之一(长篇小说:《围城》、流失了的《百合心》;短篇小说集:《人·兽·鬼》;脍炙人口的随笔集《写在人生边上》)。早年著于狼烟四起的抗战岁月,即他在自序中称其为"虽赏析之作,而实忧患之书"的《谈艺录》,以及后来草成于"文革"后期、直至晚年终未能完篇的包括补编在内的五大册《管锥编》,著述思路可谓"吾道一以贯之",信守的是他在《谈艺录》自序中借自宋代理学家的说辞:东海西海,心理攸同;南学北学,道术未裂。其所着眼和着力的,始终是人类在基本核心价值上的相通相融,具体说来,便是从诗学、诗性不受时空因素的阻隔,最终都是可以相通相融的角度来提示并展开种种主题。比如列举某个中国的文学理念,"诗可以怨",然后从浩如烟海的中外典籍中去寻绎搜讨、旁征博引,孔子这样说,后世的谁谁谁也这样那样说,中国之外呢?古希腊、罗马的谁,意大利的谁,英、法、德、奥的谁,也都有类似或与之相关的说辞。一个个核心观念,将整个世界不同地域、不同时代的人们的相关想法和说法,全都汇综、贯串到了一起。钱锺书的思路,便是要拆除去国界、种族及语言的限定和藩篱,告诉你,其实世界上真正有意思的想法,大家都是差不多的。他更看重的是"同"("世界大同"),面对纷繁复杂的文论世界,他总是不由自主地、庖丁解牛般地从"同"(同质性)的一面,去翻寻和淬炼出有着普遍性、因而可供分享的核心价值理念,以致常常有意无意地会忽略去彼此的"异"(异质性)的一面。而我们知道,晚近十数年里,在中国学界曾经盛行一时的"后现代"思潮,其所更为看重的,则是"差异"和"异质性",没有绝对的好,也没有绝对的不好,该关注的是它们的差异,将价值和真理加以本质化,这不过是逻各斯在背后作祟,是意识形态,是人为的建构,是会妨碍人们对事物实然的观察和理解的,因而亟须予以解构。近年人们私下议论中对钱锺书渐渐变得颇有微词(虽不经见于公开的出版物),恐怕也与学界中向"后现代"转换的风气不无关系。

20世纪80年代前期,北大黄子平、钱理群、陈平原推出著名的"二十世纪中国文学"论,其据以立足的"世界眼光"和"民族意识"的辩证构架的理论依据,一是马克思《共产党宣言》中所提出的"世界市场"这一概念,一是德国文学家歌德所曾设想的"世界文学"的构想。在这个框架中,民族(国族)意识正是某种国际主义的背面,"民族意识"乃是"世界眼光"的对应物。也就是说,"二十世纪中国文学"论是在一种世界的"构架"中来定义现代中国的,体现的是一个代表"世界历史"总体态度的有关"世界"的总体想象,同时也是将整个"二十世纪中国"与"二十世纪文学"纳入"世界"范围并将之统一起来的文学史视野和叙述模式。

三、悲天悯人的情怀

生当西潮汹涌东来、中土风雨飘摇的忧患之世,康有为不仅挺身承担民族的时代危机,而且目光高远,放眼世界,思情充沛,独辟蹊径,为整个人类的未来起草设计方案。他改造公羊"三世"学说,建立独特的变法理论根基,融合中西,自创"大同"乌托邦思想。前者是为解决眼前危机联袂而起,以救国救民自任,后者寄希望于未来,寄寓其强烈的救世之心,其悲天悯人的情怀,瑰丽的政治想象,并世不作第二人想。

尽管梁启超对乃师康有为所著《大同书》佩服得五体投地,认定"(康)有为著此书时,固一无依傍,一无剿袭,……而其理想与今世所谓世界主义、社会主义者多合符契,而陈义之高且过之。呜呼!真可谓豪杰之士也已";称道其"冥心孤往,独辟新境,其规模如此其宏远,其理论如此其精密,不得不叉手叹曰:伟人哉!伟人哉!"但《大同书》所依托的思想资源却并非不可辨认。如前所述,事实上,康有为是通过演绎《礼运》"大同"之旨,附会公羊家《春秋》"三世"之说,兼而参合以心心念念意在摆脱现实人生悲苦的佛教思想、近代西方民主平等及空想社会主义乌托邦等诸多思想资源,才得以撰成这部《大同书》的,康氏便是以这幅错综糅合了儒家思想、佛教理念和乌托邦共产主义等因素的"大同"世界图景,作为人类最后、也是最高的归宿,认定得以实现"大同"的先决条件则在拆除和消弭诸如家/国、人/己之类的界限分际,实施博爱、平等,一旦有国有家有己,各擅其界而自私之,其害公理而阻进化,则甚矣哉!概略言之,康氏的"大同"构想,是一个在民主政府领导下的世界国,一个没有亲属、民族和阶级区分的社会,一个没有资本主义弊病而期望以科技、工业的高度发达来谋取最大福利的经济体,即经由政治、社会、经济及民族这四个方面的根本转变,使人生成为一连串品质高贵并且极富美感的事件和过程。①

《大同书》中有很多的发明和祈愿,如妇女解放、奴隶解放、取消国界和阶级、政府议会化及取消政治首领等等,都很超前、彻底,甚至带有圣洁气质。《大同书》中非但没有皇帝的位置,就连民主政治中的政治领袖也在一概予以摒除之列,这样的方案,岂止无法为当时的清政府所能容忍,就是今天信奉现代民主的政治家,恐

---

① 参见汪荣祖:《康有为论》,中华书局,2006年。

怕也一样无法容忍。康有为写完《大同书》后并未致力于推广和传播这些思想,仅给两位弟子(梁启超即是其中之一)看过,然后就深藏箱底,从此不提,后来还是几个弟子偷偷拿去印制出来的。《大同书》是对中外社会理想的一次系统的表达。梁启超未完成的小说《新中国未来记》中的构图,青年毛泽东在《学生之工作》(写于1919年12月1日)一文中有关"新村"的描述①以及1958年在与刘少奇的一次谈话中所透露的有关"共产主义公社"和"社会主义新人"的设计,诸如此类中国近、现代的政治伟人们所从事的历史实践,其所背倚的不正是这宗重要的思想资源? 这宗思想资源构架了中国思想、文化、文学在近现代的推进中、在可以看见的未来时间中将会被实现的重要项目和课题,并由此支配了20世纪中国文学的视野、想象、叙述、抒写的最为核心的内容和最为基本的主题。

"仁"本是儒家最核心的思想概念之一,为《论语》中的孔子所屡屡言及,略略翻查一下《论语》便可得知,"仁"在《论语》中出现的频率要远较孝、悌、忠、信为高。《论语》一书四百九十九个自然段落,谈论到"仁"的,占了五十八段,语涉"仁"字者,凡一百零五处。"仁"的语义,由孔、孟经汉、唐、宋、明诸儒推进衍化,至康有为,又得以与同时代的谭嗣同(《仁学》)交相砥砺和激发。康有为对"仁"的解释和发挥,散见于他的《大同书》《春秋董氏学》《礼运注》《孟子微》诸书,其中最重要的一条,是他用"不忍之心"来替"仁"的定义。梁启超认定康有为论学论政,"皆发于不忍人之心","其哲学之大本,盖在于是"。康有为的"仁为不忍之心"明显有脱胎于孟子恻隐之心仁也、人皆有不忍之心、皆有乍见孺子之入井时的惊惕恻隐之心的印记,但又有所不同。萧公权《中国政治思想史》就此曾有过辨析:"康氏所谓不忍之心,虽亦托根于人类之同情,然既系之于个人一己之苦乐,则与孟子之纯然依据同情者固有区别。"后起的陈荣捷的分梳似乎更具体些,辨证的取径也与萧公权有所径庭。陈荣捷认为,"仁"在孟子,原为"四德"之一,其性特殊;而在康有为,"不忍之心仁也,灵也,以太也。人皆有之。……故知一切仁政皆从不忍之心生。……人类之仁爱,人类之文明,人类之进化,至于太平大同,皆以此起。"又说:"不忍之心仁心也。不忍之政仁政也。虽有内外体用之殊,为道则已,亦曰仁而已矣。"(《孟子微》卷一)但在康有为,很显然,已将"仁"做了普遍化处理,并将其提升到了本体("道")的位置,这是康有为与孟子之间有着很大不同的地方。另外,照陈荣捷看来,孔子曰,"泛爱众";孟子曰,"仁者无所不爱";康有为对"仁"的解释虽不脱儒家本源,但显然又有新的进境:"康氏注董氏之言,则不只言爱而且言

---

① 《毛泽东早期文稿》,页449,湖南人民出版社,1990年。

类。……如此看法与传统看法不同。传统看法以爱之心性为人所固有,发而崇之,自源流露推广,由亲亲以至爱全人类,其起点为一心之心。类的看法则不然,其中心为人类,其发动力在与人之所同,不止在本人之德性而已矣。"

康有为谓"万物一体者,人者仁也"(《论语注》卷八);又谓"万物一体,慈恻心生,即为求仁之近路"(《孟子微》卷一)。似与孔孟及宋明诸儒"万物一体"的思想传统一脉相承,但其实也已参合了西方近代思想因素在内,故而冯友兰《中国哲学史》以批评的口吻论及这一点:

> 此实即程明道、王阳明仁者以天地万物为一体之说,而以当时人所闻西洋物理学中之新说附之,生吞活剥,自不能免。①

如此看来,康有为《大同书》的理论构想有源自儒家"仁学"的一面,似无疑义,而另一方面,康有为对"仁"的解释和发挥,虽貌似孔孟,而实际上却已有很大的不同,这同样也应该没有疑义。

梁启超《儒家哲学》中谈及常州派的龚自珍、魏源时,认定乃师康有为的学行路数,便直接绍武于他两:

> 他们一面讲经学,一面讲经世,对于新学家,刺激力极大。我们年轻时读他二人的著作,往往发烧。南康海先生的学风,纯是从这一派衍出。②

康有为的《新学伪经考》和《孔子改制考》,形式上虽然俨然今文经学的著述,或者说是整理旧学的成果,但实质,完全是在为他的政治想象和政治实践张本,也就是梁启超所讲的,他是在"借经术以文饰其政论"。康有为大谈孔子改制,认定《春秋》为孔子改制创作之书,实寓有政治改革之意。他喜欢奢谈"通三统",即夏、商、周三代不同,政制因时而有所损益;又喜欢奢谈"张三世",即所谓据乱世、升平世、太平世,表面上似乎在大张今文经学之绪,实际则是迎合和接纳西方近代进化论,为他戊戌变法维新的政治设想寻找合法性来源。根本的关注点并不真是要澄清和辨明经学问题,经学不过是幌子,是工具,谈经学不过是借道过境,目的不在经学,

---

① 冯友兰:《中国哲学史》下册,页1018,中华书局,1961年。
② 梁启超:《儒家哲学》第四章"二千五百年儒学变迁概略(下)",页95,世纪文景、上海人民出版社,2009年。

而在淑世救世,实施现实的政治改革。也就是庄子所说的"得鱼忘筌",经学不过是"筌",社会现实政治是"鱼",关键是在得"鱼",一旦"鱼"儿得手,用以捕鱼的工具渔"筌",自然也就可以弃之不顾。

今文经学借经学议论政事,通过对儒家经典的微言大义的阐发,实施其经邦济世的现实政治胸怀和抱负,此一路数,在康有为整个生涯中,实已被作了淋漓尽致的发挥。康有为的孔子托古改制说,其归宿梁启超说得最为明白:"有为所谓改制者,则一种政治革命、社会改造的意味也。"①梁启超在追随乃师之余,更是将此一借经学说政治的路数发扬光大,扩散贯彻至其他思想学术和文学系脉,诸如《论小说与群治之关系》《论佛教与群治之关系》等脍炙人口的名篇,略加展读便可得知,它们都不外乎是康有为经世致用今文经学思路的演绎和延伸。"欲新一国之民,不可不新一国之小说。"文学的意义不在它本身,文学必须对国家政治有所承担,这一使命意识,在"五四"新文学兴起之后,无论是从"文学革命"到"革命文学",从20世纪30年代左翼文学的风靡,到后来的"抗战建国""延安文艺"……直至50—70年代的社会主义文学实践,不仅一直贯穿其间,并且日渐成为不容有丝毫松动和违连的清规戒律。

众所周知,商务印书馆改刊后的《小说月报》,曾是中国新文学草创期最为重要的期刊之一,它的编者同时也是新文学最有分量的批评家沈雁冰(笔名"茅盾"的小说家则还是之后的事),在《新文学研究者的责任与努力》一文中这样论列:

> 翻开西洋的文学史来看,见他由古典—浪漫—写实—新浪漫……这样一连串的变迁,每进一步,便把文学的定义修改了一下,便把文学和人生的关系束紧了一些,并且把文学的使命也重新估定了一个价值。虽则其间很多参差不齐的论调,——即当现代也不能尽免——然而又一句总结是可以说的,就是这一步进一步的变化,无非欲使文学更能表现当代全体人类的生活,更能宣泄当代全体人类的情感,更能声诉当代全体人类的苦痛与期望,更能代替全体人类向不可知的运命作奋抗与呼吁。不过在现时种界国界以及言语差别尚未完全消灭以前,这个最终的目的不能骤然达到,因此现时的新文学运动都不免带着强烈的民族色彩……。

尽管清楚地意识到新文学兴起之初,限于民族、国家和语言的阻隔,将"当代全体人类"的生活状态、思想与情感、痛苦与期待以及难以测定的命运,作为其最根本的表

---

① 朱维铮校注:《梁启超论清学史二种》,页65,复旦大学出版社,1985年。

达和诉求的内容与对象,一时间尚无法做到,但沈雁冰认为,这并不妨碍新文学从它诞生的那一天起,便将其视为自己责无旁贷的职责,理应全力以赴予以达成的目标。

20世纪20年代末的"革命文学",30年代前期风起云涌的"左翼文学",作为40年代"延安文艺"和50—70年代中国"社会主义文学"实践所有意识地加以选择和继承的"传统"和"遗产",更是从一开始便自觉地将自己的文学工作与人类解放的目标紧紧维系在了一起。即便是50—70年代,处在东、西方既是"被迫"同时又是"主动"的彼此隔绝的所谓"冷战"时期,中国的新文学家们依然一如既往地"胸怀祖国,放眼世界",纵然所处的境况窘迫,也都不足以消解和阻挡他们跻身、驱赴、报效"世界革命中心"建设和"解放全人类"事业的冲动。这固然是深受马克思、恩格斯《共产党宣言》的感召,即,无产阶级的命运并非只是关乎他们自身,而是与整个世界息息相关,无产阶级只有彻底铲除整个资本主义世界生产及其分配的所有不平等现象,从根本上解除政治、经济、文化等制度性的压抑被压抑、剥削被剥削关系,并最终消除阶级现象的存在,才有可能获得自己真正的解放,即唯有解放全人类,才能最后解放无产阶级自己;但另一方面,若仔细加以寻思,"五四"之后,经由"红色的三十年代""延安文艺"直至50—70年代"社会主义文学",终至占据了绝对的支配地位的中国新文学中的"左翼"一脉,又何尝不是处在了康有为、梁启超思路的延长线上?尤其是考虑到其所置身的地域与所使用的语言,都要远比其与前者之间来得更为切近这一事实,那么,康、梁的影响自然也就不容忽视了。

夏志清在他那篇广有影响的《现代中国文学感时忧国的精神》[1]一文中指出,中国新文学家对于家国的命运遭际及其困境是如此的关切,他们始终怀持的那种难以自抑、挥之不去的"感时忧国"精神,终至流变成为一种狭隘的爱国主义,或者相反相成,在面对西方现代国家时,养成了"月亮是外国的圆"这样的自卑心结,从而自己给自己设下了限制的樊篱,既妨碍了作家个人才华及其复杂丰富的精神层面的展现,也妨碍了文学自律和永恒人性视野的贯彻,致使中国新文学(尤其是小说),在行文运事、思想辩难及心理深度等诸多方面,未能获得本应获得的拓展和成就,不免令人为之惋惜。即便是鲁迅、茅盾这样为新文学家高山仰止的巨擘、大家,往往也无法免受其累。正是基于这样的思路,他在他那本一举奠定了西方学院中国新文学研究基础的英文专著《中国现代小说史》(1961)中,独排众议,高调评价20世纪50年代起、直至80年代初,在大陆的中国新文学史谱系中或是贬抑不受重视、或是干脆消抹了事的几位小说家,如张爱玲、钱锺书、沈从文、张天翼(作为左翼讽刺作家,与前面几位不

---

[1] 夏志清:《中国现代小说史》"附录二",页357—371,复旦大学出版社,2005年。

同,其实是受到相关新文学史著的不少礼遇的)、吴组缃等,认为他们"凭着自己特有的性格和对道德问题的热情,创造出一个与众不同的世界"①。他更是把张爱玲和钱锺书,推举为1949年以前中国文学的两座高峰。夏志清低抑鲁迅,对茅盾、巴金、丁玲等也多有微词,自然引发众多新文学研究者的论争和驳难。1961年,耶鲁大学出版社推出夏著《中国现代小说史》的翌年,捷克著名汉学家普实克(Prusek)撰写书评,诘难夏著所遵循的并非是他一再推崇的所谓文学的准则,"绝大部分内容恰恰是在满足外在的政治标准",由于夏志清对左翼作家、作品"怀有恶毒的敌意",因而对包括鲁迅、茅盾、老舍在内的小说家的评价相当苛刻,而对另一路小说家却显得宽松和夸大。普实克则推崇"五四"一代"激进的中国思想家"和文学家对于文学与社会变革之间的关系所持的积极主张,并认定这不仅为左翼作家所特有,也为胡适、周作人等"右翼"作家所认同,是他们所"普遍持有"的主张。夏志清则就此作出强劲回应②。这场论战是1961—1963年间、在国际著名学刊《通报》上展开的。由于双方意识形态立场及由此所选择的美学"典范"尺度均相去甚远,以致无法形成有效的问题聚焦,终至只能各说各话,但即便如此,对于夏志清所提示的有关大多数的中国新文学家的写作始终无法摆脱"感时忧国"情结的笼罩和控驭的判断,普实克其实也并无异议,因为这一判断还是符合新文学的实情的。

正如夏著《中国现代小说史》中所述及的,新文学初始时期,那些主张反抗传统、亟求改变现状的走"写实"一路的"文学研究会"的新文学家们,他们与生俱来、比任何人都要迫切的"现实关怀"性格自不待言,即使是刻意张扬个人才能,服膺艺术独创至上原则的"浪漫"一代,如前期"创造社"的郭沫若、郁达夫、成仿吾诸君,其精神指向所充溢和裹挟的,依然还是强烈的"现实关怀"的冲动,他还忍不住将其与自己浸馈既久并格外心仪的英国18—19世纪浪漫主义诗人并置比较,并"恨铁不成钢"般地抱怨说,即使是这些偏向"浪漫"的中国新文学家,他们既没有像诗人柯尔律治那样去诉说想象力的重要,也没有像华兹华斯那样去向人们证实神的存在,更不用说会像布莱克那样,去探测人类心灵为善为恶的无比能力了,他们更为关心的,终究还是实施政治变革,根除社会疾苦,建立一个公平、强大、幸福的新的中国:

---

① 夏志清:《中国现代小说史》,页324,复旦大学出版社,2005年。
② 普实克:《中国现代文学史的歌本问题——评夏志清的〈中国现代小说史〉》;《通报》(*Toung Pao*),荷兰莱登,1961年。夏志清:《论对中国现代文学的"科学研究"——答普实克教授》;《通报》(*Toung Pao*),荷兰莱登,1963年。中文译本则分别收入普实克:《普实克中国现代文学论文集》,页211—253,湖南文艺出版社,1987年;夏志清:《中国现代小说史》,页325—356。

早期中国现代文学的浪漫作品是非常现世的,很少有在心理上或哲理上对人生作有深度的探讨。事实上,所谓"浪漫主义"者,不过是社会改革者因着科学实证论(scientific positivism)之名而发出的一股除旧布新的破坏力量。它的目标倒是非常实际的:它要给中国人民带来幸福的生活,建立一个更完善的社会和一个强大的中国。由于这种浪漫主义所探索的问题,没有深入人类心灵的隐蔽处,没有超越现世的经验,因此,我们只能把它看作一种人道主义——一种既关怀社会疾苦同时又不忘自怜自叹的人道主义。自然界的一切,对这种浪漫主义者说来,只不过是一种陶冶性情的工具而已。他们关心的是社会上贫富悬殊的现象,并希望能够寻找到一个公平的分配办法。①

20世纪80年代中期,北京大学钱理群、黄子平、陈平原与复旦大学陈思和及华东师范大学王晓明等一批青年学者,先后发起被命名为"二十世纪中国文学"和"重写文学史"的文学史构架讨论和批评实践,不约而同地对文学史叙述模式作出集约性的反思和建构,其背后的诉求,无非是亟待确立一种独立的、审美的文学史学科,以便摆脱50—70年代的文学史写作对革命政治意识形态的单向性的依附:"首先意味着文学史从社会政治史的简单比附中独立出来,意味着把文学自身发生发展的阶段完整性作为研究的主要对象。"②要求文学获得"独立性"的声诉,从80年代前、中期的"让文学回到文学自身""文学审美""文学主体性"到80年代后期的"纯文学""文学性",前后经历过不同的变奏,而"二十世纪中国文学"对文学史独立性的强调无疑是这一变奏中的主要声部。这种倾向和诉求在随后由陈思和、王晓明所主持的"重写文学史"专栏中,得到了更为明确和充分的表达与实践。其时对文学"独立性"的倡导,显然应当看作是特定历史语境中对抗体制化的主导话语形态的一种方式,而其时的体制化旧观念则不言自明地被名之为"政治"。"政治"与"文学"的二元对立在当时是如此有效,以致批判前者就足以为后者的合法性张目。也就是说,正是经由将自身界定为"非意识形态化"和"去政治功利"的,并将前者指认为偏激的意识形态和偏狭的政治功利,80年代的新的文学观念

---

① 夏志清:《中国现代小说史》,页13—14。
② 参见王晓明:《从万寿寺到镜泊湖》,收入《刺丛中的求索》,远东出版社,1995年;陈思和:《中国新文学整体观》,上海文艺出版社,1987年;陈思和:《关于编写中国二十世纪文学史的几个问题》,收入《犬耕集》,远东出版社,1996年;钱理群、黄子平、陈平原:《论"二十世纪中国文学"》,《文学评论》1985年第5期;《上海文论》1988年6月—1989年夏。

和文学形态便顺理成章地确认了自身的合法性。当然,如果仔细考量具体历史文本中聚集于"文学"这一能指之下的符码和信息,自然就会知道问题其实远比想象的要复杂许多。"文学"并非如"二十世纪中国文学"框架的设想者们所设想的那样"非政治"和"独立",它们始终是在极其复杂的文化、政治、社会乃至经济话语的网络关联中定位自身。倘若参仿日本学者柄谷行人在《日本现代文学的起源》一书中对20世纪70年代日本新左翼思想运动中那种"政治运动一旦破产就回归文学回归内心"的倾向所作的批判,便可以警觉到所谓"独立的文学"的诉求不过是一种"颠倒的风景"。也就是说,对"纯文学"的强调并非真的存在着"纯粹的文学"这样的实体,而不过是某种"现代性装置"、即由制度化的认知模式与物质性的国家机制这两者所造就的结果。所谓"独立的文学"并非一种脱离"政治"的纯粹的观念性存在,而是本身即是现代民族—国家制度的构成部分。① 具体到"二十世纪中国文学"对文学史的"独立"型的诉求,似乎也应将其视为"颠倒的风景"之一,只不过它的"政治性"是内在于其所寄身的意识形态国家机器当中罢了,而所谓"非政治"/独立性仅仅是为一种"新政治"张目的合法性手段。尤其是考虑到80年代的中国文学仍被置于民族—国家机器的核心位置(即当代文学的"黄金时代",并拥有无可争议的"轰动效应"),以"文学"的方式播散诸种新的政治意识形态,无疑是更为有效的手段,因而此一时期的"文学"表述中所涵盖的"政治"叙述的丰富性程度,甚至极有可能要远远超逾其他时期。②

  进入新千年以来,当代文学研究者们开始地对"后文革""后十七年",或者说晚近三十年间的文学史叙述的本身有所省思和检讨。他们忧心于20世纪90年代以来,越来越呈现出来的隐藏和积蓄在社会结构和社会伦理中的各种不公不义,以及要求解明和根除这些不公不义的民意诉求的声音,未能在当代文学中获得及时应势的回应和表达,并将之归咎为是此前的中国当代文学史叙述者们的叙述策略出现了问题,问题的症结则在于,此前的当代文学叙述者们,都在不约而同地、有意无意地割裂20世纪80年代之与50—70年代的历史联系,或者以"现代化"的想象,或者以"文学主体性"的名义,将50—70年代的"社会主义文学实践"从当代文

---

① 柄谷行人:《日本现代文学的起源》,页224,生活·读书·新知三联书店,2003年。
② 参见汪晖:《去政治的政治:短20世纪的终结与90年代》,生活·读书·新知三联书店,2008年;程光炜:《文学史的多重面貌:八十年代文学事件再讨论》,北京大学出版社,2009年;贺桂梅:《"新启蒙"知识档案——80年代中国文化研究》第五章"20世纪·中国·文学——'重写文学史'思潮",页274—330,北京大学出版社,2010年;杨庆祥:《"重写的限度"——重写文学史的想象与实践》,北京大学出版社,2010年。

学史中剥离、排除出去,从而造成了"十七年文学"资源在当代"被遗忘"的现状。程光炜认为,贯穿50—70年代的文学(文化)想象方式和政策(即以百分之九十以上的劳苦大众为中心的文学想象和文化服务模式),其所夹杂着的某种否定现代文化、知识的文化蒙昧性质,某种越来越"激进"和"纯化"的意识形态的虚妄性质,确实已经随同其政治文化实践,在"文革"中走向了它的绝境,但这却并不必然表明它不包含有关注普通民众命运的某种人间关怀的因素,而内涵在它内部的某种以达成"社会公平"为前提和目的的文学想象方式,并不能因为它曾被某种政治所利用,被人为地推向了偏激和极端,导致了某些极端的价值观和历史叙述,并终至遭人反感、厌恶和抛弃,就非得把他在一开始所包含在自身的、努力达致"社会公平"的"社会主义文化想象"中的正当合理额度诉求,也一并予以抛弃。正因为晚近三十年间,文学史家自觉不自觉地将这份殊可宝贵的文学资源逐出当代文学史的意识阈或压抑在意识阈下,这就必然导致当代文学再面对当代"社会公平"的诉求时,显得不可思议的冷漠和束手无策的窘迫。而要扭转、改变这一窘境,则有必要对1980年代文学的"现代化想象"和"文学主体性"诉求所包含的严重的"脱/去历史倾向"加以省思和检讨,重新梳理"八十年代"与"十七年"之间的真实关系,促使当代文学重新获得与现实和历史真实对话的能力。事实上,"'八十年代'不过是对社会主义文化想象的另一种建构方式,它在利用'十七年'的社会主义资源的基础上,与'走向世界'的策略谨慎地并轨,在不损害社会主义根本价值系统的前提下,试图找到重新激活社会主义文化想象的历史活力和可能性。那时候,很多伤痕、反思、改革小说和诗歌都在帮助做这件事,我们没有必要为这段历史隐讳"[①]。

---

① 程光炜:《新时期文学的"起源性"问题》,载《当代作家评论》,2010年第3期。该文还同时仔细指证了"十七年"资源本身所存在的严重问题:"从社会模式层面看,'十七年'的社会主义是要重新分配社会资源,把少数人掌握的社会资源通过激烈革命和粗暴剥夺的方式转移到大多数人手里。这种社会改造由于将整个国家的发展人为阻隔于全世界的'现代化'潮流之外,又采取各种防范措施压制人民的物质额度渴望,所以这种'闭关锁国式'的'社会主义实践'失败了。"进而认为对其重新整合和吸纳,势必伴随一个批判性反思的过程:"必须以剔除其中极端民粹和浓厚农民落后意识的成分,剔除简单大平等的成分为前提,同时吸收其关注民生疾苦和普通人命运的合理因素。……不应该把重回'十七年'理解成再次把'普通人'与'知识者'放在相对立的位置上,以'普通人'来压'知识者',重走极端民粹主义和农民意识至上的老路。而应该理解为,在现代化的大背景中,知识者(在这里可以扩大和泛化未充分享受社会各种保障的'城里人')只是'普通人'(这里专指千百万离井背乡的进城务工者)中的'一部分',普通人也有权利享受现代化进程带来的各种资源和利益,而不应成为'被历史遗忘的人'。"

康有为及其弟子们深信,唯有依照《大同书》所设计的方向,中国才不至于继续陷溺在以往狭隘固陋的境地,才有机会使自身的生活理想蜕变为世界性的普遍追求,并且仍能像以往中国历史中曾经有过的那样,为中国乃至世界的未来源源不断地提供自己的价值。像康有为、梁启超这样清末民初一代的思想学术大家,他们对世界的热切接受,并不意味着他们希望完全复制他们所面对的那个世界,不是的,他们从来就不甘于就此接受并复制那个弱肉强食、以资本市场、军事强权及功利主义为主导的所谓的"现代世界法则",而总是克制不住地憧憬和追求着一个更为平等的世界,致力于构建一个能比现有的西方更为文明的、能使人类从中普遍获得解放和福祉的政治、经济和思想文化的世界。中国新文学,或者说中国现代文学,便正是生成和滋养于这样的情怀和道义心肠。对不公不义的不容坐视,面对阶级和民族压迫的现实,绝不会采取"闲适""平淡"或"静穆""超脱"的姿态,始终要求文学能够回应重大的社会问题,积极参与并推进历史进程,与重大的历史事件、进程保持紧密的联系;始终要求文学写作实践在对现实变革的吁求中,展示有关社会、人性、道德的新的价值体系和图景,让生活在压抑的、甚至令人窒息的环境中的人们由以获得另一种世界观;正是这样的不顾一己、一族、一国的得失毁誉,以谋求整个世界和人类的根本福祉为己任的悲悯意识、道义承担和现实批判精神,在时刻驱迫着中国新文学家们面向整个世界,去寻索更为开阔、丰富和深入的感知、想象和思想的空间,同时也时刻激励着他们去努力创造出足以与之相应与对称的文学表达方式。

四、对"原理"的热衷

　　当年康有为从上海捎回的江南制造局及西教会所译出的西学各书中,他似乎对英国传教士伟烈亚力的普及读本《数学启蒙》极为着迷,并因研习《几何读本》过于专注和投入,用脑过度,"廿八患头风,半载痛不止",才不得不一度中辍了钻研。梁启超曾言乃师在理学中"独好陆王,以为直捷明诚,活泼有用",这也可以从康有为早年书信中得到证实。康有为对陆王心学的"独好",主要是他认同陆王心学中所蕴含的与程朱"道问学"有所不同的"尊德性"的思路,强调"六经皆我注脚",在方法论上则为先立论,后求证,这与康有为对以演绎逻辑为主的欧氏几何公理的入迷、耽溺,思路是相通的。

　　龚鹏程揭秘康有为热衷于糅杂公羊"三世说"与西方进化论,以通变的哲学立场引领时代风气的转变,其背后的心理动机乃是对"人类公理(或'经义')"的执着与痴迷：

> 从据乱世到升平世、到大同，既是圣人所说，也是人类公理。西方所得以达致者，只不过依此公理变以致之罢了。……因此，不是仿效西方来变法，而是西方之经验合乎经义，合乎经义即已获致成效，我们自然也应当合乎经义。①

汪荣祖注意到康有为在他的《大同书》构想中，不认为中西文化之间有任何的鸿沟存在，自然也不必顾及中国的特性，故而书中与西方学说相比附时，时常是不作任何申论的，他据此认定康有为所持有的是"一元文化"的观点。现代文化与文明都是普遍的，并无国家与种族的界限。理想的文明，显然便是现代西方文明，但又并不限于西方，而是全人类所应追求和实现的理想的文明状态，就此而言，所谓的东西方文化实际上仅仅是落后的文化与先进的文化的分别，并不表明东西文化之间有异质的隔阂。

康有为追寻"放诸四海而皆准"的"大同"文化，这毫无疑问表明了他是一个"文化一元论"者。与他同时代的章太炎所持的则是"多元文化论"。章氏凭借庄子"齐物眇义"，坚持"一往平等之谈"。所谓"一往平等"，自当包括文化间的平等，人格上尊重个性独立，文化有其特性，不必互相排斥而应共生同存，中西文化自应互相尊重，平等相待，不同文化不得为西方文化所抹杀，要不然，"伐使从己，于主道岂弘哉！"而无论是章太炎的"多元论"文化观，还是康有为的"一元论"文化观，它们都是中国思想对近代西方文化强势冲击所作出的某种回应。另一方面，康有为又以今文经学的"公羊三世"说附会于近代西方的进化论，而章太炎则借重佛学思辨，以"善亦一进化，恶亦一进化"的"俱分进化论"，对风靡一时、几乎已经成为晚清以来中国的意识形态的进化论，从中国思想的立场，提出了他颇具深度的质疑。

"文化一元论"与进化论及历史决定论之间，天然地具有某种亲近性。诸如在思维方式上，它们均极为推崇理性、逻辑的力量，善于将某种特殊的经验事实、历史语境，绅绎、提升为某种拥有广泛解释力的理想类型，也就是说，善于将其从某种具体的历史情境中绅绎出来，使之成为某个普遍有效的分析解释构架。在康有为这里，则是使之成为某个与现代性问题相关联的、具有普适性的问题。

黑格尔讲历史与逻辑的一致性，但如果过分相信逻辑推论，甚至以逻辑推论替

---

① 龚鹏程：《康有为的书法》；收入龚鹏程：《书艺丛谈》，页153，山东画报出版社，2007年。

代历史的实证研究,就很可能会冒用抽象取代具体的风险。历史发展固然可以从中推考出某些逻辑性的所谓规律,但历史和逻辑毕竟不是一回事,它们并不是同一的,后者无法取代前者,历史的发展往往并不是依据逻辑推理就能顺理成章得出结论的。历史决定论者声称历史的发展有其不可更变的"规律",要靠他们这些伟大的先知先觉来加以揭示,由它们来对未来的世界做出真理性的预言,而芸芸众生在他们眼里不过是实现这些"规律"的工具而已,无需思考,只需认同和随从他们就可以了。这便在无形之中埋下了某种以"必然性"为由头,剥夺、扼杀他人思想精神独立自由权利的危险。

梁启超喟叹"(康)有为太有成见,(梁)启超太无成见。其应事也有然,去治学也亦有然"①。从康有为热衷于掌握以演绎逻辑为主的欧氏几何公理,"万事纯任主观,自信力极强,而持之极毅。其对于客观的事实,或竟蔑视,或必欲强之以从我"②,到陈独秀发起"文学革命",提倡白话文,并"必不容反对者有讨论之余地,必以吾辈所主张者为绝对之是,而不容他人之匡正也"③。他们的心态实际上处在同一条延长线上,那便是热衷于从"原理"、从制高点上,一举、根本地解决所有问题。为什么康有为可以如此自信(抑或自负?),可以时常公然声称:"吾学三十岁已成,此后不复有进,亦不必进。"④甚至"对于客观的事实,或竟蔑视,或必欲强之以从我"?为什么陈独秀明明是在剥夺他人申辩的权利,但却又可以表现得如此的理直气壮?他们的这份"底气"(抑或"霸气"?)缘自何处?若稍加寻究,便不难明白,显然还是来自自以为掌握了"原理"、占据了价值的制高点之后,所油然而生的知识和道德的双重优越感,在康有为看来,毫无疑问,《大同书》的构想已然为人类困境提供了根本性的解决方案,而在陈独秀,语言文字的白话文既已是世界潮流,那么,唯一的结果便只能是:"世界潮流,浩浩荡荡,顺我者昌,逆我者亡"了。也就是说,在他们心目中,"原理"在手,也就意味着真理在握,成了真理的化身,也便意味着自己从一开始便已占据了制胜要点,获得了从根本上彻底解决问题的理想蓝图,因而理所当然地就可以所向披靡,甚至横行天下。

---

① 梁启超:《清代学术概论》第二十六节。
② 同上书,第二十三节。
③ 陈独秀:《答胡适之》,《新青年》第3卷第3号。
④ 转引自梁启超:《清代学术概论》第二十六节。据朱维铮注,康有为佚稿《与沈刑部子培书》(收入蒋贵麟编:《万木草堂遗稿外编》,台北成文出版社,1978年)内谓其"至乙酉之年而学大定,不复进矣"。乙酉年未清光绪十一年(1885),当时康有为二十八岁。见"蓬莱阁丛书"梁启超《清代学术概论》朱维铮"导读"本,页89—90,上海古籍出版社,1998年。

人的理性固然是驱策人类走出"黑暗中世纪"的重要内驱力量之一,但一旦将其绝对化,便极有可能蜕变为某种意识形态心态,而处在这样的心态下,其所掌握的所谓"原理",恰恰不再是如康德所说的那样,能够充分运用自己的理性,"从迷信中解放出来",而仅仅是一知半解地生搬硬套来的知识和学说,将其奉为不容许反对意见有反驳的余地的金科玉律,则于无形中限制和消解了思想、文化和文学本应具有的自由探索和讨论的空间与权利,从而极有可能替文化专制与思想暴力预留下地盘,使其先在地拥有了滋生繁孳的土壤。

晚年王元化曾努力予以反思和清理的"五四"时期所流行的四种观念:"第一,庸俗进化论观念(这不是直接来自达尔文的进化论,而是源于严复将赫胥黎与斯宾塞两种学说杂交起来而撰成的《天演论》。这种观点逐渐演变为僵硬地断定凡是新的必定胜过旧的);第二,激进主义(这是指态度偏激、思想狂热、趋于极端、喜爱暴力的倾向,它成了后来极左思潮的根源);第三,功利主义(使学术失去其自身独立的目的,而作为其自身以外目的服务的一种手段);第四,意图伦理(即在认识论上先确立拥护什么和反对什么的立场,这就形成了在学术问题上往往不是实事求是地考虑真理是非问题放在首位)"[①];而其中第四项"意图伦理",似可与上述康有为、陈独秀的热衷"原理"归为一类。

20世纪20年代末,"创造社""太阳社"的钱杏邨、郭沫若、李初梨、冯乃超们,便处在这种格外推崇"原理"的思路的延长线上,他们甫从苏联文坛和日本左翼那里听说和领受了"辩证的唯物主义""阶级斗争"之类的说法,便按捺不住地急于宣布,鲁迅所代表的"五四""文学革命"时代已然随同"死去了的阿Q的时代"而死去,而鲁迅本人也已沦为了"三重的反革命",丧失了存在的正当性和合法性,迎面而来的已是专属于他们这些懂得谈论"辩证的唯物论"和"阶级斗争"的文学家的"革命文学"时代。30年代的"左翼"文学,及经由1942年"延安整风"的"改造",终至成为50—70年代唯一合法的文学规范的"社会主义文学"实践,也可以说无不具有这种"原理"决定一切以及直接将"政治"诉求予以"美学化"的言说方式与心态。当代文学史家洪子诚对中国新文学史中的这类言说方式和心态曾作有赅要描述:只要掌握了先进的政治意识,也便意味着掌控和确保了文学艺术的完成度及其价值,由于坚信自己的文学主张代表了最先进的生产力,体现了历史的最高趋向和最具革命性的无产阶级的利益,因而理所当然地便拥有了支配性的地位和权力;

---

① 王元化:《对"五四"的思考》,收入王元化:《九十年代反思录》,页127,上海古籍出版社,2000年。

另一方面,他们坚信文学的生存和历史均有着固定不变的本质、基础、秩序、逻辑和预设的目标,人们所要做与所能做的,只是反复认同这样的本质、基础、秩序、逻辑和预设目标,一旦个体的经验和思考与这些本质、基础、秩序、逻辑和预设目标发生了矛盾,或出现了断裂,那么,需要矫正的永远应该是这些个体,因为这些原则、本质、秩序、逻辑早已先验地如此"完善",具有绝对的价值和唯一的优越性。它们是唯一合法的知识和话语,并且同时足以指认任何与之相悖的知识和话语为非法,于是,那些因为不愿被"规训"而终至沦为"非法"的知识和话语,除非选择了噤不发声、自我压抑和自我遗忘之途,否则,便只能受到"残酷斗争、无情打击"的严责和惩罚了:

> ……五十年代初,许多知名作家在检讨自己过去的文学观和作品的缺失时,反省重点便是创作中不能用先进思想、理论去分析社会现象和阶级关系。……
>
> 推崇理性(在当代,也就是推崇政治观念),在创作过程中,表现为当代作家对描述的现象、创造的人物,都应自觉进行观念上归纳、概括,进行理性分析。这在五十到七十年代文学术语中,称为"主题提炼"。那些被认为创作了成功作品的作家在讲述他们的经验时,无不强调他们学习理论和"提炼主题"的重要性。据说,创作的"艺术构思"要解决生活背景、矛盾冲突、人物性格等一系列问题,而"提炼主题"是中心环节,支配构思的全部过程,是认识生活现象"所蕴藏和所显示的阶级的、社会的、时代的深刻意义","为高度的思想内容寻找尽量完美的艺术形式"的保证。
>
> 这种创作思想,使五十年代以后(尤其是五十年代末以后)的许多作品,无论诗、话剧,还是散文、小说,都存在教诲式作品的那种"观念性结构"。即使一些被认为取得很大成就的作品通常也不例外。柳青对其小说《创业史》曾有这样的说明,他是明确地从党在农村所实行的政策观点、从对农村阶级关系的分析中来构思这部小说的人物性格特征、矛盾冲突形态的。"我这个小说只有一个主题——农民如何放弃私有制,接受公有制的。这个主题写完了,小说就写完了"。《创业史》以及另外一些作品中较为动人的部分,往往倒是作者无意离开主题和政策观念规定的部分。
>
> ……左翼文学的领导者和文论家如果不满意粗糙的、说教式的、公式化的作品的普遍流行,最好的办法可能是将文学从作为政治和政治化道德的宣传品的禁锢中解放。不过,如果转而强调作家的直觉、感情等非理性因素的作

用、允许作家独立地对人生和世界进行创造性的探索,那么就会挤压、丢掉左翼文学的思想支柱。这是一个难以两全的矛盾,这也是长期困扰着对中国文学前景保持极为理想主义态度的周扬们的难题。而一九五八年以后,文化激进派显然是要"彻底"消解这矛盾。对于"反理性主义"、"文艺创作特殊论"的批判,以及把"形象思维"看作是"反马克思主义认识论体系",是"现代修正主义文艺思潮的一个认识论基础"等都是这一举动的步骤。到了文化革命前夕,郑季翘终于为左翼文艺激进派找到清除"非理性"侵扰的路线,这就是将文学创作的思维过程概括为"表象(事物的直接映像)——概念(思想)——表象(新创造的形象)"的公式,即个别(众多的)——一般——典型的公式。这一理论,把文学作为概念(政治观念、政策规定)的形象阐释品,作出最明确的说明,并提出其理论依据。文化革命公开的、主流文坛上的创作,如诗报告《西沙之战》(张永枚)、中篇小说《西沙儿女》(浩然)、长篇《牛田洋》(南哨)、《虹南作战史》(上海县《虹南作战史》写作组)等,便是这一写作的公式的有力实践的产物。①

  终结千年帝制的辛亥革命,在社会心理层面上所依托的,便是这样一种早已深入人心的共识,即认定断弃帝制、建立共和乃是近代中国摆脱内忧外患、重新走向繁荣富强的不二法门。当此之际、及自此以后,康有为却依然胶滞于他的君主立宪的立场,甚至一度还参与张勋复辟的丑剧(这其实也有悖于他《大同书》中的设计),加之一意孤行地倡议建立"孔教"等等,其为同时代的革命志士所不齿,更为后一辈的"五四"一代所唾弃,可以说一点也不冤枉。然而,即便如此,即便是在这样看似已与"五四"一代完全对立和断裂的情况下,也并不妨碍事实上如上所述的后者对前者的某种承续与"挪用"。更何况,康门高弟梁启超与新文化思潮及新文学家个人之间(尤其是早期"新月派"的掌门人徐志摩等,梁启超还曾是徐志摩与陆小曼的证婚人),似乎也一直并不疏隔,借助这一线索,康有为直接、间接的影响依然历历可辨。直至1930年前后,曾经的"五四"新文化、新文学的急先锋钱玄同,在与人(钱穆等)争辩康氏《新学伪经考》的意义时,依然掩饰不住他内心对于康有为的敬重和缅怀,这样的例子,虽然未必具有普遍性,但至少也可以从中约略见出康氏之于"五四"新文化、新文学精神关联之一斑。在中国新文学作家和他们所创

---

① 洪子诚:《中国当代文学概说》第五章第五节:"对理性、观念的推崇",页71—73,香港,青文书屋,1997年。

作的许多名著里,人们差不多都可以清楚地或隐约地找出康有为思想的投影,新文学们在讲述百多年来中国故事的时候,往往会不由自主地分享和挪用康的思路。新文学家在这样做着的时候,可能并未自觉,不过,鉴于康有为的思想影响既已如此内化和深隐在了新文学家的无意识层面,因而我们完全有理由相信,他们的写作视野和思路所受到的康有为的影响自然都是十分深远的。

巴别之后：华语语系文学（Sinophone Literature）的策略性及声音问题

■ 文／山口守

当论及异种语言之间的龃龉或翻译等问题时，常被引用的有《旧约圣经·创世纪》第 11 章巴别塔的寓言。"那时，天下人的口音、言语都是一样"，它的结果却是建造一座通天的塔，因而受到神的谴责，于是耶和华说道"变乱他们的语言，使他们的语言彼此不通"。这里所说的语言，并非书面语，而是口头语。人类最初拥有的是口头语，或是理所当然，然而到了彼此使用不同语言的"后巴别"时代的今天，这个宗教性寓言给我们提供了启示，去思考从声音出发，在文学里的声音及文字之间的相互关系。特别是此次采用的华语语系文学，以讲说某种语言之人作为文学概念的前提，因此声音的问题成为重大课题。但是这里并非讨论德里达（Jacques Derrida）的"音素是诸多记号之中最'意念性'的东西"（《声音与现象》）之类声音的本质论，而是希望大家注目于口头语，从此开始探讨如何克服或超越国家及民族这些概念障碍。

一、对跨国和离散论述的疑问：语言的权力性

我在此探讨华语语系文学（Sinophone Literature）、汉语文学（Literature in

Chinese)和母语之外文学(Exophone Literature)①的目的并不在于针对某种文学作品设立一个学术框架,也不在于构思所谓文化中国而讨论中国文学的多样性或将中国文学分节化,甚至不在于讨论围绕国家和民族神话的固有性。在一个国家文学里强调多样性的论述,如若不适当地保证各个少数族群(Minority)②的权利,反而会强化以多样性文化骄傲的国家自身的边界意识,导致边界的过度明确化。就多样性这一问题,我们得慎重地思考这种少数和多数之间的权力结构性和机制。

首先,一切个人在本初状态时原都是少数派,然后所给定的社会原因决定或逼迫其归属于某一集体。因此,个人对哪一个集体感觉到归属意识,将导致集体的边界随它可变。在这种场合,如不留意于各集团间的权力关系,便会产生出诸如自己的个人决定权可以优先于狭隘民族主义之类政治集体意识的幻想来。当自己所属的集体受到更大的集体压抑时,就会产生出少数族群意识,自然而然地就会趋向于保护、维持、建设"自己"的文化这一方向。我们在此应该注意到,假如将这种集体意识本质化,一面批判较大的民族主义强加于人的均质性,一面批评较小的民族主义也将少数族群文化视为内部均质化取向,如不首先批判性地验证较大的民族主义的权力压迫而催生出较小的民族主义这一机制,就无从思考民族主义产生出来的语言本身的权力性。

因此如要提出华语语系文学这样的语言文化体系设想,就有必要对存在于其中的语言权力问题予以注意,对民族主义的权力话语保持戒心。万一没有对自己的话语立场始终保持清醒的意识,往往就会出现在对较大的民族主义的权力付诸不问的情况下,妄议华语文化的危险。同时,少数族群意识本身也是可变性的。例如,生活在世界各地的华人在当地是少数族群,可一旦他们从对中华文化的归属意识出发、以所谓的中国性(Chineseness)为途径、走向祖国=中国憧憬时,因为华人一词几乎与汉族是同义词,于是他们在中国这一语境中就成为压倒性的多数族群。我们不可忘记,少数族群与多数族群之间的边界也是由社会因素和语境来决定的机制。

第二个问题在于中国文学的分节化。即便由性别、族群、阶层和地方等因素来将中国文学的整体一旦分节化,如若不去质疑整体的成立条件,又不去注意到大文

---

① 我在此引用的"母语之外文学"概念基本上借用多和田叶子(Tawada Yoko)《Exopnoy:往母语之外的旅游》(东京:岩波书店,2003年)一书提到的,就是指一个作家有意识地跨出母语之外,采用习得的另一种语言来创作的文学实践。
② Mirority 可译为弱势族群,但在这里要讨论多数和少数之间的权力机制,暂时译为少数族群。

学如何支配小文学这一权力话语系统之严重性,就无条件地承认中国文学的大一统这一固有性神话。因此在无细心的考虑之下提出这些文化的多样性或整体和分节之间互动性,表面上似乎能够超越某种界限,实际上反而有助于国家民族权力话语的合理性的证明。我在此所提到的"华语语系""汉语"和"母语之外"并不是冠于文学前面的形容词,又不仅仅是一个方法论,毋宁是一个为解读那些下面讨论的、超越界限而同时并不强化界限的文学作品的暂时性策略而已。我要将汉语文学和母语之外文学这两个词参照华语语系文学的讨论付诸解读的实践,将华人的华语文学或非汉族的汉语文学解读于脱离国族论述的更自由的文学空间展开批评和分析。

当然因目前所谓全球化或全球主义(Globalism)潮流之下,跨国资本、信息、技术膨胀于世界各个地区,文学生产、文学市场和阅读空间便似乎不断扩大,"许多文学事实与文学实践根本在国家文学的定义与边界之外,不受国家文学管辖,也质疑国家文学所能扮演的角色与发挥功能"[①]。实际上,讲说某种语言的人,不能无条件地决定根据该种语言而归属的国家或民族,此外,以身份认同的基础来看,在个人或集体方面,其形成也不尽相同。现实中,因诸如殖民地支配、亡命、移民、战争等缘由,世界上还有许多作家在远离出身地的地方从事文学活动。以中国为例,2000年首位中国出身得诺贝尔文学奖的高行健,他于20世纪80年代末出国,最后来到法国,在得奖的时间上虽是中文作家,却不是"中国"作家。在得奖的新闻发布会上,他被介绍为中文作家。除此之外,2012年同样获得诺贝尔文学奖的莫言虽是中国籍,但在新闻发布会上毕竟也被介绍为中文作家。

台湾在1987年的戒严令解除以后,民主化急速发展,在迈向多样及多元社会的历程中,台语、客家话、北京话、原住民族语言,开始往作为公共场所使用语言的方向发展。再者,以文学来说,殖民地时代的日语从后殖民的立场重新被认识,台湾文学史不得不以多语言状况为前提来论述。在欧洲,作家的出生地、居住地、活动地点不一致的事,无须多加赘言。康拉德(Joseph Conrad)是波兰出生的,然而他的作品并没有必须写进波兰文学史的必然。乔伊斯(James Joyce)是爱尔兰出生的,但在英国文学史中详述他的文学贡献也不足为奇。时代稍微倒溯回去,鲁迅受到莫大启发的丹麦文学评论家勃兰兑斯(Georg Brandes)在《十九世纪文学主潮》这本书中,给当时的移民文学赋予极大的意义。他着眼于作家或语言的越界,乃是伴

[①] 李有成:《绪论:离散与家国想象》,《离散与家国想象——文学与文化研究集稿》,台北:允晨文化,2010年,第11页。

随着痛苦而产生丰盛文学的原动力。以日本的例子来看,如果阅读了近年活跃的美国出身作家李维英雄(Ian Hideo Levy)或有台湾背景的温又柔的日语作品,就能对其丰富的创作力及个人才能与共同越境及多重语言状态有关的事产生真实感。

另一方面,我们不能仅说"不受国家文学管辖"而不去看国家文学对作家的干扰,当然,某种个别场面也许是。因此可以说现在文学研究仅仅参照以往的国际性(Inter-national)视角远远不够,更需要有另一种跨国性(Trans-national)视角。但是观察实际上全球化(Globalism)和在地化(Localism)之间有多少互动性和共犯性,个人对资本、信息、技术的依赖便愈来愈膨大,结果导致跨国资本、信息、技术的膨胀愈来愈无意识地束缚个人的思维和行动。既然如此,应该注意到跨国现象中的流动状态必然而然召来现实社会的严肃问题和政治意识,就为跨国资本霸占弱势地域社会的经济、文化资本,民族主义之间的暴力冲突也不断扩大。因此要探讨华语语系文学或汉语文学或母语之外文学时,同时有必要检讨和批判此现实问题和政治意识在于现实生活中如何约束个人的思维方式。这便因为对文学研究来说,在作家、作品、读者各层次上,文学还是有一定要搁在历史、社会、政治的文脉里思考的必要。这是文学研究的现实,又是于现实生活中文学研究的意义所在。

语言不可缺欠表达者与接受者之间的空间性和时间性关系,尤其于何种空间里进行语言的沟通、交流、摩擦是文学这一问题上有重大意义。以下讨论华语语系文学、汉语文学和母语之外文学时,或许有人认为需要先设立某种地理、族群和环境等语言空间,像中国—海外,帝国—殖民地,汉族—非汉族等。但是不管叫做中文或汉语或华语,一设立这些语言的领域而当作文学空间,比如以华人社会等超越国家的界限来划出语言文化的领域这一假设自身,就已暴露出一个语言族群的文化主义。这所谓文化主义,像阿帕杜莱(Arjun Appadurai)说的,便是一个意识到有益于规模比较大的国族或跨越国族政治的、据于文化差异的动员,因为文化自身便是向各种挪用差异观念而构思族群认同的、普遍地渗透于之的维度之一。[①] 根据语言来想象各种领域里外的现象,一般被认为原先表现于集体神话或个人梦想等群体和个体的想象空间,但是现在通过各种媒体的想象力很容易超出国族空间,同时又反而限制国族空间。所谓离散(Diaspora)也是其中之一。

如若根据国族观念来想象离散,便容易形成祖国—侨居地、中国—海外、中

[①] Arjun Appadurai, *Modernity at Large : Cultural Dimensions of Globalization*, Minneapolis: University of Minnesota Press, 1996, 此次引用来自日译本《彷徨的近代》,东京:平凡社,2004年,第37、41页。

心—边缘等二项对照式的空间假设。这个假设会强化想象祖国的憧憬等涉及国族意识,比如在侨居地遭受歧视这一作为少数族群不公平不正义的遭遇,一方面促成移民在侨居地夺还基本人权的斗争,另一方面这族群意识一定需要寻求自己的"根"在何处,来自何处,继承任何传统等等,族群历史的追溯,结果有些移民比在祖国时更强烈地意识到"根"的传统和合理性,像汉娜·阿伦特(Hanna Arendt)所说的"少数民族的 nation"(*The Origins of Totalitarianism*)那样。移民的后代面对前一代的这种族群意识不得不解决自己的认同问题。像陈荣强引用王灵智的见解说到,"落叶归根"采用一种以中国为中心的方法,将海外华人的身份和经验归入大中国话语中,侵蚀了不同海外华人社群本土文化经验的重大意义。① 与此相比,"落地生根"这一视角似乎更有益于研究中文—汉语—华语文学的新发展,也有益于华语语系研究的开拓。同时我觉得在此得进一步探讨"如何生什么根"的问题。

二、中国/文学概念的互动性与流动性

讨论华文文学里的中国中心主义之前,我认为有必要做前提,简单地验证中国文学本身其实不是一个始终不变的固有性概念,而是一个与现代中国的成立联结在一起而形成的、流动的新概念。只不过,围绕这一问题的既有研究有很多积累,同时讨论这个问题并不是此稿的目的,因此我在这里不会做何为中国文学这种本质性的探讨,而要始终关注到中国文学于现代史是如何一个有流动性的概念。

如若要验证中国这一概念自清末民初以来当作一个国家或中华民族共同体的称呼使用的经纬和原因,便颇需功夫。因此先看其概念与文学有如何关系。先看19 世纪中国文学概念的形成过程,康有为写道"言语何以在政事、文学之上"②时,其"文学"概念与词章概念相近,还有 1897 年张元济在《通艺学堂章程》为了分类科目体系写道"文学门:与地志、泰西近史、名学(即辨学)、计学(即理财学)、公法学、理学(即哲学)、政学(西名波立特)、教化学(西名伊特斯)、人种论"③时,"文学"概念便与文科学问相近。梁启超也有与康有为类似的文学观,准备设立京师大

---

① 陈荣强《华语语系研究:海外华人与离散华人研究之反思》,《中国现代文学》第 22 期,台北:中国现代文学学会,2012 年 12 月,第 81 页。
② 康有为《教学通义·言语第二十九》,《康有为全集》第一集,中国人民大学出版社,2007 年,第 55 页。
③ 张元济《通艺学堂章程》,《张元济全集》第五卷,北京:商务印书馆,2008 年,第 7 页。

学堂的《代总理衙门奏拟京师大学堂章程》(1898)里写道"今略依泰西、日本通行学校功课之种别,参以中学,列为一表如下:经学第一;理学第二;中外掌故学第三;诸子学第四;初级算学第五;初级格致学第六;初级政治学第七;初级地理学第八;文学第九;体操学第十"①时,将"文学"设置到近末尾的位置,便可以想象其与词章概念相近的缘故。到20世纪20—30年代,鲁迅在厦门大学和中山大学的讲义《汉文学史纲要》里写"书文章,今通称文学"②时,当然意识到词章被称"文学"。

　　观察这样的历史经纬便不难想象"文学"在语言表现概念的延长线上逐渐形成的。回到这些历史中去,如戴燕言"'文学'一词在中国历史上沿用既久,积累下层层意思,或指文献典册,或表文章学术,或言职官学人,层累而下,十分难辨"③这一见解出来便很自然。但指小说、诗歌等的现在普遍使用的"文学"概念的定义还需欧美文化的接受。我完全同意陈国球的分析:"'文学'无论从语言、文字,以至其表达模式,都与文化传统关系密切,抱着'存古'思想的张之洞,反而刻意要在西潮主导的现代学制中留下传统的薪火。在这个情势之下,'文学'的内涵虽还是褊狭的'词章之学',但其学术位格已有相当现代化的规划。接下来的变革,既有内在发展的种种因素,例如语言载体由'文言'转为'白话',也有西来观念如'美感'、'虚构'概念等进一步冲击,'文学'定义由是改造。"④就是说,文学观念在中国现代史上因内外两方原因而变容,同时其与现代中国文化和社会的变容同步。换句话说,文学与现代中国是相互折进来的概念。因此陈平原说"研究一个国家的文学,自然必须从那个国家文学的历史和现状出发"⑤时,中国这个现代国家的成立当然当做其前提。

　　在此已没有篇幅讨论由现代中国的成立这一巨大的框架来思考和讨论华语语系文学或汉语文学。因此策略性地讨论和定义中国这一概念的内涵时,我认为可以参照葛兆光以下见解:"在文化意义上说,中国是一个相当稳定的'文化共同

---

① 梁启超《代总理衙门奏拟京师大学堂章程》,《饮冰堂合集》集外集(上),北京大学出版社,2005年,第35页。
② 鲁迅《汉文学史纲要》,《鲁迅全集》第九卷,人民文学出版社,2005年,第356页。这篇讲义原先叫做《中国文学史略》,后修改成《文学史》,再后来鲁迅去世之后出版时改到《汉文学史纲要》。这里先不做所谓"汉""文学""史"这三个概念的验证,找另一机会再讨论。
③ 戴燕《文学史的权力》,北京大学出版社,2002年,第3页。
④ 陈国球《文学立科——〈京师大学堂章程〉与"文学"》,《汉学研究》第23卷第1期,台北:汉学研究中心,2005年,第388页。
⑤ 陈平原《新文学:传统文学的创造性转化》,《陈平原小说史论集》(下),河北人民出版社,1997年,第1237页。

体',它作为'中国'这个'国家'的基础,尤其在汉族中国的中心区域,是相对清晰和稳定的。"①我们从中看得出来,假如将中国当作汉族文化共同体,就能够保持距离或避开国家想象或中华民族概念对中国文学的意识形态方面的干扰。在这样的场合,我不使用中国文学而使用华语语系文学或汉语文学,都有意图策略性地将其当作讨论的框架或平台由此论述。这就是以下我批评对某种华文文学变成中国文学的膨胀版本的前提。但是这些都是针对中国内地的动态,并不针对在海外华人社会、台湾、香港等的华文文学。讨论这些地区和国家的华文文学一定需要另外设置脉络和论述条件才可。

三、对中国国内华文文学论述的疑问

华文文学在中国国内外研究中国文学的学者之间作为表示新研究领域的术语开始得到某种程度的广泛认知,大约是 20 世纪 90 年代以后的事。其背景之中隐约有着冷战体制崩溃后围绕新的世界秩序出现的思想范式(Paradigm)的转变,以及以经济、资讯为中心的、号称全球主义的扩张主义,而既往的中国文学研究框架变得流动起来恐怕也是原因之一,直接原因则可说是中国这个国家在国际社会中的存在得到了扩大,以及得以拓展的中国市场经济,抑或说资讯的国际化,催生了华文文学这一全球主义与民族主义混为一体的(准确地说,这两者并不一定就是相互对立的)文学术语。同时还存在另一方面,即作为中国的国内原因,比如"文革"后与海外恢复联系的中国文学研究者,和国际化政策的进展两相连动,作为在海外"发现中国""确认与中国的纽带"之手段而注目于华文文学。总而言之,我觉得应当记住,华文文学这一术语的登场,常常伴随着政治的气息。

其实华文文学这个术语并不是从一开始就被采用的。从 20 世纪 80 年代初起,在中国内地每隔数年便会召开一次有关港台文学的学术研讨会,而到了 80 年代后半期,便开始使用华文文学这另一术语。在这个变化过程之中,台湾文学和香港文学则被华文文学所吸纳,而究竟是作为中国文学的一个部分而存在,抑或是在中国文学的外侧作为华文文学而存在,这一重大问题在围绕华文文学定义的争论中被消解掉了。因此华文文学究竟是将中国文学包含在其内部,还是放置在中国文学的外侧,围绕这一辩论的双方,表现出政治议论沸腾的倾向。这个问题后来王

---

① 葛兆光:《宅兹中国——重建有关"中国"的历史论述》,北京:中华书局,2011 年,第 32 页。

德威和史书美提出来的华语语系文学里面,或朱寿桐他们构想的汉语新文学①里面也成为关键。但另一方面,由于起初曾经是对象领域的台湾和香港被以暧昧的形式所吸纳,还表现出了其他领域的观点被带进其中的倾向。

20世纪80年代中期中国内地对于华文文学的一般理解基本上如下:一,以华文为表达手段的文学;二,与包括内地、台湾、香港的文学在内的中国文学不同的文学;三,不同于华人文学的文学,海外华人未必使用华文写作,反之非华人也有使用华文写作的。乍看之下似乎是根据语言分类定义的文学概念,其实从语言学的观点来看的话,这一定义十分地草率,甚至连所谓华文是什么,都没有说明。进而言之,则不妨说这是个隐瞒了关于华文的政治性的说明。一般而言,所谓华文或华语,指在马来西亚、新加坡这样的多民族国家中,祖先来自中国的居民所使用的、所谓的"中文",它与语言教育和语言文化问题相关。此处所说的"中文",和中华民国以及中华人民共和国所制定的国语相关,作为标准"汉语"的称呼,也在香港或澳门那样的殖民地针对宗主国语言英语或葡萄牙语所采用。但仅仅是东南亚,泰国、马来西亚、新加坡、印度尼西亚和菲律宾等国家的中文教育、文化、传媒,便具备了同质与异质这两个侧面。此外,不以汉语为第一语言的中国国内的非汉族使用汉语创作的文学,如果不被承认是华文文学的话,则根据语言分类界定的文学概念其定义本身便会产生矛盾。就这样,使用华语/华文写作的文学这一说明,其实是复杂的政治企图作用的结果。

既然如此,华文文学便和华人概念不能隔开,但华人也是相当值得质疑的概念。华人通常在民族上是汉族,很难想象中国国内非汉族人移居到、离散到海外去时也仍然被称"华人"。正如史书美说"是否属于离散中国人之衡量准则,就由其汉化程度所决定"②。实际上不使用华侨,而是使用华人这一术语,也是因为和马来西亚、新加坡那样的多民族社会中的种族渊源问题有关。由于华侨这一说法,被批判为具有强烈的祖先之地为中国意识的中国中心主义的术语,假使是作为对此检讨后的结果而使得华人这一尊重多民族社会中彼此系族的术语而得以诞生的

---

① 朱寿桐他们的汉语新文学实际上应当是广义的华文文学的新称呼。《汉语新文学史》"绪论"里解释汉语新文学为"不论在空域属性上属于中国本土写作还是海外离散写作,都可以而且应该整合为'汉语新文学'"(《汉语新文学史》上册,广东人民出版社,2010年,第2页)。可见此见解基本上是以中国文学为中心、包括海外华文文学的概念。

② SHU-MEI SHIH, *Visuality and Identity: Sinophone Articulations Across the Pacific*, University of California Press, 2007, p.23. 中译为史书美《视觉与认同:跨太平洋华语系表述·呈现》,联经出版,2013年,第46—47页。

话,强迫"同化"的强弱在此姑且不论,则恐怕有必要同泰国和菲律宾这样向当地的"同化"表现出某种程度的进展的社会里中国移民的后代未必称作华人这一实态加以比较。即是说华人这一称呼,是在华人(=汉族)在该社会中占有一定的人口比例、有必要与其他人种进行区分时所使用的民族概念,其中有着该社会特有的政治性在起作用。

四、华语语系文学的战略

为了克服这种被国族意识形态所干涉的华文文学论述,1990年以来有一些人开始提出来华语语系文学(Sinophone Literature)。不管最早提出来"Sinophone"这一词是陈鹏翔还是张错,21世纪的现在华语语系文学的主要倡导者是王德威和史书美。依张锦忠的概括:"和以往的'华文文学'概念不同的,'华语语系文学'更具深远的视野与更实际的论述策略,甚至难免地缘政治(Geopolitic)之意涵。不管是史书美颇具战斗性的独纳非汉语母语中国作家的排中条款,还是王德威将中国'包括在外'与将以华语为沟通的主体包括在内的对话想象,华语语系文学论述都比以往更为正视'华文文学'与'中国文学'这两个文学复系统之间的'系际关系'"①。王德威和史书美对中国或中国性的态度明显不同。

王德威认为"我们与其将华语语系文学视为又一整合中国与海外文学的名词,不如将其视为一个辩证的起点"②,使华语语系文学不会成为海外华文文学的翻版,保证自己的自主性,同时他没有忘记对中国性的关心,说:"只有在我们承认华语语系欲理还乱的谱系以及中国文学播散蔓延的传统后,才能知彼知己,策略性地——套用张爱玲的吊诡——将那个中国'包括在外'。"③"将那个中国包括在外"确实是一个吊诡的说法,但此用词会给离散论述保留讨论空间。因此他一方面强调华语语系文学的策略性和涵盖性,一方面讨论"中国性"时采用离散、迁移、翻译等移动和转化的视角,保证中国内外对话的余地。

而史书美更强烈地反对离散论述而提倡在地化论述,认为华语语系研究是"反

---

① 张锦忠:《前言:哇塞,那风万里卷潮来》,《中山人文学报》第35期,高雄:中山大学文学院,2013年,第ⅷ页。
② 王德威:《华语语系文学:边界想象与越界建构》,《中山大学学报》第46卷第5期,广州:中山大学,2006年,第2—3页。
③ 王德威:《华语语系文学:边界想象与越界建构》,第3页。

离散的在地实践,探索在地的政治主体的华语文化生产,而不是流放或离散主体的自恋式的母国怀乡症"①,一开始就强调反离散的立场。这起因于她对少数族群的关心。她说"华语语系研究属于全世界少数族群②研究或少数语言研究,宣告在一个国家之内或跨国上所谓比较少数研究的可能性"③,因此这种对少数族群的关心,假如在中国国内,必然而然趋向于中国国内非汉族的汉语作家身上。"中国国内的非汉族文化受到优势的汉族文化的支配,引起各种不同的反应"④,"中国藏族作家用华语写作、台湾原住民作家用华语写作,因此都是在地的实践,与在地的语言/权力结构形成一种张力"⑤。而对于海外华语写作,她和王德威不同,连对中国性都提出异议,说"中国性一旦化约为族裔性,例如李小红以中国代言人的身份发言,则中国境内无限复杂的中国性决定因素(体制、政治、族裔、阶级及性别等),仿佛就在仙女棒一挥之下全部同质化。为了简化以供外部消费,中国性的内部多样性遭到压制,于是好像所有华人都一样'中国'。"⑥

既然如此,史书美的关心并不在于海外华人社会的"中国性"的多样性或复杂性,而在于华语文化在地化的复杂和艰难的实践。说到这里,华语语系文学不得不面对一个大难题,则如庄华兴所说"作为隐性的民族文学,马华文学没有国家想象的基础,却有民族想象的实质,在国家文学的话语权力意志越来越强大的当下,马华文学始终在民族想象中徘徊、彷徨、其身份属性之吊诡,进一步突显了它的离散特质"⑦,在地国作为少数族群的华人或许可通过离散概念想象民族共同体,甚至有些人被拖拉到国家想象或祖国憧憬,往往向往中国。但问题在于华语语系文学

---

① 史书美:《华语语系研究刍议,或,〈弱势族群的跨国主义〉翻译专辑小引》,《中外文学》第36卷第2期,2007年,第16页。
② 按史书美的见解,这里应该译为弱势族群,但以上所述,这里暂时采用少数族群。
③ SHU-MEI SHIH, *The Concept of Sinophone*, PMLA 126.2, May 2011, p.714.
④ SHU-MEI SHIH, *Against Diaspora : The Sinophone a Place of Cultural Production*, SHU-MEI SHIH, Chien-Hsin Tsai, and Brian Bernards ed., *Sinophone Studies*, Columbia University Press, 2013, p.25.
⑤ 史书美:《华语语系研究刍议,或,〈弱势族群的跨国主义〉翻译专辑小引》,第17页。
⑥ SHU-MEI SHIH, *Toward an Ethnic of Transnational Encounters, or, "When" Does a "Chinese" Woman Become a Feminist?*, Françoise Lionnet& Shu-mei Shih, ed., *Minor Transnationalism*, Duke University Press, 2005, p.98. 中译为史书美《迈向跨国接触伦理——"中国"女性"何时"变成"女性主义者"》,《中外文学》第33卷第2期,2004年,第38页。
⑦ 庄华兴:《马华文学的边界化与去边界化:一个史的描述》,《中国现代文学》第22期,第103页。

既然用"华"概念,针对各个少数族群有所不同并相互冲突的可能,先一定要分析、批评、解构这个概念。

正因为如此,有必要从"为何使用华语创作?"这一出发点开始议论,对于检讨华语语系文学而言更为有用。为何不是其他语言,而是使用汉字的华语来写作文学作品?从这根源性的问题出发,去检证个人与集体的关系、社会语境、创作的战略性,经由"为何⇒如何⇒何种"这条回路,大约可以将议论扩大向"语系"这一复杂系概念。

下面我以黄锦树为例讨论华语语系文学,以利格拉乐·阿乌(Liglav Awu)、阿来和万玛才旦为例讨论汉语文学,探索这些概念的学术意义时,颇似史书美说的"在创造'华语语系'一词上,我最关心的一直是挑战具体的(本真性体制)(Regimes of Authenticity)"[1]这一句,反对所有本质主义的讨论和论述。同时先要说明我以下使用的汉语文学是一种汉字书写的文学,之外没有既成的政治含义,只是为了将马来西亚华人的华语文学、台湾原住民族作家的汉语文学和中国国内非汉族的汉语文学讨论在一起的实践构想的一种暂时策略。

五、母语的相对性

以华语语系文学和汉语文学为平台展开个别作家的作品论之前,先来验证其作为关键词的母语问题。华语语系文学既然是从口头语出发的概念,母语的形成就是一个问题。口头语和书面语不同,它不是从教育之类的场域学到的,而是在成长过程中自然习得,就和母语概念紧密相连。然而,母语不一定是没有前提条件就自然形成的概念,乃是根据自己归属于哪个共同体而动摇可变的概念。

所谓母语,通常指成长过程中自然掌握的语言,而文学中的母语,则在教育、传媒等公共空间条件下亦可形成、使用,因此我们必须随时追问公共空间与个人空间的语言有着何种关系。具体来说,假定以个人的内部语言为母语的最小标准,那么文学既然是在个人的内部语言与外部语言的相互关系中被创作出来的,则如果不在母语内外进进出出,文学便无从成立。比如从词汇层面来看,母语中存在着众多所谓的"外来语",因此也可以认为母语中其实已然实施了跨出母语之外的行为。

---

[1] SHU-MEI SHIH, *Visuality and Identity: Sinophone Articulations Across the Pacific*, p.183. 中译为史书美《视觉与认同:跨太平洋华语语系表述·呈现》,第266页。

倘是音译外来语，便是在母语语音之中，而意译外来语则是在母语语义之中，将其他语言编入了进来。更甚者，倘是双重母语者，因其后于第一语言习得的第二语言地层中已经先编入了第一语言，其母语本身便拥有了多层性。要之，母语并非本质性的固定概念，而且也是一个因个人意志与社会条件而导致边界转移不定、有时边界自身亦可能溶解的概念。

母语意识在个人与集体层面迥然不同，同时具有连续性。首先，它被一个人所拥有的个人意识概念化，然后再被对集体的归属意识决定其边界。同时，归属意识受到所给定的社会条件制约，个人决定权受到限制。集体意识会由家族扩大至地域共同体，由民族扩大至国家。它将止步于哪一地点，则基本上由其所生存的社会环境所规定。因此，母语的边界，一般而言，是在与社会性他者的关系中得以形成的。例如，倘是马来西亚华人，他是将马来人视为他者，还是将泰人视为他者，其母语边界会因此而产生出差异。若是中国国内的非汉族，他是将汉族视为他者还是将外国人视为他者，边界也会随之转移。我们无法在不考虑这种可变边界的情况下讨论母语。

再者，有时母语本身内包了复数语言。比方日本比较文学学者西成彦（Nishi Masahiko）在以母语问题作为文学作品分析的论文集《双语的梦和忧郁》①中，提出了一个值得注意的重要观点。复数语言有两种状态：加法和除法。通常言及的复数语言状态就是以自己的母语为出发点像加法一样接近其他语言这种多语言状态。换句话说，在唯一的母语这一坚定的根基上重新学习外语，就是"强化自己"模式。但是在历史上还存在着另一种复数语言状态。不管本人的意志如何，撕裂并隔开母语本身的另一种双语或复数语言。这可叫做"被强迫"的双语或复数语言。

举个例子来讲所谓除法状态为如何。比如日本原住民族阿伊努族的语言原先没有记录文字，虽然拥有像Yukar那样非常出色的长篇叙事诗等口头文学传统。后来到了20世纪有一个日本语言学家金田一京助，一方面给一个阿伊努族的女孩子进行日语教育，培养成一个阿伊努族语言和日语之间的翻译，一方面得了那个女孩子的协助用日语片假名来记录阿伊努族语言，如イランカラプテ（irankarapte，是"你好"的意思），イワンケノアンナ（iwankeno an na，是"我很好"的意思），タントシリピリカワ（tantosirpirkawa，是"今天天气很好"的意思），拟保存受到帝国日本的压迫而面临危机的阿伊努族语言。其实不管金田一京助是否有如何意图，这种

---

① 西成彦：《双语的梦和忧郁》，京都：人文书院，2014年。

记录他者的声音本身已经是一种翻译(=声音翻译),不是纯粹的记录。因为这些所谓用日语的记录是按照自己的语言系统找相对的声音而已,并且无视使用语言的语境或场合,按照自己文化习惯找相对的句子来。再加上,阿伊努族语言的声音和日语的文字之间根本没有互动性。这可叫做往外除法的双语或复数语言状态。

另外有一个例子,在日朝鲜作家李恢成在日语小说《捣衣女》(1971)里描述的主人公来说,其"母语"不是日语也不是朝鲜语,应该认为所谓"母语"分割成两个,并且成为境界不明的汞齐状态。比如,小说里面有这么一句话:"^{アイゴ イウォンスルルヌガ}아이고,이 원 쑤 를 누가 ^{カプヌンガ}갚 는 가(=アイゴ,このうらみを誰が晴らすやら)",是"唉,谁替我雪除这仇恨"的意思。一看可见一句话里面有朝鲜语文字,加上以日语片假名小字表示朝鲜语发音,再加上以日语平假名表示朝鲜语发音及以日语表示意思。一句话里面有不同的文字混杂在一起,不同的声音共振在一起。这所谓往里除法的母语状态,就是说在母语内部内包了日语或朝鲜语的"除法"双语。

此外,日德双语作家多和田叶子,将母语之外的语言行为必要化,提出母语之外(Exophony)的说法时,她也意识到那不是纯粹日语和德语对照的语言,而是在经历过殖民地的国家,含有殖民现代性的问题,形成非对称的双重语言状态。她介绍有一次访问韩国出席研讨会时看到一个值得思考的场面。有一个年轻听众向韩国老作家发问过去是否读过日本文学,老作家竟然感到意外说道,她们一代人曾不将日本文学当作外国文学,因为日帝强迫韩国人民学日语,根本不能使用韩国话,结果所有的外国文学都通过日语翻译来阅读。多和田叶子说一到日帝曾强迫当地人民往母语之外使用日语的国家,阴影就盖在母语之外概念上。因此,与其说母语是自然形成的,不如说是受到外在条件影响的一种相对概念。

进一步说,若从文学的框架来讨论上述的母语问题,例如为了日语解构的理由来提示日语文学概念,除非说明有何种语境或战略,那就不足以成为有效的用语。原来论及过去的历史时,以"将问题限于过去发生什么,当时思考什么这些问题的话,'日本人'及'民族共同体'的设定是纯粹假设问题"[①]来说,首先要问的是日本或日语这个假设的战略性及界限性。例如,用日语来记录阿伊努语文学的情形,其本身已经有声的翻译,若有在日本文学中如何定位的议论存在的话,即便将其想要关联到阿伊努人如何在历史上从受到"和人"不合理及残忍的压制以及将来的

---

① 酒井直树:《作为问题的日本思想:翻译与主体》,岩波书店,1997年,第42页。

解放,在既成的日语文学概念中定位这一行为本身也无法当做承认阿伊努族的基本权利,也必须认为在同化的机制中阿伊努语如何被吞灭这件事。在那个情形下,必须从既成的日语文学暂时解体来开始。此外,来自朝鲜的人们及其后代,以"在日"作家的身份用日语所创作的文学,浮现了母语内部的语言乖离及融合这个大问题。

回到作为"除法"的母语来考量华语语系文学,既然是说华语的人所创作的文学,首先必须探讨华语是以怎样的形式成为母语,以致成为书面语的文学作品的机制问题。比如,下面论述的台湾原住民族作家利格拉乐·阿乌,由排湾族母亲和中国人父亲所生,她在成长过程中发现母亲是底层边缘人(Subaltern),最终宣告自己是排湾族身份的作家。她接受的是汉语学校教育,和母亲及祖母一起生活中学会的排湾语是个人空间的母语之一,也成为她身份认同的基础。换句话说,她的母语是处于汉语和排湾语之间"除法"的状态,口头语和书面语之间母语并不一致,那样反而成为她文学创作的原动力,正是华语语系文学之包括性的好例子。但在此值得注意就是不单只是母语内部的复数语言之乖离,同时也浮现了母语在口头语和书面语之间产生机能性乖离的相关问题。

这个有关母语内部乖离及融合的问题,我们来看看利格拉乐·阿乌之前,在日本殖民地时代接受日语教育的台湾作家的例子。钟肇政(1925—)在《怒涛》(1993)这部小说中所使用的文字本身,特别是对话部分,含有复数的汉语、日语假名、英文字母,连汉语也有客家话、闽南语、标准语的区分。在对话部分,上半段是放置日语、英语、客家话和闽南话(即不同的文字用不同的语音来标记),下半段用标准汉语,寻找崭新的标记法来表达其含义。在同一页中混合了复数的不同文字的理由是,在日本殖民地时代,多重语音的对话实际上是可以做到的。在公共空间和个人空间不仅被复数语言区别,在各自的空间又有复数语言的状态下,造成各自的声音在鸣响。这里不得不说的是,母语毕竟是一种除法的多重语言状况。

钟肇政所采用的写作方式属于声音不同文字也随之各异,但他的晚辈李乔(1934—)却是尝试原住民语或日语的语音用汉字标记的方法。让我稍微引用他在短篇小说《皇民梅本一夫》(1979)中用中文的对话文看看。"方法,奈!就认了嘎宜。"或是"问题哇,林,阿诺老野郎不讲。"出现诸如此类的表记。其实"奈"="ない","嘎宜"="がいい","哇"="は","阿诺"="あの","野郎"="やろう",即是日语的语音用汉字来标记。李乔称之为"汉音日语",等于 6 世纪开始的日本万叶假名的方法论超越千年以上的时光在台湾被实践出来。李乔之所以采用这种方法,也可看作他和钟肇政一样,反映了日本殖民地时代台湾的多重语言状况,同时沿袭了现实→语音→文字的符号化进程之一般语言观。不过,如果把它当作单方向的符号化来思考,就会忽略了李乔的表现战略的核心。李乔之所以采用这个方法,乃是为了让他者的声音在汉语中响起来。

在文学创作上,口头语不是书面语的前阶段,而是互不可缺、相辅相成的东西,只有单方面是不可能创作的。华语语系文学之所以受到注目,正是因为它是口头语和书面语互相作用之下产生的文学表现。接下来,我用别的实例来探讨这个问题。

六、后离散(Post Diaspora)的华语语系文学:黄锦树的后设小说

该把黄锦树当做哪国文学家加以介绍,这样一种举棋不定径直便与他的小说世界密切关联。作为马来西亚华人出生、在台湾接受大学教育、现在执教于台湾的大学的黄锦树,就其出身而言当是马来西亚的华语作家,然而视其展开文学活动的现场,则又可以作为在台作家来介绍。甚或还会有人认为他是超越了这种国家框架的、南洋华人世界的离散作家。然而我觉得他的小说毋宁说针对离散这一关键词所释明的、以跨越国境这一方式来明示国家轮廓、作为漂泊流民面向祖国将民族文化中心化的言说提出了异议,不妨认为它并不是共同体的集体记忆,而是以离散状态为其日常、常态、运命的人们首先从自己的记忆深处出发的后离散文学。

故事之中另有故事、针对叙述展开叙述这种复层性而言,我认为黄锦树的小说能够当做后设小说加以分析、评论。叙述者变幻自如地百般变化,不同视点的叙述同时进行,陡然导入内心独白或他者视线,甚至让来历不明的叙述者粉墨登场等等,这种幻惑的手法与后设小说作家之称倒也相配。然而同时也让人觉得,这似乎乃是对出生于南洋的华人历史进行分析、重述之上必然产生出来的方法论。恰如扎根于拉丁美洲的现实,魔幻现实主义必然登场一样,在思考南洋华人的历史与现在时,倘不能从国家、民族、历史、语言等现实前提条件中脱身出来获得评论空间,只怕就难以界定做一介华人的复杂的历史性和现在性。例如黄锦树荣获台湾《中国时报》文学奖的短篇小说《鱼骸》(1995),将参加马来亚共产党而消失在密林之中的哥哥的死亡真相与执着于同龟甲密切相关的民族文化史、甚至将其转化做自慰行为来予以肉体化的主人公探求自我的故事两相交错,在马来西亚、台湾、中国大陆这根空间轴,和围绕着英国殖民地马来西亚的独立、对马来亚共产党的镇压、华人与马来人间纷争的历史、海峡两岸持续对立的台湾与中国大陆现代史这根时间轴之间,宛似迷失在记忆与意识的迷宫里一般,其叙述虽然纵横捭阖天马行空,

但最终复层的故事逐渐收敛于两个焦点。

第一就是,对于马来西亚华人来说,所谓国家、语言究竟是什么?这一命题。只消是作为一介移民生活在马来西亚,华人在马来人优先政策下便被置于文化歧视状态之中。反之,只要是将中国当做文化上的憧憬对象,最终就只有通过如何接近它这条回路,梦想方才会得以实现。假定生存在这矛盾之中便是华裔移民的运命,那么作为其子孙,黄锦树若要以橡胶园、椰子林、沼泽、热带雨林为舞台回顾自己的个人史,不是回归国家而是回归故乡、不是回归集体而是回归家族,去验证、重述马来西亚华人的历史,则在所难免,其故事注定将变得复层化。仅取历史这一点来看,就有日军入侵与虐杀华人,战后从英国赢取独立,镇压马来亚共产党与华人—马来人的对立等等,错综复杂,只凭单独视点是道不出个所以然来的。倘由此出发,则视点或叙述变得复层化毋宁方为自然。即便是描写生活于热带雨林深处的无名华人们不安与孤独的《胶林深处》(1994)、《非法移民》(1995)等一见之下设定似乎很单纯的小说,其叙述与故事也是复层的,以日军集体强奸妇女的暴行为历史背景的《说故事者》(1995)、有被作为日本兵派往南洋再也回不了故乡的台湾兵登场的《未竟之渡》(1997)亦然,被叙述者忽而变成了叙述者,甚至在同一行文章里叙述者也会更换,这种几乎令人眩晕的、幻惑的元小说世界,点缀以鲜血与暴力,作为充满死者记忆的小说而铺展开来。同时,我们要注意到这些故事从台湾社会历史这一文脉出来的可能性。就是说,华语文学其实每每均是在地化的成就。

第二个成为焦点的问题就是语言问题。黄锦树刻意追究的,是身为华人,作为其存在证明的"华语=汉语"如何被内在化。他说"失语的南方因为在书写上一直是中原的边陲,所以才需要创造语言,所有的写作也必将是语言创造意义的写作"[1],强调华文内在化的过程该有再造的必要,但如他所述,一定要再造,便不得不先预设其语言的历史和文明的连续性和传承性,要不然便无法再造出华语的现代性来。因此以作为中国文化符号的汉字为主题的小说《刺背》(2001),讲述了一个男子解谜似地追寻由研究苦力历史的学者所发现的骇人事实,同时企图将小说纹刺在苦力后背上的荒诞无稽且无限度地意识着中华文明的故事,表现出了中国想象的复杂性。在此,名副其实的语言肉体化被用作隐喻,汉字被用作中国文化的圣痕,对于恢复自己的语言——"华语=汉语"的固执,被焦点化。不过我觉得,所

---

[1] 黄锦树:《华文・中文:"失语的南方"与语言再造》,《马华文学与中国性》,台北:麦田出版,2012年,第44页。

谓恢复,并非朝着憧憬之彼岸的中国或作为历史根基的中国文化的回归,而是生而为华裔马来西亚人的自己一面受到历史的制约,一面冀望包括语言、文化在内能够原模原样得到容受的自我恢复。

与尤利西斯的回乡、抑或徐福及桃花源传说相类似的"流离谈"形式的小说《开往中国的慢船》(2000),缀合了一位少年出门寻父的颠末:妈妈告诉他,去了中国的父亲一去不返;为了寻父,少年去探寻明朝大航海时代郑和遗留下来、驶往中国的航船;他骑着水牛离家,经过了华人、马来人、印度人的村落,继续旅行,最终成了一位马来人的养子。在这仿佛历时体验马来西亚华人史一般的旅行的最后,少年一觉醒来,出现在眼前的,是三个华人和一个身穿马来人服装、似乎是印度人的男子。即便如同巡礼一般追溯在"作为乡愁(Nostalgia)的历史意识与作为历史意识乡愁"之间摇摆的华人历史,最终的去处仍旧是现实中的马来西亚,这一点,很好地昭示了黄锦树立足于此时此刻的自己、验证式地寻求自我恢复的文学特征。生活在台湾的马来西亚华人,尽管会从中国感受到文化乡愁,另一方面其个人乡愁却指向热带森林和橡胶园,这是因为其民族认同乃是夹峙在文化、血统与现在性的三足鼎立之中的。

将让人联想到李光耀和李登辉的一班政客及马来亚共产党干部为嘲笑对象,同时又描画了母猴与人之间的性事、满溢着自由奔放的想象力的《猴屁股,火,及危险事物》(2000)等黄锦树作品,读来令人想起马尔克斯、博尔赫斯一类拉美文学,然而他的文学甚至连离散都伴同悲哀一道予以了漫画化处理,通过下沉到个人记忆的底处来探寻与集体记忆的连接点,同时重新验证离散的历史。在这一点上,毋宁更接近于作为印度裔特立尼达人而降生、民族出身无法直接成为其存在证明的作家湿婆·奈保尔(Shiva Naipaul,1945—1985)的立场。在《开往中国的慢船》里,梦想着回归中国而四处漂泊的男子最终抵达的,是通往新加坡的道路,在《猴屁股,火,及危险事物》里,妄想自己是马来亚共产党全权代表的男子身披猴皮住在山洞里,在《阿拉的旨意》(1998)里被强迫改变信仰、皈依伊斯兰教以免除死刑的男子终生无法逃出小岛,这些似乎都是在暗示因历史注定而生活在永远的现在性里的华人命运。

黄锦树曾向台湾本土论提出一个质疑说"在台马华文学,其位置正在两地民族国家文学边上,其双重的既内又外,这样的皱褶存在本身即在质疑两地民族国家文学的狭隘。"[①]根据此视角来观察华人的书写或发声的处境,不管是在马来西亚作

---

① 黄锦树:《在两地本土论的夹缝里》,《梵烧》,台北:麦田出版,2007年,第136页。

为与马来人相比呈现弱势状态的华人,还是在台湾作为海外华侨与本地汉族相比也呈现弱势存在的来自马来亚华人,都以弱势或离散立场来抵抗强势权力系统话语。但一旦转换强势/弱势位置,对中国大陆或台湾的非汉族作家来说,这些作为华人的主张也是强势族群的话语。问题便在于此,是否有必要寻求并确立一个贯穿"华"概念的想象共同性。

为探讨华语文学里的"华"的想象共同体问题,我们可以参照非"华"的汉语文学作比较。与为何采用汉语这一语言并从事汉语文学实践直接相关的,同时与"华"没有直接关联的,不再是汉族和华人,而是非汉族非华人作家的作品。以下我解读利格拉乐·阿乌、阿来和万玛才旦的汉语写作,尝试解构"华"来是否能脱离国族主义、文化主义、甚至血缘主义而讨论汉语文学。下面我策略性地提起汉语文学和母语之外文学这两种概念或视角,就注目于文学母语内外的相互机制这一点上,对讨论华语语系文学是有帮助并必要的。然而,论及跨出母语之外进行创作的作家作品时,必须将少数族群这一文脉纳入视野,这一点由前述之少数族群机制亦可自明。因为脱离了多数族群和少数族群的权力关系去谈论母语话语战略,无视其语言权利去讨论母语创作,只会徒然让强化多数族群权力话语的机会得到增加罢了。

七、想象/创造出来的主体性:利格拉乐·阿乌的汉语文学

台湾的原住民族现在约占总台湾人口的2%,数40多万人。他们在日治时期殖民统治下的压迫自不待言,在国民党统治之下也处于恶劣状态。正如排湾族作家利格拉乐·阿乌在《红嘴巴的VuVu》(1997)、《遗忘与愤怒》(1998)和《威海看病》(1998)中所描写的那样,甚至给孩子起个本民族传统的名字,都成为一大难事。其实利格拉乐·阿乌自己亦然,包括姓名在内,要获得自己的民族认同都不是一桩容易的事。她就是在已无可能返回中国大陆的中年军人迎娶原住民族年轻女子这种战后台湾独特的"历史造成的悲剧"[①]婚姻形态下出生的。父亲尽管遭受国民党政府的迫害,身陷囹圄,受到跟踪、监视,却犹自教育女儿学习中国古典,让她拥有中国人意识。她回忆道"从我刚刚学会说话开始,三字经、千言诗的背诵是每天不可少的必读课程,即使是拿笔学写字,也是父亲亲手磨墨润笔从正楷开始学

[①] 利格拉乐·阿乌:《离乡背井梦少年》,《谁来穿我织的美丽衣裳》,台北:晨星出版,1996年,第160页。初载于《中国时报》1993年5月1日。

起,一点儿都马虎不得,父亲将他小时候所接受的教育方式,完全不变地移植到我的身上"①,即父亲似乎想要弥补自己政治上的迫害和作为大陆中国人的乡愁,要将中国传统学植灌输进女儿精神世界去。

但除了由于父亲政治上被扣帽子而在学校里受到不公平不讲理的歧视和差别待遇之外,还因母亲所属的族群而遭到另外歧视。生活在眷村的利格拉乐·阿乌常常被周围的孩子们冠上"番婆的孩子"这一称呼,最后她"归咎于母亲是'山地人'的事实,与母亲之间原就平淡的情感,因为这个原因急遽的恶化,最严重的时期,曾经让我走在路上时,拒绝母亲并肩行进","母亲在我童年时的位置,一直就如同她的肤色一般,苦涩而灰色,甚至是阴影似地隐暗"②,因此在小时候利格拉乐·阿乌基本上将自己的民族认同置于汉族,亦即在台湾处于离散状态、遭受政治迫害的父亲一方,则是一个受到歧视的中国人立场上。

另一方面,在对出身排湾族的母亲沉默寡言的原因一无所知的状态下长大的利格拉乐·阿乌逐渐意识到"长期以来被忽略的母亲,在黝黑的外表下,有着一颗敏感而脆弱的心思"③。她回忆道"童年的印象中,母亲常常躲在隐暗的角落掩面啜泣,小小的我,不知道母亲为何如此伤心。直到年岁渐长,才慢慢地体认到隐藏在她心中多年的苦处"④。识汉字不多,在家里寡言少语的母亲其实远离部落,只身面对汉族世界,在感到极限的不安和孤独之下经营家庭,养育孩子们,终于被女儿理解为坚强的女人。利格拉乐·阿乌的母亲在丧夫之后,"宣布决定搬回部落,'外面的世界已经没有什么值得我留恋'。带着小妹,母亲回到了她曾经发誓再也不回去的故乡,开始另一个社会对于女性的挑战,经过生离死别的洗礼,母亲终于鼓起勇气开辟另一个属于自己的战场"。⑤

仿佛深受母亲身影感化一般,利格拉乐·阿乌在《眷村岁月的母亲》中描写了重新发现了自己原住民族出身、在由汉族占优势的台湾社会作为底层边缘人的母亲,她理解了身处军人与汉族的环境之中,母亲孤独无助的内心世界,发现了埋藏于母亲内心丰饶的排湾族语言和文化,将这曾经令自己自卑的母亲的种族地位,视

---

① 利格拉乐·阿乌:《身份认同在原住民文学创作中的呈现——试以自我的文学创作历程为例》,《21世纪台湾原住民文学》,台北:台湾原住民文教基金会,1999年,第180页。
② 同上书,第180—181页。
③ 同上书,第183页。
④ 利格拉乐·阿乌:《祖灵遗忘的孩子》,《谁来穿我织的美丽衣裳》,第62页。
⑤ 同上书,第66页。

作毋宁是获得民族认同的契机,选择作为排湾族女性活下去。① 她将自己的中国人认同转换到母亲排湾族女人一方,其结果,她抛弃了汉族姓名,更名为利格拉乐·阿乌,确立了其作为排湾族的民族认同。她是用自己的人生来描画:所谓民族认同和主体性并非寻找得来的,而是自主形成的。从中利格拉乐·阿乌开始生动感人的创作,其文学语言便不得不使用汉语才表现自己。这似乎与史书美所提到的移定居殖民主义"Settler Colonialism"和原住民式殖民者"Colonizers of Indigenous Peoples"②的视角相应,呈现出离散华人这一概念的另外一面,向离散这一概念的正当性质疑。

上面所述,台湾原住民族连自己的姓名也被夺取,比如莫那能的诗句"如果有一天/我们拒绝在历史里流浪/请先记下我们的神话与传统/如果有一天/我们要停止在自己的土地上流浪/请先恢复我们的姓名与尊严"③。在汉族形成了其移民社会的台湾,原住民族文化在日本殖民统治时代经历了民族净化(Ethnic Cleansing)的苛酷历史之后,在国民党统治之下又遭到毫无道理的不公平待遇。莫那能的诗句就是自己的语言和尊严始终遭到剥夺的原住民族回复自我的呼喊。它再次告诫我们不论是外省人还是本省人,与彷徨于民族认同的汉族不同,原住民族走过的是甚至连确认基本的民族认同都十分困难的历史。

在此他的诗是用汉语书写的,因此问题便在于原住民族作家为何、如何使用汉语表达自己的感情和思维。在使用语言层次上,台湾原住民族所处的状态有这么一个说法:"一个不可忽视的现实是原住民各民族语言的严重流失。早在日据时代,原住民的语言便已惨遭建制性的破坏,当时一定有许多千年传下来的语汇、美典流失了。而1950年以后,意识形态及政治意涵浓厚的国语推行政策,更原住民新生世代彻底丧失了使用母语的能力。除一般性生活用语(许多人连这一点能力都失去了),以及一些极少数的例外,母语对大多数原住民而言,已如外国语文,必须刻意去学习才能稍有把握,更谈不上用母语思考。"④与黄锦树所说"由于是用中文这'外文'写作,一般而言原住民的自我表述的经验和技术都有待深化"⑤相反,

---

① 利格拉乐·阿乌:《眷村岁月的母亲》,《谁来穿我织的美丽衣裳》,第34—39页。
② SHU-MEI SHIH, *The Concept of Sinophone*, p.713.
③ 莫那能:《恢复我们的姓名》,《美丽的稻穗》,台中:晨星出版,1989年,第13页。
④ 孙大川:《原住民文化历史与心灵世界的摹写》,《台湾原住民族汉语文学选集:评论卷(上)》,台北:印刻出版,2003年,第22页。
⑤ 黄锦树:《族群关系·敌我:小说与移民史重层》,王德威、黄锦树《原乡人:族群的故事》,台北:麦田出版,2004年,第17页。

其实对原住民族青年来说,母语已经当为"外文",汉语更为熟练的语言。

原住民族的汉语书写是社会转变及时代变化的结果。所谓国语,其实将非国语(闽南话,客家话,原住民族语言等)在国语的后面顺序排次。但从书写策略性而论,"不但可以展现原住民语言的特性,也可以考验汉语容受异文化的可能边界,丰富彼此的语言世界"①。这一见解颇似于西藏汉语作家阿来对作为文学语言的汉语的想法,似乎要将非汉语的符号系统往汉语里面内部化,同时将周围的外面世界内部化。这就是母语内外的互动性。我觉得在此不管用排湾语或汉语当作文学母语,关键的问题便是写作的主体是什么?

思考"主体—母语—写作"这一难题时,我觉得利格拉乐·阿乌的作品颇有值得研究意义。比如她多用口传文学常见的"听写记录"手法描画原住民族的世界观人类观。在《女性与殖民》中利格拉乐·阿乌写道,口语看似将记录功能的主角让位与了书面语,但其实时时都生产着开放性文本,就不会让遗忘固定不变。反过来,书面语里使用的文字,由于明确地具有记录功能,从而会让遗忘固定不变。② 利格拉乐·阿乌的创作实践,有时采用了口传文艺式的"听写"方式。我认为小说的写作,并不仅仅意味着编造虚构、将故事文字化。用自己的语言、自己的视点去讲述、记录自己的生活与见闻这一行为本身,就意味着故事的成立。采用了这种手法的利格拉乐·阿乌的作品,与其说是由排湾语到汉语,或者由排湾文化到汉族文化的翻译,我觉得毋宁应当视之为将"口与耳的文学"和"眼与手的文学"予以结合的实践,也算是创造出自己的文学母语的珍贵实践。书写文字的人与借用声音传达词语的人之间的对话,如何丰富了文字表达,同时又如何揭示了文字表达的局限性,瞩目于这一点,就会明白体内拥有多种语言交响共鸣的利格拉乐·阿乌的实践是何等尖锐。③

从这一视角来解读利格拉乐·阿乌作品时,我们就发现声音在作品里引起很重要的作用,而且也得注意,描绘的都是拥有自由心灵和坚定意志的女性们。在描写与失聪少女之间心灵交流的《爱唱歌的阿美少女》中,她指出"失聪的少女虽然听不到这个社会中其他纷扰的声音,但亘古以来的阿美族歌声,在她的母

---

① 孙大川:《山海世界——〈山海文化〉双月刊创刊号序文》,《台湾原住民族汉语文学选集:评论卷(上)》,第52页。
② 利格拉乐·阿乌:《女性与殖民》,《祖灵遗忘的孩子》,台北:前卫出版社,2015年。
③ 山口守:《主体—母语—写作:超越本质主义》,《祖灵遗忘的孩子》序二,第16页。这一段基本上来自此拙文。

亲灌输下,已深深植入少女的耳膜中,在毫无杂音的听觉世界中,快乐的阿美歌声必定是美丽又清澈的吧!"①,鲜明地刻画出,恰恰是在毫不介意别人的歧视与身体上的不利、昂首挺胸生活着的女性身里,蕴藏着人类最美丽的灵魂。利格拉乐·阿乌为何能够将这难得的主体性获得来并一度相对化,就因为利格拉乐·阿乌一方面抵抗族群认同本质主义的诱惑,一方面并不把叙述自己的行为特权化,坦率地表明自己形成主体性的实践。要避免自己的特权化,利格拉乐·阿乌不断将视角投入到更弱势的存在。她回忆母亲遭受各种歧视和虐待,最终宣布道:

> 这是一个真实的故事,发生在我的家庭及成长的历史中,母亲的世界是单纯而善良的,她从来不会告诉过我"种族歧视"这四个字,反而因为她身上流着原住民的血液而自卑不已。并深深的为着子女所遭受的不公平待遇愧疚。身为一个原住民,我一直坚定地相信种族歧视在台湾是存在的,却从来没有像这件事让我如此震撼过;而同时身为女性,我也常深刻地感受到社会上普遍存在的性别歧视,却忘了也有同性歧视;在汲汲追求种族与性别平等的争辩中,我完全忽视了如母亲这一群弱势又原来族群社会中的地位,同时还要承受来自异族间的种族歧视,同族间的性别歧视及异族同性间的阶级歧视;种族、性别、阶级三重压迫、同时加诸在原住民女性的身上、难道这就是"文明"吗?②

假如像法兰兹·法农(Frantz Fanon)所说的那样:"人并非以文化为出发点去证明其民族,而是在抵抗占领军的民众斗争中表明其文化的。"③则利格拉乐·阿乌并没有从既成的历史、社会条件如族群、国族等出发去构筑其主体性,也没有停止于任何一个族群的边界,而是要克服那种族群、性别、历史、文化等各个层次的本质主义,试图利用自我决定权去创造出主体性的构筑条件,恐怕她的这种强烈意志,恰恰就是创造出原住民族汉语文学的新生力量。

探讨利格拉乐·阿乌汉语书写的最后,又浮现出来一个问题,便是仅仅以族群

---

① 利格拉乐·阿乌:《爱唱歌的阿美少女》,《谁来穿我织的美丽衣裳》,第 23 页。
② 利格拉乐·阿乌:《原住民的母亲》,《谁来穿我织的美丽衣裳》,第 38—39 页。
③ Franz Fanon, les damnés de la terre (Maspero, 1961),这里的引用来自法兰兹·法农《大地上的受苦者》(铃木道彦·浦野衣子日文译,东京:Misuzu 书房,1969 年),第 127 页。

而决定的离散概念实际上已经有助于强化国族概念的话,围绕主体—母语—写作的讨论,除了族群和离散以外,还有哪些关键词。参照以上所述的汉族移民社会里少数族群如何进行汉语书写,以及她/他们的困境和突破,下面再进入到一个不是移民社会而是中国国内非汉族如何采用汉语写作,以及母语内外互动性这一问题去。

八、西藏作家的汉语实践

(一) 阿来的汉语文学:加法还是除法?

或许有些人认为假如以血缘当作决定性因素解读"华"概念,如"选择作为一个'华人'往往也就选择了一些客观上可以认定的指标:血缘(历史)—文化(大、小传统)等"①,但阿来选择族群认同并不仅仅来自血缘而且来自文化、社会、历史预设的条件,加上应该来自自己的主体意识。

阿来和利格拉乐·阿𡞰一样,出生于双亲的民族及宗教各异的家庭。他出生在四川省阿坝地区,母亲是西藏族佛教徒,父亲是回族伊斯兰教徒,但他选择了母方的身份。利格拉乐·阿𡞰或阿来的例子告诉我们,认同不是寻找的,而是有主体性地创造的可能性。阿来将自己定位为藏语及汉语的双重语言作家,但从语言学来说,或许应该说是嘉绒语及汉语才比较正确。从假设本质主义的西藏概念来谈论真正的西藏,阿来是讲说跟藏语不同的嘉绒语作家,然而阿来始终把自己定位为在藏语及汉语之间穿行的作家。思考母语问题时,很容易就能理解将谁当作他者而假设所想象的共同体变化的机制。对阿来来说,拉萨人就是他的同胞,北京人就是他者。换句话说,因着认知自己的母语是藏语,与其根据语言而作出外在的民族分类,他不如宣布自己选择文化的立场,将西藏当作认同的根据。那正是企图从国家或民族的固有神话束缚得到自由的华语语系文学的实例,实际上,阿来也处于"除法"的母语状态。

阿来和利格拉乐·阿𡞰一样,都是接受汉语教育,书写语言是使用汉语。然而在家庭生活之类的个人空间则说嘉绒语。对于无法读写藏语的阿来来说,口头语的母语是嘉绒语(对于阿来是藏语)和汉语,书面语的母语乃是汉语。当然,从教育、媒体或读书所学习到的书面语不能称作母语的立场也可能存在。不过,那是共

---

① 黄锦树:《神州:文化乡愁与内在中国》,《马华文学与中国性》,第133页。

同体全体用均质的一种语言去讲说,用一种语言去书写的关系,大致只是假设一种不可能的文学空间的幻想而已。母语概念始终会因外在条件而改变,其实机能上也是可变的。

从汉族来看,阿来的文学似乎具备了西藏的独特性,但从西藏的中心地域来看,看起来却像是在汉族文化的影响之下,换句话说,从双方来看,他是处于文化远近法之类的边缘位置,因而产生了阿来文学的独特性。以一般的说法,就因为处于边缘,这才潜藏着越界及交流的可能性。再以阿来的情形来说,因着跨越了口头语是嘉绒语及书面语是汉语这两方面,才能在越界及交流的场合用语言表现出来。无论是不是从强加的历史理由来看,在此表明多重语言状态乃是文学创作的原动力。如果借用华语语系文学的构思来看,在那里更能看见口头语和书面语的越界与交流。不仅是生活空间,在文化、语言以及言语中的语音和文字持续不断的越界与交流中,阿来的小说于焉诞生。

我们首先确认一下阿来的汉语创作历程。20世纪80年代阿来开始写诗,发表于《西藏文学》等杂志上的早期诗作收录于第一部诗集《河》(1989)。后来开始写小说,80年代后半期发表的小说收在《旧年的血迹》(1989)一书中。1989年6月后,生活在远离北京的阿来几年没有发表作品,一度辍笔。经由几年的旅行和学习之后,1998年发表第一部长篇小说《尘埃落定》,是"一部故事的里里外外都没有救拯的、叙事诗式的轮回型小说"①。这个令人联想起东部藏区现代史的故事,其特征就在于叙事方式与宏伟的故事结构。

2002年发表的《遥远的温泉》有这样一个评价:"由于民间在几千年的苦难重压下自生自灭,毫无保障,所以民间对付沉重苦难自有一套消灾弭祸的传统方式,在艺术上即把悲剧的斗争命运转化为对一般苦难的接受,把承受苦难者的痛苦清洁化解为像土地那样忍辱负重的宽厚浑然,把生活内在冲突的严酷性表现为暧昧复杂的自然形态。"②不过强调民间故事叙事方式和一种美化的处理这一分析,我就认为有必要予以保留。阿来的代表性作品《尘埃落定》《遥远的温泉》和《空山》中,当然描写了对于大自然生态系近似憧憬的依依之情。但是阿来何以要创作一个与之形成对照的、交织着人类社会的苦难、残酷、孤独的宏伟故事?解答这一问题的钥匙,还是存在于历史、文明这样的宏大框架里。阿来曾说:"文化在我首先是一份民族历史与现实的记忆。我通过自己的观察与书写,建

---

① 山口守:《故事的叙述方式》,《Eureka》,1998年9月号,东京:青土社,第251页。
② 陈思和:《二〇〇二文坛》,《文学报》,第1383期,2003年3月1日。

立一份个人色彩强烈的记忆。"①他试图将历史看作个人记忆与集体记忆的结合。

2004年以后连续发表的长篇小说《空山》共由六卷构成②，时代幅度设定为1950年至1999年，亦即20世纪后半叶。而《尘埃落定》描写的大体为1900年至1949年，亦即相当于20世纪前半叶，因此实际上只从时代幅度来说《空山》亦可以视为《尘埃落定》的姐妹篇，而两部作品合起来，就形成了阿来的故乡阿坝地方的20世纪史。在此期间，藏人社会的传统是如何遭受践踏、破坏性的现代化势不可挡地席卷而至，这一点很容易想象。然而阿来的立场却并不是要从中抽取出本质主义式的民族主义。他所关心的，却是文学究竟能够如何描写挣扎着活过（抑或无法活过）宿命般前来造访的现代化的人这一点。于是，与其说是西藏文化对汉族文化，毋宁说是传统对现代，或者说农村文明对都市文明的问题，渐次浮上表面。

阿来就这一问题如此表述道："当旧的文化消失，新的时代带着许多他们无从理解的宏大概念迅即到来时，个人的悲剧就产生了。我关注的其实不是文化的消失，而是时代剧变时那些无所适从的人的悲剧性的命运。悲悯由此而产生。这种悲悯是文学的良心。"③换句话说，《空山》是明确地描绘了现代化的物质与精神两面的小说，同时西藏社会也没有被描绘成纯洁无垢的世界。作品里登场人物一面批判现实政治一面批判传统佛教的本质主义。这个问题在《空山》派生产品式的短篇小说群。如《格拉长大》④等作品中也有言及。本质主义很容易找出对立项来的。要打破民族矛盾这一死胡同的汉族中心主义或以多样性为强化边界的中华民族主义的本质论，便需要在追问何谓西藏的同时，避免本质主义地将何谓西藏这一问题概念化寻求另一种自主性。

西藏一直有那种与外部文明相隔绝的秘境形象。秘境这一形象究竟从何而来？是詹姆斯·希尔顿（James Hilton）在《消失的地平线》（1933）中描绘的香格里拉意象已然定形？是产生于人迹难至的神秘国度意象？还是来自病苦于现代文明的西洋人追求灵魂疗治的佛国意象？也许是将这一切汇集为一的形象，而其共通之处，就在于它们都是外部的他者所抱怀的形象这一点。法国思想家乔治·巴塔

---

① 阿来：《没有一种固定不变的民族文化》，《看见》，湖南文艺出版社，2011年，第172页。初见于《青年作家》2009年第1期。
② 《空山》各卷自2004年至2008年间首先发表于杂志上，然后以单行本的形式分为《空山》（2005年5月，收录第一、二卷）、《空山2》（2007年1月，收录第三、四卷）、《空山3》（2009年1月，收录第五、六卷）三册，由人民文学出版社出版。
③ 阿来：《〈空山〉三记》，《看见》，第256—257页。
④ 阿来：《格拉长大》，东方出版中心，2007年。

耶(Georges Bataille)在1949年曾经说过:"人类动辄随处发起争战,而不同于众的是西藏,那里成了既无进攻能力又无防御能力的、和平文明的飞地。贫困、广漠、起伏、寒冷,在这里正是不拥有武力的国土的唯一保卫者。"①对比方才看过的西藏现代史,虽贫困却和平的秘境西藏这一形象,很难说摆脱了基于自身希求的香格里拉幻想。

那么,真正的西藏是怎样一个地方这一提问到底成不成立呢? 阿来指出,西藏的定义往往带有神秘性,对于许多人来说西藏是个形容词,不是拥有实在内容的名词。他批判道,"西藏就是一个形容词化了的存在。对于没有去过西藏的人来说,西藏是一种神秘,对于去过西藏的人来说,为什么西藏还是一种神秘的似是而非的存在呢?""当你带着一种颇有优越感的好奇的目光四处打量时,是绝对无法走进西藏。强势的文化以自己的方式想要突破弱势文化的时候,它便对你实行鸵鸟政策,用一种蚌壳闭合的方式对你说:不。"②阿来的出生地阿坝,从西藏的中心来看乃是边境西藏,从汉族社会的中心来看则是边境中国。不管站在哪一边,从中心望去那里都位于边缘,但是如果从越界和交流的丰饶来看,那里才拥有丰富的创造性。这个问题与他的出身也是相通的。尽管母亲是藏族而父亲是回族,可阿来为什么会拥有藏族人意识呢? 我觉得从中似乎可以看到试图将作为观念的西藏打造成自己的主体性根据的、阿来的想象力和创造力。

这一立场,虽然政治、社会、文化的语境迥然相异,与巴勒斯坦人的境遇也有相同之处。在阿来不时会引用的爱德华·萨义德(Edward Said)的文章里,有下面这样一段围绕着主体与客体的视线交错的分析:"一切文化,都是关于自我与他者的辩证法的漫长阐述。主语(主体)'我',是纯粹的本地人,滞留在生于斯长于斯的故乡,而宾语(客体)'它'和'你',则是外来的存在,恐怕保持着恫吓性与异质性,待在外部的某处。由这辩证法所产生的,是一连串的英雄及怪物、建国之父们与野蛮人们、受到赞赏的杰作和受到轻蔑的平庸之作,它们从民族同一性最深邃的意义(感觉),到洗练的爱国主义,最终直到低劣的国粹主义、排斥外国人和排外主义偏见,成为表现某一文化的东西。"③这里有作为离散的巴勒斯坦人绝望的苦恼以及

---

① 此引自乔治·巴塔耶《非武装社会——喇嘛教》,《被诅咒的部分》,东京:二见书房,1973年,第98页。
② 阿来:《西藏是一个形容词》,《阿来文集(诗文卷)》,人民文学出版社,2001年,第141—142页。初见于《课堂内外(高中版)》2002年第3期。
③ 此引自爱德华·萨义德:《何谓巴勒斯坦?》,东京:岩波书店,1995年,第54页。

关于作为主体如何由此创造自己的尖锐争论,"巴勒斯坦人如果不能同时感知对于他者而言迫在眉睫的重要性,就不可能详尽地、设身处地地认知巴勒斯坦"①,我认为萨义德的这段话,就外部及内部的视线还有自己的主体性构筑,也照映出了西藏人所直面的问题。

在这种场合,问题是作为故乡的西藏,亦即阿来称之为"人物和日常生活"的东西,究竟能否可视化。而给了我们一把钥匙的,就是阿来的小说。如果说现实的西藏真实存在,就不妨认为相比于地域、文化和历史,它更存在于人们的人生之中。也就是说所谓西藏,并不是由某一特定的场所、历史、文化的边界线来规定的,西藏就存在于将西藏视为自己精神根据、感性根据的人们生活动态的具体性及整体性之中。就是这样一种立场。表现了这一点的,就是阿来的小说,而使得其小说得以成立的,则是杂交式(Hybrid)的汉语,也可以说是跨出进母语之内外的文学语言。

当我们把中国文学规定为用中文表现的语言艺术时,也许我们可以简单地把这中文规定为中国的官方语言、其实质就是使用汉字的汉族语言。现在的中国文学是用清末民初和五四运动以来反反复复地接受外来文化外来语言、经过了进化的现代口语进行写作的。其实,所谓纯粹、均质、不变的中文这种想法,不过是隐藏了政治意图的幻想而已。正如米歇尔·福柯(Michel Foucault)所指出的:"各种语言的进化,乃是移居、战胜和战败、流行、交流等的结果,并非由于语言自身拥有的历史性的力量。"②并非从几千年前起纯粹、不变的中文便存续至今,而是通过交流、摩擦、移居而不断变容的。另外,汉语作为中国文学通向世界文学的渠道,此可证明汉语或汉语文学的双方性交流之意义。

阿来也说道:"汉语和汉语文学有着悠久深沉的伟大传统,我使用汉语建立自己的文学世界,自然而然会沿袭并发展这一伟大传统。但对我这一代中国作家来说,不管他属于中国五十六个民族中哪一个民族,成为一个汉语作家并不意味着只是单一地承袭汉语文学传统。我们这一代人是中国面对世界打开国门后不久走上文学道路的,所以,比起许多前辈的中国作家来,有更多的幸福。其中最大的一个幸运,就是从创作之初就与许多当代西方作家的成功作品在汉语中相逢。"③这意味着汉语不仅仅是一种共同语言(Linguafranca)或作为工具的语言,而是一种能表现自己内部世界的同时认识外部世界的文学母语。也可以说在阿来的场合,藏语

---

① 此引自爱德华·萨义德:《何谓巴勒斯坦?》,第 54 页。
② 米歇尔·福柯:《词与物》,东京:新潮社,1974 年,第 116 页。
③ 阿来:《穿行于异质文化之间——在国际比较文学学会上的演讲》,《看见》,第 153 页。

和汉语并不对立的,甚至可认为有互动性的、相互折进去的,除非不意识到主体性问题。

阿来在由于《空山》的成功而获得第七届华语文学媒体大奖(2008)时致词说:"我自己就曾经生活在故事里那些普通的藏族人中间,是他们中的一员。我把他们的故事讲给这个世界上更多的人听。民族、社会、文化,甚至国家,不是概念,更不是想象。在我看来,是一个人一个人的集合,才构成宏大的概念。"①这些话事实上间接地批判了狭隘的华文文学概念。那么,对于像阿来这样非汉族的作家使用中华人民共和国的国语汉语创作的小说,应该放进怎样的框架之内、运用怎样的视点去加以思考?

1999年在中国召开的国际比较文学学会上所做的演讲中,阿来就游走于藏语与汉语之间的自身语言经验,这样说道:"从童年时代起,一个藏族人注定就要在两种语言之间的流浪。在就读的学校,从小学,到中学,再到更高等的学校,我们学习汉语,使用汉语。回到日常生活中,又依然用藏语交流,表达我们看到的一切,和这一切所引起的全部感受","正是在两种语言间的不断穿行,培养了我最初的文学敏感,使我成为一个用汉语写作的藏族作家。"②阿来曾经受我的采访时回答说,他的作品叙述部分是直接用汉语写的,而会话部分则是先用藏语想好之后再改写成汉语。③

汉语虽不是第一母语,却是他在长期运用中熟练掌握的语言,对于不会用藏语书写的阿来而言,其书写语言是汉语。然而,文学上的母语,假定它是唯一能够表达感觉中最为细微的部分,或者浸透到无意识之中、心灵深处的感性的"语言",那么在创作中游走于两种语言之间,绝不是一件轻而易举的事,换句话说,跨出进母语为并不容易之事。事实上阿来也曾言及两种语言间的文化异质性,他说:"在这些操汉语的异族者,特别是一些像我这样几乎靠语言谋生与发展的人那里,就会出现所用语言与文化感受并不完全同步的状况。"④就是说,用"汉语创作＝中国文学"这种图式无法解读阿来的文学世界。

阿来认为,这种异质性尤为重要,比如说向非汉族普及汉语,促进了用汉语标

---

① 阿来:《人是出发点,也是目的地》,《看见》,第163页。初见于《黄河文学》2009年第5期。
② 阿来:《穿行于异质文化之间》,《看见》,第152—153页。
③ 笔者2011年8月28—29日在北京采访阿来,问他创作时运用语言的情形时,得到如此的回答。但采访录尚未公开发表,这些话在这里只能当作参照性的信息。
④ 阿来:《汉语:多元文化共建的公共语言——在中韩作家对话会上的演讲》,《看见》,第216页。初见于《当代文坛》2006年第1期。

记非汉族的感性,就是母语内外的互动性,"全球化在这里是指汉语向内,在中华人民共和国版图内,在五十五个少数民族中的扩张(也包括汉语普通话在汉语方言区的扩张),在这种不断的扩张中,不断有像我这样的过去操别种语言的人加入,这种加入也带来各不相同的少数民族文化对世界的感受,并在汉语中找到了合适的表达方式,而这些方式与感受在过去的汉语中是不存在的,所以,这种扩张带来了扩大汉语感性丰富的可能"①,以此说明自己作品中所内涵的异质感与距离感的存在理由。也就是通过"把一种非汉语的感受融入了汉语"②来介入汉语,战略性地加以利用。这实际上就是跨出进藏语与汉语的文学母语策略。

这一点同吉尔·德勒兹(Gilles Deleuze)与费利克斯·瓜塔里(Félix Guattari)分析卡夫卡小说时采用的"少数文学"(Minor Literature)概念或与一部分台湾原住民族文学论述有相通之处。其实汉语本身,即便只限于现代,倘无外来语言的接受就不可能成为国语。清末民初以来有多少外语被汉语所吸收,而其文体又有过多大的改革。光看看文学,鲁迅也好,巴金也好,老舍也好,正因为都无法用古汉语创作小说,所以才通过向各种外国文学学习,创造出了现代口语体。前述所谓纯粹、不变的中文之类并不存在的理由,由此中亦可见一端。

阿来指出了汉语在其内部有着进化、变容的多元性多样性,同时还拥有通过对外交流和摩擦不断接受、变容的开放性,并进言应当迈进到"汉语与汉民族就不再是一个等同的概念"③的层面。可以说他的第一母语藏语也是一样。仅仅用墨守成规的传统语言,是描绘不了现代西藏的,在此也同样有藏语自身的进化及接受其他语言,就是跨出进母语的必要。但是讨论到这里,大问题在于,就如同萨义德论述巴勒斯坦时所揭示的那般,当一个人被置于倘无洞察者的慧眼就无法确认自我同一性的状况之中,如何来构筑叙述的主体性。在中国国内,非汉族居于少数派。假如说"一个已经在历史进程中处于弱势的民族,其文化已经不可能独自在一个在历史进程中处于弱者状态的民族封闭环境中自我演进了"④,那么对作为多数族群语言的汉语的介入,又凭借什么来保障呢?

这里有主体性这一大问题横在我们的眼前。因为跨出进母语这一策略往往并

---

① 阿来:《汉语:多元文化共建的公共语言——在中韩作家对话会上的演讲》,《看见》,第211页。
② 同上书,第216页。
③ 同上书,第215页。
④ 阿来:《没有一种固定不变的民族文化》,《看见》,第172页。

不由自由意志来选择,而自被动的处境来命运一般无可奈何地选择采用。"我比较信服萨义德的观点",他说,"知识分子的表达应该摆脱民族或种族观念束缚,并不针对某一个部族、国家、个体,而应该针对全体人类,将人类作为表述对象。"①阿来的这种志向弥足珍贵,然而隐匿于这些话背后的民族苦难的深重,令人不得不深深思考。在强势权力系统和机制存在之下,作为少数族群的非汉族各个民族如何能超越不平衡的状态,而获得其主体性? 像爱德华·萨义德提出来的主体性问题,被处于没有他者的视线就不能切身地确认自己的认同时,被动的主体如何能构筑主动的主体。尤其在看西藏问题或藏族汉语文学时如何思考此问题,这是非常重要而难打出一个答案的课题。

还有,说母语就是自然地、无意识地学会的语言,应该如何看待规定"自然"的政治、社会、历史环境或条件。是否将母语仅仅当作能拥护固有文化的语言? 有没有可能将母语看作一边批判强势语言文化的压抑和支配,一边彷徨和摆动的互动机制性语言? 实际上,超越本质主义和固有性神话,寻找彷徨的主体并不是一件容易做到之事,不过文学一定得是少数族群能够讴歌自由和自主的无限的自由空间,这当中才有阿来文学实践的意义与可能性。

(二) 万玛才旦的汉语文学:声音的战略

从口头语与书面语的越界关系来说,实际上阿来的小说中有关嘉绒语的声音只有人名的程度,大部分都隐藏在暗处听不见。我们无法看见像台湾的作家那样去尝试声音和文字的实验,反而声音被排除在故事之外的印象。不过,那是阿来等西藏作家的叙事战略,再看另外一名西藏作家万玛才旦(Pema Tseden)的汉语小说就更清楚了。

与其说万玛才旦是作家,倒不如说他是电影导演还要来得出名。日本上演了他的《嘛呢石,静静地敲》《老狗》《塔洛》等主要作品,他在东京国际电影节(Tokyo Filmex)得奖,在国际上也获得高度评价。他用藏语和汉语双语这两种语言发表小说。从语言使用的层面来看,他处于像端智嘉(Dhondup Gyal)那样用藏语写作的作家,以及像阿来那样用汉语写作的作家之间的位置。我在这里提出他的汉语作品,用来思考异种语言间的声音问题。

先来看看《黄昏,帕廓街》(2014)。这部汉语短篇小说,描写的是巡礼者及旅客混杂的拉萨城市中,主人公目击奇妙并引人发笑的场面。汉族旅客企图将行五

---

① 阿来:《〈空山〉三记》,《看见》,第259页。

体投地礼走过来的老婆婆画下来,可是语言不通,于是叫她那稍懂汉语的孙儿用藏语和汉语口译,然而孙儿正置爱玩的年龄,他故意乱译一通耍花样。汉语话者及藏语话者互相无法理解对方所说的话,懂双语的主人公听了双方的对话,看到少年的幼稚恶作剧,禁不住笑起来。对话全部用汉语表现,例如"小男孩还是用汉语说:'她是我奶奶。'中年男人这才反应过来小男孩说的是藏语,问问:'你会说汉语吗?'"或"小男孩一脸伤心的样子,用汉语对中年男人说:'我奶奶说你不要再画她了。'中年男人问:'为什么?'小男孩说:'我问问吧。'小男孩又用藏语对奶奶说:'我累了,不想磕头了。'"①等,为了让人知道他们用何种语言交谈,每句话都很明确地写出使用语。反过来说,如果没有使用语的说明,究竟他们用何种语言交谈,从文字上是无法判断的,只有将意思内容翻译为汉语,或是用汉语表现。

这样异种语言间声音不在的作品,更明显的是刻画语言不通及互相理解的汉语短篇小说《八只羊》(2009)。这里没有汉人登场,只有西藏人和美国人进行对话。刚死了母亲的西藏男孩,在羊群放牧期间遇见一名来自纽约的美国旅客。美国人用很差的汉语与他交谈,主要是用英语对话,当然彼此无法用语言来沟通。看到男孩用藏语说他的羊被狼吃掉的暗淡表情,美国人用英语调侃地安慰他说你是不是失恋了。终于,中文报纸送到了牧场,美国人得悉"九一一"那天美国发生恐袭事件。就算不了解内情,男孩也感知到有什么悲伤的事发生了,于是把牦牛肉干让急急忙准备离开那地方的美国人带走。男人把布达拉宫的纪念章送给男孩,然后离去。跟《黄昏,帕廓街》一样,文中对话一定说明是用何种语言进行。"老外耸了耸肩膀,摊手用英语说:'很抱歉,我只会这一句藏语。'","老外接着用汉语问:'你不会讲汉语吗?'","甲洛看着老外干裂的嘴唇,从怀里拿出一块牛肉干,递过去用藏语对他说:'吃。'"②尽管这里出现口头语,然而个中含意彼此听不懂。且这里有一个非常重要的思考点,就是说,之所以知道他们无法用语言来沟通,是差异的认知。用汉语来表现此事,在某层面上乃是差异的可视化。所谓的对话,乃是一次性的声音语言用汉语将之文字化,连其可视化的差异语境也表现出来。将声音的现场性文字化这件事,产生复制可能的文本语境的机制在那里起了作用。只不过,在这里声音毕竟还是不存在的。

那么,这个不存在的声音表示什么呢?难道声音被排除在故事以外?它带来的结果是相互理解被封闭了吗?实际上,在这篇小说中,不仰赖语言的相互理解之

---

① 万玛才旦:《黄昏,帕廓街》,《死亡的颜色》,作家出版社,2014年,第133页。
② 万玛才旦:《八只羊》,《流浪歌手的梦》,西藏人民出版社,2011年,第161,162页。

可能性确确实实地表现出来了。失去母亲的男孩的悲伤,以及因恐袭事件而痛失亲人的美国青年的悲伤,透过精神情感的交流而互相理解。然而,恰好这部看似在表达语言界限性的小说,只要细心阅读,就能发现它同时极高明地表现了语言的可能性。原因是在说话者听见自己的声音这个前提下,进行藏语和英语的对话。就算不挪用自己的声音自己听这个现象学的观点,男孩的藏语由男孩自己,美国人的英语由他本人来听见而理解。对他者发出的声音说给自己听这个简单的事实认知,可说是解读这部小说的关键。声音并没有被排除在故事以外,而是在登场人物的内部鸣响。那个内部共鸣成为声音和文字结合的回路之一,产生了丰富的文学表现。

小说中的汉语只不过是二人之间无法理解的他者语言,换句话说,所谓不懂汉语的局面通过汉语被描绘出来。在某种意义上,阿来和万玛才旦这些汉语小说亦能说明那正是不用排除他者性来进行对话的华语语系文学所要达到的目标。我在此要提醒小说里面的声音问题就是策略性地使用华语语系文学时必不可缺的重要视角。

巴斯克语作家科尔曼·乌里韦(Kirmen Uribe)记下了在爱沙尼亚遇见的博物学者所说的一段话。"就算我不懂你们的任何一种语言,我也知道你想说些什么。然而,你们无法听辨几只鸟儿的歌声。你们只能听见当中最明显的声音,用最大的声音歌唱的鸟儿而已。"①这段插曲在我们思考华语语系文学的战略时确实具有启发性。那是关乎聆听少数的声音之重要性,以及针对无法听辨那些声音这一状态的批判。为了克服潜藏于华文文学的民族主义而登场的华语语系文学,站在那个立场的人,必须侧耳聆听更微小的声音。不是听取叫做华语的大声音,而是听辨更多复杂体系存在的微小声音,可说是华语语系文学今后的课题。

九、小结

我在此主要参照华语语系文学、汉语文学和母语之外文学探讨黄锦树、利格拉乐·阿乌、阿来和万玛才旦的文学与语言之关联,同时提到创作中的母语概念而论述到书写的主体性以及小说里的声音问题。为何没有直接站在华语语系文学、汉语文学和母语之外文学的立场讨论这些问题呢?因为我还对"华"的概念有不少

---

① Kirmen Uribe, *Bilbao-New York-Bilbao*.在此引用科尔曼·乌立柏《毕尔巴赫—纽约—毕尔巴赫》,东京:白水社,2012年,第106页。

疑问和打不出答案的部分。我认为不管反不反离散,中国性经常是"华"的前提,或"华"的条件,或"华"的内容,但这所谓中国性便是再生产的中国传统,又有历史性和连续性,又有空间性和时间性,因此问题在于其生产的机制。所谓中国/中华/华人的多样性很容易形成"中""华"其边界的强化,使得忽视各个地域为何产生差异这一关键问题。因此关注到在地化本身为克服中心—周缘而呈现出"中""华"的复线性来。如若能承认这复线性的意义,便要面对其次问题:"为什么要将各地区华文文学串联起来?"①的确如此,复线性比多样性更进一步,但各个线是否有必要连接起来?

〔以上内容根据这几年我在马来西亚、韩国、中国台湾、日本和中国大陆等各地的几次研讨会上发表的文章及国内外已发表过的几篇文章合并而修改过的。编写过程中得到2018年日本大学学术研究助成金(综合研究)"東アジアにおける都市形成プロセスの実態解明とそのデジタル化をめぐる研究"(代表:加藤直人)〕

---

① 庄华兴:《话语语系、离散、马华:学术话语的新战线》,《独立新闻在线》,2010年12月18日,见 http://www.merdekareview.com/news/n/16212.html 张锦忠:《华语语系文学:一个学科话语的播散与接受》,《中国现代文学》,第22期,末尾也提到此句,关注其意义。

听觉经验与新感觉派

■ 主持／康　凌

【主持人按】

　　自 20 世纪八九十年代起，新感觉派作家作品重新浮出历史地表，相关论述亦渐成大观。在这些作家们笔下鬼魅奇崛的感官之旅中，视觉经验无疑成为研究之大宗，都市浪荡子(flâneur)们的洋场历险与震惊体验、对摩登尤物的色欲凝视、在舞厅霓虹下的目眩神迷、异域与本土不同图像的拼贴与重绘，在在成为学者们捕捉、摄取(半)殖民历史中的欲望与性别、身体与权力、都市空间之重构、以及世界主义美学的媒介与材料。

　　在这些研究的基础上，本辑作者另辟蹊径，以声音与听觉为线索，再度进入、聆听新感觉派文学的复杂和声与绵长回音。由此一路径出发，他们的论述不仅意在为视觉研究所提出之问题补充一听觉面向，更欲借此揭橥现代经验中的全新层面。本辑以香港恒生管理学院郭诗咏教授的《上海新感觉派小说中的声音景观》开篇，全景扫描魔都上海的城市声景与音响变奏。借由对新感觉派作家笔下的交通工具、高跟鞋、办公室、跳舞场、电话机等声音空间与发声装置的细读，该文不仅系统地梳理了作家如何感知、理解及呈现上海的资本主义日常生活与消费文化，更点出新兴的听觉经验与声音媒介如何在文本中化为新的情节机制与叙事手法，以中介都市主体的感觉经验及情欲想象。

　　对技术媒介的探索与分析，在美国纽约州立大学珀契斯分校电影系张泠教授笔下呈示出更为曲折的样貌。她以刘呐鸥 1933 年的电影作品《持摄影机的男人》

及其关于电影的理论写作为核心,将此部作品中的镜头语言与拍摄技巧至于"都市交响曲"这一现代主义电影样式的跨国语境中加以讨论,并以细密的文本阅读,钩稽刘氏电影批评纷繁复杂的理论来源。以此,该文虽以刘呐鸥为个案,却揭示出现代感官经验及其再现方式在跨文化、跨媒介语境中的不断流动、翻译与重组,乃至不同的感觉经验之间的交错互通。

本辑最后一篇文章来自美国加州大学伯克利分校东亚系的安德鲁·F.琼斯(Andrew F. Jones)教授。在结束了《黄色音乐》(*Yellow Music*)一书中的中国现代爵士之旅后,他以黑婴的小说《帝国的女儿》中貌似无意间提及的一首流行音乐为起点再度出发,勾勒出一张由棉兰、旧金山、夏威夷、东京、台北、上海等坐标互相串连而成的声音网络,而正是这张网络上源源不断的人口迁徙与作品流播,成为我们理解黑婴乃至中国现代主义文学的错综身世与曲折命运的基础。

听觉经验本为"新感觉"题中应有之义,然而声音既影响深远,却又稍纵即逝,材料与方法上的限制使此一论题始终未得彰显。本辑作者从各自的研究路径与理论储备切入,作出诸种新鲜尝试,冀图为新感觉派研究别开生面。与此同时,听觉经验包罗万象,本辑所论也是挂一漏万,但我们愿以此抛砖引玉,求其友声。

上海新感觉派小说中的声音景观

■ 文／郭诗咏

一、引言

1933年5月,施蛰存在回答《现代》的读者来信时这样说:

> 《现代》中的诗是诗。而且是纯然的现代的诗。它们是现代人在现代生活中所感受的现代的情绪,用现代的词藻排列成的现代的诗形。
> 所谓现代生活,这里面包含着各式各样的独特的形态:汇集着大船舶的港湾,轰响着噪音的工场,深入地下的矿坑,奏着Jazz乐的舞场,摩天楼的百货店,飞机的空中战,广大的竞马场……甚至连自然景物也与前代的不同了。这种生活所给与我们的诗人的感情,难道会与上代诗人们从他们的生活中所得到的感情相同的吗?①

这段话一直被视为《现代》杂志的"现代诗歌"宣言。施蛰存在这里罗列了他心目中各种现代生活的形态:航运、机械、重工业、现代建筑、现代军事、新兴娱乐,等

---

① 施蛰存:《又关于本刊中的诗》,《现代》第4卷第1期,1933年11月,页6—7。施蛰存对现代诗的看法亦可参考:《支加哥诗人卡尔·桑德堡》,《现代》第3卷第1期,1933年5月,页115。

等。它们是独特的,包含着新的情感,而且与现代都市息息相关。轻柔的、闲适的调子消失不见,代之而起的是各种跟力量、速度有关的感受和想象。

在施蛰存的现代蓝图中,声音是不能忽略的背景音乐。这段说话直接提到的声音有两种:工场轰响着的噪音与舞场里的爵士乐。我们不能够肯定施蛰存是否有意摘取这两种声音,然后把它们记入文本;然而我们却可以肯定,这简单的一笔,在在显示出施蛰存作为上海都市作家及文学杂志编者的敏感。这两种声音在文本的出现不是偶然的,它们标志着20世纪30年代上海现代生活的两个侧面:一方面是蓬勃发展的工业,另一方面是快速发展的西化生活。噪音是现代工业与机械文明的副产品,人们虽不是有意为之,但身处城市之中,却不难听到这些噪音或是受其干扰;而爵士乐作为一种西方现代音乐类型,它被有意识地演奏,人们如要享受这种新兴的都市娱乐模式,需要为此付费。人们有意识地追赶现代潮流,同时又慢慢陷入现代的漩涡。

进一步来说,在这一连串宛如蒙太奇的现代生活剪影中,只要经历过现代城市生活,读者不难由此联想到各种与此有关的声音。大船舶的响号、开凿矿洞的声响、战机炮弹的爆炸声、百货店里人们的对话、竞马场的喧闹叫喊……在"自然景物也与前代的不同"之前,围绕着诗人的声音早已远离自然;在"感情"的变化之前,上海作者耳中所听到的,早有了很大的变化。刘呐鸥说:"文艺是时代的反映,好的作品总要把时代的色彩和空气描出来的。"①为了把握时代的"色彩"和"空气",题材、形式、技巧均出现了相应的转变,而30年代上海新感觉派,正好适时抓着时代的脉搏,以跟世界同步的先锋姿态,尝试利用各种崭新的手法书写他们所亲历的生活体验和摩登时代。

有关新感觉派作家的上海再现,一直以来都是学者讨论的重点。论者过去多集中讨论作家如何把现实中的上海城市空间写进文本里,又或分析作家如何在文本中建构一个繁华的现代大都会。不过,如要讨论文本中的城市空间,视觉的再现固然重要,唯空间的体验不独指视觉。在上述刘呐鸥的话中,色彩和空气固然可理解为修辞上的喻体,但如单从字面(literally)理解,它们难道不是点出了描绘城市的重要方法么?如果"色彩"是空间的视觉呈现,那么"空气"则包含了声音和嗅觉的描绘。只有视觉地景(landscape)的再现,是既不立体又不完全的;只有充分地注意到视觉以外的经验及再现,才能展现城市空间的层次和肌理。况且,若考虑到上海新感觉派对日本新感觉派技法的借鉴,前者所描绘的感官经验,又岂会止于眼前

---

① 刘呐鸥:《〈色情文化〉译者题记》,《刘呐鸥小说全编》,上海:学林出版社,1997年,页211。

所见?

　　有别于偏重视觉的地景研究,本文尝试从另一角度探讨上海新感觉派小说与现代都市的关系。在这些作家的笔下,30年代的上海在人声鼎沸之外,还充满了各种由机械产生的声音或噪音,以及有意为之的音乐。这些诉诸笔墨的"声音"虽然无法耳闻,却在文本中营造出独具时代意味的声音景观(soundscape),它们一方面呈现了作家所感知及理解的资本主义与消费文化,另方面成功为读者带来了一种属于现代的都市新感觉。此外,电话和有声电影等机械复制声音媒介(media of mechanical reproduction)的普及,在某程度上也启发了作家的故事构思和叙述手法。依循墨里·薛弗(Murray Schafer)和吉见俊哉的思路,本文将从声音切入,以刘呐鸥、穆时英及施蛰存的小说为例①,分析上海新感觉派小说中的声音景观,考察作家如何透过各种自然和人工声音的设置,在小说文本中建构出时尚又迷人的摩登上海。

二、声音作为景观

　　在进入讨论前,首先看看声音景观(soundscape)的意义。

　　声音景观(或作声景、音景、音声地景),乃指声音环境(sonic environment)。声景是由墨里·薛弗在20世纪70年代提出的概念。技术上来说,声音环境的任何部分均可以是声景研究的对象。声景可以是一个真实的环境,或是抽象的建构(如音乐创作、录音剪接)等。② 声景由"听到"的事件而非"看到"的客体所组成,一如研究某特定区域的地理景观之特色,研究人员亦可以单独地研究某特定区域的声音环境。③

　　在薛弗的实践中,声景研究的主要对象不仅是狭义的音乐作品,而是世界的声音(world sound)。她将自己的计划命名为"世界声景计划"(World Soundscapes Project),从事声音的采集、保存和分析工作,而声景的历史变迁、宁静与噪音问题等,都是薛弗关心的课题。薛弗认为,声景分析人员的首要任务是找出特定声景的

---

① 本文依学界一般的分类,将施蛰存列为新感觉派的一员。不过,施蛰存一直不承认自己属于上海新感觉派,而就作品风格而言,施蛰存的小说跟刘呐鸥、穆时英的在风格上确是有明显的不同。本文举例主要以刘呐鸥、穆时英两位的作品为主,施蛰存的作品为次。

② Schafer, R. Murray. *The soundscape: our sonic environment and the tuning of the world*. Rochester, Vermont: Destiny Books, 1994, pp.274-275.

③ Ibid., pp.7-8.

代表性特征。这些特征的重要性，可依其特质、是否量多或占主导等来判别，并最终找出当中的系统或通用分类系统。①

薛弗认为，在音乐或悦耳的声音之外，生活中被人忽略甚或嫌恶的声音也同样具有价值。② 她把声景的主题划分为基调声音（keynote sound）、声音信号（sound signal）和声标（soundmark）。基调声音是指特定社会持续或频繁地听到的声音，它形成了一个背景，与其他可被认知的声音构成对比。例如，海的声音之于一个航海社群，又或现代城市里内燃机的声音。基调声音未必被有意识地感知，但它们是接收其他声音信号的条件。相反地，声音信号指直接、有意识地听到的声音。在社群为本的研究中，它可能是一些必须被听到的信号，例如钟、口哨、号角、警报等。至于声标，则源自地标（landmark），意谓一个属于某社群的独特声音，它对该社群有特别意义，或只能为该社群所辨识。③

正如吉见俊哉所解释，声景是一个有关声音的文化及环境研究的概念：

> 声景是用声音界定空间属性，一段在特定空间录制的环境声音，能产生对该空间的认知，因此也是种社会文化文本，可反映时代状况。④

因此，声景并不仅分析声音本身，而是关心人与环境声音的关系。声音如何产生？它如何模塑人的日常生活？人又如何理解声音和赋予声音何种意义？以上均是跟声景有关的课题。

声景（soundscape）由声音（sound）和景观（scape）所组成，这词语本身是相当吊诡的，因为声音本身并不能被看见。关于这一点，薛艺兵认为：

> 人类在接受外界事物时，绝对不是依靠某个单独器官去孤立地捕捉信息，而是多个器官会同时做出反应来接收和感知事物的，那么，我们就会理解：人类在用"耳"接收音乐声音信息的同时也会主动用"目"去捕捉声音信息源，用

---

① Schafer, R. Murray. *The soundscape: our sonic environment and the tuning of the world*. Rochester, Vermont: Destiny Books, 1994, p.9.
② 吉见俊哉著，李尚霖译：《声的资本主义——电话、RADIO、留声机的社会史》，台北：群学出版有限公司，2013年，页9。
③ Schafer, R. Murray. *The soundscape: our sonic environment and the tuning of the world*. pp.9-10, 272-275.
④ 吉见俊哉著，李尚霖译：《声的资本主义——电话、RADIO、留声机的社会史》，页9。

"脑"去整合感知到的音乐事件,甚至会用整个身体对音乐感知做出反应。从这个事实去理解音乐的本质,音乐就不只是一种只能依靠耳朵去感受的声音,它还是一种可以凭借眼睛去体验的"景观"。①

尤其重要的是,在留声机、唱片、无线广播等机械复制声音出现之前,聆听作为孤立的行为是很少有的。人们在现场聆听音乐演奏,"听赏"同时"观赏"音乐会。所以,"只要音乐事件在现场发生,就有地点、场合、人、行为等景象出现;正是音乐事件发生的地点、场合、人以及人的行为产生的音乐声音,共同构筑起一个整体的'声音景观'。"②换言之,声音是现场环境的一部分。

从这个意义上来看,文字或文学作品中的声景,也就有了考察的可能和意义。作家以文字描绘世界的声色气味触感,读者从眼目所见的文字为起点,在脑海里构筑一个虚拟的空间。文学作品里的声音虽然用文字传达,但文本中一旦出现了某地方的声音描述,声景随即构成。这就好比爱德华·蒙克(Edvard Munch)著名的《呐喊》(The Scream),以线条、颜色和构图传达声音,构成了"人物在黄昏中呐喊"的声景,以视觉震撼看画者的耳朵。更重要的是,声音的出现协助读者更立体地重塑故事场景,并且以其表现方式影响读者对文本空间的感知。如果稍为引申一下吉见俊哉的说法,我们可以说,声音能帮助读者界定文本所叙述的空间的属性,使读者产生对该空间的认知,甚至由此理解其背后的社会文化或时代状况。

三、城市的基调:现代交通工具和高跟鞋

让我们回到关于20世纪30年代上海新感觉派的讨论。众所周知,都市是30年代上海新感觉派小说的重要场景。在刘呐鸥、穆时英和施蛰存的小说中,我们很容易找到描绘上海街道景色的段落。跟地理景观比较,声景的地位似乎并不那么重要——它通常是属于辅助性质的。不过,观察作家如何设置声景,利用声音来帮助描绘都市或表现角色的内在心理,相信还是有意义的。

因受到日本新感觉派的影响,刘呐鸥和穆时英很着重颜色、气味、声音等感官

---

① 薛艺兵:《流动的声音景观——音乐地理学方法新探》,《中央音乐学院学报》2008年第1期,页84。
② 同上。

经验的描写。试看一个很典型的段落:

> 是紫暗暗的晚霞直扑到地沥青铺道上的下午六点钟,从街端吹来的四月的风把蔚蓝色的静谧吹上两溜褐色的街树,辽远的白鸽的翅上散布着静穆的天主教寺的晚祷钟,而南国风的 Cafe Napoli 便把黄色的墙在铺道上投出了莲紫色的影子。
>
> 商店有着咖啡座的焦香,插在天空的年红灯也温柔得像诗。树荫下满是煊亮的初夏流行色,飘荡的裙角,闲暇的微尘,和恋人们脸上葡萄的芳息。①

视觉的色彩在这里是整个描写的核心,但声音(晚祷钟)、触觉(四月的风)、气味(咖啡的焦香)都有被写到,共同交织出一个富于异国风情的上海街头。通感是另一非常重要的手法,不同的感官经验可以互相转换或承载,加上十分欧化的句子,这种描写手法对 30 年代读者来说极有冲击力。

将声音包含在上海街道的描写中,乍看理所当然,但如果对照一下其他五四作家的街道描写,我们不难发现上海新感觉派小说的感知模式已悄然起了变化。以描写上海街头为例,1928 年朱自清在《那里走》有这样的段落:

> 我知道这种心情的起源。春间北来过上海时,便已下了种子;以后逐渐发育,直至今日,正如成荫的大树,根株蟠结,不易除去。那时上海还没有革命呢;我不过遇着一个电车工人罢工的日子。我从宝山路口向天后宫桥走,街沿上挤挤挨挨满是人;这在平常是没有的。我立刻觉着异样;虽然是晴天,却像是过着梅雨季节一般。后来又坐着人力车,由二洋泾桥到海宁路,经过许多热闹的街市。如密云似的,如波浪似的,如火焰似的,到处扰扰攘攘的行人;人力车得委婉曲折地穿过人丛,拉车的与坐车的,不由你不耐着性儿。我坐在车上,自然不要自己挣扎,但看了人群来来往往,前前后后,进进退退地移动着,不禁也暗暗地代他们出着力。这颇像美国式足球战时,许多壮硕的人压在一个人身上,成了肉堆似的;我感着窒息一般的紧张了。就是那天晚上,我遇着郢。我说上海到底和北京不同;从一方面说,似乎有味得多——上海是现代。

---

① 穆时英:《骆驼、尼采主义者与女人》,《穆时英小说全编》,上海:学林出版社,1997 年,页 483—484。

郢点点头。但在上海的人,那时怕已是见惯了吧;让谛知道,又该说我"少见多怪"了。①

朱自清这段有关电车工人罢工的描写是全然是视觉性的,声音完全被绕过了。街市是热闹的,而人是罢工的核心。读过《桨声灯影里的秦淮河》《荷塘月色》等美文,我们当不会怀疑朱自清描写事物的能力和技巧。朱自清用"密云""波浪"和"火焰"三个比喻来描述行人,带出人群"来来往往,前前后后,进进退退地移动着"的感觉。有人就有声音,更遑论是罢工,但非常奇怪的是,朱自清笔下上海街头"扰扰攘攘的行人"是寂静无声的。他透过一个恍如默片似的、扰攘却静默的画面,集中传达出自己置身人群中"窒息一般的紧张"。朱自清虽是浙江人,但从大学时代起已久居北京,当他在上海遇到罢工(现代工人特有的争取权益的形式),他忽然确切地感受到"上海到底和北京不同",上海是"现代",是"有味得多"的。这个"少见多怪"的落伍者似乎未能一下子把握那流动的、具压迫力的现代群众的特点,只能以循一贯风格,以自然景物为比喻来描述人群的动态。可是,这些继承自古典文学的惯用意象,似乎未有充分地展现现代城市街头的特点。即使接下来他补上了"美国式足球战"的比喻,但也只能传达出"压迫感",尚未有意识地捕捉现代城市的声景。

同样是写身处上海大马路的经验,同样是表达因主观心理而"沉默"的声景,刘呐鸥却有完全不同的表现形式。在《游戏》中,寂寞的主人公走过一条热闹的马路,只觉"这个都市的一切都死掉了":

> 塞满街路上的汽车,轨道上的电车,从我的身边,摩着肩,走过前面去的人们,广告的招牌,玻璃,乱七八糟的店头装饰,都从我的眼界消灭了。我的眼前有的只是一片大沙漠,像太古一样地沉默。那街上的喧嚣的杂音,都变做吹着绿林的微风的细语,轨道上的辘辘的车声,我以为是骆驼队的小铃响。最奇怪的是,就是我忽然间看见一只老虎跳将出来。我猛吃了一惊,急忙张开眼睛定神看时,原来是伏在那劈面走来的一位姑娘的肩膀上的一只山猫的毛皮。[……]总之,我的心实在寂寞不过了。②

---

① 朱自清:《那里走》,《朱自清全集》第四卷,朱乔森编,南京:江苏教育出版社,1996年,页227—228。
② 刘呐鸥:《游戏》,《刘呐鸥小说全编》,页1—2。

跟朱自清一样,刘呐鸥也援引了自然景物。他不用明喻来写,却引入了超现实手法来写主观的幻觉。身在街道上,眼前却"只是一片大沙漠"。这沙漠虽然沉默,但却隐隐然传来了声响。他进行了两重的颠倒:一是用声音来写沉默,二是把现代城市的声景置换为富有古代异域风情的、远离都市文明的边塞声景。街上的杂声变成了风的细语,机械运输及交通工具(电车)的声音,幻化为更原始的、作为交通工具的动物(骆驼)的铃声。而姑娘身上披着的山猫皮草变成老虎,由"死"复"生",这更不免让人想到超现实主义画家对梦境和无意识的描绘了。将城市街头幻化为大沙漠,一方面表现主人公关起耳朵走路,心不在焉的样子,另方面呼应着主人公内心枯燥、渴求异性滋养的主观心理。透过引入幻觉这一表现形式,刘呐鸥在文本中成功创造出两个互相重叠、互相颠倒的声景,使他笔下的上海街头出现了与前人不同的趣味。

讨论上海的城市声景,我们很容易会想起张爱玲。在张爱玲笔下,电车声是三四十年代上海市声的重要组成部分:

> 长年住在闹市里的人大约非得出了城之后才知道他离不了一些什么。城里人思想,背景是条纹布的幔子,淡淡的白条子便是行驰着的电车——平行的,匀净的,声响的河流,汩汩流入下意识里去。①

张爱玲敏感地通过电车声来把握上海城市声景的基调,市民长久地被电车声所围绕,平时并不察觉,却在下意识里留下了深刻的烙印。可是,同样是写城市的基调声音,活跃于30年代上海的新感觉派男性作家,其选择却与张爱玲有所不同。他们不以电车为焦点,反而常常写到火车声、汽车声和其他诸多杂音。② 这些纷乱的、喧闹的、急速的机械声音,完全融入了故事,成为故事的背景,构成了他们笔下的上海声景的基调。

以穆时英《上海的狐步舞》为例,这篇小说开宗明义是写上海的"一个断片",

---

① 张爱玲:《公寓生活记趣》,《流言》,香港:皇冠出版社(香港)有限公司,1996年,页26。
② 茅盾是另一位喜欢写汽车的30年代男作家。他在长篇小说《子夜》的第一章,即详细地写到吴老太爷初抵上海时在路上的所见所闻。当中用了大段的篇幅,夸张地呈现守旧的吴老太爷眼中的汽车。茅盾把重点放在汽车的速度和车灯所发出的强光,强调这"'子不语'的怪物"在视觉所带给老人的冲击。除此以外,茅盾亦有描述马达(引擎)的声音,以一连串的拟声词(啵、轰、轧)来形容这些灌满了老人耳朵的噪音。茅盾:《子夜》第1章,北京:人民文学出版社,2000年,页1—26。

当中我们可以看到穆时英对交织于城市中的杂音有很好的把握和剪裁。小说一开首即写了一次杀人事件,杀人的过程绝大部分以说话交代,从"慢着走,朋友!""咱们这辈子再会了,朋友!""救命!"等对白,我们不难靠声音想象杀手如何对付受害人。特别有意味的是凶案后紧接的一段,穆时英以富有电影感的方式描写了特快火车驶过的情况,来突显城市中连罪恶也来去匆匆。

> "救命!"爬了几步。
> "救命!"又爬了几步。
> 嘟的吼了一声儿,一边弧灯的光从水平线底下伸了出来。铁轨隆隆地响着,铁轨上的枕木像蜈蚣似地在光线里向前爬去,电杆木显了出来,马上又隐没在黑暗里边,一列"上海特别快"突着肚子,达达达,用着狐步舞的拍,含着颗夜明珠,龙似地跑了过去,绕着那条弧线。又张着嘴吼了一声儿,一道黑烟直拖到尾巴那儿,弧灯的光线钻到了地平线下,一回儿便不见了。
> 又静了下来。①

这段描写非常有电影动感,画面和声音完美融合。蜈蚣及龙两个比喻赋予了火车以生命,但却没有古代神话的味道,反而与"用着狐步舞的拍"混合在一起,极具西方风格。与此同时,穆时英聪明地利用了声音来完成场景的转换,受害者"救命"的呼叫,下接特快火车的响号,"嘟的吼了一声儿"中的"吼"字语连相带,从机械的吼叫联想到人的吼叫。穆时英又细致地写到火车驶过时的多种声音("隆隆"和"达达达"),当火车的汽笛再次响起("又张着嘴吼了一声儿"),光线消失,凶手逃遁,一切归于寂静。声响和寂静的强烈对比,配合灯光的出现与消失,使上海显得异常诡秘,好像在这个节奏急速的城市里,什么事情都有可能在刹那间发生、在刹那间消失。

除了电车、汽车和火车,上海新感觉派小说里还有其他许多城市的杂音。例如屋子传出来的钢琴声②、戏曲声③,又或"修路工人的铿铿的锤声"④,甚至恐怖如工

---

① 穆时英:《上海的狐步舞(一个断片)》,《穆时英小说全编》,页 235。
② 穆时英:《PIERROT》,《穆时英小说全编》,页 410。
③ 穆时英:《上海的狐步舞(一个断片)》,《穆时英小说全编》,页 240—241。
④ 刘呐鸥:《游戏》,《刘呐鸥小说全编》,页 4。

人意外坠楼的声音①等等。尤有趣味的是,刘呐鸥甚至刻意写到了街道上高跟鞋的声音:

> 两分钟之后,借着电梯由七楼到底下做了一个垂直运动的启明便变为街上的人了。门口是这些甲虫似的汽车塞满着街道。启明拖着手杖往南便走。
> 还不到 Rush hour 的近黄浦滩的街上好像是被买东西的洋夫人们占了去的。她们的高鞋跟,踏着柔软的阳光,使那木砖的铺道上响出了一种轻快的声音。一个 Blonde 满胸抱着郁金香从花店出来了。疾走来停止在街道旁的汽车吐出一个披着有青草的气味的轻大衣的妇人和她的小女儿来。②

在这里,高跟鞋的鞋跟得到了一个"特写镜头",而高跟鞋踏在木砖铺道上的声音则被刻意放大,成为这段文字的基调。在当时的现实环境中,数量众多的汽车理应发出很大的声响,但为了配合男角下班的轻快心情,带有阳刚味道的汽车声被消音,取而代之的是轻快、具节奏感的"高跟鞋行进曲",刻意营造出一种阴柔的、中产阶级的浪漫想象——黄浦滩的街上满是洋夫人,踏着轻快的步伐购物去。

补充一点,与刘呐鸥、穆时英二人比较起来,施蛰存较少着力于声景的经营。细读施蛰存以上海街道为背景的小说代表作《梅雨之夕》,能发现当中的基调声音是雨声。"我喜欢在滴沥的雨声中撑着伞回去"③,叙述者对于城市各种杂音如汽车声、小贩叫卖声着墨不多。从技术层面来说,这无疑有助烘托叙述者的出神状态。"雨大的时候,很近的人语声,即使声音很高,也好像在半空中了。"④在雨声中,他堕入了昔日的回忆,暂且离开了现实的街头,仿佛穿越了时间,重新体会面对过去的恋人的忐忑心情。施蛰存笔下的上海街头往往是"安静"的,较少描绘其喧嚣的一面。这跟刘呐鸥、穆时英两位倾向对外追寻,浮沉于上海繁华之中,而施蛰存则着重发掘人类内在心理、展现出较为内倾的形态是相一致的。⑤

---

① 穆时英:《上海的狐步舞(一个断片)》,《穆时英小说全编》,页 240。
② 刘呐鸥:《礼仪与卫生》,《刘呐鸥小说全编》,页 49。
③ 施蛰存:《梅雨之夕》,《石秀之恋》,北京:人民文学出版社,1991 年,页 243。
④ 同上。
⑤ 施蛰存跟刘呐鸥、穆时英的分别亦见于小说里文学地景的经营,参见郭诗咏:《论施蛰存小说中的文学地景——一个文化地理学的阅读》,《现代中文学刊》2009 年第 3 期,页 11—25。

四、办公室和跳舞场的靡靡之音

上一节分析过新感觉派小说里上海声景的基调,这一节让我们讨论一下声标(soundmark)的设置。在新感觉派小说中,办公室和跳舞场是两个经常出现的场景,前者经常显得无趣,后者则永远地多姿多彩,形成了强烈的对比。这两个地方各有尊属的独特声音,对身处其中的群体别具意义,恰恰反映出这些洋场作家对于上海的印象。

在刘呐鸥笔下,办公室里的声响被比喻成"紧张进行曲",由打字机声、算盘声、电话铃声和间中出现的人语声交织而成。这些办公室里特有的声响,展现了30年代上海白领那令人神经紧张的职场生活:

> 密斯脱Y每天早上是九点半出来。到办公室是十点缺一刻。可是真地忙着事务却是从十点半起一直到正午。这中间室内的人们都是被缄了口一般地把头埋没在数字中。除了有节奏的打字机和算盘的合奏,和猛醒的电话,呼铃声之外,简直听不出甚么别的东西。电报和纸类由仆欧的手里在各写字台间飞行着。时常也有人由问讯处领进碧眼的洋先生和胖子的中国人来。但是这些人的谈话都不过五分钟就完的,他们走了之后室里便仍旧奏起被打断了的紧张进行曲。从没有人表示丝毫疲乏的神色,只把上半身钉住在台子上,拼命地干着神经和笔尖的联合作用。因为他们已经跟这怪物似的C大房子的近代空气合化了,"忙"便是他们唯一的快乐。①

"紧张的工作节奏"毕竟是抽象的,虽然可透过急促的动作来表达,但偏偏房子里大部分职员都不太走动。刘呐鸥在这里巧妙地利用办公室内的声响来传达那繁忙的工作气氛。因为职员都忙于工作,全体缄默,于是办公大楼内只剩下了机械的声音。文中特别写到人与人之间交谈都是短暂的,而且都是为了招待客户才产生的对话。"神经和笔尖的联合作用",指人在工作中成为机器,末了再点出职员们"跟这怪物似的C大房子的近代空气合化了",进一步取消"人"与"机器"的界线,突出了资本主义对人的异化。这一段有关办公室的声景描绘,搜罗了各种办公室里可能出现的机器声音,并将它们混合在一起,成功地再现了现代资本主义企业的声

---

① 刘呐鸥:《方程式》,《刘呐鸥小说全编》,页75—76。

音环境之特征。

相反地,一旦踏出沉闷的办公大楼,人就活过来了。刘呐鸥和穆时英笔下的大多数男主人公,都喜欢流连于夜总会或跳舞场;而随着这些主人公的视角,新兴娱乐场所的环境遂活现于读者眼前。夜总会和跳舞场灯红酒绿,满是俊男美女,视觉和色彩的描绘十分重要。有关刘呐鸥和穆时英如何利用电影蒙太奇手法表现夜总会内的人物和场景,已有不少论者详细讨论过,① 这里我想把注意力放在声标的设置上。

在上海新感觉派小说中,30年代上海夜总会和跳舞场的声标是现场乐队的演奏。乐队现场演奏的一般是爵士乐②,不使用留声机,显出现场感和气派。色士风(Saxophone)的声音几乎一定会出现,有时会点缀其他乐器的音色。在穆时英的小说中,夜总会和跳舞场总是以现场演奏的爵士乐为衬底,配合着场景里其他事物的剪影,呈现一个具声色气味的现代消费场所。

安德鲁·琼斯(Andrew F. Jones)在其著作《留声中国:摩登音乐的形成》里,考察了当时中国的爵士乐发展情况,并分析了现代派小说如何看待和书写爵士乐的问题。③ 正如琼斯所指出,当时的上海现代派文学作品,"有许多爱拿爵士乐的消费而非生产来作上海'殖民现代性'的意符","着魔也似的屡屡乞灵于爵士乐舞厅,以其为典型之现代情境(modern conditions)的最高典范"。④ 我们试看《上海的狐步舞》的著名段落:

> 蔚蓝的黄昏笼罩着全场,一只Saxophone正伸长了脖子,张着大嘴,呜呜地冲着他们。当中那片光滑的地板上,飘动的裙子,飘动的袍角,精致的鞋跟,鞋跟,鞋跟,鞋跟。蓬松的头发和男子的脸。男子的衬衫的白领和女子的笑脸。伸着的胳膊,翡翠坠子拖到肩上。整齐的圆桌子的队伍,椅子却是零乱的。暗角上站着白衣侍者。酒味,香水味,英腿蛋的气味,烟味……独身者坐

---

① 参考李欧梵《上海摩登:一种新都市文化在中国1930—1945》,香港:牛津大学出版社,1999年;以及李今《海派小说与现代都市文化》,合肥:安徽教育出版社,2000年。
② 除爵士乐之外,穆时英笔下的夜总会和跳舞场里,还出现过各式舞曲,包括:踹跶舞音乐(《夜总会里的五个人》)、foxtrot(狐步舞)的旋律(《被当作消遣品的男子》)、Rumba(伦巴)舞曲(《Craven"A"》)等等。
③ 安德鲁·琼斯(Andrew F. Jones)著,宋伟航译:《留声中国:摩登音乐的形成》第四章,台北:台湾商务印书馆,2004年,页165—192。
④ 同上书,第四章,页181。

在角隅里拿黑咖啡刺激着自家儿的神经。①

蒙太奇式跳跃的名词短语和短句，仿佛呼应着音乐的节奏和拍子，构成了破碎及急促转换的电影镜头（特写、中景、全景），其效果颇像当代音乐录像（Music Video）。在这样的叙述设置中，现场乐队的演奏不仅指向现代性和资本主义消费，同时暗示了一晌贪欢的男女之爱。男女在舞池中沉醉于音乐之中，亲密地拥抱。爱欲与音乐共生，随时间展开和消逝——音乐开始，爱欲来临；音乐停止，爱欲结束。如不能随音乐起舞，就会如文中的独身者一样被排除在外。

现场乐队的爵士演奏作为夜总会和跳舞场里的声标，对于摩登都市的浪荡子一族而言，它常见的隐含意义是情欲的萌动。前文提及的《游戏》男主人公，离开街头后走进了"探戈宫"：

> 忽然空气动摇，一陈乐声，警醒地鸣叫起来。正中乐队里一个乐手，把一枝 Jazz 的妖精一样的 Saxophone 朝着人们乱吹。继而锣，鼓，琴，弦发抖地乱叫起来。这是阿弗利加黑人的回想，是出猎前的祭祀，是血脉的跃动，是原始性的发现，锣，鼓，琴，弦，叽咕叽咕。……②

男主人公尽管感到寂寞枯燥，但经过了"这一阵的喧哗"后，他就"把刚才的忧郁抛到云外去了"，因为他身边出现了舞伴。夜总会和跳舞场里出现现场乐队演奏和爵士乐，固然是当时社会的现实情况，来自作家的生活经历，但如果谈到文本中的声景设置，我们更需注意到音乐所带来的想象。琼斯曾分析过这段有关"探戈宫"的小说段落所体现的资本主义现代性的精神，以及当中涉及的错位和歧视，③但我在这里更想强调爵士乐和情欲书写的关系。"阿弗利加黑人""出猎前的祭祀"上承前文的"大沙漠"，继续提供异国风情的氛围，但最重要的是背后的性暗示。这些乐器所奏出的音乐，它在这里并不指向西化和优雅，反而充满野性，是鼓动原始情欲的催化剂。只要联结前文，我们就能发现，那些句子虽然表面上似乎是在描绘音乐的声音，但实际上不妨视作花花公子在"魔宫"里狩猎女子的露骨宣言。

---

① 穆时英：《上海的狐步舞（一个断片）》，《穆时英小说全编》，页238。
② 刘呐鸥：《游戏》，《刘呐鸥小说全编》，页2。
③ 安德鲁·琼斯（Andrew F. Jones）著，宋伟航译：《留声中国：摩登音乐的形成》第四章，页182—183。

我们在《夜》里亦能找到依循相同逻辑的反面例子。在鼓和喇叭以外,这次穆时英更提供了歌词,明确地写出"寻找恋人"的要旨。音乐是热情的,有着南方的情调,作家并利用其他顾客放浪形骸的笑声,反衬出主人公的寂寥:

> 一拐弯走进了一家舞场。
> 酒精的刺激味,侧着肩膀顿着脚的水手的舞步,大鼓呼呼的敲着炎热南方的情调,翻在地上的酒杯和酒瓶,黄澄澄的酒,浓冽的色情,……这些熟悉的,亲切的老朋友们啊。可是那粗野的醉汉的笑声是太响着点儿了。
> 在桌上坐下了,喝着酒。酒味他是知道的,像五月的夜那么地醉人。大喇叭反复地吹着:
> 我知道有这么一天,
> 我会找到她,找到她,
> 我流浪梦里的恋人。①

夜总会和跳舞场里的现场演奏,其意义随着主人公的心情而变化。正因为单身汉的身边"没一个姑娘伴着他","他有了化石似的心境和情绪的真空",才会所有东西都不对劲——酒太浓、笑声太响、音乐太疯狂。②

如果说乐队的现场演奏是上海夜总会和跳舞场的声标,那么,留声机和无线电播音机,则主导着上海小资产阶级的休闲生活。在穆时英笔下的世界里,家中会客室里的无线电播音机播着 *Just Once for All Time*,③书室里的小型无线电播送器放送着《春江花月夜》;④周末在户外"行 Picnic"的时候,年轻的绅士淑女也会带上留声机。⑤ 穆时英似乎觉得,无线电播音机特别适合寂寞的单身者。百无聊赖的男主角,因为想到"独身汉还是听听音乐吧",就去买了个播音机;⑥而寂寞的女主角家里,除了一只白猫,还有一架无线电播音机。⑦ 穆时英的这些安排,大抵是符合当时上海市民的生活实况的。

---

① 穆时英:《夜》,《穆时英小说全编》,页 274。
② 同上书,页 274—275。
③ 穆时英:《五月》,《穆时英小说全编》,页 332。
④ 穆时英:《PIERROT》,《穆时英小说全编》,页 417。
⑤ 穆时英:《被当作消遣品的男子》,《穆时英小说全编》,页 109。
⑥ 穆时英:《五月》,《穆时英小说全编》,页 316。
⑦ 穆时英:《Craven "A"》,《穆时英小说全编》,页 151。

五、机械复制时代的声音媒介

从 20 世纪 20 年代末开始,机械复制声音媒介开始全面地进入上海市民日常生活。留声机、唱片、无线广播、电话和有声电影等新兴的媒介,为上海小资产阶级提供了新的娱乐模式和生活便利。上海新感觉派的作家非常迅速地响应了这些崭新的现代听觉经验,并将这些日趋普及的机械复制声音媒介纳入他们的小说创作。这些新兴的机械复制声音媒介不只是都市风景线的亮丽小摆设,而且在某程度上是小说故事构思和叙述实验的必要条件。

利用现代机械来复制声音,是人类历史上的一大突破,大大地改变了人类的聆听经验和模式。声音本来与它的原创者密不可分,声音所能传送的距离也很有限,所有声音都是原创的,无法保存,可一不可再。可是,机械复制声音媒介的发明,完全改变了人类的听觉历史。诚如薛弗指出:

> 自传播、存录声响的电气音响装置发明以来,不管是什么声音、再怎么微小,都能鸣放向世界发送,也能转录成录音带或唱片留给未来世代。我们已和声音的创造者隔离。声音被人从它自然的插座中拔离,被扩大成独立的存在。例如,人类的声音已不再与头部的某个窟窿有关,而是能在风景中随处自由产生。人类的声音能在同一瞬间,由世界上几百万的公共场所或私人场所的几百万处窟窿中发中,日后,恐怕是原音产生后的几百年后,声音也能为了回放而储存。唱片或录音带等收藏品,收录来自极为多样的文化与各个历史时代的声音,说不定对从我们的世纪以外的世纪到此的人,会觉得这是毫无意义的超现实排序。①

机械复制声音媒介的出现,使声音成为独立存在的事物。它可以被保存、复制、重复播放及远距离传送。由是,聆听行为可以剥离于声音原生环境,声音脱离了视觉,耳、目、脑可以分别接收和处理不同来源的信息。

由于篇幅关系,本文拟先集中讨论电话在新感觉派小说声景里的具体表现和作用。我希望能证明,电话作为机械复制声音媒介,它不但是小说声景的其中一个组成部分,而且引入了新的听觉经验和感知方式,为情节结构和叙述实验创造了必

---

① 转引自吉见俊哉著,李尚霖译:《声的资本主义——电话、RADIO、留声机的社会史》,页 10。

要条件。①

20世纪20至30年代,中国的电话用户持续增长,上海是世界上最早拥有电话和放映有声电影的城市之一。1878年7月8日贝尔电话公司通过天成洋行,首次在中国上海刊登电话广告。三年后,上海电话交换所在外滩开始通话营业。而到了1930年,上海电话实装用户已有二万六千多户。② 从当时的广告中所见,电话的销售重点和公众形象,是以经济的方式为生活提供便利("替你很迅速舒适的解决一切事情","如有装了电话就不必着急了"),并能够加强亲朋好友之间的联系("您的电话的价值,大多数是给您要好的朋友所享受的")。③

不过,更为重要的是电话带来的听觉现代性。电话作为机械复制声音媒介,它传送来自彼端的声音——对方既在又不在,声音明明近在耳边,亲密而几近同步,但声音的主人却不在此处。正如洪芳怡指出:

> 电话以开天辟地之势,打破了物理距离。声音一变为传递者与内容物,在通话的同一个当下拉拢听筒两端,在听觉之中为两方开拓了一共有的、非眼可见的空间。④

铃声响起,电话在接通的一刹那开始,两个空间之间发生了短路。通话的声音一方面把两个不同的地方连接起来,打断了彼此原本正各自进行的事情;另一方面同时营造出共享的幻觉,声音贴近耳边响起,仿佛像恋人亲密的耳语。

上海新感觉派作家敏感地抓住了电话的听觉现代性,巧妙地以电话为道具,使小说的情节结构和叙述手法出现了新可能。在穆时英的《某夫人》里,正被色诱的日本军官山本,之所以能识破女间谍的身份,全靠同袍冈崎突如其来的一通电话。

---

① 有关机械复制时代的流行音乐聆听经验于穆时英小说创作中的重要意义,以及穆时英小说与当时外语流行歌曲的互文关系,请参见郭诗咏《欲望政治与文化身份想象——穆时英小说、流行音乐与跨文化现代性》(即将发表)。此外,洪芳怡在《上海流行音乐(1927—1949):杂种文化美学与听觉现代性的建立》(台北:台湾政治大学出版社,2015年)曾讨论留声机和唱片的技术,如何为上海听众带来了现代性听觉启蒙。至于近现代上海音乐工业与革命的关系,史通文(Andreas Steen)在《在娱乐与革命之间:留声机、唱片和上海音乐工业的初期(1878—1937)》(王维江、吕澍译,上海:上海辞书出版社,2015年)已有详细的考察。
② 黄志伟、黄莹编著:《中国近代广告》,上海:学林出版社,2004年,页117—120。
③ 同上书,页119。
④ 洪芳怡:《上海流行音乐(1927—1949):杂种文化美学与听觉现代性的建立》,页187。

浴室外面的电话响起,香艳的鸳鸯浴被迫中断,山本被迫面对震撼的真相:

"你昨天不是猎获了一个新夫人么?"
"你怎么已经知道了。"
"你跟她一同在长春下车,我是不能不知道的。"
"好家伙!"
"可是朝鲜人,讲话带一点汉城口音的,身材很苗条,鼻子旁边有一颗美人痣,笑起来很迷人,走路时带一点媚态,腰肢非常细的?"
"你认识她不成?"山本惊异起来了。
"现在还在你房里吗?"
"你想来看看她么?"
"你现在马上拿手枪指住她,别让她走一步。"
"拿手枪指住她?"
"你还不知道她就是有名的女间谍 Madam X 么?"
电话挂断了。①

这段对话充分利用了电话聆听经验中耳目不一致的特点,山本的耳朵听见了真相,但他的眼睛依然看着艳丽性感的 Madam X,脑筋一时反应不过来。事实上,冈崎从电话筒另一端传来的不仅是真相,更有实时的行动指令。电话在此是不能取代的装置,如果换上以信件、便条或电报,实时对质、同步下达行动指令的戏码即无法上演,其间紧张的叙述效果亦会消失。在这里,作为机械复制声音媒介的电话,是小说情节和叙述设置的必要条件。如果电话没有成为声景的一部分,一切将无从说起。

另一个有趣的例子是穆时英的《五月》。这篇小说的部分人物身份和场景十分新颖,其中一位女角是电话接线生,并配以电话局为背景。电话接线生是随着电讯业普及而产生的新兴女子职业,薪水不错。女接线生接受过相当水平的教育,要熟悉各地方言,能操流利英语、懂日语才能胜任,而且正式派定工作前要通过重重考核,故此在女子职业中地位甚高,据说吸引了不少高材生应征。② 当时,女接线

---

① 穆时英:《某夫人》,《穆时英小说全编》,页 478—479。
② 雷慧新:《电话与近代上海城市(1882—1949)》,北京:科学出版社,2018 年,页 274。

生被看作是传统家庭贤淑妇女形象的对立面,是"努力向上为自己前途奋斗的女孩子"①,经济独立,追求自由的生活,是都市新女性的代表之一。

吉见俊哉分析过日本女性电话接线生职业的发展,认为女接线生延续了女学生的谱系,是形塑明治三十年代萌生的又一个"少女"文化的起点。② 在上海新感觉派小说作家笔下,女接线生是可爱的恋爱对象,不会太过天真,又不会过于邪气,"那么精致的一个小玩具呢!"③在《五月》里,女接线生蔡佩佩长相精致,穿了件白绒线的上衣,坐在电话机的柜子里边,套着一副接线用的听筒在看小说。宋一萍看上了她,于是常常借故去打电话。

小说的其中一节名为"电话的用途",作者在这里赋予了电话新的用途——谈恋爱的中介(重点在"谈")。为引起蔡佩佩的注意,宋一萍乱打电话给朋友昭贤,扮作跟他聊天。所谓"项庄舞剑,意在沛公",在通话过程里,"宋一萍嘴对着电话筒,眼对着佩佩,耳朵对着佩佩的嘴",再加上用括号标示的人物内心独白,小说的对话出现了一连串有趣的错位:

电话筒里:"你是谁?"

"我是宋一萍。宋子文的宋,一二三四的一,草字头底下三点水旁一个平字的萍:宋一萍。(她在哪儿听我说话呢!)中央银行国外汇兑科科长的宋一萍。"

电话筒里:"老宋,今天怎么啦,你有什么事……"

宋一萍:(混蛋,他可给我闹得莫名其妙啦!)

"没什么事,我今天不上你那儿来了,我在大美晚报馆打电话,我爱上一个人了——懂得我的话吗?"

佩佩:(为什么每一个女人都有男人爱她呢?)

"昭贤,你没瞧见,那么可爱的一个小东西!她正在那儿看小说,她嘴角有一颗大黑痣,眼梢那儿有五颗雀斑……"

佩佩:(他在那儿说我不成?"那么可爱的!""小东西!")

抬起脑袋来。

"呵,她抬起脑袋来了……"

---

① 雷慧新:《电话与近代上海城市(1882—1949)》,北京:科学出版社,2018 年,页 274—275。
② 吉见俊哉著,李尚霖译:《声的资本主义——电话、RADIO、留声机的社会史》,页 149—150。
③ 穆时英:《五月》,《穆时英小说全编》,页 319—320。

电话筒里:"你疯了不成?"

"这回我可瞧清楚啦。她刚才低着脑袋在看小说,我只能看到她的头发——从来没瞧见过那么光润圣洁的头发的。一定是很天真的姑娘。(其实,要是我的经验没欺骗我的话,她准是很会修饰,很懂得怎么应付男子的方法的女人;也不会是怎么天真的吧?只要看一看她的梳头发的样子就能断定咧。可是称赞她纯洁,称赞她天真,她也只有高兴的理由吧?)她抬起脑袋来的时候,我看见她有一对安琪儿的眼珠子,不着一点女子的邪气的,那是幸福,光明,快乐,安慰……嗳,我说不出,我连气都喘不过来咧。"

佩佩:(真的是在说我呢,这坏蛋!说我小东西,又说我有一对安琪儿的眼珠子——谁知道他心里在怎么说呢?二十七八岁的男子的嘴是天下顶靠不住的东西。)①

宋一萍虽然正与身处另一地方的昭贤对话,但他真正的想对话对象却是眼前的蔡佩佩。作者再一次利用听觉和视觉分裂的特点,让宋一萍假借昭贤"瞧不见"电话筒这一端的蔡佩佩,把眼前的女子的样貌神情动作赞美一遍。在这里,宋、蔡二人的调情出现了有趣的回旋:通过连接彼端的另一位男性,进行一段完全失败的电话沟通,宋一萍向眼前的美丽女性奉上了赞美。话里的"她",其实是眼前的"你";可是这个"她",却不确定是男子是否在谈论"我"。穆时英在这段明显经过巧妙安排的对话中,在文本里创造出至少五个不断互相穿插的空间:宋、昭二人分别身处的现实空间,宋、昭二人因通话而产生的非眼可见的共有空间,宋、蔡二人各自的内心空间。不过,宋、蔡二人的内心由始至终没有接通,依然在括号里自顾自地进行充满偏见的内心独白。结束通话后,即使宋一萍试图与蔡佩佩攀谈,也没得到响应。故此,无论在电话内还是电话外,有声的还是无声的,所有沟通都没有成功。

因借用电话的特性而创造的新叙述形式,后来在施蛰存手上得以成熟。在《薄暮的舞女》里,施蛰存有意识地做了一次叙述实验。

——我吗?我在家里。我今天就不到希华去了。——嗯?为什么不去,你问我为什么不去吗?——一则是因为我有点不舒服,二则是……难道你忘记了吗?喂,——喂——哈罗,哈罗——你是谁?——啊,不是的,不是的,先生,我们又线了,我要和四三五二七号谈话,对不起,挂上了罢——哈罗,四三

---

① 穆时英:《五月》,《穆时英小说全编》,页320—321。

五二七——我没有挂断呢。——哦,你是子平吗?——刚才给人家叉线了。——我说你难道忘记了日子吗?——喂,子平,我在这里等你呀。——礼拜二晚上你不是说今晚来带我一同去吃麦瑞罗吗?——哈哈,所以我晓得你这两天一定又忙极了。①

小说把电话筒另一端的对白取消了,读者只能凭女主角素雯断断续续的话,来推测故事情节。《薄暮的舞女》里的这些通话内容,在表现形式上其实与西方现代诗歌的戏剧性独白十分相似。施蛰存很可能是将诗歌技巧挪用到小说叙述,以表现这种新出现的"对话"经验。从另一角度看,这些破碎、被打断的语句,跟《在巴黎大戏院》的内心独白也有类近之处。施蛰存巧妙地把内心独白破碎、游移、间或从主线岔开的特性,嫁接到30年代上海人使用电话的实际情形。表现内在心理和记述对话的手法彼此互用,施蛰存以其独特的慧心,再一次超越了内外的界线。

前面提过,因听筒贴近耳边,电话通话会让人产生的一种亲密幻觉。上海新感觉派作家亦准确地把握了这一点。《游戏》中写到男子与女子在电话上聊天,她的声音和讲述的内容勾起了男子的欲望:

> 对啦,今天不要你来,我来找你吧!……不,不,我们在C公园相会吧!差不多……五点半!听见了吗?你怎么不说,让我一个人,……生气了,是么?我刚洗好澡,还没有穿衣衫哪!好了,五点半,别弄错,你的嘴唇来……
>
> 他放下了听筒的时候,什么也再想不出来了。他的耳朵充满着她可气又可爱的声音,眼前只见她的影子在跳动——她刚出浴的肢体,湿了水的短发,不穿袜子的足趾……他只发呆地默然坐着。②

女子的话和男子的想象形成了鲜明的对照。女子在电话里的一句,"我刚洗好澡,还没有穿衣衫哪",只是单纯的讲述(tell),而那个吻大概也只能以声音代替触感。然而,女子"可气又可爱的声音"一旦入耳,随即勾起了男子的欲望和遐想,呈现(show)为具体的视觉画面,余音袅袅,使人在想象中生出了更多感官细节。那是一种因机械复制声音技术而生的欲望新形式,视觉虽然缺席,但随着那贴耳的喁喁细语,声音成为欲望的中介,最终在想象中以视觉及其他感官来填充和形塑。

---

① 施蛰存:《薄暮的舞女》,《石秀之恋》,页313。
② 刘呐鸥:《游戏》,《刘呐鸥小说全编》,页4。

六、结语

以上归纳和分析了 20 世纪 30 年代上海新感觉派小说的声音景观,并以电话为例,考察了机械复制时代的声音媒介在小说中的具体表现和作用。本文主要集中讨论小说文本中的声音景观,考察作家如何透过各种声景的设置,在小说文本中建构出时尚又迷人的摩登上海。虽然上海新感觉派小说的都市描写终究以视觉的地理景观为主,但我希望以上的考察,能证明声景这个切入点有足够的重要性,而声音在上海新感觉派小说中是不可忽视的元素。

从声音景观的角度出发,我们除可观察到作家如何感知、理解及呈现当时的资本主义日常生活与消费文化,同时可看到这些声音,尤其是新兴的机械复制声音媒介,是如何作用于故事构思和叙述手法。当然,我们必须注意的是,这些声音景观并不完全是现实的忠实再现。这些设置有时是基于作者的实际生活经验,也可能来自他们的主观想象,又或跟书本、电影的文本现代性有关。即使如此,我们不能否认的是,上海新感觉派作家以其独特、尖新的表现手法,在中国本土开拓出一种书写现代都市及生活的新风格。有别于传统现实主义,这批作家内容上并不力求深刻,反而致力追求时尚的情调。这使他们与当时新兴的、带有通俗性的声音媒体、视觉媒体之间出现了某种亲和性。跟厌恶广播声音的永井荷风截然相反,上海新感觉派作家几乎是毫无保留地拥抱这些现代媒体的。他们抱开放态度,不避世俗和流行,弹性地把多种新兴媒体纳入其写作实验。正是出于这个原因,他们的作品强烈地带有时代的痕迹。尽管当年的新发明和新兴事物早已变成了明日黄花,但他们的作品为我们保留了置身现代新兴大都会的作家初次面对资本主义新兴媒体时的惊奇反应,同时显出了极其开放的、敢于与时代潮流同步的世界主义者的本色。

刘呐鸥与《持摄影机的男人》：隐喻性声音、节奏性运动与跨文化之跨媒介性

■ 文/张 泠

> 节奏是宇宙间至高无上的神圣法则；波浪运动是最初与普遍的现象。
> ——鲁道夫·洛塔尔（Rudoph Lothar），1924①

导论

1940年9月3日午后的"孤岛"上海，"京华酒家"传出几声枪响，一个人应声而倒。这个人是刘灿波，笔名刘呐鸥，一位颇具争议性的文化人物。他的身份复杂，艺术实践也跨越多种文化与媒介。关于他的死因，出现了各种声明、推测与谣传。② 无

---

① Rudolph Lothar, *Der Andere: Schauspiel in vier Aufzugen*, Leipzig. 引自 Friedrich A. Kittler, *Gramophone, Film, Typewriter*, trans. Geoffrey Winthrop-Young and Michael Wutz (Stanford, California: Stanford University Press, 1999), p.71.
② 有人认为刘呐鸥因是"文化汉奸"被重庆国民党方面特工暗杀，因其与日本人合作并任南京汪精卫政府报纸《国民新闻》主编。刘呐鸥的"新感觉派"作家朋友穆时英早于他四个月前在上海被暗杀，穆时英时任《国民新闻》主编。见燕，短评"刘呐鸥被刺"，《新东方杂志》，1940,2(1)。刘呐鸥的朋友、"新感觉派"作家、编辑、文学评论者施蛰存(1905—2013)认为他因财务纠纷和触及黑帮利益被上海青帮报复所杀。一位当时在上海的日本电影人也撰文证实刘呐鸥曾在日本人保护介入可疑的地下生意（可能是赌场，这传统上是青红帮地盘），想为拍电影和训练演员赚取资本。

论起因如何,刘呐鸥的死亡标记着他的艺术视野在混乱暴力的20世纪40年代的终结。在他短暂但创作丰富的一生中,刘呐鸥(1905—1940)在上海作为一位"新感觉派"作家、译者、出版人、编辑、电影评论者、编剧与导演而活跃着。① 出生于台湾台南的地主家庭,刘呐鸥在日本就读高中与大学,并曾在上海的震旦大学学习法语。② 刘呐鸥通晓中、日、法、英等数种语言,便于他学习不同文化与媒介。③ 他的语言优势与丰富的旅行经验使他形成一种具乌托邦色彩的"世界主义"倾向,尤其在电影艺术观念方面,超越国族、语言与种族的界限。生长于日本殖民时期的台湾,居住于半殖民地的上海,刘呐鸥个人经历所具象化的都市世界主义映照了殖民现代性的自我矛盾。他是一个身份复杂的殖民产物,存活于中、日与东、西的张力及日本侵略战争的灾难与暴行夹缝之中。

在本文中,我分析刘呐鸥的文学、电影与理论作品如何因他的跨文化与跨媒介的互动而丰富,并探究他理论与创作中摄影机运动与身体运动、节奏与音乐性如何与这种跨文化的跨媒介性密切相关,创造出一种生动的"隐喻性声音"④。电影中的"隐喻性声音",我指的是摄影机、身体运动和剪辑所暗示出的节奏与音乐性。这种"声音"或许不能被听到,但可在沉默中被想象。用美国电影声音设计师瓦尔特·默奇(Walter Murch)的话说,"一旦你漫入隐喻性声音——这种声音与你的所见不符,人的思维就会寻找更深层次的模式……在地理层面,自然层面,心理层面……隐喻性声音的终极形态是寂静无声"⑤。因此,我探寻这些彼此关联的概念与实践如何创造一种新的视听美学的可能性,其在20世纪30年代的上海经过不同媒介、艺术形态、材料、生活与艺术的多层介入与互动,既促进也在不同程度上局限了一种世界主义的视野。

我也探讨刘呐鸥的理论、文学与电影写作如何阐释上海这一城市作为充满活力的视听场域,充满来自日常生活空间、电影院里及电影银幕上的多元声音。上海

---

① 关于"新感觉派"文学的更多讨论见 David Der-wei Wang, "Chinese Literature from 1841-1937," Kang-I Sun Chang and Stephen Owen, eds. *The Cambridge History of Chinese Literature Volume 2 from 1375*, Cambridge: Cambridge University Press, 2010, pp.413-564.
② 刘呐鸥于1926年在日本东京的青山书院获得英语文学学位,之后在上海的震旦大学修法语课,结识一些朋友并与他们合作,包括戴望舒、施蛰存、穆时英等。
③ 在"中文"方言方面,他又通晓国语、闽南语、上海话和广东话。
④ Walter Murch, "Touch of Silence," in Larry Side, Jerry Side and Diane Freeman, eds. *Soundscape: The School of Sound Lectures, 1998-2001*, Wallflower Press, 2003, p.100.
⑤ Ibid.

作为一个多元文化混杂的社会空间,"不同文化相遇、碰撞、角力,经常形成高度不平衡的支配与从属关系——如殖民主义与奴役"①。刘呐鸥的跨媒介与跨文化实践暗示一种越过多重边界的可能性(如美学、政治、人际等)。通过细读刘呐鸥向苏联导演维尔托夫"都市交响曲"电影《携摄影机的人》(1929)致敬的业余/家庭/旅行/城市电影《持摄影机的男人》(1933,46 分钟),②我研究刘呐鸥的影片如何跨文化重新发展了一种电影形态,形成一种复杂且混杂的电影文体。其动机来自"都市交响曲"、业余影像/家庭电影及旅行与探险电影,也自其他艺术样式,如自上海20 世纪 20 年代的"新感觉"派文学中获得灵感,巧妙编织进刘呐鸥自身的旅行经验。布伦达·霍尔维格(Brenda Hollweg)认为旅行电影本质上在角度与题材上是超越国界与文化的:形式上涉及其他艺术实践、领域与媒介——电影与摄影,舞蹈与表演,戏剧与绘画等。③ 当然,刘呐鸥意图超越不同美学与政治的电影观在当时社会动荡、日本对中国军事入侵与暴行的背景下也显得不合时宜。他这种跨文化跨媒介性的具乌托邦色彩的想象在此历史时刻必然夭折,尽管留些残迹在各种作品中。

如果说世界主义与旅行电影(如刘呐鸥的《持摄影机的男人》)暗示跨越国界与文化边界,"隐喻性声音"则与跨媒介性密切相关。当探讨电影是"纯粹"还是"混合"的及"与其他艺术与媒介的杂交",电影与媒体学者使用"多媒介性"(intermediality)与"跨媒介性"(transmediality)等概念。④ 这些概念隐含一种流动

---

① Mary Louise Pratt, *Imperial Eyes: Travel Writing and Transculturation* (London and New York: Routledhe, 2008), p.7.
② 片中显示日本片名"*kamera wo motsu otoko*"及英文片名"*The Man Who Has a Camera*"。
③ Hollweg, 166.
④ "纯粹的(pure)"指向电影媒介特殊性,为 20 世纪 20 年代欧洲尤其法国先锋派电影导演和评论者所强调。"混杂性(impure)"指电影的综合性,为法国电影评论家安德烈·巴赞于 1951 年强调。见 André Bazin, 'In Defense of Mixed Cinema,' in *What Is Cinema* vol. 1, edited and translated by Hugh Gray (Berkeley/Los Angles/London: University of California Press), pp.53-75. Lúcia Nagib and Anne Jerslev, "Introduction," in *Impure Cinema: Intermedial and Intercultural Approaches to Film*, edited by Lúcia Nagib and Anne Jerslev (London/New York: I. B. Tauris, 2013), xix. 关于这些"intermediality"与"intermedia"概念的简史,见 Stephanie A. Glaser, "Introduction," *Media inter Media: Essays in Honor of Claus Clüver*. edited by Stephanie A. Glaser (Amsterdam/New York: Rodopi, 2009), pp.12-28. 关于"transmediality"与"transculturality",见 Nadja Gernalzick and Gabriele Pisarz-Ramirez, "Preface and Comparative Conceptual History," in *Transmediality and Transculturality*, edited by Nadja Gernalzick and Gabriele Pisarz-Ramirez (Heidelberg: Universitätsverlag Winter, 2013), xii-xxiii.

的方法论与批评视角。"多媒介性"与"跨媒介性"都指向"在形式之间的状态"及"留下印记可被重构的过程"①。如此高度互动的方式可包括两种或以上艺术形式与媒介之间的换位、结合、共生、转换等。我们在刘呐鸥的个例中可发现跨越文学、音乐、翻译、剧本写作、电影批评、导演之间的彼此渗入与影响,及与他个人生活经验与日常行为(如旅行与跳舞等)之间的互动。因此"艺术创作与生产的过程被前景化"②,使得创作者与观众/听众/读者意识到一种特定媒介的独特性,以及多媒介/跨媒介过程中的混杂性。这种流动过程中产生的时态与运动"被用于媒介交换间的转变而抵抗一种终结"③。

在多数情形下,"多媒介性"与"跨媒介性"几乎可以互换讨论,但在此我着重讨论刘呐鸥作品与生活中的跨媒介性与跨文化性。强调"跨"(trans)而非"介于"(inter),我聚焦于过程与流动性,如(Nadja Gernalzick)与(Gabriele Pisarz-Ramirez)所言:"'跨媒介性'与'跨文化性',都意指超越、过程与暂时性。"他们也指出"跨越的含混性"可在媒介或非媒介之间存在。④ 与同时代其他有类似"跨界实践"的著名文化人士如洪深和田汉相比,刘呐鸥在剧本写作与电影导演上成就不能算高,他写作更重要的贡献在于中国现代主义文学及电影理论上,他对电影美学的深邃阐释及暧昧的政治与文化身份也令他值得探究。"艺术媒介与生活媒介"⑤之间、"媒介身份与文化身份"之间的复杂互动网络⑥另一方面也导致了刘呐鸥的死亡及此后作为"文化汉奸"的声名狼藉。

鉴于已有详尽的中英文研究涉及刘呐鸥在半殖民都会上海时期的文学作品、生活方式与复杂的文化身份⑦,我的研究更多关注刘呐鸥被忽略的影片《持摄影机

---

① Jürgen E. Müller, "Media Encounters—An Introduction," in *Media Encounters and Media Theories*, ed. Jürgen E. Müller (Nodus Publikationen Munster, 2008), p.10.
② Stephanie A. Glaser, "Introduction," *Media inter Media*, p.21.
③ Nadja Gernalzick and Gabriele Pisarz-Ramirez, *Transmediality and Transculturality*, xii.
④ Ibid., xiii.
⑤ Glaser, *Media inter Media*, p.13.
⑥ Müller, *Media Encounters and Media Theories*, p.7.
⑦ 见 Shu-mei Shih, *The Lure of the Modern: Writing Modernism in Semicolonial China, 1917-1937* (Berkeley, Los Angeles & London: University of California Press. 2001);《刘呐鸥国际研讨会论文集》(台湾文学馆出版,台湾"中央大学"中国文学系编印,2005); Leo Ou-Fan Lee, "Face, Body, and the City: The Fiction of Liu Na'ou and Mu Shiying" and "Shanghai Modern: Reflection on Urban Culture in China in the 1930s," Public Culture 11: 1 (1999): 75-107; Hsiao-yen Peng, Dandyism and Transcultural Modernity: The Dandy, the Flaneur, (转下页)

的男人》与他复杂的电影理论,以丰富我们对早期中国电影理论与欧、美对话的认知。因此,此片被置于世界电影史与美学发展背景中作为一个案例分析。其次,讨论"都市交响曲"影片技巧如摄影机与身体运动、节奏与音乐性,本文提供一种对"隐喻性关系"与跨媒介性关系的解读,因此拓展我们对电影声音与声音研究的理解。

一、《持摄影机的男人》：业余电影,旅行电影,都市交响曲

"都市交响曲"作为一种现代主义的电影样式,与现代交通工具的发展、人们对速度和距离认知的变化,及在都市空间中的现代感官经验都密切相关,其核心是强烈的运动感与节律性。《持摄影机的男人》不但跨越多个影片形态/类型,也涉及跨越国界的不同城市。刘呐鸥因此创造一种跨媒介美学,与电影文本、批评的跨文化流播彼此呼应。"都市交响曲"被认为是一种现代实验形式,与诗歌、摄影、音乐、舞蹈、设计、现代主义文学、20 世纪 20 年代构成主义和未来主义艺术运动不无关系。如比尔·尼克尔斯(Bill Nichols)所言,这种形式如摄影写实主义、叙事性结构与现代主义碎片性的拼贴集合,以蒙太奇手法的激进时空并置表达一种风格的极致。这种综合化与在主体性方面激进的改变关系密切[1],捕捉现代都市经验中的感知混乱感。

"都市交响曲"电影样式始终有可听到的或隐喻性的声音(如前文中提到过的运动、节奏、音乐性等)结合感官认知与都市音景,甚至存在于其早期

(接上页) and the Translator in 1930s Shanghai, Tokyo, and Paris (London and New York: Routledge, 2010);彭小妍:《海上说情欲:从张资平到刘呐鸥》2001;Yomi Braester, "Shanghai's Economy of the Spectacle: The Shanghai Race Club in Liu Na'ou and Mu Shiying's Stories," Modern Chinese Literature, 9: 1 (Spring 1995): 39-57;李今:《海派小说论》,《海派小说与现代都市文化》(安徽教育出版社,2001 年);《新感觉派和二三十年代好莱坞电影》,332-356.许秦蓁:《重读台湾人刘呐鸥:历史与文化的互动考察》,1998 年;许秦蓁、康来新合编:《刘呐鸥全集》(台湾文学馆、台南县文化局编印,2001 年);《刘呐鸥全集·增补集》(台南县政府、台湾文学馆出版,2010 年);许秦蓁:《摩登·上海·新感觉:刘呐鸥》,2008 年;三泽真美惠(Mamie Misawa):《在"帝国"与"祖国"的夹缝间:日治时期台湾电影人的交涉与跨境》,李文卿、许时嘉译(台北:台湾大学出版中心,2012 年)。

[1] Bill Nichols, " Documentary Film and the Modernist Avant-Garde," Critical Inquiry. 27: 4 (Summer 2001): 582-595.

默片形态中。① 早期欧美都市交响曲电影通常有特约作曲的配乐。多数影片放映有现场音乐伴奏，甚至偶尔呼应影院之外的街市声音。如，奥地利作曲家埃德蒙·迈泽尔（Edmund Meisel）为著名的《柏林，大都会交响曲》（1927，瓦尔特·鲁特曼，65分钟）作配乐时，将他的音乐设想为都会中心的噪音集合。作曲家预期都市观众会辨识出来自日常空间的声音"交响曲"并与之共鸣。② 现代都市节奏与速度促生的强烈感官刺激与"世界在不断变化之中"的奇观性被建立在"视觉节奏"基础上的蒙太奇技术强化。③ 这些视觉元素——动静之间的节拍（摄影机运动与景框内主体的运动）、摄影机角度变化、穿插字幕④与快速蒙太奇——都有力地唤起一种音乐性与充满活力的声音环境。

同样，旅行电影是一种多元与无固定界限的形式⑤，它与现代资本主义社会的交通运输、通信传播技术与殖民主义价值密不可分，因多为欧洲与美国所谓经济与技术发达地区的旅行者（白人男性为主）去被殖民区域拍摄"奇观"景物与人群，展示给欧、美及当地观众（如19世纪末卢米埃尔兄弟派遣摄影师到世界各地拍摄旅行短片）。默片时期，旅行电影的放映通常伴有现场讲解，有

---

① 早期都市电影或都市交响曲电影包括 Charles Sheeler and Paul Strand's *Manhatta* (1920), Alberto Cavalcanti's *Rien que les Heures* (1926), Walter Ruttmann's *Berlin, Symphony of a Big City* (1927), Mikhail Kaufman and Ilja Kopalin's *Moskva/Moscow* (1928), Dziga Vertov's *Man with a Movie Camera* (1929), Joris Ivens' *Rain* (1929), László Moholy-Nagy's *Impressionen vom alten Marseiller Hanfen (vieux port)* (1929), Corrado D'Erric's *Stramilano* (1929/1930), Jean Vigo's *Propos de Nice* (1930), Herman Weinberg's *City Symphony* (1930), Jay Leyda's *A Bronx Morning* (1931)等。

② Nora M. Alter, "*Berlin, Symphony of a Great City* (1927): City, Image, Sound," in Noah Isenberg ed. *Weimar Cinema: An Essential Guide to Classic Films of the Era* (New York: Columbia University Press, 2009), p.196. 有意思的是，《柏林》被刘呐鸥视为"纯粹影片"或"绝对影片"。"都市交响曲"电影是当代通用的学术界说法。见刘呐鸥：《影片艺术论》，《刘呐鸥全集·电影集》，2001年，第274页。

③ Alter, "*Berlin, Symphony of a Great City* (1927): City, Image, Sound," in Noah Isenberg ed. *Weimar Cinema: An Essential Guide to Classic Films of the Era*, p.199.

④ 如，字幕的形状、大小、长度与出现的频率也会影响观众对节奏和速度的感知。刘呐鸥：《影片艺术论》，第276—280页。

⑤ 旅行电影在1895—1905年之间非常普遍，被英国纪录片导演约翰·格里尔逊视为纪录片影史上的"第一章"。这种类似后来被好莱坞剧情片借鉴，作为片中奇观段落，展示异域风情。

一定的教育功能。① 旅行电影可以带有先锋电影、家庭电影、民族志、剧情片等特征。作为旅行电影的亚类别,业余旅行电影历经技术与材料的变化,从1923年针对业余市场面世的9.5毫米到"二战后"16毫米设备在专业电影制作上的广泛使用。业余电影通常纪录家庭与亲友的旅行见闻,如同旅途的影像纪念物,有家庭成员的镜头,也有对名胜的印象,甚至意图为后代留下些家庭影像资料。

拍摄于20世纪30年代的《持摄影机的男人》是目前所知当时中国存留下来的为数不多的业余旅行电影之一,以法国百代公司制造的9.5毫米"Pathé Baby"业余系统拍摄,在中国/东亚这个环境中再造"都市交响曲"传统。② 影片被湮没半个多世纪,直到刘呐鸥的外孙、纪录片导演林建享于1986年在台南新营的老屋阁楼里发现生锈铁盒里的几卷胶片。③ 这部影片重见天日与修复之后,有几篇中文论文发表,但还未见对此片的详尽、深入分析。④

多数"都市交响曲"电影聚焦于某个城市(如柏林、尼斯、纽约等),《持摄影机的男人》呈现的旅途与旅行的经验与城市本身同样重要。⑤ 刘呐鸥的具有乌托邦色彩的世界主义艺术视野,在于城市,但也超越了单一城市。影片记录了刘呐鸥与同行者(东京与奉天之旅包括其妹妹与妹夫)在四个城市的游历,而在1933年是超越政治与国家边界的:日据台湾的台南、广州(当时在国民党政府统治下)、奉天(已被日军侵占)、日本的东京。⑥ 许多旅行电影不同于当时剧情片与纪录片遵循

---

① 关于业余电影的研究,见 Charles Tepperman, *Amateur Cinema: The Rise of North American Movie Making, 1923 - 1960* (Oakland, CA: University of California Press, 2015); Laura Rascaroli, Gwenda Young and Barry Monahan (eds), *Amateur Filmmaking: The Home Movie, the Archive, the Web* (New York: Bloomsbury Academic, 2014); Jennifer Lynn Peterson, *Education in the School of Dreams: Travelogues and Early Nonfiction Film* (Durham: Duke University Press, 2013); Patricia R. Zimmermann, *Reel Families: A Social History of Amateur Film* (Bloomington: Indiana University Press, 1995).
② 中华书局的舒新城(1893—1960)先生曾于1930年以16毫米拍摄陆费逵、钱歌川等赴日本考察的影像,大约40分钟,现存于上海音像资料馆。感谢龚伟强先生提供观看此片的机会。
③ 影片转换格式与修复后于2006年以DVD形式发行,作为题为"台湾当代影像:从纪实到实验"15部电影的合集之一。关于此片的很多背景讯息来自2010年至今对林建享先生的多次访谈,在此致谢。
④ 李道明:《刘呐鸥的电影美学观——兼谈他的纪录电影〈持摄影机的男人〉》,《刘呐鸥国际研讨会论文集》,2005年,第145—159页。
⑤ 维尔托夫的《携摄影机的人》略有不同,涵盖了苏联五个不同城市,包括莫斯科、基辅、敖德萨等。
⑥ 1932年傀儡政权伪满洲国在日本人扶持下建立,故当时奉天属于"满洲国"。

的因果叙事结构,《持摄影机的男人》也不例外,它的叙事是片段式的,结合自然风景与都市风光,①既有印象主义的街景奇观,也有家庭团聚的日常景象,当然更不会缺少火车、汽车、轮船、飞机等仍算新奇的现代交通工具。影片如一个私人视觉日志或日记电影,游移于观察与自觉表演之间,刘呐鸥与同行者在城市空间游走,导引着观者的视线。

《持摄影机的男人》有五部分。第一部分题为"人间卷"(11 分钟),刘呐鸥在台南新营的祖居拍摄。这部分有明显的"家庭影像"特征,展示刘呐鸥的亲朋在摄影机前摆姿态,散步,微笑,谈话等。② 第二部分"东京卷"(10 分钟)呈现刘呐鸥与亲友的行旅,有"都市交响曲"印迹。这在时间结构上更加明显(《柏林》和《携摄影机的人》都有从早晨到夜间的顺序结构),兼之交通工具的快速运动与与之呼应的摄影机运动与节奏性剪接。第三部分"风景卷·奉天"(10 分钟)跟从刘呐鸥与旅伴漫游奉天城,包括旅游景点北陵与新京公园。第四部分(10 分钟)摄于广州,这是片中出现的城市中国民政府唯一有掌控权的。第五部分也是最后部分(4 分钟)描绘台南的游街盛会。

影片第一部分中最令人印象深刻的是被摄主体对面对摄影机经验的好奇,这对成人与孩童来说都是比较新的体验。被摄者好奇地紧盯镜头,这个才被发明不久的机械"怪物"。有些人的镜头是特写甚至大特写,暗示摄影机/摄影师与被摄主体距离之近,也暗示亲密与信任感。成人与大孩子看似遵从持摄影机的人的指令(因是默片),走几步,停下,接着走,握手,不一而足。有时他们摆的姿势有仪式感,似乎面对的是照相机而非摄影机,事实上他们比较熟悉的镜头经验目前为止大都仅限于照相经验。这部分影像便看似介于静照与运动影像之间,有强烈的跨媒介暗示。这些场景也令人想起亚力山德拉·施奈特(Alexandra Schneider)的论述,即家庭影像与旅行电影的交叉,游移于即时观察、半开玩笑的表演及摄影式摆姿态。③ 我们可以推测

---

① Jeffrey Ruoff 认为旅行电影是一种形式自由的散文体,可以不依赖剧情或叙事顺序将各种影像剪接在一起,有展示,有叙述,有评论。在经典好莱坞霸权时代,这种松散的叙事面向提供一种区别于严格因果叙事的另类实践。Ruoff, "Introduction," 11.

② 关于"家庭电影"的研究,见 Karen L. Ishizuka and Patricia R. Zimmermann, eds. *Mining the Home Movie: Excavations in Histories and Memories* (Berkeley: University of California Press, 2007).

③ Alexandra Schneider, "Homemade Travelogues: *Autosonntag* — A Film Safari in the Swiss Alps," in Jeffrey Ruoff, ed, *Virtual Voyages: Cinema and Travel* (Durham and London: Duke University Press, 2006), p.158.

《持摄影机的男人》在私密或半私密场合为亲朋放映过以愉悦大家——在片中认出某个面孔或景点都会令大家兴奋讨论,如同翻阅家庭影集。这种放映从这个部分的主题与风格的私密性可推测出来,目前所知也无此片公开放映过的记述。这一点上说,《持摄影机的男人》与目的为商业放映的旅行电影不同,而后者也倾向于使用更多中景和全景镜头呈现广袤空间及摄影机与被摄物之间更远距离。

片中那些"与摄影机对视"的镜头会令观者意识到自己在看的是被摄影机中介过的影像,或者说,人为的影像,一种新的媒介物。这种技法不但经常出现在家庭影像,也呼应"都市交响曲"电影的自反性传统。它以揭示电影制作和放映过程来引起观者对电影这一现代新兴媒介本身的关注——使用奇特的摄影角度和快速蒙太奇或同时展现不同时空的不同场景将大都会生活重构为一个摹本。① 因此,电影媒介与导演的自我展示创造一种"电影可以跟自己对话及谈论自己的套层结构"②。《持摄影机的男人》进一步发展这一实践,在某个戏剧性时刻,有人以照相机镜头对准摄影机镜头,二者互相拍摄(第三部分,在船上):这是一个去魅时刻和跨媒介的揭示,两种拍摄机器面对、角力,因此照相机与摄影机对影像的控制与中介突然对观者显现。

观者的视线也被刘呐鸥及旅伴在都市空间的视角与行动中介(尤其在东京和沈阳两段),有些段落体现旅途中动的能量。影片的视觉风格可被刘呐鸥高度主观化的视角过滤或调节。刘呐鸥自己在片中出现数次(尤其在第一部分家庭影像段落),有时是大特写:如坐在三轮车中,微笑,在火车车窗里朝摄影机挥手等。这些场景里,他的家庭成员或朋友操作摄影机——这在家庭电影中很常见,使得这些影像带有协作与即兴色彩。

"都市交响曲"与旅行电影中运动的充沛张力及其强调都市经验加速度节奏的方式与对现代交通工具、娱乐设施(如秋千、旋转木马、摩天轮、过山车)与影像装置的呈现密切相关。这些大都在《持摄影机的男人》中有丰富具体的描摹,强化火车、轮船、汽车、飞机、自行车等带来的运动、速度与感官刺激,创造一种独特的视

---

① Derek Hillard, "Walter Ruttmann's Janus-Faced View of Modernity: The Ambivalence of Description in *Berlin: Symphony of a Great City*," *Monatshefte*, 96: 1 (Spring, 2004): 88.
② Hagener, 73.

听与身体经验。① 在影片第一部分(第 1 分 25 秒到 48 秒),火车驶入新营车站的固定镜头角度和取景令人想起法国卢米埃尔兄弟轰动一时的短片《火车进站》(1896),似乎在向电影的起源(之一)致敬。作为技术发明与工业机械,火车几乎成为运动与速度之新奇吸引力的化身。② 它也外化刘呐鸥要自台湾岛上小镇家乡远游,成为一个世界主义艺术家的愿望(这一点刘呐鸥在 1927 年日记中多次提到)。

在"东京"段落,刘呐鸥与旅伴游览动物园,划船,荡秋千,在不同交通工具(汽车、火车与飞机)体验速度的快感。③ 这些新的运动形态带来的令人兴奋的感官经验通过乘坐者、摄影机传导给观看者。此处并有双重或三重运动被摄影机捕捉和强化。"双重或三重运动"我指的是 1)摄影机运动;2)摄影机所在的交通工具的运动;3)景框内任何其他主体的运动。如果三种运动形态同时出现,则运动感被高度强化。如,观者所见飞机上拍下的景观及火车飞速掠过路边树导致的影迹。④ 这个段落也强调坐汽车穿过繁忙街道,看到电车、自行车与人力车穿梭的景象,不同方向的人流与车流构成流动的都市网络,一幅生气勃勃的运动地图。法国导演与理论家让·爱普斯坦(Jean Epstein)赞扬在马背上、汽车里、火车和飞机上拍摄的镜头,认为这些是彰显电影"极度"运动感的实践,适合现代日常生活新型的快速节拍。⑤ 在汤姆·甘宁(Tom Gunning)看来,旅行电影中的运动摄影机试图

---

① Heiner Fruhauf 指出,大型蒸汽机船与现代社会的关系是 20 世纪 20 和 30 年代人们关注的热点之一。一方面它内部装备豪华如海里的漂流旅馆;另一方面,在岸上的人看来,它驶向无边无际,消失在海天之间。这种庞然大物似乎昭示了人类的某种超人状态。Heiner Fruhauf, "Urban Exoticism and Its Sino-Japanese Scenery, 1910–1923," *Asian and African Studies*, 6, 1997, 2, p.145.

② 关于火车与对速度和视觉性的文化认知,见 Wolfgang Schivelbusch, *The Railway Journey: The Industrialization of Time and Space in the 19th Century* (Berkeley, Calif.: University of California Press, 1986); Lynn Kirby, *Parallel Tracks: The Railroad and Silent Cinema* (Durham: Duke University Press, 1997).

③ 在刘呐鸥 1927 年 8 月 9 日的日记中,他写《去多摩川园骑驴、游泳、坐飞机》,《刘呐鸥全集·日记集》,康来新、许秦蓁合编,彭小妍、黄英哲编译(台南县文化局,2001 年)(下),第 506 页。五年后的影片拍摄了类似场景。

④ 这种"幻影之旅"令人想起爱普斯坦 1927 年的电影《三面镜子》(*La Glace à Trois Faces*),默片中速度感常激发神秘莫测的兴奋感。

⑤ Laurent Guido, "Rhythmic Bodies/Movies: Dance as Attraction in Early Film Culture," *The Cinema of Attractions Reloaded*, ed. Wanda Strauven (Amsterdam: Amsterdam University Press, 2006), p.150.

强化再现的力量,或比传统绘画提供更多感官经验,或使得视像更加强烈。① 旅行电影中出现的新奇的现代航拍场景、高速运动场景与奇诡的摄影角度暗示一种视觉的全知全能性。如 Wolfgang Schivelbusch 所言,火车旅行已成为电影诡谲的相似物。②

摄影机运动与交通工具运动之间的重合与张力也使得对动感的讨论更为复杂。如,摄影机有时横移或纵向前后运动,有时与其所在的交通工具向同一方向运动,有时相反。东京的都市环境与地标建筑也在影片中有充满活力的存在:一方面,建筑物的稳固与运动中的交通工具和摄影机形成鲜明对比从而强化了运动感;另一方面,交通工具与摄影机的运动赋予了这些静止建筑物动感。③ 如其他20世纪二三十年代的都市交响曲电影,这个段落呈现从早晨到夜间的时间结构,结束于霓虹闪烁和夜间娱乐场所。都市日常生活的紧张节奏被都市空间的电影呈现外化。

第四部分源于刘呐鸥的广州之行,有三个主要场景:刘呐鸥与同行启程;刘呐鸥在船上拍摄女性正面或侧面的面部特写;近似新闻影片的国民党军队阅兵。这些看似毫不相关的场景因同一个地点(广州)而关联起来,也与刘呐鸥的剧情片拍摄计划有关。④ 同年,刘呐鸥与黄嘉谟创办电影杂志《现代电影》,也发表了几篇关于电影美学的重要文章,包括电影形式、纯粹电影、作者论、蒙太奇与电影节奏等。刘呐鸥还计划出版一本新的短篇小说集与电影评论集,但因在电影事业上花费太多精力,这些计划始终未完成。这个广州部分印证了刘呐鸥写作中推崇的美学特征,即他拍摄《持摄影机的男人》并非随意的旅行影像,而是自觉地尝试某些电影手法(如独特的摄影机运动与给同行女性拍摄类似"试镜"的镜头),为严肃的剧情片拍摄做准备及实践他的电影理论。

《持摄影机的男人》可被视为业余与先锋电影实践的一个范例,也是当时世界

---

① Tom Gunning, "The Whole World Within Reach: Travel Images without Borders," ibid., p.36.
② Dimitris Eleftheriotis, *Cinematic Journeys: Film and Movement* (Edinburgh University Press, 2010), p.23.
③ 这里的地标建筑包括日本剧院和银座的"帝国剧场"。感谢 Michael Raine 教授指出。
④ 1933 年,刘呐鸥和朋友黄嘉谟到广州拍摄剧情片《民族儿女》。他们联合制片并导演,演员来自上海和广州。影片由"艺联影片公司"和"联合电影公司"共同出品。后者的负责人为广东人罗学典。但出于复杂原因,影片最后并未拍成。见许秦蓁:《摩登·上海·新感觉:刘呐鸥》(秀威资讯,2008),xv;秦贤次,《刘呐鸥的上海文学历程》,《2005 刘呐鸥国际研讨会论文集》,第 297 页。

范围内以新兴电影技术记录私人经验的东亚文本。① 20世纪20与30年代,现代技术与娱乐媒介兴起,台湾的富裕人家(及其他东亚区域如中国大陆、日本、朝鲜等)开始使用新奇的视听装置如照相机、唱片与电影(8毫米和9.5毫米为主)。② 台湾电影学者李道明认为刘呐鸥的《持摄影机的男人》是一部缺乏主题与艺术复杂性和连贯性的家庭电影,与其致敬对象维尔托夫的《携摄影机的人》相比相去甚远。③ 他的论述对我们理解影片风格及刘呐鸥的美学观念颇有助益,但另一方面,论述中对影片的负面判断在一定程度上低估了刘的风格意图与片中体现的艺术感知力。我们更要将对此片的讨论关联其在20世纪30年代东亚业余电影制作与视听文化背景中的历史意义。

作为有严肃风格追求的业余电影,《持摄影机的男人》在立意与电影技巧上的确无法与《携摄影机的人》相比,但此片充满业余影像特有的即兴创作的活力与自发性,以不同形态的实验探索电影媒介的可能性甚至偶然性。如,两个男人在镜头前做鬼脸(第三部分),或小孩蹦蹦跳跳(第一部分)。后者之精力充沛几乎令人想到开动的火车,二者之间最重要的区别在于孩子的行为动作不受控制甚至无法预期,如片中那些无意间闯入或跑出镜头的动物(如"风景卷·奉天"中出场数次的狗)。这样看似无关紧要但活灵活现的细节与城市风景的高角度全景式镜头并置对照,便妙趣横生。片中第一部分的剪接看似随意散漫,但某些镜头的反复出现与偶尔的"跳接"暗示刘呐鸥刻意掌控节奏与重复,试图构造一种时空迷失感,这又被镜头重现与加速的剪接节奏所丰富。

刘呐鸥的摄影机着迷于街道人群的流动(尤其最后部分),那些无名的脸孔与身体在运动的摄影机面前似乎幻化成不断变化的风景。这也是这部默片中"声音最响"的部分,强烈传达一种运动与音乐性声音促生的"寂静的音乐性"④。这种节

---

① 见 Tepperman, 2015, and Jan-Christopher Horak, ed. *Lovers of Cinema: The First American Film Avant-garde, 1919-1945* (Madison: University of Wisconsin Press, 1995). 1930年代上海的电影杂志上有很多8毫米和9.5毫米摄影设备的广告。可见有一定市场,也一定产生了更多业余影像,还需要更多研究发掘。
② 李道明:《刘呐鸥的电影美学观——兼谈他的纪录电影〈持摄影机的男人〉》,第152页。与刘呐鸥同样有日本游学经验的台湾摄影师邓南光也以8毫米设备拍摄了一部短片《渔游》(1935)。
③ 同上书,第153页。
④ Yuri Tsivian, *Early Cinema in Russia and its Cultural Reception* (London and New York: Routledge, 1994), p.81.

庆喧闹的街头奇观被丰富多样的摄影角度与略微混乱的摄影机运动强化①。尽管街市声在默片中不可闻,其视像强烈唤起听觉能量与喧嚣感,如片中人们演奏唢呐与其他乐器,盛装舞动,热情洋溢的人群流来流往,更不时有鞭炮炸响。如其他经典的都市交响曲电影(《柏林》《携摄影机的人》等),《持摄影机的男人》也将都市人群、速度、技术与感官的应接不暇并置而论,如德里克·希拉德(Derek Hillard)所言:"人群与现代化的速度导致认知上持续的深刻的不确定感,从而干扰明确的主/客体区分。"②

刘呐鸥的影片不仅使用"垂直蒙太奇"与"都市交响曲"的表现手法、注重都市空间经验的机械化与日常化来唤起对城市速度、节奏与全知全能景观,也自日本和中国"新感觉派"文学的现代主义实验中汲取灵感。③ 这些文学创作揭示了一种以文字描绘都市新兴感官经验与视听文化的现代主义愿望,自身也受到现代媒介文化发展的影响。刘呐鸥的影片浸淫在这种文学实验与新兴电影媒介创新性美学潜力的跨媒介的互动之中。他不仅通晓日文、中文与法文文学与中外电影理论,也写作和翻译了一些电影批评与理论文章。他在20年代晚期将维尔托夫的"电影眼"(Kino-Eye)与"无线电耳"(Radio-Ear)等概念自法文和日本译介到中文世界。他盛赞"机械眼",即摄影机消解、分析、阐述、重组现实为一种新形态存在的能力。所有这些都成为电影媒体拓展对都市空间与经验的现代主义再现的界限的努力。尽管上海本身并未在《持摄影机的男人》中出现,它的印迹无处不在。因为它不但是影片的幕后舞台,也为刘呐鸥提供他得以浸淫其中的充满心智刺激的文化环境。他在此构思、创作文学作品、电影剧本、电影批评与拍摄实践。④

如果说关于"蛮荒西部"(Wild West)的美国旅行电影曾一度成为"风景国族主义"(scenic nationalism)的焦点,"一种支撑国族主义自豪感的纪念碑式的风景"⑤,

---

① 可能是类似庙会的节庆,有人踩高跷、舞狮,也有人装扮成来自当地民俗神话的各种妖魔鬼怪。
② Derek Hillard, "Walter Ruttmann's Janus-Faced View of Modernity: The Ambivalence of Description in *Berlin: Symphony of a Great City*," *Monatshefte*, 96:1 (Spring, 2004): 88.
③ 如日本"新感觉派"作家横光利一(1898—1947)的小说《上海》(创作于1928—1931年间)。
④ 一种可能是上海对于久居于此的刘呐鸥来说缺乏"旅行电影"需要的新鲜感,另一种可能是1932年日军轰炸上海对城市造成极大破坏,国际租界之外的华界几乎被夷为废墟。感谢Kristine Harris指出此点。
⑤ Jennifer Lynn Peterson, "The Nation's First Playground: Travel Films and The American West, 1895-1920," in Jeffrey Ruoff, ed, *Virtual Voyages: Cinema and Travel* (Durham and London: Duke University Press, 2006), p.83.

对刘呐鸥而言,旅行经验与旅行电影却提供一种超越国族主义的、跨文化探索的意义与实践:影片始于刘呐鸥的故乡台南,也终于此处,如一个象征性的时空圆圈。这种电影旅程应和了刘呐鸥的生活轨迹:在作为日本殖民地子民与中国文人之间的挣扎。同时,当时作为"日本人"且为富有男性的刘呐鸥因为拥有特权可不费力地穿越不同政治势力控制的区域。《持摄影机的男人》是一部充满运动感及可引发政治讨论(即使或许并非导演本意)的"都市旅程"电影,尽管刘呐鸥对片中出现的地点与文化均保持一种看似超然物外的视角,未对某地体现出特别喜爱或反感。在风格上,刘试图超越不同界限,建立一种去政治化的、世界主义的电影乌托邦,一种纯粹电影与流动不居的文化身份。

二、刘呐鸥电影理论中的节律性、音乐性与跨媒介性

学术界对民国上海都市文化与电影的研究兴趣在20世纪90年代后期愈见兴盛。刘呐鸥作为世界主义人物的重要性及其文学与电影作品的文化价值也被重新发掘。尽管他的电影理论与批评已被更多华语电影学者认可,其对电影美学的精彩阐述及对中国(乃至世界)电影史与电影理论的贡献还需更多研究。刘呐鸥不无洞见地讨论电影的本体与形式风格概念,尤其与运动、节奏与声音相关。20世纪20年代末到1933年,刘呐鸥发表了逾十篇批评文章,包括《影片艺术论》[①]《电影节奏简论》[②]《开麦拉机构——位置角度机能论》[③]《电影形式美的探求》[④]及《光调与音调》等[⑤]。刘呐鸥认为电影应区别于其他艺术媒介,完善自己的美学,探求文学与戏剧所无法呈现的,发展自身独特的技巧,如摄影、蒙太奇、淡入淡出,及结合新近发明的色彩与声音。

刘呐鸥的电影理论与批评的智识灵感来源很多,有欧洲和美国的电影理论家与导演(如穆西纳克、阿恩海姆、普多夫金、爱森斯坦、维尔托夫、闵斯特堡等)。论及早期电影的艺术成就,他盛赞德国导演茂瑙(F. W. Murnau)、帕布斯特(G. W. Pabst)与美国导演卓别林。他也分析过法国和德国"纯粹影片"与"绝对影

[①] 《电影周报》,1932年7月1日到10月8日。
[②] 《现代电影》,1933年12月1日,第6卷。
[③] 《现代电影》,1934年6月15日,第7卷。
[④] 《万象》,1934年5月,第1卷。
[⑤] 《时代电影》,1934年11月5日。

片"的导演,包括埃格林(Viking Eggeling)、里克特(Hans Richter)、Fernand Léger、鲁特曼(Walter Ruttmann)、克莱尔(René Clair)、卡瓦尔康蒂(Alberto Cavalcanti)、Man Ray等。① 刘呐鸥赞扬他们的实验作品摒弃文学、戏剧或绘画的直接影响(如情节、表演、构图等),创造电影的纯粹视觉与音乐的形态。② 刘呐鸥理解电影作为一种艺术感知与机械创新的现代结合物,他对电影艺术基本构成有超越时代和预见性的复杂理解(如 3D 技术),为后人研究 30 年代中国电影与理论与其他同行的有益对话与比较提供了翔实资料。在以下的部分,我着重考察刘呐鸥的电影理论与运动、节奏性、音乐性的关系,以探究其对电影声音与跨媒介研究的理论与文化贡献。

(一) 文学、电影与都市节奏

作为上海"新感觉派"文学的先行者之一,刘呐鸥的小说写作自法国现代主义作家和外交官保尔·慕航③与日本新感觉派作家作品中受益良多。④ 通过日文阅读,刘呐鸥对欧洲先锋派运动如象征主义、未来主义与意象主义也不陌生。因此,此处有一个法国—日本—中国的跨文化跨媒介文化流动网络。日本新感觉派文学因对现代都市现象如速度、技术、空间的着重描写而知名;其写作使用非传统的语

---

① 刘呐鸥介绍了"绝对影片"创始者、瑞典导演埃格林两部重要作品《水垂直交响乐》(Horizontal-Vertitak Messe,1921,已佚失)和《对角线交响曲》(Symphonie Diagonale,1924,7 分钟),提及里克特抽象影片《节奏》(Rhythmus 23,1923)、《节奏 25》(Rhythmus 25,1925)中视觉节奏。他介绍了里克特影片《通货膨胀》(Inflation,1928;刘呐鸥译作《扩大发行》)中脸孔与物等的碎片式特写镜头之间的心理关联性。刘称赞 Léger 的《机械的踏舞》(Ballet Mécanique,1924)"用最普通的物体,物体的影像,和它的电影技巧的摄影来表现'动'的价值为目的",不用脚本而只有影像,使被映写时的速力的协调和节奏,能够在银幕上描写出明朗轻快的魅力。刘指出鲁特曼在电影制作态度和方法与埃格林和里克特的不同,因后两者重视科学性和数学的基础,鲁特曼则更"注重感情移入,装饰美,和心理的效果,采用色彩、增加动态的种类,使运动变为无限的多种多样,极用了刺激的手段。"刘呐鸥提到的"绝对影片"范例还有克莱尔的《停演时间》(通常译作《幕间休息》,Entr'acte,1924)、卡瓦尔康蒂的《时而外无别物》(Rien que les heures,1926)与 Man Ray 的《美人》(Emak-Bakia,1926)等。刘呐鸥,《影片艺术论》。
② 《影片艺术论》,《电影周报》,1932 年 7 月 1 日至 10 月 8 日。
③ 刘呐鸥最先将慕航作品译介到中国。1928 年,慕航访问中国,刘呐鸥在他出资创办并编辑的文学杂志《无轨列车》上发表了关于他的特辑文章。李今:《海派小说与现代都市文化》,第 63 页。
④ 见 Lippit, Topographies of Japanese Modernism, 78.

法结构与修辞,包括片段式的句式和自电影处借用的蒙太奇式时空转换法。①

自 1928 至 1934 年,上海新感觉派文学因其创新的文学技巧处于文学界流行的巅峰。② 这些作家对都市建筑空间和节奏的文学想象无可避免受到电影风格影响,甚至与"都市交响曲"电影有相通之处。③ 文学评论者天狼注意到新感觉派文学将都会脉搏与感官经验具体化的方式是引入电影技法,如特写。因其功效与强度,这种技法可被更好使用。④ 对城市空间的全景式描写近似于电影中的高角度全景镜头,对都会生活蒙太奇风格的碎片式描述也令人想起机械与速度。"都市交响曲"电影与"新感觉派"文学都强调的节奏与迷失感呼应学者劳拉·马库斯(Laura Marcus)的看法,即城市与居民都有脉搏和心跳:汽车的轰鸣听似脉搏不规律地在人体内跳跃。她认为现代主义文学⑤是 20 世纪 20 年代文学都市交响曲的范例:城市中从早到晚的一天生活,叙述城市空间中势不可挡的感官冲击及其对人精神的刺激。⑥

上海"新感觉派"文学以现代主义形式实验结合普罗文学与通俗小说的某些因素,因而与所谓精英现代主义写作构成暧昧关系。有些作品充斥物质主义与消费主义的感官性象征:"爵士时代"的摩登女郎,狐步舞,汽车,鸡尾酒,雪茄烟,不一而足。因了一种拟人化的快感,物可被拟人化,而人可被物化。⑦ 一方面,刘与其他"新感觉派"作家(如穆时英、施蛰存等)的某些作品批评资本主义消费主义与颓靡堕落;另一方面,他们自身沉湎于感官快感并盛赞"物质文明与醉人的都市生

---

① 包括横光利一、片冈铁兵(1894—1944)、中河与一(1897—1994),与池谷信三郎(1900—1933)。刘呐鸥翻译出版了他们的作品集,题为《色情文化》(1929)。
② 也因为刘呐鸥出资创办几种不同的同人文学刊物,及其"新感觉派"朋友施蛰存在《现代》杂志任编辑。《现代》杂志既发表新感觉派作品,也发表左翼作品。有些因"赤色倾向"被国民党政府所禁。国民党政府对文学创作与发表的严格审查也是促使刘呐鸥由文学转入电影的诱因之一。尽管对电影的审查并不比对文学创作与杂志的宽松,电影这一新兴媒介似乎为刘呐鸥提供了新的创作空间。
③ 有些书的书名便有强烈的音乐倾向,如刘呐鸥的第一本短篇小说集名《都市风景线》(1930),张若谷有散文集《都会交响曲》(1929),楼适夷有《上海狂舞曲》(1931)。
④ 天狼:《再论新感觉派》,《新垒》,1932 年第 2 卷第 2 期。
⑤ 如弗吉尼亚·伍尔夫(Virginia Woolf)的《达洛维夫人》(*Mrs. Dalloway*,1925)与詹姆斯·乔伊斯(James Joyce)的《尤利西斯》(*Ulysses*,1922)。
⑥ Laura Marcus, "'A Hymn to Movement': The 'City Symphony' of the 1920s and 1930s," *Modernist Culture* 5.1 (2010), 36.
⑦ 李今:《海派小说与现代都市文化》,第 22—25 页。

活",因而展现了面对现代生活的自相矛盾的景象。① 当时的评论者杨之华认为"新感觉派"文学随资本主义社会发展到一定阶段而出现,预示一种衰落,也反映时代之堕落颓废症候而陷入享乐主义。换言之,"新感觉派"文学展示了"完全毁灭与科技进步之间不调和共存"②,即科技的乐观主义与人文主义的悲观主义。其无力将碎片式认知整合为对社会经济情形的连贯解析使得"新感觉派"文学成为马克思主义文艺批评的对象。③

同时,评论者也认为上海"新感觉派"文学的主要贡献在于其对感官经验的形象描述,如,注重视觉、听觉、触觉与嗅觉经验描写,色彩、声音和味道不是通过绘画和音乐而是以文字生动表现出来。基于"科学的香氛"和"声音的幻觉"④的感官沉湎将音乐的效果注入文学⑤,可在读者中引发深刻的感官与心理效应。如刘呐鸥在给当时正在法国求学的诗人友人戴望舒的信中所言:"电车太嘈闹了,本来是苍青色的天空,被工厂的炭烟布得黑蒙蒙了,云雀的声音也听不见了。缪赛们,拿着断弦的琴,不知飞到那儿去了……可是我们有 thrill, carnal intoxication,这就是我所的近代主义,至于 thrill 和 carnal intoxication,就是战栗和肉的沉醉。"⑥

与文学相比,电影可成为激发感官刺激与"肉的沉醉"的更具表现力和更有效的媒介形式。在刘呐鸥看来,电影是现代艺术世界的革命性发明,是"艺术的感觉和科学的理智的融合所产生的'运动的艺术'"⑦。他的创作兴趣在 20 世纪 30 年代初自文学转向电影⑧,他与黄嘉谟合作创办并编辑电影杂志《现代电影》(Modern

---

① 杨之华:《新感觉主义的文学》,《众论》,1944 年第 1 卷第 1 期。
② Lippit, *Topographies of Japanese Modernism*, p.80.
③ Ibid., p.99.
④ 天狼:《再论新感觉派》。
⑤ 沈绮雨:《所谓"新感觉派"者》,《北斗》,1931 年第 1 卷第 4 期,第 67—69 页。
⑥ 刘呐鸥,1926 年 11 月 10 日,见孔另境编:《现代中国作家书简》,上海生活书店,1935 年。
⑦ 《Ecranesque》,《现代电影》,1933 年第 2 期,4 月 1 日。
⑧ 刘呐鸥的创作重心从文学转向电影的原因,我归纳为以下几点:1) 他于 20 世纪 20 年代末在上海出资办的几种文学杂志和出版社(如"水沫书店"等)先后因经济、政治审查和日军"一二八事变"轰炸等原因关门。2) 中国电影业在 20 世纪 30 年代初逐渐成熟,各大电影公司也积极争取文学人才介入电影剧本创作,如左翼作家夏衍、阿英、郑伯奇等受邀加入明星电影公司。3) 始终对电影抱有兴趣,并积累了一定知识与洞见,刘呐鸥愈发意识到电影这种新兴媒介的创作潜力,也与昔日文友(如戴望舒、施蛰存等)稍见疏远,而与参与电影制作的人过从更密,如黄嘉谟、黄天始、黄天佐等。

Screen),① 写作与翻译电影文章,出品、写作和导演了几部电影。② 他主张电影是一门独立的娱乐方式,一种消费品,更重要的,是艺术形式。在不同情形下,电影为观众提供美、快感与幻觉。这种对电影艺术和媒介的理解也是他批评30年代中国左翼电影的基础。刘呐鸥批评多数左翼电影"内容偏重主义",仅依赖简单的电影技巧,更像"Catalogue(目录)式","好像只许翻翻目录,给你想象他内容的丰富,而不把丰富的内容纯用电影的手法描出来给人看",是"头重体轻的畸形儿"。③

20世纪20年代末刘呐鸥的政治倾向由普罗转为布尔乔亚现代主义后,他和朋友与左翼电影人、影评人和知识分子之间的矛盾分歧以"软/硬电影"之争的形式表现出来。④ 与他的《现代电影》同仁如黄嘉谟、杜衡、穆时英一道,刘呐鸥被批评优先电影的美学和娱乐功能而嘲讽左翼电影中的社会批判与政治诉求。这场论争持续了一年多,引发一系列论战文章。⑤ 这次论争使得刘呐鸥与左翼电影人的关系进一步恶化,也部分导致他在1949年以后的中国电影理论史书写中的被边缘化。⑥ 实

---

① 《现代电影》发行了7期,自1933年3月1日至1934年6月15日。
② 刘呐鸥根据托尔斯泰小说《复活》编剧《永远的微笑》(1937),吴村导演、胡蝶主演,明星公司出品。他也编剧、导演了《初恋》(1936),与黄天佐合作编剧和导演了《密电码》(1937)。1940年,刘协助犹太导演 Gertrude Wolfson 拍摄关于犹太难民在上海的纪录片 Under Exile。但因1940年9月27日德、意、日三方协定而被迫中止。在这三周前,刘被暗杀。见 Mamie Misawa, p.230.《密电码》现藏于中国电影资料馆,《永远的微笑》与《初恋》都已佚失。
③ 刘呐鸥:《中国电影描写的深度问题》,《现代电影》,1933年第1卷第3期。
④ 左翼影评人包括唐纳、鲁思、王尘无、石凌鹤等。
⑤ 关于"软性电影论"的代表性文章,见黄嘉谟:《硬性影片与软性影片》(《现代电影》1933年第1卷第6期,12月1日),《软性电影与说教电影》(《晨报·每日电影》,06/28,07/02-07/04,1934);穆时英:《电影批评底基础问题》(《晨报·每日电影》,02/07-03/03,1935)。左翼影评人的代表文章见唐纳:《清算软性电影论》(《晨报·每日电影》,06/15-06/27,1934),尘无:《清算刘呐鸥的理论》(《晨报·每日电影》,08/21,1934),鲁思:《论电影批评底基准问题》(《民报·影谭》,03/01-03/09,1935)。可惜篇幅所限,对于"软/硬电影论"的探讨超出本文范围,关于更多详尽讨论,见 Zhang Zhen, *An Amorous History of the Silver Screen: Shanghai Cinema, 1896-1937* (Chicago & London: The University of Chicago Press, 2005), 244-297; Yingjin Zhang, *Chinese National Cinema* (Routledge, 2004), 106-109; Bao Weihong. *Fiery Cinema: The Emergence of an Affective Medium in China, 1915-1945* (Minneapolis, MN: University of Minnesota Press, 2015)。
⑥ 刘呐鸥在20世纪30年代后期与日本人的密切交往与合作不可避免影响他的声誉(尽管他是"日本籍"。据他的朋友回忆,在"八一三"以前,他也刻意隐瞒自己的台湾人身份,对外称是福建人)。1949年以后刘呐鸥被海峡两岸轻视,除了"文化汉奸"原因,还由于他的形式主义和美学至上主张不符合冷战时期两岸对电影的关注点。

际上,刘呐鸥并未鲜明提倡一种右翼的政治立场,尽管他因此被批判(相较之下,黄嘉谟与穆时英的文章中意识形态色彩更为明显)。刘呐鸥更像一个机会主义者,愿意与当权的政治力量合作,只要他能够实现拍电影的愿望,无论对方是国民党政府还是日本人。① 作为一个殖民时代的家境富裕的有世界主义倾向的人,刘呐鸥对任何国家都不见得有强烈的爱国心与忠诚感。他的物质优渥与浮华的生活方式,及生意头脑②都使得他并不关注当时的社会阶级分化,底层的苦痛,或外敌入侵面前的民族危机,无论在日常生活还是银幕实践。

(二) 运动与节奏:身体的、风景的、影像的舞蹈

在他的日常生活、文学创作与电影编剧与评论中,刘呐鸥都强调身体运动(如跳舞)的重要性与电影中律动的现代性令人沉醉的身体经验。对电影史和电影文化中舞蹈和多媒介性的研究表明,早期电影的出现恰好处于对身体运动的兴趣介于美学与科学关注之间。对于象征主义者而言,运动的艺术唤起舞蹈的和谐节律。③ 在20世纪20年代的爵士时代,身体(尤其女性身体)的被标准化的客体化已在艺术界被称赏,并与未来主义和达达主义运动密切相关。④ 舞蹈通过掌控运动的节奏使得身体性成为一种有表现力的形式。⑤ 在刘呐鸥看来,"人们的精神是饥饿着速度,行动,战栗和冲动的。同样是旋律,但华尔兹的时代是过了,赤热的爵士乐才是现代人的音乐,因为惯于都市噪音的耳朵是早不需要绝对调和的交响了。"⑥在电影与舞蹈中,运动都成为一种普遍性的语言和现代性的象征。

---

① 1936—1937年间,刘呐鸥在南京的"中央电影摄影场"任职,1939年起为日本人掌控的"中华电影股份有限公司"工作,直到1940年9月3日被刺身亡。
② 刘呐鸥曾于20世纪30年代中以后在上海购置大批房产出租牟利。见黄钢:《刘呐鸥之路(报告)——回忆一个'高贵'的人,他的低贱的殉身》,(《大公报》,01/27—02/07,1941)。
③ 见Tom Gunning, "Loïe Fuller and the Art of Motion," in *The Tenth Muse: Cinema and Other Arts*, eds. Leonardo Quaresima and Laura Vichi (Udine: Forum, 2001), pp.25-53; Laurent Guido, "Rhythmic Bodies/Movies: Dance as Attraction in Early Film Culture," *The Cinema of Attractions Reloaded*, ed. Wanda Strauven (Amsterdam: Amsterdam University Press, 2006), pp.139-152.
④ Guido, "Rhythmic Bodies/Movies: Dance as Attraction in Early Film Culture," p.146.
⑤ Ibid., p.151.
⑥ 刘呐鸥:《电影节奏简论》,《现代电影》,1933年第6期(12月1日)。

刘呐鸥与他的"新感觉派"作家朋友穆时英常流连跳舞场并与舞女关系暧昧。① 刘呐鸥曾潜心学跳舞且有"舞王"诨号。② 穆时英被称作"中国的横光利一"并擅长狐步舞。对穆时英而言,跳舞场也是观察和写作的场所:舞过几轮后,他坐在角落的桌边写小说,让自己沉浸在这声色犬马气氛、跳舞场和夜总会的光线、声音、节奏、气味中。③ 刘呐鸥和穆时英部分小说场景便是夜总会和跳舞场,描绘多种感觉甚至通感的可能性,以及感官刺激的强度。④

跳舞的经验不仅与"新感觉派"文学相关,也是当时上海的重要社会文化现象。上海的"跳舞热"状态也与二三十年代的全球跳舞风潮息息相关。⑤ 在李欧梵看来,"(舞蹈文化)成为三十年代上海都市文化另一个著名(或恶名昭著)的特征"⑥。上海的营业性跳舞场出现于20年代,报纸杂志都争相介绍社交舞并掀起关于"跳舞热"的热烈讨论。⑦ 日本作家芥川龙之介(1892—1927)1921年在中国旅行时记述了上海跳舞场的情形。⑧

---

① 穆时英于1934年与舞女仇佩佩结婚。刘呐鸥1927年的日记与当时上海小报都记述了他对中国和日本舞女的迷恋,在上海、东京与南京。见《刘呐鸥全集·日记集》,康来新、许秦蓁合编,彭小妍、黄英哲编译台南县文化局出版,2001.
② Peng, *Dandyism and Transcultural Modernity*, pp.27-35;描豆:《作家与舞蹈:刘呐鸥是火山上的前辈,黑婴梁氏姐妹有好感》,《跳舞世界》,1937年第2卷第2期。
③ 迅俟:《穆时英》,《文坛史料》,杨之华编辑,第三版,231-232。
④ 如穆时英短篇小说《上海的狐步舞》(1932)与《夜总会里的五个人》(1932)和刘呐鸥短篇小说集《都市风景线》(1930)。
⑤ 苏联纪录电影《上海纪事》(Yakov Bliokh, 1927)中对照了西方人在午后花园游泳池边听着留声机的跳舞派对与中国穷困儿童又渴又饥在街上拉车拖着沉重步伐的场景,剪接以相似图像关联与对比:旋转的唱片与旋转的车轮,因而传达一种强烈的社会和种族批判。部分20世纪30年代中国左翼电影也以嘲讽口吻描述某些反面人物的沉湎于跳舞场,如蔡楚生的《新女性》(1935)与袁牧之的《都市风光》(1935)等。
⑥ Leo Ou-fan Lee, "Shanghai Modern: Reflections on Urban Culture in China in the 1930s," *Public Culture* 11:1 (1999): 88.
⑦ 许多跳舞学校由白俄人和中国人创立,教探戈、狐步舞、华尔兹和查尔斯顿等舞。指导如何跳舞的手册纷纷出版,流行于追逐时尚的都市人中。1933年,有官方许可执照的跳舞场有39家。1946年,上海注册过的舞女有1 622名。罗苏文、宋钻友,"民国社会",见熊月之编《上海通史》,上海人民出版社,1999年,第9卷,第177—178页。
⑧ 芥川龙之介写到他在一家叫"巴黎"的咖啡厅看里面的人跳舞,"欣赏着菲律宾红衣少女和西装革履的美国青年人的舞蹈",注意到"这里的管弦乐队演奏水平之高非(日本)浅草的舞厅所能比拟"。芥川龙之介,《中国游记》,陈豪译,新世界出版社,2011年,第10页;英文版见Akutagawa Ryunosuke (1997), "Travels in China," *Chinese Studies in History*, 30: 4, 13, 30, 34.

身体表演如舞蹈(及体育运动与体操等)不仅吸引了大量早期电影观众,也构成关于机器美学、视听节奏、"影像的舞蹈"(20世纪20年代法国先锋电影的剪接风格)等公共话语的基础。① 法国导演与理论家让·爱普斯坦在著作《你好,电影》(*Bonjour Cinéma*,1921)中认为舞蹈是运动模式的普遍性隐喻,他将"风景的舞蹈"(在飞驰的火车或汽车上拍摄的影像)视为是具有"上镜头性的"(*photogénic*)。② "上镜头性"能够强化运动感,正是这种运动感使得电影区别于其他以静止方式表达的造型艺术。

　　"风景的舞蹈"在二三十年代的城市和旅行电影中屡见不鲜,包括刘呐鸥的《持摄影机的男人》。③ 如爱普斯坦所言,作为电影媒介特殊性的标志,"上镜头性",或者说"影像的舞蹈",如音乐结构一样组织起来。维尔托夫对电影的理论化也由音乐得到灵感,最重要的为"音程"(intervals)。他认为电影已然是一种节奏性与音乐性的艺术,试图结构时间和寻找自己独特的节奏。④ 刘呐鸥在文章《俄法的影戏理论》中谈及"纯粹影片"中速度与能量的节奏变化,认为影片是在一定时间范围内光与影织就的交响乐。⑤

　　刘呐鸥也总结20世纪20年代法国电影理论家如费尔南德·迪瓦尔(Fernand Divoire)、雷内·克莱尔(René Clair)与莱昂·穆西纳克(Léon Moussinac)等人指出的"内的"与"外的"节奏之相互依赖。刘呐鸥的论述中,电影的实质在于运动,显现为活力与节奏,其特质被速度、方向与力量决定。他描述内在节奏为单镜头内部的结构原则,包括摄影机与被摄物的运动;外部节奏则因镜头的连续性构成。一方面,电影节奏也产生自演员的身体表演,如早期电影中的"蛇舞"(serpentine dance);另一方面,蒙太奇强化的电影节奏使得电影不同于其他艺术,因此,"电影中最可能的舞蹈,来自不同影像的组合"⑥。

　　刘呐鸥指出克莱尔和穆西纳克未注意到的电影的节奏元素,并论述他们对电

---

① Guido,"Rhythmic Bodies/Movies," p.139.

② Ibid., p.150.

③ 刘呐鸥的短篇小说《风景》(1930)描述一男一女在火车上的偶遇。刘描述人物在火车上的经验为"坐在速度上"。

④ Jeremy Hicks, *Dizga Vertov: Defining Documentary Film* (London & New York: I. B. Tauris, 2007), p.79.

⑤ 刘呐鸥:《俄法的影戏理论》(1930),见《刘呐鸥全集·增补集》,康来新、许秦蓁合编,台南县政府、台湾文学馆出版,2010年,第179页。

⑥ Guido,"Rhythmic Bodies/Movies," p.149.

影风格的影响。如,他认为内在节奏可因镜头内部光调的变化而产生(也暗示了时间流逝),或移动镜头中摄影机角度或背景的变化而产生。摄影机位置(摄影机与被摄主体之间的距离)与蒙太奇之间的关系与外在节奏密切相关。在他看来,外在节奏在呈现电影风格上比内在节奏更有表达力。如果某个段落的镜头数量有限而每个镜头都较长,此时全体的氛围是静的;如果此同长度内镜头数多,即影片的氛围气便变成动的,活泼,劲力的。①

刘呐鸥将鲁特曼的都市交响曲电影《柏林,大都会交响曲》放在"纯粹/抽象电影"类别中讨论,赞扬其风格创新的四个方面:1)贯彻影片的音乐的节律的要求(在他们影片是把现代用视觉的手段组织成为有节奏的东西);2)对于电影剧(被摄在片上的剧场)的彻底的脱离;3)绝对不用人为的幕面;4)事件一切不用字幕表现。② 法国"纯粹影片"的支持者穆西纳克、埃米尔·维耶尔莫(Emile Vuillermoz)与保罗·拉曼(Paul Ramain)梦想一种基于掌控运动节奏基础上的、脱离剧情需要的艺术。③ 刘呐鸥认为影片的本质是光和影、线条与角度的视觉交响乐(symphonie visuelle)④,它对于音乐的节奏虽有不可分离的关系,但对于"Plot"(情节)的关系却非常地疏远。⑤ 因此,观看电影如听音乐会,观者将视觉的交响乐视为光线的机械舞蹈。⑥

在刘呐鸥看来,一部没有情节的影片可保有其视觉节奏,如,西席·地密尔(Cecil B. DeMille)影片《党人魂》(*The Volga Boatman*,1926)中船在伏尔加河上漂流的蒙太奇段落与叙事主线并无太大关系,但传达一种诗意。尽管是默片,这个段落唤起强烈的节奏感,似乎观众正在听音乐。然而,刘呐鸥也对"纯粹/绝对影片"的局限性有审慎看法,因为这样的电影实验"并不应该把影戏由全生活切离,使它变为没社会的切利性性的、不生产的东西"⑦。尽管法国先锋导演热曼·杜拉克(Germaine Dulac)排斥叙事电影,她认为节奏性的叙事运动是技术进步的体现。如她所言,叙述是结构运动的另一种方式,一种建构有活力的结构的原则。⑧ 刘呐鸥

---

① 刘呐鸥:《电影节奏简论》。
② 刘呐鸥:《影片艺术论》。
③ 同上。
④ 原文中即为法文。见《影片艺术论》。
⑤ 同上,原文中即为英文词。
⑥ 刘呐鸥:《俄法的影戏理论》。
⑦ 刘呐鸥:《影片艺术论》。
⑧ Guido, "Rhythmic Bodies/Movies," p.147-148.

认为有创造力的电影艺术家不应完全摒弃情节,电影理论家尽可在实验室里孤立地检验他的影片。① 他写道:"我们只要组织化了的运动,幻想的连锁,单纯视觉的印象的再现,日常生活的相貌和状态在我们都毫没魅力,我们应采取新的形式,利用一切数学的、抽象的形驱来创新的象征。"②尽管他可被视为有先锋追求的形式主义者,他最希冀的是介入兼顾艺术与娱乐的剧情片创作。

在文章《影片艺术论》中,刘呐鸥强调"织接"(即剪接)③是电影的基本构成元素,将影像组织进统一有序的节奏,使得"照相的"(photographique)成为"影戏的"(cinegraphique),这重新构造了一种新的与现实的时间和空间毫没关系的影戏时间和空间,即"被摄了的现实"④。"织接"的效果在苏联导演普多夫金的《母亲》(1926)和《圣彼得堡的末日》(1927)中体现出来。⑤ 在默片时代,苏联导演逐渐熟练于节奏性剪接和使用影像来唤起声音联想。⑥ 刘呐鸥也赋予"织接"这一独特属于电影的技巧一种跨媒介的比喻:"是诗人的语,文章的文体,导演者的'画面的'言语。"⑦因此,它本质上关于运动与节奏。毕竟,西方国家和日本等不同语言对于"电影"的命名主要强调其"运动性"。⑧

刘呐鸥也探讨不同影片类型与叙事结构中不同的节奏风格,如,"如果有多数的镜头的短期飞跃,那么片子的节奏的进行是曲线的波纹是属于横式深度描写。如果没有镜头的大飞跃而持续时间又够沉闷地长,那么节奏是平板的直线进行"⑨。他赞扬音乐片中的节奏和乐律的视觉化,成为"symphonic orchestration(交响乐曲)"。刘呐鸥在探讨"织接"概念美学时常使用音乐术语和观念,如将最普通的直接连结法视为"Andante"(行板);"Fade"(淡出淡入)被刘呐鸥视为"切断了流

---

① 刘呐鸥:《影片艺术论》。
② 同上。
③ 关于"织接"一词在 30 年代中国的译介及理论探讨,见 Chan, J. K. Y, "Translating 'montage': The discreet attractions of Soviet montage for Chinese revolutionary cinema", *Journal of Chinese Cinemas* 5: 3 (2011): 197–218.
④ 原文中即为法文。刘呐鸥:《影片艺术论》。
⑤ 同上。
⑥ Jeremy Hicks, *Dizga Vertov: Defining Documentary Film* (London & New York: I. B. Tauris, 2007), p.71.
⑦ 刘呐鸥:《影片艺术论》。
⑧ 如英语中"movie," "motion picture," "kinematograph," "cinema,"及日语中"活動寫真(かつどうしゃしん)"。
⑨ 刘呐鸥:《电影节奏简论》。

动美正如音乐上的停止符。所以 Fade 是节奏的开始或终末点。须少用于流动律节中的"。与之相反的"overlap"则是亲密调和的符号,是 melody 的制造者,专演连络思想路径的角色。而"Flash"比直连(direct cut)更活泼,虽然同样是直连但因前后画面持续时间极短的关系,这便变为节奏中的大律动了。① 刘呐鸥举出的很好在早期声片中使用"织接"的例子,是乌克兰导演维克多·图尔贾斯基(Viktor Tourjansky)影片 le chanteur inconnu(不明的歌者,1931):"导演 Tourjansky 在这新的声片里却能相反地利用沉默的画面去强调了音乐的效果。描写着'不明的歌者'底富有魅力的肉声由播音台播出,渡过云山,一直穿入欧洲大陆各国,各家庭,直至到思春的女儿和相爱的男女的胸腔里去的一段,实在是好的织接,很能够帮助音乐给观众以美媚沉醉的 Rhythm 的概念。"②

刘呐鸥认为此片由演剧的羁绊解放了声片,而创造了声片固有的风格(style)。因而无论在默片还是声片中,利用织接而使观众升起节律的感情,想象"隐喻性的声音",是刘呐鸥关于影片视听风格的一种超越单一感官的"通感"想象,也是一种跨媒介的声音美学概念。

(三) 日常的、影院中的、银幕上的声音

在上海开办"内山书店"并与中国文化人包括鲁迅过从甚密的日本人内山完造(1885—1959)于 1939 年发表了一篇题为《上海的声音》的文章。③ 他生动描述上海都市空间中各种声音的混杂,包括环境音(如鸟鸣蝉噪、工厂机器声)、人声(如小贩叫卖)等。他也描述了一天不同时辰不同声音的此消彼长,这种时间结构颇似"都市交响曲"电影中结构,也令人想起刘呐鸥写作和《持摄影机的男人》中对运动和节奏的处理。上海都市音景也充斥着机器的噪音(如电车与工厂汽笛等),及娱乐场所如夜总会、跳舞场、大世界、电影院中传出的音乐。这些喧嚣混乱、横冲直撞的都市声音也在刘呐鸥的短篇小说如《游戏》中占据重要位置,表明他听觉的敏感性及对周遭声音空间探究与再现的兴趣。④

除了在短篇小说与电影评论中写到隐喻性声音元素(如运动、节律、音乐性

---

① 刘呐鸥:《电影节奏简论》。
② 在《影片艺术论》中,刘呐鸥批评中国影片《啼笑因缘》(1931,张石川执导)和《一夜豪华》(1932,邵醉翁执导)剪接技巧粗糙,作为与《党人魂》与《不明的歌者》对比的反例。
③ 此文原以日文写成,被译为中文发表在《中国月刊》,1939 年第 1 期,第 51 页。
④ 见《刘呐鸥文集·文学集》,康来新、许秦蓁合编,台南县文化局,2001 年,第 31—43 页。

等),刘呐鸥的听觉敏感性也与当时的声音文化与日常生活经验密切相关,如他在中国戏曲表演、电影院和银幕上接触到的声音。他在1927年的日记中描述自己如何对祖母深厚的声音印象深刻:"她的声音大有特长的,响、亮、大又明,假如她的生迟了半个世纪,或者她成了个天下驰名的音乐家……"①1927年,他与诗人朋友戴望舒在北京流连三月,常去看京剧和昆剧表演,②也学了拉胡琴与唱京剧,日记中分别记述道:"做留声机,拉胡弓"③,"跟老庞学了几句马连良的珠帘寨"④。刘呐鸥的日记中也记述对京剧演员声音的迷恋,甚至对女性声音色欲化的描写。⑤ 也多次记述他在上海和东京听留声机,而京剧唱片是他偏好的一类。⑥ 听留声机在20世纪二三十年代是稍有条件的人的重要娱乐方式和提高"文化教养"的方式,也可见刘呐鸥对音乐与戏曲的强烈兴趣与欣赏趣味,无论现场演出、个人实践还是通过现代声音记述转录的声音,都为他青睐。

这种声音体验与理解使得刘呐鸥在写电影剧本《永远的微笑》(1937)时对声音美学有较为复杂微妙的设计。影片主角是位歌女,因此音乐与歌唱对影片至关重要。⑦ 刘呐鸥在剧本中设计了丰沛的声音元素,包括音效(马蹄声、云雀啼、狗吠、市声、风雨声、铃声、警笛声等等)、人声(小贩叫卖、主角歌唱、人们嬉笑等)与音乐(胡琴伴奏、流行歌曲等)。通过将不同的声音材质与音量(构成视觉一样的"特写"与"全景"音)精心编织在一起⑧,刘呐鸥试图创造一种声音写实主义并捕捉都市听觉氛围。当他看完吴村导演的影片,撰文以委婉方式表达了不满,几处批评涉及影片的声音处理。⑨ 如,刘呐鸥写道:"'笑'在不适恰的段落,好像是第九交响曲奏鸣中忽然听到一声爵士的低音一样,Bad Screen-Americanism!"⑩——刘呐

---

① 写于1927年4月18日,见《刘呐鸥全集·日记集》(上),康来新、许秦蓁合编,彭小妍、黄英哲编译台南县文化局,2001年,第258页。
② 见《刘呐鸥全集·日记集》(下),第688、702、708、734、740页。
③ 写于1927年三月十五日,见《刘呐鸥全集·日记集》(上),第186页。
④ 写于1927年十月二十三日,见《刘呐鸥全集·日记集》(下),第662页。
⑤ 关于京剧演员金友琴声音记述,见《刘呐鸥全集·日记集》(下),第702页。关于另一位京剧演员贯大元声音的描述,见第708页。
⑥ 见《刘呐鸥全集·日记集》(上、下),第176、186、328、346、370、476、550、594页。
⑦ 《永远的微笑》剧本可见于《刘呐鸥全集·电影集》,第46—219页。
⑧ 如"声音特写"与"声音全景"。取决于声源与麦克风及摄影机的距离。
⑨ 刘呐鸥:《〈永远的微笑〉看试片记录——与吴村兄略为商讨摄制上诸技术》,《刘呐鸥全集·电影集》,第40—45页。
⑩ 同上书,第43页。

鸥对当时多数美国电影不以为然,认为缺乏艺术上的创造力,对西欧和苏联电影的手法赞扬分析更多。他也对片中 Diction(整个台词方式)不满,认为全体速度过慢而又"平",失掉"心理的长度"而显得松懈,也无法吸引观众的全部注意力。①

除了对影片中声音的意见,刘呐鸥也因对中国电影院里混乱的声音气氛②不满而于 1928 年在一系列文章"影戏漫谈"中撰文题为"中国的影戏院里"。他批评"四座人声的喧吵,小贩的叫卖兜售……小孩的叫噪鼓掌声,老大哥们朗诵字幕声,嘴里嗑瓜子栗子的声音,和那不知所云的音乐声,真的叫你立刻感受到头痛脑昏,戏未完而已有出院的必要了"③。规训电影观众和控制影院中噪声在电影早期世界各国都是令人头痛的问题,也各自想出不同办法解决。④ 在当时中国(上海)语境下,当然也牵涉到社会阶层与文化习惯,刘呐鸥所去的中国影戏院观众多为中下层平民,这些空间通常除了放映电影,还会有其他表演,如戏曲、民间曲艺等,观众习惯在演出时吃喝闲谈,这种习惯可能延续到电影放映中。影戏院中这种未经标准化的、混乱但充满活力的声音能量呼应 20 世纪 30 年代中国电影中的类似能量。两种对于刘呐鸥的都市"洋派"中产阶级趣味来说都显得粗糙。

除了默片中与影院环境中声音气氛,刘呐鸥支持声片并对其美学理论有很多深具洞见的论述。他认为影像的"motion"的不绝的流动和音响的有机性的交叉是一切影片美的发源。他认为反对声片是可笑的,因为那是电影上的 anachronisme (逆势而动)。⑤ 在另一篇文章《电影形式美的探求》中,刘呐鸥认为构成电影形式美的两种感官因素为视觉与听觉。尽管他承认"音响的美的形式之完成也许须待此后的 Radio(广播)的发展,但自音响进入电影以后的成绩确是大可惊人的"⑥。有声电影的音响元素(音乐、拟音、对白)之交响合用产生的听觉质感,包括形式 Principality(主调)、调和与对照,及渐层法(Gradation),都构成电影的形式美感和

---

① 刘呐鸥:《〈永远的微笑〉看试片记录——与吴村兄略为商讨摄制上诸技术》,《刘呐鸥全集·电影集》,第 44 页。
② 当时首轮影院多为外国人掌控、多放映外国电影,票价对于普通大众来说较昂贵,观众多为外国人及中高收入华人。国产影片多在二、三轮影院放映,设施不如首轮,票价较低廉,顾客也多为收入更低的普通中国观众。
③ 发表于《无轨列车》,1928 年第 5 期(11 月 10 日)。
④ 关于美国早期电影文化中观众规训及性别议题的论述,见 Shelly Stamp, *Movie-struck Girls: Women and Motion Picture Culture after the Nickelodeon* (Princeton, N.J.: Princeton University Press, 2000). particularly chapter one, pp.1-40。
⑤ 刘呐鸥:《Ecranesque》,《现代电影》,1933 年第 2 期(4 月 1 日)。
⑥ 《万象》,1934 年第 1 期。

吸引力。① 在这个复杂音景中，对刘呐鸥来说，"沉默，无论在声片默片都是金的"②。在有声片中人们才听得到沉默，意识到沉默，以及沉默引发的节奏感、张力及情绪表达力。刘呐鸥批评"美国底 all talkie 可说是个打字机，因为动作和音响同时发现。这不是享有扬弃权的艺术，而纯全是物理学。音响的效果不在乎和音声的 synchronization，而在乎它们的配合能够充分表现出内面的意义"。刘呐鸥反对一种炫耀声音技术的、毫无艺术创造力的声画同步，呼吁更丰富的声画关系，包括苏联蒙太奇导演们提倡的"对位法"（Counterpoint）。他也对中国声片的发展忧心忡忡："中国电影如不对声片努力，终不能赶上时势底进步的大道，更不能打倒外片的侵入。"③

出于对早期有声电影声音实践的关注，刘呐鸥在1932年的文章《影片艺术论》中介绍了苏联导演维尔托夫的首部有声片《热情》（*Enthusiasm: The Symphony of the Don Basin*, 1931）。维尔托夫携摄影机和录音机到煤矿和工厂拍摄劳动者，声音全部采用"自然的声音"，刘呐鸥称之为维尔托夫"由'影戏眼'（Kino Eye）转入'无线电的耳'（Radio Ear）的纪念作品"。他认为"影戏眼"比织接更进一步，具有"感情、气力、节律和热情。《携摄影机的人》便是根据这原理的作品"④。维尔托夫的织接与对声音的理解也使得他片中的工业噪音带有音乐性。⑤ 因此，"拟音"与"音乐"这样人为设定的类别界限也可被打破，使得音景成为多元、有机的整体。

在另一篇文章《光调与音调》中，刘呐鸥也以跨媒介的方式比较"光调"和"音调"与不同电影类型与风格的关系。⑥ 他认为，好像音有高低一样，光有明暗有度量；与声音一样，一个镜头内及前后镜头间光调变化也会产生光的节律。刘呐鸥阐释了电影艺术音响的复杂性，如其美学法则（如音乐理论、台词演述学、拟声法）、相互间艺术组织（如对位法）、Sound-montage（声音蒙太奇）等；也强调了不同音调（高调、中调、低调）与电影风格的呼应，如，喜剧的收音应该用高调，高音配上快速

---

① 原文中即为英文词。
② 刘呐鸥：《论取材——我们需要纯粹的电影作者》，《现代电影》，1933年第4期（7月1日）。
③ 刘呐鸥：《Ecranesque》。
④ 刘呐鸥：《影片艺术论》。
⑤ 这也令人想起卓别林看过《热情》后写给维尔托夫的热情洋溢的赞扬信："我从不知这些机械的声音可被组织得如此美妙。我将这部作品视为我听过的最激动人心的交响乐。维尔托夫先生是一位音乐家。教授应该向他学习，而非与他争论。祝贺。"见 Jeremy Hicks, *Dizga Vertov: Defining Documentary Film* (London & New York: I. B. Tauris, 2007), 126页。
⑥ 刘呐鸥：《光调与音调》，《时代电影》，1934年11月5日。

的对白和动作,能描出一种轻快而舒适的喜剧的氛围气。高音调正如高光调一样是愉快幸福光明的制造者。而且还有现实考量:喜剧的观众大都宽放松散,因噱头引起的笑声,普通高的台词叙述难于鲜明地灌入观众的耳朵,为要穿破这夹杂的笑声及其反响所引起的场内噪音,对白非用高调确实有点难以获得预期的效果。但高音调不适用于正剧(包括悲剧惨剧及德国式 Schauspiel)①,因为会妨碍正剧描述的重厚的感情。低调才是适于正剧的音调,因有着抑制阴郁严正的作用,感情动力慢而深刻,比起喜剧观众,正剧观众心理上更接近剧中情绪步骤,场内空气也较为肃静一点。刘呐鸥的例子是《永别了武器》(1932,Frank Borzage,80 分钟),录音师富兰克林·汉森(Franklin H. Hansen)设计了近似密语的低音调来加强剧的效果。另外,中间音调最适合 Melodrama 一类的情绪的戏剧,因情感起落需要音调的强力的对照处理法来描传悲欢离合种种的情调。② 刘呐鸥也强调音调的变化应以流滑圆润为上乘,避免丛杂凌乱的转变。有些演员的坏习惯如自舞台上带来的假嗓高调,应根据电影的特性及观众的习惯调整。在刘呐鸥看来,收音师要懂得 sound transmission(声音传输), circuit frequencies(电路频率), acoustics(声学), sound systems(声音系统)等,③除获得完全的收音技术之外,更须理解剧本上的剧的情绪,变换收音音调适应一个故事或场面的需要。总之,收音师应由美满的技术再进一步,成为一个享有扬弃权,具有创作能力的贯彻头尾的音响艺术家。回首看来,刘呐鸥对声音美学与声音设计深入丰富的探讨与视野有前瞻性,尤其因为声音是电影的"媒介特殊性"中重要因素。他的观念如今看来都不显得"过时",尤其想到"声音设计"的概念与实践在美国电影中受到广泛重视是 1970 年以后的事了。④

结语

"看了这样的语言天才时,就好像看到失去国籍、没有影子的人般,时常感

---

① 原文中即为德文。"Schauspiel"原指任何奇观或公共表演。在 18 世纪晚期的德国文学中,这个词更明确指一种悲喜剧,意味着带有严肃意味但有圆满结局的戏剧,其中主人公不会死亡。见 Encyclopedia Britannica:http://www.britannica.com/EBchecked/topic/527079/Schauspiel。
② 刘呐鸥:《光调与音调》。
③ 原文中即为英文词。
④ "声音设计师"在美国电影中更受重视部分因为电影剪辑师与声音设计师 Walter Murch (b. 1943),尤其他与科波拉(Francis Ford Coppola)合作的几部重要作品(如《对话》和《现代启示录》)更新人们对这一领域的认知。

到空虚、害怕。"

——松崎启次①

在本文中,我探讨了刘呐鸥的生活、电影生涯、文学与理论写作及他的影片《持摄影机的男人》之跨文化与跨媒介性,也强调了这些实践中"流动"与"跨境"的重要性。在更宽广的历史背景中,现代技术使得长途旅行、传播方式和各种"跨境"翻译与流动成为可能。尽管如此,刘呐鸥生活与工作的重心在半殖民地都会上海,此地与居民有一种处于"民族国家"之外及中、欧、美、日等势力和利益之间博弈的不确定主体性。② 上海是不同政治、经济、文化势力角力、冲突的中心,也是全球资本扩张与娱乐和消费主义盛行的所在。刘呐鸥自身的身份与实践体现了这些矛盾与并置,他关于声音、运动、节奏与音乐性的跨文化与跨媒介的思考与写作似乎想超越这些历史困境而不得。

这种旅行的本质也与殖民主义及性别有关。波拉·阿迈德(Paula Amad)认为"旅行"(travel)与"旅游"(tourism)不同,尽管两者都暗示漫游不同地方。③ 16 世纪之后,旅行与殖民主义和帝国主义探险与扩张密切相关,到 19 世纪进一步强化。旅行者的社会阶层与性别特权在 20 世纪逐渐成为更民主化、大众化与容易承担的"旅游"。然而,长期形成的族群、性别与阶层特权依然存在:多数旅行者仍为西方、白人、精英男性,如传教士、殖民者、作家、生意人、地理学家,等等。尽管刘呐鸥来自日本殖民时期的台湾,由于他来自富裕家庭,受过良好教育,且为男性,有足够特权可以旅行。其日本人身份也使得他可以于 1933 年在台湾、东京、奉天之间比中国公民更容易畅通无阻穿梭旅行,因为其时此三地都在日本帝国掌控之下。《持摄影机的男人》中,刘呐鸥明确无误的男性视角通过对女性被摄主体的窥视性凝视传达出来,更为重要的,是在片名中标识出来。明确表明是持摄影机的"男人"而非中性的"人",刘呐鸥不但特指自己作为男性导演是男性主体性的化身,也强调男性观察者/摄制者性别化感知的权威性。

---

① 松崎启次:《刘灿波枪击》,《刘呐鸥全集·增补集》,第 258 页。
② Lippit, *Topographies of Japanese Modernism.*, p.77.
③ 在阿迈德看来,"前者通常被理解为享有一定特权的主体踏上旅途主动寻找经验,后者则被视为民主化后的大众报名参加旅行团而进行的消闲活动。"见 "Between the 'Familiar Text' and the 'Book of the World': Touring the Ambivalent Contexts of Travel Films," in Jeffrey Ruoff, ed, *Virtual Voyages: Cinema and Travel* (Durham and London: Duke University Press, 2006), p.100.

如果说通过旅行文学和电影的经验而"游览"其他地方可被视为一种"虚拟旅行"(virtual travel),语言的多样性可提供一个想象的听觉空间。刘呐鸥的混杂性语言实践映射了他流动的身份,也强化了他跨文化实践的正当性。他跨越不同文化与地理边界,也侧面复杂化了一点:"作为国族身份的构成部分,语言可以确认也可以否定某种国族认同。"①刘呐鸥的 1927 年日记和电影评论写作中混杂着闽南语、日语、英语和法语词,这些也在他的"新感觉派"小说中俯拾即是,创造一种语言和文体上的混杂多样性及一种异国情调的新奇感。这种"语言特征强调了新感觉派写作的跨文化特色",也是跨文化现代性的表征。② 掌握多种语言的能力为现代主体提供一种可能去重构和想象一种流浪的、多音的与世界主义的想象。

刘呐鸥代表着不同政治与文化力量之间的角力,有时令他感觉痛苦孤寂。如日本人达久一写道:"当时他(刘呐鸥)的国籍是日本,体内却流着中国的血,加上他所接受的是英、法等国的多样教育,当然有自豪的才能,但也因为在各方面他过于通融无碍,反而有了烦恼和孤独的凄凉感。"③在 1927 年日记中,刘呐鸥客居东京写到他对上海、日本与台湾的矛盾认知:"……这几天心都是紧闭,没有什么,只是我不好那'Japanese Way(日本风)'"④;"母亲说我不回去也可以的,那末我再去上海也可以了,虽然没有什么亲朋,却是我将来的地呵!但东京用什么这样吸我呢?美女吗?不,友人么?不,学问吗?不,大概是那些有修养的眼睛吧?台湾是不愿去的,但是想着家里林园,却也不愿这样说,啊!越南的山水,南国的果园,东瀛的长袖,那个是我的亲昵哪?"⑤刘呐鸥也表达对中国文化的钦佩,有时以一种自豪感认同这种文化。或许是永远的"异乡人"并有意无意乐于扮演这种疏离的角色,他在东京穿着中国衣衫去跳舞⑥,在北京去日本商店买味素,找日本澡堂,熟悉日本人居住的地方。⑦ 刘呐鸥一些中国朋友的记述也可助我们更多了解他的复杂

---

① Ying Xiong, "Ethno Literary Identity and Geographical Displacement: Liu Na'ou's Chinese Modernist Writing in the East Asian Context," *Asian Culture and History*, Vol. 3, No. 1; January 2011, p.10.
② Peng Hsiao-yen, 32.
③ 《刘呐鸥全集·增补集》,第 323 页。
④ 六月十七日,见《刘呐鸥全集·日记集》(上),第 386 页。
⑤ 七月十二日,见《刘呐鸥全集·日记集》(下),第 446 页。
⑥ 同上书,第 506 页。
⑦ 同上书,第 624 页。

面向。隋初写道:"在'八一三'之前,我对呐鸥的日本籍是毫无所闻的。但是,国籍又有什么关系呢? 如果我们把他作为一个中国人,他在中国新文化运动所建下的功绩是不可磨灭的。他在中国生活的时间较长远,所以他的思想,他的性格,他的言行是比较属于中国的……对于中日问题,他对我说,中国人的长处和短处,及日本人的长处和短处我都知道得很清楚。我们要由中日文化界彻底合作,探求一种新的文化,一种能够使中日两国共同努力的新文化,才足以领导民众消弭战争……他的思想言行,都是本着他的艺术良心和精神……呐鸥不是一个中国人,或是一个日本人,而是一个世界人。"①

刘呐鸥试图超越甚至利用周遭殖民主义与跨文化身份而抵达"世界主义"乌托邦的努力或许是天真、徒劳的,尤其置身20世纪30年代后期上海异常复杂的政治环境之中:西方殖民势力、日本军事入侵、分裂的国民政府、地下活动的共产党等。他的缺乏国族认同感与忠诚度,及他的衣食无忧和去政治化倾向使得他试图寻找机会实现"纯粹艺术"的电影创作实践,批判左翼作家与电影人的作品"被政治污染"②。然而,依黄钢的回忆录所言,在日军侵占上海之后,刘呐鸥与日本人紧密合作并从中获利。重庆方面的报纸也报道刘呐鸥在日本人支持下,威胁或迫害进步的知识分子和电影人。③ 因此,刘呐鸥的"去政治化"主张无法成立。如莱斯利·平卡斯(Leslie Pincus)所言,"世界主义者关注一种遥不可及且具普遍性的价值,退居于一个延展和丰富的内在,但远离当前的社会现实。"④

在刘呐鸥的跨文化轨迹中,上海成为一个象征性的地点,他可以认同并共度将来之地。⑤ 放弃东京与台湾,刘呐鸥选择在上海生活与工作,"一个矛盾与联盟不断变换的空间"⑥,各种力量在此磨合、交涉。这种"彼此纠缠的殖民主义"(intertwined colonization)折射了中国被多种外来力量殖民的历史,也指向世界主义

---

① 隋初(黄天始):《我所认识的刘呐鸥先生》,最初发表于《华文大阪每日》半月刊第五卷第九期,1940年11月1日,《刘呐鸥全集·增补集》,253—254页。
② 黄钢:《刘呐鸥之路(报告)——回忆一个"高贵"的人,他的低贱的殉身》。
③ 同上。日本作家和电影制片人松崎启次也回忆刘呐鸥曾作为日本人的代表试图争取更多中国电影人和知识分子与日方合作,《刘灿波枪击》,273页。
④ Leslie Pincus, *Authenticating Culture in Imperial Japan: Kuki Shuzo and the Rise of National Aesthetics* (University of California Press, 1996), p.39.
⑤ 《刘呐鸥全集·日记集》(下),第446页。
⑥ Lippit, *Topographies of Japanese Modernism*., p.86.

上海与殖民地台湾的某些交叉和同病相怜的关系。① 刘呐鸥的疏离和漂泊感在上海或可缓和一些,因为上海吸纳了世界各地的无家可归者和离散人群,他可以"万人如海一身藏",有匿名的自由感和集多种身份于一身的宽松度。游移于不同文化身份中,刘或感知一个本质的自我消融为"一个无尽碎片化主体的过程",在一种时间的空隙和空间的夹缝中(space-in-between)。②

刘呐鸥着迷于上海人间风景的跨文化混杂性③,他写道:"上海若是世界民族的展览会场,北京可以说是中国人种的展览场。"④刘呐鸥也将上海色情化与猎奇化为"横波的一笑,是短发露膝的混种!"⑤他在此沉湎于享乐生活与消费主义,及现代都会节奏的刺激。然而,上海也充满种族张力、敌意甚至屈辱。刘呐鸥欣赏法国和德国文学、电影与音乐——在写给留学于法国的戴望舒的信中,刘呐鸥道:"德人和法人一样,是世界上的艺术民族,法国的文艺倘若是眼睛的文艺,德国的文艺可以说是耳的文艺了。从光明的南方的法国出了伟大的光彩派的画家。从阴郁的北方的德国就出有许多神秘的音乐家。"⑥但他的日记中也记述着种族的自觉甚至对欧洲人的怨愤,如"眼睛和眼睛,憎恨的火,洋鬼婆们啊,站得稳吧,不然,无名火在烧的东洋男儿就要把你们冲到电车底去了"⑦。另:"上海的书肆差不多是土匪一样。那个女人的'thank you'真的使我生起对白人的复仇心。"⑧还有一次记述"在西藏路被臭英兵搜身躯"⑨。

对刘呐鸥来说,在这些令人忧烦的现实之外,电影是乌托邦理想与世界主义的重要表征,可结合现代科技、艺术创造与娱乐。他描述:"电影是两父一母的儿子。两父就是Lens(镜头)和Microphone(麦克风)。一母就是胶片。电影艺术就是建

---

① Ying Xiong, "Ethno Literary Identity and Geographical Displacement: Liu Na'ou's Chinese Modernist Writing in the East Asian Context," *Asian Culture and History*, Vol. 3, No. 1; January 2011, p.5.
② Jessica Berman, *Modernist Fiction, Cosmopolitanism, and the Politics of Community* (Cambridge University Press, 2001), p.17.
③ Peng Hsiao-yen, p.55.
④ 《刘呐鸥全集·日记集》(下),第628页。
⑤ 《刘呐鸥全集·日记集》(上),第52页。
⑥ 《刘呐鸥全集·增补集》,第242—243页。
⑦ 《刘呐鸥全集·日记集》(上),第66页。
⑧ 同上书,第98页。
⑨ 同上书,第228页。

筑在视觉与听觉上面的,所以它的形式美也应当由这两个感觉的要素上面来探求。"① 可惜,由电影史来看,有声电影的介入毁坏了电影的世界主义,因为重新介绍了语言和国族主义的藩篱,②也基本上摧毁了20世纪20年代的全球性先锋电影运动(因早期有声设备笨重且昂贵)。当然,苏联导演如维尔托夫仍相信声音使得纪录片有机会强化电影的国际主义特性,即使得"全世界各国无产阶级去看,去听,去理解彼此"③。维尔托夫的乌托邦视野在20世纪30年代的中国没有回声。但对上海都市音景的电影呈现呼应着文学描述与历史背景,在中介与形塑人们对都市声音空间的认知方面扮演了重要角色——如刘呐鸥在写作中所论述的。尽管"都市交响曲"电影形态在早期中国电影中并未发展成为一个方向④,很多30年代左翼剧情电影中都有充满活力与节律的"都市交响曲"时刻或段落,如袁牧之的《都市风光》(1935)与沈西苓的《十字街头》(1937)等,但这些实践基本与刘呐鸥的《持摄影机的男人》无关了。⑤

---

① 刘呐鸥,《电影形式美的探求》。
② Hagener, 22.
③ Hicks, *Dizga Vertov: Defining Documentary Film.*, p.124.
④ 当代中国数字"都市交响曲"电影提供了一种对照和致敬的可能,如《三元里》(欧宁、曹斐,2003)与《现实是过去的未来》(黄伟凯,2008)等。
⑤ 如《都市风光》(袁牧之,1935)、《船家女》(沈西苓,1935)、《新旧上海》(程步高,1935)、《马路天使》(袁牧之,1937)与《十字街头》(沈西苓,1937)等。这种中国早期电影史和美学发展中的"都市交响曲"现象值得学者做更进一步的探究,但在本文范畴之外。

黑婴的异域情歌

■ 文／安德鲁 F. 琼斯(Andrew F. Jones)　译／夏小雨

"… Native hills are calling
To them we belong
And we'll cheer each other
With the pagan love song …"①

《帝国的女儿》写于 1932 年，是上海现代主义作家黑婴的处女作。小说过半，通篇的中文间浮出三个英文字眼，俨然大海里的热带群岛。女主人公勉子来自日本，在东南亚某座城市沦为妓女。此时，在她怀中的是一位中国年轻人，两人方才共度一夜。勉子正幻想着这样一个世界：在那里，无论是国族的界线，抑或行将来临的世界战争中的敌对冲突，都再也不会让他们与各自的故乡分离，与彼此分离——

可怜我们相离太远了，虽说我们是肉贴着肉。没有幸福拿起 guitar 弹着浪漫的歌曲，在月上椰梢的海滨唱着 Pagan Love Song 来陶醉我们自己……②

---

① "……故乡的山在召唤着／属于它的我们／慰藉彼此／以这异域情歌……" From "Pagan Love Song," composed by Arthur Freed and Nacio Herb Brown.
② 见黑婴：《帝国的女儿》，《帝国的女儿》，上海：开华书局，1934 年，页 64。

在此，小说仅仅是偶然地引用了一首遗忘已久的流行歌曲吗？关于小说里的世界，与小说作者所处的世界，它又能告诉我们什么？细听这首如化石般嵌入文学档案的歌曲，能否教我们对中国的现代主义有所新的认知？而种种与此类似的引用，或可帮助我们追问，在现代主义与彼时新兴的全球大众文化紧密交缠的世界里，中文写作的位置何在？

中国的现代主义通常被视为一种上海中心的现象，但由其衍生的世界却其实超出外滩。十八岁的黑婴坐着轮船从遥远的苏门答腊岛来到上海，不过几个月，便在《申报月刊》发表《帝国的女儿》，并由此开启他颇受瞩目的、短暂而高产的文学生涯。或是在家乡棉兰，又或是上海某个他常光顾的二轮影院，黑婴曾看过米高梅电影公司 1929 年的电影《异教徒》（这部默片采用同步式磁盘还音配乐的技术），并听到了电影中这首"异域情歌"（Pagan Love Song）。作为一部异域风情爱情电影，在波莫土群岛拍摄的《异教徒》（The Pagan）运用了丰美的画意摄影。电影中拉蒙·诺瓦罗（Ramon Novarro）饰演的混血农场主爱上了南海一位美人。电影的成功催生了一批演唱此曲的唱片，黑婴想必听过甚至拥有过其中某一张吧。从美国大陆西岸，经夏威夷群岛与日本，抵达欧洲殖民地的转口港岸与东南亚的华人定居地——作为太平洋轮渡航线重镇港口的上海，彼时正浸淫在好莱坞电影与锡盘巷（Tin Pan Alley）爵士时代的声音中。

这条航线同时也成为一种媒介，一种中文书籍文化在离散族群流通的新航线。早在他来到上海之前，黑婴便是读着商务印书馆与中华书局出版的中文入门读本长大的，也因彼时影响深远的现代主义杂志《现代》而得以一窥更广大的文学世界，并深受穆时英第一部短篇小说集《公墓》的启发而倾心于那种"抒情的、带着淡淡哀愁的情调"。① 对于张又君这位生于 1915 年棉兰市一个贫困的客家家庭的作家，"黑婴"作为笔名，更像是某种暗号：暗示着他骄傲于自己的早慧，暗示他时而痛感的马来人身份与身为大都会外乡人的窘境，也暗示了他所迷恋的爵士乐以及 20 世纪 30 年代早期带着夏威夷腔的流行乐。作为荷兰帝国殖民群岛的黑色婴儿，黑婴小说所关切的，正是在人群播迁、文化杂交的乱世里，他自身的离散与漂泊体验。而其作品中的形式实践与音乐节奏不仅能帮助我们追溯他个人的行迹，更能描绘那些物质与媒介的复杂回路——正是这些回路造就中国的现代主义。

尽管从很多方面来说，黑婴的个人历程在中国现代文学中显得如此不具典型性，在他身上，仍不免体现了国家形式那种俨然无从逃离的重力——尤其体现为他

---

① 黑婴：《我见到的穆时英》，《新文学史料》，1989 年第 3 期，页 142。

对一个他从未拥有过的家的渴望。即使黑婴的马来身份是他区别自我的标志,并为他在上海高产的写作活动增添一抹热带风情,对自己成长于大陆的遥远边陲这一点,黑婴仍视为一种极大的不幸,或某种流亡。一位评论家曾称黑婴为中国的"横光利一第四"①,黑婴也确曾深受一些更著名的"新感觉派作家"的影响,譬如穆时英与刘呐鸥,而穆时英与刘呐鸥也都反过来曾师法日本现代主义。也如穆时英与刘呐鸥一样,黑婴在 30 年代早期爵士时代的大都市里漫游浪荡的生活,在 1937 年日本突袭中戛然而止。刘呐鸥(来自优渥的台湾家庭)与穆时英(来自上海资产阶级)继而在同一家亲日的报纸担任同样的编辑职务,并都将被视作附逆与叛国,最终遭遇暗杀。不同的是,彼时的黑婴却被一种团结海外华人投身国家事业的渴望所鼓舞,选择回到棉兰,成为当地中文报纸的一名编辑——却很快落入日本设在爪哇的华侨集中营,在狱中熬过四年。② 而就在革命结束的 1949 年,黑婴回到了此前从未亲见的"家",在寒冷的北京定居了下来,并誓愿以新闻记者的身份,服务社会主义新中国的建设。而很可能,正是这个"家",作为一种必要的虚构,作为一个故事,最终救了黑婴一命。

然而,在我们快进到黑婴生命史的终点前,让我们先回到他处女作《帝国的女儿》中提到的那首歌。读者不妨一听。这首歌有很多不同版本,最动人的,要算是安妮特·韩铄(Annette Hanshaw, 1901—1985)演唱、弗兰克·法莱拉(Frank Ferera, 1885—1951)的夏威夷三重奏伴奏的版本。该版本于 1929 年由哥伦比亚唱片公司旗下的和谐唱片(Harmony Records)发行。伴随听似简单的华尔兹,法莱拉轻拨夏威夷钢棒吉他,一连串的滑音与次级和声幻化出一幅转瞬即逝的热带声景。音符在空中跳跃,如海边的萤火虫,一闪而逝。

法莱拉生于 1885 年火奴鲁鲁,是 19 世纪来自南大西洋马德拉岛的那些葡萄牙语劳工移民的后代,也正是那些劳工们,将小巧的四弦吉他(也就是日后夏威夷为人所知的尤克里里吉他)从马德拉带到他们的岛屿新家夏威夷。③ 美国对夏威夷群岛的侵吞发生在 1898 年,也就是法莱拉的少年时代。夏威夷——曾经莉莉乌库拉尼女王的领土——随即被用作"大陆"的补给区,一面向"大陆"输送糖与菠萝,一面成为美国在东亚军事探险的前沿基地。

---

① 锦枫:《记黑婴》,《十日谈》,1934 年第 46 期,页 448。
② 黑婴自述这段经历,见黑婴:《红白旗下》,香港:赤道文艺,1950 年。
③ Jim Tranquada and John King, The 'Ukulele: A History, Honolulu: University of Hawai'i Press, 2012.

到 1914 年,随着巴拿马运河的开通,夏威夷与西海岸间勃兴的跨太平洋贸易进一步向东发展。在 1915 年旧金山举办的巴拿马—太平洋国际贸易博览会上,弗兰克·法莱拉和他的乐队是一时热议的对象,而他们也引燃了美国大陆对夏威夷之声的狂热,这股热潮持续了整个 20 世纪 20 年代,不仅改变了美国音乐,其影响更遍及全球各地兴起的商业流行乐的声音质地。正是无远弗届的配送网络,以及好莱坞影业公司(譬如米高梅)与唱片公司(如哥伦比亚唱片公司)的国际声誉,将这些音乐带到了世界各个角落。而影响更深远的,或许还是夏威夷音乐家们(譬如弗兰克·法莱拉与无数其他人)的全球巡演;他们乘着轮船坐着火车,种种航线与轨道将边远地区尽数拢入新的商业网络。① 在美国南部,来自夏威夷的演奏者们乘着杂耍剧团的潮流,在蓝调音乐里留下了不可磨灭的痕迹,并启发了发片歌手中的先驱者们,譬如查理·帕顿(Charley Patton)和罗伯特·约翰逊(Robert Johnson),进而促成了他们的滑棒吉他风格。② 而与此同时,膝上及脚踏钢棒吉他特有的闪烁摇曳声则被乡村音乐的前驱们(譬如吉米·罗杰斯[Jimmie Rodgers])借鉴——这种移民到美国的声音,日后将归化成为美国本土的标志。

来自夏威夷的表演家与唱片也进入东南亚,沿着一条条轮船航线,从火奴鲁鲁来到横滨与京都。1914 年在东京的大正国际博览会上,海伦·莫克拉(Helen Mokela)的草裙舞团暴得大名;到了 20 世纪 20 年代后期,夏威夷音乐家们(其中不少是日裔)已然在日本的"歌谣曲"流行音乐中留下了不容忽视的热带印记。③ 而从日本再到东亚别的地方,也便不过一步之遥了。握有弗兰克·法莱拉音乐版权的日本哥伦比亚唱片公司垄断了台北的流行音乐市场——阳光充裕的岛屿台湾是当时日本帝国的最南端。而到了 19 世纪后期,夏威夷之声便已到过东南亚诸多港岸,譬如新加坡、槟城与雅加达了。事实上,爪哇克隆钟(Kroncong)音乐的标志正是尤克里里吉他的扫弦声。作为现代印度尼西亚最早也是最重要的现代流行音乐形式,"克隆钟"的乐声想必响彻了黑婴在故乡棉兰的童年时代吧。到 20 世纪 30 年代早期(也就是黑婴在上海暨南大学入学并开始文学生涯的时候),尤克里里已变身时髦都市人的异域点缀。在上海百代唱片引领的中国爵士时代的新式"现

---

① George S. Kanahele, ed. *Hawaiian Music and Musicians: An Illustrated History*. Honolulu: University Press of Hawaii, 1979.

② John W. Troutman, "Steelin' the Slide: Hawai'i and the Birth of the Blues Guitar," *Southern Cultures* 19/1, Spring 2013, pp.26–52.

③ Shuhei Hosokawa, "East of Honolulu: Hawaiian Music in Japan from the 1920s to the 1940s," in *Perfect Beat* 2, 1994, pp.51–67.

代歌曲"中，尤克里里扮演了与萨克斯风一样举足轻重的意义。

初到上海的黑婴，不但很快变成影院、舞厅的常客，更沉迷于这些音乐世界。那些年里，在黑婴为上海各个流行出版社写作的诸多作品（包括短篇小说、城市掠影、南洋记游以及种种影评）中，他总不免一再提起好莱坞的电影歌曲——从珍妮特·麦克唐纳（Jeannette MacDonald）1930年的大热歌曲"Only a Rose（一朵玫瑰而已）"（来自同年彩色有声电影《流浪国王》），到迪克·鲍威尔（Dick Powell）与鲁比·基勒（Ruby Keeler）著名的对唱歌曲"Shadow Waltz（影的华尔兹）"——来自巴斯比·伯克利（Busby Berkeley）编舞的电影《一九三三年的淘金女郎》，舞台背景是一整个方阵的霓虹灯点缀的小提琴，极其闪亮夺目。①

引用这些歌曲，于黑婴小说有何意义？于现代主义风格，又提示了些什么？仅以黑婴这篇"Shadow Waltz"为例（小说通篇围绕着我们之前提到的那首同名歌曲）。该小说发表于《妇人画报》，本是"绿荫摩登掌篇小说"专辑的一部分。如此，小说从一开始便已然被标识为某种季度时尚，俨然是诸多商品中的一种，或者说，是某种有保质期的娱乐形式，仿佛只尝了个鲜，即被弃置一旁，让位于更时兴的样式。黑婴小说一再提及的流行音乐，抑或作为这些音乐的物质载体的舞厅文化，无不指向黑婴与其小说读者所共同参与的那样一个现代流行的世界；在那个世界里，日子由快节奏的商品时间计量。换句话说，黑婴小说在市场中的地位，与一首流行歌曲并无不同。不仅如此，这更标志了新感觉派风格的某种核心诉求：在那个新媒体逐渐渗透日常生活的历史时刻，新感觉派作家试图在行文中捕捉一座殖民城市的感觉经验。黑婴的很多读者或许都看过电影《异教徒》，也或许熟知"Pagan Love Song"与"Shadow Waltz"的曲调。也因此，小说中即使只是简单的引用，便能使得整个阅读体验有了种生动的跨媒介性，从而声音形象得以绽放于印行的纸页间，而字里行间也飘散了一种声音性。

这种把新兴媒体（譬如唱片与电影）的感官效果叠入文学写作的渴望，同样体现在发表黑婴小说的那些报纸与杂志的版式。小说《南岛怀恋曲》中，在苏门答腊的热带海边，一位中国年轻人为迷人的马来青年女子（歌中始终称她为他的"黑妮子"）唱起小夜曲。小说发表时配上了两张引人浮想联翩的照片：一张是棕榈树，另一张则是一个时髦男子轻拨尤克里里吉他。② 而《良友画报》刊登的另一篇小说《当春天来到的时候》则从时髦的年轻诗人眼里打量着上海的街景；见报时，小说

---

① 黑婴：《Shadow Waltz》，《妇人画报》，1934年第18期，页14—15。
② 黑婴：《南岛怀恋曲》，《良友画报》，1933年第78期，页13、35。

文本间嵌入了一幅幅摄影片段,与文中提及的摩天大楼、长烟囱、明星、香烟,一一呼应。①

不仅是报刊的视觉呈现,黑婴小说独特的行文风格同样致力于这样一种时兴的跨媒介效果。与其新感觉派同人如穆时英、刘呐鸥一样,黑婴总是教我们注意到我们看事物的方式,以及写作所见之物的方式,并在此过程中,将它们陌生化。"眼睛"变成了"眼珠子";修饰形容词的不再是惯常使用的"很"或"颇",而变成了其时流行的"怪"。感叹号与英文词语(譬如"Ukelele")一再穿透文本的表面,成为韵律与视觉的切音。与横光利一1929年的连载小说《上海》相似的是,黑婴也常给出一幅幅意象派风格的场景,以此呈现摄影般的实感:

> 河水是黄浊地流,这几天来下过雨,流得急激哪;漂着几片芭蕉叶子,漂着香蕉皮,漂着一堆垃圾。我们的船子不用划,漂下去,跟着一堆垃圾,香蕉皮,芭蕉叶子漂下去,漂下去。……②

在此,文词的重复营造了一种音乐效果。在小说其余部分中,重复的语句(如《南岛怀恋曲》中的"黑妮子,我爱你呢!")贯串整篇小说,营造出一种近似于流行歌曲唱片的那种循环往复的声音结构。

但与此同时,黑婴小说里的这些引用,仍不乏传统的语义功能。通过引用"Shadow Waltz",黑婴暗示,在商品关系所宰制的舞厅风月场中,男女之爱如同鬼魅般缺乏实体。而他对"Pagan Love Song"的召唤,其意义则更复杂也更动人。对读者而言,小说《帝国的女儿》中主人公的内心与动机在很大程度上始终是不透明的;但正是这首歌,如同某种情感的照明弹,照亮了——哪怕只是一瞬——他们的内心世界。原本的英文歌词也近乎完美地成为解码小说的口令。我们的主人公不仅被各自的"故土"(native hills)所流放,他们最终甚至不能触及彼此的爱意——而这一切都是因为他们各自都无法彻头彻尾地"归属"某一个国家。小说里,勉子曾被中国恋人抛弃,而她的越轨行为也使她无法继续容身于传统的日本上流社会。

---

① 黑婴:《当春天来到的时候》,《良友画报》,1934年第87期,页26—27。
② 黑婴:《南岛怀恋曲》,同前。亦见黑婴:《帝国的女儿》,上海:开华书局,1934年,页39。不妨对读横光利一一再描写的上海下水道:"自己一个人怅然若失地望着臭水沟的水面……它的旁边,黄色的雏鸡的尸骸跟茶叶、袜子、芒果皮、麦秸汇集在一起。"见横光利一著、卞铁坚译:《上海》,《寝园》(北京:作家出版社,2001年),页168。

在这次短暂邂逅中,这位漂泊异乡的中国青年,虽然起初只是一面难抑自己对勉子的性欲,一面又厌恶勉子的日本人身份,但他最终学会了重新认识她:他不再仅仅将她看成"帝国的女儿",也不再将她简单视作某种施害者,而是将她认作与自己一样的,需要彼此慰藉的受害者——即使这种慰藉也仅仅只是一瞬。

《帝国的女儿》写作发表于1932年末、1933年初,与日本1931年对中国东北的占领想必不无联系,然而小说却使国家认同与族群种种问题复杂化了,也因此,与那种激剧化的中日战争相伴而生的爱国救亡文学显得如此格格不入。(事实上,这种复杂性也将与黑婴日后的新闻写作格格不入;日后,作为记者的黑婴将越发频繁地表达他毫不迟疑地献身中国国家事业的渴望,尤其是他在爪哇华侨集中营度过了四年之后。)黑婴笔下的主人公与勉子对话时使用的是英语与马来语,这并不是偶然的;在某种意义上,与黑婴本人一样,这位主人公不仅是一个"帝国的儿子",也是联结南洋与中、日以及西方殖民的种种航线的产物。也是在这个意义上,小说中"Pagan Love Song"的现身,带着少许夏威夷的声调,不仅指向了黑婴自身的热带他者性,更指向了他个人的身份认同背后,那一连串复杂的、物质与文化的流通航线。

黑婴的小说与散文中,不少作品发生在来往苏门答腊、新加坡与上海的轮船上。在写于1933年的短篇小说《沉没的船》中,年轻的中国恋人、外国殖民者、水手们,这些本无关联的生命汇聚同一艘船上,并将共同面对那个已无悬念的命运:沉没。借其中一位人物之耳,我们听到甲板下的引擎嗡鸣有如"'爵士'!狂暴地,有力地,每个人的心都给震撼了!"① 在此,引擎的嗡鸣如一则声音寓言,指向由无灵魂的机械所驱动的现代流动性。而在一篇更个人的散文《印度洋上》中(该文发表于《申报》),黑婴写下他的亲身感受与他自己的命运:他坐在一座印度邮轮上,慢慢靠近那个未知的"古老"的故乡——

> 一个殖民地生长下来的侨生会有很好的政治意识吗?那些统治者真聪明呢,他们有法子使你什么也不懂得的。做了好几年教会学校的普良学生,念过许多我主耶稣的书,我却终于海底出太阳的奇迹似的走开了——现在,我在印度洋上。
>
> 有着未来的憧憬的人总是愉快的:何况秋天的海上,并无风涛险恶使你害怕呢?

---

① 黑婴:《沉没的船》,《帝国的女儿》,页53。

  而又是"月到中秋分外明"的时刻哪！那天夜里我带了 Ukalele 独自坐在船头。浪沫冲击着船舷,发出刺耳的声音。此外什么都静寂下去了;世界上仅有愚蠢的人的;睡在闷人的舱房里的不全将良宵辜负了吗？

  奇怪的是我拨着弦线而唱不出一句什么;难道那些爱在椰子树下吟唱的曲子全忘记了吗？①

  黑婴的爱国理想最终被革命点燃,而他也将永远离开他的热带。1937年,黑婴从上海回到苏门答腊,继而成为雅加达的《生活报》的主编,直到爪哇落入日本帝国的势力范围。1951年,黑婴决意与家人移民中国内地,任职于北京《光明日报》,开始了他漫长而不无成就的记者与文学编辑生涯。然而,和许多彼时回到中国的爱国人士一样,黑婴投身国家事业的理想,在"文革"中,终将成为可疑的海外关系。先已在战时的日本集中营里度过四年的黑婴,回到了故乡,却迎来了红卫兵的批斗,继而被送往河北郊区的五七干校,从事重劳力并接受政治改造。幸运的是,劳役不算太重,黑婴得以安然无恙地活了下来。然而他在上海与爪哇收藏的唱片却未得幸存。就在遭遇红卫兵抄家的几天前,出于防备,黑婴与其家人一起先行将它们尽数砸碎了。

  而就在1992年黑婴于北京平静去世的二十年后,一个名叫约书亚·奥本海默的美国年轻人完成了纪录片《杀戮演绎》(*The Act of Killing*)。这部手法新颖但令人极度不安的纪录片撬开了一段极为痛苦却鲜为人知的历史记忆:20世纪60年代中期的印度尼西亚,在军事力量全面支持之下,近五十万平民惨遭屠杀。而在那些因涉嫌支持共产党而遭受政治暴力的受难者中,不少是中国人。纪录片聚焦于两位至今无意悔改的刽子手:安瓦尔·冈戈(Anwar Congo)与阿迪·祖卡德里(Adi Zulkadry),看他们如何不自觉地怀念着、甚至重演着他们在1965—1966年大屠杀中犯下的暴行。安瓦尔和阿迪最初都只是微不足道的小混混。他们在家乡的影院附近游荡,贩卖黄牛票;却最终听命于地方政府,成了令人闻风丧胆的暗杀小组的头目。从安瓦尔起初愉悦、却渐而带有不安的认罪自白中我们得知,仅是安瓦尔一人,便曾在某个屋顶平台绞死了将近一千名中国受难者——事实上,那个屋顶的唯一用途便是刑场。

  但这部电影最叫人惊怖的,并非安瓦尔和阿迪在电影中(时而照着他们从小接触的美国电影里的桥段)搬演自己的过去时,那种残酷的、想象所给予他们的巨大

---

① 黑婴:《印度洋上》,《申报》,1934年10月15日。

愉悦。更可怕的是,这种重演过去自我的行为,揭示了安瓦尔和他的同犯们至今仍享受着的某种敬仰甚至爱慕——不仅在他们的故乡,更在整个印度尼西亚。民间准军事组织肆无忌惮地侵犯、倾轧、最终屠杀民众,乃是根源于种族冲突的漫长历史,也根源于今天仍上演着的对当地中国人应得权利的系统性剥夺。黑婴虽未细说,却也曾感叹身为中国人,在20世纪30年代荷兰殖民下的马来亚的种种"凄惨"与"压迫"。① 纪录片《杀戮演绎》拍摄地正是黑婴的家乡棉兰,这隐含一种奇特的恐怖。安瓦尔·冈戈正是在棉兰开展了他的种族清洗事业,而他彼时常去的影院,很可能正是青年黑婴第一次听到"Pagan Love Song"的地方。倘若黑婴没有在情感与命运的双重指引下,几经周折,终于回到他想象的"故土",并梦想参与建设一个连他都能找到归属的"新中国"——那么黑婴几乎是一定会死在安瓦尔·冈戈手下。

---

① 黑婴:《他们的文化》,《申报》,1934年3月3日。

对话

"在美丽的书写中劝谕自己,修正自己,提升自己"

"在美丽的书写中劝谕自己,修正自己,提升自己"

■ 对话/阿 来 木 叶

"我在写中国农村的命运"

木叶: 我们从《河上柏影》谈起。开篇有些出乎意料,摘抄了三页的植物志,小说的跋里又做了补充摘录。一首一尾,令人有许多遐想。

阿来: 我写东西不会预先想那么多,随着一个文本的展开,结构会慢慢呈现出来,这个时候会想很多问题。正文是最早想写的部分,但如果只是把它写出来,这个文本可能跟今天很多小说一样,我觉得生活或这个故事中,应包含更多意味和内容,所以要有铺垫,那些关于岷江柏的摘录等于是这个故事的前传。

木叶: 这手法非同一般,不过会不会担心这样开头有些"松",或者有点像非虚构?

阿来: 不担心。可能我们现在是一个消费时代,写小说都特别急,就是老想讲故事,老怕抓不住人,其实小说有各种各样的方法,而我们现在已经习惯看小说跟看电视剧、商业片一样,最后只剩一个故事。其实过去的小说,或者说那些好小说,它的文本总是更丰富。

木叶: 有意味的是,小说靠后的部分,第三辈人(孙子)喜欢县城新区里的新房子,不想回乡下老家,对于祖辈的老家又会是什么态度呢?这一笔往回勾了一下,透出作者的某些用意。

阿来: 也不一定是用意,社会现状真是这样。故乡感情更多是农耕社会的观念。一过春节，很多第一代打工者轰轰烈烈要死要活地回老家，其实回去也没干什么，就是一种精神上的东西。但很多第二代，很多年轻人，恐怕就不太愿意回了。

木叶：作为三部曲之一，这部中篇小说并不很复杂，但所涉及的社会现实、人与自然、人与历史传统等问题均引人注目。临近结尾主人公王泽周想到一句，"可怕的没有任何原则的实用主义"，这指向"大老板"，也可视为一种更具普遍意义的批评性表达。王泽周的父亲，其实是外乡人，有一种尴尬与辗转，这也使得王泽周对于故土和亲情的理解复杂而微妙。联系到你的身份，母亲是藏族，父亲是回族，是不是也有较深的思考，或者说潜藏着身份认同或身份焦虑？

阿来：我倒没有这种身份认同与焦虑问题。身份认同、身份焦虑，其实是西方来的所谓后殖民理论。它有它的背景，就是二战前后殖民地摆脱殖民统治，需要重新确认自己的身份，这也是重新建立一个共同体的过程。这个共同体，有时候叫国家，更多是叫民族。但其实看今天的世界，交往越来越多，一个国家内部不同地区之间的交往，国与国之间的交往，不同文化、不同信仰、不同种族的人的交往与结合，都越来越多，所以发生很多变化，情况越来越复杂。比如你在跨国公司或国际性组织工作，怎么认同你的身份？所以，将来这个问题会越来越淡化，就像在欧洲、美国，你问一个欧洲人说，你是什么民族，这可能是奇怪的问题。欧洲人复杂，会说我母亲是英国人，父亲是意大利人，诸如此类。当然，谈论身份时，也涉及宗教的问题，天主教、基督教、伊斯兰教，以及难民问题。

木叶：国际上有一种论调说西藏或整个藏族生活区，是不需要发展的。其实这部小说，加上《三只虫草》《蘑菇圈》，也隐含着对此的回应，或对这个主题的深层思考：包括藏族人的历史、人文、地理、风情，以及在当下到底是否"与时俱进"，具体又可能如何走。《河上柏影》的主人公和行政领导、旅游局负责人都希望开发，但思路与方法很不同。不少珍贵的柏树被断了根系（不仅是王泽周老家），围起来，像盆景一样展示……

阿来：这不是虚构出来的，真有过断根这种事情。有一种更珍惜的树木就成了一个风景：有说明，有栏杆，跟我小说里写的一样。后来这树快死了，又把它拆开……但是从来没有看到体制中任何人为这种错误承担责任。

木叶：你有一个意思：某些乡村有一种不协调的旧，不自然的旧，某些城市又有一些不协调的新，不自然的新。为什么我们的国家，很多东西都是处于一种不自然不协调的状态。这个小说其实也讲到了这一点。

阿来：现在什么都叫"打造"，就是凭空弄个东西出来，较少听取真正的专家和行业人士的意见。结果就是，不断用一些不是它本身生长的东西去取代它。现在是旧的好,我们就打造很多旧的东西。又或者,觉得那些东西太旧了,我们要新的,但打造的这些新又不去好好地跟自然相协调,弄出很怪的东西。

木叶:卡夫卡说过,人的一大问题就是"缺乏耐心"。这也包含一种实用主义。

阿来:我在另一本书中写过,过去那个藏族房子,石头寨子,非常漂亮。而当地政府官员要给它盖顶,说有顶才好看,大面积实行:他们觉得彩色好看,就用彩色的金属板做顶,下面是石墙,老的木头。我到村子里问,农民说这个顶不好。第一,不好看。第二,得另找一个晒粮食的地方,本来顶部有个大平台,可以晒粮食的。第三,屋顶是铁皮的,下雨下东西,叮叮当当响。

木叶:对,不能顺应它的本性去推动它。原来那些东西能够传承千百年,一定是人和自然相互认同的结果。小说的跋语里有一句话,"树不需要人,人却需要树",这个树这个植株,不仅仅指柏树、虫草或蘑菇,还可指涉一种自然,一种本真。《河上柏影》《三只虫草》《蘑菇圈》这"山珍三部"都是中篇,此前还写过《行刑人尔依》这样优秀的中篇,我记得莫言说长篇的伦理就是一定要长,毕飞宇说短篇要短,你是怎么考量中篇这种特殊题材的?

阿来:我写完一个长篇,就特别想写短一点的东西,第一是自我调节,第二呢,我们也只有在不断变换文体的时候,才能真正建立一种关于语言和小说形式的真切感觉,而不是从文学理论书或教科书上获得。短篇小说选材更严格,就是什么是适合或不适合写成短篇小说的,现在我们有很多短篇像一个长篇或中篇小说的提纲,不饱满。

木叶:诗歌停止的地方,短篇小说升起来。要有现实,要饱满,最好还要有诗意,这跟你的意思是接近的。短篇和中篇之间或者中篇和长篇之间,可能相差的都不仅仅是文字的数量。"花瓣式结构"是个很有趣的说法,不过还是有人觉得你用心力很大的"乡村编年史"《空山》像几部中篇的组合。

阿来:它是按照一个长篇小说来写的。为什么写成目前这种样子?传统的长河小说很可能是写一个家族,但我关注的不是某个家族,而是一个村庄,我在写中国农村的命运。《空山》的故事从20世纪50年代到90年代,这几十年,国家政策调整非常大,包括"大跃进""文化大革命"等多种运动,完了又搞经济。如今的乡村,不像过去传统的乡村是自治的。它的社会结构等往往是别人强加给它的,甚至地里种什么庄稼,也是别人强加给它的。乡村那个完整的社会结构已经破碎了,乱哄哄你方唱罢我登场,这时我要想写一个完整的历史,不可能。一个运动来了,需要一个人站在村子中央成为领袖时,这个人就出现了,但很快这件事情就过去了。每过五到十年,乡村的中心人物、领袖人物就会变化,"文化大革命"时叫年轻人造反,这时年轻人站到中央,搞经济时又需要会做生意会搞关系的能人,而不是搞阶级斗争的人……昨天还是领袖,明天就被踢到一边去。所以乡村已经破碎了,我这个小说破碎的形式是对应了一个破碎的乡村现实。

小说表达社会生活,表达生命感悟,当现实生活不断变化,也要求小说形式有所创新。以前有人觉得创新就是形式问题,其实不同的现实需要不同的形式,不然你这个内容就不能恰当地装在这个小说里头。《尘埃落定》是这个样子,我不再重复《尘埃落定》的方式。你前面提到的莫言的话很对,一个小说只有一个最合适它的结构、形式,包括语感。

"普遍性在哪?"

木叶:这是一种因时而变,也是小说家持续的探索,当然,探索也有代价。比如说《空山》收获的评价,和《尘埃落定》有一定落差。也有人为这部长篇打抱不平,觉得没有得到它应有的称许。

阿来:现在很多人这样说。这涉及一个作家、艺术家跟艺术的关系的问题。现在整个社会比较功利,文艺家也难免,甚至读者也难免,读者都会替你着急。但是我完成了它,我很满意。我们最大的享受,不是签名、受访、收版税,而是坐在桌子前一字一行地看到它慢慢呈现出自己的面貌,这时你像上帝一样,在创造一个世界。

木叶:是的,尽管它可能很难。好像海明威就说过一个意思,写完一个长篇,人仿佛垮了一半。

阿来:那肯定,因为你把所有东西都投入进去了。《空山》前后写了大概三年多时间。每一个小说都需要一个新的形式,刚才说到的中篇《河上柏影》也是。

木叶:除了受好评的《阿古顿巴》《月光下的银匠》《老房子》《鱼》等,其他不少短篇也好,但一般人说到阿来,似乎只是说长篇《尘埃落定》。

阿来:读者也是比较急躁的。我经常讲一个例子,魔幻现实主义具世界知名度的作家有十几位,而往往被简化到马尔克斯一个。马尔克斯也写了很多,《枯枝败叶》《没有人给他写信的上校》《迷宫中的将军》等,但一说到他往往就是《百年孤独》……历史上任何文学流派、文学现象,就出一个人吗?一定是一大堆人,而且一个作家也往往写了一大堆东西。读者是可以不很清楚的,但问题是我们有文学批评界,有林林总总的研究者,还有专门做文化报道的媒体。

木叶:提到魔幻现实主义,北大陈晓明教授就认为《尘埃落定》受到《喧哗与骚动》和《百年孤独》的影响。

阿来：影响是会有。《喧哗与骚动》也写家族,也有一个傻子,但他那是一个真傻子,不过,福克纳我不喜欢,我是比较烦意识流小说的,当然,作为一种实验也不是不可以,意识流小说的经典都是没法读的(笑),至少大部分人读不完。《喧哗与骚动》还算是可以读的。

木叶：因《尘埃落定》获得茅盾文学奖时你四十刚出头,好像是最年轻的一个,应该是一种颇大的振奋,当然,也可能无形中构成一种压力。这么年轻就抵达这种状态,再往下怎么写。

阿来：我没有。就是刚才我说的,我们从事这个工作是求名求利还是真的热爱。我相信我是真的热爱,没有办法停下来。

木叶：我初读《尘埃落定》,有几句话记得很深:"丝绸是些多么容易流淌的东西啊","泪水挂在她乳房上就像露水挂在苹果上一样"。对于你的文字,有人看到清新灵异,有人看到拙朴。

阿来：总体风格,朴素一点干净一点是好的,不需要那么泛滥、夸张,至少我的审美是这样。但是也可以更脱俗一点,不要一说朴素就变成老实巴交的老农民,那也是对朴素的一种不好的理解(笑)。

木叶：《尘埃落定》1998年出版,最后一章也叫这四个字。在此之前似乎没有这种说法(近似说法有的)。

阿来：我写小说,一般不会先写标题,因为标题对人的暗示性和规定性很强。写一个标题等于你已经确定这个书的主题。我在寻找,我写到一个情景:因为抵抗,那个寨子就被解放军炮轰,(后来是有旋风),烟尘升起来,然后又落下去,就什么都没有了。当然也有一个佛教的观念,"微尘",世界之大,时间之永恒,在那种大尺度的时间和空间当中,所有东西都像一粒微尘,人的生命也是。

木叶：基督教也讲尘归尘,土归土。

阿来：对,很多生命感相像。我们很多时候不是直接描述这个生命感,而是通过比喻,通过一个相似事物来表达抽象的东西。

木叶：这部长篇的人物设定也耐人寻味。主人公,也是叙述者,他是傻子,但也许比别人更聪明。他其实是麦其老土司和汉人妻子所生,且是在一次酒后有的他。

阿来：我写小说之前,研究过十几个土司家族的历史。我这个人喜欢像学者一样工作,但可能没有达到学者的水准。

木叶：《瞻对》学者功力可能最明显。《尘埃落定》错综复杂,涉及土司史、汉藏交流史、国民党史、共产党史、国共关系史,很多事情在其中。

阿来:我其实都会做这样的工作。所以这个故事是十几个家族史的浓缩。为什么主人公是傻子,人们都从文学性上找,其实还有别的渊源可追溯。我讲过几次,过去的皇帝一般不跟平民通婚,土司家族也如此,总是这十几家人互相通来通去。所以我们看到,第一代、第二代奠定这个家族地位的人,就像开国皇帝一样不一般,但一代不如一代,后来往往生理上都会痴、傻。像溥仪,讨了五个老婆,没有造出一个人来。临近中华人民共和国成立前,就至少三个土司家族最后一代的土司是傻子,而且被嫁过来的女人控制驾驭。一个家族,不仅是智力,生理上也会退化。

木叶:最后这个"傻子"土司的死亡,被解读为象征着土司制度的没落、衰竭、瓦解,当然可能有别的阐释。我还比较好奇,他叔叔和姐姐从国外见了世面回来过,一个印度,一个英国,可能有不同的思想观念,不过你并没有展开,只是让他们对时局和家族发表了一些看法,拿了钱财便走了。

阿来:其实就是对事实的陈述。在那样一个社会,真正离开了看到了外面世界的人,他就回不来了。

木叶:小说就写到这个傻子被仇人杀死为止,没写建国之后,这个土司家族是如何存续转变的,比如怎么应对共产党和新政策,怎么开始新的生活,但收束得简洁有力,想往深了想的人,会有更多的发现。

阿来:收尾这个很简单。因为后来我也见过很多这样的人,接受改造,作为统战对象,进入政协,或在一些地方工作,过着舒适的生活。80年代90年代初接触时,他们六七十岁、七八十岁了,就是活着,衣食无忧,也不用动脑子,只有某种情况下,来个人打听他们原来的事,酒也摆起来,这个人就活起来了,眼睛甚至皮肤都开始闪光。所以,我有一个强烈意识,要是我遇到改朝换代,一定是跟这个朝代一起结束,如果你在这个时代是风光的,下一个时代一定不会让你风光,那你活着干什么呢?后来很多《尘埃落定》的读者说,我们太爱这个主人公了,你怎么把他弄死了,我说我不忍心他继续活下去,就是一个行尸走肉,所做的事情就是回忆过去,而且只有回忆过去的时候,他那种生命力,那种东西才又回到他身上,你老回忆过去干什么?

木叶:小说的结尾就像围棋的收官,非常难,这部长篇戛然而止,恰到好处。小说里讲到,"历史就是从昨天知道今天和明天的学问",里面还有一个东西是与此相呼应的,就是书记官,舌头还给割去了。这个设计太牛了。

阿来:知识分子就是要说话,作为一个记录者、书写者,就两种选择,一个就是犬儒,你让我说什么,我就说什么,今天这个情况大面积发生。但还有少部分人说我的这个事业这个职业要求我这样做……

木叶：往远了说，司马迁的一生也仿佛一个隐喻，一个为中国历史做了这么大贡献的人，居然是以那种身体和身份书写。

阿来：这也是写小说的一个意思。现在我们写小说，都想说我这个独不独特？当然要独特，但是独特的东西当中，一定应包含一些人类普遍的东西，指向整个人类的东西。普遍性在哪？不是说大家天天早上起来去星巴克坐一屁股，吃个小面包，就是普遍性。现在我们中国小说写得出特殊性，写不出普遍性。

木叶：这句话好。还有些人觉得《尘埃落定》很吸引人的是一种潜在而出色的心理描写，无处不在书写怎么样看世界。譬如傻子就说，"哥哥因我是傻子而爱我；我因为是傻子而爱他"，但是前面的铺叙和后面两个人的结局之间有张力。现在回首，是不是自己也挺难复制某些东西？

阿来：这个题材、这种写法就用一次，就像写《空山》的方法只能写那个村子时用一次，我从来没有想过重复。因为重复是一个商业化的操作。我是懂商业的，我做过生意，做过出版。人家已经认同你了，再写一个土司故事，还是用这种调子，是可以，但对于真正热爱文学艺术的人来讲，重复自己有什么意思？

"把一种语言中的美带入另外一种语言中去"

木叶：有件事已经过去几年了，当时有点像"事件"，现在心平气和来讲，《瞻对》到底为什么没有最后进入鲁迅文学奖评选的序列之中呢？跟政治有关吗？

阿来：这个确实没有官方的任何指引。他们觉得非虚构对他们的报告文学是个挑战，他们成为一个帮会了（笑）。说《瞻对》是报告文学也可以，像苏晓康、麦天枢在80年代写了那些东西，后来转向历史的书写，也叫报告文学，没问题。问题是90年代以后，报告文学放弃思想、放弃对社会深层问题的报道、体察甚至质疑，现在大家一说报告文学，哦，歌颂的。政府修了高铁，可不可以写？企业很成功，企业家邀你写本传记，可不可以写？当然可以，但一写就是表扬，你不能都变成这个东西，甚至都不采访，把他们给的先进材料捏吧捏吧就搞出来。

这个氛围之下，说它还是报告文学吗？我就不愿意了。我要跟现在流行的报告文学区分开来，我跟你不一样，我这里是有坚持的，有责任的，不是你定个货，付我一笔钱，我就屁颠屁颠来给你写。

木叶：对。大家也注意到，《瞻对》里引用一些清代史志，一些文言资料，你也有想过到底是否需要翻译得清清楚楚，让读者一目了然，最后还是选择悉心援引、极简展开。非虚构看似简单,可能写起来更考验一个人的初心和处理方式。

阿来:对。过去,大部分阅读是有难度的。你拿到一本托尔斯泰的书,或去回溯李白、苏东坡,语言障碍、阅读难度是存在的。但是阅读就是应该有挑战有难度的,这样你才能进步。但现在我们在不断给读者提供简单的东西,然后取消难度,很可悲。现在大学教育这么普及,但很可能一个本科生不及当年高中生的阅读能力。我们一说就是年轻人不想学,看手机等等,这些不是最重要的。

木叶:有朋友说,如果要列出近年的五部非虚构作品,《瞻对》必在其列。这个文本的故事性或者说文学性,一些人喜欢,而可能也是另一些人质疑它的一个缘由。

阿来:这里头几乎没有文学性,如果它有文学性,是因为我语言比他们强。至于故事性,因为原来是想写一个小说,我听过一部分故事、传说,就去找当地的资料,把清代的档案一查,把口传的跟文字的资料一对勘,脉络就出来了,你想都想不到,不需要任何虚构。当然,这里发了一点小感慨,这是我的话。不管写什么,对文字的要求我是不会降低的,所以以至于大家觉得文字好,都可能成为一个问题。

木叶:说到文字,你早期写过诗,后来的小说隐隐有诗意。前两年《繁花》的语言引人注目。你怎么看待语言在创作中的位置?

阿来:文学首先是语言,如果语言都立不住了,那你还当什么作家。一本文学书,读两句,语言不对,我马上扔了。文学首先是语言,就像我们看一幅画,你说自己画了什么微言大义,你色彩都调不准,我还看什么?

木叶:对,《格萨尔王》开篇第一句,"那时家马与野马刚刚分开"(《阿古顿巴》里有类似语句)。这句话有一丝《圣经》等宗教文本的语气。

阿来:所以,复旦大学张新颖每次见面,他就感慨一次,这句子是怎么想出来的。

木叶:有时是神来之笔,有时是百转千回。我问过哈金,他说自己写小说非常注重开篇或第一句。

阿来:当然,这个等于一部交响乐,第一小提琴往弓上一搭,拉出来第一个音就决定他们后面所有的音了。

木叶:其实围棋也是,前面几个子,对于布局和展开影响很大。我还好奇《格萨尔王》的结构,一部分是"故事:",一部分是"说唱人:",等于一部分是神话传说的存续,一部分是当下人物的找寻。这是"重述神话",你恰恰把现实和神话叠加在一起了。

阿来:这个书是为英文版写的。我觉得光重写《格萨尔王》这个故事没什么意思,它又不是你创造的,你把它精炼、剪裁,这有什么意思?然后我就想民间艺人的状态,说唱这个史诗的人在当下的情景,如果把这个东西写出来,小说会更丰满。与我们在寻找我们的故事一样,他也在寻找他的故事,这是个艺术家,不光是一个说唱人了,成了一个创造者。通过这个揭示当下的文化现象,通过一个史诗说唱人把它说出来。我觉得更奇妙的是,故事和艺术家之间的互相遇和,这个小说就有意思多了。我写了近30万字,英国人说,我们合同上规定15万字,我说你们先看,看了觉得不好,就算了。

木叶:其实是为自己写。你把《格萨尔王传》里一个反面人物(晁通)的结局给改写了,和史诗本身的结局方式不同("晋美不说话,是因为这个人他把故事改变了。在他得到的故事版本里,晁通死期尚未到来")。

阿来:我改写了好多地方,仅仅重述有什么用处。我着重改写两个地方,第一个,就像看《西游记》一样,其实没有悬念,反正孙悟空能行,他不行的时候,上天要派人来帮他。《格萨尔王传》也一样,是上天派他下来的,他也有战胜不了的,但是他一呼唤,就有人从云端降下来给他帮忙。这有什么意思呢?所以……

木叶:你好像写了一段他救一个女子,但没法救,诸如此类的故事。

阿来:对。还有就是他的迷茫,这个生命有什么意义呢?不及他哥哥,一个汉人。他的哥哥是《格萨尔王传》里最正面的形象,他这个(同父异母的)哥哥的妈妈是汉人,后来他哥哥战死了,但是他觉得他哥哥那种生命才有意思。这是一千年以前创造的文本,关于汉藏,关于生命。人总是会有虚无感,弱小者的虚无感源于自己的无力。而他太强大,一切都不在话下的时候,也会产生一种虚无感,就是没意思。

木叶:重述神话的系列,包括《碧奴》《后羿》《人间》,整体上反响没有预料那么好。国外反馈怎么样?

阿来:还好吧。《碧奴》和《格萨尔王》是真正给英国版写的,但是另外几本(不是)。后来我遇到英国出版社的人,他们说,你们中国人真是太聪明了,意思就是搞山寨确实很厉害。这套书,他们授权重庆出版社独家做中文版,重庆出版社居然就跟风,又约了几个作家来写同样的东西,这个跟英国半毛钱关系没有。曾经有一段时间传说谁在写红孩儿,后来没见出来。

木叶:《格萨尔王》和《尘埃落定》在国际上的接受,是否和汉藏关系、西藏独特性以及政治因素有一定关系?

阿来:各种因素都有。看遇到什么样的读者,你会遇到那些想做政治解读的人,也会遇到那种很专业的人,相对来讲,国外尤其在欧洲,比较好的文学读者会比国内要多一点。《尘埃落定》光是美国版就有四个版,三个文字版和一个有声版,是进了美国的企鹅丛书的。还有中篇《遥远的温泉》也不断重印。

木叶：前面讲到《尘埃落定》被认为受到魔幻现实主义或福克纳的影响,不过有所克服与出新,除了作者自身才情外,另一个因素就是和藏传佛教、藏族历史、文化有关。

阿来：《百年孤独》或者魔幻现实主义对我们有影响,但不是他们想象的那种简单的文本的模仿。这个文本怎么模仿？很难。第一,是突然感到原来可以这么写,用这种方法写！其实中国文学中也有这个传统,难道《聊斋志异》不是吗？《太平广记》里那么多故事也是,《西游记》也是。第二,我就要问,《百年孤独》或魔幻现实主义是怎么来的？在一个场合我谈过,当时全世界的文艺青年都到巴黎去,进行了种种探索：超现实、潜意识、幻觉,诸如此类,不过这些人在巴黎也没太大发展,但受了一些理论的影响,回到拉美后,接触印第安神话等传统的东西,哦,我们在巴黎吸毒,甚至边做爱边写,诸如此类乱七八糟的方式都尝试了,但期待的效果都没出现,原来古代的人以及神话传说早就那么震撼、有启发性,早就那么玩过,一下子思路就打开了。所以,第一篇魔幻现实主义的小说《佩德罗·巴勒莫》就是写鬼,一个村子全是鬼,又涉及政治主题,或者社会现实,这也可以联想到我们今天经历的乡村衰败,被遗忘,人们进入城市等等。

木叶：我想起你在一次演讲时说,"从童年时代起,一个藏族人注定就要在两种语言之间流浪。"你还讲到,在汉藏这两种语言笼罩之下"看到呈现出不同的心灵景观"。我想知道,你今天怎么看"流浪"和"心灵景观"。

阿来：汉语已经成为一个多民族国家的官方语言,一个国家语言。你在这个国家当中,要跟不同的人交往,必须使用这种大家共同使用的语言。有人简单说这叫汉化,其实不对。能说你被"英化"吗,你上学或出国也学英语的。我们自身的文化一直在。语言不是简单的交流和书写工具,其实它时时都在脑子里轰轰作响。不同的语言有不同的精妙之处,有些问题你用这个语言想,能想得很明白,但有时会遇到一些问题,很难绕过去,如果你换一个语言想,会发现在那个语言当中另有一种力量。

木叶：你用藏语写小说吗？

阿来：不写。我不懂文字,只懂口语,而且是一种方言。

木叶：会两种语言对于文学书写非常有帮助。你以前说过,你这种身份的人,一定要把一种语言中的美带入另外一种语言中去。我觉得这一定是经验之谈。

阿来：语言在不断丰富,汉语之所以强大,除了使用它的人口很多以外,更重要的是包容能力，容纳能力，吸收外来文化的能力，从翻译佛经时代就开始，"五四"时代更是一次大爆发，所以它是不断丰富变化的。越丰富越复杂的语言，它外来的因素越大。

木叶：对，佛教、基督教以及后来的各种思潮，对中国的语言和文学都有影响，80年代又是一次大的冲击与相遇。1989年，你出了两本书，一本诗集（《梭磨河》），一本是小说集（《旧年的血迹》）。但那时候你似乎不是很开心，你在思考自己到底该怎么写下去。

阿来：小说集里有《老房子》等一两篇，诗集七八十首诗里可能有十来首，我觉得是可以的，到现在为止我还是敢说是可以的，但是大部分写得不好。这有一个落差，就是我们开始做文学梦，可能跟今天网络作家想的不一样，那时就想到要有标高，那就是托尔斯泰，就是马尔克斯，就是福克纳，就是苏东坡，就是李白。你这些东西距离太远了！这个世界最不缺少的就是三四流的作家。当时我想，我一辈子，如果都写的是这样的东西，就算了。

"我们这个社会要更加正常，可能需要更多的阿古顿巴，而不是格萨尔王"

木叶：从你的小说、非虚构和随笔，都能感到很强的现实感，但又和阎连科的现实感不太一样。有人（王尧）说阎连科焦虑，我就问他，他回说"焦虑本身也是我最重要的写作资源"。时代这个庞然大物，凶猛而来，泥沙俱下，冲击每个人。这时小说家怎么应对？另一方面，也有人认为小说本身要结束了，越来越难以像电影等影像那样去表现或对抗时代了。

阿来：我倒没有焦虑，我肯定有非常深的社会关切。面对这个世界，其实就两个工具，一方面诉之于理性来客观冷静地观察分析，但是我们表达的时候，要把这种理性转化成感性的方式。我就觉得兢兢业业、认认真真把一件一件事情做好，给社会在认知上有一点贡献。更重要的是我们的自我建构。早在80年代，就听人说小说要死，我说要死就一起死吧，如果我爱它，没关系。

木叶：王小波专门谈过自己的师承，不过没太见到你直接谈（曾谈到辛弃疾、聂鲁达、惠特曼等为自己打开诗歌王国的大门）。如果追溯起来呢？

阿来：中外都有，但是我觉得不可能描述得那么清晰，每个阶段是不一样的，自己也在进步。比如说思想上，从德国古典哲学开始直到现代各种各样的思潮，都有认知；跟海明威学过把语言写得干净点，但是因此就说海明威是我的偶像，那说明我自己问题一点都没解决。昨天我还跟大家谈到菲茨杰拉德,这是不断丰富不断提高的一个过程,是一个很长的谱系,对应你人生不同的阶段,也对应你的思想从比较简单到比较复杂,写作技术从比较粗糙到日渐成熟,每个阶段都需要一些不同的东西。

木叶:回到你更具体所处的独特文化氛围,一旦下笔,尤其是写长篇小说,类似意识形态和宗教问题可能会不断跑出来。你怎么看待西藏地区以及藏族人民某种可能性的未来?因为我看你的小说,处理意识形态时又谨慎又高妙。

阿来:现在藏族被这个世界认知,一个是青藏高原的特殊地理,但更重要的还是藏传佛教和藏地的文化。第一,这个民族真正要走向现代化,大家都得重新思考跟这个宗教的关系。我不是反对宗教的人,我不反对人有信仰,但是用什么样的方式去信仰,我们真需要那么多的出家人吗?整天闲待着,每个人都能成佛陀吗?不一定。伊斯兰教没有这么多出家人,基督教没有,天主教没有,我们要把这个东西解决了,不然你的生产力不能解放,因为最精华的一部分人干这件事情去了。

第二,老百姓的信仰是一种精神上的东西,但现在——整个佛教都有这个问题——就是把信仰的虔诚用物质来衡量,布施多少钱,磕多少头,用外在的东西而不是真正对于宗教那种精神的接纳。如果完不成这些转变,这个民族真正要靠自发的力量进入现代社会是难的。现在大部分是外力在推动,政府有时是强行在推动,也有一些人在逐渐自觉参与到其中,但大面积的还是这样,所以这是这个民族的问题,也是这个宗教的问题。任何宗教都是经过改革的,基督教发展到美国那种状态,中间经历多少次宗教改革?今天这个社会已经变成这样了,为了更好地适应现代社会,能不能从一个古代的宗教变成一个现代的宗教?

木叶:有人说"阿来小说所呈现的佛性、神性、民间性的因子,在阿古顿巴这个人物身上有最早的体现",有人说你所写格萨尔王的身上"兼具了佛教和儒家两种气质",有人又觉得你是在给西藏及其文化"除魅",你是怎么看待写作与生命、宗教信仰之间关系的?

阿来:阿古顿巴本身就是一个民间故事中的人物。藏族民间故事有个特殊现象。一个是格萨尔,一大堆英雄事迹堆聚他身上。另一个就是这个阿古顿巴,我没有统计过,但在不同的藏族地区,不同的藏语方言中,以他为主人公的故事至少在上千个。而且,和格萨尔形成鲜明对照。格萨尔是大英雄,他是小人物。格萨尔都是开国开疆、降妖伏魔的英雄事功,但他只是一些寻常故事。他更代表一种朴素的民间智慧,在几乎所有故事中,他总是战胜那些看起来比他强大、比他有学识、比他有财富、比他有权力的人。他总是以最简单的办法战胜那最复杂的计谋。这里头有一种通常所说的真正的民间立场。奇怪的是,在所有故事中没有说过他的出身,他的经历,甚至他的相貌。而他在所有故事中冒犯了藏区这个宗教社会,等级社会中一切(些)神圣的东西。这篇东西写得很早,年轻时候,读他的故事,听他的故事,我就总是想他是什么人?于是,我写了这篇小说,替他写了一篇小传。

也许,我们这个社会要更加正常,可能需要更多的阿古顿巴,而不是格萨尔王。

在阿古顿巴身上,我没有想过佛性与儒性的问题。我只觉得那是一种民间智慧。当然,民间智慧也完全可能包含那样一些因素。

木叶:你曾援引诗人米沃什的话:"我觉得自己如果在社会学中受到了伤害,那么可能从生物学中得到安慰。"对于当代的人与自然的关系,你有忧心,有关切,《河上柏影》《三只虫草》《蘑菇圈》写罢,得到更多的安慰或释怀了吗?"把自然还给自然",着实不易,一方面,人们难免以自我为出发点去面对自然环境,另一方面,浮躁而复杂的局面不会很快过去,所以,很多事情怕是等不得而又急不得吧。

阿来:我确实对米沃什这句话有同感。因为我自己就常常这样,在城市密集的人群中生活久了,或者是在自己书写过程中探究那些历史或生活的阴暗面久了,我调节自己最有效的办法就是去到青藏高原。那里地广人稀,直接面对的就是开阔美丽的大自然。所谓"大美无言"。美,自然之美确实给人以巨大的情感抚慰。所以,我因此也对自然界的被损毁有更强烈一些的关切。也试图以自己的作品唤醒更多的人有与我类似的关切。世界任何成熟的文化中都充满道德与伦理方面的劝谕。中国人对文学功能性的认识中就包含对这种劝谕功能的看重。

但我们也得看到,劝谕的力量在中国社会中正在大幅消退。原因就不去说了。但我想,我可以在美丽的书写中劝谕自己,修正自己,提升自己。

谈艺录

《亨利四世》：
一部彰显英格兰民族精神的历史剧

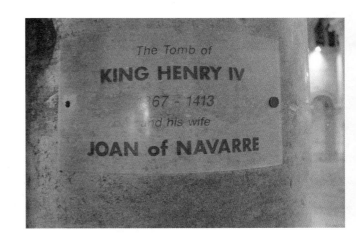

《亨利四世》：一部彰显英格兰民族精神的历史剧

■ 文／傅光明

一、写作时间和剧作版本

（一）写作时间

第一，从演出时间上，此剧或与《威尼斯商人》（1596—1597）有重叠；但肯定早于《无事生非》（1598）、《尤里乌斯·恺撒》（1599）和《哈姆雷特》（1600—1601）。此外，屈于现实政治和戏剧环境的压力，莎士比亚对这期间的戏文处理特别灵活。基于此，莎学家们把《亨利四世》（上篇）的第一次演出时间暂定在1597年最初几个月。

第二，1598年2月25日，1603年去世的文具商安杜鲁·赖斯，在伦敦书业公会登记簿（Stationers' Register）上注册印行《亨利四世》。不过，登记时并无"上篇"或"第一部"的字样，由此可见莎士比亚最初并没打算把《亨利四世》写成上下篇两联剧。

第三，1598年9月7日，作家弗朗西斯·米尔斯（Francis Meres，1565—1647）牧师所著《智慧的宝库》（*Palladis Tamia*）在书业公会登记印行，书中描述："普劳图斯（Plautus）和塞内加（Seneca）是公认的拉丁文作家中最好的喜剧家和悲剧家。而在英国作家中，莎士比亚悲喜两种剧都写得最好。他的喜剧，例如……，他的悲剧，例如《理查二世》《理查三世》《亨利四世》……"米尔斯不仅把该剧算作悲剧,还从剧中摘引了一些词句。

第四,剧中人物约翰·福斯塔夫爵士原名奥尔德卡尔斯(Oldcastle),其字义为"老城堡",英国历史中确有其人,即约翰·奥尔德卡尔斯爵士(Sir John Oldcastle),曾是有"最伟大的英王"之誉的亨利五世(Henry Ⅴ,1386—1422)的好友,身宽体胖。他是 15 世纪早期英格兰罗拉德派(Lollare),即信奉威克里夫派的领袖,1417 年,因异端思想和叛国罪被绞死后焚尸。顺便一提,约翰·威克里夫(John Wycliffe,1320—1385)被誉为英国宗教改革的晨星,是最早将拉丁文《圣经》译为英文的译者。

奥尔德卡尔斯的后人,科巴姆男爵十世(10th Baron Cobham)、威廉·布鲁克爵士(Sir William Brooke,1527—1597),在宫廷观看了《亨利四世》表演后,深感剧中的这个"奥尔德卡尔斯"讥讽先人,属大不敬,遂向女王表达不满。莎士比亚迫于政治压力,不得不将其改为"福斯塔夫"。科巴姆男爵于 1597 年 3 月 5 日去世,因此,可断定这次宫廷演出应在 1596 年圣诞狂欢节期间。

其实,除了"奥尔德卡尔斯",还有"洛希尔"(Rossill)和"哈维"(Harvey)这两个名字惹恼了两个权贵家族,莎士比亚迫不得已,把他俩的名字分别改为"巴道夫"(Bardolph)和"皮托"(Peto)。

第五,1596 年底至 1597 年 1 月的某一天,《亨利四世》(下篇)在宫廷演出,由红极一时的丑角演员威廉·坎普(William Kempe,?—1603)饰演的福斯塔夫,令伊丽莎白女王(Elizabeth Ⅰ,1533—1603)兴奋不已,她跟陪他看戏的表弟亨斯顿勋爵(Lord Hunsdon)乔治·卡里(George Carey,1547—1603)说,很乐意在一部新戏里看这个"老坏蛋"如何谈情说爱。

1597 年 3 月 17 日,亨斯顿勋爵被女王任命为内务大臣,成为"内务大臣剧团"新的庇护人。换言之,莎士比亚于 1594 年加入的这个剧团,如今成了"亨斯顿剧团"。因女王将在 4 月 23 日向亨斯顿勋爵颁发嘉德骑士勋章,这位勋爵表弟为讨女王表姐的欢心,命剧团编剧莎士比亚三周之内写一部福斯塔夫"谈情说爱"的新戏。

三个礼拜之后,莎士比亚的奉命之作——欢快的五幕喜剧《温莎的快乐夫人们》(The Merry Wives of Windsor)完稿交差,剧团迅速排练。4 月 23 日,该剧在女王行宫温莎堡(The Windsor Castle)举行首演。

综上所述,《亨利四世》(上篇)的写作时间应在 1596 年下半年,或许九十月间已完稿。

由此,不难对《亨利四世》(下篇)的写作得出两点判断:

第一,《亨利四世》的成功,特别是"奥尔德卡尔斯"这个"肥大胖子"深受欢迎,使莎士比亚手心发痒,不由分说挥起鹅毛笔,为两个最重要的剧中人物"亨利王子"(即后来的亨利五世)和"福斯塔夫"续写"下篇"。写的时候,他当然不会想到,"福斯塔夫"会那么讨女王欢心。

第二,《亨利四世》(下篇)的写作可能在1596年岁末便已告竣。

显而易见,《亨利四世》这部上、下可单独成篇的两联剧,编剧速度非常快,整个时间可能不超过半年。

(二)剧作版本

1623年"第一对开本"(the First Folio)《莎士比亚戏剧集》出版之前,《亨利四世》(上篇)共单有七个"四开本"印行:1598年两个;1599、1604、1608、1613、1622年,前后五次重印。此后,又有1632和1639两个新"四开本"印行。直到1700年的"四开本",《亨利四世》(上篇)"四开本"总计达到十个。

先看版本情形。

1598年印了两版"四开本",其中之一后世仅存8页残稿,现藏美国华盛顿"福尔杰莎士比亚图书馆"(Folger Shakespeare Library)。它可能印于年初,是最早的"四开本",却因其只是残本,版本考证几无意义,因此,约定俗成所说的"第一四开本"是指印行稍晚的另一版。换言之,可供研究的《亨利四世》(上篇)"四开本"共有九个,最早的残本不算数。

从"第一四开本"尚未删除调侃"奥尔德尔卡斯"的台词推测,此版可能依据莎士比亚的原稿付印,且印制十分仔细。而从"第一对开本"以1613年的"第五四开本"为底本修订编印可知,"第五四开本"的版本十分重要。另外,"第九四开本"的底本是著名莎剧演员托马斯·贝特顿(Thomas Betterton,1635—1710)的"舞台本"。

再观版本优劣。

莎学界一般把《亨利四世》(上篇)"第一四开本"视为标准版本。诚然,也有莎评家,如美国学者怀特(Richard G. White,1821—1885)认为"第一对开本"优于"第一四开本"。

《亨利四世》(下篇)则由书商安德鲁·怀斯(Andrew Wise)和威廉·阿斯普雷(William Aspley)于1600年8月23日在书业公会登记后,很快付印,出了一个四开本。同年再版一次,把初版漏掉的三幕一场国王重病在身难以成眠的剧情补齐。有学者认为,这场戏是莎士比亚后加的。

无论如何,此版排印精良,一般认为是根据莎士比亚手写的"草稿"排印。

《亨利四世》(下篇)版本貌似简单,除了这唯一的四开本,便是"第一对开本"。但后者比前者多出八段,或由此可推测,"第一对开本"《亨利四世》(下篇)不是根据莎士比亚的"草稿",而是根据另外的手稿抄本排印。如此一来,这个抄本源自舞台提词本,还是依据提词本抄写,便成了疑问。

内容上,"第一对开本"比四开本多出的重要段落有以下六段:

(1)莫顿对诺森伯兰说的一段台词(一幕一场163—180行)。

(2)巴道夫爵士谈起兵反叛的一段台词(一幕三场36—56行)。

(3)大主教谈下层民众善变的一段台词(一幕三场86—108行)。

(4)珀西夫人回忆亡夫霍茨波的一段台词(二幕三场23—45行)。

(5)大主教向威斯特摩兰伯爵"一吐满腹冤屈"的一段台词(四幕一场55—79行)。

(6)毛伯雷勋爵与威斯特摩兰伯爵的一段对话(四幕一场103—139行)。

当然,也有一种可能,即出版"第一对开本"时把四开本删去的内容补上了。

为什么会删除呢?或许原因只有一个:

英格兰王国在伊丽莎白时代,宫廷斗争十分激烈,编写历史剧稍有不慎,便有影射政治之嫌,没有剧作家愿以编剧写戏获罪。1600年8月,埃塞克斯伯爵(Earl of Essex,1565—1601)已失宠于女王,但同情者还大有人在。试想,假如哪个别有用心之人拿剧中的"暴脾气"(霍茨波)与埃塞克斯伯爵对号入座,大做文章;或断章取义,专门摘出约克大主教一吐冤屈的台词,把它当成替埃塞克斯伯爵伸冤,那罪名可大啦!除此之外,剧中还有多处谈及理查二世被废黜之事,而女王常拿自己比为理查二世。

因此,不管出于官方审查,还是书商主动,涉及上述内容的段落均从四开本中删除。莎士比亚或许有理由为此感到既庆幸又后怕,因为四开本出版不久,转过年,1601年2月19日,埃塞克斯伯爵发动叛乱,迅速失败,2月25日,在"绿塔"(Tower Green)被砍头。

另外,"第一对开本"和四开本还有一些细节不同,原因应该也只有一个:

1606年,议会通过一项《限制演员滥用词语法案》(Act to Restrain Abuses of Players)。法案规定,舞台上禁用"上帝""耶稣""圣灵""三位一体"等赌咒发誓,违者每次处以10镑罚款。因此,福斯塔夫及其狐朋狗友常挂嘴边,对神灵明显带有亵渎不敬的赌咒字眼儿都得删除。这样一来,只好把四开本中"上帝""上帝保佑""上帝作证"之类的誓语,一律改成"第一对开本"中"上天""说真格的"和"绝无戏言"之类的字眼儿。

对今天的读者,早已轻而易举便可以分享《亨利四世》(下篇)的最佳版本——四开本同"第一对开本"的增补内容合二为一。

二、原型故事

英国编年史家拉斐尔·霍林斯赫德(Raphael Holinshed,1529—1580)所著《英格兰、苏格兰及爱尔兰编年史》(以下简称《编年史》)(*The Chronicles of England, Scotland and Ireland*),几乎是莎剧《亨利四世》上、下两篇唯一的"原型故事"来源。这部著名的《编年史》于1577年初版,首印时为五卷本。十年后的1587年,出第二版时改成三卷本。莎士比亚摆在桌案上不时参阅的是经过修订的第二版。这部《编年史》为莎士比亚编写历史剧提供了丰富原材料,除此之外,《麦克白》中有些剧情,以及《李尔王》和《辛白林》中的部分桥段,均由此取材。

然而,莎士比亚编的是史剧,并非写史,他只拿《编年史》中第498页至543页的一段史实描写,即从"理查二世"之后直到1403年7月21日的什鲁斯伯里之战,为我所用,用来移花接木。他对舞台上演的史剧能否反映史实不感兴趣,否则,也写不出福斯塔夫。

正因为此,许多把莎翁历史剧当真历史来看的读者／观众,都上了他"瞎编"历史的当。多年前,英国广播公司(BBC)拍摄了系列电视片《糟糕历史》(*Horrible Histories*),以喜剧的视角、甚至嬉闹的方式,通过演员情景再现,剧透出历史上令人发噱的真实一页。我看过其中讲述"理查三世"的一集,由饰演理查三世的那位演员现身说法,责怪莎翁为讨好伊丽莎白一世女王,在历史剧《理查三世》中,不顾史实,肆意歪曲,使自己成为一个"糟糕"的国王,长期蒙受不白之冤。

这是莎翁历史剧之大幸,他编的是戏,只追求(舞台)戏剧效果;却是英国历史之大不幸,哪段历史,哪位国王或王公贵族,一旦被他"糟改",恐只能沉冤九泉,期待未来"糟糕的历史"昭雪的那一天。

《亨利四世》(上篇)剧情与《编年史》中的史实,有以下几处不同:

1. 在剧中,继位一年后的亨利四世刚一出场,便宣布要"誓师远征",进行十字架东征,杀向圣城耶路撒冷。在《编年史》里,这事发生在亨利四世死前一年(1412),准备航海去"圣地",把耶路撒冷从异教徒手中夺过来。相同点在于,剧中和史中的两位国王,都因篡了理查二世的王位,心怀负罪感。

莎士比亚无意让观众／读者重温理查二世或亨利王朝的史实描写。因此,他在剧情处理上只是借助人物台词,把必要的历史信息一语带过:一开场,亨利四世说"一千四百年前,为了我们的福祉,基督被钉在十字架上受难。"提示观众剧情的"历史"时间是 1400 年。此时,与威尔士和苏格兰的边境战事陷入困境,在威尔士,王军被格兰道尔打败;在北部,霍茨波率领的王军正与苏格兰军队在霍尔梅敦血战。"下周三",国王将在温莎宫召开枢密院会议。

假如观众回想起《理查二世》,他们可由此推断,这位篡位的国王掌权已有一年;而且,《理查二世》以他的一条誓言落幕,他发誓为行刺理查王的过失赎罪,要"航海去圣地"【5.6】。在《亨利四世》一开场,他准备兑现诺言,"这计划一年前我已有打算"【1.1】。这也是《亨利四世》(上篇)对《理查二世》的剧情衔接。

2. 在剧中,放浪不羁、成天跟福斯塔夫混在一起的亨利(哈里)王子,有一个少年老成、智勇双全,会领兵打仗的弟弟,兰开斯特的约翰亲王。在《编年史》中,这位少亲王,作为亨利四世活下来的第三儿子,生于 1389 年 6 月 20 日,而什鲁斯伯里之战发生在 1403 年 7 月 21 日。单从年龄来看,时年刚满 14 岁的小约翰亲王,不可能参战。

3. 在剧中,第二幕第三场,霍茨波当晚要"率军出发",向妻子珀西夫人告别,可他并未说明要与国王开战。珀西夫人心里忐忑不安,因为她头天夜里听见丈夫梦里"说的全是一场血腥的厮杀。你心底想着战争,睡眠中激动不已,额头沁出汗珠,犹如一条刚受惊扰的溪流泛起的泡沫;你脸上的神情十分怪异,活像有人突然接到什么重大命令,一下子屏住了呼吸。"接下来,俩人还有一段透出夫妻情浓意切的对话。

第三幕第一场后半段,莫蒂默勋爵向妻子莫蒂默夫人告别。莫蒂默夫人是格兰道尔的女儿,只会讲威尔士语,不会说英语,丈夫完全听不懂,但他懂妻子的神情:"从你盈盈泪眼的天泉涌出来的动听话语,我再明白不过,但碍于脸面,我不能与你泪眼相对。——(夫人在用威尔士语说话。)我懂你的亲吻,你懂我的亲吻:这是一种心心相印的情感交流。"

在《编年史》中,没有两位夫人出现。可见,莎士比亚把女性柔情和大战前夫妻难舍的话别插入剧情,既从女性视角凸显了两位叛军将领不失儿女情长的豪勇血性,更从人性层面书写了战争的冷酷无情。

4. 在剧中,霍尔梅敦之战(Battle of Holmedon)发生在莫蒂默勋爵在威尔士与格兰道尔的叛军作战失利之后。在《编年史》中,莫蒂默在威尔士被叛军打败发生在 1402 年 6 月 22 日,而英格兰和苏格兰两军之间的霍尔梅敦之战发生在 1402 年 9 月 14 日。

剧中出现此误，可能是莎士比亚把另一场英、苏两军 6 月 22 日发生在特威德河（River Treed）北部边境的内斯比特荒野之战（Battle of Nisbet Moor），同霍尔梅敦之战弄混了。

在剧中，第三幕第二场，国王亨利四世与亨利王子（威尔士亲王）于伦敦王宫会面，父子俩坦诚相见，父王希望儿子别再放浪形骸，要对得起高贵的王室血统，因其"结交低俗的市井下三滥，已失去王子的尊严"。王子信誓旦旦，表示今后说话做事，"一定更符合王子身份"，并决心以打败霍茨波为自己赢得荣誉，"清洗满脸血污之时，便是我刷掉耻辱之日。"

在《编年史》中，父子相会的情景比剧中晚好几年。

5. 在剧中，出于剧情需要并凸显戏剧效果，莎士比亚把《编年史》中关于亨利（哈里）王子和霍茨波两个最重要人物的年龄和史实都改了，他把整个剧情时间浓缩在开场的 1400 到 1403 年什鲁斯伯里之战三年间。若按真实年龄算，1400 年，1386 年 8 月 9 日出生的王子才 14 岁。而生于 1364 年的霍茨波，比生于 1367 年的亨利王还大三岁。因此，还必须大幅降低霍茨波的真实年龄。否则，便不会有什鲁斯伯里王子与霍茨波决战的双雄会。

剧情除了把王子和霍茨波俩人的年龄拉平，还让他俩名字的昵称有一种相似对应，一个是哈里·珀西（霍茨波），一个是哈里·蒙茅斯（亨利王子），两个"哈里"（Harry）。剧情最后，什鲁斯伯里之战，前一个哈里被消灭，后一个哈里成为英格兰之"星"。恰如霍茨波开战前所言："哈里对哈里，烈马对烈马，不拼杀到俩人有一具尸首掉下马来，决不罢休。"【4.1】

在《编年史》中，王子虽以 17 岁之年参加了什鲁斯伯里之战，且非常卖力，却不是主将。

6. 在剧中，什鲁斯伯里之战开始前，霍茨波大喊："啊，若格兰道尔来就更棒了！"【4.1】然后，约克大主教透露，格兰道尔"兵马未到，他有一支可以倚重的生力军，却因受了不祥预测的影响，按兵不动。"【4.4】

《编年史》中，珀西（霍茨波）在什鲁斯伯里之战中得到了威尔士的"生力军"支援。

很明显，莎士比亚没兴趣尊重史实，他戏编剧情只为刻画人物。透过他的剧情做假设分析，若霍茨波等来格兰道尔的援军，什鲁斯伯里之战便可以稳操胜算。然而，不论战斗有无胜算，霍茨波的悲剧感随即消失。凡剧中的这些地方，都能显出莎士比亚的编剧才华。

因此，若拿莎剧中的英国史同《编年史》中的描述做对比，难免会冒两个风险：

一个,容易把焦点过分集中于莎士比亚到底淹没、调整、变换了《编年史》中的哪些细节;另一个,人们对莎士比亚由《编年史》激发出来的想象力会消失。所以,观众/读者千万别在意"莎士比亚的霍林斯赫德"——那些引自《编年史》的段落。

7. 尽管此剧名为"亨利四世",但在剧中,亨利王子(哈尔亲王)的角色作用显然在国王之上,最重彩的一笔当然是第五幕第四场写他在什鲁斯伯里之战亲手杀死霍茨波,奠定胜局。而且,在此之前,王子刚把正同道格拉斯交手、已身处险境的国王救出。

在《编年史》中,王军什鲁斯伯里之战的胜利完全归功国王,《编年史》赞扬他什鲁斯伯里一战亲手杀死36个叛军。这样豪勇的国王用不着17岁的王子出手相救。显然,剧情如此编排,只为让未来的英格兰之"星"闪耀光芒。

除了从霍林斯赫德的《编年史》取材,莎士比亚或还看过或受到其他"原型故事"的影响,源于:律师、史学家爱德华·霍尔(Edward Hall, 1497—1547)的《兰开斯特和约克两个卓越贵族之家的结盟》(*The Union of the Two Noble and Illustrate Families of Lancastre and Yorke*)(1548);史学家、古文物学者约翰·斯托(John Stow, 1524—1605)收集的《编年史》(*Chronicles*)(1580)及斯托本人的《编年纪事》(*Annals*)(1592);律师、作家托马斯·弗瑞(Thomas Phaer, 1510—1560)《官长的借镜》(*A Mirror for Magistrates*)(1559)中对"欧文·格兰道尔"的刻画;诗人、史学家塞缪尔·丹尼尔的史诗《兰开斯特和约克两个家族的内战》(*The Civil Wars Between the Two Houses of Lancaster and Yorke*)(1595)。

诚然,莎士比亚对哈尔亲王的性格刻画,灵感源出神话和流行的戏剧传统中的细节描写,再进行改编。例如,霍尔和霍林斯赫德均提到他在进攻威尔士的军中服役,而剧中则写他在伦敦东市街的酒馆畅饮。再者,莎士比亚可能注意到约翰·斯托《编年史》采集的几个关于"野蛮王子"的传说。例如,斯托描述王子及其仆人会化装伏击款待王子的人,劫走他们的钱财。之后,当他们向王子抱怨遭劫时,王子再把钱财奉还,为给他们压惊,还额外犒赏。这个特别的故事可能更为可信,因为它取自王子同时代人奥尔蒙蒂伯爵(Earl of Ormonde)的回忆,奥尔蒙蒂伯爵在阿金库尔战役之前不久被亨利五世(即以前的哈尔亲王)授予骑士爵位。这个故事为剧中哈尔亲王和波恩斯化装成劫匪,劫了福斯塔夫劫来的钱财,提供了现成的素材。

另外,像格兰道尔的历史原型,霍林斯赫德写他在英格兰学习法律,后为理查二世效命。但1422年去世的年代史编者托马斯·沃尔辛厄姆(Thomas Walsingham)所记与此相反,说他为亨利·布林布鲁克(即后来亨利四世)效命。

霍林斯赫德还模糊提到"格兰道尔出生时的异象"（他可能把格兰道尔和那个莫蒂默的出生弄混了），并着重强调引用的是霍尔对威尔士愚蠢先知的描写。托马斯·弗瑞在《官长的借镜》中，则以风趣的笔触描写"欧文·格兰道尔"如何因这次愚蠢的反叛暴尸威尔士荒山。此处不难发现，莎士比亚呼应霍林斯赫德，又把弗瑞的情绪借到剧中，写国王发泄对莫蒂默的背叛大发雷霆："让他在荒山饿死吧。"【1.3】。不过，莎士比亚把格兰道尔的戏剧性人生延长了，格兰道尔的叛军在《亨利四世》（下篇）被击败。

综观来看，剧情安排王子与霍茨波对决这一灵感，似应来自塞缪尔·丹尼尔《内战》中的英雄诗体（指英诗中抑扬格五音步诗体）：

> 狂暴的、血气方刚的霍茨波，
> 将遇到跟他一样凶猛的对手。

除此，剧中还有几处情节或也源自《内战》：亨利王子从道格拉斯手中救出父王；霍茨波与王子年龄相当；什鲁斯伯里之战前，格兰道尔未派威尔士援军助战；亨利王把自己陷于一些贵族的围攻以及王子生活放荡，视为篡位招致的天谴报应。可是，丹尼尔虽赞颂王子把国王从道格拉斯手中救出，却没写他杀死了霍茨波。另外，丹尼尔责怪霍茨波情绪狂躁、暴烈、不听人劝，莎士比亚则多少有点可怜霍茨波之死。

还有三点需要指出：第一，在霍林斯赫德和丹尼尔笔下，诺森伯兰的发病时间早，在剧中，莎士比亚必须把他称病变成不出兵驰援的最后一个借口。第二，莎士比亚按霍林斯赫德所写，强调了伍斯特的角色作用，他通过歪曲国王最后提出的和平条款，向霍茨波隐瞒实情。换言之，他反对议和，只能激励霍茨波向国王开战。于是，便有了什鲁斯伯里王子与霍茨波的决战。第三，在丹尼尔笔下，国王在什鲁斯伯里之战胜利后便一病不起，良心发现，对儿子万般叮嘱。《亨利四世》（下篇）则拉长了从此战胜利到国王之死的剧情。

最后，非要提及一部著者不详、名为《亨利五世大获全胜》（*The Famous Victories of Henry the Fifth*）的旧戏，于1580年代后期或1590年代早期上演，并于1594年5月在伦敦书业公会登记。

莎学家们普遍认为，这出旧戏对《亨利四世》影响不大，因为戏中的王子与国王，父子关系从未因珀西叛乱变复杂，显然，《亨利四世》（上篇）第三幕第一场，亨利王用抱怨促使王子与珀西为敌，应是莎士比亚的发明。而《亨利四世》（下篇）国王临死前不久父子和解的场景,霍林斯赫德和斯托都有详细描写。

但这部旧戏中的这样一个细节,对莎士比亚的戏剧性改编非同小可,即亨利王子从父王的病榻取试王冠。这是《亨利四世》(下篇)第四幕第五场的重头戏,它对戏剧结构的支撑作用非常大。

按霍林斯赫德所写,亨利四世统治末期,亨利王担心王子可能计划"夺取王冠",他从仆人嘴里听到一些"说法",说王子不仅"计划邪恶",追随者还很多。此后,王子公开发誓忠于国王,父子和好如初。不过,霍林斯赫德并未提供任何证据,显示亨利王对儿子的忠诚起了疑心。

在剧中,莎士比亚把由梦中醒来的病弱的父王,对刚从枕头上取试王冠的儿子的误会,以及儿子一通真挚表白,最终父子和解,写得跌宕起伏。面对父王质疑,儿子坦诚解释:"上帝为我作证,我刚一进来,见陛下没了呼吸,我的心一下子冰冷透底!我若弄虚作假,啊,让我干脆在眼前的放浪中死去,不必再活着……"接着,父王被儿子的忠诚、爱心打动:"我的儿子,上帝给你把它拿走的想法,是为了让你通过如此机智的巧辩,赢得更多父爱!过来,哈里,坐我床边,听我可能是这辈子的最后一次忠告:……这王冠我是怎么弄到手的,啊,上帝,宽恕我;愿它让你安享真正的和平!"【4.5】显而易见,至少这一处史实的戏剧性远比不上莎剧。

不过,英国作家伯纳德·沃德(Bernard M. Ward, 1893—1945)认为,这部旧戏对莎士比亚编写《亨利四世》具有实际影响。经过精心研究,他写成论文《〈亨利五世大获全胜〉在伊丽莎白时代戏剧文学中的地位》("The Famous Victories of Henry V: Its Place in Elizabethan Dramatic Literature"),刊于1928年《英语研究评论》(*Review of English Studies*)第4卷,从三方面做出分析:

第一,两戏均为历史与喜剧混搭。在莎士比亚全部历史剧中,只有三部将历史和喜剧混搭一起、且剧情分配均匀,便是《亨利四世》(上下)两篇和《亨利五世》,亦可称之为"三部曲"。这正好是旧戏的结构特点,22场中有1、2、4、5、6、8、12、18、21等9场喜剧,布局相当匀称。

第二,重叠的剧情发生时代。旧戏剧情从盖德山拦路抢劫开始,到亨利五世迎娶法兰西公主结束。这也正好是"三部曲"的整个剧情。关于抢劫,上述各种编年史均未记载,是莎士比亚按着旧戏照猫画虎。

第三,雷同的剧中人物。旧戏中有四个史无记载的虚构人物,莎士比亚对其姓名及角色安排丝毫不改:旧戏主角是"奥尔德卡尔斯"(Oldcastle),莎士比亚最初也用此名,后不得已改为"福斯塔夫";旧戏中的"内德"(Ned),莎士比亚照搬过来,即"内德·波恩斯"(Ned Poins);旧戏中劫匪绰号"盖德希尔"(Gadshill),莎士比亚沿用它作盗贼的名字;旧戏中有一名为"罗宾·皮尤特罗"(Robin Pewterer)的匠人("皮尤特罗"的字义即为锡匠,亦可称之"锡匠罗宾"),莎士比亚把他传化为挑夫甲,挑夫乙喊他"马格斯兄弟"或"街坊马格斯"("Neighbour Mugs")。

第四,王子常去的酒店。旧戏中王子常去伦敦东市街(Eastcheap)一家老字号酒店畅饮,莎士比亚照拿过来,使之成为老板娘桂克丽开的酒店。"第一对开本"并未给酒店名字,"牛津版"则干脆起了名字,叫"野猪头"("The Boar's-Head")。

至此,只剩下一个问题:如何塑造哈尔王子和福斯塔夫?

事实上,莎士比亚并不是第一个把哈尔写成浪子形象的人。从1422年亨利五世(即"蒙茅斯的哈尔")死后不久,关于哈尔的故事便开始流传,以至于15世纪的史学家们几乎众口一词地传说,哈尔年轻时荒唐放荡,当上国王以后发生突变。在1512年去世的罗伯特·费边(Robert Fabyan)1516年出版的《编年史》(*Fabyan's Chronicle*)中,记有如下一段关于亨利五世的描写:

> 此人在其父去世前,积习恶劣,行为不检,招揽无数胡闹之狂徒;继承王位以后,突变新人。原先只见其狂暴,而今变得清新、锐敏;以前不断作恶,而今为人良善。而且,为坚定其美德,不再受昔日伙伴影响,他赏给他们一些银钱,并告诫他们,不许走近他的住处若干英里,在限定时间内如有谁违反,立即处死。

由此来看《亨利四世》(下篇)落幕前的最后一场戏,加冕典礼之后,已成新王的亨利五世严正警告对他充满期待的福斯塔夫:

> 我已把从前的自己打发掉,同样要将从前陪伴左右的那些人赶走。等你一听说,我又回到往日,只管来找我,你还可以跟从前一样,当我放荡行为的导师和食客;在那之前,我放逐你,像放逐其他把我引入歧途的人一样,不准你在距我方圆十里的地方出现,如有违反,立即处死。至于生活费,我会给足你,不至于逼得你因缺钱而作恶:【下5.5】

显而易见,亨利五世的浪子形象其来有自。莎士比亚非常清楚,《圣经》中"浪子回头的故事"对于英格兰的国教信徒们丝毫不陌生,他只要在《亨利四世》中把已是王位继承人的哈尔王子写成一个回头浪子,便足以吸住观众的眼球。有了哈尔这个浪子,再搭配一个浑圆肥胖、笑料不断的约翰·福斯塔夫爵士,这部戏就大功告成了。恰如著名莎学家多佛·威尔逊(John Dover Wilson, 1881—1969)在其

《福斯塔夫的命运》(The Fortunes of Falstaff)一书中所说:"15世纪和16世纪早期,只是诗歌的寓言时代,也是戏剧的道德时代。人们需要一个浪荡王子,凡关切时事的人(任何一位当代政治家无不这样关切!)都想找到一个王子如此神奇转变的范例,用来教育青年贵族和王子。对这样的青年而言,忏悔产生了多么丰硕的好结果?!有谁能堪比这位阿金库尔的英雄,百多年来英国王权的典范,亨利五世的战功和政绩吗?"莎士比亚在其神秘剧《理查二世》中颂扬了一位传统的国王殉难;在这部《亨利四世》里,便要颂扬一个传统的浪荡王子回头。

正如音乐家选民间小调作合奏曲的主题,莎士比亚把传说改成了自己的故事。他把原先的传说变得活色生香,复杂细致!……哈尔亲王是浪荡王子,对他的忏悔,观众不只要严肃对待,更要敬佩颂扬。此外,尽管戏中的浪子故事世俗化和现代化了,所采取的戏剧进程却跟过去一样,也同样包括三个主要人物:诱惑者,青年人,以及富有遗产和教诲儿子的父亲。……莎剧观众连续欣赏了两联剧中哈尔亲王的"白胡子撒旦",这一人物也许在全世界的舞台上都不曾有过这样的欣赏。但观众从一开始就知道,这位吸引人的胡闹爵士终要倒台,等痛改前非的那一刻来临,这位浪荡王子便会将福斯塔夫一脚踢开。

坎特伯雷大教堂里的亨利四世及王后墓(傅光明摄)

综上所述,尽管福斯塔夫并非没有"原型",但只要稍微替莎士比亚打个折扣,还是可以把《亨利四世》(上下篇)中为"诱惑者"福斯塔夫这个"白胡子撒旦"及其狐朋狗友安排的场景,算作他的原创。至于《亨利四世》(下篇)中沙洛和沙伦斯这样的乡村治安官形象,莎士比亚不必费劲从别处取材,他自己的乡村体验足以应付。透过戏剧这面现实的镜子,让两位治安官折射他那个时代英格兰乡村的实景,原本就是他最拿手的。

三、剧情梗概

上篇

第一幕

伦敦。王宫。为救赎篡夺王位、谋杀堂兄理查二世的罪恶,让"如此动荡,满目疮痍"的王国局面安定下来,国内不再"手足相残",亨利四世打算立刻征召一支大军,"誓师远征,杀向基督的坟墓"——耶路撒冷,驱逐那些异教徒。这时,威斯特摩兰带来威尔士传来的消息,马奇伯爵莫蒂默所率英军被"野蛮的格兰道尔叛军"打败,成了俘虏。而此前,布伦特爵士刚给国王带来霍尔梅敦激战的最新消息:英勇的"暴脾气"、年轻的哈里·珀西(霍茨波)战胜了道格拉斯的苏格兰军队,并将其长子法伊夫伯爵莫达克擒获。但他派人给国王捎话,除了莫达克,其余战俘"他全要留下"。国王一面不由"犯下嫉妒之罪",嫉妒诺森伯兰生的儿子霍茨波"受人赞誉",自己的儿子哈里"眉宇间却玷污了放荡和不名誉",恨不得当初襁褓之时把两个婴儿"调包儿";另一面,对霍茨波居功自傲,冒犯君王之尊,心生不满。

这时,亨利王子(哈尔)在和刚灌下一肚子萨克老酒的约翰·福斯塔夫爵士耍贫斗嘴。波恩斯来报,明天清早有一群香客和富商经盖德山前往坎特伯雷,正好拦路抢劫,发笔横财。福斯塔夫劝哈尔一起干,讽刺他如果不去,就是"又没血性,还不够朋友,身上没半点儿皇家血统"。哈尔决定待在家里。波恩斯私下给哈尔支了个奇招,提议他俩化好装,提前设伏,等福斯塔夫一伙儿赃物到手之后,"再把东西抢过来"。哈尔想看福斯塔夫如何丢丑出洋相,满口答应。哈尔把这些人看得很透,并不喜欢这种"无聊的撒野胡闹"。他独自一人时,便表示"要仿效太阳:暂时允许恶浊的乌云,向世人遮住它的壮美",等时机一到,"便冲出要把它窒息的邪恶、丑陋的云雾,再现辉煌,令久违了的人们更为惊叹"。

王宫里,霍茨波的叔叔伍斯特伯爵提醒国王,"我们家族不应受到如此严厉的对待;何况当初,因为我们出手相助,陛下才享有今天的威严"。国王从他眼里"看到了险恶与不忠"。诺森伯兰为儿子拒不上交俘虏辩解,霍茨波直接表示,国王若不把莫蒂默花钱赎回来,绝不交俘虏。国王认定莫蒂默已成反贼,严厉警告霍茨波不交战俘,后果自负。

  国王走后,霍茨波异常愤怒,嚷着"哪怕魔鬼亲自出马,咆哮着要我交出战俘,我也一个都不给"。诺森伯兰和伍斯特告诉霍茨波,国王之所以一听莫蒂默的名字就发抖,因为莫蒂默才是理查二世的合法继承人。霍茨波豁然大悟,要"向这个傲慢国王的嘲弄和蔑视进行报复"。伍斯特建议释放所有苏格兰战俘,与格兰道尔、道格拉斯、莫蒂默和约克大主教斯克鲁普联合起来,组织一支军队,"用自己强有力的双臂,支撑起眼下难以确定的命运"。

第二幕

  凌晨。一旅店内,掌柜的告诉劫匪盖德希尔,有一位身揣三百马克黄金的小地主,还有一位带着"一堆行李"的客人已经上路。盖德希尔非常开心,向掌柜炫耀:"我这帮哥们儿可不是平地抢劫的毛脚贼,也不是为六便士打闷棍的主儿,更不是一脸大胡子的酒鬼;他们是生活安逸的贵族、市镇官员,全都来头不小。"

  福斯塔夫和巴道夫、皮托、盖德希尔等众劫匪埋伏在盖德山。哈尔和波恩斯在附近躲藏。当福斯塔夫一伙儿劫完钱财,正准备分赃,哈尔与波恩斯头戴面具发起突袭,吓得众劫匪四散奔逃。福斯塔夫略作招架,留下劫财,逃之夭夭。

  霍茨波对即将展开的军事行动充满信心,当晚出发前,与夫人话别。夫人替丈夫担心,因为在睡梦中,他"嘴里不停念叨着前进、撤退、战壕、营帐,还有防御工事、外堡、胸墙、大炮、重炮、长炮,以及战俘的赎金、被杀的士兵,等等,说的全是一场血腥的厮杀"。霍茨波见到自己的战马,兴奋起来。夫人怪丈夫不爱她了,不肯说实话,霍茨波表示"等我翻身上了马,就发誓爱你,永生永世爱你"。然后跟夫人做出最后安排:"我去的那地方,你也去。我今天出发,你明天动身。"

  伦敦东市街野猪头酒店。王子在和店伙计弗朗西斯逗闷子。这时福斯塔夫一伙儿回到酒店,王子再逗逗他们。福斯塔夫喝了一口萨克酒,便开始吹牛:"我要是没手持短剑,一人对十二个,近身肉搏两个小时,我就是无赖。能捡条命,真是奇迹。我的紧身衣被刺穿八次,裤子刺穿四次,小圆盾被捅透,我的剑也砍得成了手锯,豁边卷刃。"哈尔随即揭破他的谎言:"是我们俩袭击了你们四个,一句话,你们吓得扔下赃物扭头就跑,赃物落在我们手里。……自己把剑砍成锯齿,却硬说打仗打的!"福斯塔夫脑子一转,又开始耍赖,说他其实一眼就认出了哈尔,可他不能杀死王位继承人,只好假戏真做,略作招架,佯装败逃。哈尔索性让他表演怎么逃跑的。这时,宫里送信的人到了门外,哈尔派福斯塔夫出去款待。福斯塔夫走后,皮托道出实情:福斯塔夫"用短剑把长剑砍豁,说只要你(哈尔)相信剑的豁口是拼杀出来的,他宁愿昧着良心发誓将真理赶出英格兰,还劝我们也这样弄"。福斯塔夫回来说,布雷西爵士受国王之命,要哈尔"明天务必进宫",并问哈尔,听到"魔鬼道格拉斯、魔精珀西、魔怪格兰道尔这样的三个敌人"将联手起兵谋反的消息,是不是担惊受怕、吓得发抖、血变得发冷。哈尔从容面对。福斯塔夫出主意,建议他和哈尔事先排练一下明天见国王情形。然后,俩人拉开架势,在酒店里玩起假扮的国王与王子的游戏,你一言我一语耍贫胡闹了一番。

第三幕

格兰道尔城堡。霍茨波、伍斯特、莫蒂默、格兰道尔一起商议结盟起兵之事。霍茨波脾气火爆,说话咄咄逼人,顶撞了格兰道尔。然后,准备结盟的三方为谋反成功后如何划分土地发生分歧。霍茨波对格兰道尔说:"凡够交情的朋友,三倍多的土地,我可以双手奉送。但要谈交易,你听好,一根头发的九分之一,我也非争不可。"格兰道尔走后,莫蒂默和伍斯特都责怪霍茨波"太固执、太任性,理应受到责备"。伍斯特更进一步坦诚批评他"粗暴易怒,不讲礼数,没自制力,自高自大,傲慢无礼,固执己见,待人轻蔑。一个高贵之人,哪怕只沾染一点儿这种毛病,便会失掉人心,使他的一切美德受到玷污,使他应得的赞美丧失殆尽"。

伦敦。王宫。众臣退下后,国王直接谴责王子:"你生来就是要猛烈报复我,做上天的鞭子,惩罚我的罪孽。否则,告诉我,像这种放纵、下贱的欲望,这种可怜、卑鄙、低俗、恶劣的行为,这种无聊的娱乐、粗鲁的伙伴,所有这一切,配得上你伟大的血统吗?与王室高贵的心灵相称吗?"王子一面为自己辩解,希望父亲不要轻信谣言,一面"愿坦白承认,由于年纪尚轻,误入歧途,确实做了一些错事,请宽恕"。国王用亲身经历开导王子如何赢得民心,并教训王子"因结交低俗的市井下三滥,已失去王子的尊严:你的丑行恶态谁都看烦了,没人理你"。然后,国王称赞珀西(霍茨波)很有自己当年的风采,"比起你这个影子似的王位继承人,他更有荣耀的资格登上王位"。王子深知父王一片苦心,发誓"要用珀西的人头赎回我的罪孽。……那一刻终将来临,我要叫这北方青年用他的光荣业绩换走我的耻辱"。国王听了,倍感欣慰,称"这一誓言可消灭十万叛军!"

野猪头酒店。福斯塔夫、巴道夫在一起斗贫、打趣。见老板娘桂克丽来了,福斯塔夫说自己被掏兜,酒店成了藏贼的淫窝,老板娘则要他还欠酒店的饭钱、酒钱。

王子从王宫回到酒店后,桂克丽向他告状,说福斯塔夫声称王子欠他一千镑。王子一问,福斯塔夫赶紧改口说:"一百万镑:你的爱值一百万镑。"王子趁机用粗话教训他,"你这婊子养的、恬不知耻、浑身肿胀的无赖,即便你兜里真有什么,也只能是酒店账单、妓院单据"。然后,王子告诉福斯塔夫,抢来的钱财已经归还,并为他谋了一个军职,统领一队步兵,等候领军饷和添置装备的命令。

第四幕

什鲁斯伯里附近叛军营地。霍茨波得到父亲诺森伯兰伯爵送来的信,说他重病在身,不能参战。霍茨波以为父亲不来,并不会影响战局,而且,假如万一战况不利,还可以"有个藏身之处,避难之所"。伍斯特表示担心,认为"这次起兵的特性和本质决定了,不许有任何分裂:有些不明底细的人,可能会觉得,伯爵不来这儿,是出于谋略和效忠国王,并不赞同我们的行动"。霍茨波觉得不必多虑,"他不来,更为我们的伟大事业增添光彩,壮大声威,彰显勇气"。弗农爵士来报,威斯特摩兰与约翰亲王所率七千人大军和国王本人亲率"装备精良、战力强悍的军队"正分别向这里挺进。同时,弗农爵士告知,格兰道尔两周内无法集结军队。即便如此,霍茨波仍有信心一战:"我父亲和格兰道尔均未领兵前来,/我们的军队足以投入这惨烈激战。/来吧,让我们赶紧点名集合部队:/末日审判临近;死也要死个痛快!"

福斯塔夫"滥用国王的征兵权,拿一百五十个士兵换了三百多镑"。因此,他招的兵就是一群衣衫褴褛的奴才,"活像画布上被财主家的狗舔疮的拉撒路","整个部队只有一件半衬衫"。难怪在王子眼里,福斯塔夫带的兵简直是一群"可怜兮兮的流氓无赖"。福斯塔夫想得到,认为自己的兵不过是"炮灰,炮灰的命。死了填坑,跟好人没区别。咳!伙计,人总有一死,没有不死"。王子和威斯特摩兰都催促他加快进兵速度。

国王的军队到了什鲁斯伯里,霍茨波恨不能当晚决战。伍斯特发现国王兵马数量占优,劝霍茨波"等一切就绪再说"。这时,国王派布伦特爵士前来议和,开出的条件十分优厚:"他承认你们立下许多功劳,——他吩咐你们具体说出抱怨的缘由,他会尽快满足你们的愿望,并外加恩赏,而且,对你们和那些因受煽动误入歧途的人,一律无条件赦免。"霍茨波认为国王出尔反尔,毫无诚意,自己的父亲当初出于悲悯,对他"立誓相助"。结果,他"趁国王(理查二世)亲征爱尔兰之机,把国王留下来代理朝政的所有宠臣,一个不剩全都砍了头"。没过多久,废黜国王,又把他害死,并开始打压、迫害珀西家族。"他毁了一个又一个誓言,干下一件又一件坏事,最终逼得我们没办法,这才起兵自卫。还要追究他的王权,我们觉得他获得王位的手段太不地道,不能任其这样下去"。

约克大主教得知什鲁斯伯里的军情之后,感到"珀西(霍茨波)的军队势单力孤,恐怕一时无法与国王交战"。国王那里却"汇聚了全国的精英将才",而且,国王已获知他与叛军结盟。为预防霍茨波一旦战败,发生最糟的情况,大主教认为"加强防卫,抗击国王,才是明智之举"。他给朋友们写信求援。

第五幕

伍斯特和弗农去国王的营帐会谈。伍斯特提醒国王,当初整个珀西家族是国王"最早、最诚挚的朋友","你是我们养壮的,……我们之所以反对你,全是你自己这些因造成的果:你冷酷无情,一脸凶相,违背了我们对你的所有信任和你在起事之初向我们立下的完整誓言"。亨利王子自称"游手好闲的骑士",但为了避免双方流血,他"愿经受命运的考验",与霍茨波"单打独斗"。国王应允,并告知伍斯特,只要叛军答应和平条件,他便宽恕他们,"每一个人都可以与我重新成为彼此的朋友"。

对于战斗给人带来荣誉,福斯塔夫有自己一笔账。在他眼里,荣誉好比空气,打起仗来往前冲,人一死,荣誉就消失;非但对死人,荣誉对活人一样没用,因为"诽谤受不了荣誉活着。所以,我什么荣誉也不要。荣誉不过一件装点丧礼的纹章盾"。

伍斯特认为国王不可能遵守承诺善待他们,决定不让霍茨波知道国王提出的条件。回到军营,伍斯特直接告诉霍茨波"国王要立刻与你交战"。霍茨波生怕伍斯特在国王面前乞求了宽恕,伍斯特更进一步刺激霍茨波,"他骂我们反贼、叛徒,要用士气高昂的大军鞭打我们这个可恨的家族"。霍茨波准备应战,并要与威尔士亲王(亨利王子)一决输赢:"愿这场争斗只在我们俩人之间,只有我和蒙茅斯的哈里生死一战,再没有人在这场战斗中死于非命!"霍波茨激励将士们,"死,也死得光荣,与王公贵族同归于尽!……既然为正义而战,武器就是我们的正义","每个人拼尽全力。我拔出这把剑,要在今天凶险的时刻冒死一战,用最高贵的鲜血染透剑锋。"

两军在什鲁斯伯里平原交战。道格拉斯杀死了假扮国王的布伦特爵士,误以为杀了国王,"大战结束,胜局已定"。原来,国王为迷惑叛军,"命许多手下穿了跟他一样的罩袍"。

福斯塔夫见到布伦特的尸体,悲叹自己带上战场的150个"叫花子兵"几乎全死了。"我不喜欢沃尔特爵士得到的这种面目狰狞僵死的荣誉。我要活命:能保命,就保;保不了命,荣誉不找自来,死了拉倒。"

亨利王子负伤,坚决不肯撤下,他看到"战场上满身血污的贵族倒下横遭践踏,叛军却正在屠杀中取得胜利!"

道格拉斯与国王交战,国王身处险境,幸亏王子及时出手相救,道格拉斯败逃。

王子与霍茨波狭路相逢。霍茨波声言,"哈里,因为你我一决生死的时刻到了;愿上帝保佑你在军中像我一样赫赫有名!"王子反唇相讥:"我要把你盔顶所有含苞待放的荣誉都割下来,编成一只花环戴我头上。"

两人交手。福斯塔夫吓得赶紧装死。霍波茨重伤倒地,嘴里念叨着"哈里,你夺去了我的青春!……你赢走我的荣誉却伤透我的心",死去。王子用带有骑士标志的饰物遮住霍茨波的脸,算是给"勇敢的珀西""一番柔情、体面的仪式":"再见,把对你的赞美带到天国去吧!不把你的耻辱刻进墓志铭,愿它在墓穴里长眠!"

王子见福斯塔夫已死,调侃道:"这么大一堆肉还保不了一条小命吗?可怜的杰克,再见!死一个比你更好的人,我都不会这么难过。啊,假如我真那么喜欢浮华,我对你会有一种沉重的想念。"

福斯塔夫认为自己会随机应变,是"凭着大勇装死保命","一个人装死,而得以不死,便不是装死,这恰是货真价实完美的生命形象"。他担心霍茨波比他更会装死,拿剑刺霍茨波,然后背起尸体去找王子讨赏。王子一见,难以置信,向福斯塔夫惊呼:"我亲手杀了珀西,亲眼见你死了。"福斯塔夫不慌不忙,说霍茨波活过来以后,俩人"又激战了足足一个钟头。……就算快死了我也发誓说,他大腿上的伤是我刺的;要是他活过来矢口否认,以上帝的伤口起誓,叫他再吃我一剑"。

国王的军队大获全胜。国王下令处死伍斯特和弗农。王子请求国王由他处置被俘的道格拉斯。王子敬佩道格拉斯作战勇敢,把他放了,"不要赎金,还他自由"。

国王宣布新的平叛作战计划:约翰亲王和威斯特摩兰以最快速递赶往约克,迎战诺森伯兰和斯克鲁普大主教;国王和王子前往威尔士,迎战格兰道尔和马奇伯爵(莫蒂默)。

下篇

第一幕

诺森伯兰城堡前。诺森伯兰不断接到战报,先是巴道夫爵士带来确切消息:"你儿子运气真好,干脆利索杀了哈里王子;两个布伦特都死在道格拉斯之手;年轻的约翰亲王、威斯特摩兰、斯塔福德,全都溃败逃离。哈里·蒙茅斯手下那只肥猪,大块头约翰爵士,成了你儿子的阶下囚。"紧接着又有人来报,叛军遭到厄运,霍茨波已死。这时,从什鲁斯伯里逃回来的莫顿,向诺森伯兰讲述他如何亲眼见到王子杀死了霍茨波,道格拉斯杀死三个假扮国王的人后被活捉,"总之,国王赢了,我的爵爷,他已派年轻的兰开斯特和威斯特摩兰率领一支部队急行军,要与您一战。这就是全部消息"。诺森伯兰扔下"柔弱的拐杖",甩掉"病态的睡帽",鼓起勇气,要"叫每一颗心都起杀机"。莫顿一面劝诺森伯兰息怒,一面告知,"出身名门的约克大主教已经起兵,部队装备精良"。大主教以他的影响力,已"把叛乱变成了宗教"。而且,大主教还从理查二世遇害的城堡墙上,"把英俊的理查王的血迹刮下一些;这样一来,他起兵反叛就顺乎天意了:他正告那些追随者,他在保卫一个流血的国家,这个国家在伟大的布林布鲁克(亨利四世)统治下,透不过气来。所以,人们不分高低贵贱,都去追随他"。诺森伯兰决定与大主教结盟,合兵一处,对抗国王。

伦敦。一街道。福斯塔夫与曾"囚禁过亲王"的大法官不期而遇。大法官本想在什鲁斯伯里大战之前,就追究福斯塔夫盖德山拦路抢劫的罪责,因为有人控告他犯了死罪。但福斯塔夫以自己效命军旅,不予理会。大法官讥讽福斯塔夫:"你白天在什鲁斯伯里的战功,为你夜间在盖德山的恶行镀了点儿金。你得感谢这不平静的世道,把你的罪过平静遮掩了过去。"福斯塔夫跟大法官耍贫嘴,声称自己是"青春华年的年轻人",遭到大法官一通奚落。大法官知道福斯塔夫将与"兰开斯特的约翰勋爵一起,去征讨大主教和诺森伯兰伯爵",劝他今后"行为要检点,要检点,上帝保佑你征战圆满!"福斯塔夫一心只想赚钱,趁机以"弄点儿装备"为由,向大法官借一千镑。大法官严词拒绝:"一便士也没有,一便士也不给。"

约克大主教府中。海斯汀勋爵分析军情,认为只要有诺森伯兰助战,便足以与强大的国王军队开战。巴道夫勋爵出于担忧,提出在诺森伯兰援军未到之前,不可贸然进兵。"像这样一场血战,对尚未确定的后援,任何推测、期待、预想都不能算数。"大主教表示认可。但海斯汀又进一步分析,"眼下战事四起,国王已兵分三路:一路征讨法国人;一路进攻格兰道尔;第三路准来对付我们。因此,这个优柔寡断的国王只能分兵三路,再说,国库已耗空,穷得叮当乱响"。约克大主教最终决定起兵行动。

第二幕

伦敦。一街道。野猪头酒店老板娘桂克丽吵着要治安官"狼牙"把福斯塔夫抓走,因为他欠账不还。看见大法官来了,桂克丽又喊冤叫屈。大法官质问福斯塔夫:"一个好端端的人,谁受得了这种暴风雨般的喊叫?你逼得一个穷寡妇用如此撒野的方式来讨债。"福斯塔夫抵赖狡辩,大法官义正辞严:"约翰爵士,你弄虚作假的这一套,我太熟了。你一副若无其事的神情,你一大串粗鲁无耻的言词,改变不了我的公正判断:依我看,你骗了这个生性慷慨的女人,叫她把钱袋儿和身子都拿来供你享用。"见情形有点不妙,福斯塔夫把桂克丽拉到一边,连哄带骗。最后,桂克丽不仅不催账了,又借给福斯塔夫一笔钱。

伦敦。另一街道。王子听说父亲病了,心情不好。他把波恩斯当朋友,向他袒露:"以我这只手起誓,你以为,我跟你和福斯塔夫一样,因胡作非为、不思悔改,早在魔鬼簿上挂了号:判断一个人,结果说了算。但我告诉你,我父亲有病在身,我心底在流血;只是跟你们这些下人混在一起,总不能让你们看出我的悲伤。"波恩斯当然不明白,王子成天跟他们混在一起,只是消遣解闷。王子打算再捉弄一次福斯塔夫,既能看到他的"真面目,又不被发现"。波恩斯出了个好主意:"套上皮坎肩,系上围裙,像跑堂儿的,到桌边去侍候他。"

诺森伯兰城堡前。诺森伯兰决定起兵,助战约克大主教,"我若不去,一切无法挽回"。霍茨波之妻珀西夫人强烈反对,她翻出什鲁斯伯里之战的旧账:"我心爱的哈里,多次放眼北望,盼着父亲的援军;却盼来了一场空。……你撇下了他,他孤身一人,没有你的支持,——那一场激战,他身处劣势,你却让他面对可怖的战神。"她认为大主教和典礼官毛伯雷兵强马壮,实力远在当时霍茨波之上。见诺森伯兰仍想去"历险",诺森伯兰夫人干脆建议丈夫:"逃往苏格兰吧,等那些贵族和武装起来的平民试过身手,看情况再说。"婆媳俩终于说服了诺森伯兰:"我很愿加入大主教的阵营,但几千条理由阻止了我。我决定去苏格兰:在那儿静观,时机一到,我再乘势出手。"

野猪头酒店。福斯塔夫、桂克丽和她的闺蜜道尔·蒂尔西特、皮斯托、巴道夫,凑在一起,插科打诨,喝酒胡闹。结果,福斯塔夫和皮斯托拔出剑来大打出手,吓得桂克丽心惊肉跳。巴道夫把皮斯托赶走后,王子和波恩斯扮成店伙计进来侍候。福斯塔夫跟道尔一边调情一边打趣,说王子是"一个浅薄的好小伙儿",波恩斯"还不如一根棒槌有脑子,"逗得道尔开心地说:"我爱你,胜过我爱过的所有下流臭小子。"等王子露出真面目,并要治福斯塔夫诽谤王子之罪,福斯塔夫马上改口:"我没诽谤,哈尔,以我的名誉起誓,没诽谤。"福斯塔夫又胡扯臭贫半天,国王的信差到了,要福斯塔夫立刻进宫,随军平叛。

第三幕
威斯敏斯特宫。国王生病,睡不着觉,感叹命运在睡眠上对待王者和贱民如此不公:"那么,幸福的贱民,睡吧!/头戴王冠者,却难以入眠。"国王不禁回想当年,诺森伯兰曾与理查二世交情深厚,两年之后,他俩兵戎相见;八年前,诺森伯兰还与自己最为亲近,甚至当面顶撞理查王,如今,友情破裂。沃里克伯爵安慰国王:"每个人生命中都有一本史书,重述着过往的岁月留痕;透过这本书,可以准确推测、预见尚未发生的事情的可能结果。"国王听说大主教和诺森伯兰兵合一处,共有五万大军,十分担心。沃里克以灵魂担保,国王派去的军队将轻松取胜,班师回朝。同时,为让国王安心静养,告知格兰道尔已死。

格洛斯特郡沙洛治安官家中院内。沙洛和助手沙伦斯在等福斯塔夫来招募新兵。征兵对福斯塔夫来说,是赚钱的大好时机。福斯塔夫照着征兵花名册点名,身体强壮的,只要给他钱,就能免除兵役。好容易征到"霉头""阴影""疣子""病秧子""牛犊子"几个兵,巴道夫告诉福斯塔夫,他私下收了"霉头"和"牛犊子"的钱。福斯塔夫发话,马上把他俩的兵役免除。

第四幕

约克郡。高尔特里森林。大主教告知毛伯雷和海斯汀,收到诺森伯兰的来信,大意说:"他本打算亲率一支与他身份相称的大军,前来此地;结果未能招募到这样一支军队,因此,只好先撤到苏格兰,等时来运转了再说。他在信尾真心祝福我们,挺过危险,在与敌人的恶战中获胜。"

威斯特摩兰伯爵受主帅约翰亲王委派前来谈判,他质问大主教,"为何要变书本为腿甲,变墨水为鲜血?为何非要把笔变成矛枪,把神圣的舌头变成响亮的军号和战争的腔调?"大主教陈述冤情,称起兵纯属迫不得已,"眼下,每一分钟发生的事例,都迫使我们穿戴这些不合身份的盔甲。我们并非要破坏和平,哪怕只是一小部分和平;相反,我们要建立真正的和平,名正言顺的和平"。威斯特摩兰表示,自己前来,"是为了解你们的苦衷;并告诉你们,亲王殿下愿意恭听详情。倘若提出的要求是公正的,他一定满足你们,——把一切抛开,他绝不把你们当作敌人"。毛伯雷认为亲王惧怕叛军实力,这个提议是逼出来的。威斯特摩兰反驳:"我军个个身披坚甲;我军师出有名,不在话下,因此,士气高昂,理所当然。断不能说我方的提议是逼出来的。"毛伯雷打定主意,"不许跟敌人谈判"。海斯汀有意谈判。大主教拿出一个单子交给威斯特摩兰,提出上面"所列每一条款必须解决;我方所有人员,在这儿和不在这儿的,凡参与这次行动者,一律依法赦免;全部满足我方提出的相关要求和意愿",便以"我方军力拥戴和平"。威斯特摩兰走后,毛伯雷觉得国王不可信任:"就算我们甘愿为国王尽忠效命,死不足惜,国王对我们也会像狂风中扬谷,看我们这些谷粒轻如糠皮,好坏难分。"一心祈愿和平的大主教安慰他:"只要我们好好和解,我们的和平,就像重接的一只断臂,会变得更有力量。"

森林中另一部分。约翰亲王与大主教、毛伯雷、海斯汀谈判。亲王指责大主教起兵造反,危害和平。大主教据理力争,声言"是混乱的时局,催逼和挤压我们采取非常这一举措,以求自保",并拿出十足诚意:"只要你答应我们最为公正、合理的要求,我们便真心臣服,使这一疯狂得到救治,驯顺地拜服在陛下御前。"亲王表示"全都同意,全都答应":"你若对此满意,马上解散军队,所有兵将各自回乡;我们也照此办理。让我们在两军阵前,共饮友情之酒,互相拥抱;让双方兵将把我们重归友善的见证带回家。"大主教下令遣散叛军,双方在阵前饮酒言欢,遣散的士兵们欢呼和平。亲王不仅未遣散军队,反而下令以叛国罪将大主教、毛伯雷、海斯汀逮捕。

福斯塔夫在追击遣散的叛军时,再立军功,他将在溃逃中疲惫不堪、倒地不起的叛军将领科尔维尔俘虏,然后向约翰亲王请功:"我骑瘸了180多匹驿马,一路风尘,才到了这儿,又凭我毫无瑕疵的勇敢,活捉了山谷镇的约翰·科尔维尔爵士,他可是一个最凶暴的骑士、一个威猛的敌人。"并请求"仁慈的殿下,请你回了宫,多夸我两句"。亲王表示:"我以主帅的名义担保,一定把你夸得比应得的更好。"福斯塔夫心里清楚,这个亲王不喜欢自己。

威斯敏斯特宫。耶路撒冷厅。国王嘱咐儿子克拉伦斯公爵托马斯一定要和亨利王子处好关系:"所有兄弟中,他对你最重情义。要珍视这份情义,我的孩子,等我死了,你得在他的威权和其他兄弟们之间,发挥高贵的调解作用。"

威斯特摩兰向国王禀报:毛伯雷、大主教、海斯汀及所有反叛,"都已受您法律惩罚。现已再无反叛之剑出鞘,和平之神四处插满橄榄枝"。紧接着,又有消息:"诺森伯兰伯爵和巴道夫勋爵所率由英格兰人和苏格兰人组成的大军,已被约克郡郡长击溃。"但胜利的消息却使国王感到身体不适。

耶路撒冷厅另一室。国王自感身心交瘁,命人把王冠放枕头上,在隔壁房间的奏乐声中睡觉了。王子来看父王,见熟睡的父王"口鼻间有根轻柔的茸毛,丝毫不动;哪怕轻微呼吸,这轻飘的茸毛一定会动"。他以为父王已死,悲叹"仁慈的陛下!我的父亲!——这真是酣睡;这酣睡使多少英国国王与这顶王冠永诀"。王子感到理应从父王"那儿得到这顶王冠,论地位和血统,我乃直接继任者,它应传给我",便把王冠戴在头上。

国王醒来,发现王冠不见了。当听说王冠被王子拿走,他愤而表示,这是王子"简直在催我死"。王子进来后,国王痛斥王子:"啊,愚蠢的青年!你死命追求威权,威权迟早把你压垮。……你偷的那个东西,再过几个小时,将合理合法的属于你;可你却在我临死之际,又印证了我对你的担心。"听完父王一通责骂的陈词,王子请求父王宽恕,他跪下来,诚恳地说:"假如我对这王冠的欲望,胜过爱您的荣耀,爱您的名望,就让我这样长跪不起,……刚才进来看您,以为您死了,——想到您死了,陛下,我也差点没命;——我对着王冠说话,把它当成活物,这样训斥它:……我边指责它,边把它戴在头上,与它争辩,好比有个敌人要当我面害死父亲,我作为真正的王位继承人,非同他格斗不可。……假如我有任何谋逆,或自命不凡的虚妄算计,哪怕对接受这威权的象征,有一丁点儿心向往之,——就让上帝永远别把它戴我头上,……"国王为王子的真情和忠诚打动,把他叫到床前,说出"这辈子的最后一次忠告":"我以不光彩、不正当的手段把这顶王冠搞到手;我心里也十分清楚,它戴我头上,惹来多少麻烦:戴你头上,它会得到更多的安宁、更好的民意和更大的认同。"国王给王子出主意,避免再次燃起内战的最好办法是对外作战:"叫不安分的人忙于对外作战;在外用兵打仗,可以消除他们对往日的记忆。"王子誓言:"我一定要以超出常人的努力,/向所有人正当确保我的王权。"

第五幕

威斯敏斯特宫。王宫。国王(亨利四世)去世,新王(亨利五世)继位。大臣们和新王的几个弟弟都在为自己的前途担忧。新王年轻时十分放荡,曾因掌掴大法官,遭大法官囚禁。为此,大法官心里忐忑不安。但他严肃地告诉诸位亲王:"我所做的,都出于荣誉,由我公正的灵魂引导;你们永远看不到,我会可怜巴巴的去乞求不值一提、必定遭拒的宽恕。若诚实、正直都不能让我无罪,我情愿到已故的先王那儿,告诉他是谁逼我来的。"

新王先打消了弟弟们的顾虑,表示他的继位"只是哈里继承哈里","我以上天起誓,并向你们保证,……只让我得到你们的爱,我便承担你们的烦忧:还是为死去的哈里哭泣吧,我也一同洒泪;但活着的哈里,会把每一滴泪珠都变成幸福的时刻"。然后,新王试探大法官:"像我这样有远大前程的王子,怎能忘你加给我的莫大耻辱?怎么!申斥、遣责英格兰王位直接继承人,粗暴地把他送进大牢!这能宽大吗?这能在忘川里洗一下就忘掉吗?"大法官面无惧色,从容应对:"那时您父王把权力赋予我,我代他用权,执行他的法律。……在这番冷静思考后,判决我吧;您已身为国王,那就以国王的身份告诉我,我到底做了什么,与我的职权和身份不符,或有违陛下的王权。"新王听后,不仅不怪罪,反而宣布:"您仍要执掌法律的天平和正义之剑!"新王握住大法官的手,真诚表示:"我年轻尚轻,愿待您如父,……愿将我的意图屈躬在您睿智的指导下。——诸位亲王,我恳求你们相信我,——父王把他的桀骜不驯带进了坟墓,我的恣意放纵也随之埋葬,我愿伴着他的精神严肃生活,藐视世人对我的料想,挫败他们的预言,把他们仅凭我外在品行写下的恶名抹干净。……现在,我要召集议会:让我们选贤任能,使我们伟大的国家,与世上治国最有方的国家平起平坐。"

格洛斯特郡沙洛家中花园。福斯塔夫、巴道夫正与沙洛、沙伦斯等一起饮酒,皮斯托来道喜:"您现在是王国上下顶顶伟大的人物啦!……我马不停蹄匆忙赶到这儿,给您带了消息,带了幸运喜乐和金子般的好日子,带了值大钱的消息来。"一通贫嘴之后,皮斯托郑重地说:"约翰爵士,您乖顺的小羊当了国王。他现在是哈里五世。"福斯塔夫自认好运临头,当即吩咐"快去套马鞍子",向沙洛许愿:"国内的官儿你随便挑一个,挑了就是你的。——皮斯托,我给你双倍的荣耀。"他自信满满地表示:"我知道年轻的国王盼着我呢。甭管什么人的马我们随便骑。英格兰法律我说了算。凡我的朋友,这下有福了;那位大法官活该遭殃!"

威斯敏斯特宫附近一广场。福斯塔夫站在显眼的位置,在等加冕典礼一完,新王由此经过,必会招呼自己。他得意地对皮斯托说:"等他经过这儿,我冷眼看着他,你只管瞧他看我的眼神。"见国王率众过来,福斯塔夫大声喊:"上帝保佑陛下,哈尔国王!我尊贵的哈尔!"新王冷冷地对他说:"老头子,我不认识你:跪下祷告吧;满头白发,还是一个傻瓜、小丑,成何体统!好久我都梦见这样一个人,如此贪吃滥饮、弄得浑身肿胀,又如此苍老,如此粗俗;醒来后,我便鄙视这个梦。从今往后,你要减少肥肉,增添美德,别再贪吃;……"并宣布将他放逐,"像放逐其他把我引入歧途的人一样,不准你在距我方圆十里的地方出现,如有违反,立即处死。至于生活费,我会给足你,不至于逼得你因缺钱而作恶;等我听说你已痛改前非,我会根据你的才能提拔你"。然后,命大法官督办此事。

沙洛要福斯塔夫马上归还欠他的一千镑,先还五百也行。福斯塔夫安慰沙洛别心急:"你刚听到的那些,都是他装的。"

约翰亲王命人把福斯塔夫带到监狱去,然后称赞新王,并踌躇满志地说:"我敢打赌,到不了年底,/内战之火将烧向法兰西;/我听见一只鸟如此鸣唱,/定会唱得国王心里舒爽。"

四、为舞台而写的"历史"人物

(一) 莎剧中的"历史"是莎士比亚的历史

从《亨利四世》素材来源的"原型故事"得知,尽管剧中有些许真实的英格兰历史,但它展现的主要是莎士比亚取自多部编年史的"杂烩"的"历史",即莎士比亚的历史。这也是莎士比亚写史剧的惯用技法。随着莎剧逐步成为文学经典,舞台上的"莎史"越来越把史书里的"英史"覆盖和屏蔽掉,致使有些出彩的剧情变成后人难以甄别的"糟糕历史"。

由此,今天的读者切不可把莎士比亚历史剧混同于英格兰历史,更不能以之替代,因为剧中那些"历史"人物,莎士比亚纯为舞台演出而写,且初衷并非要通过舞台讲述历史,而只是拿历史来表演。或许,莎士比亚只为过一段时间便把攒在手里的几张好牌自信地甩到舞台上,既满足观众,还能挣到钱。诚然,有的牌十分精彩,在舞台一亮相便在观众脑子里刻下深深印记,以《亨利四世》为例,无论身上彰显着英格兰民族精神的亨利王子,还是他的对手、"暴脾气"霍茨波,尤其那个"吹牛的军人"大胖子福斯塔夫,戏剧生命力至今不衰!不用说,作为一部戏,《亨利四世》之所以好看,皆因有福斯塔夫这个"幽默"的"老头子"!

从戏剧结构看,亨利王子与福斯塔夫两个人的联手戏,是贯穿、并撑起整个上下篇的重要支点。比较而言,剧名虽题为《亨利四世》,但国王亨利四世在剧中倒似乎是配角。莎士比亚这样写福斯塔夫,今天的观众(也许主要是读者了),可能会觉得纯属天才匠心的神来之笔,除了叹为观止,无话可说。这样想,自然跟后人距离那个时代太过遥远,对产生其剧情关系的历史背景不甚了解有关。

对此,多佛·威尔逊(John Dover Wilson,1881—1969)早在其《福斯塔夫的命运》(*The Fortunes of Falstaff*)一书中便做了清晰交代:"莎士比亚的《亨利四世》是都铎时代的改编本,这一题材已在英国舞台世代流行很久,直到16世纪上半叶才变成世俗剧。此前,它不过人类得救这一个主题,表现方法有两个:1. 叙事的方式,即以奇迹剧的方式表现从创世纪到末日审判的整个救世主题;2. 寓言的方式,即以道德剧的方式表现个人灵魂受到世间阴谋和恶魔毒计的残害,徘徊于生死之间,并最终得救。这两种方式在舞台上充分展现邪恶,并昭示人类得救的最高主题:黑暗势力终被光明使者打败。随着时代发展,到了中世纪,宗教剧又添了许多花样,剧情延长、并变得复杂,但发展下去则物极必反。人文主义时代一经来临,都铎王朝初期的道德剧愈发显得冗长、乏味,令人生厌。于是,更短、更轻松的道德插剧取而代之。道德插剧不再把人类总体生活作为描写对象,它重在表现青年人及其常犯的丑行恶习……所有这些……都为莎士比亚提供了写《亨利四世》的模式。哈尔称福斯塔夫为'恶魔'(奇迹剧中的角色)、'罪恶'(道德剧中的角色)和'放荡'(插剧中的角色)……一句话,在福斯塔夫与哈尔的剧情关系里,含着一个历经几个世纪的混合神话。这对于伊丽莎白时代意义深远,后人则无法领会。这也是此剧被误解的原因所在。"

顺便一提，宗教剧乃奇迹剧、神秘剧和道德剧的统称。无论如何，由此不难判定，莎士比亚写福斯塔夫也有一个现成的、拿来即用的"原型模式"。

如今，该怎样赏读《亨利四世》呢？当代莎学家乔纳森·贝特（Jonathan Bate）在为"皇莎版"《莎士比亚全集》里的《亨利四世》上下篇两联剧所写导言中，开篇即说："《亨利四世》两联剧是莎士比亚将喜剧、历史剧和悲剧融于一体的巅峰之作。作为历史剧，它描画了一幅英格兰全景图，其社会广度胜过以往任何一部历史剧；剧情从宫廷到酒馆，从议事厅到战场，从城市到乡村，从大主教、大法官到妓女、盗贼，应有尽有。作为喜剧，它讲了一个年轻浪子走向成熟改邪归正的故事，还讲了一个老无赖（福斯塔夫）的生存术，他有一整套开玩笑、说大话，不仅有靠自己脑子，还有能叫'别人的脑子也是因我才有的'的本事。作为悲剧，它展示出一个无法逃避过去的国王缓慢的衰败；一个性急如火的年轻勇士（霍茨波）的突然死亡，这位勇士集荣耀和徒劳无益的英雄主义于一身；还有一位替身父亲（福斯塔夫），他把生父所不能给予的温暖关爱给了王子，最后却被令人心碎地打发掉。"

对于莎士比亚的历史，剧情如何表现呢？乔纳森·贝特指出："《亨利四世》是一部双重戏，满场都是成对的人物。剧中有两对父子：亨利四世和亨利王子；诺森伯兰和霍茨波。还有一对年轻男主角的替身父亲：约翰·福斯塔夫爵士和大法官。还有多对手足兄弟：哈里亲王和约翰亲王；诺森伯兰和伍斯特；霍茨波和他内弟莫蒂默；沾亲带故的老哥俩沙洛和沙伦斯；以及打趣逗乐的江湖兄弟（哈尔在酒店结识的那帮以内德·波恩斯为带头大哥的盟兄弟。）"

事实上，在剧中设置成对人物，是莎士比亚一成不变的戏剧手法，其中最重要（或可说唯一）的原因，绝不在莎士比亚想在艺术上有所突破，而实在是由于舞台狭小。单以1599年落成的环球剧场为例，台上可供表演的空间十分有限。因此，在剧中设计一场又一场成对人物的联手戏或对手戏（甭管他们是否父子、或兄弟、或仇敌），成为常态。换言之，无论在大一点、长一点，还是小一点、短一点的场景，总有两个人或"联手"或"对手"的戏走马灯似地上演，以此推进剧情，并牢牢吸住观众眼球，吊足观众胃口。说穿了，莎剧秘籍只有一条：为舞台而写。

诚然，让人物在舞台上成对出现，只是莎剧之妙的外在形式，驾轻就熟地运用各种显性、隐性对比塑造和刻画人物，才是其内在之堂奥。拿《亨利四世》（上篇）来说，国王与王子、哈尔与福斯塔夫这两对人物的联手戏，同亨利王子和霍茨波这对人物的对手戏，构成了三足鼎立的戏剧结构。此外，纵观上下篇，类似的联手戏很多，对剧情和结构起到不可或缺的承转启合和烘托作用，包括哈尔与波恩斯、伍斯特与弗农、约克大主教与毛伯雷、福斯塔夫与巴道夫、福斯塔夫与老板娘桂克丽、桂克丽与妓女道尔、福斯塔夫与道尔、福斯塔夫与侍童,等等,不一而足。两相比较,对手戏少一些。尽管下篇有两个对手戏:约翰亲王(及威斯特摩兰)与约克大主教、福斯塔夫与大法官,但从整个结构来看,下篇显得比上篇略弱,剧情似也不如上篇精彩。但下篇的戏谑、甚至胡闹场景多过上篇,尤其福斯塔夫一出场就少不了插科打诨,再加上与桂克丽斗嘴、与道尔调情、招募新兵等桥段,使下篇的喜剧效果明显超过上篇。或者说,福斯塔夫在下篇里比上篇更放荡、更贪色、更无赖,也更逗乐、更有趣,同时也使他最后遭弃显得更悲凉。

(二) 两个"亨利":亨利四世与亨利王子

"整个王国如此动荡,满目疮痍。"这是《亨利四世》(上篇)一开场,国王(亨利四世)说的第一句话。为结束内战,不忍再看手足相残,国王决定"立刻征召一支大军",远征圣地耶路撒冷,"把那些异教徒驱逐"。恰在这时,传来莫蒂默和霍茨波各自所率王军在威尔士和苏格兰边境激战的军情,前者落败被俘,后者刚结束厮杀,胜局已定。远征计划只得取消。

然而,国王始终不忘对外作战这项基本国策,临终前,他一再叮嘱儿子:"我的哈里,你的策略是:叫不安分的人忙于对外作战;在外用兵打仗,可以消除他们对往日的记忆。……这王冠我是怎么弄到手的,啊,上帝,宽恕我;愿它让你安享真正的和平!"可见,国王心里非常清楚,是他不择手段攫取王冠导致了国内叛乱四起。他希望通过儿子合法继承他的王位,使他的攫取变得合法,以实现王国"真正的和平"。说完,当他问明旁边的寝宫是"耶路撒冷厅",便瞬间宿命地感觉,此处应是他寿终正寝之地:"赞美上帝!——想必我会在这儿结束此生。许多年前曾有预言,说我只要人不在耶路撒冷,就不会死,我还异想天开以为指圣地。——抬我去那间屋;我要死在那儿。/哈里死也要死在那间耶路撒冷。"【4.5(下)】

亨利四世自称"哈里",他对儿子(威尔士亲王)昵称"哈里"。故此,《亨利四世》(下篇)第五幕第二场,当国王去世,哈里王子继位,成为亨利五世之后,跟包括约翰亲王在内的三个弟弟见面,说的第一句话是:"弟弟们,你们在哀伤中混杂了些恐惧:这是英国宫廷,不是土耳其宫廷;不是阿木拉继承另一个阿木拉,而只是哈里继承哈里。"为打消弟弟们心底的恐惧,新王特意拿"阿木拉"举例。阿木拉(Amurah)即土耳其苏丹穆罕默德三世(1566—1603),于1574年继位之后,把16个弟弟全都绞死。其后,他的继任者如法炮制,也将所有兄弟处死。因此,对内心充满疑虑、甚至恐惧的弟弟们来说,"只是哈里继承哈里"这句话如同一颗定心丸。(从时间即可判断,这句台词是莎士比亚说的,因为生于1387年的亨利五世比阿木拉年长179岁。)

接着,新王又以慈父般的兄长口吻,安慰尚沉浸在丧父之痛中的三个弟弟:"既如此,那就哀伤吧;但好兄弟们,别悲伤过头,所有的痛苦我们共担。对于我,我以上天起誓,并向你们保证,我愿是你们的父亲,也是你们的兄长;只让我得到你们的爱,我便承担你们的烦忧:还是为死去的哈里哭泣吧,我也一同洒泪;但活着的哈里,会把每一滴泪珠都变成幸福的时刻。"【5.2】

昔日那个放荡浪子,真变成一代人君英主了吗?

至少约翰亲王心存疑问,直到新王正式宣布,仍由大法官"执掌法律的天平和正义之剑",并宣布放逐福斯塔夫,他才心安:"国王这样处理,我很满意。他本打算把他往日那些手下的生活安顿好,这下把他们都放逐了,直到他们的品行在世人眼里变得明智、谦逊再说。"【5.5(下)】

要知道,曾几何时,这位放荡王子曾在枢密院当众掌掴大法官,被大法官判处囚禁,事后还遭到父王严训:"你因行为过激,已失去枢密院的职位,由你弟弟补缺;你在整个宫廷和王室贵族的心里,几乎形同路人。"【3.2(上)】而今,新王竟不计前嫌,——"您确实监禁过我,为这个,我也要把您一直用的、从未玷污过的佩剑,再交给您;记住这一点,——您要像当初对我那样,大胆、公正,以不偏不倚的精神使用它。"——并把大法官认作义父,"愿将我的意图屈躬在您睿智的指导下。"【5.2(下)】

要知道,福斯塔夫才是众人眼里新王最该报答的义父,可眼下,新王竟下令把他放逐了!

到这个时候,约翰亲王才真的相信这位新国王的允诺:"诸位亲王,我恳求你们相信我,——父王把他的桀骜不驯带进了坟墓,我的恣意放纵也随之埋葬,我愿伴着他的精神严肃生活,藐视世人对我的料想,挫败他们的预言,把他们仅凭我外在品行写下的恶名抹干净。"【5.2(下)】

在此,必须先提一下,这位直到上篇第五幕第四场什鲁斯伯里两军阵前才露脸,台词没说几句,角色作用更无足轻重的约翰亲王,在下篇变得举足轻重了。莎士比亚这样做,无非拿这个少年老成,在福斯塔夫眼里从来不苟言笑的约翰亲王,跟放浪王子形成鲜明对比。兄弟俩的直接对比,来自两场决定性的战役:可以说,上篇的重头戏,什鲁斯伯里之战的胜利,是亨利王子以一己之神勇,击败道格拉斯、救下父王、杀了霍茨波,出生入死赢得的;下篇的重头戏,约克郡高尔特里森林之战的胜利,则是约翰亲王靠公然背信弃义,撕毁与约克大主教所率叛军商定的和平协议,不费吹灰之力赚得的。

诚然,可以替老谋深算的约克大主教美其名曰,是他对和平的渴望蒙住了军事谋略的双眼,他竟然愚蠢到盲信一纸协议,立刻下令解散军队。而年轻的约翰亲王深谙兵不厌诈,签下协议,兵马未动,转瞬之间,不仅将约克大主教、毛伯雷擒获,并下令追击叛军。

乔纳森·贝特认为,约翰亲王在此用了"马基雅维利的策略",并由此反问:"莫非这意味着哈里亲王成了马基雅维利的忠实信徒?"因为主张为政治目的不择手段的马基雅维利认为,一个有为的君王可以指使别人为自己干下卑鄙勾当。

从文本来看,贝特的反问显然不成立。首先,1422年亨利五世去世时,马基雅维利(Machiavelli,1469—1527)还没出生。因此,即便约翰亲王巧施这个"策略",也是莎士比亚"指使"他干的。其次,倒能从中觉出,莎士比亚似有意将这位"属于未来"的哈里亲王,塑造成不耍奸弄诈的信义之君。因为他那始终无法"逃避过去"的父王,正是用这样的"策略",不仅篡了王位,还指使人谋杀了理查二世,直到临终还饱受罪孽的煎熬:"上帝知晓,我的儿子,我以不光彩、不正当的手段把这顶王冠搞到手;我心里也十分清楚,它戴我头上,惹来多少麻烦:戴你头上,它会得到更多的安宁、更好的民意和更大的认同;因为攫取王冠的所有污点将随我一起入土埋葬。"【4.5(下)】除了"攫取王冠",从什鲁斯伯里之战同样可见国王乃使诈高手:他为迷惑叛军,命许多将领穿上国王的罩袍。

有了以上铺垫,可以更进一步对比两个"亨利",其中有两重对比清晰可见:一,是篡位国王与放荡王子的对比;二,国王对在取得王位过程中力挺、襄助过自己的贵族,尤其珀西家族,可谓忘恩负义,背信弃义,而王子"忘恩""背弃"的只是成天跟自己鬼混的福斯塔夫。

尽管国王与王子同时出场的联手戏不多,只上篇、下篇各有一场在王宫的戏,但其在结构上的作用十分重要。

上篇第三幕第二场,痛斥王子之前,国王先自责一番:"我不知这是否上帝的安排,还是我所作所为(指自己犯下的篡位、并谋杀理查二世的罪孽)冒犯了上帝,因此,上帝才暗中审判,给我养出这样的后代,报复我,惩罚我;而你的人生经历又使我相信,你生来就是要猛烈报复我,做上天的鞭子,惩罚我的罪孽。否则,告诉我,像这种放纵、下贱的欲望,这种可怜、卑鄙、低俗、恶劣的行为,这种无聊的娱乐、粗鲁的伙伴,所有这一切,配得上你伟大的血统吗?与王室高贵的心灵相称吗?"王子很诚恳:"我愿坦白承认,由于年纪尚轻,误入歧途,确实做了一些错事,请宽恕。"

之后,国王向王子传授故作低调的为人之道、权谋之术:"由于我很少抛头露面,一旦像彗星一样出现,便引起轰动,……我用取自上天的所有礼貌,摆出一出谦恭姿态,赢得了民众内心的效忠,他们甚至当着国王的面,向我发出欢呼致敬。就这样,我让自己的形象保持新鲜,每一次露面,便像教皇的袍服,不引起惊叹,绝不出现:我的威仪也这样,极其罕见,却极尽奢华,……而那位轻浮的国王,……糟蹋了自己的尊严,跟喋喋不休的傻瓜(指弄臣、小丑)瞎混,任凭他们的讥笑亵渎他伟大的名字;……他与市井小人结伴为伍,为讨好百姓,他恨不得把自己卖喽。……你就是这类人,哈里,这正是你的处境,你因结交低俗的市井下三滥,已失去王子的尊严:你的丑行恶态谁都看烦了,没人理你。只有我,还惦记多看你两眼。"王子再次诚恳表示:"最仁慈的父王,从今往后,我说话做事,一定更符合王子身份。"

然后,国王道出他最担心、害怕的:"无论哪个方面,这时的你都正如当年的理查,那时我刚从法国回来,在雷文斯堡登陆;而当年的我又恰似眼前的珀西。现在,以我的权杖,再加上我的灵魂起誓,比起你这个影子似的王位继承人,他更有荣耀的资格登上王位:他没有正当权利,连正当权利的借口都找不着,可他的铁骑却在王国各处驰骋,挥师向武装到牙齿的狮子挑战。他年纪不比你大,却能带领卓有声望的贵族和令人尊敬的主教,挑起血腥的厮杀和毁灭性的战争。"

国王为何如此担心珀西(霍茨波)呢?对此,他在上篇第一幕第一场便从霍茨波桀骜不驯、敢于拒交俘虏有了切身感受:"我已失掉君王应有的尊严,而骄傲者从来只向骄傲者致敬。"并从伍斯特的眼睛里"看到了险恶与不忠:啊,先生,你在我眼前一站,那架势有多么骄狂、专横;君王决不容忍臣仆的眉宇间,露出凶险的神情"。

珀西家族又为何敢于犯上谋反呢?上篇第四幕第一场,先是终于了解内情的霍茨波,慷慨陈词,对这位篡位的国王十分鄙夷:"我父亲、我叔叔和我,把他现在享有的至尊王权给了他;那时候,他身边不过二十六个随从,饱受冷遇,可怜巴巴;一个贫穷、遭漠视的放逐之人(理查二世放逐了亨利·布林布鲁克,亨利父亲死后,亨利回国,但应由他继承的土地和封号已被理查二世剥夺。)偷偷回来,我父亲迎他上岸。他亲耳听见他对上帝发誓,说回国只为继承兰开斯特公爵之位,恳求恢复名下的土地和封号,与国王寻求和解;他流着无辜的眼泪,言辞恳切,诚心可鉴,——我父亲一时心软,顿生悲悯,立誓相助,并付诸行动。……很快,——大人物就明白自己何其尊贵,……野心越来越大;……单凭这副貌似正义的面目,他赢得了想要谋取的人心。他继而着手下一步行动:——趁国王(理查二世)亲征爱尔兰之机,把国王留下来代理朝政的所有宠臣,一个不剩全都砍了头。"对这血腥的一幕,国王自己从没忘过,在下篇第四幕第五场,他在临死前对王子直言:"最初,我靠他们的凶猛厮杀登上王位,所以,我有理由心藏恐惧,怕他们再次以武力手段把我取代:为避免这种情况发生,我把他们砍了。"

由此,又完全可以理解,为何伍斯特对国王一直怀有不臣之心,并终于在什鲁斯伯里决战前夕去国王营帐谈判时,对国王毫不留情,严词指斥:"可我必须提醒你,陛下,我们是你最早、最诚挚的朋友。为你,理查当朝时,我弄断权杖(伍斯特伯爵原为理查二世的宫廷总管,后辞官不做,效忠布林布鲁克。),纵马星夜飞奔,半路迎你,吻你的手;那时,你的地位、身价远不及我的牢固、幸运。是我,我哥哥和他儿子,大胆藐视当时种种危险,护送你回家。你向我们发誓,……绝无半点威胁王国的图谋,……为你这一要求,我们发誓出手相助。但很快,幸运像雨点一样掉在你头上,……你是我们养壮的,可对我们却像布谷鸟对麻雀一样残忍(布谷鸟把蛋产在麻雀之类别的鸟的巢穴,待幼鸟长得身强力壮,将麻雀挤走,把巢穴占为己有。),——硬占了我们的巢穴;你在我们喂养下长成一个庞然大物,却弄得我们中爱你的那些人,甚至不敢走进你的视线,怕被你一口吃掉。为了自身安全,我们展开敏捷的翅膀,被迫飞出你的视线,集结起现在这支军队;我们之所以反对你,全是你自己这些因造成的果:你冷酷无情,一脸凶相,违背了我们对你的所有信任和你在起事之初向我们立下的完整誓言。"从此也可见出莎士比亚戏剧结构上的精妙。

对珀西家族所做的一切,国王心知肚明。但王位在手,他已不在乎这些,他只在乎如何保住王位。因此,他要激起王子的豪勇血性。

激将法起了作用,王子当即掷下誓言:"我要用珀西的人头赎回我的罪孽:总有那么一次,打了胜仗之后,我身穿血染的征袍,脸上涂着一副血面具,向您放胆直言:我是您的儿子。清洗满脸血污之时,便是我刷掉耻辱之日。……陛下,珀西只是我的代理人,他不过以我的名义积攒起光荣的业绩;我得跟他算清这笔账,要他放弃所有辉煌,……以上帝的名义,我在此承诺,一定说到做到:假如事成之后,我命犹在,恳求陛下可以治愈我那放纵养成的长年创伤;假如功败垂成,生命的终结便将所有欠债一笔勾销。我宁愿死十万次,也不愿丝毫违背这一誓言。"国王要的就是这一句,他欣慰地说:"这一誓言可消灭十万叛军:——我非常信任你,有重任相交。"

然而,接下来,剧情又安排王子没事人似的回到野猪头酒店,继续过逍遥自在的浪子生活,父王的训斥仿佛耳旁风一般,直到第五幕第一场,在什鲁斯伯里的国王营帐,浪子摇身一变,成了一位威风凛凛的勇士,让前来谈判的伍斯特带话给霍茨波,要与他"单打独斗"。再之后,便是在第五幕第四场,王子负伤,不仅不撤出战斗,反而愈战愈勇,危急关头杀退道格拉斯,救了国王一命。这时,国王的一句心里话"你已挽回失去的名誉,这次你救了我的命,表明你对我还有几分关心"给了王子洗白自己的最好时机:"啊,上帝!他们把我害惨了,说我巴不得你死。如果真这样,我完全可以任由道格拉斯对你痛下杀手;那会像世上所有毒药一样迅速要你命,省得你儿子背信弃义。"

什鲁斯伯里之战,使两个"亨利"结成一条心。

两个"亨利"第二场、也是最激烈而精彩的联手戏,发生在下篇第四幕第五场。

在此之前,国王的身体每况愈下,经常彻夜难眠。他甚至诅咒睡眠为何要与国王结仇:"你为何情愿倒在烟熏火燎的茅屋里,躺在不舒服的草垫上伸展四肢,任由夜蝇嗡嗡着催你安然入梦,却不肯来伟人熏香的寝室,躺在富丽的床帐里,伴着最甜美的乐音入眠?"

第四幕第四场,当威斯特摩兰向国王禀报高尔特里森林平叛之战的胜利:"约翰亲王,您儿子,命我向您吻手致敬。毛伯雷、主教斯克鲁普、海斯汀及所有反叛,都已受您法律惩罚。现已再无反叛之剑出鞘,和平之神四处插满橄榄枝。"他并未显得多么喜悦。紧接着,又传来捷报:"诺森伯兰伯爵和巴道夫勋爵所率由英格兰人和苏格兰人组成的大军,已被约克郡郡长击溃。"可这些令人振奋的好消息,却让国王感觉身体不适:"莫非命运女神永不双手同时捧满厚礼,而只会用最污秽的字母写下最美丽的词句?……此时听到这样的好消息,我该高兴才对,可我觉得头晕目眩。——天哪!靠近我,我难受死了。"

第四幕第五场,国王自知来日无多,命人立召王子进宫,并叫人取来王冠,放在枕头上。然后,众人退去。身心俱疲的国王安然入梦。恰在此时,王子进来,见王冠置于枕上,而父王竟然没了呼吸,他一边慨叹"仁慈的陛下!我的父亲!——这真是酣睡;这酣睡使多少英国国王与这顶王冠永诀。您应从我这儿得到泪水和身心沉痛的伤悲,这些本是我的天性、真爱和孝心应丰饶付给您的,啊,亲爱的父亲!"一边取了王冠,戴在头上离开。

国王尚未断气,王子却偷取王冠,致使波澜突起,父子一下成为对头。在此,不能不惊叹,莎士比亚总有本事在剧情的自然推进中,一次又一次制造出乎意料的冲突,并于不经意间把冲突制造得扣人心弦,然后在冲突的峰顶,再让冲突安全降落。

以两个"亨利"的这场联手戏为例,国王醒来,不由分说责骂王子:"哈里,你心随所愿了:我活得太久,叫你等得心烦。你如此渴望我空出的王座,不等时机成熟,先把王冠戴上,是这样吗?啊,愚蠢的青年!你死命追求威权,威权迟早把你压垮。……你偷的那个东西,再过几个小时,将合理合法的属于你;可你却在我临死之际,又印证了我对你的担心:……你思想里深藏一千把短剑,在你铁石的心上磨砺,刺向我只剩半个小时的残生。怎么?连半个小时都不能忍吗?……现在,嘲弄一切成规的时刻就在眼前:——亨利五世加冕王!……游手好闲的傻瓜们,都从各地向英国宫廷聚集吧!现在,邻国总算可以清除人渣了:赌咒、酗酒、跳舞、夜里狂欢、拦路抢劫、谋财害命,用最新的手段犯下最旧的罪恶,这样的恶棍,你们有吗?欢笑吧,……因为哈里五世把阻止野狗咬人的口套扯了下来,那狗牙会咬进每个无辜者的肉里。啊,我可怜的王国,内战使你病倒!当我心力所及,尚不能抑制暴乱;一旦你孤身面对暴乱,该如何是好?啊,你又将变成一片荒野,百姓将和狼群,你的老住户,比邻而居!"在国王看来,这个"死命追求威权"的未来国王,将把英格兰引向暴乱、毁灭。

王子祖露心扉,为自己辩解:"上帝为我作证,我刚一进来,见陛下没了呼吸,我的心一下子冰冷透底!……刚才进来看您,以为您死了,——想到您死了,陛下,我也差点没命;——我对着王冠说话,把它当成活物,这样训斥它:'与你共生的焦虑毁了父亲的身体;因此,你,是最纯的黄金,也是最劣的黄金;别的金子,倒因不如你纯,可以入药保命,比你更金贵,而你,最精纯,最荣耀,最显赫,却会把戴上你的人吃掉。'就这样,尊贵的陛下,我边指责它,边把它戴在头上,与它争辩,好比有个敌人要当我面害死父亲,我作为真正的王位继承人,非同他格斗不可。……"

国王转瞬顿悟:"啊,我的儿子,上帝给你把它拿走的想法,是为了让你通过如此机智的巧辩,赢得更多父爱!过来,哈里,坐我床边,听我可能是这辈子的最后一次忠告。(亨利王子起身。)……王冠对于我,似乎是一只不守规矩的手硬抢来的尊荣,很多活着的人骂我靠他们出手相助才得到它;这些责骂每天都在滋长争斗和流血,伤害了应有的和平:你亲眼看见,我对这些可怕的祸根,冒着危险一个一个击退,我的整个统治只不过演了一出情景剧。现在,我的死把这出戏的基调变了:本不该由我继承的东西落在你身上,就公正多了。所以,你戴王冠名正言顺。可是,尽管你比我当初站得稳,却还不够牢靠,因为冤情尚未治愈;我的所有敌人,我刚拔掉他们的利刺尖牙,你必须把他们都变成自己的朋友;……眼下,我打算把许多人派往圣地,免得他们闲来生事,惦记我这近在咫尺的王位。"

至此,从上篇开始引出的整个这部两联剧的所有冲突,水落石出了。这时,正好解答国王眼里那个"影子似的王位继承人"——浪子,与"属于未来"的那个国王——亨利五世,是同一个人!

原来,这一切都是王子在自我进行着"内我"(王子)与"外我"(浪子)的对比,或可以说,《亨利四世》的核心就是莎士比亚让王子自导自演一出浪子当国王的戏。这也是王子迥异于国王的地方,其实,早在上篇第一幕第二场,王子便设计好了自己的未来之路:"我要仿效太阳:暂时允许恶浊的乌云,向世人遮住它的壮美。但当它来了兴致,只要它愿意,它便冲出要把它窒息的邪恶、丑陋的云雾,再现辉煌,令久违了的人们更为惊叹。倘若人们一年到头休假玩耍,游乐便像工作一样冗长乏味;人们期盼假期,只因以稀为贵;也只有稀罕事,能叫人兴致满怀。因此,我一旦抛弃放浪形骸,还清从未承诺要还清的欠债,我一定远比允诺过的做得更好,从此破除世人对我的偏见。像暗底衬托发亮的金属,我要让自新在过错上闪光;只有错误陪衬下的改过,更显精进、更引人注目。"

王子的这一为人处世之道,又与国王当初在理查二世面前故作姿态的低调,形成一种对比,构成一种暗合。

如此,王子在下篇第四幕第五场,第一眼见到枕头上的王冠时所说的话,便是自己许给未来的誓愿:"亲爱的父亲!我应从你那儿得到这顶王冠,论地位和血统,我乃直接继任者,它应传给我。(取王冠置于头上。)瞧,王冠戴头上了,——上帝要保护它;哪怕全世界的力量都集于一只巨大的手臂,它也休想从我头上把这继承的荣耀夺走。您把这顶王冠传给我,我会照样把它传给下一代。"

尽管这时尚未正式加冕,但这个时候,王子完全不在意,他试戴在头上的这顶王冠,是父亲从别人(理查二世)头上攫取来的。

关于加冕,多佛·威尔逊特别提到《亨利四世》中有两次加冕典礼:一次是上篇第二幕第四场,在野猪头酒店,给英国的罗马酒神巴克斯(福斯塔夫)加冕,福斯塔夫随便拉把椅子当王座,头上顶个垫子当王冠;另一次是下篇第五幕第五场,哈里王子加冕为亨利五世。

虽然第一次加冕不过哈里王子同福斯塔夫喜剧式的逢场作戏,逗趣开心,第二次才是他在重新任命大法官之后真正加冕,并随后立刻放逐了福斯塔夫,但威尔逊想由此表达的是:"英国民族精神起飞向来需要两个翅膀:自由和秩序。在所有莎剧中,《亨利四世》表现英国民族精神最明显,也最完全。……对莎士比亚而言,他体现的是贵族义务、恢弘气度、高尚行为、尊重法律,及对责任忘我的献身精神,这些都是历来人们理想中一个公仆所必备的美德。"莫非莎士比亚一开始就想好了,要把浪子回头的亨利五世塑造成具备所有这些美德的一代明君圣主?

今天回首再看《亨利四世》两联剧和《亨利五世》这一完整的史剧"三部曲",不言自明,《亨利四世》是《亨利五世》的前奏。毕竟,在当时英国人眼里,只在位九年的亨利五世乃雄才大略之君王,阿金库尔一战击败法兰西,这是中世纪任何一位英格兰国王从未取得过的辉煌战绩。

或许,莎士比亚最初写《亨利四世》(上篇)时,根本没想过这些。有什么关系呢,因为一代又一代后人所说的莎士比亚,早已超出了莎士比亚自身。

(三) 两个"哈里":亨利王子与霍茨波

出于塑造人物的需要,剧情除了把王子和霍茨波俩人年龄拉平,还让他俩的昵称有一种对应,一个是哈里·珀西(霍茨波),一个是哈里·蒙茅斯(亨利王子),两个"哈里"(Harry)。最后什鲁斯伯里决战,前一个反叛的哈里被消灭,后一个哈里成为英格兰之"星",实现了霍茨波开战前所说:"哈里对哈里,烈马对烈马,不拼杀到俩人有一具尸首掉下马来,决不罢休。"【4.1】

"霍茨波"(Hotspur)是音译,有脾气暴躁、心急如火之意,恰是哈里·珀西的性情写照,他赢得这个绰号可谓实至名归。估计梁实秋在译这个绰号时,一下联想起《水浒传》中的秦明,遂给哈里·珀西起名叫"霹雳火"。从字义来看,似乎"暴脾气"更妥帖。

另外,"霍茨波"的拼法由"热(Hot)"和"马刺(spur)"两词相加而成。由此,在下篇第一幕第一场,特拉弗斯向诺森伯兰禀告什鲁斯伯里之战的军情时,说的是"叛军厄运临头,血气方刚的哈里·珀西马刺已冷。"他用"马刺已冷"表明霍茨波已战死疆场。这个比喻很妙,因为人活在世,骑在马上纵横驰骋,须不断踢马刺,策马飞奔,直踢到马刺发热,疆场之血腥残酷可见一斑;骑手一死,马没人骑了,马刺自然变冷,故而诺森伯兰反问道:"'热刺'变'冷刺'了? 叛军遭了厄运?"这样的用词之妙,中文翻译完全可以体现出来。

两个"哈里"在什鲁斯伯里决战前,从未在剧中谋面。他俩的对比,都是经别人之口。而此之前的所有对比,似乎都预示着一旦战场相遇,哈里王子绝非霍茨波的对手。只有王子自己不这样想。莎士比亚为将《亨利四世》中的放荡王子,最终在《亨利五世》里变成一位远征法兰西的英勇国王,得颇具匠心地让他在两个"哈里"的对比中后来居上。

一开始,霍茨波在两个"哈里"的对比中明显占上风。第一幕第一场,亨利四世慨叹:"一万名英勇的苏格兰人和二十二名骑士,陈尸在霍尔梅敦原野他们自己的血泊里。……擒获的俘虏中,有败军之将道格拉斯的长子法伊夫伯爵莫达克,"还有几位伯爵。这"值得君王骄傲的战绩"是神勇的霍茨波赢得的。由此,国王立刻嫉妒起诺森伯兰,因为他儿子霍茨波:"是众口称颂的焦点,是林海最挺拔的秀木,是命运女神的宠儿、骄子。"转念一想,"再看我儿子,年轻的哈里,眉宇间却玷污了放荡和不名誉。"

显然,在国王眼里,两个"哈里",一个英雄,一个浪子,完全不具可比性。因此,国王郁闷之极:"啊!但愿能证明,有哪个夜游的小精灵把这两个孩子在襁褓中调了包儿,我儿子叫'珀西',他儿子叫'普朗塔热内'(普朗塔热内[Plantagenet],亨利王朝的王室姓氏。亨利王朝亦称'金雀花王朝'[1154—1485],也称'安茹王朝'。)这样,他的哈里归我,我儿子归他。"

但在击败苏格兰猛将,取得霍尔梅敦之战的胜利后,霍茨波开始向国王派来的娘气十足的大臣叫板,以至亨利四世得到回信,感到"小珀西如此骄横",竟敢把擒获的俘虏全都留下。霍茨波班师回朝,面见国王,试图解释:"瞧他衣着光鲜,香气扑鼻,像大户人家侍女似的,谈着枪炮、战鼓和伤口,我都气疯了。……陛下,他喋喋不休,说了一堆废话,我的应答,如我所言,又心不在焉。恳求陛下,别让他对我的指控,损害我对陛下的忠心。"【1.3】

这时,围绕俘虏,剧情转折点出现了:因霍茨波的内弟莫蒂默进攻威尔士被俘,霍茨波上交俘虏的前提条件是,国王必须答应把莫蒂默赎回。而对国王来说,这是不可逾越的底线:"以我的灵魂起誓,这家伙率军与大魔法师、该下地狱的格兰道尔作战,故意将手下全部出卖。我听说,马奇伯爵最近娶了格兰道尔的女儿。难道要花光国库的钱,去赎回一个叛徒?他们打了败仗,丢人现眼,难道要我跟这种可怕的人签约,花钱买叛徒?不,让他在荒山饿死吧!谁若摇唇鼓舌,要我花一便士把反贼莫蒂默赎回来,他永远不是我朋友"。霍茨波试图为莫蒂默开脱,国王震怒:"你为他谎报军情,珀西,你在替他撒谎。他根本没和格兰道尔交手激战:我告诉你,他敢独自与魔鬼相会,也不敢以欧文·格兰道尔为敌。你不觉得丢脸吗?够了,小子,以后别再跟我提莫蒂默。尽快把战俘交给我。"【1.3】

起初,霍茨波只是背着国王大发脾气,向父亲诺森伯兰、叔叔伍斯特连声抱怨:"哪怕魔鬼亲自出马,咆哮着要我交出战俘,我也一个都不给。""别提莫蒂默?以上帝的伤口起誓,我非提不可。我若不跟他联手,就叫我遭诅咒下地狱。""他非要我交出全部俘虏;当我再次向他提及赎回我内弟,他一下子气得脸发白,盯住我的脸,那眼神吓死人;好像一听到莫蒂默的名字,他就发抖。"

至此,伍斯特一句"难怪他这样:死去的理查王不是公开宣布,他是最近的血亲吗?"霍茨波闻听,忽觉大梦初醒。原来,莫蒂默是理查二世王位的合法继承人,而理查王按诺森伯兰所说"正在远征爱尔兰的路上,中途遇拦截,王位遭废黜,不久,又被人谋杀"。霍茨波向父亲求证:"理查王当时真的宣布过,我内弟莫蒂默为王位继承人吗?"诺森伯兰回答:"千真万确,我亲耳听见的。"

这下好了,既然国王不仁在先,谋杀了理查王,又拒绝赎回被俘的莫蒂默,便休怪霍茨波不义在后,他义正词严地对诺森伯兰和伍斯特说:"你俩都有份儿,愿上帝宽恕！——折掉理查这朵芬芳可爱的玫瑰,种下布林布鲁克这一棵荆棘、这一株野玫瑰。——难道你们想忍受更多屈辱,继续为他背负骂名,最后被他愚弄、遗弃、丢掉吗？不！你们还有时间,来得及挽救失去的名誉,从世人眼里重新赢回好名声。向这个傲慢国王的嘲弄和蔑视进行报复吧！他日思夜想要以你们血腥的死亡,偿还对你们的所有欠债。"

于是,霍茨波决定释放苏格兰战俘,在苏格兰招募军队,把所有反对篡位的国王——"这个邪恶的阴谋家布林布鲁克"——的人,包括诺森伯兰、格兰道尔、莫蒂默、道格拉斯、约克大主教联合起来,组成一支强大的叛军,向亨利四世"进行报复"。不过,他始终没说,要为莫蒂默赢得王位而战。

这样一来,昨日为国而战的英雄,转瞬之间变成今天反叛国王的死敌！

霍茨波典型体现着旧式的骑士精神,视荣誉高于一切。他活着只为通过打仗赢得荣誉,对儿女情长毫无兴致,什鲁斯伯里决战前他夫人的话便是明证："我半梦半醒,耳闻你在浅浅的梦境,喃喃自语铁血的战争,用操控的口令,吆喝你跳跃的战马：'拿出勇气！冲向战场！'——你嘴里不停念叨着前进、撤退、战壕、营帐,还有防御工事、外堡、胸墙、大炮、重炮、长炮,以及战俘的赎金、被杀的士兵,等等,说的全是一场血腥的厮杀。你心底想着战争,睡眠中激动不已,额头沁出汗珠,犹如一条刚受惊扰的溪流泛起的泡沫；你脸上的神情十分怪异,活像有人突然接到什么重大命令,一下子屏住了呼吸。"【2.3】

不过,对这位令人畏惧的哈里,另一个哈里从没怕过。在哈里王子眼里,这个勇冠三军的哈里没什么了不起,他在野猪头酒店第一次提及霍茨波时,不无揶揄地说："我现在跟珀西,就是北方的那个'暴脾气',想法还不一样；吃早饭时,他杀了七八十苏格兰人,然后洗洗手,对老婆说：'呸,该诅咒的无聊日子！我要做事儿！''啊,我亲爱的哈里,'他老婆说,'你今天杀了多少人？''给我的枣红马灌点药,'说完这句再回答：'大约十四个吧,'过了一小时,又说：——'小意思,小意思。'"【2.4】

正因为此,当福斯塔夫被强大的叛军吓得心惊肉跳,一连串追问"哈尔,你不担惊受怕吗？身为王位继承人,世上还能给你挑出像魔鬼道格拉斯、魔精珀西、魔怪格兰道尔这样的三个敌人吗？你不吓得发抖吗？听到这消息,你的血没变冷吗？"的时候,哈里王子神闲气定地表示："以信仰起誓,一点也不。"【2.4】

为进一步制造戏剧冲突,也为更加凸显霍茨波有勇无谋的性格和格兰道尔盲目自大的性情,第三幕第一场中间穿插了一场霍茨波与格兰道尔俩人貌似联手、实在对手的精彩好戏。这场戏是上篇剧情的一个拐点。先是两人或不失诚意地互相吹捧,格兰道尔寒暄："好贤侄,兰开斯特(称王前的亨利四世)一听人提起你这个绰号,就脸色煞白,连声叹息,巴不得你升天堂。"霍茨波回敬:"他一听人提及欧文·格兰道尔,便恨不能你下地狱。"紧接着,俩人便开始话语交锋:

格兰道尔　这不怪他:我出生时,天穹布满火红的形体和燃烧的火炬。在我落生那一刻,大地的框架和基础像懦夫一样瑟瑟发抖。
霍茨波　　咳,即使你没落生,你母亲的猫生小猫,那季节也是这种天象。
格兰道尔　我是说,我出生时,大地在震颤。
霍茨波　　若你觉得它是被你吓得发抖,那我要说,我跟它想法不一样。
格兰道尔　漫天流火,大地颤抖。
霍茨波　　啊!大地因漫天流火而颤抖,并不是怕你降临人世。患病的自然时常突发怪异的天象;丰饶的大地常受一种疝病之痛的困扰,那是因为不守规矩的风,被囚禁在大地的胎宫里,这风使劲儿扩张,震动了老态龙钟的大地祖母,弄塌了尖塔和蔓生苔藓的古堡。你降生时,正赶上大地老祖母犯这个病,疼痛难忍,浑身颤抖。
格兰道尔　贤侄,好多人这么顶撞我,我都忍不了。我再跟你说一遍:我出生时,天穹布满火红的形体,山羊飞奔下山,畜群在充满恐惧的旷野发出怪叫。这些征兆无一不显示,我乃非凡之人;我平生所经历的一切都表明,我绝非等闲之辈。——在拍岸的大海环绕的英格兰、苏格兰和威尔士全境,——有谁可对我施教,堪为我师?又有哪个女人生的儿子,能在繁复的学识上追随我,能在精湛的魔法上与我比肩?
霍茨波　　我看你的威尔士话(胡言乱语之意)说得比谁都溜。——我要去吃饭了。
莫蒂默　　别说了,珀西贤弟,你会把他逼疯的。
格兰道尔　我能从巨大的深渊里召唤精灵。
霍茨波　　嘿,我也能,随便谁都能。可到你真召唤的时候,他们来吗?
格兰道尔　哈,贤侄,我可以教你怎么指使魔鬼。
霍波茨　　老伯,我可以教你如何用真话羞辱魔鬼:说真话叫魔鬼蒙羞。——你若有能力把他从深渊召到这儿来,我发誓,我就有力量叫他蒙羞而去。啊,只要你活着,就要说真话,叫魔鬼蒙羞!【3.1】

霍茨波与格兰道尔能够精诚合作吗?莫蒂默不无担心,他奉劝说:"我该告诉你吗?他对你的性情十分敬重,你顶撞他时,他极力克制自己的烈性子,——以信仰起誓,他做到了:我敢担保,这世上还没谁像你这样,顶撞了他,却毫发无损,还不受谴责。不过,我恳求你,别老这样。"

伍斯特并非不担心,他忠告侄儿:"这毛病你一定得改:虽然它有时证明着你的伟大、勇敢和血性,——这是你最值得称道的长处,——但也时常代表着你的缺点:粗暴易怒,不讲礼数,没自制力,自高自大,傲慢无礼,固执己见,待人轻蔑。一个高贵之人,哪怕只沾染一点儿这种毛病,便会失掉人心,使他的一切美德受到玷污,使他应得的赞美丧失殆尽。"

的确,"粗暴易怒,不讲礼数,没自制力,自高自大,傲慢无礼,固执己见,待人轻蔑",这些都是致命缺点。但霍茨波从来都自信爆棚,仗还没打,便开始盘算战后的应得利益,他用手在地图上一边比划,一边以胜利者的口吻说:"我觉得,分我的这块波顿以北的土地,比你们的那两块都小:看这条河这么弯进来,把我最好的一片土地,半月形,好大的一个角,全切走了。我要在这儿把水截住,给舒缓流淌、泛着银光的特伦托河,改一条笔直的新河道;不能让它拐这么深的大弯角,把我这么一大片丰饶的河谷夺走。"面对这位"暴脾气",格兰道尔气势先输:"不拐弯?它是弯的,肯定弯进去。你看,弯进去的。"争来辩去,格兰道尔不得不假意认怂:"好吧,随你给特伦托河改道。"这时,霍茨波又高姿态起来:"其实我不在乎:凡够交情的朋友,三倍多的土地,我可以双手奉送。但要谈交易,你听好,一根头发的九分之一,我也非争不可。"

事实上,这场好戏直接导致格兰道尔后来在什鲁斯伯里之战中按兵不动,绝不驰援,再加上亲生父亲诺森伯兰临时变卦、托病不出,注定了霍茨波的失败。

除了严重的性格缺陷,霍茨波是怎样一个军事将领呢?第三幕第一场,霍茨波去格兰道尔城堡参加军事会议,到了之后,竟发现"遭天瘟的,我忘带地图了。"这不是一个有谋略的军事家犯的错。

什鲁斯伯里大战一触即发,缺了事先说好的诺森伯兰和格兰道尔两支援军,霍茨波仍盲目自信:"他(诺森伯兰)不来,更为我们的伟大事业增添光彩,壮大声威,彰显勇气。人们必然这么想,伯爵没出手,我们就集结起一支军队,一旦有他相助,我们定将推翻王国,把它弄个底朝天。""我父亲和格兰道尔均未领兵前来,/我们的军队足以投入这惨烈激战。/来吧,让我们赶紧点名集合部队:/末日审判临近;死也要死个痛快!"【4.1】

是的,霍茨波从不缺必死的决心,他只想战死!当弗农如实告知:"算了,算了,今晚不行。我很纳闷,像二位(霍茨波和道格拉斯)这等有伟大将才的人物,竟预见不到阻止我们快速行动的障碍：……他们现在人困马乏，无精打采，一路劳顿使勇气蔫头耷脑，一个骑兵的战力都不及平常四分之一。"这该是兵家大忌。但霍茨波自有道理："敌军骑兵也一样，鞍马劳顿，士气低落。而我军大部已休整完毕。"伍斯特不得不再劝一句："国王的兵马超过我们：看在上帝份上，贤侄，等一切就绪再说。"【4.3】

霍茨波的叔叔伍斯特在剧中有十分重要的角色作用，这自然是莎士比亚刻意为之。若非如此，霍茨波似乎不至于非死不可。第五幕第二场，伍斯特和弗农去国王营帐谈判议和，国王命他带话给霍茨波："若他们愿接受我的宽恕，他和他们，还有你，对，每一个人都可以与我重新成为彼此的朋友。就这样告诉你侄子，他作何打算，再回话给我。"然而，伍斯特有自己的心机算盘，他坚决恳请弗农千万别把实情告知霍波茨："是我们把他引入歧途，他的罪过出自我们教唆；作为一切罪过之源，一切罪责由我们偿还。因此，好兄弟，无论如何，不要让哈里知道国王提出的条件。"回归本部，伍斯特抛向霍茨波一句冷如剑锋的话："国王要立刻与你交战"，"他骂我们反贼、叛徒，要用士气高昂的大军鞭打我们这个可恨的家族。"

国王的军队正飞速开来，霍茨波没有退路，他以必死的决心鼓舞士气："每个人拼尽全力。我拔出这把剑，要在今天凶险的时刻冒死一战，用最高贵的鲜血染透剑锋。"【5.2】

可惜，什鲁斯伯里不是霍尔梅敦；霍茨波的对手不再是苏格兰猛将，而是哈里王子。

比起咄咄逼人、锋芒外露的霍茨波，浪荡王子哈里自始至终都显出十足的韬光养晦，锋芒内敛。这完全出于莎士比亚要塑造一代雄主的良苦用心，他明白，无需把哈里王子写得多么披坚执锐，他只需打败两个人就足够了。

这是怎样的两个人呢？一个道格拉斯，一个霍茨波。

在第三幕第二场，国王与王子的联手戏中，强大的叛军已令国王寝食难安，倍感忧虑。他深知霍茨波骁勇彪悍："他战胜著名的道格拉斯，赢得了何等不死的荣耀！道格拉斯作战凶猛，功勋卓著，威名远扬，在所有信耶稣的基督教王国，真乃杰出将才！可那霍茨波，一位襁褓中的马尔斯，一位婴儿勇士，作战中一连三次击败伟大的道格拉斯：生擒一次，又放了，跟他成为朋友，为的是壮大叛军的声势，撼动我王位的和平与安全。"而今，"作战凶猛"的道格拉斯，竟与像罗马神话中的战神马尔斯一样的霍茨波携起手来，"签约结盟，兴兵谋反"。再看王子，成天与出身市井的狐朋狗友鬼混，根本指望不上。

就在这时，哈里王子第一次正面表现出一种从未有过的超卓自信："我要用珀西的人头赎回我的罪孽。……那一天,不管它何时来临,都将是这位集荣耀、威名于一身的骄子,英勇的霍茨波,众口赞誉的骑士,与您不被人看好的哈里对决。"【3.2】

战场上的哈里王子是怎样的呢?莎士比亚通过叛将弗农之口来刻画,第四幕第一场,弗农向霍波茨描述王子:"我看见年轻的哈里,——佩戴头盔,双腿护甲,戎装英姿,好像生出双翅的墨丘利(罗马神话中众神的信使,形象通称描绘为头戴插着双翅的帽子,足蹬生出双翼的便鞋,行走如飞。),从地上轻身一跃,跳上马鞍;——又像云端降临一个天使,把烈马珀伽索斯(希腊神话中生有双翼的神马,马蹄踩过的地方有泉水涌出。)的马头掉来掉去,叫世人为他高超的骑术着魔入迷。"从如此英武的王子身上,已看不出半点浪子痕迹。弗农的话,已为霍茨波之死埋下伏笔。霍茨波急于一战:"来,让战马载着我,疾如闪电,直奔威尔士亲王的心窝。"

莎士比亚有足够的耐心,把两个哈里正式交手前的戏剧氛围营造充分。第五幕,剧情为王子设计了一场挑战霍茨波的戏,他向前来国王营帐谈判的伍斯特掷地有声地下了战书:"我认为,当今世上,没有一个绅士比他更出色、更勇敢、更刚猛、更无畏或更大胆、更能以高贵的业绩为这个时代增添荣耀。就我而言,说来惭愧,我是一个游手好闲的骑士;听说他也这样看我。但我当着父王陛下的面说过这话:——我很满意他在威名和声望上所占的优势,为避免任何一方流血,我愿经受命运的考验,与他单打独斗。"【5.1】

王子这个挑战,一连用了六个"更"字,那么高调地赞誉对手,并自贬不过"一个游手好闲的骑士"。他貌似低调,骨子里却透出必胜的信心。比起那个哈里"必死"的信心,这个哈里已经"胜"了。难怪霍茨波这样问回营复命的弗农:"啊!愿这场争斗只在我们俩人之间,只有我和蒙茅斯的哈里生死一战,再没有人在这场战斗中死于非命!告诉我,告诉我,他怎么挑战的?口气里带着轻蔑吗?"

弗农的答复意味深长,他竟然像王子赞誉霍茨波一样赞誉王子:"他给了你一个男人应得的所有尊重,以王子的口吻对你赞不绝口,谈起你的功劳像说一部编年史,因为你的功劳远超他的赞美,任何赞美都贬低了你的功劳。他的确像个王子,谈到自己不无羞愧,以一种平静的语气责骂自己年少荒唐,好像他同时拥有了两个自己,既是老师,又是学生。他就说到这儿。但我要昭告世人:——倘若他活过今天这场恶战,哪怕他的放荡那么遭人误解,英格兰从未有过如此甜美的一个希望。"【5.2】

一进入决战时刻,剧情便发展很快。国王为迷惑叛军,命许多将领穿上他的罩袍。道格拉斯杀了假扮他的布伦特,以为杀死了国王,知道国王活着,发狠道:"以

这把剑起誓,我要把所有穿他罩袍的人杀光。"【5.3】

第五幕第四场两军营地间的平原。王子负伤,却不肯撤出战斗。此时,他已成为一个绝不输于霍茨波的勇士:"上帝不允许一道浅浅的擦伤就把威尔士亲王逐出战场,此刻,战场上满身血污的贵族倒下横遭践踏,叛军却正在屠杀中取得胜利!"【5.4】

眼见国王与道格拉斯交战,身处险境,王子纵马上前,高喊:"卑贱的苏格兰人,抬起头来;否则,再也抬不起头!……把勇气注满我双臂;来索你命的是威尔士亲王,他从不许愿,只管清账。"王子救下国王,杀退道格拉斯。【5.4】

然后,是全剧的高潮,两个"哈里"终于见面,是第一次,也是最后一次。

亨利王子	哈,那我眼前便是叫这名字的勇敢的反贼。我是威尔士亲王。珀西,休想再跟我争抢荣誉;一条天轨容不下两颗行星,一个英格兰也不能容忍珀西和威尔士亲王的双重统治。
霍茨波	不会的,哈里,因为你我一决生死的时刻到了;愿上帝保佑你在军中像我一样赫赫有名!
亨利王子	与你分手之前,我会更具威名。我要把你盔顶所有含苞待放的荣誉都割下来,编成一只花环戴我头上。
霍茨波	我再不能容忍你这些空洞的大话。(二人交战。)

此时此景,莎士比亚的戏笔干净利落,他让身负重伤的霍茨波念念不忘荣誉,用尽生命最后一丝气力,对哈里王子说:"你夺去了我的青春!比起你赢走我那些高贵的荣誉,我更愿忍受失去脆弱的生命。你的剑伤了我的肉体,你赢走我的荣誉却伤透我的心。"

杀死霍茨波本身即证明,王子是比霍茨波更为出色的骑士!但他不甘于只做一名骑士,他记挂着整个王国。面对霍茨波的尸体,他先慨叹:"再见吧,伟大的心灵!——粗劣的野心,你萎缩得多厉害!"继而又让敌人安享了死后的荣誉:"让我用纪念物盖上你血肉模糊的脸;甚至我要以你的名义,感谢我这一番柔情、体面的仪式。"此处的纪念物,专指骑士头盔上长羽毛或丝带之类的装饰物,也是骑士荣誉的象征。

离开战场前,哈里·蒙茅斯用带有骑士标志的饰物遮住哈里·珀西的脸,说:"再见,把对你的赞美带到天国去吧!不把你的耻辱刻进墓志铭,愿它在墓穴里长眠!"【5.4】

五、"幽默"的约翰·福斯塔夫爵士

（一）与哈尔的联手戏

《亨利四世》（上篇）"第一四开本"标题页印有下面一段话：

> 亨利四世的历史；内有国王与亨利·珀西勋爵（来自北部绰号亨利·霍茨波）之间的什鲁斯伯里之战，以及福斯塔夫的幽默。

这段广告语透露出，《亨利四世》（上篇）核心剧情有二："什鲁斯伯里之战"和"福斯塔夫的幽默"。换言之，尽管剧名的正标题是"亨利四世"，什鲁斯伯里之战堪称危及英格兰王国存亡的生死战，但其中最引人的情节是"福斯塔夫的幽默"。

《亨利四世》（下篇）四开本的标题页印有下面一段话：

> 此乃《亨利四世》第二部，内有亨利四世过世，亨利五世加冕。有幽默的约翰·福斯塔夫爵士和喜欢吹牛的皮斯托。

可见，《亨利四世》这部两联剧的最大看点是福斯塔夫。有意思的是，他在全剧中多数时间是个军人，参加过两次战役：第一次是（上篇）霍茨波战死疆场为结局的什鲁斯伯里之战，另一次是（下篇）约翰亲王抗击约克大主教并最终平叛的高尔特里森林之战。这两次战役中的福斯塔夫，对戏剧起到了不可或缺的勾连作用。这个时候的他显露出，他既是英国文学中最滑稽的军人，又是古罗马喜剧作家普劳图斯（Plautus, 254—184 B.C.）《吹牛的军人》这一古老主题的新花样。莎士比亚如此巧意编排，道理很简单，因为只有这样，才能让他贯穿始终。

然而，从整个剧情来看，上篇、下篇的人物、结构设计变化很大，对此，梁实秋早在为其所译《亨利四世》上下篇各写的两篇导言中做过精辟论述。在此梳理如下：

首先，中国读者历来不大关注莎士比亚历史剧，因为读者极易产生误解，认为莎士比亚历史剧既以英国历史为题材，若不熟悉英国历史，自然没兴趣。实则不然。"他的历史剧，固然用英国历史里的故事及人物作为骨干，但是他用的是戏剧的方法，他从英国历史里撷取若干精彩的情节，若干性格凸出的人物，以最经济、最艺术的手腕加以穿插编排。是以动作及对话，不是以叙述及描写，来表达一段历史。我们不需要多少有关英国历史的知识,即可充分领略一出历史剧。至少一出英国历史剧不比英国的任何悲剧或喜剧更令我们发生陌生之感。"

其次,《亨利四世》,尤其上篇,之所以大受欢迎,主要原因有二:一是福斯塔夫这个幽默人物的创作;二是这出戏所包含的政治寓意。

"福斯塔夫不是一个简单的丑角。他的复杂性几乎可以和悲剧的哈姆雷特相提并论。他在《亨利四世》里所占的重要性远超出寻常丑角的比例。上篇一共19场,福斯塔夫出现了9场,第2、5、7、10、12、15、17、18各场都有他的戏。在没有露面之前,他在帷幔后面鼾声雷动,已引起了观众的大笑。他的颠顸,他的天真,他的妙语连珠,他的饮食男女的大欲,使得他成为一个又好玩又可爱又可恶的东西。这样,莎士比亚破坏了一出戏之应有的'单一性',使得历史剧变了质。但是哪一个观众或读者能舍得不要这一个特殊的角色呢?"

两篇相较,下篇结构松散,剧中许多人物与观念都是上篇的扩展和延长。例如:酒店老板娘在上篇只是走一过场,下篇发展为桂克丽夫人;福斯塔夫对如何通过招募新兵赚钱,上篇只在第四幕第二场嘴头说说,下篇扩展为整个第三幕第二场。上篇,福斯塔夫只是给哈尔捧场的次要人物,下篇则变成主要角色。

从什鲁斯伯里战后直到国王去世,本无太多可写,因此可以说,下篇完全成了这中间的填充物。霍茨波已死,格兰道尔没再出场,剩下的敌人只有诺森伯兰的叛军和约克大主教。莎士比亚煞费苦心,为延展剧情,只能把作为全剧高潮的国王之死尽力往后推,主要办法便是大量穿插幽默、胡闹的剧情,除了为福斯塔夫配上一个皮斯托,还外加了两个愚蠢的乡村治安官沙洛和沙伦斯。上篇有1 501行描述历史,1 539行是幽默穿插;下篇有1 370行描述历史,福斯塔夫的戏占了1 991行。上篇的历史故事是一个连贯整体,下篇的则只含在九个场景里,且其中三场给了珀西家人,三场给了垂死的国王,两场给了诺森伯兰,一场给了新王加冕后昭告天下。亨利四世在全剧中分量不多。与其说该剧是"亨利四世的悲剧",倒不如说它是"福斯塔夫的喜剧"。

喜剧性穿插过多,导致其在整个结构中喧宾夺主,但从另一方面看,福斯塔夫这个角色充分成长,成为莎士比亚幽默人物最成功的代表,恰是一大收获。

除了福斯塔夫这个人物,关于这出戏的政治寓意,梁实秋所说最为关键:"历史上的亨利五世(即此剧的哈里王子)在伊丽莎白时代的英国人心目中,是英国最伟大的英雄,最英武的国王,因为他统一全国,扬威域外。他是万民拥戴的偶像。莎士比亚无疑的也抱着同样的一份爱国的心情。所以他在两篇《亨利四世》和一篇《亨利五世》里,一心一意地要形容这一位英主,其他人物均是陪衬。"

由此便能理解,莎士比亚在剧情中对福斯塔夫与哈尔联手戏的编排其实不多,能算上正戏的只有三场:上篇盖德山抢劫之前的第一幕第二场,野猪头酒店的第二幕第四场;下篇野猪头酒店的第二幕第四场。除了这三场,其他两人同时出场的戏,都只算过场戏。而这三场中,又只有上篇第二幕第四场堪称唯一的联手大戏。

先来看上篇第一幕第二场,福斯塔夫死说活说要拉哈尔去抢劫,哈尔惊叹:"谁?我,去抢劫?做贼?以我的信仰起誓,不干这事儿。"福斯塔夫马上反讽:"你要是连十先令的胆子也没有,那你既不守信,又没血性,还不够朋友,身上没半点儿皇家血统。"最终,是波恩斯捉弄福斯塔夫,"叫他出丑"的主意让哈尔动心。也就是说,王子没参与抢劫客商的匪盗行为,他只与波恩斯一起劫了福斯塔夫的劫财。而且,最后,他把抢来的钱财都物归原主。

但有能吹牛的福斯塔夫参与本身,就足以让盗匪盖德希尔产生这样的错觉:"其他几条好汉,你做梦也想不到,他们劫道儿只为寻开心,给干这行的添光彩;一旦事情闹大,真有人来查,他们也会顾忌脸面,把一切摆平。我这帮哥们儿可不是平地抢劫的毛脚贼,也不是为六便士打闷棍的主儿,更不是一脸大胡子的酒鬼;他们是生活安逸的贵族、市镇官员,全都来头不小。"【2.1(上)】这是戏剧构思的需要,因为盖德希尔怎么可能预知哈尔同波恩斯商量好,要劫他们。

再来看下篇第二幕第四场,这一场几乎是囊括了福斯塔夫、巴道夫、桂克丽、道尔、侍童、皮托等一大群人的闹戏,其中穿插哈尔和波恩斯假扮店伙计再次捉弄福斯塔夫。哈尔以福斯塔夫背后诽谤他为由,佯装要处置他,福斯塔夫赶紧抵赖:"没诽谤,内德,天地良心,诚实的内德,一点儿没诽谤。我在歹人面前说他不好,是防着坏人爱上他。——我这样做,算尽到了贴心朋友和忠诚臣子的一份心,你父亲该感谢我才对。不是诽谤,哈尔。——没一点儿诽谤,内德,一点儿没有。——没诽谤,真的,孩子们,没诽谤。"在这一场景,哈尔与福斯塔夫斗嘴的联手戏没占多少戏份,而剧中像这样耍贫逗趣的对话不胜枚举,这些都是为使剧情具有闹剧色彩,吸引观众设计的。莎士比亚写戏之初可能没想到这样写会使闹戏喧宾夺主,当然,也有可能为使闹戏吸引观众故意为之。

为何如此设定?可明显看出,是莎士比亚出于维护哈尔形象的周全考虑,他不能总让哈尔跟福斯塔夫在一起毫无止境地胡闹,既不让他参与盖德山抢劫,也不让他与妓女鬼混,更不让他有任何福斯塔夫那样贪赃枉法、坑蒙拐骗的做法,而只让他拿福斯塔夫开涮、取笑、逗乐、打趣、调侃、讥讽。这从他俩戏谑的彼此互称便可见出:福斯塔夫登台亮相开口第一句台词,是在第一幕第二场从酣梦中醒来对王子所说:"喂,哈尔,孩子,这会儿啥时候了?"整个剧中,只有福斯塔夫和波恩斯称呼王子"哈尔"。在福斯塔夫眼里,哈尔永远是他的"乖孩子""亲爱的调皮鬼""一个最会打比方、调皮捣蛋,——又十分可爱的亲王"。调侃的称呼里不失恭敬。反过来看哈尔,他不仅给福斯塔夫起了好多绰号,每一个绰号里都藏着鄙夷的差评:"婊子养的肥肉球"、"肥佬"、"无赖"、"大酒桶"、"大皮囊"、"罪恶"、"邪恶"、"恶棍"(中世纪道德剧中的角色)、"白胡子老撒旦"、"肿胀的杰克"、"肥肥的肉垫"、"婊子养的点蜡的肥油",还有一连串说出口的"蠢胖子,榆木疙瘩,婊子养的,下流的,腻乎乎的,肥得流油的",等等。

可以说,哈尔从没信任过福斯塔夫:"约翰爵士说话算数,——魔鬼也会依约行事,因为'该归魔鬼的都归魔鬼',他对这句谚语从没食过言。"在哈尔眼里,福斯塔夫只拿忏悔耍嘴皮子,根本不信上帝,连波恩斯都拿福斯塔夫打趣,叫他"悔过先生"。哈尔更是当面表示不屑:"你真会悔改!——祷告一完,就去抢钱。"因此,哈尔早把"这帮人看透了",他盘算好要学太阳,暂时跟"恶浊的乌云"凑一块儿,只为将来"冲出要把它窒息的邪恶、丑陋的云雾"的时刻"再现辉煌","我一旦抛弃放浪形骸","要让自新在过错上闪光"。【1.2(上)】

饱食终日,过一天算一天的福斯塔夫,怎能知晓哈尔深谋远虑的宏伟志向!他把一切都挂在哈尔身上,他自作聪明地以为,"人呀,用黏土捏成的蠢东西,脑子里造不出什么像样儿的笑料,不是我造的,就是造出来用在我身上。我不仅自己长脑子,别人的脑子也是因我才有的"【1.2(下)】。因此,他甘当哈尔的笑料,只为有朝一日位高权重、威风八面。他常对哈尔把"等你当了国王"挂嘴边,因为他最担心哈尔当了国王之后变心。他在酒店吃喝玩乐一切开销,都是哈尔买单。这令他无比感动:"你是继承人,这儿的人谁都知道,——可是,请问,亲爱的调皮鬼,等你当了国王,英格兰还有绞架吗?盗贼的勇气还照样受挫,叫法律这个老丑角儿用生锈的嚼子勒住吗?等你当了国王,一个贼也别吊死。"同时,他又反过来怪哈尔:"你把我害惨了,哈尔,——上帝宽恕你!认识你之前,哈尔,我啥都不懂。如今,说句掏心窝子的话,我没比一个坏蛋好多少。我一定要放弃这种生活,一定得放弃。不然,我就是一恶棍。我才不会为基督世界里一个国王的儿子下地狱。"【1.1(上)】

有了这一层,福斯塔夫才似乎对哈尔更加深信不疑,否则,他也不至于在闻听哈尔成为亨利五世之后,本能的第一反应是"英格兰法律我说了算"【5.3(下)】。可对此,哈尔早想好了,一旦"当了国王",便立刻用太阳(太阳是王室的象征)把"恶浊的乌云"(福斯塔夫及其同伙儿)驱逐。

可以说,福斯塔夫被福斯塔夫式的本能害了!对上篇第二幕第四场福斯塔夫与哈尔之间唯一的联手大戏稍做分析,便可领会何为福斯塔夫式的本能。或许莎士比亚事先已想好,这场戏对全剧十分重要,它的篇幅在全剧中最长,达到405行。

这场发生在野猪头酒店戏份最足的闹戏,分为三个段落:

第一个段落,福斯塔夫从盖德山逃回酒店,一见哈尔,先说哈尔和波恩斯是懦夫,然后便开始凭本能吹牛,声称他们几个在盖德山同"一百来号"劫匪厮杀。当哈尔戳穿他的牛皮谎:"是我们俩袭击了你们四个,一句话,你们吓得扔下赃物扭头就跑,赃物落在我们手里。没错,赃物在屋里,你们可以看。"福斯塔夫又马上凭本能改口:"主在上,我像造你们的他老人家(上帝)一样,一眼就把你们认出来了。不信?听我说,诸位,我能把王位继承人杀了吗?我能对当朝太子下手吗?嘿,你们心里最清楚,我像赫拉克勒斯一样勇敢;但得当心本能冲动。即便狮子认出太子,也不会伤他一根毫毛。本能非同小可!本能让我当了懦夫。因此,我这辈子对自己,还有你,都要高看一眼:我是一头勇敢的狮子,而你是当朝太子。"弄得哈尔只好佯装无奈:"先生们,听好:——圣母在上,你们都打得好;——皮托,打得挺好;——巴道夫,也打得很好:你们都是狮子,出于本能才逃跑。你们不愿加害当朝王子;呸!活见鬼!"

第二个段落,国王派人送信,要哈尔次日进宫。当福斯塔夫将霍茨波与道格拉斯、格兰道尔结盟起兵造反的最新军情告知哈尔,又凭本能问哈尔:"你不吓得发抖吗?听到这消息,你的血没变冷吗?"哈尔坦然回答:"以信仰起誓,一点也不,我缺你那种本能。"

第三个段落,便是福斯塔夫与哈尔互为假扮国王,预演第二天哈尔进宫觐见国王的情形。先由福斯塔夫扮国王,他拉过一把椅子当王座,用手里的剑当权杖,头上顶个垫子当王冠,问哈尔:"为什么你当了我的儿子,就要被人说长道短?难道天上受祝福的太阳[此处'太阳'(sun)与'儿子'(son)的双关],真是一个成天嘴里嚼着乌梅的混子?这个问题无需问。难道英格兰的王子,真是一个偷人钱袋的窃贼?这个问题必须问。"最后本能让他把话题转到自己身上:"我常听人提起,你有一位品端行正的朋友,只是不知他叫什么。"哈尔明知故问:"恭请陛下告知,这是一个什么样的人?"

福斯塔夫不加思考,凭着本能一个劲儿吹嘘:"一个胖出了尊严的人,以信仰起誓,一个体态壮硕的人:他长得慈眉善目,和颜悦色,气度非凡。依我看,年龄五十开外,圣母在上,也可能年近六旬。我一下想起来了,他叫福斯塔夫。倘若他品行恶劣,就算我看走了眼;因为,哈里,一眼便见出他神情里的美德。假如由果可知树,恰如由树可知果,那我敢断言,福斯塔夫一定美德在身:只跟他交朋友,把别人都赶走。"

哈尔推开福斯塔夫："国王像你这样说话吗？还是你扮我,我扮我父亲。"福斯塔夫只好耍赖："废黜我？假如你的言谈、气度,能有我庄重、威严的那股劲儿的一半,你就把我脚丫子冲上倒吊起来,就像把一只还没断奶的兔崽子,或家禽店里的野兔倒吊起来一样。"

哈尔假扮父亲,一张嘴就对假扮自己的福斯塔夫严词痛斥一番："没教养的孩子,谁要你起誓？从今往后,别再来见我。你被人引到了邪路上,情况很糟:有个胖老头儿模样的魔鬼缠住了你;——你那朋友就是一只大酒桶。为什么你要结交这个脾气古怪的箱子,这个盛满淫邪的容器,这个水肿的大鼓包,这个装满萨克酒的大皮囊,这个塞满内脏的大衣袋,这个一肚子布丁的曼宁特里(埃塞克斯郡一城镇,当地集市的烤全牛声名远扬。)烤牛,这个值得尊敬的'罪恶',这个头发灰白的'邪恶',这个年老的'恶棍',这个上了岁数的'虚妄'？除了尝萨克酒、喝萨克酒,有什么本事？除了切阉鸡、吃阉鸡,有什么能耐？除了精于算计,有什么真知灼见？除了专干坏事儿,有什么一技之长？他所干的,哪一样不是在作恶？他所做的,又有哪一件值得称道？"

福斯塔夫佯装糊涂："恳望陛下明示,陛下所指何人？"

哈尔,这个福斯塔夫的"乖孩子",不折不扣地回答："就是那个邪恶的、令人讨厌的、误导年轻人的福斯塔夫,那个白胡子老撒旦。"

福斯塔夫凭本能装傻充愣："一个淫邪之人,我决不认账。假如喝点儿加糖的萨克酒也算犯错,愿上帝救助恶人！假如老人找点儿乐子也算罪过,那我认识的好多酒店老板都得遭诅咒下地狱;假如胖子也该遭人恨,那法老的瘦牛就该惹人爱。不,我的好主子,赶走皮托,赶走巴道夫,赶走波恩斯,可是,却不能把可爱的杰克·福斯塔夫、善良的杰克·福斯塔夫、诚实的杰克·福斯塔夫、英勇的杰克·福斯塔夫赶走;别看杰克·福斯塔夫上了岁数,他是老而弥坚。千万别把他从哈里身边赶走,千万叫他陪着哈里:赶走肥溜圆的胖杰克,就是赶走了整个世界。"

此时,哈尔可能已在心里见到未来太阳放光的那一刻："我偏要赶他,一定把他赶走。"

是的,到下篇第五幕第五场,也是全剧最后一场,亨利五世真把福斯塔夫"赶走"了："老头子,我不认识你;跪下祷告吧;满头白发,还是一个傻瓜、小丑,成何体统！……别拿一个天生小丑的俏皮话回答我:不要认定,我还是从前的那个人;因为上帝知晓,——想必世人也有所察觉,——我已把从前的自己打发掉,同样要将从前陪伴左右的那些人赶走。"

凭本能,福斯塔夫不相信眼前发生的一切。他像没事人似的跟沙洛说："他会私下召见我。瞧见了吧,他非得在世人面前装成这样。不必担心升迁。我一定能把你变成大人物。"沙洛也有本能,他不再信这个吹牛的军人:"我弄不清你怎么把我变大,——除非把你的紧身夹克给我穿,里面塞满稻草。求你了,仁慈的约翰爵士,那一千镑先还我五百镑。"福斯塔夫依然嘴硬:"先生,我绝对说话算数:你刚听到的那些,都是他装的。"直到约翰亲王宣布将福斯塔夫押往弗利特监狱,福斯塔夫才明白,自己本能的一切结束了。

事实上,剧终幕落之时,只要观众/读者仅凭观看演出或阅读文本时的本能思维,稍微替福斯塔夫回想一下,便能立刻明白,这场联手戏注定了福斯塔夫的命运。

多佛·威尔逊(John Dover Wilson,1881—1969)在其《福斯塔夫的命运》(*The Fortunes of Falstaff*)一书中说:"福斯塔夫可能是《亨利四世》中最显著,至少是最迷人的人物。即便如此,我相信所有评论家都认为,本剧的设计中心是那位瘦亲王,而不是这位胖爵士。哈尔把下贱和高贵的生活,把东市街和威斯敏斯特宫的景象,把酒店和战场都联系起来。他的行动主要给《亨利四世》上下两篇提供素材,而且,他也是未来,因为他就是亨利五世,即《亨利五世》中那位理想的国王。还有最后一点,如我所说,剧情的推动力是亲王要在瞎胡闹和治国理政两者间做出选择。所谓治国,按都铎王朝的一般含义,包括战场上的骑士风和英雄气(这是上篇的主题)及正义(这是下篇的主题)。莎士比亚还把这些抽象术语,或其某些方面,鲜活地体现在其他一些主要人物身上,他们像幽灵侍者似的围在亲王左右:福斯塔夫代表着各种形式的瞎胡闹,霍茨波代表着古老过时的骑士风,王家大法官则代表着法治或忠于王国的新理想。……简言之,福斯塔夫—哈尔这一情节,体现着经几个世代编选起来的神话,这种神话对伊丽莎白时代的人来说大有意义。这意义如今均已消逝,也是造成我们对该剧产生严重误解的一个原因。"

无论是否误解,比起那个在剧中篡位谋权、言而无信、忘恩负义,却道貌岸然、用堂而皇之的大道理教训儿子的亨利四世,观众/读者更不会忘掉这个无法无天混不憷的福斯塔夫;即便拿来跟属于未来的"理想的国王"亨利五世比,人们也还是更喜欢这个一身流氓气的牛皮匠福斯塔夫。

是莎士比亚的价值观在剧中出现了混乱,还是他写戏时内心充满了矛盾?单从剧中似乎看不出莎士比亚的立场,这或许只能理解为,他清楚自己是女王治下的臣民,对于本民族的王国历史,不能或不敢轻易显露立场。

(二) 与大法官的对手戏

英国著名莎学家布拉德雷(A.C.Bradley,1851—1935)在其《牛津论诗讲义》

(*Oxford Lectures on Poetry*)中,对福斯塔夫如此评说:"福斯塔夫之精髓即在于从幽默中获得最开心之自由。凡打扰他快活的事物,他一律讨厌。他讨厌合乎道德的高贵事物,因为这些强加给我们各种约束和责任,把我们变成法律、法令、身份、良知、名誉,以及各式各样令人厌烦的事物的奴隶。说他讨厌这些东西的意思是,他领教过它们的力量,并认为它们很荒唐。这些东西一经在他眼里变成虚无,便可以随便拿来开心了。这就是福斯塔夫对他生活中严肃事物的做法。一讲到严肃的事儿,他便假模假样,真理在他嘴里都变得荒唐起来。他说荣誉治不好一条腿,人无论活着还是死去,都不能拥有它。他会避开法律最高代表(大法官)的攻击。他的爱国主义表现在收受贿赂,把身强力壮的兵员放走,留下没有战斗力的人去为国打仗。他的责任是展示拦路抢劫的本领。他的勇气是装死,外加讥笑俘虏。王子在战场上向他借剑,他递的却是酒瓶子。至于宗教,他会闲的没事儿时拿忏悔取乐。他会悠然地坐在酒馆里胡吹自己有多'勇敢'。这些都是他的表演绝活儿。他没有愤世嫉俗者的不满,有的是儿童般的开心。因此我们赞美他。他只冒犯正人君子,不认为生活是真实的,把我们从梦魇的压抑中释放出来,送入绝对自由的时空……在某种程度上说,福斯塔夫的心灵自由是虚幻的,而他的幽默并不能将生活现实驱除——这是我们从莎士比亚取之不竭的天才中领会到的。"

由此即可认定,剧中代表着法律严肃力量、并体现出道德高贵的大法官,是福斯塔夫最恨、也是最大的天敌!没错,亨利五世任命大法官继续执掌正义之剑后不久,便宣布放逐福斯塔夫,并严令大法官督办。福斯塔夫终于成为他自己最"厌烦的事物的奴隶"。

剧中设定的福斯塔夫与大法官的对手戏不多,只有两场,且都在下篇,却耐人寻味。

第一幕第二场,眼里不揉沙子的大法官在伦敦街头远远看见福斯塔夫,问仆人"是被指控拦路抢劫的那个人?"仆人回答:"是他,大人:可他后来在什鲁斯伯里一战立了战功;我还听说,他马上要去兰开斯特的约翰勋爵军中指挥什么部队。"

大法官自然无从知晓,福斯塔夫的战功是靠在霍茨波的尸体上捅几剑骗来的,他就事论事,委婉提及盖德山拦路抢劫一案:"我派人找你,来跟我谈,是有人控告你犯了死罪。"福斯塔夫面无惧色,从容应答:"当时我听了精通军法的顾问的劝告。"这句话柔中带硬,言外之意,身为军人,对民事指控可置之不理。

无奈之下,大法官直言相告,"说实话,约翰爵士,你日子过得不大体面。"并指责道:"你把年轻的亲王带上邪路。"福斯塔夫耍赖说:"年轻的亲王把我带上邪路。我就是那个大肚皮的家伙,他是我的狗。"

"他是我的狗"比较令人费解。在此顺便一提,莎剧中类似费解的地方很多,因此,对今天的读者来说,阅读注释本莎译十分必要。按注释理解,这句话可能是福斯塔夫以此指当时的一则笑话,讲一个大胖子(代指自己)由他的狗(代指王子)领着走路;也可能以此暗指一种民俗,认为在圆圆的满月中住着一个男人(代指自己)和一条狗(代指王子)。

面对如此无赖的福斯塔夫,大法官话中带刺地提醒说:"你白天在什鲁斯伯里的战功,为你夜间在盖德山的恶行镀了点儿金。你得感谢这不平静的世道,把你的罪过平静遮掩了过去。"并警告:"你脸上的每根白须都该显出自尊","你跟着年轻的亲王跑前跑后,像他的邪恶天使一般。"

不想此言一出,福斯塔夫索性以年轻人自居,不无挑衅地说:"大人,尽管尚在青春华年,但毕竟上了把年纪,有那么点岁月不饶人的老态。我最谦恭地恳请大人,务必善待身体。……你们这些老人,不去想我们年轻人有什么能力;总拿你们苦涩的胆汁来衡量我们肝脏的热度;我得承认,我们这些青春华年的年轻人,也都是些捣蛋鬼。"

大法官感到恶心,反唇相讥:"以为自己的名字还登在青年的册子里?你身上已写满老年人的印记:你没有一双泪湿眼吗?手不干涩?脸不焦黄?胡子没白?腿没缩细?没长大肚子?嗓音不嘶哑?喘气不急促?脑子不糊涂?身上的每一个零件没随着年龄枯萎?还自称年轻人?呸,呸,呸,约翰爵士。"

论耍贫嘴的功夫,十个大法官也顶不上福斯塔夫。福斯塔夫见大法官无计可施,他灵机一动,向大法官提出借钱:"大人可否借我一千镑,给我弄点儿装备?"大法官表示"一便士也没有,一便士也不给"。临走之前,大法官正告福斯塔夫:"行为要检点,要检点,上帝保佑你征战圆满!"

在第一场对手戏中,大法官没占上风,未能让福斯塔夫就范。

第二场对手戏发生在第二幕第一场。福斯塔夫欠野猪头酒店女老板桂克丽一百马克久拖不还,桂克丽将他告官,领着治安官"狼牙"来抓他。福斯塔夫根本不把治安官放眼里,拔剑耍横,正要跟治安官动手,又让大法官撞上。

桂克丽请大法官评理:"不光一点钱的事儿,老爷;是全部,——我所有的钱。他把我整个家底都吃没了,把我全部财产都装他大肥肚子里了。"

福斯塔夫耍无赖的本领简直无人能及,他脑子反应奇快,瞎话张嘴就来:"大人,这个可怜的疯婆子,满大街嚷嚷她大儿子长得像你。"

大法官不吃这套:"约翰爵士,约翰爵士,你弄虚作假的这一套,我太熟了。你一副若无其事的神情,你一大串粗鲁无耻的言词,改变不了我的公正判断:依我看,你骗了这个生性慷慨的女人,叫她把钱袋儿和身子都拿来供你享用。"

最后,大法官明确告知:"欠她的债,你得还;对她干下的坏事儿,也得补偿:还债,用实打实的钱;补偿,用真心忏悔。"大法官深知福斯塔夫的为人品性,担心他事后糊弄桂克丽,特意说明要用"实打实的钱(英镑)"还账。

福斯塔夫依然不服软,他以"王命在身",要跟随约翰亲王去约克郡平叛为由,叫大法官发话,命官差放了他。大法官再次警告他:"听这口气,好像你有干坏事儿的特权;但为了你自称的名誉,你得补偿这个可怜的女人,满足她的要求。"

至此,福斯塔夫与大法官的第二场对手戏结束,从表面看,大法官把福斯塔夫训教一顿,明显占了上风。但接下来,福斯塔夫把桂克丽拉到一边,凭着一套风月本领,哄得桂克丽不仅答应撤诉,继续借钱给他,还要把妓女道尔约来陪他一起吃晚饭。对于福斯塔夫来说,此举毋宁用女人打败了法律。

福斯塔夫恨死了大法官! 或许,他在哈尔面前,常把"等你当了国王"挂在嘴边,至少其中有一句潜台词是:到那个时候,一定要你好看! 因此,第五幕第三场,当皮斯托向正在乡下沙洛家的福斯塔夫报喜"您乖顺的小羊当了国王。他现在是哈里五世"的时候,福斯塔夫的第一反应是:"罗伯特·沙洛先生,国内的官儿你随便挑一个,挑了就是你的。"接着强调:"沙洛先生,我的沙洛大人,我是命运之神的管家,你想当什么官都行。……我知道年轻的国王盼着我呢。甭管什么人的马我们随便骑。英格兰法律我说了算。凡我的朋友,这下有福了;那位大法官活该遭殃!"

此时的福斯塔夫绝没想到,在他接到这个喜讯之前,他的"乖孩子"哈尔已同他最恨的大法官演完了一出联手戏。

第五幕第二场,刚继承王位的亨利五世试探大法官:"像我这样有远大前程的王子,怎能忘你加给我的莫大耻辱? 怎么! 申斥、谴责英格兰王位直接继承人,粗暴地把他送进大牢! 这能宽大吗? 这能在忘川里洗一下就忘掉吗?"

面对国王,大法官慷慨陈词:"那时您父王把权力赋予我,我代他用权,执行他的法律;在我忙国事之时,殿下却把我的职权、法律的威严和公正的力量,以及我乃国王权力的象征,忘到脑后,竟在审判席上动手打我;为此,我斗胆用我的威权,把您作为冒犯您父亲的人,监禁起来。假如这么做有罪,您现在戴上了王冠,试想您若有个儿子要把您的法令化为乌有,您能满意吗? 能由着他把执法者从令人敬畏的审判席拽下来? 能由着他弄翻法律程序,把保护您自身和平、安全的剑变钝? 不,更有甚者,他还蔑视您至尊的象征(此为大法官自己是当时亨利四世'至尊的象征'),对您代理人的工作加以嘲弄。请您设身处地想一下:您现在就是这个父亲,想象有这么个儿子,听到您的尊严被如此轻蔑,看到您使人敬畏的法律遭漫不经心的怠慢,眼瞅着自己受这个儿子的鄙视;然后您再换位替我想一下,我以您的权力对您儿子轻施惩戒:——在这番冷静思考后,判决我吧;您已身为国王,那就以国王的身份告诉我,我到底做了什么,与我的职权和身份不符,或有违陛下的王权。"

结果可想而知,大法官不仅没遭报复,反而受命继续执掌王国的"法律天平和正义之剑",并被新国王待如义父。

到这个时候,不必讳言,整个剧里最了解福斯塔夫的只有这个"乖孩子"和这个大法官两个人。早在上篇第二幕第四场,哈尔与福斯塔夫在野猪头酒店演的那出互扮国王与王子的"闹剧"中,哈尔便以貌似玩笑的话,道出了他对福斯塔夫的真实看法。

(三)贪酒好色活力无限

酒与色构成福斯塔夫的全部世界,这并非他的错,是时代使然。他按照时代的节奏生活着:"我像任何一个绅士似的天性善良,可善良了:很少赌咒;一星期掷骰子不到七次;逛窑子——不过一刻钟一回;借别人钱——四次还三次是有的;日子过得舒坦,很有节制。现在全乱套了,毫无节制。"【3.3(上)】与其说福斯塔夫自认这是一个可使他"毫无节制"的坏时代,不如说在他眼里这根本就是一个能使他"舒坦"地过不道德生活的好时代,而只需偶尔装出一个表示改过自新的样子:"我要忏悔,戒掉萨克酒,像贵族似的活得干干净净。"【5.4(上)】

福斯塔夫的存在本身,便是对他所处时代的解构,时至今日,人们仍可透过他的形象解构自己所处的时代。从这个意义上说,福斯塔夫远远超出了时代。下篇第一幕第二场,福斯塔夫在伦敦街头与代表法律和正义的大法官不期而遇,他公然宣称:"在这个货郎沿街叫卖的时代,美德如此不受待见,真正的勇士变成斗熊场的看门人;脑筋转得快的去当酒保,把聪明劲儿全浪费在客栈账单里。其他一切凡属于人的天赋,——在这恶意的时代眼里,——连一枚醋栗都不值。"

福斯塔夫看透了,这是一个唯利是图("货郎沿街叫卖")的时代。利字当头,荣誉算什么!因此,霍茨波视为至高无上的荣誉,在福斯塔夫眼里一钱不值。上篇第五幕第一场,什鲁斯伯里大战在即,福斯塔夫盘算的是:"当我向前冲的时候,荣誉把我一笔勾掉了怎么办?那如何是好?荣誉能治好一条断腿吗?不能。能治好一只断臂?不能。能解除伤痛?不能。那么,荣誉有外科手术的本事?没有。荣誉是什么?一个词儿。'荣誉'这个词儿是什么?空气。好一笔算得精准的账！——谁得了荣誉？礼拜三死的那个人。他能感觉到荣誉？不能。能听见荣誉？不能。这么说，荣誉是感觉不到的？没错，对死人是这样。但对活人，荣誉就不死吗？不。为什么？诽谤受不了荣誉活着。所以，我什么荣誉也不要。荣誉不过一件装点丧礼的纹章盾（带有家族纹章的盾，常用在丧礼上，死者埋葬后，悬挂在教堂墙上。）：我的教理问答到此结束。"

有了这样的荣誉观，见到被道格拉斯杀死的沃尔特爵士的尸体，他由衷表示："我不喜欢沃尔特爵士得到的这种面目狰狞僵死的荣誉。我要活命：能保命，就保；保不了命，荣誉不找自来，死了拉倒。"【5.3（上）】

有了这样的荣誉观，他在战场上甘当懦夫，刚与道格拉斯交手便倒地装死。他不仅不觉得这是军人的耻辱，反以为此乃随机应变之"大勇"："开膛破腹！要是今天挖出我五脏，明天就得让你撒上盐吃喽。以上帝的血起誓，多亏我刚才装死，否则那个暴烈野蛮的苏格兰人非把我清算了不可。装死？我说了谎，我没装死；死了，才是假装，因为死人没了活的生命，还假装是个活人。但一个人装死，而得以不死，便不是装死，这恰是货真价实完美的生命形象。随机应变是大勇，我凭着大勇保住了命。"

这不算完，他居然厚颜无耻——他肯定自认脑瓜好使——到要借霍茨波的尸体邀功请赏："虽然这个火爆脾气的珀西死了，我还是怕他。万一他也装死，一家伙站起来，怎么办？我是怕他比我更会装死。所以，我得在他身上确认一下；对，我要发誓，是我杀了他。他为啥不能像我一样站起来？只有亲眼看见的人才能反驳我，没人看见我。因此，小子，（用剑刺。）带着你大腿上的这道新伤，跟我走吧。（背起霍茨波。）"【5.4（上）】

果真，什鲁斯伯里一战，他凭着在霍茨波尸体上刺的几剑，立了战功。而在此之前不久，当王子急火火地找他借剑，要与霍茨波斯杀时，他却不急不慢："不，上帝保佑！哈尔，如果珀西活着，你更不能把我剑拿走；如果你要，我把手枪给你。"哈尔问手枪在哪儿？福斯塔夫居然开玩笑说，手枪在枪套里"还热乎呢，热乎呢，可以毁了一座城市"。哈尔来不及弄明白福斯塔夫的双关语："热乎"（hot），既指手枪因频繁射击叛军，导致枪管发烫，变得"热乎"；又指他枪套里的"萨克酒"度数高，喝到肚子里"热乎"。"毁了"一词，福斯塔夫故意用"sack"，既指"萨克酒"，又有"洗劫""摧毁"（destroy）之意。

哈尔以为福斯塔夫的枪套里真有手枪，一掏，抽出一瓶萨克酒。哈尔无奈，也只能嗔怪："怎么，现在是开玩笑、瞎胡闹的时候？"然后，把酒瓶往福斯塔夫面前一扔，去与霍茨波血战。

福斯塔夫是一个酒鬼！他嗜酒如命,活着为喝酒,喝酒为活着,没有酒,毋宁死。他认为约翰亲王一脸严肃、不苟言笑,滴酒不沾,将来肯定没出息。人若不靠喝酒激活自己,都得活成"傻瓜加懦夫"的样子。他有一大套自圆其说的酒哲学:"上品的雪利萨克酒有双重功效:它升到脑子里,把所有缠在脑子里的蠢笨、迟钝、浓浊的湿毒之气烘干,把人变得悟性强、脑瓜快、懂创造,充满通灵的、炽烈的、诱人的意象,再把这些意象传到舌尖儿,说话成音,那便是绝妙的智慧。这上好的雪利酒的第二个性能,是给血加温;喝酒之前,血冷而凝滞,致使肝色苍白,这正是怯懦胆小的标记。但雪利酒能把血变热,由内向外,流遍四肢:它把脸照亮,犹如一座灯塔,向人体这个小小王国的其他国土发出警告,拿起武器;随后,全身所有生命的灵力便聚集在心脏——它们的统领周围,有了这样的部众,心脏才能强悍,得意扬扬,任何需要胆量的事都敢干;这股猛劲儿全都仗着雪利酒。所以,纵有一身武艺,不饮萨克酒,也是白搭;喝酒使人神勇。学问若无酒,不过一堆魔鬼看守的金子;学问喝了酒,才能变得既有效来又有用。……我若有一千个儿子,教他们做人的头一条准则就是,别喝淡饮料,要把萨克酒喝上瘾。"【4.2(下)】

福斯塔夫是一个牛皮匠！全剧有四处极其典型的福斯塔夫式吹牛。上篇盖德山抢劫一场戏,先是福斯塔夫、巴道夫、皮托、盖德希尔等四人劫了过往富商,然后,头戴面具的哈尔和波恩斯又来抢他们,福斯塔夫吓得屁滚尿流,逃之夭夭。

可一回到酒店,他竟牛气冲天地夸口说:"我要是没手持短剑,一人对十二个,近身肉搏两个小时,我就是无赖。能捡条命,真是奇迹。我的紧身衣被刺穿八次,裤子刺穿四次,小圆盾被捅透,我的剑也砍得成了手锯,豁边卷刃。"他边说边比划:"这四个家伙并着排,一齐挥剑,朝我凶猛刺来;非出手不可了,我轻挥盾牌,便把七个剑尖都挡住了,像这样。"直到哈尔不留情面,连奚落带挖苦地戳穿他:"福斯塔夫,你挺着个大肚子跑起来倒挺快,那么敏捷、灵巧,而且,一边跑一边吼,吼着求上帝发慈悲,吼得活像一头公牛犊。真是一个下贱的笨蛋！自己把剑砍成锯齿,却硬说打仗打的！现在,看你还能用什么花招、什么手段、什么藏身的洞窟,把你这明摆着的耻辱遮住?"【2.4(上)】

什鲁斯伯里之战结束后,他背着霍茨波的尸体去邀功请赏,面对哈尔,从容不迫:"我承认,我倒在地上,喘不过气来;他也一样。可是后来,我们俩同时从地上爬起来,按什鲁斯伯里的时钟算,又激战了足足一个钟头。要信我说的,就信;要不信,就让论功行赏的人把罪过压自己脑袋上。就算快死了我也发誓说,他大腿上的伤是我刺的;要是他活过来矢口否认,以上帝的伤口起誓,叫他再吃我一剑。"【5.4(上)】

有这样吹破天的本领,他才能带着挑衅的口吻舔着脸向大法官吹牛:"祈祷上帝,愿敌人听了我的名字没觉得那么可怖!我宁愿闲得生锈死掉,也不愿叫没完没了的行动腐蚀干净。"【1.2(下)】

下篇,高尔特里森林之战,追击约克大主教按和平协议遣散的叛军,福斯塔夫不费吹灰之力,俘虏了累瘫在地、不想再逃、束手就擒的科尔维尔之后,便转脸向约翰亲王海吹起来:"我卯足浑身上下的力气火速赶到这儿:我骑瘸了180多匹驿马,一路风尘,才到了这儿,又凭我毫无瑕疵的勇敢,活捉了山谷镇的约翰·科尔维尔爵士,他可是一个最凶暴的骑士、一个威猛的敌人。但又管什么用呢?他一见我,就投降了,这下我倒真可以像那位长着鹰钩鼻子的罗马人(恺撒大帝)一样,说:——'我来了,我看见,我征服。'"【4.3(下)】

福斯塔夫是一个劫匪!上篇的盖德山拦路抢劫便是最好明证,但福斯塔夫竟恬不知耻地把这不法勾当称为天命使然,抢劫之前,他一面对哈尔狡辩:"一个人为天命劳神,不算犯罪。……人的灵魂若靠行善才能得救,地狱里可有灼热到煎熬他的火洞?"一面对巴道夫称赞参与抢劫、并替他们踩点儿的强盗盖德希尔:"这家伙是恶棍里的人尖儿,最会对老实人大叫一声:'给我站住,拿钱来!'"。【1.2(上)】这何尝不是福斯塔夫的自画像,他就是一个专门欺负老实人的"恶棍里的人尖儿"。

福斯塔夫是一个财迷!他为捞钱财,不择手段,竟敢在危及王国存亡的什鲁斯伯里之战前,"滥用国王的征兵权,拿一百五十个士兵换了三百多镑。征兵,我只挑有钱人家的子弟,或小地主家的儿子;……我征兵专拣这类怂包,他们心在肚子里,比针尖还小,宁可出钱,不愿参军。如今,我的队伍里净是些扛旗的老兵、伍长、副官、没正式军衔的文职兵,这群奴才衣衫褴褛,活像画布上被财主家的狗舔疮的拉撒路。……他们中有好多人是我从大牢里弄出来的。"当哈尔表示"从未见过这么可怜兮兮的流氓无赖",他满不在乎地说:"能供人钉在枪尖上,够好了:炮灰,炮灰的命。死了填坑,跟好人没区别。咳!伙计,人总有一死,没有不死。"【4.2(上)】果然没出他所料,战事结束,"我把那帮叫花子兵带上战场,全死了:一百五十人,没三个活的"【5.3(上)】。

下篇,高尔特里森林之战在即,福斯塔夫再次利用征兵良机,和巴道夫一起合伙收受贿赂。谁给他钱,他免谁兵役。他的捞笔哲学就是再简单不过的"大鱼吃小鱼":"既然拿小鲦鱼给老梭鱼当钓饵天经地义,照这条自然法则,我没理由不狠咬他一口。"乡村治安官沙洛向他推荐身强力壮的"霉头"和"牛犊子",他一个也不要。沙洛特意提醒:"约翰爵士,约翰爵士,可别弄错喽。属他俩最能干,我给你挑的都是好兵啊。"福斯塔夫理直气壮地回应:"沙洛先生,你要教我怎么选人吗?难道我选人,只在意胳膊腿儿、筋肉、个子、块头儿、体格身量这样的外在条件？沙洛先生,我要的是精气神。"结果,他把从绰号就能看出"精气神"的"病秧子"和"阴影"招为兵丁,还振振有词地显摆:"瞧这个干巴瘦的家伙,阴影,——把这人给我:他在敌人眼前晃悠都当不了靶子;——敌人想打中他,跟瞄准小刀的刀刃一样难。还有,撤退的时候,——这个病秧子,这个女装裁缝,得跑多快呀！啊,我要小瘦子,不要大块头。"【3.2(下)】

福斯塔夫的每一个毛孔都绝好体现着莎士比亚的喜剧才华,威廉·哈兹里特(William Hazlitt, 1778—1830)在其《莎士比亚戏剧人物论》(*Characters of Shakespeare's Play*)中把福斯塔夫的一切都归于"智慧":"福斯塔夫的智慧是从他强壮身体喷出来的精华;是从他的好脾气、好性格里散出的气息;是从他嬉皮笑脸、广交朋友里溢出的暖流;释放之后,他神清气爽,是对人对己都过于满意的结果。假如福斯塔夫不这么胖,反倒与其性格相矛盾了。他之所以有如此天马行空的想象力,全在于他贪吃好喝。他用笑话培育思想,恰如用糖和酒给身体补充营养。他讲笑话感觉活像吃了阉鸡和鹿肉一样享受,吃完再来一盘,还得浇上馋人的卤汁。……他既是一个说谎家、牛皮匠,又是一个懦夫、酒色之徒。可他并不招我们反感,还令我们愉悦。他这种人自娱自乐,也叫别人快乐。……福斯塔夫戏谑之秘钥在于他遇事高度沉着,有一种排除任何干扰的绝对心境。他巧舌如簧,这既是他自珍自爱的自然流露,也是一种规避,把那些搅扰他快活和自满的事物规避掉。他的大块头在欺骗的大海中漂游,……他天生反感使人不快的想法或处境,答起话来总那么肆无忌惮。他只知凭空捏造,捏造得越离谱儿,说起来越带劲儿。"

这样的"带劲儿"又特别体现在福斯塔夫的淫欲之上,他是一个色鬼！下篇第一幕第二场,他见大法官转身离开,马上对侍童说:"没谁能把老人和贪婪分开,也没谁能把青春的肉体和淫欲隔离。"此前,他刚挑衅性地告知大法官:"我不想进一步证明自己有多年轻。事实是,我只在辨别力和理解力上有点显老。"

然而,必须明确的是,福斯塔夫的一切都源于福斯塔夫式的本能,与智慧无关。这应是莎士比亚如此塑造这个人物的初衷,他深谙人性,即便教养良好的,骨子里也有喜欢轻松幽默、插科打诨,甚至低级庸俗的倾向。而这正是莎剧取胜,至今仍有活力的重要原因之一,即他不光写了人的严肃一面,更在于他把特别适应人庸俗那面的东西深挖出来。拿福斯塔夫来说,当人们看到舞台上有这样一个滚刀肉、一个混子、一个人渣,时常口舌如簧地对正统价值观进行嘲弄、颠覆,会觉多么有趣。仔细想来,福斯塔夫有许多以反讽口吻说出的花言巧语、甚至打情骂俏,都道出了残酷的人生真相。福斯塔夫实在是一个成功的戏剧人物!

再说他的色,他凭借"本能",把"贪婪"和"淫欲"合二为一。对酒店女老板桂克丽,他不仅长期借了钱,赖账不还,还经常享用她的肉体;对妓女道尔,他不仅有本事占够她的便宜,还能叫她对自己痴迷得发嗲:"啊,你这可爱的小坏蛋,你呀!哎呀,可怜的猴子,瞅你这一身汗!来,我给你擦擦脸。来呀,你这张婊子养的大胖脸。——啊,坏种!说真的,我爱你。你像特洛伊的赫克托一样神勇,抵得过五个阿伽门农,比那九大名人还要棒十倍。啊,坏蛋!"【2.4(下)】

从道尔的这段台词来看,一般读者/观众对赫克托(Hector)不陌生,他是希腊神话中的特洛伊王子,帕里斯的哥哥,特洛伊第一勇士,特洛伊之战中特洛伊的军队首领,后被希腊军中第一勇士阿喀琉斯所杀;对阿伽门农(Agamemnon)也算熟悉,他是希腊迈锡尼国王,被视为希腊诸王之王,征讨特洛伊的希腊联军统帅。但对于"九大名人"(Nine Worthies)具体指谁,不见得一下便知,它指的是体现理想骑士精神的九位历史人物:三个犹太人:约书亚(Joshua)、大卫(David)和犹大·马加比(Judas Maccabaeus);三个异教徒:特洛伊的赫克托(Hector)、亚历山大大帝(Alexander the Great)和尤里乌斯·恺撒(Julius Caesar);三个基督徒:亚瑟王(Arthur)、查理大帝(Charlemagne)和布永的戈弗雷(Godfrey of Bouillon)。

在此,欣赏和解读莎剧中的一个问题,即注释的不可或缺,需要直接和正式提出来。

以桂克丽和道尔这两个底层女性人物举例来说,她俩文化程度都不高,桂克丽说话经常语无伦次、颠三倒四,妓女道尔嘴里还常冒出情色场里的下流话。从全剧来看,俩人的角色作用都不算重要,只为跟福斯塔夫一起插科打诨、嬉戏调情,制造喜剧、甚至闹剧气氛。最后,她俩因涉嫌一桩命案,在福斯塔夫入狱之前,被教区执事抓捕关押。

这部两联剧之所以热闹,不仅因为有福斯塔夫,还因为有桂克丽,以及在下篇加入的道尔。只要他们仨凑一块儿,就打情骂俏、嬉笑怒骂,好戏连连。但这好戏几乎全在于福斯塔夫的时代语境,而他本人,加上粗鲁的皮斯托,俩人又都是擅说双关语、特别是性双关的高手。以下从上篇、下篇各摘选一段,剧情都发生在东市街的野猪头酒店。想必读者不难判定,若没有注释,其中的戏剧滋味将大打折扣。

上篇第三幕第三场:

亨利王子　你有什么说的,杰克?

福斯塔夫　那天晚上,我在这儿的挂毯后面睡着了,被人掏了兜①。这家酒店成了淫窝:居然掏人兜②。

亨利王子　你丢了什么,杰克?

福斯塔夫　哈尔,我说出来你信吗?丢了三四份契约,每张值四十磅,还有一枚祖父传给我的印章戒指。

亨利王子　那玩意儿不值钱,顶多不过八便士。

老板娘　殿下,我就是这么跟他说的。我说我是听殿下这么说的:再有,殿下,他说起你来,不干不净的,满嘴脏字,还说要拿棍子揍您一顿。

亨利王子　什么?他不会这么说吧?

老板娘　他若没这么说,我就是一个没信仰、不说实话、不守妇道的女人。

福斯塔夫　你的信仰比不过一颗煮梅子③,你的实话还没被追逐的狐狸④多。要说守妇道,玛丽安姑娘⑤跟你一比,简直可以当这儿的副区长太太。一边去,你个什么也不是的东西⑥,走开。

老板娘　什么东西,说啊?什么东西?

福斯塔夫　什么东西!哎呀,一个要感谢上帝的东西⑦。

老板娘　我才不是什么要感谢上帝的东西,这点你得明白:我是本分人家的太太;你不顾自己的骑士身份,这样骂我,简直一个无赖。

福斯塔夫　你不顾妇道,否认自己是个东西,简直一头野兽。

老板娘　什么野兽?说出来,你个无赖,无赖。

福斯塔夫　什么野兽?嗯,一只水獭。

老板娘　一只水獭,约翰爵士!为啥是水獭?

---

① "被人掏了兜",或暗含性意味,指"被人夺了贞操"。
② 福斯塔夫暗含的意思是:这家酒店是一处专门夺人贞操的淫窝。
③ "煮梅子"(stewed prune),当时妓院里常吃的食物,转义指妓女。福斯塔夫讥讽老板娘的信仰不如一个妓女。
④ 狐狸是一种狡猾的动物,被其他猎物追逐时,常以装死求生。福斯塔夫讥讽老板娘的实话都是骗人的。
⑤ 玛丽安姑娘(Maid Marian),当时流行的莫里斯舞(Morris Dance)和五朔节(May)游戏中,一个女扮男装、名声不好的放浪角色。
⑥ "第一对开本"此处作"你个什么也不是的东西"。"牛津版"此处作"你这个东西"。"东西"在此暗指"阴道"。
⑦ "东西",在此暗指"妓女"或"阴道"。

《亨利四世》:一部彰显英格兰民族精神的历史剧

福斯塔夫　为啥？她既不是鱼，又不是肉，男人不知到哪儿去找①她。

老板娘　　你这话不地道：不论你，还是别的男人，都知道在哪儿找我，你这无赖，无赖！

亨利王子　你说得对，老板娘，他对你的诽谤太不像话。

老板娘　　殿下，他连你也诽谤，那天他说，你欠了他一千镑。

亨利王子　你这家伙，我欠你一千镑？

福斯塔夫　一千镑，哈尔？一百万镑：你的爱值一百万镑；你最欠我的，是你的爱。

老板娘　　不，殿下，他骂你混混儿，还说要拿棍子揍你一顿。

福斯塔夫　巴道夫，这话我说过吗？

巴道夫　　真的，约翰爵士，你是这么说的。

福斯塔夫　没错，——假如他说我那枚戒指是铜的。

亨利王子　我说它是铜的，现在你敢照你说的做吗？

福斯塔夫　哎呀，哈尔，你最清楚不过，假如你只是凡夫俗子，我当然敢。可你是个王子，我怕你怕得就像听小狮子吼。②

亨利王子　为什么不怕听大狮子吼？

福斯塔夫　怕国王本人才是怕大狮子吼：③你以为我怕你，像怕你父亲一样？不，那样的话，我央求上帝把我腰带弄断④。

下篇第二幕第四场：

皮斯托　　上帝保佑你，约翰爵士！
福斯塔夫　欢迎，旗手皮斯托。来，皮斯托，我给你枪里装一杯萨克酒，你去向我们的老板娘开火⑤。

---

① 此处福斯塔夫的这个"找"暗含"弄""搞""干"之性意味。
② "幼狮""小狮子"是《圣经》中对年少无畏的年轻人的比喻。参见《旧约·创世记》49·9："犹大像少壮的狮子，扑取猎物，回到洞穴；它伸直身子躺卧，谁都不能惊动他。"
③ "国王如狮"是《圣经》中的比喻。参见《旧约·箴言》19·12："君主震怒像狮子吼叫。"；20·2："要畏惧王的愤怒，像惧怕咆哮的狮子；/激怒君王等于自杀。"
④ 按民间说法，腰带断乃不祥之兆。古谚云："没腰带的不受祝福"（ungirt, unblessed.）。
⑤ "皮斯托"（Pistol）：pistol 本义为"手枪"，故福斯塔夫在此又玩起了双关：1. 我给你倒杯萨克酒，你去敬老板娘一杯；2. 用你的子弹，去射老板娘一下。（"开火"含性意味，指"射精"。）

皮斯托　　约翰爵士,我要射她两杯子弹。
福斯塔夫　她能防弹,先生,你射不透她①。
桂克丽　　嗨②,管你什么防弹、射弹,我一概不喝③。对我没好处的东西我不喝,我这个人,喝酒不是为了讨男人快活。
皮斯托　　那射你,多萝西④夫人,我射你一杯。
道尔　　　射我? 下流东西,我瞧不上你! 怎么? 你这穷兮兮、卑贱的、无赖的、骗人的、衣着寒酸的家伙! 滚,你这发霉的流氓,滚! 我是你主人嘴里的肉⑤,你高攀不起。
皮斯托　　多萝西夫人,我对你一清二楚⑥。
道尔　　　滚,你这扒窃的恶棍,你这脏臭的偷包贼,滚! 以这杯酒起誓,你若敢对我动手动脚⑦,我就把刀子插你这张臭脸上。滚,你这卑劣的恶棍,腰里挂把老掉牙的破剑⑧咋咋呼呼的骗子,你! ——请问,先生,你冒充军人多久了? 上帝之光,肩头还系了两根带子⑨。真够威风的!
皮斯托　　上帝别让我活了,看我不撕了⑩你的大皱领⑪!
福斯塔夫　别再闹了,皮斯托:我不准你在这儿开枪走火⑫。这杯酒你就射给自己吧,皮斯托。
桂克丽　　别这样,好心的皮斯托队长⑬。别在这儿撒野,亲爱的队长。

---

① 福斯塔夫或暗讽皮斯托勃起不硬。
② "嗨"(Come):或有性高潮之意涵。
③ "喝"(Drink):或有性交之意涵。
④ "多萝西"(Dorothy):"道尔"(Doll)应是其名字的简称。
⑤ "肉"(meat):与"伴儿"(mate)双关,暗指"妓女"。意思是:我是你主人的性伴侣。
⑥ 或含性意味,意思是:你的性本领我一清二楚。
⑦ "动手动脚":原指窃贼用刀把系人腰带上固定钱袋的带子割断。道尔言下之意:你若敢在我身上放肆。
⑧ "剑"(basket-hilt):指剑柄带有条编形护手的老式长剑。
⑨ "带子"(point):军人系在肩头固定护胸甲的带子。
⑩ "撕扯"(murder):暗指性攻击。
⑪ "皱领"(ruff):16、17世纪流行的一种高而硬的轮状皱领。因妓女惯于穿大皱领,故"大皱领"("ruff")也指称"妓女"。
⑫ "开枪走火":含性意味。
⑬ 桂克丽搞不懂军中官衔,误把"旗手"当"队长"。

多佛·威尔逊在《福斯塔夫的命运》中指出:"尽管福斯塔夫这个人物形象由中世纪的魔鬼脱胎而来,但他已变成当代人神话里的一尊神,在人们想象中,他犹如古人生活中的罗马酒神巴克斯,原因在于,他把一切传统、法律、道德束缚一股脑全抛开,叫作为人类社会成员的我们不再受这些约束,感到特别兴奋、提神儿。福斯塔夫不知廉耻,毫无原则,连最起码的体面也不顾,却能赢得赞赏,全因为他富于机智,蔑视道德,脑子灵活,活力无限。"

连带注释读完以上两段,再回味威尔逊所说,能否感到,福斯塔夫这个人物像创造他的莎士比亚一样,是说不完的?

(四)与诺福克公爵的关联

在下篇第三幕第二场乡村治安官沙洛开口揭穿福斯塔夫老底儿之前,没人知道福斯塔夫年轻时的风流事及其身世:"找遍伦敦所有律师学院,也见不着四个如此瞎胡闹的流氓。这么跟你说吧,哪儿有漂亮鸡(妓女),我们门儿清;其中几个最漂亮的,我们招手就来。那个杰克·福斯塔夫,现在得叫约翰爵士,当时还是个孩子,给诺福克公爵托马斯·毛伯雷当侍童。"

按乔纳森·贝特所说,福斯塔夫小时候曾给诺福克公爵当过侍童,这本身并无事实根据,似乎是莎士比亚杜撰的。

这凭空一笔从何、又为何而来?依据贝特的分析,莎士比亚如此写,是为将福斯塔夫同以亨利四世和他儿子为代表的兰开斯特王朝的反对派建立关联:"在理查二世当朝之初,亨利四世还叫布林布鲁克的时候,这位毛伯雷跟他已是对头。有其父必有其子:正像布林布鲁克谴责毛伯雷参与叛国将其驱逐出境一样,哈尔也把福斯塔夫从身边放逐。离开时,毛伯雷深情地向故土和母语告别,动情的话语暗示出他对英国土地和语言的爱胜过朝代更迭。而从自私的布林布鲁克嘴里,我们听不到类似动听的爱国话语。他对父亲、冈特的约翰(沙洛还记得他的名字和他的英格兰)临终遗言要恢复的理想化的古老英格兰,毫无作为。"

"在莎士比亚的时代,那些因思想差异而遭放逐、但仍宣称忠于英格兰的人,大多是天主教徒。这揭示出把福斯塔夫和诺福克公爵连在一起的另一层指向。对一个伊丽莎白时代的观众来说,作为国土之上唯一幸存的公国,诺福克的名字与公开的或被疑为天主教的同情者成了同义词。在亨利八世与罗马教廷决裂,正式改教之后很长时间,旧的天主教习俗仍在持续。天主教的礼拜仪式和农业历法以及人的生物周期间的整体关系,不可能一夜之间被打碎。因此,福斯塔夫在英格兰腹地旅行,也是深入莎士比亚的父亲和外祖父的古老宗教之旅。在把从旧戏《亨利五世大获全胜》中王子的酒肉朋友具象化的过程中,莎士比亚保留、并使用了大量自己亲生父亲'约翰'的名字,这是否巧合,令人好奇。讽刺的是,不得不把福斯塔夫的原名'奥尔德卡斯尔'改掉,因为这个角色被视为对原始新教'罗拉德派'一位同名殉教者的侮辱:下篇收场白说'奥尔德卡斯尔死于殉道,这出戏演的并非此人'。"

"确实不是这个人,因为福斯塔夫正是在宗教改革名义下被压制的那些古老天主教节奏的化身。戏文里还留有奥尔德卡斯尔的痕迹:'福斯塔夫吓得浑身淌汗'【2.2(上)】暗示一个在篝火上被烧的殉教者,而'我若不能像别人似的叫囚车看着顺眼'【2.4(上)】"可能指一个宗教异见者在去受火刑的路上,以及一个罪犯被押上绞架。新教徒,尤其极端的清教徒,传统上的形象清瘦,胖修士则是天主教腐败的象征。莎士比亚通过将约翰爵士写成一个胖子,而且不管他叫奥尔斯卡斯尔,意在举起天主教的幽灵与新教殉教者形成对照。福斯塔夫是马伏里奥的对手:他代表蛋糕、麦芽酒和节庆,他代表的一切都是清教徒诅咒的。在《亨利五世》开头,坎特伯雷大主教证实,哈里亲王的改革因抛弃福斯塔夫得以完成:"从未见洗心革面似一股洪流,如此强劲,把一切错误都冲走。"【1.1】假如戏里有一位原始新教徒或萌芽中的清教徒,那便是哈里五世,他刚洗刷掉过去,抛弃了老伙伴,将原来的英格兰拒之门外。

"就算福斯塔夫想利用哈尔为自己升迁,但比起那个永远冷漠、老谋深算的亨利四世,他更像一个父亲。福斯塔夫与浪荡王子模仿表演觐见国王的场景倾情投入;到王子实际觐见父王时,国王却很阴冷,两相对照,再清晰不过地说明了这一点。下篇结尾处的复杂和痛苦,源于正在回家继承政治遗产的浪子哈尔撕碎了老英格兰的心。按霍林斯赫德《编年史》所写,亨利五世对友情无不回报。但莎剧历史不这么说。'沙洛先生,我还欠你一千镑。'【5.5(下)】福斯塔夫遭他的'乖孩子'公开谴责之后,立刻这么说,他想改变话题,这是人们觉得自己被出卖或不知所措时常有的做法。此时此刻,用心看过这部两联剧的观众,可能还记得哈尔和福斯塔夫两人间的早先那段对话,哈尔问:'你这家伙,我欠你一千磅?'福斯塔夫回答:'一千镑,哈尔?一百万镑:你的爱值一百万镑;你最欠我的,是你的爱。'"【3.3(上)】

(五) 懦夫,还是勇士?

能想象世上有福斯塔夫这样的勇士吗?不知除了18世纪莎学家莫里斯·摩根(Maurice Morgann,1726—1802)之外,还有谁这样认为。1777年,摩根在他那本著名的《论约翰·福斯塔夫爵士的戏剧性格》(*An Essay on the Dramatic Character of*

Sir John Falstaff)一书中,开宗明义指出:"我对约翰·福斯塔夫爵士这个戏剧人物的勇气和军人性格所抱的看法,与我目力所及的世上的流行看法完全不同。……我并不认为莎士比亚原打算把怯懦作为福斯塔夫的主要天性。"

摩根丝毫不否认,福斯塔夫最亲密的伙伴亲热叫他懦夫;他在盖德山抢劫时,一见乔装前来趁火打劫的哈尔亲王和波恩斯便逃之夭夭;在战场上,刚跟道格拉斯交手就倒地装死。凡此种种,所有人都"否认他具有任何一种优良或值得尊敬的品质。"

然而,摩根认定,"这里有某种非凡的东西存在:想必莎士比亚有种不可思议的艺术,才使我们喜欢这样一个讨厌的家伙并对他怀有好意。人们会说,他富于机智,有一种极具特征和蛊惑人的爽快、幽默。难道光这些就够了吗?难道对邪恶的幽默和愉快竟如此蛊惑人吗?难道那种充分显出卑鄙和每一种恶劣品性的机智,能如此抓住人心并赢得喜爱吗?或者,这种明显的幽默和突出的机智,由于更强烈揭示了性格缺陷,难道不会更有效激起我们对这个人的憎恨和蔑视吗?但我们对福斯塔夫性格的感觉并非如此。当他不再令我们开心时,我们并未觉得有什么厌恶;我们简直不能宽恕威尔士亲王即位后表现新王美德时的那种忘恩负义,我们还诅咒那种严苛无情的惩恶扬善,因为它把我们这位好脾气、讨人喜欢的老伙伴交给典狱官,遭受在弗利特监狱囚禁的羞辱。"

总之,摩根认为福斯塔夫是有勇气的,绝不是"天生的懦夫"。在摩根眼里,福斯塔夫"性格的主要品质——其他所有品质均从这里获得色彩——就是一种高度的机智和幽默,兼备充沛的精力和敏捷的头脑。……他发现自己尽管满身缺点,人们照样尊敬和喜欢他;毋宁说,人们这样对他恰恰因为他有缺点,这缺点和他的幽默密不可分,而缺点大部分还是从幽默中产生的。……他继续在社交场合生活,不,甚至住在酒店,过着花天酒地、淫欲放荡的生活,还得到别人的纵容;他酗酒、嫖妓、贪吃,总十分快活;……他永远能从自己的机智里找到可用的手段,他向人借钱,故意隐瞒,欺骗别人,甚至拦路抢劫,从不以为耻。他奢靡淫欲所得到的对待是笑声和赞许。……最后,他把青春和老年、冒险和肥胖、机智和愚蠢、贫穷和奢侈、爵位和滑稽、想法单纯和做法恶劣混在一起;……作为一个笑料和一个机智的人,一个幽默家和一个滑稽者,一个试金石和一个笑柄,一个小丑和一个遭嘲弄的对象,约翰·福斯塔夫爵士,就其一生中我们所见到这个时期来讲,或已成为一个从未展示过的最完美的喜剧性格。"

至此,可以获知摩根所说"福斯塔夫具备基于天性和体质的勇气"指的是什么了。原来,不论福斯塔夫敢于在什鲁斯伯里之战中面前强敌倒地装死,把保全生命视为一个诙谐问题,还是他可以靠借债度日不觉有损荣誉,都是"勇气"的表现:"勇气是构成福斯塔夫性格的一部分,属于他的天性,并在他一生的行为和实践中表现十分突出……假如把威尔士亲王和波恩斯对他的戏弄,以及约翰·兰开斯特公爵对他的谴责放一边,无法从剧中任何一个人物嘴里听出对其勇气的怀疑。……假如莎士比亚原本想把福斯塔夫写成一个'吹牛皮的军人'类型的性格,那他的行为就该,从而一定会受到别人评头论足。……莎士比亚写他的性格全由各种矛盾构成:既是一个青年,又是一个老头儿;既敢于冒险,又游手好闲;既容易受骗上当,又富于机智;既没心眼儿,又胡作非为;原则上软弱,本性上果断;表面上怯懦,实际上勇敢;虽是一个无赖,却并无恶意;虽喜欢撒谎,并不欺诈;虽是一个骑士、一个绅士、一个军人,但一点也不尊严、不庄重、不体面。……在莎士比亚写戏那个时代以前,舞台上的弄臣、小丑,都是最廉价、粗糙的材料塑造的。换言之,只要运用某种主要的愚蠢行为,再掺上少量的无赖和公子哥儿习气,目的就达到了。但莎士比亚喜欢刻画难以塑造的角色,他决定提供一种更丰盛的菜肴,使一个出色的丑角富有机智、幽默、高贵、尊严和勇敢,韵味十足。"

顺着摩根的思路,似乎颇有自圆其说的道理。但显而易见,摩根之所以不能"宽恕"亨利五世最后"忘恩负义"放逐、"羞辱"福斯塔夫,只因他过于溺爱福斯塔夫,才把亨利五世的这种做法与亨利四世对珀西家族的"忘恩负义"等同起来。可这根本是两码事!

事实上,在这儿引述摩根对福斯塔夫的评述,只为把莎研史上有过的"福斯塔夫勇气说"立此存照,聊备一格。

不过,有个问题值得思考:人们为何如此喜欢这个懦夫?或许因为在很多时候,人们都会在福斯塔夫式的本能驱使下,自然变成懦夫!

(六)福斯塔夫何以消失?

《亨利四世》(下篇)以"致辞者"一大段收场白落幕结束,其中说到:"请允许我再啰唆一句:假如众位对肥肉没吃太腻,浅陋的作者会继续讲述这个故事,里边有福斯塔夫,还有法国美丽的凯瑟琳叫你们开心。据我所知,福斯塔夫将在这出戏里因流汗而死;除非你们已用不利言辞杀了他。奥尔德卡斯尔死于殉道,这出戏演的并非此人。"【5.5】

显而易见,此时,莎士比亚至少已想好将在《亨利五世》中如何安排福斯塔夫:让他第三次参战——阿金库尔战役(Battle of Agincourt),前两次是什鲁斯伯里之战(上篇)和高尔特里森林之战(下篇);最后让他"因流汗而死"。换言之,莎士比亚把福斯塔夫的死法都想好了。顾名思义,"流汗而死",应指因强体力活动、瘟疫或感染性病引起的阵发性出汗导致的死亡。也就是说,莎士比亚很可能让福斯塔夫死在跟老板娘桂克丽或妓女道尔的性事上,成为风流鬼。恰如多佛·威尔逊在《福斯塔夫的命运》中所说:"莎士比亚既然把自己的意图这样公开说出来,等于提前许愿、广而告之,观众很快将再有一番享受。按当时记载,福斯塔夫极受欢迎。假如属实,观众的胃口便不仅觉不到吃腻了这块肥肉,看完这两部戏后,反而更想吃了。"

既然这样,福斯塔夫何以在《亨利五世》中消失不见?名字只出现过一次:还是第二幕第三场,在伦敦某处街头,皮斯托对老婆桂克丽顺嘴那么一说"福斯塔夫死了"。

对此,18世纪著名批评家塞缪尔·约翰逊(Samuel Johnson, 1709—1784)认为,莎士比亚感到无法以戏剧手法把福斯塔夫写下去,只好放弃。不过,多佛·威尔逊不这样看,他推断,并非莎士比亚在《亨利五世》中再也塑造不出福斯塔夫,而是因为他所属的内务大臣剧团内部,人员有了变动。简言之,是红极一时的剧团台柱子喜剧演员、主要股东之一威廉·坎普的离开,导致了福斯塔夫的消失。威尔逊认为,福斯塔夫这个角色八成是为坎普写的,也可以说,这个角色是坎普在舞台上创造出来的。威尔逊的分析,或可以给出一个令人信服的答案:

> 此剧下篇四开本第二幕第四场的舞台提示,印有"威廉上"字样,对比《罗密欧与朱丽叶》第二四开里的"威廉·坎普上"一看,这个"威廉"无疑是指坎普。假如把坎普最早扮演《亨利四世》中福斯塔夫的时间定在1597—1598年之间,那莎士比亚为何不兑现许愿,便一下子有了令人满意的答案。《亨利五世》第五幕序曲提到女王的将军(埃塞克斯伯爵)从爱尔兰凯旋回朝,由此断定,此剧上演必在1599年至3月27日至9月28日之间,这是埃塞克斯离英、返英的日子。此剧第一幕序曲提到"木头圆圈",不知指的是环球剧场还是帷幕剧场。不过,环球剧场于1599年初开始兴建,夏季落成,这个不会错。同样可以肯定的是,剧场场址的租约于2月21日,当时签字立约人有坎普,但在"建的过程中或建成后不久",他退出了。另有证据显示,他脱离剧团正是那一年。简言之,我的猜测是,当莎士比亚在《亨利四世》(下篇)收场白里许愿,让福斯塔夫在《亨利五世》里重新亮相之时,已想好继续由坎普扮演。但坎普一离开剧团,原计划也只好改变。既然福斯塔夫不能重新登台,剧情得交代一个合理解释,唯一圆满的答案就是说他死了。这便是从《亨利五世》看

到的福斯塔夫的结局,既令人心生悲悯又不失幽默,莎士比亚最擅此道,他用尽招数使观者在失望之余,给予谅解。

自从福斯塔夫落生在莎剧《亨利四世》那一刻起便注定了,他永远不会消失!

> 篡谋王位背信弃义的亨利四世,
> 洗心革面浪子回头的哈尔亲王,
> 血性豪勇的"暴脾气"霍茨波,
> 幽默的白胡子老撒旦福斯塔夫。

2018 年 2 月 28 日

著述

《伊菲革涅亚》,或文学的意外

阿里斯托芬的爱欲与自然
——柏拉图《会饮》189a1—193e2 讲疏

《伊菲革涅亚》，或文学的意外

■ 文／吴雅凌

一、某种秘密的恐惧让我浑身战栗

像活人祭这样的话题并非只是抵触现代文明底线。阿喀琉斯扬言要在好友葬礼上杀死十二个战俘做陪葬。他确实这么做了。西方文学史上第一部史诗开卷第一行起被多少朱笔圈点的"毁灭性的英雄之怒"，历经整二十三卷铺陈，终在他手刃特洛亚十二勇士一路大声嚎哭的现场抵达高潮——此一时的愤怒，甚至超过彼一时在特洛亚人面前泄恨作践他们死去的领袖赫克托尔。与此同时，荷马以不动声色的优雅笔法相隔短短五行诗重复发出同一句耐人寻味的叹息："高傲的特洛亚的十二个高贵儿子。"①优雅中没有掩饰让人不忍细加琢磨的残酷。

但不止这样呢！荷马接着讲，人间丧葬，天上神族摆宴。西风、北风二神趁着酒兴，喧喧嚷嚷地出发，携手卷起大风吹旺火葬堆，敌我的尸身不分别地欢烧一夜，连带活人的爱恨伤心，天明才烧完。日出时，阿喀琉斯力倦神疲躺倒睡了。真真是一场游戏一场梦。游戏归神族。人只分到人生如梦。

像荷马这样的诗人不会再有第二个。后来的希腊作者不欠缺谈论禁忌的勇气，但大都表现出必要的谨小慎微。希罗多德记载不少外邦异族的活人祭，只有一回涉及希腊本地传说。单是这一回，他做足万全的条件补充，那被活献祭的，乃是

---

① 荷马：《伊利亚特》卷二十三，行175—行181。

罪罚之人逃亡外邦又偷自回乡且擅闯圣地……诸如此类罪上加罪罪不可赦。① 素有"渎神"声名的欧里庇得斯很可能贡献了最多的相关细节。而他一样避免越过雷池。俄瑞斯忒斯险成陶洛人的牺牲,那是"蛮王统治的蛮夷"(barbaros),受希腊人鄙夷的异族礼俗。再不然是亵渎了神威,像那忒拜王彭透斯,因迫害狄俄尼索斯神教,被生母在狂迷中活活撕作碎片,反成就酒神伴侣的狂欢礼。②

大约只有一个例外。事情发生在希腊本乡本土,被选中的牺牲是天真的女孩儿。十万希腊大军要去远征特洛亚,不料被滞留在奥利斯海港。神谕说是阿尔忒弥斯女神发怒了,点名阿伽门农王的女儿伊菲革涅亚,只有无辜的鲜血才能息神怒。雅典的三大悲剧诗人纷纷讲过这事。依据埃斯库罗斯和索福克勒斯的说法,伊菲革涅亚确实死在奥利斯。欧里庇得斯却说,阿尔忒弥斯女神怜悯那女孩儿,从祭坛上救走她,以一头母鹿替代她做牺牲。

无独有偶。旧约圣经也有一则广为流传的献祭故事。亚伯拉罕在摩利亚山中把刀伸向独子以撒。最后一刻也有一头公羊奇迹般地现身,替代无辜的少年做了牺牲。亚伯拉罕的信德与神恩的降临相映成趣。皆大欢喜。这则故事历来被赋予希伯来文明中最高级别的教诲意味。

相比之下,旧约另有一处活人献祭的记叙较少为人说起。先知耶弗他向耶和华许愿,以色列人若能打败敌人,他将把第一个出家门迎接他的人献为燔祭。后来以色列大胜,先知的独生女儿敲鼓跳舞,最先出门迎接。那做父亲的撕裂衣服,当场哀哭不止。单从文学的眼光看,《士师记》的这段叙事相当精彩呢!细腻的心理细节,动人的戏剧突转,正是亚伯拉罕的故事欠缺的。《创世记》中的信仰之父自始至终孤独沉默,无人知晓神要他献祭以撒,连以撒也不知。父子二人朝摩利亚山前行的那三天,经书里讳莫如深。唯此才有基尔克果在《恐惧与战栗》中四次调音三次发问几番尝试谱奏亚伯拉罕老父的心曲。第二个故事远不如以撒的献祭有名,原因大抵出在结尾:没有神的使者从天上呼唤,没有鲜活的小兽在祭坛上咽气。先知耶弗他的女儿有不一般的勇气。她去山中哀哭,"两月期满,回到父亲那里,父亲就照所许的愿向她行了"③。无辜的以色列处女真做了牺牲。直至故事终了,神意始终隐匿,透着一股让人隐隐不安的气息,应了先知以赛亚的话:"救主以

---

① 希罗多德:《历史》卷七,197。
② 分见欧里庇得斯的《伊菲革涅亚在陶洛人里》和《酒神的伴侣》。
③ 《士师记》,11:30-40。

色列的神啊,你实在是自隐的神。"①

这种不安的气息以不一般的方式弥漫希腊作者讲述的伊菲革涅亚故事。埃斯库罗斯和索福克勒斯未留下专门的悲剧,《阿伽门农》(行1555—1559)和《厄勒克特拉》(行530—533,行566—579)不约而同将这场献祭当成阿伽门农家族悲剧的环节一笔带过。稍后的拉丁诗人卢克莱修强化了个中的批判语气:"希腊将领在奥利斯用伊菲革涅亚的血可怕地玷污了那十字路口的处女神的祭坛……"②

欧里庇得斯是在人心里制造不安的大师。也只有他,兴致盎然地就伊菲革涅亚的故事一连写了两出诗剧。《伊菲革涅亚在奥利斯》的结局看似皆大欢喜,却留有疑团莫释。神从天而降,为人间解围。"机器降神"作为欧里庇得斯的常用手法总带着一丝古怪含糊的意味。克吕泰涅斯特拉听闻女儿从祭坛神秘消失没有感恩喜乐,反而丢下让人玩味的一句话:"我怎么知道这不是一个虚假的故事,说来安慰我,叫我不要再哀悼你呢?"更有甚者,继报信人之后,阿伽门农王"带着同一的故事"亲自上场宣布:"她的确是和神们在一起。"③不知为什么,这蛇足般的举动让人心愈发不安,让我们忍不住和克吕泰涅斯特拉一起怀疑。母鹿的美好神话莫非是息事宁人的"善意"谎言?在欧里庇得斯的隐微笔法下,神恩的降临更似一场"渎神"的戏谑。

当十七世纪法语诗人拉辛重写《伊菲革涅亚在奥利斯》时,我们注意到,他以欧里庇得斯的传人自居,反复强调他对欧里庇得斯(以及荷马!)的仿效。④ 拉辛从欧里庇得斯那里继承了什么?也许首先就是这股子不安的气息罢。它穿越两千年没有消散,反而更固执也更苛求小心应对。在现代文明语境里,这不安在哲学家那里不妨变形成一个基尔克果式的追问:倘若没有神恩临在,活人祭如何从伦理上得到辩护?从某种角度看,基尔克果的哲学追问方式依然可追溯至柏拉图对话传统。那么,诗人们呢?是否存在一种堪与哲学相抗衡的现代文学思考方案?由此能否形成某种新时期的诗与哲学之争?毕竟,由活人祭话题引发的不安虽然微不足道,但文学从来不把细节等同为小事不是吗?

拉辛无疑提供了一个好的研究案例。在他生活的年代,欧洲知识人中爆发了

---

① 《以赛亚书》,45:15。
② 卢克莱修:《物性论》卷一,80—101。
③ 欧里庇得斯:《伊菲革涅亚在奥利斯》,行1616—1618,行1623。
④ Jean Racine, *Œuvres complètes*, tome I, Théâtre & Poésie, Georges Forestier (éd), Gallimard, Pléiade, 1999, p.699。拉辛全集戏剧诗歌卷下文简称OC1,并随文标注处处页码。

一个新的纷争名曰"古今之争",看上去与《理想国》里的那个古老纷争话题相去太远。但有什么好大惊小怪呢!拥有古典主义诗人名号的拉辛或许真的不失为荷马和欧里庇得斯的法兰西传人,我们这些后世有福的观众必须心知肚明,路易十四时代巴黎舞台上的精彩必然与伯里克利时代的雅典剧场有天壤之别。

二、这渎神的热情想要什么

在拉辛笔下,神意的隐匿这个说法早早出现在开场。与其说是悲剧故事的终极疑难,莫若说是阿伽门农王在不能眠的暗夜流泪哀叹时亦真亦假的修辞:

> 在卑微的运命中满足的人有福了,
> 他远离这困住了我的华美枷锁,
> 生活在诸神隐匿的幽暗境地里!(行10—12)①

伏尔泰在《哲学辞典》中连用三个感叹句盛赞这三行诗:"何其动人的情感!何其巧妙的诗行!何其自然的音籁!"②奥利斯港的暗夜,全军都睡下了,没有一丝风声,大海也沉默着。我们应该知道的是,这沉寂如死一般出自诸神的诅咒,已经整整历时三个月。阿伽门农王叫醒老仆。这个举动显出不一般的隐喻色彩。众人皆睡我独醒,阿伽门农以悲剧中人的语气感叹,比起大人物的悲壮命运,他更情愿像夜里好梦的小人物那样拥有不受神恩眷顾的人生。

很妙的是,这般精心营造的气氛,这样华丽动人的言辞,随即却遭一个素朴的老仆人反驳。"主公啊,从何时起你开始这般措辞?"(行13)阿伽门农在所有希腊君王中最受诸神恩宠,拥有世人不可企及的荣誉财富,断不可因眼前难关而轻狂,妄加渎神,忘记做人的本分:

> 虽有百般荣誉,你终究是凡人,
> 人活在世上,不停变化的运命

---

① 本文中的拉辛诗文由作者所译,并随文标注行数。
② Voltaire, *Dictionnaire philosophique*, tome 1, Paris: Garnier, 1879, "De la bonne tragédie française", p.407. 伏尔泰视拉辛为法语诗人的最佳典范,尤其推崇《伊菲革涅亚》,将其奉为历代法语悲剧佳作头名,在"戏剧艺术"词条中以近十页篇幅详加赏析。

不会总是保证不带杂质的幸运。(行32—34)

早在欧里庇得斯笔下,老仆就有这等明智让人印象深刻。"你须得享快乐也得受忧患,因为你是生而为凡人呀,即使你不愿意也罢,这样总是诸神的意旨。"①老仆的反驳更像长者(几乎等同于智者)的告诫。无论幸或不幸,凡人须得顺从神意自知天命,君王不必说更得以身作则。

这让人忍不住要想,究竟是谁处在"诸神隐匿的幽暗境地"?

阿伽门农向老仆透露一个"天大的秘密"。伊菲革涅亚不得不被献祭。此事只有他和奥德修斯等三两君王知情。先知卡尔卡斯在秘密的祭仪上转达神谕:

你们带兵攻陷特洛亚将落空,
除非做一场庄严肃穆的献祭,
要有一名与海伦同族的少女
在本地阿尔忒弥斯神坛上做牺牲。
想让天神收回的大风重新刮起,
你们要将伊菲革涅亚献为燔祭!(行57—62)

阿伽门农不知道神意为何要求他献祭女儿。在他看来,奥利斯三个月不起风,乃是"发怒的天神禁止我们找寻出征的路"(行218),至于这桩"突来奇事"(行47)事出何因,他和其他人一样茫然无知:"不知为何过错,诸神在愤怒中索求流血的献祭"(行1221—1222)。关于这一点,古代诗人倒是另有交代。欧里庇得斯的《伊菲革涅亚在陶洛人里》开场说,阿伽门农许愿把一年中最丰美的产物献给女神,正巧伊菲革涅亚在当年出世。索福克勒斯的《厄勒克特拉》则说,阿伽门农误杀了一头本要献给女神的鹿,不得不拿女儿去赎罪。在拉辛这里,阿伽门农不是要还愿赎罪,阿伽门农根本是误解了神谕。

是的。那华丽的开场几乎骗过我们。阿伽门农一样地"生活在诸神隐匿的幽暗境地"。整部戏中的人物无不"生活在诸神隐匿的幽暗境地"。有一次,在天真的伊菲革涅亚面前,阿伽门农说了半句实话:"诸神近来残酷不听我祈祷。"(行572)另半句实话是:"父爱受了惊的我怎能再信神?"(行69)阿伽门农以亲情为名公然不再信神。他听闻神谕,当场"咒骂诸神","在神坛上发誓绝不屈服"(行67—

---

① 欧里庇得斯:《伊菲革涅亚在奥利斯》,行28—33。

68)。他的妻子稍后说:"神谕表面说的岂能当真?"(行1266)他更明目张胆些:"我要求诸神第二次向我索讨。"(行1468)他也更矫饰些,比不得阿喀琉斯快意率直:"就让荣誉说了算,这才是我们的神谕。"(行258)

　　欧里庇得斯笔下的阿伽门农已够悲哀的了。老仆当面说不佩服他,兄弟当场拆他的家书,妻子当众无视他的威严。他想送信给妻子失败了,他想瞒过众人失败了,他想救女儿也失败了。出于某些值得推敲的缘故,拉辛为这个虚弱的角色额外添了许多光环和尊严,让他重新配戴上"王中的王,希腊全军的头领"(行81)这个称号,乃至两次让他与英勇无敌的阿喀琉斯当面对峙唇枪舌剑——在欧里庇得斯那里,阿伽门农在阿喀琉斯上场之前急忙退场,似乎要规避这样的针锋相对。

　　但拉辛的苦心经营没有成就一个悲剧英雄。罗兰·巴特这么评价阿伽门农:他拥有一切,财富、荣誉、权力、盟友,但在性格上一无是处;他优柔寡断,但与悲剧英雄的两难无关。① 阿伽门农甚至不是真正的悲剧性人物。王者与父亲的身份两难,国家理性与父爱亲情的张力矛盾,这些常见的悲剧冲突元素更像是他频繁改变心意的借口。要不要献祭伊菲革涅亚?他在这个问题上再三翻悔。他同意献祭不是敬畏神意,而是忌惮公共舆论,且贪恋虚妄的功名;他反对献祭,最初是想救女儿,后来却像是与阿喀琉斯争权的手段。但归根到底,不管他同意还是反对,献祭的事从来不由他决定。阿伽门农从头到尾是摇摆的软弱的,是受困的。那困住他的"华美枷锁"不单是人世的虚妄,更有世人对虚妄的贪念。阿伽门农生而为王,不在于他比常人更脱俗,而在于他更人性。贪恋令他在神意临在时与神意无缘。所以,他也懂扪心自问:"这渎神的热情想要什么?"(行1445)

　　只有那么一次,阿伽门农是如此挨近神意!他在不知情中扮演先知的角色。他在埃里费勒尚未出场以前早早提起她。他称她为"另一个海伦"。他不知道他无意中道出真相。神秘的埃里费勒才是神谕点名的另一个伊菲革涅亚,另一个"与海伦同族的少女"。但阿伽门农对此一无所知。他仅仅满足于用埃里费勒从公主沦落为女奴的悲哀例子去批评他的政敌阿喀琉斯:

> 　　特洛亚人为另一个海伦哭泣,
> 　　那被你俘虏送往密刻奈的女子。
> 　　我毫不怀疑这位年少的美人
> 　　守秘是枉然,她的高傲泄露天机,

---

① Roland Barthes, *Sur Racine*, coll. Pierres vives, Paris: Le Seuil, 1963, p.107.

她的沉默表明高贵的身份，

隐瞒不住她本是显赫的公主。（行237—242）

从开场的惊世秘密到终场的真相大白。从起初没有一丝风的死寂，到最后献祭礼上大风呼啸，全军咆哮，天地海洋轰鸣，拉辛的天才笔触步步从容有条不紊地营造出一个完美依循三一律的古典主义戏剧世界。风声从无到有变化起落，秘密一层层抽茧剥丝，自然与人心的秩序整顿保持同一个节奏，故事简单集中而又精彩纷呈。从天黑到天亮，以阿伽门农王为首，整部戏中的人物全在神意的隐匿中昏睡。他们从头到尾没有付出任何代价，也就与这场轰轰烈烈的悲剧无缘，只配做旁观的人群。在伟大心灵事件的发生现场，他们没有经历思想的颤抖，而是满足于被动地感受"一阵消除疑虑的神圣恐惧"（行1784）。

只有一个人例外。只有她，从诸神下了咒的灵魂的暗夜走出来，独自一人走向刺瞎人眼的光亮。

三、你每走一步就多一点痛苦

在路易十四时代的剧场，关乎活人献祭的伦理辩证诉求让位给逼真性（la vraisemblance）的审美规范。拉辛以务实的态度交代他面临的技术两难，既不能让"像伊菲革涅亚这么高尚可爱的人儿被杀死"，又不能借助机器降神或变形故事解决问题。前者过于野蛮，有"玷污舞台"之嫌，后者过于荒谬无可信度（OC1, 698）。总之，古代作者的手法无以满足十七世纪凡尔赛宫廷王族和巴黎显贵的趣味要求。拉辛必须另辟蹊径。

拉辛的方法简单有效。据说最有效的方法向来最简单。拉辛不但有写诗的天分，还有务实的能力，这是我们应该知道的。他想象出"另一个伊菲革涅亚"，从各方面与伊菲革涅亚形成正与反的对比。

伊菲革涅亚是王的女儿，有高贵的出身，也有美好的天性。她善良正直，庇护落难的孤女。她纯洁勇敢，有分辨是非的明智。她爱阿喀琉斯也为阿喀琉斯所爱。英雄美人，门当户对。父亲捎信回家，阿喀琉斯要在出征前行婚礼，她便欢欢喜喜随母亲动身了。她所到之处，路人在脚下散播鲜花（行1308），军中战士着迷得为她对天祈福（行350—352）。人世间一切美好幸运的，欢乐轻盈的，伊菲革涅亚应有尽有。

伊菲革涅亚所拥有的，身为反面的埃里费勒全没有。我们从阿伽门农的例子已看到，"拥有"这件事在拉辛笔下的世界里是头等重要的事。埃里费勒受此种执念的折磨最深。与她相连的是人世的另一面，阴暗不幸的，悲痛沉重的。她是身份不明的孤儿："被爹娘永远抛弃，处处是外乡人，从出生以来没有亲人的看顾和抚爱"（行586—588）。她原本有望去特洛亚寻亲，不料途经勒斯波斯时赶上阿喀琉斯攻陷该城，就此沦为俘虏，"一度被许诺以高贵的未来，而今成了希腊人的低贱奴婢，唯存无处证明的血统的一丝骄傲"（行450—452）。埃里费勒受困于身世之谜，在戏中不断提起，不住追问。神谕预言她注定为认识自己而丧命。好比那俄狄浦斯王，寻找身世之谜的过程亦是走向自我毁灭的过程。

> 我不知我是谁，更难堪的是
> 可怕的神谕预言我注定犯错，
> 但凡我试图寻访身世之谜，
> 没有赴死我不能认识我自己。（行427—430）

历代法语诗人中，拉辛尤以书写无望的爱著称。埃里费勒的不幸被重点表现为爱情的不幸。拉辛让她爱上敌人不能自拔："那可怜的勒斯波斯人的毁灭者，那导致我不幸的阿喀琉斯，那用沾满鲜血的手劫走我的人，那凭空夺走我的身份的人，那连名字也该遭我憎恨的人"（行471—475），芸芸众生里，她偏偏对他一见钟情。何况是暗恋，没有回报也不为人知。只有身为情敌的伊菲革涅亚猜出几分："你亲眼所见那浸在血中的臂膀，那勒斯波斯、死者残骸和大火，全是刻在你灵魂深处的爱的印记。"（行680—682）而她矢口否认，只对身旁的女伴吐露心声："在勒斯波斯我爱他，在奥利斯我爱他！"（行502）

她原不该来奥利斯！何必随伊菲革涅亚从阿耳戈斯长途跋涉，前来充当悲伤的见证人（行883—884）。她原该远离他们躲起来，"永是不幸，永不为世人知"（行891）。但正如俄狄浦斯命里绕不过忒拜城邦，奥利斯也注定是埃里费勒流浪的终点。她声称前来寻访先知卡尔卡斯打听身世，心里怀着不可告人的秘密。是的。既然伊菲革涅亚天性善好，埃里费勒必有阴暗的反面。她假意接受伊菲革涅亚的庇护，"无非想破坏她而不败露自己，阻扰我无法忍受的她的幸福"（行508—509）。

> 一个秘密的声音命令我出发，
> 说什么我这不受欢迎的到场
> 也许会把我的厄运带来此地，

亲近那对幸福无比相爱的人,
也许我的不幸会蔓延他们身上。
这是我来的原因,倒不是我急切
想揭开我那悲哀的身世之谜。(行 517—522)

"那深深折磨我的太可悲的愤怒呵!"(行 504)在为情困顿的埃里费勒身上,依稀显出稍后拉辛笔下的费德尔的形影和声音。她在悲愤中冷眼旁观精心密谋。她最早察觉阿伽门农嫁女儿是幌子。在献祭的秘密泄露后,她跑去告密阻止那母女俩逃离,又挑起阿伽门农和阿喀琉斯的争端,扰乱希腊军心。在她心目中,希腊人是充满威胁的劫城者,特洛亚才是母邦(行 1135—1140)。她像不和女神,"来回跑遍军营,用致命的头带蒙住所有人的眼,发出争吵动乱的不祥信号"(行 1734—1736)。

拉辛谨记亚里士多德《诗学》第十三章①的教诲。为了实现恐惧和怜悯的悲剧效果,埃里费勒不能是完美的好人,也不能是彻底的坏人。"她是陷入嫉妒的有情人,一心想把情敌推进不幸的深渊,因而从某种程度上理当受惩罚,却又不是完全不惹人同情。"(OC1,698)她在奥利斯遭受的折磨确乎惹人同情。在拉辛的娴熟笔法下,好些细节迄今不失为爱情戏的经典桥段。她对心不在焉的阿喀琉斯说:"我的眼泪且对你隐瞒一半真相"(行 892)。他应允还她自由,作为与伊菲革涅亚谈婚论嫁的佳礼,而她作为女奴在旁陪衬,且把仇人当恩人。待到献祭消息传出,他拼命维护爱人,不惜与全希腊人(和神)为敌,更使她嫉恨心碎。

但无望的爱情只是一种借喻。埃里费勒的根本不幸在于她身为"另一个"却渴望成为伊菲革涅亚本人。她一无所有而渴望拥有一切,她是外乡孤儿而渴望找回城邦家人。在全剧五幕戏中,她与女伴独处的四场对手戏均匀分布在第二幕和第四幕的首尾——拉辛谋篇之精巧,让人赏心悦目,这是其中一小例。只这四场戏,她说真话不必伪装。而她开口即说:"我们走开吧!"(行 395)最后一场她更明白地说:"那不是我们走的路。"(行 1487)她的血缘身份来历不明,她的精神身份是外乡人。她在全剧头一次亮相就是回避阿伽门农一家的重逢:"让我的忧伤和她们的欢欣各得自在"(行 398)。她与周遭世界格格不入,为此深受其苦。身旁的女伴说:"有一种我不明所以的运命,仿佛你每走一步就多一点痛苦。"(行 414—416)

---

① 亚里士多德:《诗学》,1453a,中译本见《罗念生全集》,第一卷,上海人民出版社,2004 年,页 55—56。

悲剧一经启动就收不住。历来如此。埃里费勒在奥利斯解开身世之谜。她原是海伦和忒修斯的女儿,本名伊菲革涅亚。她与原来那个伊菲革涅亚是嫡亲的表姐妹,但她不可能变回高贵显赫的王族世家的成员。她比先知更早预感:"诸神枉然地判决她:我是并永远是唯一的不幸者"(行1125—1126)。她才是神谕要求牺牲的另一个海伦的血亲(行1749)。多少英雄在这场因海伦而起的战争中丧生,而她,海伦的女儿,终将第一个赴死。

这样,借助正反两个伊菲革涅亚,拉辛漂亮地解决了古希腊悲剧流传至十七世纪法国剧场时客观存在的技术难题:"只需看到埃里费勒这个人物就能明白我给观众带去的乐趣,我在终场时拯救了一个在整出戏中让观众极为关怀的高尚公主。"(OC1,698)两个伊菲革涅亚,共同的名字,共同的血缘,共同的爱人。多么构思巧妙!她们一起站到祭坛前。保全一个而杀死另一个。纯洁无辜的活下来,那工于心计的活该有不祥的下场!她甚至不是合法婚生的继承人,而是海伦不能公开相认的私生女儿(行1285,行1752)。她是本不该出世的。这个细节带着同样让人不忍细加琢磨的残酷不是吗?

透过终场报信人之口,拉辛以六十来行诗描绘出一个无与伦比的献祭场景。空气里浮动刀枪的乌云,地上血泊预示杀戮在即(行1741—1742)。先知卡尔卡斯在骚乱的人群中现身,"眼凶狠脸阴沉,怒发冲冠,模样可怖"(行1744—1745)。卡尔卡斯不是剧中正式出场人物,但从开场阿伽门农的转述直到终场奥德修斯的转述,他时时在场。外战抑或内乱,婚礼抑或献祭,公告抑或密谋,先知的法力让人生畏无处不在。这种绝对权威在最后一刻却遭到质疑。

> 卡尔卡斯伸手想要抓住她。
> "住手,"她说,"莫靠近我,
> 你说我是这些英雄的嫡传女儿,
> 不用你渎神的手我自会流血。"
> 狂怒的她飞一般在近旁的祭坛
> 拿起神圣的祭刀猛扎进胸膛。(行1771—1776)

出人意料。埃里费勒拒绝先知的献祭!拒绝的理由耐人寻味,她说先知的手是渎神的。怎么!还有谁比那出名的先知更接近神意呢?他通晓诸神的秘密,知道一切过去和将来的事(行456—458)。而她微不足道,只是"诸神长久愤怒"(行703)的私生子。值得注意的是,先知公布埃里费勒才是神意索取的牺牲,不早不晚,正是阿喀琉斯为救恋人大动干戈时。献祭仪式被迫中止,骚乱一触即发(行1704)。希腊全军还没出发,先要分裂溃散。先知再次传达神谕,好似欧里庇得斯笔下的阿伽门农二度宣布女儿活着到神那里,随即急忙忙地号令出征。究竟这是来自神意还是出于高贵显赫的王族世家的"拥有"考虑?希腊人深知事关特洛亚战争的成败。比起王的孩子去送死,一头母鹿、公羊或一个孤儿在祭坛上咽气算得了什么?他们"大声疾呼反对她,要求先知献杀她"(行1769—1770)。他们出于自身的政治利益主动牺牲最卑微的那一个。

祭坛上的埃里费勒看在眼里也听在心里。一旦弄清身世,认知的光也就照亮她目光所及之处。只有一种方法可以摆脱"另一个"的命运。成为伊菲革涅亚,就是替代伊菲革涅亚去做牺牲。她为此在心里埋怨那致命的献祭礼仪太缓慢(行1764)。她主动取代卡尔卡斯的先知身份,在神坛上自行献祭了自己。她涌出的血才刚染红大地,诸神在祭坛上鸣雷作响(行1777—1778)。依据报信人的转述,刹那间电闪雷鸣风浪大作,神的诅咒就此消解。有现场士兵声称看见阿尔忒弥斯女神显灵。众人消除疑虑,皆大欢喜。人群中唯有伊菲革涅亚哭悼那死去的另一个(行1790)。

一个细节就够了。只要有人为埃里费勒哭泣,我们就有理由问:保全一个杀死另一个的主谋究竟是谁?是先知,是拉辛,是希腊人,还是路易十四时代的观众?

务实的拉辛有一点算是落空了。他没能化解从欧里庇得斯那里承继来的那股不安的气息。也幸亏他失败了。这使他再怎么将伊菲革涅亚的故事改头换面也无愧于欧里庇得斯传人的称号。一出古典主义的戏剧里飘然走出一个真正悲剧味的人。从血缘身份看,埃里费勒也许属于路易十四时代,但就精神身份而言,她与古雅典剧场里的英雄人物一脉相承。

四、我的死亡标注你的光荣起点

神恩是否对祭坛上的埃里费勒降临?我们不可能知。这个挑战先知、"传说诸神的威胁"(行1130)的女子,这个以死换来顺风送希腊人出征的孤儿,在拉辛笔下没有英雄的光环。除了伊菲革涅亚洒下几滴泪,从头到尾她一无所有。倘若沿用戈德曼的说法,埃里费勒见证"义人与神恩的不在"——在1653年罗马教廷谴斥冉森派的五大主张中,这是头条异端罪证。戈德曼凭此坚称,拉辛作品带有冉森派思想的深刻烙印,拉辛悲剧中的神就是帕斯卡式的

"隐匿的神"(deus absconditus)。①

现代哲学方案或许可以从中得到满足,以冉森派教义充当这起活人祭事件的伦理辩护。然而,拉辛作品是否受冉森派思想影响并没有定论,就连拉辛与冉森派的关系也是无穷尽的争议。少年受教于波尔-罗亚尔修院,青年对冉森派导师发起公开论战毫不留情面,中年转又修好关系,乃至凭遗作《波尔-罗亚尔修院史略》(*Abrégé de l'histoire de port-royal*)被奉为"波尔-罗亚尔修院的辩护人"(OC2,37—150)。但归根到底这些重要吗?义人与神恩的难题不仅见于基督宗教传统也在古希腊哲学传统中。依据亚里士多德论诗理论,悲剧要展现追求完美道德的政治行为没有幸福的结局。② 而柏拉图对话不是更早也更明白地讲述义人苏格拉底如何被雅典城邦处以死刑吗?

不得不说,与戈德曼同时期的罗兰·巴特谈拉辛的小书带给我更多的启发和乐趣。个中原因,我想大约有一条是,读者能够切身感受到罗兰·巴特从拉辛身上感受到的诗的乐趣。反过来说,如果一个人甚至分辨不出索福克勒斯与欧里庇得斯的不同,很难说他真正领会到了古希腊悲剧的魅力。戈德曼在讨论所谓的拉辛悲剧观时不住援引雅典诗人却不止一次失误。③

罗兰·巴特参考的前人作家不多,有两位尤其不应怠慢,因为他们有诗人的自觉去看拉辛。其中一个是渴望成为像拉辛那样的诗人的伏尔泰,另一个是二十世纪戏剧诗人季洛杜。和拉辛一样,季洛杜擅长改编古希腊神话故事。他留下的作品以戏剧小说居多,却不妨碍他的诗人身份。他与古希腊书写传统的渊源使他犹如现代作家里的异数,萨特曾专门谈过"季洛杜的亚里士多德主义和柏拉图主义"④。也许只有诗人真正了解诗人。季洛杜这么评价拉辛:一个从来不就上帝和认知、政治和道德这类问题对自己发问的人。⑤

拉辛生于1639年,三岁成孤儿,十岁进波尔-罗亚尔修院学校。有别于彼时耶稣会学校盛行的拉丁文教学,冉森派学校增设有希腊文和法文教学。这是拉辛特出于同时代文人群落的开端。他直接阅读古希腊原文经典,凭天分独自深入古典悲剧世界,几乎无人引领。在很长时间里,荷马和索福克勒斯是他最亲密的同伴。

---

① Lucien Goldmann, *Le Dieu caché. Étude sur la vision tragique dans les Pensées de Pascal et dans le théâtre de Racine*, Paris: Gallimard, 1959, pp.351-352.
② 刘小枫:《巫阳招魂:亚里士多德论诗》(未刊讲义稿)。
③ Lucien Goldmann, *Le dieu caché*, p.408 等。
④ Jean-Paul Sartre, *Situations 1*, Gallimard, 1947.
⑤ Jean Giraudoux, *Racine*, Grasset, p.18.

他二十岁踏入巴黎文坛。这个选择进一步说明冉森派教育对他的首要影响不在宗教神学思想。他用一种迥异于同时代作者的语言讲故事。说起这位诗人的语言,人们最常使用的评语是"纯":纯粹而不杂,浑然天成,不可迻译。季洛杜说得好:"拉辛笔下的每个字眼和他本人一样历经二十年离群隐居,一样沉浸在孤独和炽热的纯洁中,这使得寻常用语的组合也仿佛带有婚姻礼仪般的庄重和节制。"① 他比同时代作者更纯熟地运用三一律规范。他没有创新什么,他的才华在于把一种关系里的被动处境转化为优势。

所以他有幸遇见路易十四。他们几乎同龄,且同时投身戏剧事业。君王爱戏剧,更把戏剧用作彰显绝对王权的手段。十七世纪六七十年代,凡尔赛宫是一座华丽大剧场,戏剧表演犹如某种最高级别的皇家礼仪。拉辛赶上施展才华的时机。二十五岁至三十八岁,他在十来年间写下全部传世悲剧作品。此后他退出文坛改身份为宫廷内侍和君王史官。他为君王写作,毕生以此为志向。

《伊菲革涅亚》写在三十五岁时,1674 年 8 月 18 日在凡尔赛宫的凯旋庆典首演,终场伴有大型烟花秀,路易十四亲临现场,堪称拉辛文坛生涯巅峰时刻。同年 12 月起巴黎剧场连演三个月广受好评。拉辛的用意无他,旨在取悦同时代的观众,首先取悦路易十四。这出戏讲一个伟大的征服者在军营准备出征的故事,巧妙地逢迎彼时凭法荷战争名震海外的太阳王。剧中人物言谈举止完美符合十七世纪宫廷贵族的风雅礼仪规范。阿喀琉斯请王后回军营小间休息,很难不让人联想到凡尔赛皇室的出行派头。

是的。拉辛无意还原荷马或欧里庇得斯笔下的古典世界。尽管他特意添了几场阿喀琉斯与阿伽门农的对手戏,仿佛向《伊利亚特》的开场致敬,但古典诗中的英雄血气无条件地让位给中世纪武功歌的情爱缠绵。在欧里庇得斯剧中,阿喀琉斯与伊菲革涅亚素不相识,献祭是一起政治事件,试炼每个共同体成员的言行德性。在拉辛这里,献祭是一道爱情难关,谈情说爱成了剧情发展必不可缺的元素。早在上演期间,拉辛的知交维里埃曾撰文批评爱情戏码泛滥的乱象:"我们今天出于何种理由在舞台上表演爱情,希腊古人又出于何种理由把爱情驱逐出剧场?"② 伏尔泰不得不承认这是"拉辛的弱点",根源在于"时代风俗、路易十四宫廷风雅习气、毒害民族的小说趣味以及高乃依的榜样"。③ 直至二十世纪还有研究观

---

① Jean Giraudoux, *Racine*, p.59.
② Pierre de Villier, *Entretiens sur les tragédies de ce temps*, in *OCI*, pp.775-793,引文见 p.778。
③ Voltaire, *Dictionnaire philosophique*, tome 1, p.413.

念史的哈扎尔痛惜道:"法国做了什么?不过是歪曲败坏那些高贵的典范。法国让古典悲剧充满女人气,充斥调情气氛,爱情戏占据过分重要的位置。大师始终是索福克勒斯,必须重新回到索福克勒斯。"①

考虑到拉辛的崇古派身份,加上他公开自称为古代作者的传人,这些严厉的批评着实让人惊愕。拉辛的古典主义戏剧究竟是对古希腊悲剧的继承还是背叛?不得不说,《伊菲革涅亚》让拉辛置身于古今之争的论辩中心。相比崇今派对古希腊作者无底线地嘲弄戏仿(崇今派的根本主张即是今人作者比古人作者更高明!),拉辛确乎强调并示范了对待古传经典的审慎与克制(OC1,701)。然而,诸如伏尔泰的维护在某些时候又显得欲盖弥彰。他说,荷马若是法国人必会像拉辛那样让阿喀琉斯去爱去说话。②

不妨来看看阿喀琉斯说过什么话:

> 诸神掌管着我们的生命时日,
> 大人,但我们掌管自己的荣名。
> 何必为神们的最高命令而苦恼?
> 一心只想也如神们一样不死吧。
> 不管运势何如,凭着英勇才干
> 追求如神们一样伟大的运命吧。(行259—264)

荷马史诗中的阿喀琉斯倒有一个常常为后人援引的说法与此大相径庭:宙斯地板上有两只土瓶,一只福,一只祸,凡人的运道全凭神王愿意给什么礼物。③ 事实上,无论荷马还是欧里庇得斯,古代作者笔下没有人会这么说话,而拉辛笔下人人渴望能这么说话。这个阿喀琉斯不在乎群体利益,坚持做自己的主人,既挑衅阿伽门农代表的国家理性,也违抗卡尔卡斯代表的神权意志。他不以审慎为荣,坚决诉求自由。与其说他是古典英雄的再现,不如说他预示启蒙斗士的来临。

《伊菲革涅亚》意外地展示出一种更高的文学境界。十七世纪法语文学罕有如此珍贵的意外。之所以是意外,因为相关细节比起戏中重彩浓墨之处几乎要被

---

① Paul Hazard, *La Crise de la conscience européenne*(1878-1944), Paris: Boivin et Cie, 1994, p.273.
② Voltaire, *Dictionnaire philosophique*, tome 1, p.414.
③ 荷马:《伊利亚特》卷二十四,行526起。

忽略不计,并且效果很可能是无心插柳。拉辛煞费苦心地塑造高尚纯真的女主人公伊菲革涅亚,他确也做到了,崇古派的主将布瓦洛盛赞过老友打动观众的技艺:"在奥利斯的伊菲革涅亚促使当代观众落下比希腊古人更多的泪水。"① 意外发生在微不足道的"另一个"身上。

埃里费勒身为悲剧英雄的声名光环全部给了伊菲革涅亚。拉辛没能摹仿荷马咏叹特洛亚十二勇士的笔法。他选择对被献祭的埃里费勒缄口不语,而让伊菲革涅亚在人群中美丽动人为之哭泣。不单如此,他让伊菲革涅亚不明真相而如女英雄般地赴死,让她做戏般地与恋人亲友一一诀别。伊菲革涅亚抢走本属于埃里费勒的台词:"我的死亡标注你的光荣起点"(行 1561),在走向火葬堆时发出光彩照人的呐喊:

> 啊呀!这么美的火引我向上,
> 攀升在凡人女子的运命之外。(行 1045—1046)

伊菲革涅亚所拥有的,埃里费勒全没有。反过来,埃里费勒在孤独中所担负的严酷责任,伊菲革涅亚毫不知情。按罗兰·巴特的话说,这出资产阶级情节剧里只有一个自由的人,很可能在拉辛全部作品中仅此一个。② 埃里费勒以死安顿了自己。这个身份不明的异乡人通过主动承受希腊人的判决而正式成为城邦中人,并且是在城邦中少数行正义的人,一如苏格拉底在赴死的那个黄昏所说,"承受雅典人命令的判决才更正义"。③ 她在认识自己的路上走得比别人远,凭靠的法子不是虔敬信神,而是爱欲挣扎。拉辛本意是写一个"陷入嫉妒的有情人",祭坛上的埃里费勒却仿佛恍悟柏拉图的爱欲教诲而实现灵魂的神秘攀升。她甚至和《会饮》中的爱欲精灵一样,从头到尾是一无所有的。

薇依说过,《伊利亚特》独有一种"超凡的公正"后世作品无可企及,这公正表现为融贯史诗的苦涩笔调:"源自温情,贯穿所有人类,宛如一丝阳光。"④ 在拉辛的含糊笔法下,很难说有这样一丝阳光有意识地普照整部《伊菲革涅亚》,然而,诸神解咒的转瞬之间,确有一道闪电横空出世(行 1783),不意照见一个人的苦难尽头。

---

① Boileau, *Epitre*, VII, v.1-6, in *Œuvres complètes*, Gallimard, Pléiade, p.127.
② Roland Barthes, *Sur Racine*, p.104.
③ 柏拉图:《斐多》,98e。
④ 薇依:《柏拉图对话中的神》,华夏出版社,2012 年,页 30。

那苦难淹没在普天同庆中。那苦难必定孤独无名。唯其如此,一个人才有可能摆脱力量世界的情爱困顿,凭借灵魂的爱欲努力去接近义人与十字架的真实。

出于某种文学的意外,某种"才华压过取悦心的例外",①拉辛抓住了古诗人荷马吟唱时以公正为名的心跳节拍。犹如爱的惊鸿一瞥。一种横跨两千多年的诗歌传承就此落实,一种堪与哲学抗衡的文学方案得以更新。季洛杜说过,作家在一般年代以受限的手段获取经验、感悟不幸和洞察人性,但在文明开花结果的幸运年代,他们先天般地拥有对伟大心灵和伟大时刻的认知,路易十四时代的拉辛是最美的案例。② 我们应该知道的是,如此伟大心灵和伟大时刻的认知之光从来只是一闪而过。

是因为这样罢。拉辛的文学遗产不仅天生带有哲学家诊断出的"女人气",还有这么一丝为了忘却的纪念。最终解封文学魔咒的不是光环中的自我而是幽暗处的他者。在拉辛之后寻觅另一个伊菲革涅亚的踪迹,三百年来俨然是最严肃的诗歌问题。

---

① Ferdinand Brunetière, *L'Evolution des genres dans l'histoire de la littérature*, Tome 1, Paris: Hachette, 1898, pp.128-129.
② Jean Giraudoux, *Racine*, pp.1-2.

阿里斯托芬的爱欲与自然
——柏拉图《会饮》189a1—193e2 讲疏①

■ 文／肖有志

引言

诗学的古典含义是探究人应该过怎样的生活,即思考人该过怎样的生活,以过得更好。② 从故事情节看,柏拉图《会饮》中的六位雅典精英依次赞颂爱神,实质上则是在比较各种不同类型的爱欲以及与此相关的高高低低的生活目的中哪一种更好。其中,《会饮》的基本的情节论证线索是言辞——赞颂爱神,亦即人的思考——代替了酒。通过酒无法清晰地区分人;柏拉图尝试通过言辞以有效地区分人,所谓"不知言,无以知人"(《论语·尧曰》)。而知人的关键就是知其爱欲与生活目的——"知人者,智也。"(《道德经》三十三章)

再者,阿里斯托芬与苏格拉底是同时代人,其生卒年与柏拉图也有交叉。他们都是雅典精英,所以大概常常见面。可以说,苏格拉底是柏拉图的老师,阿里斯托

---

① 本文为柏拉图《会饮》读书会讲课稿初稿。《会饮》译文依据 Sir Kenneth Dover 注疏本,Plato, *Symposium*, Cambridge, 1980;参考 Seth Bernadete 英译文, *Plato's Symposium*, Chicago, 2001;刘小枫编／译:《柏拉图四书》,生活·读书·新知三联书店,2015 年;讲疏得益于施特劳斯讲课稿,《论柏拉图的〈会饮〉》,邱立波译,华夏出版社,2012 年;伯纳德特:《柏拉图的〈会饮〉义疏》,何子健译,收于刘小枫等译:《柏拉图的〈会饮〉》,华夏出版社,2003 年;罗森:《柏拉图的〈会饮〉》,杨俊杰译,华东师范大学出版社,2011 年。

② 参看柏拉图《理想国》618b5—619b1,《苏格拉底的申辩》38a5,41b5-c5。

芬同样是。阿里斯托芬把同时代人写进自己的喜剧,这种笔法柏拉图也承继之。因而,据说柏拉图的写作手法更接近喜剧而非悲剧;然则他的写作又明显地是在为他老师苏格拉底的生活方式和目的辩护,所以其写作亦有悲剧的底色。如此,柏拉图的对话看起来既悲又喜,亦不悲不喜;悲来自对苏格拉底的辩护,喜来自对阿里斯托芬笔法的模仿,不悲不喜则来自柏拉图本人。

另外,喜剧诗人阿里斯托芬只出现在柏拉图的这部作品中。而这部作品情节上的起点则是悲剧诗人阿伽通在悲剧竞赛中获胜。阿里斯托芬常常在其喜剧中批评悲剧诗人,他有一部作品《地母节妇女》主要批评欧里庇得斯,阿伽通也出场,亦遭受批评。这里,我们看到阿伽通的悲剧获胜,但遭遇质疑之声,其中可能包括喜剧诗人阿里斯托芬和哲人苏格拉底的批评。悲剧竞赛获得第一名不仅说明这人的诗才好,更说明他是城邦中最智慧的。阿里斯托芬和苏格拉底质疑阿伽通是最智慧的。《会饮》比较了六种人的生活方式,但更准确地讲是六种"人"——如果加上政治人阿尔喀比亚德的话是七种人比智慧;其中隐含的更为重要的问题是应当由谁统治城邦。相应地,阿里斯托芬的《蛙》的主旨是悲剧诗人们中谁更优秀,由谁应当统治城邦;而这个问题更应该与柏拉图的《理想国》联系起来。《会饮》中六位雅典精英均与政治事务相关并影响雅典城邦政治。其中,斐德若和厄里克希马库斯后来死于政治动乱;阿尔喀比亚德发动西西里远征,途中叛逃;阿伽通去了马其顿,死在那里;而苏格拉底被雅典城邦判死刑。他们的政治命运发生变化可能与这次会饮有关,特别是阿尔喀比亚德。而苏格拉底的被定罪而死又与阿尔喀比亚德有关(参色诺芬《回忆苏格拉底》1.2.12—16)。另外,苏格拉底的死可能与阿里斯托芬也有关系(参看阿里斯托芬《云》和柏拉图《苏格拉底的申辩》)。所以,在《会饮》中,柏拉图既展示了阿里斯托芬的智慧,又让苏格拉底批评了阿里斯托芬以为自己辩护。

最后,苏格拉底与阿里斯托芬都关注爱欲,也都是充满爱欲的人(《会饮》177d—e)。智慧之人似乎均关注爱欲问题。"子曰:知之者不如好之者,好之者不如乐之者"(《论语·雍也》),夫子门人中独称颜子好学,贫陋,不改其乐;夫子自己"发愤忘食,乐以忘忧,不知老之将至云尔";又,子曰:"饭疏食饮水,曲肱而枕之,乐亦在其中矣。"(《论语·述而》)而《论语》中孔颜之"乐"相当于庄子的"逍遥"①。而柏拉图《会饮》中的爱欲问题大概与"好"与"乐"都相关。

---

① 参林希逸《庄子鬳斋口义》内篇《逍遥游》第一。

一

柏拉图《会饮》中在阿里斯托芬之前斐德若、泡赛尼阿斯和厄里克希马库斯已当场发表的颂辞读起来有些乏味。为什么柏拉图这样一个大作家要写这样一些看起来没什么意思的东西？他只能这么写，因为这三个人对爱欲的理解就是这样的。这是柏拉图与莎士比亚一样的怜悯心——即一个人是什么样子就是什么样子，是其所是，按佛教的说法就是平等地看待众生。当然，在《会饮》中柏拉图对各类人赞颂爱若斯的写作有一个上升的过程，各类人对爱欲的理解有差异，这就是各类人心智的差异，心智的不平等。而心智的差异是自然的区分，柏拉图则平等且自然地看待心智的不平等。柏拉图并不去贬低或拔高某个人的心智水平，这也是所谓的平常心，因为人世生活就是由高高低低、多种多样的心智类型组合而成的，正所谓"龙蛇混杂"，"凡圣同居"①。

阿里斯托芬是欧洲文明史上最伟大的喜剧诗人之一，其喜剧最重要的主题之一就是爱欲。我们要看柏拉图在自己作品中会让他怎么说话。《会饮》中阿里斯托芬关于爱欲的讲辞是柏拉图编造的。柏拉图肯定看过阿里斯托芬的许多喜剧，也听他的老师苏格拉底评价过阿里斯托芬。这里的阿里斯托芬不是历史上的阿里斯托芬，他是柏拉图笔下的人物，但有其真实性——柏拉图所理解的阿里斯托芬是谁。柏拉图笔下的阿里斯托芬对爱欲的理解与他的灵魂样貌一块展现出来。

另外，理解阿里斯托芬的线索：1. 他在对话中出场的情况与他在对话中的位置——在三、四位之间，如果算上阿尔喀比亚德，他亦处于中间。2. 他与医生厄里克希马库斯的关系。3. 他是诗人，且是喜剧诗人。4. 他与苏格拉底的关系。5. 他与柏拉图的关系。还可以想到他与尼采的关系。尼采是现代以来恢复阿里斯托芬之思想地位的最重要哲人之一。其作品中的"笑声和舞蹈"就是从阿里斯托芬那里学来的②。

在这一部分对话中，我们看到喜剧诗人阿里斯托芬与医生厄里克希马库斯产生了争执。

我们回到厄里克希马库斯的讲辞的结语，

---

① 《五灯会元》卷九无著文喜章次。
② 参尼采《快乐的科学》第一卷 1 节、第五卷 381 节，《扎拉图斯特拉如是说》第二卷"舞蹈之歌"、第四卷"论更高的人"。

[188d9]'于是,兴许赞美爱若斯我也忽略许多,那么这定然非我所愿。而假使顾及不到什么,你的活儿,阿里斯托芬哦,补足它;或者假使你有心(或有意、打算)以别的方式赞颂这位神,赞颂吧,既然你也止住了嗝。'

我们往下看:

[189a1]接着,他(指阿里斯托得莫斯)说,阿里斯托芬接续(厄里克希马库斯的话)说道,'它(指嗝)的确止住了,而不久前对它用上了喷嚏,如此令我讶异于(或惊讶、惊奇于)身体的经络(或秩序)欲求(或渴求)这类响声与搔痒,亦即所谓喷嚏;因为嗝相当迅即地止住了,恰当我对它用上这喷嚏'。

而厄里克希马库斯说,'好个,'他说,'阿里斯托芬哦,瞅瞅你搞啥。你一准备言说就搞笑,甚且你迫使(或逼)我成为你自己的言辞的看护人,以免(或免得;唯恐、生怕)你说些可笑的,尽管对于你来说可以平心静气地言说。'

而阿里斯托芬调笑说,'你说得巧,厄里克希马库斯哦,且把我所说的当作未曾说的(或且当我没说)。不过,别看着我,因为我为将来准备讲的担心的不是说啥引人发笑的——因为这会是好事,且是我们的缪斯的领地(或风尚、天生本领)——而是[担心]说些让人取笑的。'

'打击了呵',厄里克希马库斯说,'阿里斯托芬哦,你想脱逃啊;还是回心转意吧,且这般言说这个理儿(或言辞)吧。而或许——让我决定——我将放过你。'

看来阿里斯托芬的嗝的确十分猛烈,前两个方法(屏息和漱水)都用过了,没有效果,而第三个方法(拿东西搔鼻孔)最不雅。据说阿里斯托芬赞颂爱神的主题就是丑。阿里斯托芬所理解的人其原初形状是丑的,其动作和行动也是丑的。阿里斯托芬的喜剧总展现人世生活中丑陋不堪的东西。古希腊悲剧表面看来高贵且庄重,但悲剧故事实则比喜剧更肮脏,比如俄狄浦斯杀父娶母,美狄亚毒死自己的两个儿子,是不是人世中最肮脏的东西呢?悲剧看上去高贵兮兮的,喜剧看上去脏贱兮兮的。阿里斯托芬的嗝之所以十分猛烈有一种可能是因为他吃得太饱了,并且很可能阿伽通的家宴很是精美诱人。阿里斯托芬大概是个吃货。对于其《公民大会妇女》最后的公共宴会,他造了据说最长的一个希腊文语语词,把各种食物之名拼接在一块(行1169—1175)。

在这一段对话中,阿里斯托芬打嗝非常猛烈,医生厄里克希马库斯出了个法子止住了他的嗝,可是阿里斯托芬反过来却搞笑厄里克希马库斯。阿里斯托芬意指厄里克希马库斯所想出的法子中身体的秩序欲求这种不堪的东西(响声与搔痒,即喷嚏);而身体的秩序正是厄里克希马库斯讲辞的主题之一,所以他才心生不满,因为阿里斯托芬非但不领情,反而一开口就搞笑他,迫使厄里克希马库斯成为他的言辞的看护人。"看护人"是《理想国》很重要的词汇。"平心静气"与"搞笑"相对,可以翻译成"和和气气"或者"心平气和"。厄里克希马库斯似乎意指阿里斯托芬的搞笑言辞里暗含血气,即嘲弄、打击他。"打击了"指阿里斯托芬嘲笑了厄里克希马库斯讲辞的主题,亦即嘲弄其技艺——医术的智慧。另外,医生厄里克希马库斯在这场会饮中是个酒司令,他要掌控全局,但首先遭到喜剧诗人阿里斯托芬的挑战,后来遭到政治人阿尔喀比亚德的挑战(213e—214c)。

这段插曲首要的问题是,厄里克希马库斯对爱神的赞颂随即遭到了阿里斯托芬的嘲笑,并且以厄里克希马库斯的方式嘲笑厄里克希马库斯。厄里克希马库斯的主题正是身体。阿里斯托芬不仅以言辞嘲笑他,还以行动嘲笑之,而这两者均来自厄里克希马库斯,亦即厄里克希马库斯讲得非常严肃的关于爱神的颂词本身是可笑的。厄里克希马库斯的本意是完整地赞颂爱神,他以四种技艺赞颂爱神,其中有一个上升过程。而阿里斯托芬嘲笑他的讲辞还不完整,他的意图即完整地赞颂爱神并未达到。厄里克希马库斯完整地赞颂爱神类似于在表述一种哲学目的论——秩序。"秩序"是厄里克希马库斯对爱神和人最高的要求。这个词泡赛尼阿斯提到一次,阿里斯托芬提到三次,提到最多的是厄里克希马库斯,四次。阿里斯托芬"讶异于身体的经络(或秩序)欲求这类响声与搔痒",即厄里克希马库斯所赞颂的最高的东西却欲求这些最低的东西。阿里斯托芬一眼看出了厄里克希马库斯的意图即身体的端正、秩序,然则其背后隐含着不雅的东西。

"好个阿里斯托芬哦,"厄里克希马库斯可能已意识到自己遭到取笑,也有可能并不太明白阿里斯托芬对他的嘲笑。厄里克希马库斯大概看到了阿里斯托芬之嘲笑的表面意思,即阿里斯托芬自己的身体秩序欲求不堪的东西,但他有可能并不明白阿里斯托芬通过自己的言辞和行动业已看透了他的意图。

"和和气气"可能指两人本可以和和气气地说却争执起来了。厄里克希马库斯意欲以自己作为酒司令的权威取消这一争执,要让阿里斯托芬好好说话而不是开口搞笑。然则,阿里斯托芬对自己也有所认知,"我为将来准备讲的担心的不是说啥引人发笑的,而是担心说些让人取笑的"。喜剧诗人阿里斯托芬嘲笑医生厄里克希马库斯,却也遭到哲人苏格拉底的嘲笑、批评(《会饮》205e,212c,亦参223c—d)。

这一段的第一个问题,其主旨是厄里克希马库斯与阿里斯托芬之争,阿里斯托芬取笑厄里克希马库斯,而厄里克希马库斯想看住阿里斯托芬和他的言辞。阿里斯托芬看出了厄里克希马库斯赞颂爱神的意图是身体欲求,是低贱的爱欲,却说成是高贵的、端正的。很巧妙的是,阿里斯托芬因为厄里克希马库斯帮忙止住了嗝,恰恰从中看出了他的意图,并以此嘲笑他。很明显阿里斯托芬的喷嚏声一直伴随着厄里克希马库斯赞颂爱神。第二个问题,身体的经络(秩序)也是阿里斯托芬的主题。爱欲欲求身形原初的完整(身体秩序),两个人意图一致,所以阿里斯托芬不仅嘲笑了厄里克希马库斯,他无意中也嘲笑了自己,这是阿里斯托芬的不自知——自知者,明也(《道德经》三十三章)。他既能搞笑,自己却也是个笑料。第三个问题,厄里克希马库斯斗不过阿里斯托芬,却以酒司令的权威而非智慧强迫阿里斯托芬正经地言说,如此看来,厄里克希马库斯明显是个假正经的人。首先体现在他没有看清楚阿里斯托芬已经看透了自己,这是厄里克希马库斯的不自知。再者他未识透阿里斯托芬天生的搞笑本领与阿里斯托芬是个天生的笑料,还让阿里斯托芬正经地说话——他没法正经地说话。这说明厄里克希马库斯不知人——知人者,智也(《道德经》三十三章)。厄里克希马库斯想当阿里斯托芬言辞的看护人而不得,因为他凭靠的不是智慧而是权威,他只能求助习俗的力量。但阿里斯托芬没那么看重习俗与权威,并在智慧上亦胜过厄里克希马库斯。第四个问题,最后阿里斯托芬不再嘲笑厄里克希马库斯,转而担心自己被人取笑,这是他的自知。他的自知有两层:知道自己说的东西会引人发笑,从而满是骄傲,然则亦担心自己被人取笑。这是柏拉图的笔法,这可能是柏拉图对阿里斯托芬的赞美。自知是最高的爱欲,因此阿里斯托芬是有很高的爱欲之人。第五个问题,厄里克希马库斯提醒阿里斯托芬,"有心""回心转意",其希腊文原文是"心智"。这个作品第一次出现这个词是苏格拉底在赴阿伽通家的宴会时,他在路上突然独自沉思(175d),我们译为"凝神"。厄里克希马库斯两次提醒阿里斯托芬要"有心",阿里斯托芬自己接下来也提到"有心"。这可以讲是柏拉图用以批评阿里斯托芬的最重要的词汇(即心智),因为他的爱欲中没有心智的成分,而爱欲与理智的关联则可能是最高的自知(柏拉图《斐德若》249c,《斐多》81a)。阿里斯托芬的讲辞中没有提到"心智",在他看来爱欲与心智没有关系,在他对爱欲的理解中没有心智的位置,这是柏拉图对他最严重的批评。这是阿里斯托芬最严重的不自知。

补充一点,心智是一种异质性的东西,而厄里克希马库斯与阿里斯托芬的讲辞都关于身体,但身体可能是同质的。

这一部分第二、三、四段希腊文都用的是命令式,说明两人的争执很激烈。两人的争执看似是言辞之争,实质上是两人性情的冲突。厄里克希马库斯看上去是个严肃的人,与阿里斯托芬这个天生搞笑的人性情不同。阿里斯托芬作为喜剧诗人搞笑人世中最低贱和肮脏不堪的东西,而悲剧诗人的主题是诸神,是高的东西,哲人的主题是对话,是辩证法,哲人看到的是人世中高高低低的东西。

另外,《会饮》中出现三次笑声:阿里斯托芬的"调笑"(189b5),第俄提玛的笑(202b10),阿尔喀比亚德赞颂完苏格拉底后,众人笑话他(222c1)。苏格拉底唯一的笑声则出现在其临终前(《斐多》84d8,115c5)①。而笑声既是阿里斯托芬的性情流露,又是其技艺及其目的。笑声常常与爱欲、智慧相关。

二

[189c2]'而的确的,厄里克希马库斯噢,'(阿里斯托得莫斯说)阿里斯托芬说,'我有心(或有意)以有些不同于你与泡赛尼阿斯所说的方式言说。因为在我看来,人们完完全全尚未觉察到爱若斯的大能,因为要是真的觉察到,[人们]会修筑他的恢宏的庙宇和祭坛,且会举行盛大的祭仪,不像现在这些中没有一样为他而发生,这一切中的每一样本应特别地发生。因为神们中他最怜爱人,且是人们的帮手以及是[人们身上]某些东西的医生——治愈了这些,人们会拥有圆满的幸福。因而我将试着指点他的大能,你们则将是其他人的老师。'

'而首先,你们得学习(或知悉、懂得)人的自然(或出身、本性)及他的遭罪(或受苦)。因为先前我们的自然是不同于它现在这个样,而是另一番模样。因为首先人们的性别(或类别)曾有三类,不像现在的两类——男性和女性,而是甚至曾有第三类——它共有这两类,[这一类]它的名称留存下来,而它自身业已消逝(或不知所踪、绝迹)。因为那时确有一类是男—女性,且[其]身形(或人形)与名称共同出自于男性与女性者,而今它不存在了,除了其那被起来挨骂的名称(或留下骂名)。'

阿里斯托芬的讲辞的第一个问题:言说方式。1. 阿里斯托芬不满于厄里克希马库斯和泡赛尼阿斯的言说方式。此前泡赛尼阿斯不满于斐德若的言说方式,厄里克希马库斯则不满于泡赛尼阿斯的,说他的结尾不美,而阿里斯托芬不满于厄里克希马库斯和泡赛尼阿斯的,此后阿伽通不满于前面四个的,苏格拉底不满于前面

---

① 参色诺芬《苏格拉底在法官面前的申辩》28。

所有人的。如此，他们赞颂爱神采用的都是不同的言说方式，不同的言说方式对应于他们各自对爱欲和爱神不同的理解，更准确地讲是因为他们有不同的爱欲和性情。2."有心"原义是"有意""打算""有理智"，阿里斯托芬关于爱若斯神话的讲述是一种智性的言说。3. 从言说的目的来看，泡赛尼阿斯、厄里克希马库斯和阿里斯托芬是一组，他们都为男童恋辩护，这种辩护在阿里斯托芬那里达到顶峰。从各自的爱欲本身来看，阿里斯托芬、阿伽通和苏格拉底又可以归为一组，这三个人都是充满爱欲的人，也是最有理智的人。阿里斯托芬既与前两个人合成一组，又和后两个人合为一组。这正说明阿里斯托芬身位的复杂且含混的特性。

第二个问题，阿里斯托芬赞颂爱若斯的主旨是其大能，即并非关乎爱神是谁而是其作用。爱若斯的大能第一点是怜爱人，其怜爱与宙斯的惩罚相对。与《被缚的普罗米修斯》中的普罗米修斯一样，爱若斯也怜爱人。阿里斯托芬《鸟》中最后也是普罗米修斯来向世人报告诸神的困境，以帮助人类战胜诸神特别是宙斯。其大能的第二点是爱若斯是人的帮手，而最重要的是他是世人的医生，医治世人身上的缺陷。在此要注意与医生厄里克希马库斯的说法比较，厄里克希马库斯从身体出发通过四种技艺理解爱欲，他构造出了一种宇宙性的医学；阿里斯托芬的技艺亦针对身体，人渴求的是身形的完整，爱欲的目的是身形的完整，这个目的亦包含宇宙论的旨趣。再者，爱欲均与世人的幸福相关。进而，诗人阿里斯托芬教导爱欲的知识，其志趣是人如何可能幸福，这是人世最重要的知识之一，也是对世人的根本上的启蒙。阿里斯托芬意欲教育雅典的精英，再让精英去教育民众，所以他是老师的老师。其赞颂爱神的目的是民主启蒙，以让所有人都过上幸福的生活。按《易经》的说法，此之谓"神道设教"。这也就是诗人的政治神学。但按柏拉图、尼采看来，人群中多数人一辈子都是不幸的，艰辛度日，而且永世如此。[①] 阿里斯托芬的心志正如他笔下的爱若斯那样怜爱众生、教化大众。而苏格拉底、柏拉图似乎只教育精英。

而阿里斯托芬的教育首先关乎人的自然与受苦，更关键的问题是人的自然是什么？这是阿里斯托芬的主题，也是柏拉图和色诺芬的主题。但理解人的自然首先得理解神是什么。在柏拉图、色诺芬、阿里斯托芬之前，对人的理解就基于对神的理解，比如荷马、赫西俄德。《会饮》是柏拉图唯一一个直接讨论神（爱若斯）是什么的对话。

再者，阿里斯托芬的视野总是在古今对比中，亦即在时间中理解人的自然，其

---

① 参尼采《善恶的彼岸》61、62节，《敌基督者》57节。

基本问题是自然比诸神更古老,也更好。阿里斯托芬的神话故事叙述用的是过去时,他在历史时间中理解人,这很像荷马或赫西俄德,也很像悲剧诗人,这种以讲故事探究人的灵魂之源头的叙述被称为"灵魂考古学"①。其中,原初的古老的人有三类性别(genos):男性、女性、男—女性。"genos"一词有"性别""类别"之义,另外含有"源头""起源"的意思。其中男—女性这一性别不存在了,只留下骂名,阿里斯托芬似乎暗中在贬低异性恋。而第俄提玛教育苏格拉底以什么行为践行爱欲却首先讲到男人与女人的交合以生育,从男人和女人的身体生育欲望开始,也就是:以异性恋践行爱欲以达到生育的目的。

阿里斯托芬讲了一个关于人的起源的神话故事,其中人的起源与人的特征、类别联系在一起,即 genos(性别、类别)与 eidos(外形、形状、特征)联系在一起,而这两个问题最后又归结为 genos(源头、起源),亦即人的源头是自然而非诸神。这对古希腊人而言是一个革命性的说法。但这个看法不是阿里斯托芬的发明,它源自自然哲人,如泰勒斯、毕达哥拉斯、赫拉克利特等,泰勒斯说万物起源于水,赫拉克利特说万物起源于火,这与传统的人起源于诸神的说法不一样。② 公元前 6 世纪到公元前 5 世纪古希腊有一股关于自然的哲学启蒙思潮,它最大的特点就是破除传统的诸神故事,即荷马和赫西俄德所撰定的诸神世系故事被自然哲人和喜剧诗人摧毁掉了,而悲剧诗人似乎还在试图维系之③。所以,我们要知道阿里斯托芬所说的关于人的自然起源是一种哲学启蒙,虽然他采用了颇具喜剧色彩的神话叙事方式。实际上,神话本身就可能是一种启蒙,它类似于一种高贵的谎言。其启蒙的意图是探究人是什么、人的起源。

[189e5]其次,每一个人的形体(或身形、形状)曾是完整的圆形,由背部与两肋(或两边)形成一个圆,他且有四只手,以及与手同样数量的腿,在其旋绕成圆的脖颈上还有两张脸,完全一样(或相似),且有一颗为了摆放(或安排)相反的两张脸的脑袋,再有四只耳朵,又有两只生殖器,还有其他所有东西——倘若有谁愿如此猜想的话。每一个人形象如今一样也直立行走,任何方向他想(或意欲)走的话;并且每当他急于快跑,像翻筋斗的,也直挺地旋转

---

① Seth Benardete, *The Archaeology of the Soul: Platonic Readings of Ancient Poetry and Philosophy*, edited by Ronna Burger and Michael Davis, St. Augustine's Press, 2012, pp.1-6.
② 参第欧根尼·拉尔修《名哲言行录》第一卷第一章、第八卷第一章、第九卷第一章。
③ 参索福克勒斯《俄狄浦斯王》第二合唱歌和《安提戈涅》第一合唱歌。

其腿一样地翻腾圆圈,当时人们以八只手脚作支撑,以圆周[运动]飞快向前。

而由此曾有三类人,且是这般[情形],因为男性曾是太阳原初的后裔,女性曾是大地的后裔,而分有这两类的是月亮的[后裔],既然月亮也分有两者;而他们自己与他们的行进的确曾是圆的(或圆形的,依圆周运动的)——由于[他们]与其先祖相似。

这一部分的要义:1. 人的原初的形。2. 圆/圆形,未提到胸腹。要注意其间肢体各部分数量的变化"四(手)四(腿)二(脸)一(脑袋)四(耳)二(生殖器)",其中的"一"是脑袋。而后来宙斯把人切成两半,他如何切开这一颗脑袋呢?阿里斯托芬很可能漏掉了这一关键问题。没有提到眼睛、鼻子和嘴巴,如果人没有一张完整的脸,人是否可以准确判断所接触到的事物?再者,人的心智与人的七窍相关。人既是开放之物又是封闭之物,七窍与人这般的双重特性紧密相关。另外,人形中最重要的东西是圆形和生殖器,而这两者可能相关。3. 直立行走,这暗指人的自由与傲慢。4. 人跑得飞快。5. 涉及古今对比。6. 这种原初的(即自然的)人形——丑——喜剧基本主题之一,随后阿里斯托芬提及的爱欲指向这丑陋的原初的人形。

阿里斯托芬追溯人的起源和特征从形状和运动着手,人的形状和运动都是圆形的,自然天体的形状和运动也都是圆形,所以人是自然物。其中,人的 genos(性别、类别)和 edios(外形、形状、特征)结合,两者又结合为 genos(源头、起源,即原初的自然),人的 genos 是天体,因为人的形(eidos)与天体相似,并且如天体一般运动。人是什么与人来自哪里一致,都是自然。这就是神话式的哲学启蒙。后来,人被诸神惩罚,与自然分离并产生文明,这个文明是非自然的,或者说不是完整的自然。这暗含两种可能,一是神话的含义,即文明的诞生;还有一种含义,人不是完整的自然,人无法认识完整的自然是什么,然则人本身包含着完整的自然。返回原初自然的冲动就是爱欲,在阿里斯托芬看来渴求完整恰恰可能是人世最高的文明。而如果世人再次被宙斯切开,可能就找不到其自然了。而在荷马和阿里斯托芬笔下诸神可能懂得自然知识①。另外,阿里斯托芬讲述了人形及其运动,但没有讲到人的心灵或灵魂。而柏拉图笔下的苏格拉底主要关注人的身心的关系。如果人形与天体相似,心灵也与天体相似,那人的身心是什么关系呢?这是个复杂的问题。

此处阿里斯托芬重点讲到人形,即人的身形是圆形及其圆形的运动。可他后

---

① 参荷马《奥德赛》(10.302-306)。

来谈论爱欲时没再提及运动。而灵魂的运动是柏拉图对话的重要主题之一①。

三

[190b5]由于他们在力气和健硕方面令人可怖（或非常强大，令人惊奇），且曾拥有高傲的（或傲慢的）心志，进而（或甚而，因而）曾企图对诸神们动手（或攻击），而荷马关于埃菲阿尔特斯和奥托斯所说的，据说是关于他们（指圆形人），即[他们]曾企图干登上高天之举，为的是攻击诸神。于是，宙斯与其他神们慎重考虑（或慎思，商讨）关于该[如何]对付（或处置）他们，可他们（指神们）不知所措（或没有出路，没法子）；因为他们明白既不能用什么法子杀死[他们]，且正如他们用雷电劈死巨人们——他们不能清除（或消灭）[圆形人]，（因为[圆形人]给予他们荣耀和祭祀——这些来自人们的[一切]将消失）；也明白他们不能怎样允许人们[继续]放肆无度。宙斯的确费了一番脑筋而言说，'在我看来'，他说，'有个法子，凭此人们能还在[或还是人]，且因变得虚弱（或弱小），他们会停止其放纵之举。于是哩，现在我将把每一[个]切分为两[个]，且同时他们将是更为虚弱的，同时通过数目的增多变得对我们来说更为有利（或有用）；且他们将用两条腿直立行走。而一旦他们仍想放肆无度且不愿乖乖度日（或过日子，平安无事），我将再次切[他们]为二；'他说，'以使他们以单脚蹦跳前行。'

这一段的第一个问题，其中似乎有两种人，一是圆形人（自然人），二是宙斯切开后的人，是宙斯惩罚的产物，从哲人的眼光来看，即习俗的产物。因而，人身上似乎天然地包含有自然与习俗的冲突。第二个问题，自然的圆形人的心志与其外形有关，这使他高傲，但被宙斯切分后的人变得虚弱，从而被驯化以成为文明人。如果按柏拉图的灵魂三分法（理智、血气与欲望）来看，阿里斯托芬主要讲的是人的灵魂中的血气，而一个人的心志与他的血气相关。第三个问题，宙斯一开始开会商讨，如此神们之间很像是在实行民主统治，但没有结果；后来，宙斯费了一番脑筋想出了法子从而自己决断，这使他看起来像一位有智慧的君王，很像柏拉图笔下的哲人王，而他最重要的统治手段是惩罚。我们知道一般的政治统治有两种手段：惩

---

① 参柏拉图《斐德若》245c—e，柏拉图《礼法》895a。

罚（惩恶）与教化（扬善）。第四个问题，习俗事物中最高的是诸神，他们与人们关系密切，无法分离，亦即神人互相需要。希腊文"需要（chreia）"一词有"缺乏"含义，说明神可能并不完整（参《会饮》202c—203a）。这可能也说明人必然得过习俗的生活而非完全自然的生活。阿里斯托芬《云》中思想所里的人只想过自然的生活，此外的人则过的是习俗生活，比如欠债还钱。

[190d6]一说了这些，他就把人们切分为二，就像[那些]切青果以准备腌制的人，或像[那些]用头发丝切蛋的人。而当他切某个人，他吩咐阿波罗把脸以及脖子的一半转向这切痕（或切口），以使见了自己的切痕，这人能端正一些，他还吩咐阿波罗医治其他的。而他（指阿波罗）一则转了脸，一则从各处拉拢皮肤至现在被称为肚子的，就像拽紧的口袋，弄个口子，他在肚子中央捆紧——人们则称其为肚脐。他还弄平了其他许多皱纹，且把胸连接成形，[他]使用某种这样的工具，正如鞋匠们（或皮匠们）用以在鞋楦四周弄平皮革的皱纹的工具；不过他留了些皱纹——在肚子本身和肚脐上，是为古老的遭罪（或受苦、受难、受罪）的记号。

于是，当自然（指人形）被切分为二[后]，每一个想望他自己的那一半以走到一起，而手臂互相拥搂且彼此一块儿缠绵不已——渴求走到一块儿[或结合为一]，他们[开始]死于饥饿与无所事事——由于[他们]不想脱离彼此去做事。且每当一半中的某一个死了，而另一半被留下，被留下的寻觅其他[一半或人]且缠绵在一块儿，要么他遇上整个女人的一半——这就是如今我们称其为女人的，要么他遇上整个男人的一半；他们也就这样地毁灭。然则宙斯起了恻隐之心，想出另一个法子，即把他们的生殖器改换至前方。因为直至目前为止，他们既在外头拥有这些（指生殖器），又不是进入彼此，而是进入地里生殖和育儿，如同蝉们。进而，于是为此，他把他们的生殖器改换至前方，且由此他让[他们]在彼此中生殖，由男性在女性中[生殖]；由于这些缘故，以便一则倘若男人在缠绵中遇上女人，他们就能繁殖且种类将能生生不息，一则倘若甚且在缠绵中男性遇上男性，至少在一起（或相聚，在一起是其所是、共同生存）满足感能生发出来，且他们可能暂且停歇[缠绵、拥抱]，且可能转向劳作，且关心（或照料）其余的生计。因而，这就是许久以来在彼此之中生长的属于人们的爱欲[爱神]且是古老（或原初）自然（指人形）的联合者，且试图从二中做（或弄）出一并医治人们的自然。

这一部分中,"端正"一词指贤人的品格,这也是厄里克希马库斯讲辞的最重要的词汇;"医治"一词也是厄里克希马库斯最重要的词汇,因此厄里克希马库斯和阿里斯托芬某种意义上可以互换。其中的要义:第一点,宙斯自己把人切开,即宙斯亲自惩罚人(圆形人)。第二点,宙斯与阿波罗同步行动,看来宙斯需要帮手,就像宙斯需要人一样。第三点,宙斯除了惩罚人,把人切开改变了人形,以使人虚弱。他还想教化人,使人变得端正、规矩些、有秩序,成为文明人。人变得拥有像诸神一样的外形而不是宇宙神的外形。人脸被改变了方向,还提到"看"——之前没有提到圆形人的眼睛,这暗示圆形人可能有眼睛。宙斯切,阿波罗转并且医治,从而人形与神形相似。第四点,新的人形有肚子、肚脐、胸和皮肤。之前没有提到圆形人的"肚子",而肚子与吃喝相关,这说明新的人形使人成为有欠缺之物。而当人像诸神时人不再狂妄。从此阿里斯托芬不再提及圆形了。第五点,阿波罗似乎改变了宙斯的吩咐吗?他不是让人看到切痕而是给人留了肚子和肚脐上的皱纹,以记住古老的遭罪。阿波罗拉拢且捆紧人的切痕这边的皮肤,他不得不这么做,否则人仍然会死,这就是阿波罗的医术的作用。但他留下了皱纹让人记住古老的遭罪,这也是阿波罗的教化。"记号"也有"记忆"之义。与此相关的是第六点,这也是古希腊文学主题之一,即从受苦中学习。而这里记忆的标识是受罚的皮肤而非心智。第七点,关于宙斯与阿波罗对人的惩罚行动看起来具有悲剧色彩,然则柏拉图使用了一些低俗、搞笑的比喻,这也是阿里斯托芬本人的笔法。这种笔法的含义是荷马、阿里斯托芬和柏拉图所共同认可的旨趣:人是诸神的玩偶(柏拉图《礼法》644d)。

[191d3]因而(或于是),我们中的每一个是人(可能指圆形人)的符片(或符节、符信),因为已被切分的每一个有如比目鱼,二源于一;每一个就总寻觅自己的符片。于是,所有那些是来自共有的(或同一的)性别(或类别)的男人们的切片——那时它当真被称为男—女性,他们是喜欢女人的人(或男人),且好夫中的许多人业已源自这一类;再者,所有来自这一类的女人成为喜欢男人者并且[成为]淫妇。而所有是来自女性的女人们的切片,她们对男人们不太在意(或没有心思、无感),而更多的是转向女人们的[人或女人],且从这一类中产生女伴们。而所有那些是来自男性的[男人们]的切片,他们追逐男性,且当他们还是孩童——因为是男性的切块,他们喜欢男人们且享受于与男人们躺在一块儿(亦指交欢)且缠绵不已;甚且他们是男孩和少年郎中最为优秀者,因为他们是天性上(或天生)最为勇敢者。而有些人的确说他们是无耻之徒,他们在撒谎。因为他们做这不是由于无耻,而是大胆、勇敢与男性气概,

> 他们眷恋与其自身相似者。且有重大的证据：且因一旦他们成熟，仅仅这样一些男人证明适合于政治事务。而当他们长大成人，他们爱恋男孩，且天生（或天性上）不在意于（或不动心思、不关心）婚姻和生儿育女，可被迫服从于习俗（或礼法）结婚生子。然而他们满足于彼此一块儿共度没有婚姻的一生。因而，这样一类人完全成为（或变为）爱恋男孩者以及乐于爱恋者（或激情的爱欲者），他总眷恋同类者（同一个性别或类别）。

这里，男人们"躺在一块"，希腊文原文有"交欢"的意思；"缠绵不已"再次出现，而这一词只用在男人身上，即男性被切开的切片。"而有些人的确说他们是无耻之徒，他们在撒谎。"这句话针对的是泡赛尼阿斯（参 181e—182a）。阿里斯托芬为男童恋辩护看上去更大胆、更放肆，其原因可能是他有更高的智慧。

这一段的要义之一，人的自然等于人形。要义之二，宙斯没想到人对原初的人形的想望和渴求（爱欲），看来他并不怎么了解人。不过，他不再切分人形，而是再次改变人形，即调整生殖器的方向，亦即改变人的生殖与繁衍的方式，以让人种不至灭绝，并能生生不息。要义之三，其中第一个问题，似乎是在被宙斯切分之后，人渴求另一半以恢复原初的自然，人的爱欲指向自然，而自然即完整。第二个问题，宙斯的第二个法子——改变人的生殖器的方向，使男女繁衍后代，由二而一；再者，使男得到满足，且停止缠绵而转向劳作和其余生计，这似乎又是一种爱欲，难道有两种不同的爱欲吗？第二种爱欲与生殖无关，但与性满足相关，可似乎不再渴求自然（即完整）。第一种男女之间的爱欲生育出的孩子为"一"，这个"一"即是完整吗？再者，第二种男男的爱欲中性满足、劳作与其余生计即是完整吗？如果男同性恋高于男女之间的爱欲，性满足、劳作和生计是比生育繁衍更高的自然吗？第三个问题，生殖替代死亡，使人变得不朽吗？生殖源于宙斯的怜悯心，但不再提到人为宙斯或诸神祭祀。第四个问题，其中的爱欲似乎是互相的，其方向是水平的而非垂直的，并且与美德无关，与心智无关。男人与男人最重要的动作是"缠绵"，但似乎无法恢复原初的自然。第五个问题，爱欲不仅是互相的，是连接者，与生育相关，还与医治相关，这让我们想起厄里克希马库斯，而这种医治不仅仅指向人形。

更为重要的问题是，阿里斯托芬依据性别区分不同的爱欲，使得这些爱欲与原初的自然（性别）相关。四种爱欲似乎有高低之分，女同性恋似乎最低，因为阿里斯托芬连"喜欢""爱欲"都没有提到，只提到"转向"。中间一类是异性恋，最高的是爱恋男孩者和喜欢爱恋者，如此看来只有三类爱欲，最后这类最高，因为他们天性上最勇敢，但这种大胆、勇敢的爱欲指向反对习俗（不结婚），并热衷政治事务。

再次改变人形之前,爱欲是水平的、互相的,而第二次改变人形之后,爱欲仍然是水平的、互相的,这是阿里斯托芬一贯的主题,即爱欲同类者,这又与厄里克希马库斯一样,不过这好像是最优秀者之间的爱欲。而其中蕴含了一种更高的爱欲,即喜欢爱欲者,且放在最后,似乎是最高的,这是一种纯粹的爱欲吗,它是水平的还是垂直的?

阿里斯托芬以为结婚生子是基本的习俗,他并未破除此,只是提出有比这更高的东西。阿里斯托芬的基本主题是为同性恋辩护,这和泡赛尼阿斯和厄里克希马库斯是一致的,泡赛尼阿斯是从法律的角度辩护,厄里克希马库斯是从医术即技艺的角度辩护,而阿里斯托芬是从自然的角度辩护。有人认为,对爱恋男孩的爱欲的辩护,到阿里斯托芬这里才达到完整,即以自然的名义为之辩护。

[192b5]于是一旦爱恋男孩者或其他任何人遇上那个自己(指本身)即自己的一半,当即惊异于(或惊呆于)友情、亲密和爱恋(或爱欲),也就是说不愿彼此被分离,即便片刻。且他们是些彼此一块度过一生的人,尽管他们甚至不能说出(或无法说出)想要从彼此而为自己得到什么(指变成自己)。因为没人会认为他们想要的是这即性交(或阿佛洛狄忒的交欢),即使出于这个原因(或为此),一方这般享受以极大的热忱与另一方在一起(或结合在一起、共处,交欢)。然则,每一个灵魂显然想要其他什么,他没能力说出这(指其他什么),然而他预示他所想要的且暗示[他所想要的]。而假使赫斐斯托斯站在他们一旁——当他们躺在一块儿——他带着家伙,他会问道:'什么是你们想要从彼此而为自己得到的,世人啊?'进而假使他会再次问这俩不知所措的人,'你俩到底欲求些啥啊?——尽可能地在同一中变成彼此,以便日日夜夜不失去彼此吗?因为倘若你俩欲求这,我愿把你俩熔合且让你俩一块儿长成(或愈合)同一,以便尽管是二已变成一;且只要你俩活着,[我愿]你俩双双共同地活着,就好像[是一];而当你俩死了,[我愿]在哈德斯那儿一块死了的你俩是一而非二。且因而,看看吧,倘若你俩爱恋这且你俩满足于假使碰上这',听了这些,我们晓得没有哪怕一个人会拒绝,很明显他想要的不是别的什么;然则他会全然单纯地以为他听到了他一直以来欲求的东西:与被爱恋者走到一块(或结合、交欢),且一块熔合——从二变成一。因此这是起因(或原因),即这本是我们原初的自然甚且我们是整全。因而,爱欲是欲求和追求整全之名。

进而,正如我所说,此前我们本是一,现今则由于不义被神分散,恰如阿尔卡德人被斯巴达人分散。于是(或因而)有畏惧在,要是我们对诸神不规矩,

阿里斯托芬的爱欲与自然　297

难免不被再次分开,且四处转悠就如同那些在石碑上被雕刻成的浮雕,沿着鼻梁被切断,就成了像是色子的东西。然则必得劝告每一个人在所有方面都对诸神虔敬,为了我们能逃脱这,而碰上那些,以爱若斯作为我们的向导和统帅。没有人做那些[与爱若斯]相反的事——而他做相反的事就是那些被诸神忿恨的事——因为我们如果以神为友且与其和解,我们将找见甚且碰见我们自己的[男孩],现今其中的少数人干这。

"惊异于友情、亲密和爱恋",爱欲越高的人越好奇,在对爱欲与好奇之关系的理解上,阿里斯托芬和苏格拉底一样。"预示"和"暗示"都是悲剧的词汇,与神谕有关。

这里的第一个问题,其主旨——为爱欲正名,爱欲即欲求和追求整全之名,实则可能是为爱恋男童正名。第二个问题,男童恋是更高的爱欲,因为其与婚姻和生殖无关,这一爱欲指向原初的自然,即整全。第三个问题,爱欲与灵魂的关系不明确,灵魂似乎包含欲求,但似乎缺乏理性或理智。"每一个灵魂显然想要其他什么,他没能力说出这其他什么,然而他预示他所想要的,且暗示他所想要的。"爱欲者没法言说,即可能没有 logos。而 logos 有三层含义:言说、思考、理智。爱欲者没有 logos,所以阿里斯托芬采用了 mythos(神话)。可是这个神话并没有解决回归原初的自然的问题,但其隐含着一层意思——回归可能还得通过"技艺"——赫斐斯托斯的火与锻造术。技艺能不能使人回归原初的自然?这又与厄里克希马库斯的主旨近似。并且,爱欲者"熔合"后其爱欲会消失吗,如果消失了,那么爱欲并非人的自然本性? 如此,阿里斯托芬对爱欲的正名似乎有缺陷。第四个问题,苏格拉底认为,灵魂就是整全,the soul = the whole = the nature。柏拉图的所有对话可以说都是在模仿或分析灵魂本身。并且,柏拉图可能会认为没有一个原初的自然,我们自己(或灵魂)就是自然,万古常新的自然。而阿里斯托芬并没有展现灵魂是什么,爱欲是什么,也无从知晓自然或整全根本上是什么,除了人形与天体、天体运动相似外。某种程度上我们可以断定阿里斯托芬分离了灵魂与自然。

结语

[193b6]而厄里克希马库斯别通过搞笑这颂辞以为我说的是泡赛尼阿斯和阿伽通;兴许他们的确碰上的就是他(指自己的男孩),且二者天生是男性,可我呢说的则是关乎所有男男女女,即我们这一类人能这样地变得好运(或变

成好命星),倘若我们愿(或能)圆满(或完善、践行)这爱欲并且每一个能碰见他自己的至爱——当他回归原初的自然时。而倘若这是最好的,它必定就是目前情况中最靠近这是最好的;而这就是碰上天性上与自己合意的至爱。若我们赞美这位神——他真的是这原因,我们就得正义地(或合宜地)赞美爱若斯,他既在当前引领我们至这自己,使我们获益良多,又允诺我们巨大的希望以至未来——当我们允诺对诸神虔敬——他让我们恢复原初的自然且医治我们,以让我们成为有福与好运之人。

其中第一个问题,其主旨——爱恋男童者的幸福与好运,阿里斯托芬关注仍然是爱欲与幸福的问题。有什么样爱欲的人才能过上幸福的生活呢?追问好的生活的根源是什么,即爱欲。第二个问题,爱欲与自然。自然的双层含义:原初的自然与天性上的、被切开后的自然。它们是否是同一个呢?有可能是。爱欲别人的天性就是爱欲自己。第三个问题,对诸神虔敬。爱神和诸神是不一样的,爱神似乎是人第二次被改变人形(生殖器改换至前方)之后才出现的。那么阿里斯托芬笔下的爱欲是不是自然之物?阿里斯托芬没有处理这个大难题,这是其颂辞最大的含混之处。如果爱欲是自然的,那么爱神(自然)和诸神(习俗)就是对立的,对诸神虔敬就成问题了。

书评

执着的身影：
张新颖的沈从文传

"热情"及其背后的"力"：
《柒》

那些普通人的爱情与命运：
《明星与素琴》

美学国族主义的兴起与中国风的衰落：
《十八世纪英国的中国风》

执着的身影：张新颖的沈从文传

■ 文／李松睿

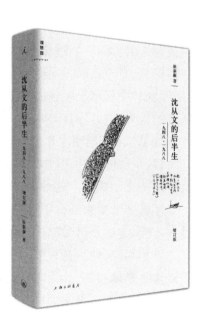

张新颖，《沈从文的前半生（1902—1948）》，《沈从文的后半生（1948—1988）》，上海三联书店，2018年。

张新颖先生的《沈从文的前半生（1902—1948）》和《沈从文的后半生（1948—1988）》这样的著作，在我们这个时代注定是两部"奇书"。知识分子自古以来都多少会有点自恋的毛病,恃才傲物、矜才使气之人简直不可胜数。随便翻开这个群体的很多著作,哪怕是在谈论别人的思想、逝去的往事,字里行间也总是闪烁着作者的身影。他们生怕别人不知道自己的才华,因此在写作中要不断地向读者展示自我,有时候会让人觉得作者已经忘记了自己真正的主题。而《沈从文的前半生》《沈从文的后半生》却与这样的写作传统完全相反,张新颖以极为谦卑的姿态书写沈从文的一生,主要使用沈从文本人的文字串联起他的人生经历,并参照以其他人对沈从文的回忆与评论,尽可能地把自己隐藏在众多史料的背后,进入到"忘我"乃至"无我"的状态。

如果草草翻阅这两部书,你可能会觉得作者只是抄录了一系列沈从文自己的文字,并没有太多独到的见解。只有非常细致地阅读,让思想沉浸在书中,我们才能够觉察到张新颖文字背后的深情和对沈从文的洞见。这就使这两本书为读者设置了较高的门槛。就我个人的阅读感受来说,由于此前认真读过两遍《沈从文全集》,对沈从文研究的相关史料也较为熟悉,刚开始接触《沈从文的后半生》时,觉得书中的大部分文字都曾经读过,会本能地产生了厌倦心理,也把握不住作者的叙述,就好像迷失在一片云雾弥漫的森林,其中的每一棵树走近了都能辨认清楚,但却无从寻找前进的方向。不过读过几十页之后,我发现那些原本枯燥的史料经过作者的一番剪裁,竟重新焕发出夺目的光彩,让人不忍释卷。张新颖似乎用微弱的烛火,在那座森林中标示出一条曲曲折折的小径,通过它,我们慢慢地走出迷雾,走进了沈从文的世界。

因此,《沈从文的前半生》和《沈从文的后半生》看上去只是简单地罗列了一系列材料,但张新颖实际上却通过独具匠心的编排给出了一条理解沈从文的线索,这个线索就是沈从文的执着。这种执着首先是对文学的执着。1923年,沈从文并不是唯一一个怀着文学梦来到北平寻找出路的年轻人,在那个群体中,他甚至并没有表现出过人才能,连标点符号都不会使用,更没有写出什么令人称奇的作品。就像大多数文学青年那样,他最初写下的大部分作品都乏善可陈,自然遭遇了无数次退稿。由于接连不断地投稿,让当时《晨报副刊》著名的文学编辑孙伏园感到烦不胜烦,孙伏园甚至把沈从文寄来的稿件连在一起,当着众多同事的面宣称这就是一位大作家的作品,随后将那厚厚的一叠稿子扔进废纸篓。我们可以想象当这样的消息传到沈从文那里时,这位年轻人会受到多么巨大的伤害和刺激。

对于当时聚集在北平的众多文学青年来说,文学固然具有足够的魅力,但远非生活的全部内容。很多人渴望的其实是小说家的名气,并没有要为文学奉献心血的愿望,几次投稿失败就足以让他们知难而退。更有些年轻人虽然展现出足够的才华,但缺乏投身文学事业的恒心与毅力,凭着报刊上发表的一两篇小说、三四首短诗,赢取了心爱的姑娘的芳心,旋即就永远从文学史上消失了。而沈从文却以"乡下人"特有的执着,从不理会投稿失败带来的挫败感,埋头进行各种写作试验,锻炼自己的文字技艺,寻找最适合自己心性的创作道路。因此,《萧萧》《三三》《凤子》《丈夫》《柏子》《边城》这类杰作绝非天才的灵光乍现之作,而是沈从文经过反复摸索之后,才最终找到的创作道路上结出的果实。而作家本人对此也心知肚明,他在1950年总结自己的人生经历时就颇为自负地说过:"在民十六(1927)到廿六(1937)年,恰恰是中国新文学运动以来短篇小说的收成期。巴金、老舍、茅盾、丁玲、张天翼、穆时英、施蛰存、沙汀、艾芜、魏金枝、靳以,都各有成就,才成为国内读者所熟习的名字。……在十六年左右,我只能说是百十小说作者其中之一员,到廿年(1931)以后,我应当说是比较优秀的一员了。"①

中国现当代文学史上向来不缺少天才,也涌现出了很多名作,这让我们看到太多作家的处女作就是其一生的巅峰之作。这当然没有什么不好,但仅靠处女作名世多少还是会限制作家在文学上所能抵达的高度。只有沈从文这样起点较低,却执着地磨炼自己的写作技艺的作家,才真正具有成为大师的潜质。沈从文在写给妻子张兆和的信中曾颇为自得地说:"吃饭以前我校过《月下小景》,细细的看,方知道我文章写得那么细。这些文章有些方面真是旁人不容易写到的。我真为我自己的能力着了惊。但倘若这认识并非过分的骄傲,我将说这能力并非什么天才,却是耐心。我把它写得比别人认真,因此也就比别人好些的。我轻视天才,却愿意人明白我在写作方面是个如何用功的人。"②他在这里固然是在妻子面前进行自我表彰,但我们读来却丝毫没有轻佻的味道,反倒让人肃然起敬。不相信天才,不急于求成,在忍耐中执着地打磨自己的写作技艺,专注于自己手头的工作,正是沈从文取得成功的不二法门。

继续沿着张新颖为我们标示出的线索向前走,我们会发现沈从文不仅痴迷于文学,他同时对自己的生命经验也异常的执着。沈从文在20世纪30年代终于意识到,自己"实在是比某些时下所谓作家高一筹的。我的工作行将超越一切而上。我的作品会比这些人的作品更传得久,播得远"③。此时,他没有止步于文学本身,

---

① 沈从文:《总结·传记部分》,《沈从文全集》第27卷,太原:北岳文艺出版社,2009年,第85—86页。
② 沈从文:《泊缆子湾》,《沈从文全集》第11卷,第139—140页。
③ 沈从文:《横石和九溪》,《沈从文全集》第11卷,第181—182页。

而是努力使自己的工作与某种更为宏阔的事业联系在一起。正像我们在《〈边城〉题记》中看到的，沈从文并不觉得自己的小说是静穆、纯美的艺术精品，而是希望读者能够从中"认识这个民族的过去伟大处与目前堕落处"①。也就是说，他逐渐意识到，作家不能仅仅专注于磨炼自己的写作技艺，他还必须关心人民、社会、国家、民族的前途，并为自己身处的时代贡献一份力量。于是我们发现，他的小说产量开始下降，并频繁卷入各种文坛纷争，如引发京派与海派的论争，支持所谓"抗战无关论"，在抗战结束后尖锐地抨击中国政局等。所有这一切都给沈从文带来了无穷无尽的麻烦，也为他日后饱受猜忌和排挤埋下了伏笔。沈从文的家人和朋友都劝他多写小说，少写些得罪人的文章，可这位执着的乡下人偏不！他批判作家相互之间的吹捧与争斗、厌恶商业和政治对文学的侵蚀、反感作家依附于某个组织或集团。他的观点其实非常朴素，那就是作家安身立命之本是安于寂寞，专注地写出优秀的作品，除此之外的一切都会最终伤害文学。这和沈从文对当时中国的社会问题的判断是一致的，他认为所有那些拯救中国的外来理论都是空谈，只要每个中国人都把自己分内的工作认真做好，中国自然就富强了。

  这样的观点是否正确不需要我们来评说，但这种庄严、认真的生活态度本身还是让人非常尊敬的。只是对沈从文周围的人来说，与这么一个严肃的人朝夕相处，还是会觉得异常压抑并敬而远之。例如，沈从文的妻妹张充和爱听昆曲，在北京大学中文系读书时，作家靳以经常带领张充和等人去吉祥戏院或广和楼戏院看戏。有一次，他们在沈从文家里凑在一起正准备出门，正好撞见沈从文，主人直截了当地对靳以说："他们是学生，应要多用功读书，你年长一些，怎么带他们去看戏。"说得靳以面红耳赤、哑口无言。听了沈从文一番语重心长的教诲，张充和、靳以他们不由得暗下决心，下次相约看戏时绝对不把集合地点选在沈从文的家里。此外，在抗战期间，沈从文与很多西南联大的知识分子比邻而居，他发现身边的同行并没有把全部心血都用在做学问上，恰恰相反，他们一有空就凑在一起打牌消磨时光。这本是无伤大雅的小嗜好，并不是什么大是大非的问题。可沈从文却在刊物上接连公开发表文章，认为知识分子把智慧和精力消耗在一些小纸片上，放弃了对事业和民族的责任，是自甘堕落的行为。我们可以想象沈从文的同事在读到这样的文章后会感到怎样的羞辱和尴尬。

  也正是因为秉持着如此"一根筋"式的人生态度，沈从文在20世纪40年代拒绝接受任何成型的理论或学说，执着地要从自己的生命经验出发寻找改造中国的

---

① 沈从文：《〈边城〉题记》，《沈从文全集》第8卷，第59页。

道路。他为自己在这一时期设定的工作目标是"在'神'之解体的时代,重新给神做一种光明赞颂。在充满古典庄雅的诗歌失去价值和意义时,来谨谨慎慎写最后一首抒情诗"①,还反复表示要"用一些新的抽象原则"来重建"这个民族的自尊心和自信心"②。沈从文在这里所说的"神",就是那些他不断追寻的"抽象原则",他希望找到能够理解生命与美的抽象原则,帮助中国人重新找到尊严与活力。只是,沈从文虽然渴望着探索抽象原则,但他本人更多的是一位有着丰富人生经验的小说家,并不擅长进行抽象思考。在实际的创作中,沈从文最终发现自己完全无法将抽象原则转化为艺术形态,只能不断感叹"我正在发疯。为抽象而发疯。我看到一些符号,一片形,一把线,一种无声的音乐,无文字的诗歌。我看到生命一种最完整的形式,这一切都在抽象中好好存在,在事实前反而消灭"③。正是因为无法在文学创作中表达自己真正想要探索的抽象原则,沈从文在1947年发表的小说《巧秀与冬生》《传奇不奇》就成了他文学创作的绝唱。由此可以看出,虽然1949年的时代巨变对沈从文中断文学创作有着重要影响,但我们同样不应该无视作家这一时期在思想内部遭遇的创作危机。正是内外两方面因素结合在一起,才断送了沈从文的文学生涯。

而执着的第三个层次,则是对生命意义的执着。我觉得《沈从文的后半生》要比《沈从文的前半生》更加精彩,因为正是在张新颖对沈从文后半生的梳理和描述中,我们看到了一个陷入绝境的作家如何依靠自己的执着,寻找到生命意义和安身立命之本,重新建立起自己的事业的过程。其中的磨难与艰辛、屈辱与痛苦,以及历尽沧桑之后的幸福与甜蜜,让人在阅读过程中忍不住数次扼腕长叹。我们知道,沈从文在1949年以后离开了北京大学中文系,调入中国历史博物馆工作,终结了自己的文学事业。此后,政府主管部门曾多次提供机会,让沈从文重新成为专业作家或进入中国人民大学等高校工作。面对这些好意,沈从文全都一一谢绝,坚持留在历史博物馆从事文物研究。甚至当他发现国家给自己定的工资标准高于博物馆的领导时,还主动要求降低工资。显然,沈从文在20世纪40年代因无法表达"生命一种最完整的形式"而感到绝望后,又重新找到了一种建立生命意义的方式。他在1952年参加四川土改时,忽然领悟到"时代过去了,一切英雄豪杰、王侯将相、美人名士,都成尘成土,失去存在意义。另外一些生死两寂寞的人,从文字保留下来

---

① 沈从文:《水云》,《沈从文全集》第12卷,第128页。
② 沈从文:《绿魇》,《沈从文全集》第12卷,第139页。
③ 沈从文:《生命》,《沈从文全集》第12卷,第43页。

的东东西西,却成了唯一联接历史沟通人我的工具。因之历史如相连续,为时空所阻隔的情感,千载之下百世之后还如相晤对"①。也就是说,现实生活中的兴衰荣辱、遭际困厄不过是过眼烟云,生命只有与悠久的历史传统联系在一起才能获得永恒的意义。如果文学的道路已经无法走通,那么文物研究其实同样可以让沈从文思接千载、神与物游。

于是我们看到,沈从文用全部心力投身到对"杂文物"的研究当中,无论是做讲解员,还是帮其他单位采购文物、购置图书,抑或是帮助工艺美术生产部门改进工艺,都尽心尽力、分文不取。他意识到自己感兴趣的"杂文物"研究百废待兴,"材料冻结已近千年,年青人即有心来搞,也无可下手处,有文献知识的少实物知识,更少比较美术知识;搞美术的又少文史知识,且不弄服装制度,因之即到今天,万千中材料已搁在面前,其实都近于死物,又各个孤立,毫无关连"②。因此他有种强烈的紧迫感,要利用有限的时间尽可能地培养人才、建立起学科的基础。然而遗憾的是,与书画、陶瓷、青铜器等文物研究中的传统类别相比,沈从文开创的"杂文物"研究极为边缘,他的种种努力也始终无法得到同时代人以及同行专家的理解。历史博物馆甚至还专门举办了一个"反浪费展览",展出沈从文为博物馆收购的各类"杂文物",并将这些艺术珍品称为"废品"。为了羞辱沈从文,历史博物馆的领导竟然让沈从文担任这次展览的讲解员,陪同来自全国各地的同行一同参观。

不过,这些屈辱与阻碍从来没有消减沈从文对文物研究的热爱。他曾回忆自己当年"看到小银匠捶制银锁银鱼,一面因事流泪,一面用小钢模敲击花纹。看到小木匠和小媳妇作手艺,我发现了工作成果以外工作者的情绪或紧贴,或游离"③。也就是说,那些花花朵朵、坛坛罐罐、衣帽服饰、日用杂物在外人看来虽然杂乱无章、琐碎无用,但于沈从文眼中却相互勾连、生气勃勃,透过它们,可以触摸到千载之前、万里之外的劳动者的遭遇、记忆与情感。因此,当沈从文在研究那些文物时,他并不是单纯在考证那些花纹、图样的渊源流变,而是将生命灌注于中国悠久的历史、绵延的文化与勤劳的人民当中。那些早已消失的记忆与情感,从历史的尘埃中悄然复活,与沈从文的生命呼应、共振,这是一种怎样的气象与气魄!相形之下,人事的纠葛、职称的高低、待遇的多寡、住房的宽狭又算得了什么?于是我们也就可以理解,为什么在20世纪80年代,当所有人都为沈从文放弃文学创作而感到无限

---

① 沈从文:《致张兆和19520124》,《沈从文全集》第19卷,第311—312页。
② 沈从文:《致韩寿萱195504下旬》,《沈从文全集》第19卷,第415页。
③ 沈从文:《关于西南漆器及其他》,《沈从文全集》第27卷,第22页。

惋惜的时候,他本人却对当年的选择无怨无悔。毕竟,在花花朵朵、坛坛罐罐当中,他早已收获了比文学创作更加深厚、广阔的生命意义。

需要指出的是,当我们用执着来梳理《沈从文的前半生》和《沈从文的后半生》时,似乎会让人觉得沈从文是个过于严肃、缺乏情趣的人。其实,张新颖在叙述沈从文的经历时,于主线之外,还不断穿插各种有趣的材料,为读者提供全方位地了解沈从文的路径。于是,伴随着读者的阅读,这个执着的乡下人也就渐渐变得丰满而有趣。读者会看到,这个人习惯于随手拿起一本书,在空白处写上几句题记,记录自己的所思所想。有一次,汪曾祺向沈从文借书,发现其中一本上面写着:"某月某日,见一大胖女人从桥上走过,心中十分难过。"①我们无从明白他究竟是因为那个女人很胖而感到难过,还是觉得桥梁不堪重负而悲从中来,但这句话本身所蕴含的莫名喜感,却总是让人忍不住沉吟再三、反复回味。

这个人在演讲时喜欢将手臂在空中挥来挥去,可因为长期伏案工作,使得那件冬天的棉袍在右肘处破了一个大洞。由于他不停地挥手,棉花渐渐从破洞中掉了出来。为了保暖,他只好不断地再把掉出来的棉花重新塞回去。偏偏他做这一系列动作时,既不愿停止演讲,也不肯放下手臂,使得他的听众全都忘记了他的演讲内容,只在脑海中记住了那个反反复复塞棉花的可笑动作。

也正是这个人,面对自己心爱的女人,会写下诸如"我行过许多地方的桥,看过许多次数的云,喝过许多种类的酒,却只爱过一个正当最好年龄的人。我应当为自己庆幸"②、"'萑苇'是易折的,'磐石'是难动的,我的生命等于'萑苇',爱你的心希望它如'磐石'"、"望到北平高空明蓝的天,使人只想下跪,你给我的影响恰如这天空,距离得那么远,我日里望着,晚上做梦,总梦到生着翅膀,向上飞举。向上飞去,便看到许多星子,都成为你的眼睛了"、"易折的萑苇,一生中,每当一次风吹过时,皆低下头去,然而风过后,便又重新立起了。只有你使它永远折伏,永远不再作立起的希望"③这类让人肉麻而又颇为感动的句子。而几十年后,已经白发苍苍的他会"从鼓鼓囊囊的口袋里掏出一封皱头皱脑的信",一边说这是张兆和写给我的第一封信,一边"说着就吸溜吸溜哭起来"④。

---

① 汪曾祺:《沈从文先生在西南联大》,《蒲桥集》,北京:作家出版社,1989年,第49页。
② 沈从文:《由达园给张兆和》,《沈从文全集》第11卷,第93页。
③ 同上书,第95页。
④ 张允和:《从第一封信到第一封信》,《水——张家十姐弟的故事》,合肥:安徽文艺出版社,2009年,第170页。

最后要说的是，沈从文曾多次提到自己的生命与水之间的奇妙缘分，感慨"从汤汤流水上，我明白了多少人事，学会了多少知识，见过了多少世界！……我所写的故事，却多数是水边的故事。故事中我所最满意的文章，常用船上水上作为背影，我故事中人物的性格，全为我在水边船上所见到的人物性格。我文字中一点忧郁气氛，便因为被过去十五年前南方的阴雨天气影响而来，我文字风格，假若还有些值得注意处，那只因为我记得水上人的言语太多了"①。而阅读张新颖对沈从文一生的描述，我的眼前也总是会出现一条水汽氤氲的长河。它源发于湘西的山涧清泉，靠着自身的坚韧与执着，走过了无数的沟坎、悬崖、堰塞、曲折，将生命与中国的传统、文化、人民交融在一起，最终演变为烟波浩荡的巨川。合上张新颖的这两本书，在为沈从文元气淋漓的一生而感佩不已的同时，他那异常执着的身影将长久地刻印在我们的心中。

---

① 沈从文：《我的写作与水的关系》，《沈从文全集》第17卷，第209页。

"热情"及其背后的"力":《柒》

■ 文／张新颖

读文珍的小说,常常让我想起穆旦的诗。这有什么道理吗?或许有,或许没有。我总会不由自主地认为,我喜爱的作家,他们是一国的。各是各,却能说到一块儿。

单说《柒》这部小说集,七个故事,各不相同的两性关系,似乎很容易概括和归类;可我尝试着复述这七篇小说,每一篇都进行不下去。能否复述也许是一种检测方法,复述成功,很可能是作品失败。《柒》难以复述,不仅因为换一种语言就不是原来那个东西了——文珍叙述上用心,七篇小说各有各的语言,这样的个人作品集合实不多见;也不仅因为无法省略过程、细节,甚至无法省略看似无关紧要、旁逸斜出的种种琐屑;我个人觉得,更重要的原因,是作品交织着不同的层次,每一个层次都不容说清楚,何况交织在一起——这或许也是文珍小说特立独出、其独特又是丰富性的独特的一个方面。

《柒》,文珍,北京时代华文书局,2017年。

一眼就能够看到男女两性的关系，多是关于爱，看到这种关系的发展和变化；在这容易见到的层面，使文珍小说区别出来的，是一种执拗的"热情"及其背后的"力"。这种"力"和"热情"既来自本然生命，更出于主观的渴求，或者可以叫做"心劲"。它是"你底年龄里的小小野兽"，是"燃烧着的""成熟的年代"，更是一个人主动要扩充、要成长、要去完成的"意志"——执着的"心劲"变成顽强的"意志"，显现为"热情"。不是所有的谈情说爱都能写出"力"和意志，文珍小说叙述克制却暗潮汹涌，"热情"非从空泛而起，正是"力"和"意志"的作用。

但"关系"，是何其复杂的事情；"我爱你"，是包含了无穷变化的句子。姑且不谈"爱"的无从定义、无法把握，既具体实在又无比抽象，既触手可及又遥不可期；单说"我"和"你"，不过是"一个暂时的我""一个暂时的你"。"我和你谈话，相信你，爱你，//这时候就听见我底主暗笑，//不断地他添来另外的你我//使我们丰富而且危险。"忠诚、背叛、分裂、变化乃至变质，不是一般道德意义上的事情，不断"丰富"的"我"和"你"之间无法停下来的互动过程，无从预设一个稳固不变的状态。文珍小说的主人公更是高度敏感，而且锐利，因而心灵历程中时时波动，波幅或小或大，合与不合交错行进，明明灭灭，至某一个点发生转折或者一直维持下去。

在这种倾注了极大"热情"和顽强的"力"的"关系"中，更突出的，却不是"关系"，而是孤独的个体。"我看见你孤独的爱情//笔立着，和我底平行着生长！"从这个意义上，我们可以说，文珍的小说写的不只是男女的爱与不爱，而更是一个人穿过"关系"而成长，如她自己所言，"一个人如何在世界上成为他自己"。《暗红色的云藏在黑暗里》是七篇中最"简单"的，写的也不是爱情，正因为其"简单"，更清楚地昭示出一个人努力去成长、去成为的"意志"。"关系"最终从这个女孩身上脱落，"必须独自泅渡"才是她面对人生和个人追求的基本认识。其他几篇，也都有这样的"意志"为核心或核心的一部分。这是两性关系下面的另一个层次，有了这个层次，文珍的小说才成为文珍的小说，因为她自己的内核。

不过也并不到此为止。个人的成长也好，各种纠结的关系及其变化也好，它们发生在一个更大的世界上，这个更大的世界不是在外面，而是我们就置身其中。对置身其中、无从脱离的这个更大的世界，投之以热情和力量，会有什么意义吗？《开端与终结》里写两个女生结伴去福利院做义工，每次出来，都会沉默良久：我们真的帮到她们了吗？小说的叙述者在沙漠里的人造绿洲中听远方朋友的爱情故事，而绿洲只不过是无边无际沙漠里的一小点，造价高昂，必要还是不必要？投向爱情和人生的全部努力，会不会也只是徒劳？"水流山石间沉淀下你我，//而我们成长，在死的子宫里。//在无数的可能里一个变形的生命//永远不能完成他自己。""在死的子宫里"如何"成长"和"完成自己"？前面说"热情""力"和"意志"，它们是在与置身其中的世界的对抗性过程中显示出意义的。文珍不能不意识到这个巨大的困难，有时她甚至不免要和虚无搏斗，然而她还是选择要在"不能完成他自己"的境况里去"完成他自己"。当她说"一个人如何在世界上成为他自己"的时候，并非廉价励志，她不是把"一个人"和"他自己"孤立起来抽象地谈论，她用小说把"一个人"放到"世界上"，让"一个人""在世界上"展开各种关系也展开自己，一步一步艰难地、诚恳地去"成为他自己"——"他自己"到底是怎样的，还得看他已走过和将走过怎样的路程。

以上仓促所写，是我读文珍这部新小说集的印象。不久之后，在上海万象城言几又书店有一个《柒》的分享会，我把阅读印象简单概括，也是仓促间，说到几点：

一是作者和作品的关系，或者说作者写作时的特殊状态。她写得很投入，这个写小说的人大概隐身于她小说中人物，一同去经历和体验，投入得深，因而热烈；但是与此同时，这个写作者又很冷酷，很冷峻，很严苛，有一个很理性的距离。用一个不恰当的比喻说，比如演戏，她一方面很入戏，另外一方面好像又有一个人在看着自己入戏。光很投入，这个比较容易做到；光很分离，也比较容易做到。本来这两项特质一般不会结合到一个人身上，但是文珍很奇异地把一个很投入的自己，和一个不断对投入的自己进行观察、反省的自己，结合起来了。你在阅读中不断地体会到她在这两者之间波动的频率和幅度，如果是一个女性读者，感受可能会更强烈、更丰富一点。在投入和分离两端，作品拉开了很大的绷紧张力的空间。

第二点是关于作品的内涵。她写各种各样的感情，或者简单地用"爱情"来代替吧，是放在人生里面写的，不是从人生里面抽出来写；她又把这个人生放到更大的世界里，放到这个人生所经历的时代里，也就是说，她不是抽离地写感情、写人。她的感情描述，包含了一个大于感情的人生；她的人生截面，包含了大于人生的世界和时代。同时，感情也好，人生也好，又都是包含在世界和时代里面的。这是一种互相包含的关系。哪怕她写得很细小，很琐碎，也和这个很大的世界、很复杂的时代之间形成一种互相包含的关系。她有能力让我们见到，日常生活里那种感情的缝隙，视而不见的黑暗的部分，这些东西又小又大。

第三，关于语言。我读她的小说，能感觉到不同的力量结合在她一个人身上，在她的小说里运动的，不是一种单向的力。我们大致上可以看到总的力量的主要方向，主要目的，但这种总的力量是由各种力量的挣扎和平衡合成的。这一点从语言上反映出来，她的语言不是单调、平滑的，一个句子里就会有不同的力量，会有两三个意思在竞争,或者互相拉扯。所以文珍的小说读完一遍,回过去再翻翻,更能看出那种特别的语言内部各种力量之间的争辩、分歧、妥协、合作等等的痕迹。如果只读一遍,或者只关注故事,这样的痕迹就很可能被忽略了。这样的小说叙述不是一味地往下讲,而是不断地邀请读者停下来,逗留一会儿,语言里面藏有东西。从这个意义上,我说文珍的小说语言内含了诗的语言的特质。

这些印象强烈,但我自己也嫌过于笼统,未及作品的细致分析。无从补救,但要列出七篇小说的名字:《夜车》《牧者》《肺鱼》《你还只是一个年轻人》《暗红色的云藏在黑暗里》《风后面是风》《开端与终结》。写出这些篇名有什么意思?你如果读过这些作品并且为它们打动,你就能够感受到,提起篇名,一个一个作品的情境就会扑面而来——它们饱满,有自己的质地,有特殊的气息。就像说到你认识的一个人的名字,这个人就出现在你眼前。

关于《柒》这个书名,文珍曾说,"'7'像一艘小船,载着自己的七枚故事被浩荡的大风吹行于浩淼无边的意义之洋上"。这个比喻唤起我记忆里文珍的一句诗。这篇短文前面引用的诗句都出自穆旦的《诗八首》,最后,该以作家本人的诗句结束了。这句诗从它所属的上下文中截取,移用过来说从《十一味爱》到《我们夜里在美术馆谈恋爱》到《柒》——每隔三年一部小说集——渐趋开阔、沉着向上的行程,说文珍目前仍在继续的写作,或者只是它本身所指向的情境:

  我们的大船在上升。

二〇一七年十月五日、十一月三日

那些普通人的爱情与命运:《明星与素琴》

■ 文/陈 昶

《明星与素琴》讲述的是从旧时代走向新中国的两个年轻人之间感人至深的爱情故事。但我想,作者所要为我们讲述的,并不仅仅只是一个爱情故事,而是将这两个普通人的悲欢离合与命运遭际放置于大历史的时代烟云之下,通过普通人的故事去思考个人和历史之间的复杂关系。正如作者所说,"当历史的一页翻过之后,那些曾经在大时代中留下过烙印的普通人,一如船过水无痕"①并最终没入时间的河流被永久地遗忘。在明星与素琴的身上,我们不仅感受到感情的真挚,还可以钩沉出从祖辈闯关东开始,历经抗日救亡、南下解放全中国、土改、抗美援朝、"大跃进"直到"文革"的一条大历史的线索。是的,通过个人的命运是可以折射出大的时代来的,可是,反过来,在

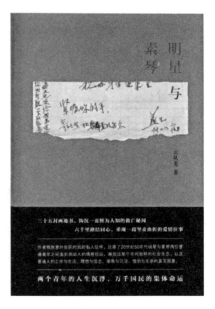

《明星与素琴》,云从龙,东方出版社,2017年。

---

① 云从龙:《明星与素琴·序》,东方出版社,2017年,第1页。下文征引该书,皆随文标注页码。

时代的浩荡长河里,普通人的命运又该如何安放呢?我想,这是促使作者云从龙写这本书最重要的原因与极力想关照的部分。

这是一个残缺不齐的故事,正如作者是在一个废纸回收站里找到的残缺不齐的材料一样。作者主要以主人公贺明星写于1948年的一份入党自传、1949年到1951年之间贺明星与王素琴的几十封情书以及1956年和1968年王素琴的政治运动材料为依据来完成《明星与素琴》这本书的写作的。于是,就这样,这两个普通的年轻人从历史深处走到了我们眼前,尽管缺乏更多有效的材料,但也正因如此,在这些带有体温的档案与作者克制的笔端下面,反而为我们留下了更多想象的空间与可能。

一、普通人的爱情

明星与素琴,作为与新中国一起成长起来的这一代有理想、有热血的年轻人,他们面对新建立的国家,充满了豪情壮志与坚定的信仰,要为之奉献自己的一切,纯洁的爱情也就是在这个时候萌发的。故事从贺明星写于1948年的一份入党自传开始讲起,首先出现的是明星的家族、他的祖辈和父辈,在这一部分,作者记述了这个家族迁徙东北、发家致业、父亲投身救国惨遭酷刑而死、母亲忍辱负重将其抚养成人等故事。除了贺明星自己的入党自传以外,作者同时辅以贺氏族谱、地方志等材料,将一个家族的往事以及故事背后的历史烟云更完整地呈现给读者。在贺明星的入党自传里,他对他的家族、他的父亲表现出了极为冷漠与不屑的态度,当然,这与那个时代中年轻人要求进步、与旧家庭划清界限的时代氛围是息息相关的。经过作者的多方查证,为我们勾勒了这个家族的兴盛与悲辛,更为关键的是,在这个家族从发家到衰败的过程中,一个人物形象,贺明星的父亲贺文翰渐渐凸显了出来。在贺明星的入党自传里,他对父亲的记载只是寥寥数笔就交代了贺文翰从赴北平求学到返乡任职,最后在一句"他的简单历史也就到此终止了"结束了父亲短短37岁的一生。但是在更多的历史记录面前,父亲贺文翰形象却是十分鲜明:一个在北平读了大学,回到家乡参加抗日活动最后惨死在日本人酷刑下的知识分子形象。正如作者所说的:"贺文翰生逢一个内忧外患、积贫积弱的中国,求知明理、救亡图存是他那一代知识分子普遍的抱负和情怀。"(第55页)尽管贺明星在自传中与他的家庭要一刀两断划清界限,但是父亲的一生还是潜移默化地影响了贺明星的人生轨迹:"母亲曾经对我说过,我应该去继承父亲的遗志,完成他没有完成的事业,我也是这么想的。这是多么激动人心的事情,一想到祖国的未来,我

的未来,我就心血澎湃,彻夜难眠。"(第 65 页)无论如何撇清,理想与热血,是在父子血脉里延续着的。历史,正是这样一代一代人所走过和正在走着所留下的印记。

故事的第二部分重点是明星与素琴的爱情故事,这也是这本书最重要的部分。这个部分的内容主要是以贺王之间的 35 封通信为蓝本建立起来。他们二人的通信主要集中在 1949 年 5 月至 1951 年初这个时期,在这个过程中,出现干部南下工作这样一个大的时代背景,并穿插了短暂的抗美援朝等历史事件。贺明星是最早从东北南下到江西的 53 名干部之一,他到九江星子县开展革命建设的过程也正是他苦苦盼望与恋人王素琴团聚的过程。他们像所有恋爱中的男女一样,经历了从互生好感、猜忌、误会、担忧、笃信、甜蜜等种种恋爱步骤,尽管它们不得不时常掩藏在革命战友的情谊之下,但在这些信件的字里行间,我们仍旧会被这一对恋人真挚而纯洁的情感所打动。在贺明星南下之际,为了鼓励也为了使贺明星能安心南下工作,王素琴在写给他的第二封信中即许下"一定和你远到临终"(第 71 页)的誓言。在这样热烈而坚定的誓言面前,贺明星也写下了"我决不会负你"(第 75 页)的承诺,这是写在贺明星致王素琴的第二封信里,时间是 1949 年 5 月 13 日。这样的通信持续了将近两年的时间,1951 年 3 月的某一天,两个年轻人终于在九江团聚,兑现了许给彼此的诺言。正如作者所言,当时南下工作的群体人数庞大,因为这样的一个时代需要,许多人的命运就此改变,人间的聚散悲欢也随之发生,如果这些"两地书"没有从故纸堆里被发现,又有谁还会记得这样一段炽热而美好的爱情往事呢?

该书的第三部分,时间已经走到了波谲云诡的历史时期,作者的写作主要依据的是王素琴在 1956 年和 1968 年的几份政治运动材料,虽然说这些材料显得有些单薄,故事的主角也从明星与素琴变成了素琴一人,但从相关材料可以看出,此时贺王二人都已成长为革命干部并结为夫妻组建了共同的家庭。他们的家庭幸不幸福?养育了几个子女?贺明星后来又在做些什么?这些具体的生活内容我们无法得知,也无从查证,但是从材料的年份我们可以看到,王素琴在此时经受到很大的冲击,可以想象,这种冲击对这个家庭必然也是重大的打击。尽管作者对于贺、王二人没有再做正面描述,但从作者呈现出来的材料来看,这个家庭在这样的时刻是很难幸免于难的,时代的阴云也在我们心头留下了一层淡淡的隐忧。

作者是从泥沙沉积的河床底打捞出明星与素琴这两个普通人的故事的。历史的发展像浩瀚不息的大河,它规约好了每一个个人的走向与命运,个人就像随之沉浮的水滴或是沉入底部的沙粒,无法超脱也不会溢出;但反过来,他们虽然微弱,却也以一己之力合成众人之力,成就了今天我们所能看到的历史。正如作者所说,他们是"当时整个时代的精神镜像"(第 354 页)。

二、他们的"忧伤"与"忧伤"的历史学

再来说说他们的"忧伤"。在整本书中,作者真实客观地、谨慎地使用着每一份材料,就像作者自己所言,每一处细节都是有材料可查证的,也正因为这个原因,贺王二人之间的故事是写得十分克制的,并没有太多渲染的成分,但是读完全书之后,我们仍能感受得到,一股股忧伤的情绪在字里行间时时泛起。作者在后记中说:"大约在最为艰难的时刻,很多像明星与素琴那样曾经壮怀激烈的中国人,都发出过一声共同的感慨:我是如此的爱这个国家,国家为什么不爱我? 面对这个巨大的诘难,有些人陷入极度的绝望,拒绝苟活,用生命为世人撕开一孔天窗,比如傅雷先生。更多的人,选择了隐忍,选择了毫无尊严地活着,选择了与狼共舞,比如书中的普通人。相比之下,我从来都觉得,后者才是真正意义上的中国人。"(第354 页)在这里,我并不想去讨论那个时代下的普通人与国家之间的关系,我更关心的是明星与素琴他们之间的爱情、他们的家庭最终走向了何方?

在该书的写作过程中,作者了解到书中的主人公贺明星已经在 2009 年过世,但另一主人公王素琴仍健在,并辗转于 2013 年与其取得联系。对于她后来与贺明星的经历,老人不愿意再提及,也并没有要回当年的信件与材料。可以看出,过往的事情,老人不愿意再去触碰,那些往事就像一个已经结痂的伤口,伤口虽然愈合,但疤痕还在那里,疤痕底下伤痛的感觉也还在那里。

不妨回到明星与素琴鸿雁传情的细节中,我们再来看看"远到临终"与"决不会负你"更为完整的内容。在爱情面前,女性永远要比男性勇敢,素琴的信里是这样写道的:

> "我一定不会忘掉了你的。……我请你记住我的话,我决不会和另一个人订婚结婚的,我始终是要把自己锻炼成一个完整的人,一定和你远到临终,(实现)我俩期待的快乐生活。"(第 71 页)

在得知自己误解了爱人的心志之后,明星懊恼不已,他当下写信求得素琴的谅解并表明自己的心迹,因而有了"决不负你"的誓言:

> "我完全同意你说的话和表示的态度,而且我要永远地记住它,这些话已经不是你单纯对我说的,如今已是我们相互的约言。请你安心,我决不会忘掉

你,我也绝不会多有他求或当她们的俘虏,我决不会负你的。"(第75页)

在等待相聚的过程中,二人其实也并非如他们自己所说的那般坚定,他们也曾多番表达出对对方感情忠贞的志忑,在明星写给素琴的第七封信里,他忍不住问:

"我到底不知你现在是怎样的心情?……请你回信再表示一下态度,为了慎重起见也不是儿戏。因为我们也许很快到一起,也许要一二年,那样你能等着我吗?不过你的话是永远印在我的心坎上的:'只要你不忘掉我,我是始终不会忘掉你的。请你记住我的话,我绝对不会和另外一个人订婚的。'"(第131页)

看得出,素琴是一个很好的女人,她懂得明星的心思,于是给了他更为坚定的回答:

"总之,我告诉你:我的心是永远不会变的!我说的话我永远要负完全责任的,请你相信我吧。"(第132页)

紧接着她又再度表明心意,无论身边有人追求还是有人为她介绍对象,这丝毫"都打不断我的钢铁意志"。(第132页)

有了素琴如此坚定的态度,明星才放下心来再次表达自己的情意:

"你和我的宣誓我在反复读着,并要它永远刻在我们的心坎上。同时,在这里可以加上一句:这不是你一个人的,是我俩共同的誓言。——我们将永远忠于她和他,唯一不二的爱人。"(第133页)

之所以将二人的往来文字做这样孜孜不倦的摘录,是因为它们是如此真挚而热烈,以致我们似乎都可以感受到两颗年轻的心脏在热烈跳动着。如果故事就到这里了,那么一切是很完满的。可是据明星的弟弟说:"这么多年,嫂子一直想不明白,心情也不是很好,觉得怎么会变成这样?"[1]我们自然无法从这些话再进一步猜测他们经历了什么,但从现在留下的碎片里,我们可以窥见,"文革"期间,贺明星是一个激进分子,甚至或许做了一些伤害爱人、违背誓言的事情(这样的情形在那

---

[1] 见 http://appshare.yicai.com/app/news/5279011.html。

个时候也并不少见),"文革"结束后,他也经历了命运的大起大伏,过得并不好。

在得知了他们后来的人生际遇之后,我们再回过头来看那些恋人间甜蜜的誓言,感受也就大不相同了。无论怎样,这一切的过往对于素琴来说是不愿再去触碰的伤痛,具体的伤痛或许会随着时间的流逝被抚平,但是忧伤却化入生命的肌理之中,伴随着生命的全部过程。这样的忧伤使我想到方方《软埋》里的丁子桃,还有杨显惠《李祥年的爱情故事》里的李祥年,他们都同样有着伤痛的过去,这些伤痛是和一个时代的伤痛联系在一起的,时代终会远去,个人的伤痛看起来也似乎逐渐愈合,但是"忧伤"却是内心深处永远的无法释怀。

一个个普通人的生命,延续着我们的历史;一个个这样的故事,构成了一种叙述的风格,一种"忧伤"的历史学,它面对的不是现实的生活,而是过往的历史与记忆,当它们汇聚到一起的时候,就形成了一种独特的历史气象,成为我们后来人进入、理解历史的一种路径。人们可以如丁子桃一样选择失忆,也可以像李祥年一样选择珍藏,还可以像王素琴一样选择沉默隐忍,这并不意味着他们会与历史达成和解,其实他们也无法去达成和解。

三、小历史的限度与意义

小人物永远无法脱离大历史而独立存在。明星与素琴是大时代下两个普通得不能再普通的年轻人,他们的生活轨迹、遭际命运始终和时代紧密联系在一起,和当时成千上万的年轻人是一样的。那么,像他们这样的普通人能承担得起讲述历史的责任吗?我想,答案是不能的,因为历史的本质就是带有筛选性的。既然如此,今天去讲述他们的故事的意义又是什么呢?

如果不是作者在故纸堆中发现的材料,明星与素琴的故事根本不会被人们所知道,但是当他们被作者挖掘并写出来以后,却丰富了我们对于历史的理解。一段历史远去之后,我们不应该仅用一种既定的叙述完成对它的理解。我们需要大历史,它能给予我们宏大的视野,使我们看到一个时代的整体轮廓,但同时,我们也不能缺少这些普通的小人物所构成的小历史,它们的存在提醒着我们,历史不该只有一种面貌,不仅只是理性与理想主义,它还有着另外的一面,那是带着温度,甚至是卑微地存在着的,这里面包含着许多普通人自愿或者不自愿的牺牲。

在去试图理解明星和素琴们与时代的关系的时候,在我的脑海里始终有一个"河流"的意象挥之不去:时间仿佛就是一条奔腾向前的河流,一路冲刷着两岸的泥沙,将它们冲进河里,裹挟到河床底端。人们看到的是河水生生不息一往无前,没有人会去在乎那些被沉入河底的沙粒。但是,看不见并不意味着没有价值,或者,在一个阳光晴好的天气里,它们也能折射出微弱的光芒来。大概也正是这个原因,作者说他的写作是一种努力,而"这样努力的意义在于,通过对难得一见的历史幽暗之处进行探秘与发微,从而更加客观地理解具体的历史事件、时代潮流、人物命运之成因、结局及其走向,无限地接近真相"(第4页),最终来"关照当下人类生存的境况"(第4页)。

历史,确实是"一代又一代人的经历,从诞生到死亡的过程"(第312页),贺明星在1949年随部队南下,去完成他父亲没有完成的事业,他的人生轨迹也就因此而被彻底改变,随后王素琴走进了他的生活,成为他最亲密的人,几十年的时间里,他经历了人世间的种种悲欢离合,于2009年走完了他沉默的一生。作为一个普通小人物的一生,贺明星为我们留下了许多永远不可能解开的谜团,或许以后的人们也不会对这些谜团产生多大的兴趣,也或许将来在另外一个地方,我们能发现一些新的材料,来将这个故事写完整。

这本书刚开始的时候写到过明星曾做的一个梦,那是在他父亲刚牺牲后:

"父亲被宪兵带了出去,我以为我再也见不到他了,没想到过了一会,他又回来了。他看上去是那么慈祥和蔼,他说,燕儿,我带你去遛马吧。于是我从床上爬了起来,跟着他走了出去。父亲把我放在他的马背上,带着我在开满油菜花的原野上奔驰。父亲说,燕儿,你要像这脱缰的马一样无拘无束的奔跑,奔向你愿意去的地方。"(第61页)

不知道这几十年的人生旅途,父亲对他说的"奔向你愿意去的地方",贺明星最终到达了没有?

美学国族主义的兴起与中国风的衰落：
《十八世纪英国的中国风》

■ 文／徐 曦

《十八世纪英国的中国风》(*The Chinese Taste in Eighteenth-Century England*)，博达伟(David Porter)，剑桥大学出版社，2010年。

美学国族主义（Aesthetic Nationalism）的兴起与中国风的衰落

博达伟(David Porter)此书的导论以"Monstrous Beauty(怪异之美)"为题。这个标题以悖谬(paradox)的方式暗示了英国受众对于中国风的矛盾态度。一方面，英国人钦慕中国艺术之美(beauty)，大肆购置产自中国的瓷器、漆器装饰居室，甚至欧洲的仿制品都令他们如痴如醉；但另一方面，正如"monstrous"一词所隐含的意思：1) very wrong, immoral or unfair, 2) unusually large, 3) unnatural or ugly and frightening (Longman Dictionary of Contemporary English)。在醉心于中国风格的艺术品所带来的异域之美的同时，不少英国文人的内心又泛起一丝不安与惶恐。用当下流行的词来说,就是"纠结"(ambivalence)。丝绸缎面的绣花鞋固然精致美丽,可以拿在手里把玩,但一想到鞋里那双畸形的三寸金莲,想到女性为了取悦男性受了几多苦,几多压迫,英国人身上的绅士鬼就开始发话了:尔等焉能耽溺于如此邪恶乖张之美(perverse aesthetic)。如果让中国风(Chinoiserie)就这么泛滥下去,大英国危矣。所以不少英国(男)文人,一改昔日对中国艺术品和文化的推崇,转而对中国风恶语相向,抑或声称某些艺术和建筑风格(如园林)并非中国舶来,而是英国本土产生。博达伟认为这种"纠结"心态,在18世纪英国对中国异域文化的接受经验中,占据了中心的位置。英国人对于中国器物的消费、收藏、展示、钦慕、嘲讽、批评,并非只是浮泛的时髦潮流,而涉及性别、国族、欲望、审美等方面的深刻转变。

    钱锺书先生就曾注意到这种悖谬。他在《十八世纪英国文学中的中国》(China in the English Literature of the Eighteenth Century)里指出,在18世纪的英国,中国文化在物质层面(material level)广受欢迎,但在话语层面(discursive level)却遭到严厉贬斥,两者间有着显著的差异。① 钱先生的文章,主要是用语文学的方法考辨源流。钱先生引了不少例子来佐证这一差异,但对导致差异的原因,并未多着笔墨,而只是将其归结为文化风尚的变幻莫测。'This discrepancy is only another example of that inscrutability of the whirligig of taste, and the inevitable loose-jointedness in generalizations about the spirit of the age.' (Qian 143). 博达伟此书则抓住这一差异充分展开,通过对四个著名人物(William Chambers, William Hogarth, Horace Walpole, Thomas Percy)的个案考察,生动地揭示了导致差异的原因在于18世纪英国aesthetic nationalism(姑且译为"美学国族主义")的兴起。他进一步认为,中国风并非过眼云烟,中国器物也并非浮于英国社会之表,而是深深介入英国现代美学趣味的形成。在英国美学现代性的建构过程中,中国风扮演了一个强大的"他者"角色;而这一"他者"角色,也为英国女性所分享,因为上流社会的妇女是中国器物

---

① 'As a matter of fact, the eighteenth-century English attitude towards China as revealed in literature is the reverse of that as revealed in life. Paradoxically enough, sinophilism seems to have waned in English literature as it waxed in English life. [...] The English literature of the eighteenth century is full of unfavourable criticism of Chinese culture in general and the prevailing fashion of chinoiserie in particular. It seems to be a corrective rather than a reflection of the social milieu in which it is produced. Indeed, the enthusiasm for Chinese culture appears to have reached in its highest pitch in the English literature of the seventeenth century and the eighteen century witnessed its gradual decline among intelligentsia and men of letters.' (Qian 142).

最大的消费者。中国风以及由其引发的英国女性对异域文化的狂热,对英国社会的审美风尚造成了巨大的挑战,两者一起对男性主导的美学趣味带来冲击。正是在英国(男)文人对中国风的吸收、转化与批评的过程中,逐渐形成和强化了英国现代的审美趣味。

英国(男)文人对现代美学趣味的话语建构既促使了双重的压抑的形成又受到这一压抑的影响:对于中国文化的压抑和对于英国女性的压抑,而这两种压抑是互为表里的。对女性审美观的否定是通过对中国风贬斥完成的,而与此同时中国风则被女性化(feminize)、边缘化,逐渐为强调无功利(disinterested)、超越性(transcendental)的现代审美观所取代。而这些,恰恰促进了英国美学上甚至文化上国族主义的形成。

雅与俗,及如何让物说话(how to let things speak)

此书关注的问题和研究方法都令我耳目一新。18世纪(启蒙时代)中欧之间的文化交流是中国比较文学研究中的一个热点。在我有限的见闻中,早期的研究偏重于思想和文本层面(如朱谦之《中国哲学对于欧洲的影响》,以及上文提到的钱锺书的文章),研究方法也以在文献中寻找和考辨"影响"的证据为主,对于物质和视觉层面则相对忽视。这或许跟不少学者重"雅"轻"俗"的心态有关。例如有学者将十八世纪欧洲的"中国热"分为雅俗两个层次:"所谓雅,是指学者、思想家等知识分子对中国所表现的巨大兴趣、关注和研究。……主要表现为对中国文化的理性思考";而"所谓俗,是指下自市井细民、上至王公贵族对中国所表现的狂热,这种狂热或为好奇心所驱使,或出于对异国情调的追逐,较多表现为购买中国商品,收藏中国器物,了解有关中国的奇闻趣事,模仿中国人的建筑、园林、装饰和衣着等等"。① 这种雅俗之分固然有着分析上的便利,但这样的分类对认识和把握整体的文化史和社会史的危害也是不轻。器物、建筑、园林和衣着能够实现跨地域的移植,必然和这两个地域之间的物质、文化和社会差异有关。这就要求我们要整体地看待"物"在大的历史背景下的位置和作用。

---

① 许明龙《欧洲十八世纪中国热》"前言"。徐明龙在书中进一步阐述道:"一般地说,俗层次对中国的兴趣偏重物态文化,对中国文化的认识不但停留在比较肤浅的表面,甚至有某些误差,……俗层次的'中国热'虽然表明了当时欧洲人对中国的仰慕和钦羡,但并未给欧洲留下多少深刻的印记,充其量只留下了一些如今成为珍贵古董的家具和工艺品。"

受到文化研究、新文化史的影响,我想今天越来越多的年轻学者不会再囿于这种雅俗之分的局限,不少文学研究者也开始关注物质文化,文学作品跟印刷、出版和图像的关系也成为新的学术热点。其中,"形象"(image)研究是比较文学研究的经典路数,但大多数著作处理的"形象",都是文字描述的形象,对于真正的视觉"形象/图像",如书籍的封面、插画以及器物上的图像,却大多沉默。沉默的原因是多方面的:既有学科意识的限制(对视觉图像的研究一般属于艺术史的范畴),也有研究材料的缺乏(例如想要研究外文书籍史,国内大多数地方的图书馆都不具备条件;博达伟的研究也得益于他四处探访图书馆及博物馆),但更难的恐怕在于因为缺乏相关的训练,我们缺乏让器物/图像说话的能力。文学系传统的细读训练,着重于文本,即便今天文本的范围早已扩大,容纳了电影、广告、建筑等等,但对于视觉形象的解读仍缺乏足够的重视。

博达伟在问题意识和研究方法两方面都给我们提供了有益的启示:第一,他的研究不局限于发掘所谓中国文化在西方的"影响",也不纠缠于西方对中国认识是否存在偏差,而是将中国风的盛衰置入英国本土现代美学兴起的大背景下来考察,使得这一研究不是就事论事,而能够与思想史的研究进行对话;第二,他在中国瓷器上的图案、器型,英国绘画中所呈现的中国饰物,以及英国上流妇女消费中国瓷器的方式上大做文章,通过跨媒介比较(例如第五章中式假山[Chinese scholar's stone]与流言[Gossip]的比较)让物说话,从而弥补了文献资料的不足。

他的某些具体分析和结论,我们尽可持保留的态度(例如他说中式茶壶和茶杯与女性乳房在颜色、形状与尺寸上十分相似,易引发性联想),但他的分析视角和思路却值得借鉴。例如,18世纪的英国女性如何看待中国瓷器?购买、使用、收藏和展示中国装饰品对于她们的生活,乃至身份的建构究竟有什么影响?要回答这些问题,目前缺乏足够的文字资料。博达伟则别出心裁地通过让物说话,再通过联结其他的证据来试图解答:

第一,妇女是中国瓷器的最主要的消费者,中国风的饰物最重要的展示空间就是上流社会妇女的居室。它们常常与罗曼司小说并置于书架上。然而,在欧洲国族主义勃兴的18世纪,正如罗曼司小说的美学价值被置于古典诗歌和戏剧之下那样,中国瓷器的美学价值也被戏剧性地贬低,并同样被置于古希腊的雕像和文艺复兴时期的绘画之下。在执意塑造国家美学传统的理论家们看来,欣赏美的能力是需要习得的。一个人需要具备足够的学识才能够欣赏和充分理解伟大的艺术作品。而中国瓷器带来的是异国情调、新奇和困惑,并不需要仰仗学识就能够沉醉其中。也同样是在这一过程中,中国瓷器被女性化。在强调超越和理性审美的文人

(如 Sir Shaftesbury)看来,耽溺于中国瓷器的女性只是满足感官需求,属于低层次的美。这反映的实际上是 18 世纪英国国族主义与男性地位的同步上升,以及非国族文化和女性地位的同步下降。当然,这种情况不是英国独有,19 世纪的美国也是如此。

二、西方古典绘画中的女性大多裸露身体,或是处于暴力场景之中,成为男性的牺牲品。而中国瓷器上却有大量仅有女性出场的绘画。即使有男性在旁,也多是儿童或老人。女性之间宴饮、游园、读书、对弈的场景在许多中国器物上都有出现。与此大致同时,英国女性文学中也出现了与此相关的作品。在玛格丽特·卡文迪什(Margaret Cavendish),玛丽·阿斯特尔(Mary Astell)和萨拉·斯科特(Sarah Scott)的剧作中,女子学院或乌托邦社群(Female Academy or Utopian Community)是经常出现的主题。围绕在凯瑟琳·菲利普斯(Katherine Philips)周围的女士们则创作了大量表达女性友谊的诗歌。博达伟认为英国女性对中国瓷器的欣赏与她们的文学创作互相呼应,共同为女性创造出更多的自我意识和想象空间。女性的自我觉醒与乌托邦的社群想象,对男性主导的文化秩序具有颠覆的意味。因此,在建构和使用正统的美学趣味去教化女性的同时,英国(男)文人也边缘化了来自中国的异国情调。他们需要的是纯正的英国趣味,容不得半点来自东方的杂质。他们对待中国风如他们对待女性一样,又爱又恨。

一点遗憾

18 世纪中英文化交流,很早就引发中国学者的兴趣。钱锺书、范存忠、陈受颐诸位先生都用英文发表相关的文章,范存忠还出过中文专著。夏瑞春(Adrian Hsia)曾将上述学者的文章汇编出版。此书后的参考书目只列出了陈受颐(Shou-Yi, Ch'en)的一篇文章"Thomas Percy and His Chinese Studies",而未提及钱锺书和范存忠的著作。不知博达伟老师是未曾搜集到这些文章,还是觉得跟个案关系不密切而未列入参考书目?此书中考察的四位人物个案(William Chambers, William Hogarth, Horace Walpole, Thomas Percy),钱锺书在"China in the English Literature of the Eighteenth Century"一文中均有讨论。例如,钱先生认为钱伯斯(Chambers)对于中国园林的论述多有夸张,其实是借此为由头来发挥自己的观点,打击与之竞争的建筑师。['His picture of Chinese gardens is on the whole imaginary; Chambers seems to have considered Chinese gardening a peg to hang his own ideas on, as well as a stick to beat his confrères with'. (Qian 158-159).] 中国学者的研究,似乎仍然未能得到国际学界的足够知晓和重视,让人不免感到遗憾。期盼博达伟在以后的研究中能对钱先生的某些论述进行一些回应。有兴趣的读者,也可进一步参考以下两本书籍——

Qian, Zhongshu, *A Collection of Qian Zhongshu's English Essays*, Beijing：Foreign Language Teaching and Research Press, 2005.

Hsia, Adrian. Ed. *The Vision of China in the English Literature of the Seventeenth and Eighteenth Centuries*, Hong Kong：The Chinese University of Hong Kong Press, 1998.

作者简介

李泽坤　　中国人民大学
王辉城　　青年批评家
张业松　　复旦大学
蕨　弦　　复旦大学
李振声　　复旦大学
山口守（Yamaguchi Mamoru）　　日本大学（Nihon University）
康　凌　　圣路易斯华盛顿大学（Washington University in St. Louis）
郭诗咏　　香港恒生管理学院
张　泠　　纽约州立大学珀契斯分校（The State University of New York at Purchase）
安德鲁 F. 琼斯（Andrew F. Jones）　　加州大学伯克利分校（University of California Berkeley）
夏小雨　　加州大学伯克利分校（University of California Berkeley）
阿　来　　当代作家
木　叶　　《上海文化》
傅光明　　中国现代文学馆
吴雅凌　　上海社会科学院
肖有志　　上海大学
李松睿　　中国艺术研究院
张新颖　　复旦大学
陈　昶　　复旦大学
徐　曦　　香港大学

《文学》稿约启事

陈思和、王德威两位先生主编《文学》系列文丛,每年推出"春夏""秋冬"两卷,每卷三十万字,力邀海内外学者共同来参与和支持这项工作,不吝赐稿。

※《文学》自定位于前沿文学理论探索。

谓之"前沿",即不介绍一般的理论现象和文学现象,也不讨论具体的学术史料和文学事件,力求具有理论前瞻性,重在研讨学术之根本。若能够联系现实处境而生发的重大问题并给以真诚的探讨,尤其欢迎;对中外理论体系和文学现象进行深入思考和系统阐述,填补中国理论领域空白,尤其欢迎;通过对中外作家的深刻阐述而推动当下文学创作和文学理论发展,尤其欢迎。

谓之"文学理论",本刊坚持讨论文学为宗旨,包括中西方文学理论、美学、中国现当代文学及外国文学的研究。题涉中国古代文学研究者,如能以新的视角叩访古典传统,或关怀古今文学的演变,也在本刊选用之列。作家论必须推陈出新,有创意性,不做泛泛而论。

※《文学》欢迎国内外理论工作者、现当代文学的研究者将倾注心血的学术思想雕琢打磨、精益求精、系统阐述的代表作;欢迎青年学者锐意求新、打破陈说和传统偏见,具有颠覆性的学术争鸣;欢迎海外学者以新视角研究中国文学的新成果,以扩充中国文学繁复多姿的研究视野。

※《文学》精心推出"书评"栏目,所收的并不是泛泛的褒奖或针砭之作,而是希望对所评议对象涉及的议题,有一定研究心得和追踪眼光的专家,以独立品格与原作者形成学术对话。

※《文学》力求能够反映前沿性、深刻性和创新性的大块文章,不做篇幅的限制,但须符合学术规范。论文请附内容提要(不超过三百字与关键词)。引用、注释务请核对无误。注释采用脚注。

稿件联系人:金理;
电子稿以 word 格式发至:wenxuecongkan@163.com;
打印稿寄:上海市邯郸路 220 号复旦大学中文系 金理 收 200433。

三个月后未接采用通知,稿件可自行处理。本刊有权删改采用稿,不同意者请注明。请勿一稿多投。

欢迎海内外同仁赐稿。惠稿者请注明姓名、电话、单位和通讯地址。一经刊用,即致薄酬。

《文学》主编 陈思和 王德威
2018 年 9 月

《文学·2018秋冬卷》要目

【声音】
古典文明与新文化　　　　　　　　　　　　　　　　　　　　　　　　文/刘志荣

【评论】
·中国动画的历史、现实和艺术实践·　　　　　　　　　　　　　　　　主持/吴航

《铁扇公主》(1941)：儿童话语与中国早期动画的发展　　　　　　　　　文/陈莹
朝向生命的动画：靳夕以及社会主义时期的木偶动画实践　　　　　　　　文/吴航
从《黑塔利亚》到《大圣归来》：动画二次元民族主义的身份焦虑　　　　文/郑熙青

【对话】
天下士与小说家　　　　　　　　　　　　　　　　　　　　　　对话/朱天文　木叶

【谈艺录】
君王之罪：《理查二世》导读　　　　　　　　　　　　　　　　　　　　文/傅光明

【书评与回应】
"满大人"与现代性：评《假想的满大人》　　　　　　　　　　　　　　文/张向荣
关于《假想的满大人》的对话　　　　　　　　　　　　　　　　对话/韩瑞　金雯

图书在版编目(CIP)数据

文学.2018春夏卷/陈思和,王德威主编.—上海:复旦大学出版社,2018.11
ISBN 978-7-309-13862-7

Ⅰ.①文… Ⅱ.①陈…②王… Ⅲ.①中国文学-现代文学-文学研究-文集
②中国文学-当代文学-文学研究-文集 Ⅳ.①I206.6-53

中国版本图书馆 CIP 数据核字(2018)第 187541 号

文学.2018春夏卷
陈思和　王德威　主编
责任编辑/杜怡顺

复旦大学出版社有限公司出版发行
上海市国权路 579 号　邮编:200433
网址:fupnet@fudanpress.com　http://www.fudanpress.com
门市零售:86-21-65642857　　团体订购:86-21-65118853
外埠邮购:86-21-65109143
常熟市华顺印刷有限公司

开本 787×1092　1/16　印张 21　字数 358 千
2018 年 11 月第 1 版第 1 次印刷

ISBN 978-7-309-13862-7/I·1116
定价:68.00 元

如有印装质量问题,请向复旦大学出版社有限公司出版部调换。
版权所有　侵权必究